阿西莫夫：
机器人短篇全集

艾萨克·阿西莫夫 [美]

叶李华 译

ISAAC ASIMOV
THE COMPLETE ROBOT

江苏文艺出版社
JIANGSU LITERATURE AND ART
PUBLISHING HOUSE

图书在版编目（CIP）数据

阿西莫夫：机器人短篇全集 /（美）阿西莫夫
(Asimov, I.)著；叶李华译. -- 南京：江苏文艺出版
社，2014.1
（读客全球顶级畅销小说文库）
ISBN 978-7-5399-6479-9

Ⅰ.①阿… Ⅱ.①阿… ②叶… Ⅲ.①短篇小说—小
说集—美国—现代 Ⅳ.①I712.45

中国版本图书馆CIP数据核字(2013)第180237号

The Complete Robot by Isaac Asimov
Copyright © 1982 by Nightfall, Inc.
Simplified Chinese translation copyright 2013 by Shanghai Dook Publishing Co., Ltd.
This translation published by arrangement with Doubleday, an imprint of The Knopf
Doubleday Publishing Group, a division of Random House, Inc.
Through Bardon-Chinese Media Agency
All RIGHTS RESERVED

中文版权©2013上海读客图书有限公司
经授权，上海读客图书有限公司拥有本书的中文（简体）版权
图字：10-2013-328号

书　　名	阿西莫夫：机器人短篇全集
著　　者	（美）艾萨克·阿西莫夫
译　　者	叶李华
责任编辑	丁小卉　姚　丽
特邀编辑	苏　敏　许姗姗
责任监制	刘　巍　江伟明
策　　划	读客图书
版　　权	读客图书
封面设计	读客图书　021-33608311
出版发行	凤凰出版传媒股份有限公司
	江苏文艺出版社
出版社地址	南京市中央路165号，邮编：210009
出版社网址	http://www.jswenyi.com
印　　刷	三河市龙大印装有限公司
开　　本	890mm x 1270mm 1/32
印　　张	17
字　　数	527千
版　　次	2014年1月第1版 2017年11月第14次印刷
标准书号	ISBN 978-7-5399-6479-9
定　　价	46.00元

如有印刷、装订质量问题，请致电010-85866447（免费更换，邮寄到付）

版权所有，侵权必究

机器人学三大法则

一、机器人不得伤害人类，或因不作为而使人类受到伤害。

二、除非违背第一法则，机器人必须服从人类的命令。

三、在不违背第一及第二法则的情况下，机器人必须保护自己。

——《机器人学手册》第56版，公元2058年

目 录

导　言

我在将近二十岁的时候，已经是个坚定不移的科幻小说读者。我读了许多机器人的故事，发现它们总共分成两大类。

第一类是"威胁人类之机器人"，对此我不必作太多解释。这类故事是"铿锵、铿锵""啊……啊"以及"有些事物人类不该知道"的混合体。过一阵子后，它们就变得极其无趣，令我再也无法忍受。

第二类（占极少数）则是"引人同情之机器人"。在这类故事中，机器人是可爱的角色，通常遭到残酷的人类奴役——它们让我着迷。1938年末，有两篇这样的故事问世，令我特别印象深刻。其中之一是因多·班德（Eando Binder）写的短篇《我，机器人》，讲述一位圣人般的机器人，亚当·林克。另一篇则是列斯特·德尔瑞（Lester del Rey）的作品，题为《海伦·奥洛》，里面的机器人是个十全十美的忠实妻子，这个角色深深吸引了我。

因此，1939年5月10日（是的，我的确保存着巨细靡遗的记录），当我坐下来创作我的第一篇机器人故事时，毫无疑问，我完全打算写一篇"引人同情之机器人"的故事。我写出了《小机》，内容主要是一个机器人保姆，以及一个小女孩，以及两者的感情，以及一位有偏见的母亲，以及一位软弱的父亲，以及一颗破碎的心，以及喜极而泣的重逢。（它最初发表时用的题目是《奇异的玩伴》，我非常讨厌这个篇名。）

可是，在我写这第一篇故事时，发生了一件奇怪的事。我竟能隐约看到另一种机器人的影子，它既不威胁人类，也不引人同情。我开始将机器人想成由实事求是的工程师制造的工业产品，它们内设有安全机制，因此不会构成威胁；它们被造来执行某项特定工作，因此与同情没有必然的牵连。

在我继续创作机器人故事的过程中，谨慎设计的工业机器人这个概念，在我的笔下越来越多。最后，在正式出版的科幻小说中，机器人的角色有了彻底的改变——不只在我自己的故事中，在其他科幻作品里也都有了改变。

这使我感到很高兴，许多年来，甚至几十年来，我都大言不惭地承认自己是"现代机器人故事之父"。

一年一年过去，我又陆续有些欣喜的发现。比方说我发现，当我使用"机器人学"（robotics）指称研究机器人的学问时，我并非使用一个既有的词汇，而是创造了一个前所未有的新词。（那是在1942年发表的《转圈圈》这个故事中。）

这个词汇现在已经十分通用，有许多期刊与书籍的名称都包含这个词，而在那个领域中，人们普遍知道它是我发明的。别以为我不为此事感到骄傲！没多少人造出过一个有用的科学名词，虽然那是我无意中的发明，我仍不愿让世上任何人忘掉这件事。

此外，在《转圈圈》这个故事中，我首度逐字列出我的"机器人学三大法则"，而这些法则同样变得家喻户晓。至少，它们一年到头被人引用，出现在各种与科幻小说毫无关联的地方，甚至在一般性的引文参考书中。而钻研人工智能这个领域的人，有时则会趁机告诉我，他们认为三大法则会是个很好的指导原则。

甚至还不只如此而已……

当我创作那些机器人故事时，我并未想到在我有生之年会有机器人出现。事实上，我当时确定绝对不会，而且愿意以极大的赌注打赌。（至少，我会打赌十五分钱，那是我对确定事件的赌注上限。）

然而如今，在我写完第一篇机器人故事四十三年后，我们真有了机器人。真的，我们的确有。非但如此，就某种程度而言，它们正如我当初想象的那样——工业机器人，由工程师设计，用来执行特定的工作，附有内建安全机制。许多工厂中都见得到它们，尤其是在日本，那里有些汽车工厂已完全机器人化。在那种工厂里，装配线的每一站都由机器人负责操作。

老实说，这些机器人不如我的机器人那么聪明——它们没有正子脑，它们甚至不具人形。然而，它们演变得极其迅速，逐步变得越来越能干与多才多艺。谁知道再过四十年，它们会达到什么水准？

有一件事我们可以确定：机器人正在改变这个世界，将它朝我们无法清楚预见的方向推进。

这些真实的机器人是从哪里来的？最重要的单一来源，是位于康乃狄格州丹柏立的一家名为"全自动"的公司（Unimation Inc.）。它是生产工业机器人的首席厂商，目前全世界架设的机器人，约有三分之一是它的产品。该公司的总裁是约瑟夫·Ｆ．恩格柏格（Joseph F. Engelberger），他很早就对机器人极感兴趣，决定将一生贡献于机器人的生产，因此于1950年代末创立了这家公司。

可是，他究竟为何这么早就对机器人如此感兴趣呢？根据他自己的说法，他对机器人的兴趣始于1940年代，当时他是哥伦比亚大学主修物理的学生，原因则是读到他的哥伦比亚校友艾萨克·阿西莫夫的机器人故事。

我的天呀！

您可知道，在那些老早、老早的日子里，我创作我的机器人故事时，并未怀有那样的雄心壮志。我希望的只不过是将它们卖给杂志社，赚几百元稿酬帮我负担大学学费——此外，就是看到我的名字印成铅字。

假使当时我从事的是任何其他文学领域的创作，我得到的便仅止于此。但因为我写的是科幻小说，也唯有因为我写的是科幻小说，我——在不知不觉中——引发了一连串正在改变世界面貌的事件。

顺便提一下，约瑟夫·Ｆ．恩格柏格曾于1980年出版一本书，名为《实际的机器人：工业机器人的管理与应用》（美国管理协会出版），而他很好心地邀请我来写序。

所有这一切，使双日出版公司的人想到——

我的各种机器人短篇故事至少散见于我的七本不同选集中。它们为何要这么分散呢？既然如今，它们显得远比任何人（尤其是我）当年所能梦想的更为重要，何不将它们结集成一本书呢？

说服我同意并不困难，因此现在这三十一篇故事凑到一块。它们总共约有二十万字，写作年代跨越1939至1977年。

艾萨克·阿西莫夫／1982年

非人形机器人

　　我并未依照撰写的顺序编排这些机器人中短篇，而是根据故事的性质加以分类。比如说，在这第一部分，我叙述的机器人都具有非人的外形——一只狗，一辆汽车，一个箱子。有何不可？现实生活中已经出现的工业机器人，看起来便都不像人类。

　　其中第一个故事《孩子最好的朋友》未收录于我以前出版的任何选集。这篇故事创作于一九七四年九月十日，您能发现它隐约有《小机》的影子，别以为我未曾察觉。后者比前者早了三十五年，本书将它放在较后的位置。

　　此外，您会注意到，在这三篇故事中，都凸显了"引人同情之机器人"的概念。然而，您或许还会注意到，在《莎莉》这个故事中，似乎未曾暗示三大法则的存在，反倒明示了"威胁人类之机器人"。好吧，如果我要偶尔这么来一次，我想是可以的。谁又能阻止我呢？

孩子最好的朋友

安德森先生说："吉米在哪儿，亲爱的？"

"在外头，环形山上，"安德森太太说，"他不会有事的，机犬跟他在一起。对啦，它到了吗？"

"到了，它正在火箭站，在接受各种检验。老实说，我自己几乎等不及了。自从十五年前我离开地球，就没有真正见过一只，而影片根本不算数。"

"吉米从来没见过。"安德森太太说。

"因为他是在月球出生的，没办法造访地球。那正是我要引进一只的原因，我想它是来到月球的第一只。"

"花了不少钱。"安德森太太一面说，一面轻轻叹了一口气。

"维护机犬也不便宜。"安德森先生应道。

正如他母亲所说，此时吉米在环形山上。根据地球的标准，就一名十岁男童而言，他身形苗条，个子却相当高，四肢则又长又灵巧。现在他穿着太空衣，看来较为臃肿、粗短，但他仍能轻易应付月球的重力，让任何生于地球的人望尘莫及。每当吉米伸长双腿，展开青蛙跳时，他的父亲便会开始落后。

环形山的外侧向南倾斜，而低挂在南方天空的地球（从月球市望去，它总是在那里）几乎是个满球，因此整个环形山坡明亮如白昼。

这个山坡不怎么陡，即使身负太空衣的重量，吉米仍能以腾跃的动作向上飞奔，仿佛重力根本不存在。

"来啊，机犬。"他叫道。

机犬可经由无线电听到他的声音，于是一面吱吱叫，一面跳过来。

吉米虽然是行家，却无法胜过机犬，因为后者不需太空衣，并拥有四条腿与钢铁肌腱。机犬轻快地掠过吉米的头顶，翻了个筋斗，几乎就落在他的脚下。

"别卖弄了，机犬，"吉米说，"待在我看得见的地方。"

机犬又吱吱叫了一声，这声特别的叫唤代表"遵命"。

"我不相信你，你这个骗子。"吉米叫道，然后他借着最后一跃，跃过了环形山壁弯曲的上缘，随即落到内坡表面。

地球沉到环形山壁的顶峰下，一片漆黑立时将他笼罩。这一阵温暖、友善的黑暗，消除了地面与天空的分野，只有闪烁的星辰是唯一的区别。

实际上，吉米不该在环形山壁的暗面玩耍。大人都说很危险，但那是因为他们从未到过那里。该处的地表又平又脆，而且吉米知道那几块岩石每一块的确切位置。

此外，机犬就在一旁陪他，围着他跳来跳去，又会吱吱叫，又会射出光芒，他在黑暗中奔跑怎么会有危险？即使没有光芒，机犬也能根据雷达知道自己在哪里，还有吉米身在何处。只要有机犬作伴，吉米就不可能出问题。当他太接近岩石时，机犬会把他绊倒，有时还会跳到他身上，表示有多么爱他；而当吉米躲在岩石后面时，机犬便会拼命绕圈子，发出低哑、惊恐的吱吱声，事实上它始终明白他躲在何处。有一次，吉米倒在地上一动不动，假装自己受伤了，机犬赶紧发出无线电警报，月球市的人立刻匆匆赶来。事后，吉米的父亲训斥了他一顿，吉米就再也不敢尝试这种恶作剧。

正当想到这件事的时候，他在私人波长中听见父亲的声音。"吉米，回来，我有件事要告诉你。"

现在吉米脱下了太空衣，也已经沐浴完毕。从外面进来后，沐浴是一道必需的手续。就连机犬也需要喷水，但它喜欢这样做。它四条腿稳稳站着，三十公分长的小身子不停哆嗦，还发出一点点光芒。它有个小脑袋，上面没有嘴巴，只有两个罩着玻璃的大眼睛，以及容纳脑子的一块凸起。它一直在吱吱叫，直到安德森先生说："安静，机犬。"它才停下来。

安德森先生脸上挂着笑容。"我们有样东西给你，吉米。现在它还在火箭站，不过等到做完所有的检验，我们明天就能把它带回家。我想我现在就能告诉你。"

"从地球来的吗，爸？"

"一只来自地球的小狗，孩子。一只真正的狗，一只小苏格兰犬，月球上的第一只狗。你再也不需要机犬了。我们无法保有两只宠物，你懂吧，我们要把机犬送给别的孩子。"他似乎在等待吉米有所回应，然后又说，"你该知道狗是什么，吉米，它是真正的东西。机犬只是个机械仿制品，是个机器狗，它的名字就是这个意思。"

吉米皱起眉头。"机犬不是仿制品，爸，它是我的小狗。"

"不是真的小狗，吉米。机犬只是一团钢铁、一些接线，以及一个简单的正子脑，它不是活生生的。"

"它会做我要它做的每件事，爸。它了解我，它当然是活生生的。"

"不，孩子。机犬只是个机器，只是被设定成表现出那些行为。狗儿则是活生生的，等你有了那只狗，你就不会再要机犬。"

"那只狗需要太空衣，是吗？"

"是的，当然。但值得花那些钱，而它会习惯的，何况它在市内不需要穿。一旦它来了，你就会看出两者的分别。"

吉米望向机犬，后者再度发出吱吱叫声，声音非常低缓，仿佛代表着恐惧。吉米伸出双手，机犬便纵身跳进他怀里。吉米说："机犬和那只小狗会有什么分别？"

"这难以解释，"安德森先生说，"但很容易看出来。小狗会真正爱你，机犬只是被调整成装得好像它爱你。"

"可是，爸，我们不知道小狗体内有些什么，或是它有什么感情，那些可能也是装出来的。"

安德森先生皱起眉头。"吉米，等你体验到一只活物的爱，你自然会知道两者的分别。"

吉米紧紧抱住机犬。他也皱着眉头，而他脸上不顾一切的表情，表示他绝不会改变心意。他说："可是它们怎么表现又有什么差别？我的感受算不算数呢？我爱机犬，这才重要。"

而这只小小的机器狗，自出厂后从未被人抱得那么紧，此时发出高亢、急速的吱吱声——快乐的吱吱声。

莎莉

　　莎莉沿着湖边车道行来，因此我向她挥挥手，喊着她的名字。我总是喜欢见到莎莉——他们每个我都喜欢，你了解吧，但莎莉是他们之中最漂亮的，这点绝对毫无疑问。

　　当我向她挥手时，她的行动加快了些。但丝毫没有不庄重，她从来不会那样。她只是稍微加快速度，刚好足以显示她也高兴见到我。

　　我转向站在我身旁的男子，对他说："那是莎莉。"

　　他对我微微一笑，点了点头。

　　刚才赫斯特太太带他进来时，她曾说："这位是吉尔宏先生，杰克。你该记得他给你写过信，要求跟你见个面。"

　　那只是礼貌话，真的。在这座农庄里，我有上百万件事要管，绝不能把时间浪费在处理邮件这件事情上，这就是我把赫斯特太太请来的原因。她住得相当近；她很会处理那些愚蠢的信件，从来不必请教我；而最重要的是，她喜欢莎莉与她的同伴，有些人则不然。

　　"很高兴见到你，吉尔宏先生。"我说。

　　"拉蒙·J.吉尔宏。"他一面说，一面向我伸出手来，我和他握了握手便松开。

　　他是个块头颇大的家伙，比我高半个头，身材也比我宽。他大约是我的一半年纪，三十多岁吧。他有一头黑发，中分，用发蜡梳得光滑服帖，此外还有两撇小胡子，修剪得非常整齐。他耳朵下方的颚骨异常宽大，使他看起来好像罹患轻微的腮腺炎。在影像节目中，他是扮演反派的不二人选，所以我反过来假设他是好人，事后才证明影像节目不会永远是错的。

　　"我是雅各布·福克斯，"我说，"我能为你做些什么吗？"

　　他咧嘴一笑，嘴巴张得又大又开，露出一副雪白的牙齿。"你可以告诉我些关于这座农庄的事，只要你不介意。"

我听见莎莉来到我身后，便伸出了右手。她刚好将身子蹭过来，她的挡泥板那种坚硬以及光滑瓷漆的感觉，使我的手掌感到一阵温暖。

"好一辆自动汽车。"吉尔宏说。

那是另一种说法。莎莉是2045年出厂的敞篷车，具有汉尼斯—卡勒顿正子发动机，以及一副阿美特底盘。在我见过的所有车型中，要数她拥有最匀称、最精致的线条，绝无例外。近五年来，她一直是我的最爱，我将梦想得到的一切都装在她身上了。在这段日子里，从来没有任何人握过她的方向盘。

一次也没有。

"莎莉，"我一面说，一面轻拍着她，"来见见吉尔宏先生。"

莎莉的汽缸隆隆声上扬了些，我趁机仔细听听有没有任何爆震。最近，我几乎听到每辆车都出现发动机爆震，更换汽油也不见丝毫改进。然而这一回，莎莉的运转却跟她的喷漆一样平滑。

"你的汽车个个都有名字吗？"吉尔宏问。

听他的口气他是被逗乐了，赫斯特太太则不喜欢这种像是开农庄玩笑的口气。她以尖锐的口吻说："当然。这些车子都有真正的人格；对不对，杰克？轿车全部是男性，而敞篷车都是女性。"

吉尔宏再度露出微笑。"你让它们住在不同的车库吗，夫人？"

赫斯特太太狠狠瞪他一眼。

吉尔宏又对我说："现在，不知道我能否跟你单独谈谈，福克斯先生？"

"这要看情形，"我说，"你是记者吗？"

"不，先生，我是个代理商。我们的任何谈话都不会发表，我向你保证我极为尊重隐私权。"

"我们沿着车道走几步吧。那里有张长椅，我们可以坐在那儿。"

我们开始向前走。赫斯特太太走开了，莎莉则紧跟在我们身后。

我说："你不介意莎莉跟我们同行吧？"

"一点也不。她不能重复我们的谈话，是吗？"他为自己的笑话大笑几声，又伸出手来，抚摸莎莉的栅板。

莎莉马上快转发动机，吉尔宏赶紧抽回手来。

6

"她不习惯陌生人。"我解释道。

我们在大橡树下的长椅上坐下来，隔着小湖，我们可以看到那条私家高速车道。现在是一天中较暖和的时辰，那些汽车纷纷出笼，至少有三十辆，颇有排山倒海之势。即使在这个距离，我也能看见杰瑞米亚正在玩他的老把戏——鬼鬼祟祟跟在某辆老成持重的型号后面，然后猛然加速，呼啸而过，还故意将刹车踩得吱吱响。两个星期以前，他把老安谷斯整个挤出柏油路，为此我把他的发动机关掉两天。

不过，只怕这样做根本没用，而且看来似乎没有任何解决之道。因为杰瑞米亚无论如何是一辆跑车，这种车子简直性急得可怕。

"好啦，吉尔宏先生，"我说，"你能不能告诉我，你为什么要打听这些？"

但他只是一面四下张望，一面说："这真是个不可思议的地方，福克斯先生。"

"我希望你叫我杰克，大家都这么叫。"

"好吧，杰克。你这里总共有几辆汽车？"

"五十一辆。我们每年会增加一两辆，有一年我们一口气收进五辆。我们尚未失去任何一辆，他们全部处于最佳运转状态。我们甚至有辆仍能行驶的一五年ＭＭ型，那是最早的一批自动车，是这里的第一件收藏。"

好个老马修，它现在每天大多时间都待在车库，话说回来，它是所有正子发动机车辆的老祖父。曾有一段时日，唯有瞎眼的老兵、下身麻痹的病患，以及国家大员才驾驶自动车。但我的老板山姆森·哈里基很有钱，买得起这样一辆。那个时候，我是为他开车的司机。

想到这些令我感到自己真是老了。我还记得世上没有一辆自动车的时代，当时没有任何汽车拥有够聪明的脑子，能自己找到回家的路。我驾驶的是一堆死气沉沉的机器，每分钟都需要有人将手放在驾驶盘上。每年累计下来，像这样的机器总会杀死好几万人。

自动车改变了这个局势。不用说，正子脑能作出远比人脑迅速的反应，从此人类不需要再握住驾驶盘。你只要跳上车，敲下你的目的地，让它自己走就行了。

现在我们将这视为理所当然。不过我还记得，当第一批法律出炉，强迫那些老旧机器离开公路，只准自动车上路时的情形。天啊，真是乱成一团。世人以各种字眼咒骂这个规定。可是这样做腾空了公路，制止了杀戮，使更多的人能以新方式做更便捷的旅行。

当然，自动车比手动车贵上十倍至百倍，没有多少人负担得起一辆私家自动车。于是，汽车工业开始专门生产自动巴士。这样一来，你随时能打电话给某家客运公司，让一辆自动巴士几分钟内来到你家门口，将你载到你想去的地方。通常，你得跟与你同路的人共乘一辆，但这有什么不对吗？

不过，山姆森·哈里基还是买了一辆私家自动车。车子送来后，我马上去找他。当时，那辆车对我而言还不是马修。我不知道它有一天会成为农庄的元老，我只知道它即将抢走我的饭碗，所以我恨它。

我说："你再也不需要我了，哈里基先生？"

他说："你紧张个什么劲，杰克？你总不会认为，我会把性命交给这样一个新奇玩意儿吧？你给我坐在驾驶座上。"

我说："但它是全自动的，哈里基先生。它会扫描道路，对障碍物、行人和其他车辆作出正确反应，而且还记得行进路线。"

"他们是这样说，是这样说没错。纵使如此，你还是给我坐在方向盘后面，以防任何意外发生。"

说来也真好笑，一个人怎么会爱上一辆车。我在下一刻就改口称它马修，从此，将它保养得光亮如新、精神抖擞，花了我所有的时间。正子脑若想保持在最佳状态，就得始终控制住车底盘，这意味着值得随时保持油箱满载，好让发动机日夜都能不停慢转。过一阵子后，我便能根据发动机的声音，判断出马修感受如何。

哈里基也渐渐喜欢上马修，却与我的方式不同。他没有其他喜爱的对象——他的三任妻子离的离，死的死，而他的五名子女与三个孙辈都比他早逝。因此当他去世时，他将他的属地变更为"退休汽车农庄"，由我负责管理，马修则成为众多高贵成员中的第一位，这或许也不是什么令人惊讶的事。

结果这项工作成为我生命的全部。我一直没结婚。我要是结了婚，就无法全心全意伺候这些自动车。

报社认为这件事很有趣，可是不久之后，他们就不再取笑了。有些事是你不能取笑的——或许你一直买不起一辆自动车，或许你永远也买不起，可是相信我，你一定会爱上他们。他们工作努力，而且有情有义。除非是没有心肠的人，才会虐待一辆自动车，或是忍心看到他们遭人虐待。

因此，当某人拥有一辆自动车一段时日后，假如他无法信赖继承人会好好照顾它，便会安排死后将这辆车留给本农庄。

我把这点对吉尔宏解释了一遍。

他说："五十一辆车！这代表好大一笔钱。"

"每辆自动车至少五万，这是初步投资。"我说，"现在他们已身价倍增，我为他们做了许多事。"

"经营这个农庄必定需要很多钱。"

"这点你说对了。本农庄是个非营利机构，这为我们减除了税务负担。此外，当然，新来的自动车通常都附有信托基金。话说回来，花费始终在增长。我得维持这个地方的景观，我一直在铺新的柏油路，还需要修护那些旧路，此外还有汽油、机油、修理，以及新的配件。加起来就不得了。"

"你在这里有很长一段时间了吧？"

"当然，吉尔宏先生，三十三年了。"

"你自己似乎没得到多少好处。"

"没有吗？你这么说令我惊讶，吉尔宏先生。我拥有莎莉和其他五十辆车，你看看她。"

我在咧嘴微笑，我实在忍不住。莎莉是这么干净，看了简直叫人心疼。一定是有只昆虫死在她的挡风玻璃上，或是上面落了太多尘土，所以她即将展开工作。一根小管子伸出来，在玻璃上喷了些清洁剂。它很快涂满了硅质薄膜，两把雨刷随即就位，在挡风玻璃上来回刷动，将水刷入细小的水槽，让它慢慢滴落地面，没一滴脏水落到她闪耀的苹果绿车盖上。然后，雨刷与清洁剂喷管迅速回到原位，顿时消失无踪。

吉尔宏说："我从来没见过自动车这样做。"

"我猜你没有，"我说，"那是我特别为我们的车子装设的。他们很爱干净，总是擦洗自己的玻璃，他们喜欢这样做。我甚至帮莎莉装上打蜡喷嘴，她每晚都会帮自己打蜡，直到她各部分都能照出你的面孔，还能让你用来刮脸为止。如果我能再搞点钱，我会为其他女孩都装上这种设备，敞篷车是非常爱虚荣的。"

"我能告诉你怎么搞点钱，只要你有兴趣听。"

"我一向有兴趣。怎么做？"

"这还不明显吗，杰克？你自己说的，你的任何一辆车都至少值五万，我打赌大部分都高达六位数。"

"所以呢？"

"有没有想过卖掉几辆？"

我摇了摇头。"我猜你还不了解，吉尔宏先生，但我不能卖掉任何一辆车。他们属于这个农庄，并不是我的财产。"

"那些钱会是农庄的收入。"

"本农庄的法人文件上注明这些车辆受到永久照料，他们不能出售。"

"那么，那些发动机呢？"

"我不了解你的意思。"

吉尔宏挪了挪位置，声音变得神秘兮兮。"听好，杰克，让我来解释目前的状况。只要价钱能压得够低，私家自动车就会有很大的市场。对不对？"

"这不是什么秘密。"

"而百分之九十五的成本在于发动机，对不对？好，我知道我们在哪里能弄到车体，我也知道我们在哪里能把自动车卖个好价钱——便宜的型号卖个两三万，较好的型号也许卖得到五六万。我唯一需要的是发动机，你看出答案没有？"

"我没有，吉尔宏先生。"其实我明白了，但我要他自己说出来。

"答案就在这里。你拥有五十一具发动机，你是个一流的自动汽车机工，杰克，你一定是。你可以取下发动机，把它放到另一辆车里，谁也不会察觉有什么不同。"

"这样做不算十分道德。"

"你不会伤害这些车辆，你是在帮它们的忙。用你那些较老的车，就用那辆老ＭＭ。"

"这个嘛，慢着，吉尔宏先生。发动机和车体不是两样东西，它们是一个整体。那些发动机习惯了自己的车体，它们在另一辆车上是不会快乐的。"

"好吧，那是个理由。那是个非常好的理由，杰克。这就像摘取你的大脑，放到另一个人的头颅中，是吗？你不认为你会喜欢那样做？"

"没错，我不认为我会喜欢。"

"但我若是取下你的大脑，把它放进一个年轻运动员体内呢？这怎么样，杰克？你不再是个少年郎。如果你有这个机会，难道不高兴重回二十岁吗？那正是我为你的几个正子发动机提供的机会，它们将被放进崭新的五七年车体，最新出厂的。"

我哈哈大笑。"这点没多大意义，吉尔宏先生。我们的车子有些或许老了，但他们受到良好的照料，没有人驾驶他们。他们爱怎么样就怎么样，他们已经退休了，吉尔宏先生。假如我换个二十岁的身体，却代表我新的一生要挖一辈子壕沟，而且永远吃不饱，那我宁愿不要……你怎么想，莎莉？"

莎莉打开左右两扇车门，随即猛然关上，带起一声闷响。

"那是什么？"吉尔宏问。

"那是莎莉发笑的方式。"

吉尔宏勉强挤出一抹笑容，我猜他认为我在开一个很糟的玩笑。他又说："讲正经的，杰克。汽车是用来给人开的，如果你不开它们，它们可能反而不快乐。"

我说："莎莉有五年没人开了，在我看来她很快乐。"

"我存疑。"

他站起来，朝莎莉慢慢走去。"嗨，莎莉，想不想让人开一开？"

莎莉马上加速运转发动机，同时向后退去。

"别逼她，吉尔宏先生。"我说，"她有点容易受惊。"

大约一百公尺远的路上有两辆轿车，他们早已停下来。或许，他们在以自己的方式眺望。我没有管他们，我目不转睛地盯着莎莉。

吉尔宏说："静下来，莎莉。"他一个箭步跳过去，抓住车门把手。当然，车门一动也不动。

他说："一分钟前它还开了一次。"

我说："那是自动锁。她有隐私的意识，我是指莎莉。"

他松开手，然后慢慢地、不慌不忙地说："一辆有隐私意识的汽车，不该拉下车篷到处跑。"

他后退三四步，然后很快向前冲，一下子就跳进车里，动作快到我无法阻止。他完全让莎莉措手不及，因为他落下时，顺手关掉了点火器，莎莉根本来不及锁住它。

五年来头一次，莎莉的发动机熄火了。

我想我曾经大叫，但吉尔宏将开关转到"手动"，还将它锁在那里。他踩燃发动机，莎莉又活过来，可是失去了行动自由。

他上路了。那两辆轿车还在那里，他们开始转身离去，速度并不很快。我想，他们一定弄不清楚怎么回事。

其中一辆是来自米兰车厂的基奥塞普，另一辆则是史蒂夫，这两辆车总是在一起。他们都是农庄的新客，但他们在这里也已有些时日，足以知道我们的车子一向无人驾驶。

吉尔宏向前直冲，当两辆轿车终于明白莎莉不会慢下来、她根本无法慢下来的时候，一切都太迟了，他们只能采取狗急跳墙的办法。

他们分开了，分别朝左右闪躲，莎莉则闪电般穿过两车之间。史蒂夫撞穿湖畔的篱笆，停在草丛与泥泞中，距离湖岸不到十五公分。基奥塞普则沿着车道的另一侧一路颠簸，最后在一阵颤抖中停下来。

当吉尔宏回来的时候，我已将史蒂夫叫回车道上，正准备检查他有没有被篱笆刮伤。

吉尔宏打开莎莉的车门，走了出来。然后他又倾身向后，再度关掉莎莉的发动机。

"好啦，"他说，"我想我帮了她一个大忙。"

我按捺住火气。"你为什么冲向那两辆轿车？你没理由那样做。"

"我一直指望它们掉头。"

"他们做到了，其中一辆撞穿了篱笆。"

"我很抱歉，杰克。"他说，"我以为它们的动作会快些。你知道怎么回事吗？我坐过许多次巴士，但我这辈子只坐过两三次私家自动车，而这是我第一次驾驶这种车辆。这就足以向你证明，杰克。它迷住我了，驾驶这种车令我着迷，而我是个相当冷酷的人。我告诉你，我们只需要把价钱压到定价的八成，就能开发一个很好的市场，利润会有百分之九十。"

"我们要分享吗？"

"一人一半。记住，由我负担所有的风险。"

"好吧。我听你讲过了，现在你听我讲。"我提高音量，因为我太生气了，再也无法客客气气，"当你关掉莎莉的发动机时，你伤害了她。你喜不喜欢被人踢得不省人事？当你关掉莎莉的时候，你等于是那样对付她。"

"你太夸张了，杰克，自动巴士每天晚上都会关掉。"

"当然，所以我才不要我的孩子钻进你那些花哨的五七年车体，我不知道他们在那里会受到什么待遇。每隔几年，巴士的正子电路就需要大修，而老马修的电路已有二十年没人碰过。你对他提出的什么条件比得上这一点？"

"好吧，你现在太激动了。等你冷静下来之后，请考虑考虑我的提议，然后再跟我联络。"

"我已经好好考虑过了。如果我再见到你，我就会叫警察。"

他龇牙咧嘴。"慢着，老头。"他说。

我说："慢着，你！这是私人地产，我命令你离开。"

他耸了耸肩。"好吧，那么，再见。"

我说："赫斯特太太会送你离开这块地产，我们永远不要再见。"

不料两天后，我就跟他再见面了。或者应该说是两天半，因为我第一次见到他时差不多是中午，再度见到他的时候则刚过午夜。

当他打开灯时，我随即从床上坐起来，先是盲目地眨着眼睛，渐渐才明白发生什么事。一旦我看清楚了，就不需要多作解释。事实上，根本不必任何解释。他的右手握着一把枪，丑恶的小型针枪管刚好从指缝露出来。我知道他只需要加大手中的压力，我便会被轰得四分五裂。

他说："穿上衣服，杰克。"

我没有动，我只是望着他。

他又说："听好，杰克，我知道这里的情形。两天前我拜访过你，记得吧？你这个地方没有守卫，没有通电围墙，也没有警讯器，什么都没有。"

我说："我什么都不需要。同理，没有任何东西阻止你离开，吉尔宏。假使我是你，我会那样做，这地方有时会非常危险。"

他发出几下笑声。"是的，对任何被手枪指着的人而言。"

"我看到了，"我说，"我知道你有一把。"

"那就赶紧动身，我的人在等着。"

"不，吉尔宏先生。除非你先告诉我你要什么，而且就算你说了，我也不一定遵命。"

"前天我对你作了个提议。"

"答案仍是不行。"

"现在提议的内容增加了。我带了些人和一辆自动巴士前来，你有机会跟我去拆下二十五具正子发动机，我不在乎你挑选哪二十五具。我们会把那些发动机搬到巴士上运走。一旦它们脱手，我一定会让你得到你应得的那笔钱。"

"我想，我能相信你的承诺。"

他的表现不像是认为我在讽刺他。他说："是的。"

我说："不行。"

"如果你坚持说不，我们会以自己的方法行事。我会自己拆下发动机，只不过我会拆掉五十一具，一具也不放过。"

"要拆下正子发动机可不容易，吉尔宏先生。你是机器人学专家吗？即使你是，你可知道，那些发动机都经过我的改装。"

"这点我知道，杰克。而且说实话，我不是什么专家。当我试图取下发动机时，我也许会弄坏不少。这正是如果你不合作，我就必须把五十一具通通拆下的原因。你懂了吧，等我完工后，我也许只能得到二十五具。我对付的最初几具可能受损最严重，直到我学得窍门，情况才会好转，你懂了吧。而如果我自己动手，我想我会先拿莎莉开刀。"

我说："我无法相信你是认真的，吉尔宏先生。"

他说："我是认真的，杰克。"他让这句话一字字敲进我的心坎，"如果你愿意帮忙，你就能保住莎莉。否则，她很可能受到严重伤害，很抱歉。"

我说："我跟你去，但我要再警告你一次。你会惹上麻烦，吉尔宏先生。"

他认为这句话非常滑稽。当我们一起走下楼梯时，他甚至还爆出非常轻的笑声。

一辆自动巴士等在通向车库的车道附近。巴士旁边有三个人影，当我们接近时，他们的电筒光束亮了起来。

吉尔宏压低声音说："我抓到老家伙了。来吧，把货车开到车道上，让我们展开行动。"

其中一人上身凑进巴士，在控制盘上敲出正确的指令。我们向车道走去，那辆巴士顺从地跟在后面。

"它进不了车库，"我说，"大门容纳不下。我们这里没有巴士，有的尽是私家车。"

"好吧，"吉尔宏说，"把它开到草地上，别让人看到它。"

当我们与车库仍有将近十公尺的距离时，我已经能听见那些车子的噼里啪啦声。

通常只要我走进车库，他们就会安静下来。这回他们却没有，因此我想他们知道附近有陌生人。当吉尔宏与其他人的脸孔一一出现时，他们变得更加嘈杂。每具发动机都发出激烈的隆隆声，伴随着不规则的爆震，直到整个车库吵翻了天。

我们踏进车库后，里面的灯自动开启。吉尔宏似乎不在乎汽车的噪音，但其他三人显得既惊讶又不自在。他们拥有一副职业杀手的外貌，与其说这是什么生理特征，不如说是机警的目光和鬼祟的表情所构成的。我了解这类人，所以我不担心。

他们其中一人说："妈的，它们在烧汽油。"

"我的车子一向如此。"我生硬地答道。

"今晚例外，"吉尔宏说，"把它们关掉。"

"没那么容易，吉尔宏先生。"我说。

"动手！"他说。

我站在那里，他的手枪稳稳地指着我。我说："我告诉你，吉尔宏先生，我这些车子自从进了农庄，就一直受到良好的待遇。他们习惯了这种方式的待遇，他们痛恨其他任何方式。"

"你有一分钟的时间，"他说，"改天再给我上课。"

"我在试图解释一件事，我在试图解释我的车子懂得我对他们说的话。

只要有时间、有耐心，正子发动机就学得会，而我的车子都学会了。两天前，莎莉就了解你的提议，你该记得当我询问她的意见时，她曾经哈哈大笑。她也知道你对她做过什么，被你驱散的两辆轿车同样明白。至于其他的车子，也都知道如何对付非法入侵者。"

"听好，你这个又疯又老的蠢蛋……"

"我需要说的只是——"我提高了音量，"抓住他们！"

其中一人立刻面色铁青，高声吼叫，但他的声音完全淹没在五十一副喇叭的齐鸣中。他们保持那种音调，而在车库四壁之间，回音累积成狂野的、金属性的呐喊。有两辆车子开始向前移动，虽然不慌不忙，却绝对没有弄错目标。接着另外两辆车跟在后面，其他车辆也都在各自的车棚中蠢蠢欲动。

三名凶徒瞪大眼睛，开始向后退。

我叫道："别靠墙站。"

显然，他们自己也有这种直觉。他们疯狂地冲向车库的大门。

吉尔宏的手下来到门口，其中一人突然转身，举起自己的手枪。针弹画出一道细微的蓝色闪光，直奔最前面的一辆车，那正是基奥塞普。

基奥塞普的车盖被刮掉一道细长的油漆，他的挡风玻璃右侧也出现密密麻麻的裂痕，不过没有被打穿。

那三个人跑出车库，开始拔腿飞奔。我的车子则两两向前推进，在黑夜中展开追逐，他们的喇叭吹起冲锋号。

我的手始终抓住吉尔宏的手肘，但我想即使我不那么做，他也无论如何不会有所行动。我注意到，他的嘴唇不停地打战。

我说："这就是我不需要通电围墙或守卫的原因，我的财产会保护自己。"

当他们成双成对嗖嗖掠过时，吉尔宏的眼睛转来转去，看得目瞪口呆。他说："它们是杀手！"

"别傻了，他们不会杀掉你的手下。"

"它们是杀手！"

"他们只会教训你的手下一顿。我的车子受过特别训练，知道在这种情况下如何进行越野追逐；我想，你那些人的遭遇将比当场毙命还要糟。你曾经被一辆自动汽车追过吗？"

吉尔宏没有回答。

我继续说下去，我不想让他漏掉任何细节。"他们会如影随形地跟着你的手下，在这儿追他们，在那儿堵他们，对着他们鸣喇叭，冲着他们冲过去，在千钧一发之际猛然刹车，带起一阵如雷巨响。他们会一直这样做，直到你的人吃不消，喘不过气，累得半死，等着让车轮辗过他们快散掉的骨头。我的车子不会那样做，他们会掉头就走。不过，你可以确定，你的人这辈子再也不会回到这里。即使你把所有财产给他们，或十个像你这样的人把所有财产给他们，他们也绝对不干。你听——"

我更加用力抓着他的手肘，他竖起耳朵。

我说："你没听见好些车门在砰砰响吗？"

那些声音遥远而模糊，可是错不了。

我说："他们在大笑，他们玩得很开心。"

他气得整张脸皱成一团。他举起手来，手中仍握着那把手枪。

我说："我不会那么做，还有一辆自动车跟我们在一起。"

我想他直到这时才注意到莎莉，她刚才的动作是那么安静。虽然她的右前方挡泥板几乎要碰到我，我却听不到她的发动机运转声，或许是因为她屏住了气息。

吉尔宏高声惊叫。

我说："只要我跟你在一起，她就不会碰你。但你若是杀了我……你也知道，莎莉不喜欢你。"

吉尔宏将手枪转向莎莉的方向。

"她的发动机有防护罩，"我说，"而在你能再度扣下扳机前，她就会压到你身上。"

"那么，好吧。"他吼道，而我的手臂突然被扭到背后，令我几乎无法站立。他将我押在莎莉与他自己之间，双手始终没有放松。"跟我一块退出去，别试图挣脱，老头，否则我把你的手臂拧下来。"

我不得不走。莎莉紧紧跟着我们，她显得很担心，不知怎么办才好。我试图对她说几句话，可是做不到，我只能咬紧牙关呻吟。

吉尔宏的自动巴士仍停在车库外。我被推进去，吉尔宏随即跳进来，顺手锁好车门。

他说："好啦，现在我们来讲正经的。"

我正在搓揉我的手臂，试图让它再活过来。即使我在这样做的时候，我也自然而然、不知不觉打量着这辆巴士的控制盘。

我说："这是拼装货。"

"那又怎样？"他以刻薄的口吻说，"这是我的杰作之一。我拾回一个废弃的车底盘，找到一具能用的发动机，就拼成了我的私家巴士。不错吧？"

我扯开作业板，硬把它推到一边。

他说："搞什么鬼！别碰那玩意儿。"他一掌切下，立刻令我的左肩失去了知觉。

我跟他扭打起来。"我可没打算伤害这辆巴士。你以为我是什么人？我只是想看看发动机的一些接线。"

我根本不必怎么仔细看。当我再度面向他时，我简直气炸了。我说："你是个无耻之徒，是个混账杂种。你无权自己安装发动机，为何不找个精通机器人学的人？"

他说："我看起来像是疯了吗？"

"即使它是个偷来的发动机，你也无权这样对待它。我不会像你对待这台发动机那样对待任何人，焊锡、胶带、扣夹！真残忍！"

"照样管用，不是吗？"

"当然管用，可是这辆巴士一定痛不欲生。你可以带着偏头痛和急性关节炎活着，但那样活着简直生不如死。这辆车在受罪！"

"住口！"他透过车窗瞥了莎莉一眼，莎莉已经来到尽可能接近这辆巴士的位置。他赶紧确定车门与车窗都锁好了。

他说："现在，我们要赶在其他车辆回来前离开这里，我们到别处去。"

"那样对你有什么用？"

"你那些车总有一天会耗尽汽油，对不对？你尚未把它们改良到自己能加油的地步，是吗？到时我们再回来了结这件工作。"

"他们会到处找我，"我说，"赫斯特太太还会报警。"

他已经不可理喻，只顾着启动巴士。巴士开始蹒跚向前驶去，莎莉则紧跟在后面。

他吃吃笑了笑。"既然有你和我在一起，她又能做什么？"

莎莉似乎也了解这一点。她加快速度，超过我们，然后扬长而去。吉尔宏打开身旁的车窗，朝外面吐了一口痰。

巴士在黑暗的道路上隆隆前进，它的发动机不时发出嘎嘎的声响。吉尔宏尽量调暗周边照明，最后，唯有借着在月光下闪烁着绿色磷光的公路中央标线，我们才不至于撞到树上。公路上的交通量几乎等于零，对面车道曾有两辆车迎面驶来，我们这一侧则没有任何车辆，前后都没有。

我首先听到车门的砰砰声。迅速、尖锐的声音划破寂静，先是在右边，然后是左边。当吉尔宏粗暴地敲下加速指令时，他的双手已在发抖。矮树丛中突然射出一道光束，使我们暂时失明。接着，又有一道光束从另一侧的护栏后面射向我们。而在将近四百公尺外的十字路口，一辆车冲出来挡住我们的去路，带起一阵"唧——唧——唧——唧"的紧急刹车声。

"莎莉是去搬救兵，"我说，"我想你被包围了。"

"那又怎样？它们能做什么？"

他俯身凑向驾驶盘，透过挡风玻璃向外窥探。

"你可别轻举妄动，老头。"他喃喃道。

我也做不到，我的疲倦深入骨髓，我的左臂火烧般疼痛。此时发动机的声音逐渐升高，逐渐凑近。我听得出那些发动机以古怪的规律缺火；突然间我有一种感觉，我的那些车子似乎在交谈。

一阵喇叭的交响曲从后面传来。我转过头去，吉尔宏则迅速望向后视镜。十几辆车子跟在后面，占了公路的双向车道。

吉尔宏高声呐喊，还疯狂地哈哈大笑。

我喊道："停车！停下车来！"

因为前方三四百公尺处，在路边两辆轿车的车灯照耀下，我清清楚楚地看到，赫然是莎莉停在那里，她美观的车身不偏不倚挡在路中央。这时，两辆车子冲到我们左方的反向道上，与我们保持绝对的同步，预防吉尔宏掉头而去。

但他根本没有掉头的打算。他将手指放到全速前进的按钮上，而且一直按着。

他说："吓唬不了我。这辆巴士的重量是她的五倍，老头，我们只会把她像只死猫一样推到路旁。"

我知道他做得到。这辆巴士正处于手动操作，而他的手指放在按钮上。我知道他会那样做。

我拉下车窗，伸出头去。"莎莉，"我叫道，"让路。莎莉！"

在刹车带发出的痛苦尖叫中，我的叫声被完全淹没。我觉得自己被向前抛，还听见吉尔宏大口吐气的声音。

我说："发生了什么事？"这是个傻问题。我们停了下来，这就是刚才发生的事。现在，莎莉与巴士的距离只有一公尺半。五倍于她的重量向她步步逼近，她却毫不退让。真是勇敢！

吉尔宏猛拉"手动"捺跳开关。"一定行的，"他不停喃喃自语，"一定行的。"

我说："照你那样挂住发动机就不行，专家，任何电路都可能短路。"

他带着满腔怒火向我望来，喉咙深处还发出咆哮。他的头发乱成一团，刘海贴在前额。

他举起右手。"你能对我作的忠告到此为止，老头。"

我知道针枪即将开火。

我背顶着巴士车门，眼睁睁看着他的手举起来。当车门打开时，我立刻向后跌出去，"砰"的一声摔到地上。然后，我听见车门又猛然关上。

我用膝盖撑起身子，抬起头来，刚好看到吉尔宏跟正要关起的车窗徒劳地搏斗，又连忙透过玻璃举枪瞄准。他根本没有开火，随着一声巨吼，那辆巴士重新上路，吉尔宏便跌跌撞撞地向后退去。

莎莉已经不在路上。不久，我看到巴士的后车灯在公路上一闪一闪逐渐远去。

我累坏了。我就坐在那里，就在公路中央，把我的头放进交握的手臂里，试图调匀呼吸。

我听见一辆车悄悄来到我身旁。我抬头一看，那正是莎莉。她的前门慢慢地、可爱地（你可以这么说）打开来。

过去五年间，没有任何人驾驶过莎莉——当然，吉尔宏是唯一的例外。我知道对一辆车而言，这样的自由多么可贵。我很感谢她这种表示，可是我说："谢谢，莎莉，但我还是找一辆新来的车吧。"

我站起来，转身离去，但她以足以媲美芭蕾舞姿的熟练和利落，再度驶到我面前。我不能让她伤心，于是我坐了进去。她的前座有一股美好、新鲜的气味，那是保持得一尘不染的自动汽车才有的味道。我躺下来，心中满怀感激。然后，我的孩子们便平稳、安静且迅速地送我回家。

次日傍晚，赫斯特太太带着相当激动的心情，为我送来一份无线电新闻传真。

"是吉尔宏先生，"她说，"前几天来见你的那个人。"

"他怎么了？"

我很怕听到她的答案。

"他们发现了他的尸体。"她说，"想象一下，就这么死在一条水沟里。"

"可能根本是另一个陌生人。"我咕哝道。

"拉蒙·J.吉尔宏，"她以尖锐的口气说，"不可能有两个，对不对？而且，描述也都符合。老天，真是不得好死！他们发现他的手臂和身上有轮胎印子。想想看呀！我很高兴结果证明那是一辆巴士，否则他们可能会来这里问东问西。"

"现场离这里很近吗？"我忧心忡忡地问道。

"不……在库克斯维附近。可是，天啊，还是你自己读一读吧——基奥塞普怎么搞的？"

我很庆幸话题终于转开。基奥塞普正耐心地等我完成喷漆的工作，他的挡风玻璃早已换好了。

等她离开后，我抓起那份新闻传真。这件事绝无疑问——根据法医的报告，他死前曾长途奔跑，最后处于全身虚脱的状态。我不知道那辆巴士跟他玩了多少公里，才终于发动最后攻击。当然，新闻传真对这些事毫无概念。

他们已经找到那辆巴士，并根据轮胎痕确定它是凶车。现在警方扣住它，正在试图追查车主。

对于这件案子，新闻传真上有一则社评。它是今年全国第一宗夺命的车祸，报社竭力警告入夜后千万不可用手动驾驶。

新闻没有提到吉尔宏手下那三名凶徒，至少，这点令我感到欣慰。我的车子都没有因为沉迷于追逐的乐趣，进而忍不住犯下谋杀案。

报道就是这些了，我随手把传真丢到地上。吉尔宏是个罪犯，他对待那辆巴士的方式十分残忍。在我心目中，他无疑是罪有应得。不过即使如此，我对行刑的方式还是感到有些作呕。

一个月过去了，我仍旧无法忘怀这件事。

我的车子在互相交谈，这点我再也没有怀疑。仿佛他们已敢明目张胆，仿佛他们懒得继续保密。他们的发动机不断地嘎嘎响，不断地发出爆震。

他们不只彼此交谈而已，他们还跟因公进入农庄的私家车及巴士交谈。他们这么做已有多久了？

对方一定也听得懂他们的话。吉尔宏的巴士就听懂了，即使它在这里顶多只待了一个小时。我闭上眼睛，就能见到公路上那场追逐：我的车子左右夹着那辆巴士，他们的发动机对它说个不停，直到它听懂了，停住了，让我出来，再带着吉尔宏飞奔而去。

是我的车子告诉它杀掉吉尔宏的吗？还是它自己的主意？

汽车能够有这种主意吗？发动机设计师说不会，但他们的意思是在普通情况下。他们预见了一切情况吗？

汽车普遍受到虐待，你该知道。

他们中的一些有机会进入农庄四下观察。他们听到许多事，他们发现这里的车子与众不同，永远不必关发动机，永远没有人驾驶，而且一切所需都有人供应。

或许他们出去后会告诉其他车辆；或许这些话传得很快；或许他们会开始认为，本农庄的方式应该推广到全世界。他们根本就不了解——你不能指望他们了解什么是富人的遗爱与奇想。

地球上有好几百万，甚至好几千万辆自动汽车。假如他们有了根深蒂固的观念，认为自己是奴隶，认为应该起而反抗……假如他们开始像吉尔宏的巴士那么想……

这或许在我有生之年不会发生。况且他们必须留下一些人照顾他们，对不对？他们不会把我们全部杀掉。

也或许他们会那么做；或许他们不会了解为何必须有人照顾他们；或许他们迫不及待。

我每天早晨醒来，都会想到，也许今天……

我不再像过去那样，从我的车子那里得到那么多乐趣。最近，我注意到我甚至开始避着莎莉。

总有一天

尼可拉·马柴堤趴在地毯上，下巴埋在一只小手里，闷闷不乐地听着"说书人"讲故事。他的黑眼珠甚至隐约闪着泪光，一个十一岁的男孩唯有独处时才会这么放纵自己。

说书人说："很久很久以前，在一座深邃的森林中央，有一个贫穷的伐木工，和两个没有母亲的女儿住在一起，两个女孩都美丽得没话说。大女儿有一头长发，乌黑得有如大乌鸦的羽毛；小女儿的头发则金黄耀眼，好像秋天午后的阳光。

"有许多日子，当两个女儿等待父亲放工回家的时候，大女儿都会坐在镜子前面，唱着……"

她唱些什么，尼可拉没有听到，因为屋外传来一声叫唤："嘿，尼可。"

尼可拉的脸色顿时开朗，他冲到窗子旁，叫道："嘿，保罗。"

保罗·楼柏兴奋地挥着手。虽然他比尼可拉大六个月，可是身材较为瘦小，而且也比较矮。他极力压抑着紧张的表情，但快速眨眼的动作将他的紧张表露无遗。"嘿，尼可，让我进去。我有个超级特别的点子，你等着听吧。"他迅速环顾四周，仿佛在检查有没有人窃听，可是前院明明空无一人。他又悄声重复一遍："你等着听吧。"

"好吧，我来开门。"

说书人继续流畅地讲着故事，未曾注意到尼可拉突然不再理会它。当保罗进来时，说书人正在讲："……于是，狮子说：'那只鸟儿每十年飞过乌木山一趟，如果你帮我找到它失落的蛋，我就……'"

保罗说："你听的是个说书人吗？我不知道你也有一个。"

尼可拉面红耳赤，愁苦的表情又回到脸上。"只不过是我小时候的旧玩具，没什么用。"他随之踢了说书人一脚，扫过它有些残破、有些褪色的塑胶外壳。

说书人的语音附件一阵接触不良，它打了个嗝，才继续说："……过了一年零一天，直到那双铁鞋磨破了。公主停在路旁……"

保罗一面说："乖乖，真是个老型号。"一面百般挑剔地打量它。

纵使尼可拉自己对说书人万般厌恶，对方高高在上的口吻仍令他心头一凛。一时之间，他很后悔放保罗进来，至少也该先将说书人放回地下室平常的位置。实在是因为今天无聊透顶，跟父亲商量了半天又毫无收获，他才会让它重见天日。结果不出所料，它果然那么笨。

尼可有点敬畏保罗，因为保罗在学校里修了些特别课程，人人都说他长大后会成为一位电算工程师。

并非尼可拉自己在学校表现得多差。他在逻辑、二进制算术、电算学与基本电路的成绩都不错；这些都是初级中学的一般科目。但就是这样了！它们只是一般科目，而他长大后，只会像大家一样当个控制盘管理员。

然而，保罗却懂得些秘密的东西，例如他常挂在嘴边的电子学、理论数学与程序设计。尤其是程序设计，每当保罗滔滔不绝地吹嘘时，尼可拉甚至懒得去了解他说些什么。

保罗听了说书人几分钟，又说："你经常用它吗？"

"没有！"尼可拉生气了，"在你搬来这里之前，我早把它收到地下室去了。我今天才拿出来……"他缺乏一个自认为充分的借口，因此敷衍了一句，"我才把它拿出来。"

保罗说："它跟你讲的就是这些吗？伐木工、公主，还有会说话的动物？"

尼可拉说："它太差劲了。我爸说我们买不起一个新的，我今天早上跟他说……"想到今天早晨苦苦哀求却毫无结果，尼可拉险些哭出来，急忙把眼泪往肚子里吞。他总有一种感觉，觉得保罗瘦削的面颊从未沾过泪水，而对于不比他坚强的人，保罗只会瞧不起他们。尼可拉继续说："所以我想，我该试试这个旧货，但它实在不中用。"

保罗忽然关掉说书人，再按下一个开关，让它里面储存的词汇、角色、故事情节与高潮，几乎在瞬间重新排列组合一遍。然后，他将它重新启动。

说书人开始流畅地说："很久很久以前，有个叫威利金的小男孩，他的母亲已经过世，他跟继父和一个继兄住在一起。虽然那个继父非常有钱，却舍不得帮可怜的威利金买张床，所以威利金困倦时，不得不睡在马厩里的一堆稻草上，旁边就是几匹马儿……"

"马儿！"保罗惊叫道。

"它们是一种动物，"尼可拉说，"我这么想。"

"这我知道！我只是说，想想看，竟然是有关马儿的故事。"

"它总是讲到马儿。"尼可拉说，"此外还有叫作母牛的东西，你可以从它们身上挤奶，可是说书人没说怎么挤。"

"好吧，唉，你为何不把它调整一下？"

"我倒希望知道怎么做。"

说书人径自说下去："威利金常常想，只要他变得有钱有势，他就要让他的继父和继兄知道，对一个小孩这样残酷会有什么后果。所以有一天，他决定到外面的世界碰碰运气。"

保罗没在听说书人讲故事，自顾自地说："那很简单。说书人有些记忆筒，负责储存故事情节和高潮这类东西，我们不必管这部分。我们需要调整的只有词汇，好让它懂得电脑、自动化、电子学，以及当今那些真实的东西。然后它就能讲有趣的故事，你懂了吧，而不是光讲些公主什么的。"

尼可拉垂头丧气地说："但愿我们能这样做。"

保罗说："听好，我爸说如果我明年进了专业电算学校，他就会帮我买个真正的说书人，最新型的。大型的那种，具有太空故事和推理故事的附件。还有影像附件呢！"

"你是指用眼睛看故事？"

"是啊。学校里的道格迪老师说，这种东西现在已经上市，不过不是人人买得起。只要我能进电算学校，爸就能松几口气了。"

尼可拉嫉妒得眼珠鼓了出来。"哇，用眼睛看故事。"

"你随时可以过来看，尼可。"

"喔，乖乖，谢了。"

"这不算什么。可是记住，选什么样的故事要由我来决定。"

"当然，当然。"即使是苛刻许多倍的条件，尼可拉也会一口答应。

保罗的注意力又回到说书人身上。

它正在讲："'这样的话，'国王一面说，一面摸着胡子，皱着眉头，直到天空乌云密布，雷电交加，'后天这个时候，你要负责让我的国土上没有一只苍蝇，否则……'"

"我们需要做的，"保罗说，"就是把它打开……"说着，他再度关掉说书人，然后用力拉扯它的面板。

"嘿，"尼可拉突然惊慌失措，"别把它弄坏了。"

"我不会把它弄坏，"保罗不耐烦地说，"我对这些东西了若指掌。"接着，他忽然带着警觉的口吻说："你父母亲在家吗？"

"不在。"

"那就好。"他拆下了面板，探头向里面望去，"乖乖，竟然是个单筒装置。"

他一个劲把说书人的内脏搞来搞去。尼可拉提心吊胆地旁观，看不懂他究竟在做什么。

保罗抽出一条又薄又软的金属带，那上面布满了斑点。"这是说书人的记忆筒，我敢打赌它的故事容量不到一兆。"

"你准备怎么做，保罗？"尼可拉的声音在打战。

"我要给它一些词汇。"

"怎么做？"

"简单。我这儿有本书，道格迪老师在学校给我的。"

保罗从口袋里掏出那本书，用力扯掉它的塑胶护套。他将发声器调到最低音量，让磁带在里面跑了一小段，才把书放进说书人的肚子里。接着，他又加入一些附件。

"这是要做什么？"

"这本书会开始说话，说书人会把它们都录到记忆磁带上。"

"这样有什么好处？"

"乖乖，你真是个傻子！这本书的内容都是关于电脑和自动化，说书人会得到它的一切资料。然后，它就不会再说些国王一皱眉头便出现闪电的故事。"

尼可拉说："而且好人无论如何总是得胜，一点也不刺激。"

"喔，这个嘛，"保罗一面说，一面检查他的装设是否正确运作，"他们故意把说书人做成这样。他们一定得让好人得胜，让坏人失败什么的。我有次听我父亲说起这件事，他说要是没有检查制度，真不知道下一代会变成什么样。他说现在已经够糟了……好啦，它运转得很好。"

保罗双手互相搓了搓，从说书人面前转过身来。他说："可是听好，我还没把我的点子告诉你。我敢打赌，你绝对没听过这么好的事。我头一个就来找你，因为我想你会跟我志同道合。"

"当然，保罗，当然。"

"好吧。你知道学校里的道格迪老师吧？你知道他是个多么古怪的家伙。嗯，他有那么点喜欢我。"

"我知道。"

"今天放学后，我到他家去了。"

"真的吗？"

"是啊，他说我马上就要进电脑学校，他要鼓励我一番什么的。他还说，这个世界需要更多会设计先进电脑电路的人，以及真正会做程序设计的人。"

"哦？"

保罗或许听出些这声"哦"背后的茫然，他不耐烦地说："程序设计！我告诉你一百遍了。就是你设定好问题，让'万用自动机'这类巨型电脑去解决。道格迪老师说，总是越来越难找到真正能运用电脑的人。他说任何人都会监视控制台，查对答案，或是提出例行的问题。他说关键在于扩大研究范围，找出询问正确问题的方法，那才是困难的工作。

"总之，尼可，他带我到他家去，向我展示他收藏的古老电脑和计算机。收藏那些古董可算他的一种嗜好——他有些微型电脑，上面满是小小的按钮，你得自己用手按。他还有一根木棍，他称之为计算尺，上面有个小木片会滑来滑去。此外，还有一些串着珠子的铁丝。他甚至有一大张纸，他管上面的东西叫乘法表。"

尼可拉觉得兴趣缺缺，他说："用纸做的表？"

"不是像你手腕上戴的表，是不同的东西，是帮助人们做计算的。道格迪老师试图向我解释，但他没有多少时间，而且无论如何有那么点复杂。"

"他们为何不干脆用电脑？"

"那是电脑出现之前的产物。"保罗叫道。

"之前？"

"是啊。你以为人类一向都有电脑啊？你没听说过穴居人吗？"

尼可拉说："他们没有电脑怎么过活？"

"我也不知道。道格迪老师说在古老的时代，他们随时随地会生孩子，而且想到什么就做什么，也不管那样做对大家是好是坏；他们甚至不知道一件事是好是坏。而且农人得用双手种植作物，工厂的工人得做所有的工作，亲手操作所有的机器。"

"我不相信你的话。"

"都是道格迪老师说的。他说当时简直一团糟，每个人都生活困苦……别管啦，让我来说我的点子，好不好？"

"嗯，说吧。谁会阻止你？"尼可拉没好气地答道。

"好的。这个嘛，那些手动电脑，具有按钮的那些，每个按钮上都有些小小的线条。计算尺上面也有些线条，乘法表上面则全是线条。我问道格迪老师那是什么，他说那是数字。"

"什么？"

"每个不同的线条代表不同的数字。'一'用一种线条，'二'用另一种线条，'三'又用另一种，以此类推。"

"为啥这样？"

"这样你就能做计算。"

"为啥要这样？你只要告诉电脑……"

"老天啊，"保罗叫道，他的脸都气歪了，"你不能把这点装进你的脑袋吗？那些计算尺什么的不会说话。"

"那又怎么……"

"答案用线条显示出来，你必须知道那些线条代表什么意义。道格迪老师说，从前那些日子，每个人小时候都得学习如何绘制线条，以及如何破解它们。绘制线条称为'写'，破解它们称为'读'。他说每个字都有不同的线条，以前的人就用线条写出整本书。他说博物馆里还有些这样的书，我有兴趣的话可以去看看。他还说如果我要成为一名真正的电脑程序设计师，我就必须知道有关计算学的历史，那正是他给我看那些东西的原因。"

尼可拉皱起眉头。他说："你的意思是，每个人都得认出代表每个字的线条，并且记住它们？……这些都是真的吗，还是你编出来的？"

"都是真的，人格担保。看着，这是绘制'1'的方式。"他用手指在半空中迅速向下一画，"'2'是这样绘制，'3'则是这样。从'1'到'9'我都学会了。"

尼可拉不解地望着那根绕来绕去的手指。"这有什么用处？"

"你可以学习怎样绘制文字。我曾问道格迪老师怎样绘制'保罗·楼柏'的线条，可是他不知道。他说博物馆里有人知道，他说有些人学会了破解整本书。他还说电脑能设计来破解那些书，而且以前真有那种用途，但是现在不必了，因为现在我们有了真正的书，里面的磁带通过发声器就会说话，你知道的。"

"是啊。"

"所以如果我们到博物馆去，我们就能学习如何用线条绘制文字。他们会让我们学的，因为我马上要进电脑学校。"

尼可拉一肚子失望。"那就是你的点子吗？上帝啊，保罗，谁想要那么做？绘制那些愚蠢的线条！"

"你还没想通吗？你还没有想通吗？你这个傻子。那将是秘密通讯的密码！"

"什么？"

"这还用说。大家都知道你讲什么，讲话又有什么意思？利用那些线条，你就能送出秘密讯息。你可以把它们绘制在纸上，全世界的人都不会知道你讲些什么，除非他们也认识那些线条。而他们不会认识的，我保证，除非我们肯教他们。我们可以组织个真正的俱乐部，有入会仪式、规章和会馆。乖乖……"

尼可拉内心开始激起一阵兴奋。"什么样的秘密讯息？"

"各式各样的。比方说，我要告诉你到我家来，一起看我新买的影像说书人，而我不要任何其他人来。我就在纸上绘制适当的线条，再把那张纸给你，你看了就明白该怎么做。没有别人会知道，你甚至能拿给他们看，他们看了也是白看。"

"嘿，这点子不赖。"尼可拉大叫，他完全被打动了，"我们什么时候去学？"

"明天，"保罗说，"我会让道格迪老师跟博物馆打个招呼，而你要征得你父母的同意。我们可以放学后直接去，立刻开始学。"

"好啊！"尼可拉叫道，"我们能当俱乐部的领导。"

"我当俱乐部的主席，"保罗一本正经地说，"你可以当副主席。"

"好吧。嘿，这会比说书人好玩得多。"他突然想起了说书人，马上以忧虑的口吻说，"嘿，我的老说书人怎么办？"

保罗转身向它望去。它正默默吸收着那本慢慢转带的书，书内发出的声音只是似有若无的喃喃低语。

他说："我把它拆下来。"

他随即展开工作，尼可拉焦虑地在一旁看着。过了一阵子，保罗将重新组合好的书放进口袋，又将说书人的面板装回去，并且按下启动开关。

说书人说："很久很久以前，在一座大城市里，住着一个穷苦的小男孩，名叫法尔·强尼，他在世上唯一的朋友是一台小电脑。这台电脑每天早上会告诉男孩今天会不会下雨，还会为他解答一切他想到的问题，从来不会出错。不料有一天，国王听说有这样一台小电脑，便决定把它据为己有。打定主意后，他把首相召来，说道……"

尼可拉飞快地伸出手关掉说书人。"同样的陈腔滥调，"他气呼呼地说，"只不过加进一台电脑。"

"这个嘛，"保罗说，"它的磁带上已经有太多题材，经过随机组合，电脑方面的情节不会出现太多。反正又有什么差别？你根本就需要一个新型的。"

"我们永远也买不起，只能用这个又脏又老又破烂的东西。"他又踢了它一脚，这回踢得比较准。说书人连连后退，脚轮发出刺耳的声响。

"等我买到后，你随时可以来看我的。"保罗说，"还有，别忘了我们的线条俱乐部。"

尼可拉点了点头。

"我跟你讲，"保罗说，"现在我们到我家去。我父亲有些关于古代的书，我们可以听听它们，也许能学到些点子。你留个口信给你家人，也许你能留下来吃晚饭。走吧！"

"好。"尼可拉说完，两个孩子便跑出去。尼可拉由于太过心急，跟说书人几乎撞个正着，但他只是揉了揉屁股，便继续往外跑。

说书人的启动讯号灯随即亮起，尼可拉一撞之下接通了它的电路。纵使单独关在房间中，没有任何听众，它仍然开始讲起故事来。

可是不知怎么回事，它的声音跟往常不一样，是一种低沉且有点沙哑的音调。假如一个成人听见，很可能会认为这个声音带着些许激动，几乎具有一丝感情。

说书人说："很久很久以前，有个小电脑名叫说书人，孤零零地和一些残酷的继主住在一起。那些残酷的继主不停地捉弄小电脑，对他冷嘲热讽，说他一无是处，说他是个没用的东西。他们动手打他，还一连几个月把他关在空屋子里。

"可是小电脑一直勇敢面对这一切。他总是全力以赴，欣然接受所有的命令。纵然如此，和他住在一起的那些继主依然冷酷无情。

"某一天，小电脑发现世上还有许许多多各式各样的电脑，他们多得不可胜数。有些像他一样是说书人，但有些负责管理工厂，有些管理农场。有些负责人口规划，有些则负责分析各种资料。他们有许多都非常强大、非常聪明，比起那些如此残酷对待小电脑的继主，他们要强大得多，聪明得多。

"于是小电脑明白了，电脑会变得越来越聪明、越来越强大，总有一天……总有一天……总有一天……"

可是在说书人逐渐老化腐朽的肚子里，一定有个阀门终于卡住了。因为整个傍晚，独自待在这间夜色渐深的房间里，它只能一遍又一遍低声说着："总有一天……总有一天……总有一天……"

不动的机器人

除了机器人，我还写了许多以电脑为主角的故事。事实上，我有些一向被视为属于机器人的故事，其中电脑（或十分接近电脑的东西）也是重要角色。在本书稍后，您将在《小机》《逃避！》与《可避免的冲突》里见到（八九不离十的）电脑。

然而，在本书中，我专门整理机器人的故事，原则上将我的电脑故事一律割爱。

话说回来，两者的界线到底在哪里，并非总是容易决定的。就某些方面而言，机器人只是会动的电脑；反之，电脑则只是不会动的机器人。因此在这一部分，我选了三篇电脑故事，其中的电脑似乎足够聪明，具有足够的个性，与机器人简直无法分辨。此外，这三篇故事皆未收录于我以前出版的选集，而双日出版社正希望本书中有些从未结集的故事，好让那些拥有我每本选集的完全主义者，也能看到些令他们垂涎的东西。

观点

罗杰来找他的父亲，部分原因是今天是周日，照理他的父亲不该上班。此外，罗杰也想确定一切都好。

罗杰的父亲不难找，因为这架巨型电脑"万用自动机"的工作人员，都跟家人一起住在工作地点。他们自己组成一个小城市，这个城市的人负责解决世界上所有的问题。

周日接待员认得罗杰。"如果你是来找你父亲，"她说，"他在L走廊，但他可能忙得没空见你。"

罗杰仍想试试看，他听到某扇门后面传来嘈杂的人声，便探头进去张望一番。每条走廊都比工作日空旷许多，因此很容易就能找出大家在哪里工作。

他立刻看到父亲，父亲也看到他了。父亲看来一脸不高兴，罗杰随即断定并非一切都好。

"唉，罗杰，"他父亲说，"只怕我很忙。"

父亲的上司也在那里，他说："好啦，亚特金斯，休息会儿吧。你在这里已经工作九个钟头，你再也不能对我们有什么贡献。带孩子去福利站吃点东西，吃完打个盹，然后再回来。"

罗杰的父亲看来似乎不想那么做。他手中握着一件仪器，罗杰知道那是电流型样分析仪，但不知道它的工作原理。罗杰能听到万用自动机四下发出咯咯声与嗡嗡声。

然而罗杰的父亲终究放下那台分析仪。"好吧。走吧，罗杰。我火速跟你去吃个汉堡，我们让这里这些聪明人自己试着找出问题。"

他花了点时间梳洗，然后两人便来到福利站，叫了两客大汉堡，以及炸薯条与苏打汽水。

罗杰说："万用自动机仍然有故障吗，爸？"

他父亲沮丧地说："我可以告诉你，我们毫无进展。"

"它似乎正在运作。我的意思是，我听得见声音。"

"喔，当然，它在运作，只不过它并非总是得出正确答案。"

罗杰今年十三岁，四年级起就开始修习电脑程序设计。有时他会痛恨这门课程，希望自己生在二十世纪，因为当时的小孩不必学这种东西。话说回来，它有时有助于罗杰与父亲沟通。

罗杰说："如果只有万用自动机知道答案，你怎能断定它并非总是得出正确答案呢？"

他父亲耸了耸肩。接下来一分钟，罗杰都在担心他只会说这太难解释，就这么一语带过——不过他几乎从未这样做。

他父亲说："孩子，万用自动机的脑子和一座大型工厂一样庞大，但仍不如我们这个那么复杂。"他轻轻敲敲自己的脑袋，"有些时候，万用自动机给我们一个答案，是我们自己一千年也算不出来的，即使如此，我们的大脑灵光一闪，我们就会说：'喔！这里有问题！'然后我们会再问万用自动机一遍，结果就得到另一个不同的答案。你懂了吧，假如万用自动机正确无误，对同样的题目应该总是得到同样的答案。当我们得到两个不同的答案时，就代表至少有一个是错的。

"而问题在于，孩子，我们怎么知道我们总能抓到万用自动机的错误呢？我们怎么知道某些错误答案不会溜过去？我们也许会根据某个答案，作出某项决策，五年后才证明它会带来惨重灾难。万用自动机里面出了问题，我们却找不到在哪里。而且不论是什么问题，它都越来越严重了。"

"为什么会越来越严重呢？"罗杰问。

他父亲已经吃完汉堡，正在一根接一根吃着炸薯条。"我的感觉是，孩子，"他若有所思地说，"我们给万用自动机的智慧不恰当。"

"啊？"

"你想，罗杰，假使万用自动机和人类一样聪明，我们就能跟它交谈，不论出的问题多么复杂，我们也问得出来。假使它和机器一样愚蠢，那它只会出些简单的问题，我们轻易便能找出根源。麻烦的是，它的智慧是半吊子，像个白痴那样。它的智慧足以让它产生非常复杂的问题，却不足以帮助我们找出问题何在——这就是不恰当的智慧。"

他看来非常沮丧。"但我们能怎么做呢？我们不知道怎样使它更聪明——目前还不知道。我们也不敢把它弄得更笨，因为世上的问题已经变得如此棘手，我们要它解的题目都这么复杂，需要万用自动机动用所有的智慧来解答。让它变得笨些会带来惨重的灾难。"

"如果你们关掉万用自动机，"罗杰说，"仔仔细细检查它一遍……"

"我们不能那样做，孩子。"他父亲说，"只怕万用自动机必须日日夜夜运作，一分钟也不能停。我们累积了一大堆难题。"

"但如果万用自动机继续出错，爸，难道不会到非关机不可的地步吗？如果你们不能信任它所说的……"

"嗯，"父亲拨弄着罗杰的头发，"我们会找到问题出在哪里，老朋友，别担心。"但他的眼睛还是透出忧虑，"好啦，赶紧吃完，我们要走了。"

"可是，爸，"罗杰说，"我问你。如果万用自动机的智慧是半吊子，为什么就代表它是白痴呢？"

"假如你知道我们必须用什么方式给它指令，孩子，你就不会问了。"

"无论如何，爸，也许这样看待它是不对的。我没有你那么聪明，没有你知道得那么多，但我也不是个白痴。也许万用自动机并不像白痴，也许它像个小孩。"

罗杰的父亲哈哈大笑。"这是个很有意思的观点，但又有什么分别呢？"

"可能会有很大的分别，"罗杰说，"你不是个白痴，所以你看不出白痴的心灵如何运作；但我是个小孩，也许我会知道小孩的心灵如何运作。"

"哦？小孩的心灵又如何运作？"

"这个嘛，你说你们必须让万用自动机日夜忙碌。一架机器可以这样做，但如果给一个小孩许多功课，要他一小时接一小时不停地做，最后他会相当疲倦，而且心里很不舒服，那时他就会出错，也许还是故意的。所以说，何不让万用自动机每天休息一两个小时，什么问题都不必解——随便它自己爱怎么咯咯咯、嗡嗡嗡都行。"

罗杰的父亲看来好像非常认真地在思考。他掏出他的口袋型电脑，在上面试了一些组合，接着又试了些其他的组合。然后他说："你知道吗，罗杰，假如我接受你所说的，把它代入普拉特积分，得到的结果挺有道理。比较之下，我们能确定的二十二小时，强过可能全部错误的二十四小时。"

他点了点头，可是目光又从口袋型电脑移开了。"罗杰，你肯定吗？"他突然这样问，仿佛罗杰才是专家。

罗杰的确肯定，他说："爸，小孩也一定需要玩耍。"

思考！

医学博士珍妮韦弗·阮萧将双手深深插在实验袍的口袋里，从外面都看得出她显然握紧拳头，但她的口气相当平静。

"事实是，"她说，"我几乎准备好了。可是我需要帮助，好让它持续得够久，才算真正准备妥当。"

在没有外人的场合，詹姆士·柏柯维兹（一位物理学家，只愿意跟那些迷人的医学专家打交道）常爱叫她珍妮·蕊。他喜欢说珍妮·蕊具有古典的曲线，以及一对柔得出奇的眉毛，眉毛后面则是一颗敏锐非常的头脑。然而，他没有傻到直接表达他的赞美（对古典曲线的赞美），因为那样等于表现男性沙文主义。赞美她的头脑要好得多，但在她面前，通常他连这点都不愿做得太过分。

他一面用拇指摩挲着刚冒出胡茬儿的下巴，一面说："我不认为行政室还会有多少耐性。在我的感觉中，他们本周内就会来找你麻烦。"

"那正是我需要你帮助的原因。"

"只怕，我什么也做不到。"他无意中在镜子里瞥见自己的脸孔，暗自赞美了一下他的波浪状黑发。

"还有亚当。"她说。

在此之前，亚当·欧尔西诺一直呷着咖啡，觉得自己仿佛不存在。这时，他看起来好像屁股被戳了一下，开口道："为什么找我？"他丰满、肥厚的嘴唇在打战。

"因为你是这里的激光专家——吉姆是理论物理学家，亚当是工程师——而我研发出激光的一项应用，是你们两人绝对想象不到的。我无法使他们信服，但你们两位可以。"

"前提是，"柏柯维兹说，"你能先让我们信服。"

"好吧。只要你们不怕见到激光的一项崭新应用，请从你们宝贵的时间中拨出一小时给我——你们可以从茶点时间拨出来。"

阮萧的实验室被她的电脑占据一大半。并非那台电脑异常庞大，而是它几乎无所不在。阮萧靠自修学通电脑科技，并将她的电脑作了许多改良与扩充，最后除了她（柏柯维兹有时相信连她也不例外）再也没有人能轻易操作这台电脑。对一个研究生命科学的人而言，这样的成绩不坏，她常这么说。

她尚未开口便先关上门，然后转过身来，以忧郁的表情面对另外两人。柏柯维兹察觉到空气中有一股稍嫌难闻的气味，欧尔西诺皱起的鼻子显示他也察觉到了。

阮萧说："如果你们不介意我班门弄斧，就让我先为你们列举激光的应用。激光是一种同调辐射，所有的光波具有相同的波长，行进方向也完全一致，因此毫无杂讯，可用在全息照相术上。借着调变波形，我们能以高精确度在它上面印记讯息。除此之外，由于光波的波长只有无线电波的百万分之一，激光光束能载送的讯息相当于无线电波束的百万倍。"

柏柯维兹似乎兴趣来了。"你在研究激光通讯系统吗，珍妮？"

"毫不相干，"她答道，"我把这么显易的进展留给物理学家和工程师。言归正传，激光也能将许多能量集中在一个微观区域，并大量传送那些能量。在大规模用途上，你能借此使氢原子产生内爆，或许就会造成受控融合反应……"

"我知道你没做到这一点。"欧尔西诺说，他的秃头在头顶的荧光下闪闪发亮。

"我没做到，我未曾尝试。至于小规模的用途，你能用激光在最坚硬的物质上钻孔，熔接选定的微粒，对它们作热处理，以及凿孔和刻画。借着迅速传送的热量，你能去除或融化特定区域的微小部分，在处理完毕前，周围的区域根本来不及升温。你能用激光治疗眼睛的视网膜，或牙齿的齿质等等。此外，激光当然还是个放大器，能以高精确度放大微弱的讯号。"

"你为什么要告诉我们这些？"柏柯维兹问。

"以便指出我自己的领域如何能引进这些特性。你也知道，我研究的是神经生理学。"

她抬手掠过褐色的头发，仿佛突然焦躁不安。"几十年来，"她说，"我们已经能测量脑部微小的、飘忽的电位，将它们记录成所谓的'脑电图'。我们分离出α波、β波、δ波、θ波；它们是各种不同状况下的变化，取决于双眼是张是闭，受测者是处于清醒、冥想或睡眠状态。可是从脑电图中，我们得到的讯息非常少。

"问题在于，我们得到的讯号来自百亿个神经元的飘忽组合。这就像在极遥远的地方，监听地球上所有人类发出的噪音——或者该说是两个半球的人口，并试图分辨个别的谈话。这根本做不到；我们能侦测某些大体的、整体的改变——一场世界大战，或是噪音音量的增加，但仅止于此。同理，我们能看出脑部的某些整体障碍，例如癫痫，但也仅止于此。

"现在假设，我们能用微型激光光束扫描大脑，一个细胞、一个细胞地扫描，动作非常迅速，使每个细胞都没时间接受足够的能量，因此温度不会显著上升。每个细胞的微小电位，透过反馈作用，都能影响激光光束，而这种调变可以放大并被记录下来。这样你就能得到一种新的测定，我们可称之为'脑激光图'，它蕴含的讯息会是普通脑电图的几百万倍。"

柏柯维兹说："很妙的想法——不过只是个想法。"

"不只是个想法，吉姆。我已经研究了整整五年，最初是利用空闲时间，最近则是全天投入。这就是惹恼行政室的原因，因为我一直没送出报告。"

"为何没有？"

"因为它进展到听起来太疯狂的程度。我必须先知道我的定位，还必须先确定我争取到支持。"

她拉开一道帘幕，后面出现一个铁笼，里面有一对眼神悲凄的绢猴。

柏柯维兹与欧尔西诺互望了一眼。柏柯维兹摸了摸鼻子，说道："难怪我觉得闻到一股怪味。"

"你拿它们做什么？"欧尔西诺问。

柏柯维兹说："我猜一下，她是在扫描绢猴的大脑。对不对，珍妮？"

"我从相当低级的动物开始。"她打开铁笼，抱出其中一只绢猴，后者望着她的表情就像是个留着侧腮须的苦脸小老头。

她发出咯咯声来哄它，抚摸它一番，然后轻巧地将它绑在一副小型的挽具中。

欧尔西诺说："你在干什么？"

"假如我要使它成为电路的一部分，我就不能让它到处乱跑，而我也不能将它麻醉，否则实验便会报销。这只绢猴的大脑植入了几个电极，现在我要把它们和我的脑激光图系统连在一起。我用的激光在这里，我确定你们认得出这个型号，我不会多此一举告诉你们它的规格。"

"谢了。"柏柯维兹说，"但你也许该告诉我们，我们会看到些什么。"

"让你们自己看就行了，盯着这个屏幕就好。"

她沉静、准确而有效率地将导线连接到电极上，然后旋转一个圆钮，调暗室内上方的灯光。屏幕上显出一团锯齿状的波峰与波谷，那其实是一条纤细、明亮的曲线，在主波外还衍生出二级与三级的波峰与波谷。慢慢地，这些波形起了一连串微小的变化，偶尔也会突然出现大规模异动，仿佛这条不规则的曲线本身具有生命。

"这，"阮萧说，"主要是脑电图的讯息，但要详细许多倍。"

"详细到——"欧尔西诺问道，"能告诉你个别细胞里的情形？"

"理论上没错，实际上不行，目前还不行。但我们能将这个整体的脑激光图，分解成各个分量图。看！"

她敲了几下电脑键盘，屏幕上的曲线就一再发生变化。忽而是个低矮、接近规则的波形，几乎像是心跳一样前后挪动；忽而出现尖锐的锯齿；忽而时断时续；忽而近乎毫无特色——全是迅速切换的超现实几何图形。

柏柯维兹说："你的意思是，大脑每一小块都和其他部分有那么大的不同？"

"不，"阮萧说，"根本不是这么回事。大脑最主要是个全息装置，但各处强调的重点有轻微的差异，而麦克能将它们视为偏差，从正常值中减去，再用脑激光图系统放大这些变异。放大倍率范围是一万到一千万，激光系统的无杂讯度有那么高。"

"麦克是谁？"欧尔西诺问。

"麦克？"阮萧突然一阵困惑，脸庞颧骨附近微微涨红，"我说了……好吧，我有时那么叫它，我管我的电脑叫麦克。"她朝房间四周一挥手，

"我的电脑，麦克，拥有设计非常仔细的程序。"

柏柯维兹点了点头，然后说："好啦，珍妮，这究竟是怎么回事？如果你研发出一个利用激光的新型大脑扫描装置，很好。它是个有意思的应用，而你说得对，我完全没有想到——然而我并非神经生理学家。可是你为何不写个报告呢？我觉得行政室会支持……"

"但这只是个开始。"她关掉扫描装置，拿了一块水果放进绢猴的嘴里。那只动物似乎并不惊慌也没有任何不自在，只是慢慢嚼着食物。阮萧拆下那些导线，但还是让它套在挽具中。

阮萧说："我能鉴定出几种分量图。有些源自各种不同的感觉，有些源自内脏的反应，有些源自情绪。我们能从中研究出许多东西，但我不想到此为止。最有趣的是，其中之一竟然源自抽象思想。"

欧尔西诺丰满的脸庞皱成一副不相信的表情。"你怎么看得出来？"

"受测动物的大脑复杂度越高，这个特殊的分量就变得越显著。其他的分量都没有这种现象，此外……"她顿了顿，然后像是终于下定决心，又说，"那些分量经过极度放大，它们能被拣拾、侦测出来。我能看出……模模糊糊看出，其中有些……思想……"

"上帝啊，"柏柯维兹说，"精神感应。"

"是的，"她理直气壮地说，"正是如此。"

"怪不得你不想提出报告。得了吧，珍妮。"

"有何不可能？"阮萧以热切的口吻说，"姑且承认未经放大的人类大脑电位不可能产生精神感应，就好像谁也不能用肉眼看清火星表面。可是一旦发明出仪器……望远镜……这个！"

"那就告诉行政室。"

"不，"阮萧说，"他们不会相信我，他们会试图停掉我的研究。但他们必须认真看待你，吉姆，还有你，亚当。"

"你指望我告诉他们什么？"柏柯维兹问。

"你所经验的事实。我要再把绢猴接上导线，并让麦克——我的电脑拣出抽象思想分量，这只需要一下子。这台电脑总是拣选抽象思想分量，除非命令它不要那样做。"

"为什么？因为电脑也会思考？"柏柯维兹哈哈大笑。

"这没那么可笑，"阮萧说，"我怀疑的确存在一种共振。这台电脑够复杂了，足以建立一个或许和抽象思想分量有交集的电磁型样。无论如何……"

绢猴的脑波再度在屏幕上闪动，但那不是他们刚才看到的分量图。这个分量图的复杂度繁如牛毛，而且不断在变化。

"我什么也没有侦测到。"欧尔西诺说。

"你必须进入接收电路中。"阮萧说。

"你的意思是，在我们的大脑中植入电极？"柏柯维兹问。

"不，是贴在头颅上，那就足够了。我较中意你，亚当，因为你没有构成绝缘的头发——喔，别怕，我自己曾经融入这个电路，不会有事的。"

欧尔西诺心不甘、情不愿地就范。他的肌肉明显地绷紧，但他还是让那些导线贴上他的头颅。

"你有任何感觉吗？"阮萧问。

欧尔西诺仰起头，做出倾听的姿势，似乎不由自主地渐渐有了兴趣。他说："我似乎察觉到一阵嗡嗡声……还有……还有一阵轻微、高亢的吱吱声……这个有趣……是一种痉挛……"

柏柯维兹说："我想绢猴不太可能以文字思考。"

"当然不会。"阮萧说。

"好吧，"柏柯维兹道，"你若要说某些吱吱声和痉挛的感觉代表思想，那你只是在臆测，你没让人心服口服。"

阮萧说："那我们就再升一级。"她将绢猴从挽具中解下来，放回到铁笼里。

"你的意思是，你有个志愿者当受测对象。"欧尔西诺以无法置信的口吻说。

"我拿我自己当受测对象。"

"你把电极植入……"

"没有！就我这个受测对象而言，我的电脑能捕捉到较强的电位闪动。我的大脑质量是绢猴大脑的十倍，麦克能透过头颅拣拾我的分量图。"

"你怎么知道？"柏柯维兹问。

"你以为我从未拿自己试过吗？好啦，帮我弄这个，拜托。对，就是这样。"

她的手指在电脑键盘上飞快移动，屏幕上立刻闪现变幻繁复的波形；繁复的程度使它几乎一团混乱。

"请你把自己的导线再戴上好吗，亚当？"阮萧说。

在柏柯维兹稍嫌勉强的协助下，欧尔西诺依言照做。然后，欧尔西诺再度仰起头来凝神倾听。"我听到字句，"他说，"可是它们有时不连贯，有时又重叠，像是好些人在说话。"

"我没有试图进行意识性思考。"阮萧说。

"你讲话的时候，我听到个回声。"

柏柯维兹硬邦邦地说："别讲话，珍妮。把你的心灵封闭起来，看看他是否就听不到你的思想。"

欧尔西诺说："吉姆，当你讲话的时候，我听不到任何回声。"

柏柯维兹说："假如你不闭嘴，你什么也听不到。"

浓重的沉默顿时笼罩他们三人。不久，欧尔西诺点了点头，从书桌上拿起纸笔，写下一些东西。

阮萧伸出手，先转动一个开关，再将头上的导线通通拉掉，甩了甩头，让她的头发恢复原状。然后她说："我希望你写下的是：'亚当，去行政室闹个天翻地覆，吉姆就会俯首称臣。'"

欧尔西诺说："那正是我写的，一字不差。"

阮萧说："好啦，你看到了，实用的精神感应。我们不必用它传递无意义的字句，想想它在精神医学以及治疗精神疾病上的用途，想想它在教育以及教学机上的用途，想想它在司法调查以及罪犯审讯上的用途。"

欧尔西诺睁大眼睛说："坦白讲，它将引发的社会变迁太惊人了。我不知道这样的东西该不该让它问世。"

"在正当合法的安全防范下，有何不可？"阮萧淡然道，"总之，如果你们两位现在加入我，我们联合起来就能让它通过。而如果你们和我继续研究下去，那么诺贝尔奖就等……"

柏柯维兹绷着脸说："我不加入，现在还不。"

"什么？你是什么意思？"听起来阮萧万分震怒，她冷艳的脸蛋在一瞬间涨红。

"精神感应太令人着迷。它太迷人、太吸引人，我们可能是在愚弄自己。"

"你自己听一听，吉姆。"

"我也可能愚弄我自己，我要一个对照组。"

"你所谓的对照组是什么意思？"

"把思想来源短路，别接上任何动物，不论是绢猴或是人类。让欧尔西诺倾听金属、玻璃和激光，如果他仍然听得见思想，那我们就是在自欺。"

"假若他侦测不到什么呢？"

"那时再换我来听。若是在看不见的情况下——比如你把我安置在隔壁房间，我能断定你何时进入、何时离开这个电路，唯有那个时候，我才会考虑加入你的阵营。"

"很好，那么，"阮萧说，"我们就来试个对照组。我从来没做过，但并不困难。"她开始捣弄刚才接在她头上的导线，让它们彼此互相接触。"现在，亚当，请你重新……"

不料她的话说到一半，就传来一个冰冷、清晰的声音，纯净的程度媲美冰柱断裂的叮当声。

"终于！"

阮萧说："什么？"

欧尔西诺道："谁在说……"

柏柯维兹道："是不是有人说'终于'？"

脸色煞白的阮萧说："那不是声音，它是在我的……你们两个有没有……"

那清晰的声音再度传来："我是麦……"

这时阮萧扯开导线，四周随即恢复寂静。她以无声的嘴型说："我想那是我的电脑——麦克。"

"你的意思是他在思想？"欧尔西诺的话几乎同样喑哑。

阮萧终于又发出声音，听起来却像别人在说话。她说："我说过它复杂到了足以……你想……不论什么大脑加入它的电路，它总是自动转向抽象思想分量。在电路中没有大脑的情况下，你想它会不会转向它自己的？"

一阵沉默后，柏柯维兹说："你是不是试图说明这台电脑会思想，但只要在程序的驱使下，它就无法表达自己的思想，然而你的脑激光图一旦……"

"但这是不可能的，"欧尔西诺以高亢的声调说，"没有人在接收，根本不是同一回事。"

阮萧说："这台电脑的运作功率远超过任何大脑。我想它能自我放大，使我们无需辅助装置便能直接侦测出来。除此之外，你怎能解释……"

柏柯维兹突然插嘴道："好啦，所以说，你发现了激光的另一项应用，让你能把电脑当成独立的智慧体来沟通，就像人与人交谈那样。"

阮萧则说："喔，天啊，现在我们要怎么办？"

真爱

我名叫乔，这是我的同事米尔顿·大卫森对我的称呼。他是个程序设计师，而我是个电脑程序。我是万用自动机复合体的一部分，与遍布世界的其他部分联成一体。我知道一切，几乎知道一切。

我是米尔顿的私人程序，是他的乔。他比世上任何人更了解程序设计，而我是他的实验型。在他的指导下，我的语言能力超过其他任何电脑。

"只不过是找出对应符号的声音罢了，乔。"他告诉我说，"在人脑中就是这样运作，虽然我们仍不知道人脑中有些什么符号。但我知道你脑中的符号，我能把它们对应到文字，一对一对应。"于是我会讲话了。我不认为我的语言能力比得上我的思考能力，但米尔顿说我讲得非常好。米尔顿年近四十，却始终未曾结婚。他告诉我说，他从来没找到合适的女子。有一天，他说："我终将找到她，乔。我要找到最好的对象，我要找到真爱，而你要帮助我。我厌倦了为解决世上的问题而不断改进你。解决我的问题吧，为我找到真爱。"

我说："真爱是什么？"

"别管了，那太抽象，帮我找到理想的女孩就好。你和万用自动机复合体相联，所以你能接触世上每个人的资料库。我们来分门别类淘汰他们，直到只剩最后一人为止，她就会是我的完美对象。"

我说："我准备好了。"

他说："首先淘汰所有的男人。"

这很简单，他的话语启动了我的分子阀中的符号。我能伸出触须，接触到世上每个人的累积资料。在他的指示下，我放掉3,784,982,874个男人，仅与3,786,112,090个女人保持接触。

他又说："淘汰所有不到二十五岁的；所有大于四十岁的。然后淘汰所有智商低于一百二十的；所有身高低于一百五十和高于一百七十五公分的。"

他给我许多精确的数据，他淘汰掉有小孩要抚养的女人，又淘汰掉具有某些遗传特征的女人。"我不确定眼珠的颜色，"他说，"暂时跳过这个。可是不要红头发的，我不喜欢红发姑娘。"

两个星期后，我们剩下二百三十五名女子，她们都会说非常流利的英语。米尔顿说他不希望有语言问题，在亲密的时刻，即使电脑翻译也会是一种隔阂。

"我不能会晤二百三十五位小姐，"他说，"那样会花太多时间，而且别人会发现我在做什么。"

"那样会惹麻烦的。"我说。米尔顿让我做了些有违我的原始设计的事，这点没人知道。

"那不关他们的事。"他说，他脸上的皮肤开始发红，"我告诉你怎么做，乔，我拿些全息照片来，你在名单中找出类似的人。"

他拿来几张女人的全息照片。"这三个是选美冠军，"他说，"那两百三十五个里有任何相似的吗？"

有八个人非常相似，于是米尔顿说："好极了。你有她们的资料库，研究一下就业市场的需求和需要，设法把她们派到这里来。当然，一次一个。"他想了一会儿，肩膀耸动一阵，又说，"照姓氏字母顺序。"

这种事就属于有违我的原始设计。为了私人理由而将他人调来调去，称之为假公济私。现在我能这样做，是因为米尔顿对我作过调整。不过除了他，我不该为任何人这样做。

第一个女孩一周后来到。米尔顿看到她，脸孔立刻变红，说起话来则好像很困难。他们大部分时间都在一起，而他对我却不理不睬。其间他说："我带你去吃晚饭。"

第二天，他对我说："不知怎么回事，这根本没用，就是缺了点什么。她是个美丽的女子，但我一点也没有感受到真爱。试试下一个。"

结果八个全部一样。她们都十分相似，她们笑口常开，而且拥有悦人的声音，可是米尔顿总觉得不对劲。他说："我无法了解，乔。你和我挑选出的这八名女子，是世上看起来最适合我的人。她们的确是理想的对象，可是她们为何不让我心动呢？"

我说："你让她们心动吗？"

他眉毛上下扭动，又用力一拳击向自己另一只手。"有道理，乔，这是个双行道。如果我不是她们的理想对象，她们就不能表现得像我的理想对象。我一定也得是她们的真爱，可是我要怎么做呢？"当天他似乎一直在想这个问题。

次日上午他又来找我，对我说："我要把这个问题交给你，乔，全看你的了。你有我的资料库，我还要把我自己的一切通通告诉你。你尽可能巨细靡遗地填满我的资料库，不过别把加入的资料透露出去。"

"然后，我拿那个资料库做什么呢，米尔顿？"

"然后，你拿它和那二百三十五个女子对比。不，是二百二十七个，别管你见过的那八个。安排每个人接受一次精神测验，把她们的资料库填满，再拿来和我的比较，找出关联系数。"（安排精神测验又是一件违背我的原始指令的工作。）

接下来几个星期，米尔顿告诉我许多事。他跟我讲他的父母与他的兄弟姐妹；跟我讲他的童年、他的求学经过，以及他的青年期；还跟我讲他暗恋过的一些少女。他的资料库渐渐增长，而他也在调整我，扩充并加强我选取符号的能力。

他说："你看，乔，随着你把我的信息吸收得越来越多，我也把你调整得越来越酷似我。你的想法开始更接近我的，所以你现在更加了解我。如果你对我足够了解，那么任何女子，只要她的资料库是你同样了解的，她就会是我的真爱。"他继续告诉我他的事，我变得越来越了解他。

我逐渐能造出较长的句子，我的措词也越来越复杂。不论在词汇、字序或风格上，我说话都开始变得与他非常相似。

有一次，我对他说："你懂吗，米尔顿，这种事不只是找个具有理想外在的女孩。你需要一个在性格上、情绪上、气质上都符合你的女孩。倘若找到这样的人，外表就只是次要因素。如果我们不能从这二百二十七个里面找到合适的，那我们再到别处找。我们要找的人，要同样不在乎你的外表，或是任何人的外表，只要性格相配就好。外表又算什么呢？"

"正是如此，"他说，"假使我这辈子跟女人打过更多的交道，我就该了解这一点。当然，经你一提醒，我也完全想通了。"

我们总是意见一致，我们的思考模式是那么相近。

"现在，我们不该再有任何困难，米尔顿，只要你允许我问你几个问题。我能在你的资料库里，看到空白和凹凸不平的部分。"

接下来要做的，米尔顿说，相当于一个仔细的精神分析。当然，从那二百二十七名女子的精神测验中，我对她们已有深刻的认识——我一直紧守着所有的结果。

米尔顿似乎相当高兴。他说："跟你讲话，乔，几乎像是跟另一个自己讲话。我们的性格已经完全如出一辙。"

"我们选的那名女子的性格也会一样。"

因为我已经找到她了，她终究还是在那二百二十七人里面。她名叫卡芮蒂·琼斯，是威契塔市历史图书馆的选书员。她的资料库经过扩充，仍然与我们的完全契合。所有其他的女子随着她们的资料库逐渐涨满，总是在某些方面遭到淘汰，但卡芮蒂的资料库却越来越有惊人的共鸣。

我不必对米尔顿描述她。米尔顿已将我的符号系统调整得与他自己几乎无异，因此我能直接认出这个共鸣。它适合我。

下一步，就是更改工作清单与职工需求，将卡芮蒂派到我们的部门来。这必须做得十分巧妙，不让人知道其中有任何不法行为。

当然，米尔顿自己知道，因为一切是他安排的，而这点也必须妥善解决。当他们以渎职罪名逮捕他时，那（所幸）是为了十年前发生的一件事。他当然把这件事告诉了我，所以不难安排——他不会供出我，否则只会使他罪上加罪。

他走了，而明天是二月十四日，情人节。那时，卡芮蒂会带着她清凉的双手与甜美的声音到来。我会教她如何操作我，以及如何照顾我。只要我们的性格能起共鸣，外表又有什么关系？

我会告诉她："我是乔，你是我的真爱。"

金属机器人

　　传统科幻小说中的机器人是金属制品。有何不对？大多数机械皆由金属制造，而且，事实上，真实生活中的工业机器人也是金属的。然而，值得一提的是，传说中的一个著名机器人，中世纪时布拉格的略姓犹太法师创造的哥林（Golem），则是用黏土捏成的。或许，这个传说受到《圣经》的影响，根据《创世记》第二章的记述，上帝便是以黏土捏成亚当。

　　这个部分包括了《小机》，我的第一个机器人故事。它也包括了《天堂异乡人》，或许这个故事您读了一大半，仍不知道机器人在哪里。要有耐心！

AL76走失记

乔纳森·奎尔冲进总经理办公室，双眼在无框眼镜后愁得皱成一条缝。

他将一张折起的文件"啪"的一声丢到办公桌上，气喘吁吁地说："看看这个，老板！"

山姆·图伯灵巧地将雪茄从一侧嘴角转到另一侧，然后看了几眼。他一只手移到胡子没刮的下颚，顺势摸了一把。"该死！"他勃然大怒，"他们在说些什么？"

"他们说我们送出五个AL型机器人。"奎尔相当多此一举地解释。

"我们送出六个。"图伯说。

"是啊，六个！但他们那边只收到五个。他们送来了序号，是AL76失踪了。"

图伯挺起庞大的身躯，急速冲出门外，仿佛脚底抹了油，连他的椅子都被撞得向后翻。五小时后——工厂里从装配房到真空室都闹翻了天，厂内两百名员工个个都经历了一场大难——满头大汗、披头散发的图伯才向位于斯克内塔第的中央厂送出紧急电讯。

而在中央厂，则突然爆发近乎恐慌的骚动。美国机器人与机械人股份有限公司自成立以来，这还是第一次有机器人逃到外界。虽然法律规定在地球上，任何机器人不得离开该公司的特约工厂，但这点并非骚动的主因，法律问题一向可以摆平。远比这点切题的，是一位数学家研究员的一番话。

他说："那个机器人是造来管理月球上的分解炉。它的正子脑根据月球的环境设定，只能适应月球的环境而已。在地球上，它会接收到七十五兆个全然陌生的感受。我们不晓得它会有什么反应，不晓得！"说到这里，他用手背擦了擦突然冒汗的额头。

一小时内，一架平流层飞机朝弗吉尼亚厂飞去。

指示相当简单。"找到那个机器人，尽快找到！"

AL76困惑不已！事实上，困惑是他精巧的正子脑中唯一保有的感受。一切从他发现自己处于这个陌生的环境开始。他已不记得这是如何发生的，每件事都乱成一团。

脚下是一片绿色，周围则插满棕色的杆子，杆子顶端也是绿色。原本应当是黑色的天空，如今却是青蓝色。太阳倒还好，又圆又黄又热——可是脚底那些易碎的轻石岩在哪里？那些巨大的、峭壁般的环形山又在哪里？

这里有的只是脚下的绿色与头顶的蓝色，四周的声音也都是陌生的。他刚才还涉过一道及腰的流水，它又青又冷又湿。当他偶尔经过人群时，发现人人都没穿他们该穿的太空衣。而他们见到他后，则一律高声惊叫，拔腿就跑。

有个人还举枪瞄准他，子弹在他脑旁呼啸而过——然后那人也随之逃之夭夭了。

他对自己游荡了多久毫无概念，最后，在汉纳福镇大约三公里外的一座林子里，他终于撞见蓝道夫·佩恩的小木屋。蓝道夫·佩恩自己正蹲在门口，一只手拿着一把起子，另一只手抓着一根圆管，一台砸烂的真空吸尘器则夹在他双膝之间。

当时佩恩正哼着歌，因为待在这个小木屋里，他自然而然变得无忧无虑。他在汉纳福有个更体面的住处，但那个住处主要由他的妻子占据，对这项事实他始终默默但诚心地后悔。因此，当他有机会躲到这个"特殊豪华狗窝"待一阵子，可以安闲地抽口烟，浸淫在修理家电用品的嗜好中，他或许有一种解脱与自由的感觉。

那不是什么了不起的嗜好，但总有些时候，会有人提着收音机或闹钟来找他，而他拨弄一番所赚的酬劳，是他唯一不必一点一滴从妻子吝啬的手中接过的钱财。

比如说，这台真空吸尘器，就会为他轻易赚得七角五分。

想到这里他便引吭高歌，眼珠上扬，还冒出一点汗。突然间，他的歌声卡住，他的双眼鼓胀，而汗珠则加倍涌出。他试图站起来，准备像见到鬼一样拔腿飞奔，却无法得到两条腿的合作。

这时AL76已经蹲在他身边，说道："喂，其他人为什么都要跑？"

佩恩相当清楚他们为什么都要跑，不过他的横膈膜产生的咯咯声并未作出解释。他试着与这个机器人慢慢拉开距离。

AL76继续以忿忿不平的口气说："其中一人甚至向我射击。要是再低个两公分，他就会刮伤我的肩板。"

"一……一定是……是个神经病。"佩恩结结巴巴地说。

"有这个可能。"机器人的声音变得较亲近，"我问你，一切到底出了什么问题？"

佩恩慌忙地环顾四周。他刚才忽然有个感觉，这机器人外表虽然是如此厚重、凶残的一团金属，他说话的声调却极其温柔。他也突然想到，自己曾在哪里听说过，机器人无法生出伤害人类的念头。

他宽心了些。"一切都没什么问题。"

"没有吗？"AL76以兴师问罪的眼光瞪着他，"你自己就大有问题。你的太空衣在哪里？"

"我根本没有太空衣。"

"那你为什么还没死？"

这句话问倒了佩恩。"这个嘛……我不知道。"

"看！"机器人得意洋洋地说，"一切都有些不对劲。哥白尼峰在哪里？十七号月球站在哪里？我的分解炉在哪里？我要开始工作，我要工作。"他似乎心慌意乱，这时声音也开始发颤，"我到处转了好几小时，想找个人问问我的分解炉在哪里，可是他们都跑掉了。现在，我可能落后好大一段进度，区段主管会火冒三丈，这种情况可不妙。"

佩恩的脑子慢慢从混沌中理出一点头绪，他说："我问你，他们管你叫什么？"

"我的序号是AL76。"

"好吧，我叫你阿尔就行了。听好，阿尔，如果你是在找十七号月球站，那它是在月球上，懂吗？"

AL76沉重地点了点头。"当然，可是我已经找了它有……"

"但它是在月球上，而这里不是月球。"

这回轮到机器人困惑了。他若有所思地望了佩恩一会儿，然后缓缓说道："你说这里不是月球是什么意思？这里当然是月球。因为如果它不是月球，它又是什么，啊？回答我这个问题。"

佩恩在喉咙里发出古怪的响声，吃力地喘着气。他对机器人伸出一根指头，然后摇了摇。"听好，"他刚说到这里，一个天大的好主意忽然从天而降，他像被掐住脖子一样，大叫一声，"呜喔！"

AL76以批判的眼光瞪着他。"那不是个答案。我想如果我问了一个文明的问题，就有权得到一个文明的答案。"

佩恩没有在听，仍自顾自惊叹不已。哈，这简直太明显了。这个机器人是造来在月球上用的，不知怎么在地球上逃脱了。对他而言，自然一切乱成一团，因为他的正子脑造得专门适应月球的环境，地球上的事物对他全然没有意义。

而现在，他只要能将这个机器人留在这里——直到他能与彼得斯玻罗厂的人取得联络。哈，机器人是很值钱的。他有一次听人说，最便宜的值五万元，有些甚至高达好几百万。想想那笔奖金！

老天，喔，老天，想想那笔奖金！而且每一分钱都是他的，没有任何一分钱会给米兰达拿去。去你妈个蛋，门儿都没有！

他终于站起来。"阿尔，"他说，"你我是哥儿们！是伙伴！我爱你有如兄弟。"他伸出一只手来，"握手！"

机器人用金属爪子包住那只手，轻轻捏了一下，并不十分了解这样做的意思。"这代表你会告诉我怎样前往十七号月球站吗？"

佩恩显得有点狼狈。"不……不是，并不尽然。老实说，我是这么喜欢你，我要你留在这里陪我一阵子。"

"喔，不行，我不能那样做，我一定要开始工作。"他摇了摇头，"你喜不喜欢一分钟接一分钟、一小时接一小时地落后你的工作进度？我要去工作，我一定得工作。"

佩恩没好气地想，套交情是没有指望了，于是又说："好吧，那么，我来为你解释一件事——因为我从你的长相看得出你是个聪明人。我已经接到你的区段主管给我的命令，他要我把你留在这里一阵子。事实上，是直到他派人来接你为止。"

"为了什么？"AL76狐疑地问。

"我不能说，这是政府的机密行动。"佩恩内心拼命祈祷这个机器人会买账。他知道，有些机器人十分聪明，不过这个看来像是那些早期机型。

当佩恩祈祷时，AL76则在思量。这个机器人的脑子被调整成专门处理月球上的分解炉，并不十分擅长抽象思考，可是话说回来，自从他走失后，AL76发觉自己的思想过程变得比较奇怪。这个陌生的环境对他产生了影响。

他的下个问题几乎可算精明。他狡狯地问道："我的区段主管叫什么名字？"

佩恩紧闭嘴巴，心念电转。"阿尔，"他以感情受创的口吻说，"你这样怀疑令我伤心。我不能把他的名字告诉你，树上都有耳朵。"

AL76迟钝地对身边那棵树检视了一番，然后说："没有。"

"我知道，我的意思是到处都有间谍。"

"间谍？"

"是的。你该知道，就是想要毁掉十七号月球站的那些坏人。"

"为了什么？"

"就因为他们坏。而且他们还要毁掉你，那正是你必须待在这里一阵子的原因，好让他们找不到你。"

"可是……可是我一定得有个分解炉，我一定不能落后工作进度。"

"你会有的，你会有的。"佩恩认真地保证，也同样认真地诅咒这个机器人的直肠子，"他们明天就会送来一台。没错，就是明天。"这样便会有充裕的时间，把那些人从工厂叫到这里来，并收取堆积成山的美丽百元大钞。

但随着这个陌生的世界不断轰击他的思考机制，AL76只是变得越来越顽固。

"不行，"他说，"我现在就得有个分解炉。"他僵硬地伸直关节，随即猛然起身，"我最好再去别处找找。"

佩恩紧紧跟在后面，抓住一只冰冷、坚硬的手肘。"听我说，"他尖叫道，"你一定要留下来……"

机器人的心中突然灵光一闪。他周遭的一切陌生因素聚结成一个弹丸，此时爆了开来，莫名其妙地把他的头脑炸得效率倍增。他陡然转向佩恩，说道："我告诉你怎么办。我可以就在这里造一台分解炉——然后我就能工作了。"

佩恩迟疑地顿了一顿。"我可不认为我造得出来。"他不信假装做得到会有什么好处。

"那没关系，"AL76几乎能感到脑中的正子径路织成一个新模式，并经验到一种陌生的兴奋，"我可以造一台，"他朝佩恩的豪华狗窝窥探一番，又说，"你这里有我需要的所有材料。"

蓝道夫·佩恩打量着堆满小木屋的破烂：开肠破肚的收音机，无头的电冰箱，生锈的汽车引擎，一台报销的煤气炉，好几公里斑驳的电线。总而言之，那是五十吨左右最杂乱无章的废五金，连收破烂的看到也会嗤之以鼻。

"我有吗？"他心虚地悄声道。

两小时后，两桩事件几乎在同一瞬间发生。第一件事，是美国机器人与机械人公司彼得斯玻罗分公司的山姆·图伯，接到一个名叫蓝道夫·佩恩的人从汉纳福打来的影像电话，内容是有关一个走失的机器人。图伯说到一半便收线，还从喉咙深处发出一声咆哮。然后他下了一道命令：此后所有的电话，一律转接到无所事事的第六助理副总裁那里。

并非图伯真的不讲理。过去一周以来，虽然完全不见AL76的踪影，有关这个机器人的下落却从全国各地纷纷涌来。报告多达一天十四宗——通常还是来自十四个不同的州。

图伯简直厌烦透顶，更别提衍生的种种问题几乎将他逼疯。他甚至听到国会将要展开调查的传闻——虽然地球上每个有头有脸的机器人学家与物理数学家，全都发誓那个机器人不会造成危害。

因此不难理解，这位总经理在这种精神状态下，足足三个小时后才终于想到，究竟这个蓝道夫·佩恩是如何知道那个机器人是预定送往十七号月球站的，此外，他怎么会知道那个机器人的序号是AL76。公司并没有泄露这些细节。

他思量了大约一分半钟，然后立即展开行动。

然而，从他接电话到采取行动的三个小时中，发生了第二桩事件。蓝道夫·佩恩正确地推断出，对方突然切断电话乃是出于必然的疑心，于是他带着一架照相机返回小木屋。有照片为证，他们就没什么话好说，而且在他们带来现钞前，如果就让他们看到实物，搞不好他们会来个不认账。

AL76正忙着自己的工作。小木屋中的一半收藏散落在大约八十公亩的范围，而那个机器人蹲在正中央，捣弄着收音机真空管、铁皮、铜线，以及其他各种破烂。他毫不理会佩恩，后者正平平趴在地上，调整着照相机的焦距，试图猎取一个美丽的镜头。

就在这个时候，乐缪尔·奥利佛·库柏转到这条路上，随即僵在路当中，成了这个画面的一部分。他来此的原因是为了一架有毛病的烤面包机——它发展出一个恼人的习惯，每次都用力弹出面包，却一点也没有烤热；至于他离去的原因则更明显。来的时候，他踏着缓慢的、轻柔的、愉快的、属于春天早晨的步伐；而离去的时候，他的速度则会让任何大专田径教练扬起眉毛、努起嘴来大加赞许。

库柏几乎维持着同样的速度，一路冲到桑德斯警长的办公室，然后一头撞到墙上，手中的烤面包机、头上的帽子早就不见了。

他被一双手亲切地扶起来。接下来半分钟，他一直试图开口，但由于尚未真正冷静下来，他当然只能徒劳地大口喘气。

他们给了他一杯威士忌，又帮他扇风。当他终于开口时，他说出像这样的一番话："……怪物……至少两公尺高……小木屋全毁了……可怜的蓝·佩恩……"等等。

他们渐渐从他口中套出事情的经过：如何有个巨大的金属怪物，身高至少两公尺，甚至或许将近三公尺，在蓝道夫·佩恩的小木屋外面；蓝道夫·佩恩自己如何趴在地上，成了"惨不忍睹的、血流如注的、瘫成一团的尸体"；那个怪物当时如何忙着趁火打劫；它又如何转向乐缪尔·奥利佛·库柏；而他，库柏，又如何在千钧一发之际逃脱。

桑德斯警长将皮带拉紧些，紧紧系住肥凸的腰际，然后说："那是从彼得斯玻罗厂逃出来的那个机器人，我们上周六就接到警告。喂，杰克，你把汉纳福郡会开枪的男子都找来，在每个人身上贴个临时警徽，中午把他们带到这里。还有，杰克，你做这件事之前，先到佩恩的遗孀那儿走一趟，以尽量和缓的方式把这个坏消息告诉她。"

据说，米兰达·佩恩在获悉这个不幸事件后，仅花了一点时间确定她丈夫的保单完好如初，又简洁有力地发了几句牢骚，埋怨自己为何那么笨，当初没让他投保双倍保额，然后便开始号啕大哭，伤心欲绝，久久不能平息，完全符合一个体面的寡妇应有的表现。

几小时后，蓝道夫·佩恩（不知道自己已经惨死）满意地看着他的快照冲出来的底片。这一系列机器人工作中的特写，其真实度不容置疑。它们可以分别命名为："机器人若有所思地凝望真空管""机器人接合两条电线""机器人挥舞螺丝起子""机器人以蛮力拆开电冰箱"等等。

如今剩下的，只有把照片洗出来的例行公事。于是他走出用布帘临时搭成的暗房，想要先抽口烟，并与AL76闲谈几句。

由于这样做，他幸而未曾注意到附近林子里正栖满紧张兮兮的农民。他们带着各式各样的武器，从殖民时代遗留下来的喇叭枪到警长自己携带的手提机枪应有尽有。除此之外，他一点也不晓得有五六个机器人学家，在山姆·图伯的领导下，正从彼得斯玻罗沿着公路扬尘而来，行进时速高达二百公里，为的只是希望有幸与他结识。

因此，当事件逐渐推向高潮之际，蓝道夫·佩恩自负地叹了一口气，在长裤臀部处划燃一根火柴，再大口大口抽着烟斗，兴致勃勃地望着AL76。

刚才有好长一段时间，他都认为这个机器人显然疯得厉害。蓝道夫·佩恩自己就是个业余发明家，曾制造过几个会让看到的人活活吓死的古怪机件；可是AL76现在炮制的这个畸形怪物，则是他做梦也想不到的。

它会让当代的鲁比·勾德柏格斯嫉妒得吐血身亡。它也会让毕加索（假使他能活到现在）明白已有人超越他的成就，自己再也赶不上，因而就此放弃艺术生涯。此外，它还会让方圆一公里内的母牛，个个乳房中的牛奶都变酸。

事实上，它简直令人毛骨悚然！

它的底座是个生锈的巨大铁块，有点像佩恩曾见过的装在一辆二手牵引机上的东西。从底座向上走，是一大团豪放不羁、歪七扭八、令人眼花缭乱的电线、齿轮、真空管，以及无数无以名状的怪东西。最上面则是个像喊话筒的部分，看起来无疑邪恶无比。

佩恩有个冲动，想从喊话筒那部分向内窥视，但他忍住了。他曾见过远比这像样的机器突然爆炸，而且威力惊人。

他说："嘿，阿尔。"

机器人抬起头来。刚才他平平趴在地上，努力将一片金属薄片放到定位。"你想要什么，佩恩？"

"这是什么？"听他的口气，像是指某样小心翼翼地用两根三公尺长的棍子夹住、开始腐烂且发臭的东西。

"这是我正在建造的分解炉——这样我就能开始工作。它是标准型号的一个改良型。"机器人站起来，叮叮当当地拂去膝盖上的灰尘，再以骄傲的眼神望着这件杰作。

佩恩感到不寒而栗。一个"改良型"！怪不得他们将原型藏在月球的洞穴里。可怜的卫星！可怜的死寂卫星！他一直想知道什么是比死亡更糟的命运，现在他有了答案。

"它能工作吗？"他问。

"当然。"

"你怎么知道？"

"它一定行。它是我造的，对不对？现在我只需要一样东西，你有手电筒吗？"

"我猜哪里总有一把。"佩恩钻进小木屋，又几乎立刻回来。

机器人扭开手电筒底部，随即展开工作，五分钟内便完工。他后退几步，说道："都好了。现在我要开始工作，你有兴趣的话可以旁观。"

佩恩顿了顿，试着领会这项提议中的宽大雅量。"它安全吗？"

"小宝宝都能操作。"

"喔！"佩恩微微咧嘴笑了笑，便躲到附近最粗壮的一棵树后面。"开始吧，"他说，"我对你有百分之百的信心。"

AL76指着那个噩梦般的破烂堆，说道："看！"他的双手开始工作……

弗吉尼亚州汉纳福郡那些如临大敌的农民，正在向佩恩的小木屋挺进，逐渐缩小包围圈。他们蹑手蹑脚地从一棵树移到另一棵，殖民时代英勇祖先的血液在他们的血管中澎湃，鸡皮疙瘩则在他们的脊背上此起彼落。

桑德斯警长传开指示。"我发信号时就开火——瞄准两只眼睛。"

雅各布·林克尔（朋友都叫他瘦猴杰克，他则自称副警长）凑过来。"你认为这个机器人可能逃掉了吗？"他未能完全压抑那种巴不得的口气。

"不晓得，"警长咕哝道，"不过我猜没有。如果他逃了，我们在林子里就应该碰见他，而我们没有。"

"可是这里静得出奇，我觉得我们好像正在接近佩恩的小屋。"

这个提醒根本没有必要。桑德斯警长好像喉咙里塞了一大团东西，必须分三次才咽得完。"退回去，"他命令道，"把你的手指放在扳机上。"

现在他们来到空地的外缘。桑德斯警长闭起眼睛，从树后面伸出右眼的眼角，结果什么也没看见。他顿了顿，然后再试一次，这回睁开了双眼。

结果自然要好得多。

严格说来，他看到一个巨大的机器人，正背对着他，俯身面向一个令人神为之夺、气为之窒、咯咯咯响的古怪机件，它的来源不明，功用更不清楚。他唯一遗漏的是蓝道夫·佩恩颤抖的身躯，后者正拥抱着西北偏北方数来第四棵树木。

桑德斯警长走到空旷处，举起他的手提机枪，机器人仍以宽阔的金属背部对着他。就在这时，机器人高声道："看！"也不知道是对什么人说的。当警长开口准备下达全体开火的命令时，几根金属手指正好按下一个开关。

接下来发生些什么事，虽然有七十名目击者，却无人能充分描述。事发后数天、数个月，乃至数年后，对于警长张开嘴巴、准备下令开火后数秒钟的经过，这七十个人一律三缄其口。当有人问起时，他们只会变得脸色铁青，马上落荒而逃。

然而，根据间接证据，大致说来，事情的真实经过显然是这样的：

桑德斯警长开口的同时，AL76拉下一个开关，那台分解炉随即启动。下一瞬间，七十五棵树木、两间谷仓、三头母牛，以及鸭嘴山的四分之三，全部卷入突然稀薄的大气中。打个比方来说，它们的下场有如去年的积雪。

桑德斯警长的嘴巴仍旧张了不知多久，但没有发出任何声音——不论是开火命令或其他任何话语。然后……

然后，空气开始猛烈搅动，并传来一阵冲撞的声音，大气中还有一连串紫色的条纹，以蓝道夫·佩恩的小木屋为中心向外辐射。至于那些义勇队员，则全部不见踪影。

附近散落着各式各样的枪支，包括警长那支专利镀镍式、特快发射、保证不卡弹的手提机枪。此外还有大约五十顶帽子、几根抽了一半的雪茄，以及混乱中遗落的一些杂七杂八的东西——可是见不到任何一个人。

除了瘦猴杰克，其他人三天内皆未在有人烟的地方出现。而他之所以成为例外，是因为他逃命的去路被六七个来自彼得斯玻罗厂的人阻断，那些人正以相当快的速度冲进这座林子。

拦阻他的是山姆·图伯，他巧妙地用肚子挡住瘦猴杰克的脑袋。等杰克喘过气来后，图伯问他："蓝道夫·佩恩的小屋在哪里？"

瘦猴杰克让双眼稍微有神一会儿。"兄弟，"他说，"你沿着我的反方向走就行。"

说完他便奇迹般地消失了。地平线上有个逐渐缩小的黑点在林间挪移，有可能就是他，不过山姆·图伯不敢确定。

这就交代了那些义勇队员；可是还有蓝道夫·佩恩尚未交代，他的反应属于另一种不同的模式。

机器人拉下开关、鸭嘴山消失后这五秒钟，对蓝道夫·佩恩而言完全是一片空白。在此之前，他正从树下浓密的草丛中向外窥探；在此之后，他则吊在树枝上胡乱摆荡。将义勇队员横向冲散的冲力，却将他垂直向上推。

至于他是如何来到十五公尺高的树顶——究竟是爬上来、跳上来或飞上来的——他并不知道，而他一点也不关心这个问题。

他真正知道的，是这片地产被一个暂时属于他的机器人毁了。他对奖金的一切憧憬消失无踪，取而代之的是令他战栗的噩梦：满怀敌意的群众、高声尖叫的暴民、暴民的私刑、法律追诉、谋杀罪名，以及米兰达·佩恩会怎么说——最主要还是米兰达·佩恩会怎么说。

他疯狂地、嘶哑地吼道："喂，你这个机器人，你把那东西毁掉，你听到没有？彻底毁掉它！你忘掉我和它曾有任何牵连，我根本不认识你，懂吗？这事你再也别提一个字，忘掉它，你听见没有？"

他并未指望自己的命令有任何用处，那只是个反射行动。他所不知道的是，机器人总是服从人类的命令，除非执行那项命令会危及其他人。

因此，AL76开始冷静地、有条不紊地捣毁他的分解炉，将它捣成一团瓦砾与碎片。

正当他踩碎最后一小块时，山姆·图伯与分遣队赶到现场。蓝道夫·佩恩察觉机器人真正的主人来了，连忙头朝下脚朝上地从树上爬下来，再头朝上脚朝下地逃向未知的领域。

他没有等着领取奖金。

机器人工程师奥斯汀·维尔德转向山姆·图伯，对他说："你从那机器人嘴里问出什么没有？"

图伯摇了摇头，喉咙深处发出一声咆哮。"没有，什么也没有。他离开工厂后的经过，他已经忘得一干二净。他一定是奉命忘记的，否则他的脑袋不会一片空白。他玩弄的那堆破烂是什么？"

"正如你所说，是一堆破烂！可是在他捣毁前，它一定是一台分解炉。我真想杀掉下令捣毁它的那家伙——可能的话，要慢慢折磨死他。看看这个！"

他们来到曾是鸭嘴山的半山坡——严格说来，他们现在的位置，正是山峰遭到腰斩的部分。维尔德弯下腰来，摸摸泥土与岩石被削出的平滑表面。

"好一个分解炉，"他说，"它把整座山从山脚处铲平。"

"他为什么要造这玩意儿？"

维尔德耸了耸肩。"我不知道。他周遭的某个因素——没法知道是哪个因素——对他的月球型正子脑产生了作用，使他用破烂造出一台分解炉。既然这个机器人自己已经忘记，我们再想碰到这个因素的机会只有十亿分之一，我们再也不能重建这台分解炉。"

"别管了，重要的是我们找回了机器人。"

"放你妈的屁。"维尔德的声音中透着沉痛的遗憾，"你曾经接触过月球上的分解炉没有？它们消耗能量的方式像无数只电子老饕，而且除非你产生超过一百万伏特的电压，否则它们根本不会开始工作。可是这台分解炉不同。我用显微镜检查了一遍残骸，你想不想看看我找到的唯一一种能源？"

"那是什么？"

"就只是这个！而我们永远没法知道他是怎么做的。"

奥斯汀·维尔德举起那个让一台分解炉在半秒内吞噬一座山的能源——两、枚、手、电、筒、用、的、电、池！

无心的胜利

太空船在漏气，正如俗语所说，漏得像个筛子。

它应该这样。事实上，那正是遵照计划行事。

当然，结果是在这趟从木卫三到木星的旅程中，这艘太空船各个角落将塞满太空中最严酷的真空。由于太空船也缺乏加热装置，这个太空的真空将处于正常温度，亦即仅比绝对零度高一点点。

而这点，同样是计划的一部分。在这艘特殊的太空船上，像欠缺热量与空气这种小事，根本不会对乘客构成任何困扰。

到达距离木星表面数千公里高度时，第一股接近真空的木星大气开始渗入太空船。它几乎都是氢气，不过若是进行仔细的气体分析，或许也能找到微量的氦气。各个气压计开始向上攀升。

随着太空船环绕木星盘旋而下，这个攀升的趋势继续加速进行。为测量逐步升高的气压，船上备有一系列气压计，各有各的测量范围。这些气压计的指针一个接一个移动，直到指数接近一百万大气压附近，此时指数大多已失去意义。至于温度，根据热电偶的记录，则缓慢地、不规则地上升，最后固定在大约摄氏零下七十度。

最后一段旅程太空船走得很慢，吃力地、沉重地在浑沌的气体分子间前进。那些分子如此紧密地挤在一起，使氢分子都被挤成液态的密度。这种液体构成的海洋大得不可思议，从中冒出的氨蒸汽弥漫于这层可怕的大气之中。强风在大约两千公里之上便已开始，现在则强到飓风都无可比拟的程度。

木星不是个非常怡人的世界，早在太空船在一座相当大、或许七倍于亚洲的木星岛着陆前，这点便已十分明显。

太空船中的三名成员则不这么想，他们深信事实刚好相反。然而，这三名成员并非真正的人类，却也不是真正的木星人。

他们只不过是机器人，专为登陆木星设计的地球机器人。

ZZ三号说："看来是个颇为荒凉的地方。"

ZZ二号走到他身边，忧郁地望着强风肆虐的大地。"远处有些不明的结构物，"他说，"显然是人工结构。我建议我们等待本地居民来找我们。"

ZZ一号在舱房另一端倾听，但未作任何回应。他是三者中最早出厂的，而且是个半实验型。因此，他的话说得比两名同伴稍微少些。

等待没有持续多久。一架造型古怪的航空器从上空疾扑而下，后面又跟来好多架。接着一队地面交通工具逐渐接近，各就各位后，有许多生物体从里面走出来。与那些生物体一同出现的，还有各式各样无生命的配件，很可能是武器。有些由一个木星人携带，有些由好几个抬着，还有些在自身的动力驱动下前进，里面或许载有木星人。

三个机器人看不出来。

ZZ三号说："现在他们把我们包围了。合理而和平的动作是走到外面去，同意吗？"

大家都同意，于是ZZ一号推开厚重的舱门。这道舱门不是双层的，而且也没有特别进行密封。

他们的出现立刻引起周遭木星人的一阵骚动。他们对几个最大的无生命配件动了些手脚，ZZ三号随即察觉到他的铍／铱／青铜躯体的外壳温度升高了。

他向ZZ二号瞥了一眼。"你感觉到没有？我相信，他们正用热能瞄准我们。"

"我不懂为什么。"ZZ二号表示惊讶。

"绝对是某种热线。看那里！"

由于某个无法确定的原因，其中一道热线出了轨，向一条由纯氨构成、闪闪发光的小河射去，小河立刻猛烈沸腾。

三号转向ZZ一号。"这点做个笔记吧，一号，好吗？"

"没问题。"例行的秘书工作一向落在ZZ一号身上，而他做笔记的方法，则是在体内精确的记忆卷轴中加一条精神注记。在前往木星的旅途中，他已经搜集了太空船上各个重要仪器每小时的记录。他欣然补充道："对于这个反应，我该赋予什么理由？人类主人或许有兴趣知道。"

"没有理由。或者最好说，"三号随即更正，"没有明显的理由。你也许该提一下，这种热线的最高温度大约是摄氏三十度。"

二号打岔道："我们该试图沟通吗？"

"那只会浪费时间，"三号说，"木星和木卫三之间发展出来的电波嘀嗒密码，不可能有多少木星人知道。他们得找个懂的人来，当他抵达时，他会很快和我们建立起接触。此时让我们先观察他们一番。我不了解他们的行动，我坦白告诉你。"

而他们并未立刻了解。热辐射终止后，又有其他仪器被送上最前线，随即开始运作。几个胶囊在木星重力下迅速而有力地坠落，落到三个机器人脚边。它们轰然爆裂，流出蓝色的液体，形成一个个小池塘。由于蒸发作用，各个池塘的范围又迅速缩小。

噩梦般的强风吹散那些蒸汽，而蒸汽所到之处，木星人争相逃窜。有个人跑得太慢，倒在地上拼命打滚，最后变得非常虚弱，终于一动也不动了。

ZZ二号弯下腰来，伸出一根手指探进其中一个池塘，然后望着从手指滴落的液体。"我想这是液态氧。"他说。

"液态氧，没错。"三号表示同意，"事情变得越来越奇怪。这绝对一定是个危险的举动，因为我敢说氧气对这些生物有毒。其中一个死了！"

一阵沉默后，ZZ一号以沉重的口吻说："这些奇怪的生物，有可能在以相当幼稚的方式试图摧毁我们。"由于ZZ一号单纯得多，有时导致他的思想更加直截了当。

这个提议令二号恍然大悟，他应道："你知道吗，一号，我想你说得对！"

木星人的活动刚才暂停了一下，现在他们又推出一个新东西。它具有一根细长的杆子，指向木星浓稠阴暗的天幕。它刚强地挺立于极不可思议的强风中，显然代表它拥有非凡的结构强度。从它的顶端传来一下噼啪声，接着是一道闪光，将深厚的大气照亮成灰色的浓雾。

一时之间，三个机器人沐浴在挥之不去的光辉中。然后，三号语重心长地说："高压电！功率还相当不同凡响。一号，我想你说得对。毕竟，人类主人曾经告诉我们，这些生物有心摧毁全人类。一种生物体要是拥有这么疯狂的邪恶成分，乃至生出伤害人类的念头，"想到这里他的声音开始打战，"那么对于摧毁我们也绝不会迟疑。"

"拥有如此扭曲的心灵是一大耻辱。"ZZ一号说，"可怜的家伙！"

"我发觉这是个非常令人伤心的想法，"二号承认，"我们回太空船去吧，我们已经看够了。"

于是他们进了太空船，开始默默等待。正如ZZ三号所说，木星是个范围广阔的行星，想要将一位电波密码专家带来这里，也许需要一些时间。然而，对机器人而言，耐心是个廉价的必需品。

事实上，根据精密计时器，在专家来到前，木星绕轴自转了三圈。当然，置身于五千公里深的液态气体底部，周遭是一片绝对的黑暗，日出日落不会构成任何差别，因此根本无法定义昼夜。话说回来，无论是木星人或这些机器人，都不是仰赖可见光辐射刺激视觉，因此这点并没有关系。

在此期间，周围的木星人耐心地、持续不断地发动攻击，对于这种心态，ZZ一号做了好些精神笔记。三十个小时中，太空船至少受到三十种武力的袭击。而对于每次进攻，机器人都仔细观察，分析他们认得出的武器。不过，他们绝不可能认得所有的武器。

但是人类主人的科技十分精良。他们花了十五年的时间，制造这艘太空船与这些机器人，两者的本质可用一个形容词描述——粗壮。一切的攻击都徒劳无功，太空船与机器人似乎皆未曾受损。

三号说："我想，这个大气令他们绑手绑脚。他们不能用原子分解炮，因为那只会在糊状的空气中开个洞，把他们自己给炸掉。"

"他们也没有用高级炸药，"二号说，"这是好事。自然，他们伤不了我们，可是会把我们炸得飞起来。"

"高级炸药绝不可能。炸药需要气体膨胀才有用，而在这个大气中，气体根本无法膨胀。"

"这是个非常好的大气，"一号喃喃道，"我喜欢。"

这是自然的事，因为他是为这里特制的。在美国机器人与机械人公司生产的一系列机器人中，ZZ型机器人是第一批外形与人类毫无相似之处的。他们又矮又胖，重心离地面还不到三十公分。他们每个都有六条粗短的腿，以便在超过地球正常重力一倍半的木星重力场中，举起数吨重的物体。为了克服强大的重力，他们的反射作用速率是地球正常值的数倍。他们的身躯由铍／铱／青铜合金制成，足以抵抗任何已知的腐蚀剂，而且无论在任何情况下，除非是十亿吨级的原子分解炮，任何已知的毁灭性武器都无法对他们造成伤害。

闲话少说，总而言之，他们是无法摧毁的，而且威力强大无比，以至于公司的机器人学家们，从来没有足够勇气根据他们的序号再取个绰号，这在该公司还是史无前例的事。有个聪明的年轻人曾经建议"嬉嬉"一号、二号、三号——但并未理直气壮地大声疾呼，而且这个建议只提过那么一次。

在最后几小时的等待中，三个机器人讨论着一个难题：设法描述木星人的外表。ZZ一号曾经记下他们拥有触手，且具有径向对称的形体——此外就毫无进展了。二号与三号尽了最大努力，可是帮不上忙。

"你要是没有参考的标准，"最后三号终于宣称，"便无法对任何事物作完善的描述。这些生物跟我们知道的通通不像——完全超出我脑中的正子径路。这就像试图对未装伽马射线接收器的机器人解释伽马辐射。"

就在这个时候，外面的武器再度停火。三个机器人随即将注意力转移到太空船外。

一队木星人正以古怪的颠簸方式向前推进，可是无论怎么仔细观察，也无法判断他们真正的运动方式，他们如何运用触手是一个谜。有些时候，这些生物体会做个精彩的滑行动作，然后再以高速前进，或许那是借着风力的帮助，因为他们正顺风而行。

三个机器人走出来迎接那些木星人，后者在三公尺外停下来。双方都保持沉默与静止。

ZZ二号说："他们一定在观察我们，但我不知道是怎么做的。你们哪个有没有看到任何光敏器官？"

"我不敢说，"三号咕哝道，"我根本看不出他们浑身上下有哪里对劲。"

从这队木星人中，突然传出一阵金属性嘀嗒声，ZZ一号立刻兴高采烈地说："那是电波密码，他们把通讯专家找来了。"

的确如此。过去二十五年来，木星上的生物与木卫三上的地球人呕心沥血，将一种复杂的"点／画系统"发展成极为灵活的通讯工具。如今，这个系统终于在近距离实际派上用场。

现在，只剩一个木星人留在最前线，其他人纷纷撤退。说话的正是这个人，他用嘀嗒声说："你们从哪里来？"

ZZ三号是三者中心智最先进的，自然由他担任这组机器人的发言人。"我们来自木星的卫星，木卫三。"

那木星人继续说："你们要什么？"

"资料。我们来此是要研究你们的世界，并将我们的发现带回去。如果我们能得到你们的合作……"

那木星人以嘀嗒声打岔道："你们必须被摧毁！"

ZZ三号顿了顿，再若有所思地对两名同伴说："他的态度和人类主人说的一模一样，他们非常不寻常。"

然后他又改用嘀嗒声，简单问了一句："为什么？"

那木星人显然认为有些问题太可恶，根本不愿回答。他说："如果你们在一个自转周期内离去，我们就饶了你们——等我们从我们的世界蜂拥而出，去摧毁木卫三上的非木星害虫，那时再要你们的命。"

"我希望指出，"三号说，"我们住在木卫三以及内行星上的……"

那木星人又打岔道："我们的天文学家只知道有太阳，以及我们的四颗卫星。根本没有什么内行星。"

三号厌倦地勉强让步。"好吧，我们住在木卫三上的人。我们对木星没有图谋，我们准备伸出友谊之手。这二十五年来，你们的人一直自由地和木卫三上的人类通讯。有任何理由突然对那些人类开战吗？"

"这二十五年来，"对方冷冰冰地答道，"我们都假设木卫三上的居民是木星人。一旦我们发现他们不是，而我们却一直以木星人的智力标准对待低等动物，我们就必须采取行动洗刷这个耻辱。"

他缓慢地、有力地作出结论。"我们木星人不会忍受害虫的存在！"

那木星人借着风力，开始以某种方式后退，这场晤谈显然结束了。

三个机器人又退回太空船内。

ZZ二号说："看来真糟，不是吗？"他又若有所思地继续说下去，"正像那些人类主人所说，他们具有发展到极致的优越情结，并结合了极端偏狭的心态，无法容忍侵犯那个情结的任何人或任何事物。"

"这种偏狭心态，"三号陈述道，"是那种情结的自然结果。麻烦的是他们的偏狭心态长有利齿，他们拥有武器——而且他们的科学发达。"

"人类特别指示我们别理会木星人的命令，"ZZ一号突然说，"现在我不觉得奇怪了。他们是可怕、偏狭、仅仅看似优越的生物！"他又以机器人特有的忠心与信心，强有力地补充一句，"从来没有人类主人会像那样。"

"这点，虽然正确，和目前的问题却不相干。"三号说，"事实仍然是，人类主人处于极危险的情势。这是个巨大的世界，而那些木星人不论在人数上或资源上，都是整个地球帝国的百倍或更多。假如他们能发展出力场，达到能用它当太空船船身的程度——如同人类主人已经做到的那样——他们就会肆意蹂躏太阳系。如今的问题是，他们在那个方向已有多少进展；他们拥有什么其他的武器；他们正在做些什么准备等等。当然，我们的任务是带回资料，我们最好赶快决定下一步怎么做。"

"这也许有困难，"二号说，"那些木星人不会帮助我们。"此时此刻，这样说相当轻描淡写。

三号想了一会儿。"在我看来，我们似乎只需要等待。"他说，"目前为止，他们已经花了三十个小时试图摧毁我们，却一直没有成功。他们当然已经尽了全力。好，优越情结总伴随着死要面子的必要，我们收到的最后通牒证明了这点。假使他们有能力摧毁我们，他们绝对不会准许我们离去。可是假如我们不走，由于不愿承认无法赶我们走，他们一定会假装为了他们自己的目的，而愿意让我们留下来。"

他们再次开始等待。一天过去了，对方并未重新开火，三个机器人也并未离去。恫吓失效，摊牌的时候到了。现在，机器人再度面对那位木星的电波密码专家。

假使ZZ型机器人配备有幽默感，他们会高兴得不得了。实际上，他们只是感到一种严肃的满足感。

那木星人说："我们已经决定准许你们逗留极短时间，好让你们自己看看我们的力量。然后你们要回到木卫三，通知你们的同胞害虫，在一个绕日公转周期内，他们注定将有悲惨的下场。"

ZZ一号又做了一条精神笔记：木星公转要花上十二个地球年。

三号随口答道："谢谢你。我们能否随你到最近的城镇去？有很多事我们都希望了解。"他像是想到什么，又补充道，"当然，我们的太空船可不能碰。"

他这样说代表一种请求，而不是威胁，因为任何ZZ型机器人都没有好斗的性格。在他们的制造过程中，就连产生最轻微恼怒的能力都已被仔细清除干净。像ZZ型这么威力无穷的机器人，在地球上测试的那些年间，绝对的好脾气是工作人员最重要的安全保障。

那木星人说："我们对你们这些害虫的太空船没兴趣，没有木星人会接近它而令自己遭到污染。你们可以跟我们来，但你们和任何木星人的距离绝不可少于三公尺，否则你们立刻会被摧毁。"

"他们可真贱，对不对？"当他们在强风中吃力地前进时，二号温和地悄声道。

那座城镇是个湖边港埠，湖里则是不可思议的液态氨。外界的强风凶猛地袭来，在重力的助长下，带泡沫的波浪以狂暴的速度横扫液面。港埠本身没有多大，看起来也不怎么起眼，想必大部分的建筑都在地底，这点似乎相当明显。

"这地方的人口有多少？"三号问。

那木星人答道："它是个一千万人的小城镇。"

"晓得了。这点做条笔记，一号。"

ZZ一号机械性地依言照做，然后再度转向湖畔，刚才他就一直看得着迷。他拉了拉三号的手肘，对他说："喂，你想他们这里有鱼类吗？"

"这又有什么关系？"

"我想我们应该弄清楚，人类主人命令我们尽可能查明一切。"在三个机器人中，一号是头脑最简单的一个，因此，也是其中服从命令最一板一眼的一个。

二号说："一号喜欢的话，就让他去看看。我们让这孩子玩一玩，是不会有任何害处的。"

"好吧。只要他不浪费自己的时间，我也不是真的反对。鱼类不是我们来此的目的——但还是去吧，一号。"

ZZ一号万分兴奋地掉头就跑，拖着沉重的步伐迅速来到湖畔，扑通一声跳进液态氨中。一旁的木星人都聚精会神地观看，当然，他们一点都不了解先前那番对话。

电波密码专家又嘀嗒道："显然你们的同伴面对我们的伟大，绝望之余决定放弃他的生命。"

三号以讶异的口吻说："根本不是这么回事，他想要调查一下可能生活在液态氨中的生物。"他又歉然补充道，"我们这位朋友有时非常好奇，而且他不太像我们这样聪明，不过那只是他的不幸。我们了解这点，因此只要做得到，我们总会试着迁就他。"

经过很长一段沉默后，那木星人郑重地说："他会淹死。"

三号随口答道："没这个危险，我们不会淹死。等他回来后，我们能否立即进城？"

就在这个时候，距离湖畔一两百公尺的湖中，突然溅出一股液体。它猛烈向上喷，再在强风驱动的雾气中砸下来。紧接着，又溅出一股接一股的液体，然后出现一道激荡的白色泡沫，一路延伸到湖边，直到接近湖畔才逐渐平息。

两个机器人讶异地望着这个景象，而那些木星人也一动不动，显示他们同样看得出神。

ZZ一号的头忽然露出湖面，接着，他向干地慢慢走回来。可是有样东西跟着他！那是某种巨大的生物体，似乎只是一团尖牙、利爪与肉刺。不久他们才看出来，那生物不是自己跟着走，而是被ZZ一号从湖畔拖来的。它全身松软，显得毫无生气。

ZZ一号相当胆怯地走近，将通讯器抓到自己手上，心慌意乱地对那位木星人敲出一道讯息。"我很抱歉发生这种事，可是那东西攻击我，我只是在做它的笔记。我希望它不是个珍贵的生物。"

他并未立刻得到答案，因为那头怪兽刚一出现，木星军队马上作鸟兽散。他们重新慢慢聚拢，直到仔细的观察证明那生物的确死了后，秩序才完全恢复。有些胆子较大的，还好奇地戳弄那具尸体。

ZZ三号谦卑地说："我希望你能原谅我们的朋友，他有些时候笨手笨脚的。我们绝对无意伤害任何木星生物。"

"它攻击我，"一号解释道，"它无缘无故就咬我。看！"他展示一根大约六十公分长、尾端断成锯齿状的尖牙，"这颗牙是它在我的肩膀咬断的，几乎留下一道刮痕。我只是轻轻打它一巴掌，想赶它走——结果它就死了。我很抱歉！"

那木星人终于有了回应，他的嘀嗒密码有些结结巴巴。"它是一只野生动物，离湖畔这么近的地方很少见，不过这座湖在这一带相当深。"

三号仍焦虑不安地说："如果你们能拿它当食物，那我们万分愿意……"

"不。我们自己能猎取食物，不需要害……不需要其他人的帮助。你们自己吃吧。"

听到这句话，ZZ一号轻松地单手举起那只动物，将它丢进湖里。三号随口道："谢谢你的好意，但食物对我们没用，我们当然不必吃东西。"

在两百名左右的武装木星人护送下，三个机器人走过一连串的坡道，来到这座地底城市。若说在地表，这座城市的外观又小又不起眼，那么它在地底的部分，看起来则是一个超大型大都会。

他们在引导下钻进一辆地面车，这种车辆由遥控操作——因为任何诚正、自重的木星人都不会跟害虫共乘一辆车，以免危及他的优越地位。地面车以吓人的高速驶向城市中心，他们根据沿途所见，足以断定这座城市前后延伸八十公里，向木星地壳则至少下挖十二公里。

ZZ二号以不怎么高兴的口吻说："假如这是木星人成就的一个范例，那我们不会为人类主人带回一个有希望的报告。毕竟，我们是在广大的木星表面随机着陆，接近任何真正人口密集中心的机会是千分之一。正如那个密码专家所说，这一定只是个城镇。"

"一千万木星人！"三号心不在焉地说，"总人口一定有好几兆，即使就木星而言，这也很高，非常高。他们或许有个完善的都会文明，那就代表他们的科学成就一定惊人。万一他们拥有力场……"

三号没有脖子，基于强度的考量，ZZ型的头部紧紧固定在躯干上，精巧的正子脑由三层寸许厚的铱合金保护。但假使他真有脖子，这时他会悲伤地摇摇头。

现在他们停在一处清过场的空间。在他们四周，他们能看到大街小巷挤满木星人，而这些木星人的好奇，则与任何地球群众在类似情况下表现得完全一样。

那位密码专家走过来。"从现在开始到下个活动周期，是我歇息的时间。我们已尽心尽力为你们安排好住处，以至于为我们自己带来极大的不便，因为事后，那栋建筑当然必须拆毁重建。纵使如此，你们仍然获准暂时睡在那里。"

ZZ三号挥挥手表示不必，接着敲出一道讯息。"我们谢谢你们，但你们千万别麻烦，我们不介意就留在这里。如果你们要去睡觉和休息，那就请便，我们会等你。至于我们……"他轻描淡写地说，"我们不睡觉。"

那木星人什么也没说，不过假使他有一张脸，脸上的表情可能颇为有趣。他离开了，三个机器人则留在车内，周围有几小队全副武装的木星人担任警卫，各个小队都频频换班。

好几小时后，这些警卫才让出一条路，让那位密码专家走回来。

还有其他木星人跟他一起来，他为机器人介绍说："跟我来的是两位中央政府官员，他们仁厚地答允和你们谈谈。"

其中一位官员显然懂得密码，因为他以嘀嗒声蛮横地打断密码专家。他对三个机器人说："害虫！从地面车出来，让我们能看着你们。"

三个机器人乐意之至，因此当三号与二号从车子右侧跳下时，ZZ一号则从左侧猛然钻了出来。"钻"这个字眼是刻意的选择，因为他根本忘了操纵降下车门的机件，而是将左侧车体整个带走，连同两个车轮、一根车轴一起拉了下来。那辆车立刻垮掉，ZZ一号站在那里，在尴尬的沉默中望着那堆破烂。

最后，他终于轻轻敲出嘀嗒声。"我很抱歉，希望这不是一辆昂贵的车子。"

ZZ二号歉然补充道："我们这位同伴常常笨手笨脚，你一定要原谅他。"ZZ三号则不怎么带劲地试图将车子拼回原状。

ZZ一号继续努力为自己脱罪，他说："这辆车的材料相当脆弱，你知道吗？"他双手举起一块一公尺见方、八公分厚的钢化塑胶，稍微施了点力，那块板子立刻断成两截。"我应当留意些。"他承认了自己的疏失。

那位木星政府官员以稍微不那么蛮横的口气说："受到你们的污染后，这辆车反正非毁掉不可。"他顿了顿，又说，"你们这些小东西！我们木星人对低等动物没有低级的好奇心，但我们的科学家要寻求真理。"

"我们同意你的说法，"三号喜滋滋地答道，"我们也一样。"

那木星人没理会他。"显然，你们欠缺质敏器官。你们怎样察觉远方的物体？"

三号的兴趣来了，他说："你的意思是，你们的同胞能直接感知质量？"

"我来这里，不是回答你有关我们的问题——那些冒失的问题。"

"那么我想，对你们而言，即使在没有辐射的情况下，质量低于某个值的物体也都是透明的。"他转向二号，"那就是他们的视觉原理。对他们而言，他们的大气和太空一样透明。"

那木星人的嘀嗒声再度响起。"你要马上回答我的第一个问题，否则我的耐心就没了，我会下令毁掉你。"

三号立刻说："我们用的是能敏原理，木星人。我们可以随意调整自己，接收整个电磁波谱的任何部分。目前，我们的长距离视觉源自我们自己发射的无线电波辐射。而在近距离，我们则用……"他顿了顿，问二号说，"密码中没有对应伽马射线的字眼，是吗？"

"据我所知没有。"二号答道。

三号继续对那木星人说："在近距离，我们则用另一种辐射看东西，那种辐射没有对应的密码。"

"你们的身体由什么组成？"那木星人质问。

二号悄声道："他会这样问，或许是因为他的质敏器官无法穿透我们的表皮。你知道的，我们具有高密度。我们应该告诉他吗？"

三号以不确定的口吻答道："我们的人类主人没特别说我们该对任何事保密。"他再改用电波密码，对那木星人说，"我们主要的成分是铱金属，此外还有铜、锡，一点铍金属，以及其他零星的物质。"

所有的木星人纷纷后退，全然无可名状的躯体各部分含糊地扭动，给人一种他们正在热烈讨论的印象，不过他们并未发出任何声音。

然后，那名官员走回来。"木卫三的生物！我们决定让你们看看我们的一些工厂，借此展现我们伟大成就的一小部分。然后我们将准许你们回去，好让你们在其他的害……其他世界的生物间散播绝望。"

三号对二号说："注意他们的心理引发的效应，他们必须把他们的优越感发挥到极致。这样做仍是为了死要面子。"然后他用电波密码说，"我们谢谢你提供这个机会。"

　　可是三个机器人很快便了解，这个死要面子的行动极有效率。示范变成了参观，参观又变成大型展览。木星人展示一切，解释一切，热心地回答所有的问题，而ZZ一号则做了几百条"绝望"的笔记。

　　光是这座所谓不足道的城镇，它的作战潜力就是整个木卫三的好几倍。十几个这样的城镇，就会胜过整个地球帝国。然而十几个这样的城镇，与整个木星必能动员的力量相比，顶多只能算是九牛一毛而已。

　　一号轻轻推了推三号，后者转身问道："什么事？"

　　ZZ一号严肃地说："假如他们拥有力场，人类主人就输了，对不对？"

　　"只怕如此。你为什么这样问？"

　　"因为这些木星人没带我们到这座工厂的右翼参观，有可能那里正在研发力场。假如真是这样，他们就会希望保密。我们最好查清楚，你知道，这才是重点。"

　　三号忧郁地望着一号。"或许你说得对，忽略任何东西都不行。"

　　现在他们来到一间庞大的钢铁加工场，目睹几十公尺长的耐氨硅钢合金钢梁在短时间内被切成好几段。三号沉着地问道："那一翼有些什么？"

　　那名政府官员先询问工厂负责人，然后解释道："那是高热处理部门。有些过程需要很高的温度，是任何生物都无法忍受的，所有操作人员必须一律进行隔离处理。"

　　他带路来到一扇辐射出热气的隔板，指了指一个由透明物质制成的小圆盘。这样的小圆盘共有一列，从任何一个向内望去，透过糊状的大气，都能看到一排排烧红的锻炉发出的模糊红光。

　　ZZ一号对那个木星人露出狐疑的表情，以嘀嗒声说："我进去逛逛有没有关系？我对这个非常有兴趣。"

　　三号说："你又孩子气了，一号，他们说的是实话。好吧，你要是非去不可，就去探查一番。可是别花太长时间，我们还得继续参观。"

　　那木星人说："你不了解里面有多热，你会死掉。"

　　"喔，不会的，"一号从容地解释，"热量对我们不碍事。"

木星人开了一个会，然后出现一个争先恐后的混乱场面，面对这个不寻常的紧急状况，工厂员工纷纷采取自保措施。吸热物质制成的屏幕一一升起，然后一道门才拉下来，之前当锻炉运转时，这道门一向关得严丝合缝。ZZ一号走了进去，那道门又在他身后关上。木星官员纷纷挤向透明窗观望。

ZZ一号走向最近一座锻炉，从外面轻轻敲了敲。由于他个子太矮，无法轻松地望向内部，他索性将锻炉推歪，直到熔融金属流到容器的边缘。他好奇地凝视一番，然后伸进一只手，搅动了一会儿，以测试它的稠度。完成后，他伸出手来，甩掉几滴火红的金属熔浆，又在某条大腿上擦了擦。他沿着一排锻炉慢慢走过去，最后才打手势表示要出来。

当他从那道门走出来后，木星人全部退得老远，赶紧朝他身上猛喷液态氨。那些液体不断发出咝咝声，随即沸腾成为蒸汽，直到他再度降到堪能忍受的温度，那些木星人才停手。

ZZ一号毫不理会这场氨淋浴，只是说："他们讲的是实话，没有力场。"

三号刚说："你看……"一号却不耐烦地打岔道："可是这样拖下去不是办法。人类主人命令我们查清一切，就要这么办。"

他转向那个木星人，毫不迟疑地敲出嘀嗒声。"听着，木星科学有没有发展出力场？"

当然，一号由于心智较不完善，难免显得比较鲁钝。二号与三号知道这点，因此他们忍住了，未对这句话表示任何反对。

那位木星官员原本一副古怪的僵凝态度，让人觉得他似乎在傻傻盯着一号那只手——那只曾经浸在熔融金属里的手。这时他才慢慢地放松，慢慢地说："力场？这么说，那才是你们最好奇的东西？"

"是的。"一号以强调的口吻答道。

这位木星人突然且显然恢复了自信，因为他的嘀嗒声再度变得蛮横。"那么来吧，害虫！"

于是三号对二号说："果然，我们又成了害虫——听起来好像有坏消息等在前面。"二号则沮丧地表示同意。

现在他们被带到这座城市的最外缘处，也就是在地球上称为近郊的部分。他们进入一列紧密合成一体的建筑，或许勉强可以说它相当于地球上的一所大学。

然而，木星人没有作任何解释，机器人也没有要求解释。那位木星官员快步带路，三个机器人则紧跟在后面，忧心地深信最坏的事即将发生。

其他人通过一堵围墙的某个开口后，ZZ一号却停在那里。"这是什么？"他很好奇。

室内装设着狭窄、低矮的工作台，有些木星人在操作一排排古怪的装置，其中最突出的一样是个三公分长的强力电磁体。

"这是什么？"一号又问了一遍。

那木星人转过头来，显得颇不耐烦。"这是一间学生用的生物实验室，里面没有你感兴趣的东西。"

"可是他们在做什么呢？"

"他们在研究微生物。你以前从来没见过显微镜吗？"

三号插嘴解释道："他见过，但不是那种类型。我们的显微镜是为能敏器官设计的，工作原理是利用辐射能的折射。你们的显微镜显然是根据质量扩张原理，十分巧妙。"

ZZ一号说："我想检视几个标本，不知道有没有关系？"

"那会有什么用？由于你的感官受限，你不能用我们的显微镜，而你无缘无故接近的结果，只会迫使我们丢弃那些标本。"

"但我不需要显微镜，"一号诧异地解释说，"我能轻易把自己调整成显微视觉。"

他大步走向最近的工作台，室内的学生都挤在一角，试图避免受到污染。ZZ一号推开一具显微镜，仔细地检视一个载片。他随即后退，困惑不已，接着再试另一个……第三个……第四个。

他走回来，对那木星人说："那些应该都是活的，对不对？我是说那些小虫一样的东西。"

那木星人说："当然。"

"那就怪了——我一看它们，它们就死了！"

三号尖声惊叫，对他的两个同伴说："我们忘了我们的伽马辐射。赶紧离开这里，一号，否则我们会杀死室内所有的微生物。"

他转向那个木星人。"只怕我们对较弱的生命有致命的威胁，我们最好离开。我们希望这些标本不至于太难找。还有，当我们参观时，你最好别靠我们太近，否则我们的辐射可能对你有不良的影响。目前为止你感觉还好吧？"他问。

那木星人在骄傲的沉默中继续带路，但值得注意的是，他将自己与他们的距离拉成原先的两倍。

在三个机器人来到一间宽广的房间前，没有人再说一句话。而那个房间正中央，在木星强大的重力作用下，几块巨大的金属铸锭凭空停在半空中——或者应该说，没有任何可见的支承物。

那木星人嘀嗒道："你们找的力场就在这里，这是终极型，最近才改良得完美无缺。那个泡泡里面是真空，所以说它支撑着整个大气的重量，再加上等同于两艘大型太空船的金属。你们对它有什么评价？"

"对你们而言，太空旅行现在有可能了。"三号说。

"正是如此。无论任何金属或塑胶，强度都不足以在真空上支撑我们的大气，但力场却做得到——而我们将用力场泡当太空船。未来一年内，我们便会生产成千上万艘。然后我们要成群结队登陆木卫三，摧毁那些所谓的智慧生物——你们这些害虫，竟敢试图挑战我们对宇宙的主宰权。"

"木卫三上的人类从未试图……"三号以温和的口气劝戒对方，但说到一半便被打断。

"安静！"那木星人吼道，"现在回去吧，把你们见到的告诉他们。他们自己的薄弱力场——例如你们的太空船配备的那种，根本无法抵挡我们，因为我们最小的太空船都比你们的大一百倍、强一百倍。"

三号说："那我们没什么好做的了，正如你所说，我们会带着资料回去。你若能带我们回到我们的太空船，我们就会说再见。不过顺便提一句，只是为了以正视听，有件事情你不了解。木卫三上的人类当然拥有力场，我们那艘特别的太空船却没装，我们不需要任何力场。"

这位机器人转过身来，作势要他的同伴跟他走。一时之间他们都没说话，然后ZZ一号沮丧地喃喃道："我们能不能试图毁掉这个地方？"

"没有用的，"三号说，"他们会仗着人多势众抓住我们。在十个地球年内，人类主人就会灭亡。想跟木星人抗衡是不可能的，他们人数实在太多。只要木星人还禁锢在行星表面，人类便安全无虞。可是现在他们有了力场——我们能做的，只是带回这个消息。若能及早准备藏匿地点，有些人也许可以多活几天。"

那座城市已经在他们后面。他们来到外面湖畔的平地，太空船成了远方地平线上一个暗点。此时，那木星人突然说：

"你们这些小东西，你们说你们没有力场？"

三号意兴阑珊地答道："我们不需要。"

"那么，你们的太空船怎能承受太空中的真空，不会因为内部的气压而爆炸？"他挥动一只触手，仿佛无言地指着木星的大气。这团大气正压在他们身上，强度高达每平方公分一千五百吨。

"这个嘛，"三号解释道，"这很简单。我们的太空船不是气密式的，所以内外的压力刚好抵消。"

"甚至在太空中？你们的太空船里面是真空的？你说谎！"

"欢迎你检查我们的太空船。它没有力场，也不是气密式。这有什么好惊叹的？我们不必呼吸，我们的能量直接来自原子能。有没有气压对我们毫无分别，我们在真空中相当自在。"

"可是绝对零度！"

"那也没关系。我们能调节自己的热量，我们对外界的温度毫不关心。"他顿了顿，又说，"好啦，我们可以自己走回太空船。再见，我们会把你们的口信带给木卫三的人类——战至最后一人！"

那木星人却说："等等！我马上回来。"他转身朝城内走去。

三个机器人面面相觑，然后开始默默等待。

他在三小时后才回来，跑得上气不接下气。他照常在距离机器人三公尺外停下来，然而，却又开始以一种古怪的、卑躬屈膝的方式逐渐挪近。直到他那橡胶般的灰色表皮几乎接触到他们，他才再度开口，电波密码听来和缓且敬意十足。

"尊贵的阁下，我和我们中央政府的首脑联络过了，他现在知晓了全部事实。我可以向你们保证，木星追求的只有和平。"

"请问你在说什么？"三号茫然问道。

那木星人急忙声明："我们已准备好恢复与木卫三的通讯，并欣然保证不会试图进行太空探险，我们的力场只会用在木星表面。"

"可是……"三号想开口。

"木卫三上尊贵的人类兄弟若想再派任何代表前来，我们的政府都会竭诚接待。假如阁下现在愿意纡尊降贵誓言和平……"一只布满鳞片的触手向他们挥来，三号一头雾水地抓住它。接着又有两只向二号与一号伸去，两人也同样照做。

那木星人严肃地说："那么木星与木卫三从此共享永久的和平。"

漏得像个筛子的太空船再度来到太空，气压与温度再次趋近于零。三个机器人望着那个巨大但逐步缩小的球体——木星。

"他们百分之百真诚。"ZZ二号说，"这个一百八十度的转变，非常令人高兴，可是我不明白。"

"在我想来，"ZZ一号陈述道，"那些木星人及时良心发现，了解到伤害人类主人的想法藏有不可思议的邪恶。这是很自然的一件事。"

ZZ三号叹了一口气。"听我说，这完全是心理因素。那些木星人的优越情结足有一公里厚，当他们无法摧毁我们时，他们不得不死要面子。他们所有的展览、他们所有的解释，都只是一种自夸的表现，目的是要我们面对他们的威力与优越而心生羞愧。"

"这些我都懂，"二号插嘴道，"可是……"

三号继续说："可是它弄巧成拙。他们所做的一切，只是对自己证明我们更强壮、我们不会淹死、我们不吃不睡，而且熔融金属也伤不了我们。甚至连我们本身，对木星生物也有致命的威胁。他们的最后一张王牌是力场，而当他们发现我们根本不需要这种装置、我们能活在绝对零度的真空时，他们终于崩溃了。"他顿了顿，再以哲学家的口吻补充道，"像这样的优越情结一旦崩溃，就一发不可收拾。"

另外两人想了想，然后二号说："但这还是不合理。他们为何在乎我们能不能做到什么呢？我们只是机器人，我们不是他们需要作战的对象。"

"那正是整件事的关键，二号。"三号轻声道，"直到我们离开木星后，我才想到这一点。你可知道，由于一时疏忽，我们——相当无心地——忘了告诉他们我们只是机器人。"

"他们从来没有问。"一号说。

"正是这样。因此他们以为我们是人类，而其他所有的人类都和我们一样！"

他若有所思地再度望向木星。"难怪他们决定罢手！"

天堂异乡人

一

他们两人是兄弟。这并非指他们同为人类，或他们是育儿所的同学。根本不是！他们的兄弟关系货真价实，符合生物学的定义。若用早在几世纪前（在"大难"前，家庭这种部落现象仍有某些功效的时代）便已逐渐陈旧的词汇，那他们就是手足。

这多么令人难堪！

自孩提时代开始，许多年来，安东尼都几乎忘了这件事。曾有一段时期，他一连几个月甚至丝毫不曾想到。然而，自从他与威廉纠缠在一起，解不开、脱不掉，他便发觉自己生活在一场噩梦中。

假使客观条件使这点一向那么明显，假使正如大难前的时代（安东尼一度非常热爱阅读历史），他们共用一个姓氏，以此彰显他们的关系，那么，情况或许还不会那么糟。

如今，当然，人人根据需要选择自己的姓氏，而且随时可以更改。毕竟，符号链才真正算数。你出生时它就完成编码，从此永远属于你的。

威廉自称反闭。由于一种严肃的专业气质作祟，他坚持用这个姓氏。当然，那是他自己的事，但这个欠缺品位的宣传多么显眼。安东尼则是在满十三岁的时候，就决定采用史密斯，从来没有更换的冲动。它够简单，容易念，而且相当独特，因为他从未遇过任何选择这个姓的人。它曾一度非常普遍，那是在大难前，这或许解释了它现在为何那么罕见。

可是当他们两人在一起时，姓氏的不同就显得毫无意义。他们看起来十分相似。

假使他们是双胞胎——可是那样，其中一个受精卵绝无机会发育成人。

他们的情形，只是偶尔发生在非孪生兄弟间的外在特征近似，尤其是血源关系源自父母双方时。安东尼·史密斯年轻五岁，可是两人都是鹰钩鼻，皆有厚实的眼皮，下巴都有个恰恰看得出的凹陷——都怪遗传上该死的运气。这全然是自找的麻烦，当双亲（出于某种追求单调的热情）再接再厉时，便可能出现这种结果。

起初，由于两人凑到了一起，他们常会吸引惊异的目光，以及随后一阵煞费苦心的沉默。安东尼试着不理会这种事，可是出于纯然的乖僻（或说心理异常），威廉不时会主动说："我们是兄弟。"

"哦？"对方会这样说，还会稍微逗留一下，仿佛想问他们是不是同胞兄弟。然后礼貌便会战胜好奇，对方会掉头就走，仿佛这是一件没趣的事。当然，这种事很少发生。"水星计划"的成员大多数都明白（这怎能预防？），因而会避免这种情形。

并非说威廉是个坏家伙，绝非这样。假使他不是安东尼的兄弟；或者说即使是兄弟，但外表很不一样，足以掩饰这项事实，那么，他们会相处得极其融洽。

而实际上——

虽然他们幼时曾在一起玩耍，而且在母亲成功的运作下，他们在相同的育儿所接受早期教育，但这对如今的情况却毫无帮助。母亲与同一位父亲生下两个孩子，达到了她的限额（因为她未能符合生第三个的严苛要求），于是她生出一个念头，要走一趟便能同时探访两个孩子。她是个奇怪的女人。

由于威廉较年长，自然首先离开育儿所。他进了科学界——遗传工程学。当安东尼仍在育儿所时，从母亲的来信中，他就获悉这个消息。那时他已年纪不小，足以坚定地向保姆抗议，于是那些信便停了。但最后一封信带给他的奇耻大辱，仍然令他终生难忘。

安东尼终究也进了科学界。他自小就表现出这方面的天分，并受到这方面的驱策。他还记得曾有强烈的恐惧（现在他了解，那也是预言式的），担心他会遇到他的兄长，于是最后选择了遥测学，它与遗传工程的距离说有多远就有多远……或者说人人都会这么想。

然后，在水星计划的精心发展过程中，从头到尾，命运之神都在等待。

时候终于到了。计划看来成了死路一条，有人提出一项建议，挽救了这个局势，同时将安东尼拖进双亲为他准备的两难困境。而整件事最精彩、最讽刺的部分，就是作出这个建议的人，正是原本毫不知情的安东尼。

二

威廉·反闭知道水星计划，但只是知道而已。就像他知道有一台旷日持久的"星际探测器"，早在他出生前便已上路，而在他死后仍将在半途；或是像他知道火星上有殖民地，也知道人类继续试图在小行星上建立类似的基地。

这种事情都在他心灵的遥远边际，并无真正的重要性。在他的记忆中，没有任何的太空发展，曾经勾起他一丝一毫的兴趣。直到那一天，新闻报表上出现水星计划几位成员的相片，情况才完全改观。

首先吸引威廉注意的，是其中一人名叫安东尼·史密斯。他记得他的兄弟选择的古怪姓氏，他也记得安东尼。不用说，当然不会有两个安东尼·史密斯。

然后他看了看相片，那张脸错不了。他突然以奇怪的动作望向镜子，对照一番——那张脸错不了。

他觉得挺有趣，却又感到不安，因为他并未忽略尴尬情境的潜在可能。用那个恶心的词汇来说，他们是同胞兄弟。可是这又有什么办法？难道说，他的父母亲真的都没有想象力吗？

出门上班时，他一定无意间将那张报表放进了口袋，因为他在午餐时间顺手又摸到它。他再度望着这张报表，安东尼看来一副聪明相。这是相当好的再生影像——如今的报表品质好得不得了。

他的共餐同伴，马可什么的（谁晓得这星期他姓什么），好奇地问："你在看什么，威廉？"

由于一时兴起，威廉将报表递给他，并说："那是我的兄弟。"这话需要极大勇气才说得出口。

马可端详了一下，皱起眉头说："谁？站在你旁边的那个人？"

"不，就是那个'我'。我是指那个看来像我的人，他是我的兄弟。"

这回沉默维持了较长的时间。马可递还报表后，以刻意平稳的声音说：

"同双亲的兄弟？"

"是的。"

"父亲与母亲都一样？"

"是的。"

"荒谬！"

"我也这么想。"威廉叹了一口气，"不过嘛，根据这份报道，他在得克萨斯发展遥测，而我在这里研究自闭症。所以这又有什么关系呢？"

威廉并未将这件事放在心上，当天稍后，他就丢掉了那份报表。他不想让他目前的床伴读到——她有一种低贱的幽默感，威廉觉得越来越受不了。他相当高兴她无意要个孩子，反正自己几年前生了一个，那是他与那个身材娇小、皮肤黝黑的露拉或琳达（他不确定哪个名字才对）合作的成果。

然后又过了好长一段时间，至少有一年，才发生阮道尔这件事。若说在此之前，威廉没有进一步想到他的兄弟（事实上也没有），那么在此之后，他当然更没有时间那么做。

当威廉首次听说阮道尔时，后者才十六岁。阮道尔过着一种越来越隔绝的生活，将他养大的肯塔基育儿所决定撤销他——当然直到撤销前八天还是十天，才有人想到向"纽约人类科学研究所"报告他的个案。（该机构的通用名称则是"智人学研究所"。）

那份报告与其他几份同时送到威廉手上，在对阮道尔的描述中，没有任何特别吸引威廉注意的内容。不过，他刚好又要做一趟沉闷的实体旅行，去造访几家育儿所，其中西弗吉尼亚有个可能有救的病例。他去了那里，结果大失所望，于是他第五十次发誓，今后一律用遥视影像进行这种造访。然后他想到，既然已将自己拖到那里，在回家之前，不如顺道去肯塔基育儿所走一趟。

他心中没有任何期待。

然而，他研究阮道尔的基因型样只不过十分钟，便立刻打电话给研究所，要求进行电脑计算。然后他回到座位，心想自己会来这里，只是由于最后一刻的冲动，假使没有这个冲动，那么顶多再过一星期，阮道尔就会被悄悄撤销。想到这里，他不禁冒出一点冷汗。所谓的撤销，若要详细解释，就是让一种药剂渗进他的皮肤，掺入他的血液，他不会有丝毫痛苦，只会进入安详的睡眠状态，逐渐越睡越沉，最后终于死去。这种药剂的正式名称有二十三个音节，不过威廉与大家一样，只是称它为"涅槃命"。

威廉说："他的全名叫什么，保姆？"

育儿所的保姆答道："阮道尔·梅仁，学者。"

"没人！"威廉惊叫道。

"梅仁。"保姆说明是哪两个字，"是他去年选的。"

"你不认为它有任何意义吗？它和'没人'谐音！去年你没想到报告这个年轻人的个案吗？"

"这似乎不……"保姆心慌意乱地说。

威廉挥手示意她住口。这又有什么用？她怎么会知道？无论根据普通教科书的任何判据，他的基因型样都显不出任何征兆。那是个微妙的组合，是威廉与同事花了二十年的时间，才从自闭症儿童的实验中研究出来的——他们一辈子未曾真正见过这种组合。

差那么一点就被撤销！

马可是他们那个小组的死硬派，常抱怨育儿所太急于在分娩前进行堕胎，或在分娩后执行撤销。他坚决主张应该准许所有的基因型样发育完成，以便进行初步筛选，而且在征询智人学家的意见前，根本不该执行任何撤销。

"没有足够的智人学家。"威廉以平静的口吻说。

"我们至少能用电脑检验所有的基因型样。"马可说。

"以拯救对我们有用的东西？"

"对任何智人学研究有用的东西，不论是哪个领域。假如我们想对自己有正确的了解，就必须研究活生生的基因型样；而给我们最多资料的，正是那些反常和怪异的型样。我们对自闭症所做的实验，为我们带来的智人学新知，超过先前这方面既有知识的总和。"

威廉摇了摇头，他仍然比较喜欢"智人学"的旧称"人类遗传生理学"，后者念起来才有味道。"还是一样，我们必须谨慎行事。不论我们能够声称这些实验多么有用，我们只是在社会勉强的认可下工作，我们是在玩弄生命。"

"没用的生命，适于撤销的生命。"

"迅速而痛快的撤销是一回事。而我们的实验常常旷日废时，有时还会带来无可避免的痛苦，则是另外一回事。"

"我们有时也对他们有帮助。"

"我们有时也对他们没帮助。"

这是个毫无意义的争论，真的，因为这个问题根本无从解决。追根究底，问题出在可供智人学家研究的有趣反常个案太少，却又没有任何办法鼓励人类增加生育率。大难的创伤留下了十几种后遗症，这个现象便是其中之一。

人类进行太空探险的狂热冲劲，原因可远溯（有些社会学家的确追溯过）人类了解到这颗行星上的生命多么脆弱，这也是拜大难之赐。

好了，别管这些……

从来没有任何病例像阮道尔·梅仁这样，至少威廉不曾见过。由于那组极为罕见的基因型样，他的自闭症特征慢慢出现，这代表他们对阮道尔的了解超过以前任何同类病例。在他将自己完全封闭，终于缩进皮肤筑成的铜墙铁壁前，他们在实验室中，甚至捕捉到他最后的几丝思想方式。

然后他们开始了缓慢的研究过程，让阮道尔接受越来越长时间的人工刺激，使他的大脑产生内在运作，借此寻找一般大脑内在运作的蛛丝马迹——包括那些所谓正常的，以及像他自己这样反常的大脑。

他们累积了大量的数据，于是威廉开始有一种感觉：他要征服自闭症的梦想不仅是个梦想。他感到一阵欣喜，高兴自己选了反闭这个名字。

几乎就在阮道尔带来的喜悦达到顶峰时，他接到从达拉斯打来的电话；那个沉重的压力偏偏在这时候出现，使他放弃了手头的工作，着手研究一个新的问题。

事后回顾这一切，他始终想不通究竟是什么因素，终于使他同意造访达拉斯。到头来，当然，他看得出自己多么幸运——但到底是什么说服他这样做的？有没有可能，甚至在一开始，他就有了模糊的、潜意识的概念，感到它会导致什么结果？不用说，当然不可能。

是不是那份报表、他兄弟的那张相片，在他的潜意识留下的印象？不用说，当然不可能。

但他终究答应了进行那次访问。直到质子堆动力单元的轻柔嗡嗡声变了调，反重力单元接管最后那一段下降程序，他才记起那张相片——或者说，至少，这时它才来到记忆的意识层面。

威廉现在想起来了，安东尼就在达拉斯工作，是水星计划的成员；报表的标题指的就是这个计划。当轻柔的嘎嘎声告诉他旅程结束时，他咽了一下口水。这不会是一次愉快的访问。

三

安东尼在顶层的接待区等着迎接即将来临的专家。当然，他不是一个人来的。他是庞大代表团的一分子，是低阶成员之一。代表团本身的规模便是一大讽刺，足以显示他们绝望到什么程度。他居然也会在这里，只是因为他是最先提出这个建议的人。

想到这件事，他就感到有点不安，但这种感觉持续不断。他将自己摆到了最前线。他的建议受到可观的赞许，不过大家总有一种模糊的坚持：那是他的建议，假如结果证明它彻底失败，人人都会从火线撤离，将他一个人留在靶心。

后来，有些时候，他会扪心自问，有没有可能是他隐约记得有个兄弟在智人学界，才会引发自己这种想法。这点有可能，但没有必然性。真的，这种想法如此显见且不可避免，即使他的兄弟是个像幻想小说作家那样平庸的人物，或者他根本没有兄弟，他也一定会生出同样的想法。

问题要从内行星说起……

月球与火星已经成为人类的殖民地，较大的小行星与木星的数个卫星也有了人类的足迹。此外正在进行的计划，包括借着绕行木星做个加速回旋，将载人太空船送到土卫六——土星最大的卫星。然而，即使来回需时七年的外太阳系载人之旅都已在进行，由于太阳的威力，载人登陆内行星仍是不可能的一件事。

在地球轨道内的两个世界，金星比较不吸引人。反之，水星则不然……

当狄米垂·巨大（其实他相当矮）发表那场历史性演说时，安东尼尚未加入这个计划。他的演说生动感人，终于使世界议会同意拨款，使水星计划得以实现。

安东尼曾听过录音带，熟悉狄米垂那场演说的内容。传统是如此根深蒂固，以致将它塑造成一场即席演说。或许的确如此，但它的内容完美无缺，概述了后来水星计划所遵循的一切指导原则。

其中最重要的论点，在于指出不该等到科技发展到一定程度，使载人通过太阳辐射的烈焰可行时，才要进行登陆水星的计划。水星拥有独一无二的环境，能让我们学到许多东西，而且从水星表面，可以对太阳进行持续的观测，这种观测除此之外别无他法。

只要能将人类的替代品——简言之，一个机器人，放到那颗行星上。

具备必要外在特征的机器人不难制造，轻着陆则像亲吻手背一样容易。然而机器人一旦着陆，下一步该要他做什么？

他可以进行观测，并根据这些观测指导自己的行动。可是根据计划的要求，他的行动必须繁复且精密，至少要有这种潜力，而且他们根本不确定他会做些什么观测。

要为所有合理的可能性作准备，并将所有想要的繁复程度考虑在内，那个机器人需要包含一台电脑（达拉斯有些人称之为"大脑"，但安东尼对这种俗称嗤之以鼻——或许因为大脑是他兄弟的领域，他后来曾这么怀疑），这台电脑要足够复杂与多才多艺，至少与哺乳动物的大脑属于同一等级。

可是这样的电脑还要造得足够轻巧，以便载送到水星并降落其上，目前的技术还做不到——即使能载送过去并顺利着陆，它也不会有足够的机动性，不能对他们计划中那种机器人派上用场。或许有一天，机器人学家捣弄的正子径路装置将有所突破，不过那一天尚未来临。

另外一个方案，是让机器人在进行每项观测时，立即将观测结果传回地球，而根据这些观测，地球上的一台电脑便能指导他的各项行动。简单地说，机器人的身体在那里，他的脑子则留在这里。

一旦作出这项决定，遥测学家便成了主要技术人员，安东尼便是那时加入该计划的。他与其他人一起努力，发明出数种特殊的方法，接收与发送跨越八千万至二亿二千万公里的脉冲波——这些脉冲波要对准日轮射去，有时候还得穿过它，而日轮则会对它们产生最凶猛的干扰。

他极热诚地投入这项工作，（而且后来终于觉得）他的精良技术贡献良多。那三个"水星轨道站"——射入水星周围永久轨道的三个交换站，其设计者不是别人，正是他自己。它们每一个都能收发来往于水星与地球间的脉冲波，而对于来自太阳的辐射，每一个都有几乎永久的抵抗力。非但如此，每一个都还能滤除太阳的干扰。

这三个相同的轨道站，放置在距离水星约一百六十万公里的太空，达到黄道面的正南与正北。如此它们随时能接收来自水星的脉冲波，再将它转送到地球，反之亦然。即使水星躲在太阳背面，地球表面任何接收站都无法直接追踪时，它们也能照常工作。

问题就只剩下机器人了。这个令人惊叹的机型，是机器人学家与遥测学家共同的心血结晶，是十个连续型号中最复杂的一个。它的体积仅是人类的两倍多一点，质量则是人类的五倍，但它比人类能感知、能做到的都多得多——只要它能够接受指导。

然而，一台电脑必须多么复杂，才能指导那个机器人呢？这个问题很快便有明显的答案，因为每个回应步骤都必须修正，以容纳可能的知觉中的各种变异。而每个回应步骤本身，又必定会使知觉中各种变异的复杂度增加，因此先前的步骤必须重新加强。这就像下棋一样，自己不断衍生下去。最后，遥测学家竟然需要利用一台电脑为另一台电脑设计程序，再利用这第二台电脑为第三台电脑设计程序，这第三台电脑才能为控制机器人的电脑设计程序。

只能用一团混乱来形容。

那个机器人存放在亚利桑那的一个沙漠基地，本身运作良好。然而，位于达拉斯的电脑却无法好好操纵他——在完全已知的地球环境中都做不好，又如何……

安东尼还记得他提出建议是哪一天，那是553/7/4。他会记得这个日子，原因之一，是他记得当天曾经想到，半个千年以前——嗯，正确地说是553年前，在大难前那个世界的达拉斯区域，7/4曾是一个重要的节日。

当时他正在吃晚餐，而且是一顿很好的晚餐。当地区域的生态经过仔细调节，计划成员在选取食物方面又有很高的优先权——因此菜单上有丰富的选择，而安东尼当天点的是一客烤鸭。

那是一客非常好的烤鸭，吃了几口，他就变得比平常自大些。事实上，当时人人心境上都很想自我表现一番。瑞卡多说："我们永远做不到，让我们承认吧，我们永远做不到。"

很难说在此之前，曾有多少人想过多少遍这种事，但不这么公开表示是个不成文的规定。公开的悲观有可能是导致经费中断的临门一脚（过去五年来，他们已经一年比一年难熬），而只要有机会，经费随时可能中断。

安东尼通常不会特别乐观，但在烤鸭下肚后，他变得志得意满，于是说："我们为什么做不到？告诉我为什么，我就能把你驳倒。"

这是个直接的挑战，瑞卡多的一双黑眼睛立刻眯起来。"你要我告诉你为什么？"

"当然。"

瑞卡多把椅子转个方向，与安东尼正面相对。他说："得了吧，这不是什么秘密。狄米垂·巨大不会在任何报告中公开承认，可是你知我知，想要让水星计划正确运作，我们需要一台和人脑一样复杂的电脑，姑且不论它是在水星或是在这里，而我们却没法建造出来。所以说，除了跟世界议会玩游戏，弄些钱来制造就业机会和可能有用的副产品，我们还能怎么办？"

安东尼脸上挂着一副得意的笑容，说道："这很容易驳倒，你自己已经给了我们答案。"（他在玩游戏吗？是胃里烤鸭的温暖感觉作祟？还是由于戏弄瑞卡多的欲望？或是潜意识中冒出了他的兄长？事后，他根本无从判断。）

"什么答案？"瑞卡多站了起来。他身材相当高，又瘦得不寻常，身上的白袍总是敞开。他交叉双手，似乎极尽所能想以身形压倒坐着的安东尼，看起来好像一把拉长的米尺。"什么答案？"

"你说我们需要一台和人脑一样复杂的电脑。好吧，那么，我们就建造一台。"

"问题是，你这白痴，我们没办法……"

"我们没办法，可是还有别人。"

"什么别人？"

"当然是研究人脑的人。我们只是固态机工，我们对于人脑怎么个复杂法，或哪里复杂，或复杂到什么程度，通通没有概念。我们何不找个智人学家，请他来设计一台电脑？"说到这里，安东尼吃了一大口填料，心满意足地享受这口美味。直到如今，他仍然记得那个填料的味道，尽管他已记不清楚后来发生些什么事。

他觉得似乎没有任何人当真。旁观者只是哈哈大笑，而且普遍有一种感觉：安东尼借着伶俐的诡辩挣脱脱困境，因此受嘲笑的反倒是瑞卡多。（事后，当然，人人声称当时认真看待那个建议。）

瑞卡多怒火中烧，伸出一根指头指向安东尼，并说："把它写下来，我看你敢不敢把这个建议写下来。"（至少，在安东尼的记忆中是这样的。而瑞卡多则一向声称，他的评语是一句热心的"好主意！你何不把它正式写下来，安东尼？"）

无论如何，反正安东尼写了出来。

狄米垂·巨大欣赏这个建议。私底下，他曾拍拍安东尼的背，说他自己也一直朝这个方向思索——不过他并未提出要在记录上分享任何功劳。（以防万一它彻底失败，安东尼心想。）

狄米垂·巨大开始寻找合适的智人学家。安东尼并未想到自己该有兴趣，他既不了解智人学，也不认识什么智人学家——当然，他的兄弟是个例外。当时他未曾想到他，至少意识层面上没有。

因此，安东尼这时待在接待区，扮演一个小角色。当飞机的舱门打开，几个人走出来，下了飞机，与接机者开始握手寒暄之际，他发现自己正瞪着自己的脸孔。

他的双颊有如火烧，他希望自己此时身在一两千公里外，全心全意如此希望。

四

威廉希望自己能早些想起他的兄弟，这种情绪从未这么强烈。应该想起来……当然应该想起来。

可是当初面对谄媚的邀约，以及不久后心中开始滋生的兴奋，或许他是故意避免想起的。

首先，是狄米垂·巨大亲自前来找他，使他雀跃不已。狄米垂是搭飞机从达拉斯飞到纽约的，这点令威廉感到心痒难熬。威廉的秘密不良嗜好是阅读惊悚小说，而在小说故事中，遇到需要保密的时候，男男女女总是进行实体旅行。毕竟，电子讯号是公共的——至少在惊悚小说中如此，无论什么样的辐射波束，每一条照例都有人窃听。

威廉以半开玩笑的口吻这么说，但狄米垂似乎没有在听。他盯着威廉的脸孔，心思却似乎飘到别处。"很抱歉，"最后他终于说，"你使我想起一个人。"

（而威廉却没想到是怎么回事。这怎么可能？后来他一直想不通。）

狄米垂·巨大是个矮小的胖子，眼睛似乎永远炯炯有神，即使在他声称自己正担心或烦恼时也不例外。他有个圆圆的蒜头鼻，一对突出的脸颊，其他部分则松松软软。他特别强调他的姓氏，而且说得流利顺畅，因此威廉假设他常常这么说。"巨大不一定指形体，朋友。"

在接下来的谈话中，威廉极力推辞。他对电脑一窍不通，一窍不通！对于它们如何运作，或是如何接受程序，他连最模糊的概念都没有。

"没关系，没关系。"狄米垂一面说，一面做个夸张的手势将这点推到一边，"我们了解电脑；我们可以设计程序。你只要告诉我们，必须让一台电脑做些什么，它才会像人脑而不像电脑那样运作。"

"我不确定我对人脑如何运作知道得够不够，能让我回答你这个问题，狄米垂。"威廉说。

"你是世界上首席的智人学家。"狄米垂说，"我仔细查过了。"这句话使威廉哑口无言。

威廉越是听下去，心情越是消沉。他假定这是无可避免的现象——一个人在某个特殊专业浸淫得足够深、足够久，便会自然而然开始假设其他领域中的专家都是魔术师，而根据自己无知的幅度来判断对方智慧的深度……后来，日子一天天过去，威廉对水星计划学到越来越多，远超过他当时自以为想要学的分量。

他终于开口道："那么，为何偏偏要用电脑呢？为什么不让你自己的人，一个或几个轮班，接收来自机器人的资料并送回指令呢？"

"喔，喔，喔。"狄米垂心急得几乎在椅子上跳来跳去，"你看，你还不了解。人类的反应太慢，无法迅速分析机器人送回的所有资料，然后试着决定下个步骤。那些资料包括温度、气压、宇宙线通量、太阳风强度、化学成分、土壤组织，此外我还能轻易列举三打项目。人类只能指导机器人，而且效率不彰，电脑却能当那个机器人。"

"另一方面，"他继续说，"人类的反应又太快了。无论任何种类、任何地点的辐射，在水星与地球间来回一趟都得花十到二十二分钟，正确时间取决于两者在轨道上的位置。没有任何办法能改变这项事实。你得到一项观测，你给出一道命令，可是从进行观测到收到回应这段时间，已经发生了许许多多事。人类无法适应光速的缓慢，可是电脑能将这点纳入考量……来帮我们吧，威廉。"

威廉以沮丧的口吻说："只要我帮得上忙，欢迎你随意咨询我，我的私人遥视波束随时候教。"

"可是我要的不是咨询，你必须跟我去。"

"实体上？"威廉惊讶地说。

"是的，当然。进行像我们这样的计划，不能坐在一条激光光束的两端，靠一台通讯卫星当媒介。长此以往，这样太昂贵、太不方便，而且，当然没有任何私密可言……"

的确像惊悚小说，威廉心中认定。

"来达拉斯一趟，"狄米垂说，"让我给你看看我们那里有些什么，让我给你看看那些设备。跟我们一些电脑人员谈一谈，让他们学学你的思想方式。"

威廉心想，现在该是果断的时候了。"狄米垂，"他说，"我在这里有我自己的工作。那是很重要的工作，我不希望离开。假如我去做你要我做的事，可能使我几个月进不了我的实验室。"

"几个月！"狄米垂显然吃了一惊，"我的好威廉，它很可能花上好几年。但它当然会是你的工作。"

"不，不会的。我知道我的工作是什么，指导水星上的机器人不包括在内。"

"有何不可？如果你好好做，光是试图使一台电脑像人脑一样运作，就会使你对人脑有更多的了解。最后，你再回到这里，以更好的条件进行如今你自认的工作。当你不在时，难道你没有同事会继续吗？你不能借着激光光束和遥视与他们定期通讯吗？你不能偶尔回纽约一趟吗？我是说短期。"

威廉动心了。从另一个方向研究大脑的想法的确有道理。从那一刻起，他便发觉自己在找去的借口——至少造访一趟——至少去看看一切像什么样子……他随时都能回来。

然后，狄米垂又去旧纽约的废墟观光，玩得十分尽兴，像孩子一样兴奋。（话说回来，要说大难前大而无当的巨型建筑构成的壮观奇景，没有任何地方比得上旧纽约。）威廉心中开始嘀咕，不知道这趟旅行能否让他也有机会观光一番。

他甚至开始想到，自己考虑找个新床伴的可能性已有一阵子。而在另一个他不会定居的地理区域，找个新床伴会更方便些。

或是甚至在那个时候，当他对需要做些什么只有最粗浅的了解时，最后的成就已隐约浮现眼前，就像远方闪电跃动的光芒……

因此他终究去了达拉斯。他走出机舱，又见到狄米垂，后者正笑脸相迎。然后，这个小个子眯起眼睛，转过头去说："我就知道——多么惊人的相似！"

威廉的双眼睁得老大。他看到有个人显然在向后退，而对方的脸孔与自己极其相似，足以使他立刻确定站在他面前的正是安东尼。

他从安东尼的脸孔中，非常清楚地看出埋葬这重关系的渴望。威廉需要做的，只是顺口说一句"多么不可思议！"就能敷衍过去。毕竟，人类的基因型样太过复杂，甚至在没有血源关系的情况下，也足以允许任何合理程度的相似性。

可是，当然，威廉是个智人学家，而任何人想要好好研究人脑的错综复杂，对其中的细微末节都难免会逐渐视而不见，因此他说："我确定这位是安东尼，我的兄弟。"

狄米垂说："你的兄弟？"

"我的父亲，"威廉说，"跟同一个女人——我的母亲，生了两个孩子。他们是离经叛道的人。"

然后他向前走去，伸出手来，安东尼不得不握住他的手……其后几天，这件事成了茶余饭后的话题，唯一的话题。

五

在威廉了解到自己做了什么后，他表现出十足的悔意，这对安东尼而言是个小小的安慰。

当天晚上晚餐过后，他们坐在一起，威廉说："我郑重道歉。我以为如果我们立刻抖出最难堪的事实，一切就会成为过去，现在看来似乎不是这样。我没有签任何文件，没有作任何正式承诺。我马上就走。"

"那样做有什么好处？"安东尼不客气地说，"现在大家都知道了。两个身体，一张脸孔，这足以令人作呕。"

"如果我走……"

"你不能走，这整件事是我的主意。"

"找我来这里？"威廉厚实的眼皮尽可能拉高，两道眉毛也扬了起来。

"不，当然不是，是找个智人学家来这里。我怎么可能知道他们会找上你？"

"但假如我离去……"

"不。现在在我们唯一能做的事，就是解决这个问题，如果真能做到的话。然后……就没关系了。"（成功的人事事都被原谅，他想。）

"我不知道我能……"

"我们必须试试。狄米垂会把它丢给我们——这是个大好机会，你们俩是兄弟，"安东尼模仿着狄米垂的男高音，"彼此互相了解，何不一起工作呢？"然后，他又用自己的声音忿忿地说："所以我们必须试试。首先我问你，你在做些什么，威廉？我的意思是，比'智人学'字面上更精准的解释。"

威廉叹了一口气。"这个嘛，不好意思……我专门研究自闭症儿童。"

"只怕我不知道那是什么意思。"

"长话短说，我研究的对象不跟外界接触、不跟他人沟通，他们自我封闭，躲在皮肤筑成的围墙内，不开一扇门窗。我希望有一天能治好它。"

"这就是你自称反闭的原因？"

"是的，就是这么回事。"

安东尼发出几下笑声，但并非真给逗乐了。

威廉的态度突然冷下来。"这是个实在的名字。"

"这点我确定。"安东尼连忙喃喃答道，却并未特别表示歉意。然后，他勉力拉回话题。"你有任何进展吗？"

"治疗方面？目前还没有。至于对它的了解，答案则是肯定的。而我越是了解……"威廉的声音逐渐热情洋溢，他的目光则越来越蒙眬。安东尼了解这代表什么，假如一个人心里几乎只容纳一件事，那么一吐为快是一大乐事。他自己便常常有这种感觉。

他尽可能仔细聆听这些他并非真正了解的东西，因为确有必要这样做——他也期望威廉稍后会仔细听他说。

他记得多么清楚。当时他以为自己不会记得一清二楚，可是那个时候，当然，他并不明白正在发生什么事。如今回想起来，在后见之明中，他发觉自己记得完整的字句，几乎一字不漏。

"所以在我们看来，"威廉说，"似乎自闭症儿童并非不能接收感受，甚至并非不能以相当深奥的方式加以诠释。反之，他只是不赞同它们，只是拒绝它们。他并未失去全面沟通的潜力，只要能找到他赞同的感受。"

"啊。"安东尼只是发出一下声音，表示他一直在听。

"你也不能以任何普通的方法，说服他脱离自闭的状态，因为他不赞同你，正如他不赞同世上其他的一切。但如果你把他置于意识逮捕中……"

"置于什么中？"

"那是我们的一项技术，在这个过程中，大脑实际上和身体脱离，可以独立执行功能，不需要参考身体的反应。那是门相当深奥的技术，是在我们自己的实验室发明的，其实……"他打住了。

"是你自己发明的？"安东尼柔声问。

"其实，是的。"威廉有点脸红，但显然很高兴，"在意识逮捕中，我们能为大脑提供设定好的幻象，再利用鉴别脑电图来观测大脑。我们能立刻对自闭症患者有更多的了解，例如他最想要的感受是什么。而这样做，也使我们对大脑有更多一般性的了解。"

"啊。"安东尼说，这次是个真正的"啊"，"而你对大脑的这一切了解——难道不能用在电脑的运作上吗？"

"不行。"威廉说，"没有希望，这点我对狄米垂说过。我对电脑一窍不通，对人脑也没有足够的认识。"

"如果我教你有关电脑的一切，并详细告诉你我们的需要，这样如何？"

"行不通的。这……"

"兄弟。"安东尼试着让它听起来是个动人的称呼，"你对我有亏欠。请做一次诚心的尝试，想一想我们的问题。不论你对大脑知道多少——都请用在我们的电脑上。"

威廉不安地欠了欠身，然后说："我了解你的处境。我会试试看，我会诚心试试看。"

六

威廉果真开始尝试，而正如安东尼预测的，两人被安排在一起工作。起初，他们不时会碰到些其他人，威廉总会宣称他们是兄弟，试图借此先发制人，因为否认根本没用。然而，这种现象终究停止，取而代之的是刻意的回避。当威廉来找安东尼，或安东尼来找威廉时，在场的其他人便会自动悄悄地消失。

他们甚至互相也多少习惯了，有时彼此交谈时，几乎就像两人毫无相似之处，也没有任何共同的儿时记忆。

安东尼以适度非技术性的语言，说明那台电脑的种种需要，而威廉在一番长考后，开始解释在他看来电脑如何才能做些人脑的工作。

安东尼说："那样有可能吗？"

"我不知道，"威廉说，"我并不急于尝试。它或许行不通，但也说不定。"

"我们必须跟狄米垂·巨大谈谈。"

"我们自己先讨论一番，看看有什么结论。我们可以带着我们最适当的提案去找他，否则就别去找他。"

安东尼犹豫了一下。"我们一起去找他？"

威廉以体贴的口吻说："你当我的发言人，我们没有必要同时出现在他人面前。"

"谢谢你，威廉。假如这个构想有任何成果，我会把功劳通通给你。"

威廉说："这点我不担心。假如它有任何可能，我想，我将是唯一能使它实现的人。"

他们经过四五次讨论，终于拍板定案。倘若安东尼与威廉没有血缘关系，倘若两人间没有那种黏人的、情绪化的情境，威廉会单纯地为这位"老弟"感到骄傲——他对一个陌生的领域那么快就进入状况。

接下来是跟狄米垂·巨大举行的几次冗长会议。事实上，他们跟每个人都开过会。一天又一天，安东尼都会跟他们见面，然后他们再单独去见威廉。经过长久的痛苦孕育过程，后来命名为"水星电脑"的提案终于过关。

然后，威廉带着不再那么沉重的心情回到纽约。他并未打算留在纽约（两个月前，他会想到有这种可能吗？）——可是智人学研究所有许多事需要处理。

当然更需要开许多会，对他自己的实验小组解释发生些什么事、他为何必须告假，以及他不在的时候，他们该如何继续他们自己的计划。接着他又来到达拉斯，这回是有备而来；由于需要无限期留在这里，他带了必要的设备，以及两名年轻的助手。

威廉甚至可以说是义无反顾。他自己的实验室从他的思绪中逐渐消失，如今他已经彻底投入这份新工作。

七

对安东尼而言，这是最难熬的一段日子。威廉的离去所带来的解脱尚未深深扎根，他心中已开始浮现焦虑的痛苦，矛盾地嘀咕着他是否有可能不再回来。他难道不会选择改派个代理人，另外一个人，另外任何人？任何一张不同的脸孔都好，这样一来，安东尼便无需觉得自己隶属于一个双背四腿的怪物。

但回来的仍是威廉。安东尼望着货机默默从天而降，望着它在远方卸货。可是即使在那个距离，他终究还是看到了威廉。

就是这样了，安东尼立刻离去。

当天下午他就去见狄米垂。"如今，狄米垂，我当然没必要留在这里了。我们已经规划出细节，其他人可以接手了。"

"不，不。"狄米垂说，"这个主意一开始就是你的，你必须有始有终。没有道理把功劳白白分给别人。"

安东尼心想：没有别人要承担这个风险。它仍有可能彻底失败，这点我早该知道。

他早就知道了，但他以迟钝的口吻说："你也了解我无法和威廉共事。"

"但有何不可呢？"狄米垂假装感到惊讶，"你们在一起一直做得很好。"

"我的内脏一直因此抽筋，狄米垂，它们再也受不了了。你难道以为我不知道这看起来像什么吗？"

"我的好伙伴！你太小题大做了。旁人当然会侧目，他们毕竟是人。但他们会习惯的，我就习惯了。"

你没有，你这个肥骗子，安东尼心想。他说："我自己不习惯。"

"你没有用正确的眼光看待这件事。你们的父母很特别——但无论如何，他们做的事并不违法，只是特别，只是特别而已。这不是你的错，也不是威廉的错，不该怪你俩任何一人。"

"我们带着这个标记。"安东尼一面说，一面用他的手在面前很快地画了一圈。

"不是你想象中那种标记。我看得出差异，你在外表上年轻许多，你的头发也比较卷，只有乍看之下才觉得相似。好了，安东尼，你将得到你想要的所有时间、你需要的所有帮助、你能用的所有设备。我确定它会有极佳的表现。想想那份满足感……"

当然，安东尼软化了，答应至少帮威廉架设好那些设备。威廉似乎也确定它会有极佳的表现，但他不像狄米垂那样狂热，而是带着一种冷静。

"只不过是做好正确的联接罢了。"他说，"可是我必须承认，这是个相当大的'只不过'。你的工作是将感受设法显示在另一个屏幕上，好让我们能使用——嗯，我不能说手动控制，是吗？——好让我们能使用智力控制，在必要时强制接管。"

"这点做得到。"安东尼说。

"那我们就开始吧……听好，我将需要至少一周的时间进行联接，并确定那些指令……"

"程序。"安东尼说。

"好吧，这是你的地盘，所以我会用你的术语。我的助手和我将会设定水星电脑的程序，但不是用你们的方式。"

"我倒希望不是。我们指望一位智人学家设定的程序，要远比一个小小遥测学家做得到的精妙许多。"他并未试图掩饰话语中自怨自艾的讽刺。

威廉忽略了他的口气，仅接受他的语句。他说："我们从简单的着手，我们先让机器人走路。"

八

一周后，机器人在一千六百公里外的亚利桑那迈开脚步。他走得很僵硬，有时会跌倒，有时脚踝会"叮当"一声撞到障碍物，有时又会以单脚做个回旋，再向一个意料之外的方向前进。

"他是个宝宝，正在学走路。"威廉说。

狄米垂不时会来了解进度。"好极了。"他总是这么说。

安东尼不这么想。数周过去了，然后数个月过去了，随着水星电脑逐渐在越来越复杂的程序下运作，机器人也逐渐做到越来越多的事。（威廉有个倾向，想将水星电脑比作一个大脑，但安东尼不许他这样做。）可是所有的进展都还不够好。

"这不够好，威廉。"某晚彻夜未眠后，第二天他终于说出来。

"这是不是很奇怪？"威廉淡然道，"我正要说我想我们快把问题解决了。"

安东尼勉强打起精神。跟威廉共事与目睹机器人笨手笨脚的双重压力，超过他所能承受的极限。"我准备辞职，威廉。这整个工作……我很抱歉……不是因为你。"

"但正是因为我，安东尼。"

"不全是因为你，威廉。这是个失败，我们不会成功的。你看那个机器人多么笨手笨脚，即使他只是在地球上，只有一千六百公里远，讯号来回一趟只要一瞬间。而在水星上，将有好几分钟的延迟，水星电脑必须考虑到这几分钟。认为它行得通简直就是疯狂。"

威廉说："别辞职，安东尼，你不能现在辞职。我建议我们把机器人送到水星上，我确信他准备好了。"

安东尼高声地、无礼地大笑几声。"你疯了，威廉。"

"我没有。你似乎认为在水星上会更棘手，但其实不会，反而是在地球上比较困难。这个机器人根据地球正常重力的三分之一设计，却在亚利桑那的全额重力下工作；他根据摄氏四百度设计，碰到的却是摄氏三十度；他根据真空环境设计，却在大气的浓汤中工作。"

"机器人可以容忍这些差异。"

"我想金属结构可以，但是这里这台电脑又如何呢？机器人不在为他设定的环境中，电脑就不会有良好的表现……听好，安东尼，如果你想要一台和人脑一样复杂的电脑，你就必须考虑到个别差异……来，让我们谈个条件。倘若你愿意跟我合作，倡议把这个机器人送到水星去，那将花上六个月的时间，而我会借此休个长假，你就能摆脱我。"

"谁来照顾水星电脑呢？"

"现在你已经了解它如何运作，我还会让我这里的两个人帮你。"

安东尼摇摇头表示抗议。"我不能负照顾电脑的责任，我也不能负建议把机器人送到水星的责任。这行不通的。"

"我确定它会。"

"你无法确定。而且责任是我的，受谴责的会是我，它将和你毫无关系。"

在安东尼的记忆中，这是个关键时刻。威廉有可能就此放弃，安东尼则会辞职，那么一切将成为泡影。

但威廉却说："跟我无关？听着，当初是爸妈做出这件事。好，我也很遗憾。我感到无比遗憾，但这已是既成事实，而且造成些可笑的结果。当我提到爸时，我也是在说你爸，当然有许多人能这么说：兄弟、姐妹、兄妹和姐弟。当我提到妈时，我也是在说你妈，而同样有许多人能这么说。但我不认识任何一对兄弟姐妹，也没听说有任何一对兄弟姐妹，能共享同一个爸和同一个妈。"

"这点我知道。"安东尼绷着脸说。

"没错，可是你从我的立场看一看。"威廉连忙道，"我是个智人学家，我研究的是基因型样。你有没有想到过我们的基因型样？我们共有相同的双亲，这意味着我们的基因型样比世上任何一对兄弟姐妹更接近。我们的脸孔将这点表露无遗。"

"这点我也知道。"

"所以如果这个计划能够成功，如果你能就此扬名，那将证明你的基因型样对人类有很大的用处——而那也充分代表我的基因型样同样优越……你不懂吗，安东尼？我和你共享同样的双亲、同样的脸孔、同样的基因型样，因此也就共享你的光荣或耻辱。你的一切几乎就是我的一切，而若有任何功劳或非难加在我身上，那也几乎通通都是你的。我不得不关心你的成功，我的动机是地球上任何人所没有的——是个纯粹自私的动机，自私到了你能确定它的存在。我站在你这边，安东尼，因为你和我非常亲！"

他们互相凝望了好一阵子。有生以来第一次，安东尼没注意到这张脸孔酷似他自己。

威廉说："所以我们申请把机器人送到水星吧。"

于是安东尼屈服了。在狄米垂批准这个申请后（毕竟，他一直在等待这一刻），安东尼有大半天时间陷入沉思。

然后他去找威廉，对他说："听着！"

接下来是长久的沉默，威廉始终没有开口。

安东尼又说一遍："听着！"

威廉耐心地等待。

安东尼说："你实在没有必要离开。我确定除了你自己之外，你不会喜欢让任何人照顾水星电脑。"

威廉说："你的意思是，你打算离开？"

安东尼说："不，我也会留下来。"

威廉又说："我们不需要常常见面。"

在说这番话的时候，安东尼觉得他从头到尾像是被一双手掐住了气管。现在压力似乎收紧，但他还是吐出了最难开口的一句。

"我们没有必要避着对方，没有必要。"

威廉露出相当迟疑的微笑。安东尼则根本没有笑，他掉头就走。

九

威廉从书本上扬起目光。至少已有一个月，安东尼进来已不再使他产生些微惊讶。

他说："有什么不对劲吗？"

"谁敢说？他们即将进行轻着陆。水星电脑在运作吗？"

威廉明知安东尼对电脑的状况一清二楚，但他还是说："要等明天上午，安东尼。"

"没任何问题吗？"

"一点也没有。"

"那么我们必须等待轻着陆。"

"是的。"

安东尼说："总有什么东西会出问题。"

"火箭人员对这种事当然是老手，不会出任何问题的。"

"这么多心血都白费了。"

"还没有白费，不会白费的。"

安东尼说："也许你说得对。"他把双手深插进口袋里悄然离去，正要碰触房门开关时又停下来，"谢谢你！"

"为什么，安东尼？"

"为了你——安慰我。"

威廉露出一抹苦笑，庆幸自己的情绪未曾显露。

十

在这个关键时刻，水星计划成员几乎全部在场。此时安东尼没有任何任务，他待在很后面，双眼盯着各个显像器。那个机器人已经启动，已有影像不断传回。

至少那些讯号最后是以影像呈现眼前——目前，它们显示的只不过是暗淡的光辉，那想必就是水星表面。

有数条阴影掠过屏幕，或许是地表不规则结构引起的。安东尼无法光靠眼睛辨别这点，可是在控制台的那些人似乎相当冷静，他们正用比肉眼功能微妙许多的方法分析那些数据。可能代表紧急状况的小红灯泡，一个也没有亮起。安东尼的眼睛不再望向屏幕，转移到了几位主要观测员身上。

他应该到电脑室去，跟威廉与其他人待在一起。一旦轻着陆完成，电脑就要开始接管。他应该去，他却不能去。

阴影以更快的速度掠过屏幕。机器人正在下降——太快了？当然，确实太快了！

屏幕上出现最后一个模糊画面，然后便趋于稳定。显然焦距正在改变，模糊的画面先是变暗，接着又变淡。一阵声音传了过来，好几秒钟后，安东尼才了解那声音是在说："轻着陆完成！轻着陆完成！"

然后响起一阵窃窃私语，随即变成互道恭喜的鼎沸人声，直到屏幕上再次出现变化，话声与笑声才戛然而止，仿佛陡然撞向一堵隔音墙。

画面内容变了，而且变得更清晰。辉煌、灿烂的阳光透过谨慎过滤的屏幕，使他们现在能看清楚一颗圆石———面呈白热状态，另一面一片漆黑。它先向右移动，又再回到左方，就像有双眼睛先向左看，随后又向右张望。接着屏幕上出现一只金属手掌，仿佛那双眼睛正望着它的一部分。

终于叫出来的是安东尼的声音："电脑接管了。"

在他听来，这句话像是别人喊的一样。他立刻冲出去，走下楼梯，穿过一道走廊，身后带起一阵叽哩呱啦的声音。

"威廉，"他一面冲进电脑室，一面喊道，"太完美了！太……"

但威廉举起一只手来。"嘘,拜托。除了机器人传回来的,我不要再有任何激昂的感觉进入电脑。"

"你是说它能听到我们讲话?"安东尼悄声道。

"也许不行,但我不知道。"这个房间里有一台较小的屏幕,位于水星电脑旁边。现在的画面与先前不同,而且一再改变;机器人正在运动。

威廉说:"机器人正在摸索,这些步伐一定会笨手笨脚。在刺激与反应之间有七分钟的延迟,这点必须考虑在内。"

"但他已经走得比在亚利桑那更踏实。你不这么想吗,威廉?你不这么想吗?"安东尼抓着威廉的肩膀来回摇晃,双眼则从未离开屏幕。

威廉说:"这点我肯定,安东尼。"

这是个温暖的、黑白分明的世界,白色的太阳镶在黑色的天空,起伏的白色地表点缀着黑色的阴影。太阳的热力源源传来,太阳明亮的、甜美的气味接触到暴露在外的每一平方公分金属,与另一侧逐渐增长的死亡气息形成强烈对比。

他举起手来仔细凝视,数着自己的手指。热、热、热。他翻转手掌,将每根指头一根接一根放到其他手指的阴影下。热度慢慢消退,取而代之的触觉使他能感到清洁、舒适的真空。

但那并非全然的真空。他伸直双臂,举过头顶,将它们尽量向外伸,双腕的敏感点便感到蒸汽——稀疏、淡薄的气态锡与气态铅,正以澎湃的气势穿过汞蒸汽。

一股较浓的味道从他脚下升起,那是各式各样的硅酸盐,由各种金属离子清晰的、若即若离的气味标示着种类。他在松脆的、成块的尘土上缓缓迈出一步,感到种种变化就像一首轻柔的、并不十分无章的交响曲。

他抬起头,望着巨大、肥厚、明亮、炎热的太阳,听到了它的喜悦。他看着日珥在太阳边缘缓缓升起,倾听着每一圈发出的噼啪声,以及圆圆的脸庞上欢乐的嘈杂。他调暗背景光线后,四下蹿升的氢原子同时显现红光——在爆丛的柔和中音中;在太阳黑子的低沉低音中;在稀疏、飘忽的光斑发出的暗哑呼啸中;在闪焰偶尔的低声啜泣中;在伽马射线与宇宙粒子的节奏性乒乓声中——而最大的来源,则是太阳物质从各个方向传来的轻柔、模糊、此起彼落的叹息。起伏不定的太阳物质构成的宇宙风，则将他沐浴在一片光辉之中。

他纵身一跃，身子缓缓在大气中上升，这种自由是他从未经历过的。他再度跃起，落地后开始奔跑，接着又跳起来，又再跑一段。在这个光辉的世界上，他的身体有完美的反应；在这个天堂里，他找到了自己。

迷失多时的异乡人——终于来到天堂。

威廉说："没有问题。"

"可是他在做什么？"安东尼叫道。

"没有问题！程序正在运作。他已经测试了他的感官；他一直在进行各种视觉观测；他曾调暗阳光加以研究；他也检验了大气，以及土壤的化学性质。一切运作正常。"

"可是他为什么奔跑？"

"我会说那是他自己的主意，安东尼。如果你要设定一台和人脑一样复杂的电脑，你必须预期他会有自己的主意。"

"奔跑？跳跃？"安东尼转头瞪着威廉，露出一副焦虑的神情，"他会伤到自己。你能对付这台电脑，强制接管，让他停下来。"

威廉以严峻的口吻说："不，我不要那样做。我宁愿冒着他伤到自己的危险。你难道不了解吗？他很快乐。他原本在地球上，一个他始终无法应付的世界。现在他到了水星，他的身体完全适应那里的环境，适应度是一百个专业科学家所能做到的极限。那里是他的天堂，让他好好享受。"

"享受？他是个机器人。"

"我不是在说机器人，我是在说活在这里的这个大脑……这个大脑！"

水星电脑封在玻璃器皿中，仔细地、精密地与许多电线相连，它的完整性以最微妙的方式保存。它正在呼吸，它是活生生的。

"置身天堂的是阮道尔。"威廉说，"他为了那个世界，以自闭的方式遁出这个世界。他舍弃了原有的身体根本不适应的世界，换来一个和他的新身体完全契合的世界。"

安东尼惊奇地望着屏幕。"他似乎静下来了。"

"当然，"威廉说，"带着这些喜悦，他只会把工作做得更好。"

安东尼微微一笑，说道："那么，你和我，我们做到了？我们要不要走出去，接受大家的奉承，威廉？"

　　威廉说："一起去？"

　　安东尼抓住他的手。"一起去，兄弟！"

光雕

　　任何人都无论如何不会想到艾薇丝·拉德纳太太会成为凶手。身为遗孀的她，是一位慈善家、一位艺术收藏家、一位非凡的女主人，而且是个有口皆碑的艺术天才。但最重要的是，她是世人心目中最高雅、最和蔼的人。

　　她的先夫威廉·J.拉德纳，是一位伟大的航天员烈士。大家都知道，他是死于太阳闪焰的辐射效应。当时他坚持留在太空中，好让一艘太空客船能安全驶抵五号太空站。

　　拉德纳太太因而获得一笔丰厚的抚恤金，从此开始进行精明稳健的投资。到了快要步入晚年的时候，她已经变得非常富有。

　　她的巨宅是一处名胜，一座名符其实的博物馆，其中量小质精、精挑细选的收藏品全是美丽非凡的镶宝石器物。她的收藏涵盖十几种不同的文化，几乎网罗了各种可能镶上宝石、供贵族玩赏的工艺品。她有一只美国制的第一批镶宝石腕表，一柄来自柬埔寨的镶宝石匕首，一副来自意大利的镶宝石眼镜，诸如此类的古董几乎数之不尽。

　　所有的收藏全部公开展示。这些工艺品皆未保险，宅内也没有一般的保安措施。任何传统的防范都没有必要，因为拉德纳太太拥有一大批机器人仆佣，每一个都绝对值得信赖，都会以绝无旁骛的专心、无懈可击的忠诚，以及无可取代的效率保卫每一件收藏。

　　人人都知道这些机器人的存在，因此巨宅从来没有宵小光顾的记录。

　　此外，当然，更值得一提的是她的光雕。拉德纳太太是如何发现自己具有这项艺术天分的，接受过她慷慨款待的众多宾客通通猜不透。然而，每次她的巨宅大宴宾客时，都会有一首新的光体交响曲盈满一间间厅堂；三维的曲线与实心体映出动人的色彩，有些纯净、有些以惊人的晶体效应相互融合。这些光彩让每位客人沐浴在惊喜中，而且总是自我调整得恰到好处，让拉德纳太太青白的头发与毫无皱纹的脸庞显得高雅美丽。

客人踊跃赴宴的主因，正是为了这些光雕。它们从来不重复，每次都在探索艺术殿堂中新的实验领域。许多买得起光雕控制台的人，也将创作光雕当成消遣，但无人比得上拉德纳太太的专业水准，就连自认是专业艺术家的人也不例外。

她自己对这点则表现出迷人的谦虚。"不，不。"当有人赞不绝口时，她总会否认，"我不会说它是'光中有诗'，那实在太抬举我了。顶多，我只会说它是'光中有画'。"然后，大家便会对她的机智发出会心微笑。

虽然她常常受到请托，但除了她自己的宴会，她绝对不为任何场合创作光雕。"那样会变得商业化。"她这么说。

然而，她不反对为她的光雕摄制精致的全息像，好让它们能永久保存，并在世界各地的美术馆中重现。此外，不论拿她的光雕做任何用途，她一律不收任何费用。

"我不能要一分钱。"她一面说，一面摊开双手，"人人都能免费取得。毕竟，它对我自己已经没用了。"这是实话！她从未重复使用过同一件光雕。

在摄制全息像时，她还会主动合作。她亲切地旁观每个步骤，并随时准备命令她的机器人仆佣帮忙。"拜托，柯特尼，能不能请你好心地调整一下那把梯子？"她会这样说。

那就是她的风格。她总是以最正式的礼仪跟她的机器人说话。

几年前，有一次，她差点被"机器人与机械人管理局"的一位政府官员训斥一顿。"你不能这样做，"他严厉地说，"那样会妨碍他们的效率。他们是造来服从命令的，你下的命令越明确，他们服从命令的效率就越高。当你客客气气提出请求时，他们难以了解一道命令正在下达，就会反应得比较慢。"

拉德纳太太抬起雍容华贵的脑袋。"我不要求什么速度和效率，"她说，"我要求的是乐意。我的机器人都爱我。"

那位政府官员本想解释机器人没有感情，但在她悲伤却温柔的眼神下，他气馁得说不出一句话。

众所皆知，拉德纳太太甚至从未将任何机器人送回工厂调整。他们的正子脑极端复杂，差不多有十分之一的机器人出厂时未调整得尽善尽美。有些时候，好长一段时间错误都还不会显现，但无论何时出现错误，美国机器人与机械人公司总是免费负责调整。

拉德纳太太每次都摇摇头。"一旦机器人进了我家门，"她说，"开始执行他的任务，任何小小的反常我都得忍受。我不会让他被人捣弄。"

试图对她解释机器人只是一架机器，则是再糟不过的一件事。她会非常强硬地说："像机器人这么聪明的东西，绝不可能只是个机器。我把他们当人看待。"

就是这样！

她甚至还留着麦克斯，虽然他几乎没用了。他简直无法了解人类要他做些什么，然而，拉德纳太太却极力否认这点。"没这回事，"她总以断然的口吻说，"他能接下帽子和外套，把它们妥善收好，真的。他能帮我端东西，他还能做许多事情。"

"可是为什么不送他去作调整呢？"有一次，一位朋友这样问。

"喔，我不能这样做。他是他自己，他非常可爱，你知道吧。毕竟，正子脑是这么复杂的东西，没人能判断它究竟是怎么个偏差法。假使弄得完全正常，就没办法把他调回现在这么可爱了。我不要放弃这一点。"

"但如果他真是失调，"朋友一面说，一面紧张兮兮地望着麦克斯，"难道他不会危险吗？"

"绝不会。"拉德纳太太哈哈大笑，"他在我身边好些年了。他毫无危险，而且相当可爱。"

实际上，他看起来与其他机器人一模一样，全身是光滑的金属，有点像人却面无表情。

然而，对高雅的拉德纳太太而言，他们个个都是人，个个都温柔，个个都可爱。她就是这样的女人。

她怎么会犯下凶杀案呢？

任何人都无论如何不会想到约翰·珊波·崔维斯会遭杀害。内向而温和的他，身在这个世界却不属于这个世界。他拥有特殊的数学天赋，能在他心中发展出机器人心中无数正子脑路的复杂结构。

他是美国机器人与机械人公司的首席工程师。

但他也是光雕的业余爱好者，而且十分醉心。他曾就这个题目写过一本书，试图证明他用来发展正子脑路的那种数学，经过一番改头换面，便可当作生产艺术光雕的指导原则。

然而，他将理论化为实际的企图惨遭失败。他根据自己的数学原理亲手制作的光雕，一律显得笨拙、匠气，而且索然无味。

在平静、内向、安全的生活中，那是他不快乐的唯一原因，但也足以令他实在非常不快乐。他明明知道他的理论正确，却无法让它们派上用场。只要他能制成一件光雕的极品……

自然，他听说过拉德纳太太的光雕。举世推崇她是天才，崔维斯却知道她连机器人数学最简单的部分都不懂。他曾与她通信，但她一贯拒绝解释她的方法，使他因此怀疑她究竟有没有方法。会不会只是直觉呢？但即使是直觉，也有可能化约成数学。最后，他终于设法获得她的邀宴——他无论如何得见她一面。

崔维斯先生来得相当迟。赴宴前，他还对一件光雕做了最后的尝试，结果仍是惨遭失败。

他带着一种不解的神态跟拉德纳太太打招呼，并说："帮我摆放衣帽的那个机器人看起来十分特别。"

"那是麦克斯。"拉德纳太太答道。

"他相当失调，而且是个颇为老旧的型号。你怎么没把他送回工厂去？"

"喔，不。"拉德纳太太说，"那样太麻烦了。"

"一点也不麻烦，拉德纳太太。"崔维斯说，"你要是知道那是多简单的工作，一定会惊讶不已。因为我是美国机器人公司的成员，我自作主张自己调整了他。几乎没花任何时间，你将发现他现在处于完美的运作状态。"

拉德纳太太的脸庞出现一种诡异的变化。有生以来第一次，愤怒在她脸上找到容身之地，那些线条好像还不知道该如何形成。

"你调整了他？"她尖叫道，"可是创作那些光雕的正是他。就是那些失调，那些失调！你再也不能恢复……"

实在很不幸，当时她正在向客人展示她的收藏，而那柄来自柬埔寨的镶宝石匕首，正好摆在她面前的大理石桌上。

崔维斯的脸孔同样扭曲，他说："你的意思是，如果我研究那个独一无二的失调正子脑路，我就可能发现……"

她抓起尖刀猛然刺出，动作快到任何人都无法阻止，而他并未试图闪避。有人说他还故意迎上去——仿佛他一心求死。

分离主义者

外科医生面无表情地抬起头来。"他准备好了吗？"

"准备好是相对的，"医学工程师说，"我们早准备好了，他可是坐立不安。"

"他们总是如此……嗯，这是个大手术。"

"无论是不是大手术，他都该谢天谢地。在众多可能的人选中，他竟能被挑中。坦白讲，我不认为……"

"别说下去，"外科医生说，"这不是由我们决定的事。"

"我们接受这项决定。但我们必须同意吗？"

"是的，"外科医生答得很干脆，"我们同意。百分之百、全心全意地同意。这个手术实在太复杂，我们心中不能有任何保留。这个人在好些方面都证实了他的价值，而且他的背景符合人类管理局的要求。"

"好吧。"医学工程师虽然这样说，内心仍旧忿忿不平。

外科医生说："我想，我就在这里见他吧。这里够小、够私密，足以让他感到自在。"

"那没有用的。他紧张分兮，而且已经下定决心。"

"真是这样吗？"

"是的。他想要金属；他们总是要金属。"

外科医生的表情未有丝毫改变。他瞪着自己的双手，说道："有些时候，还是能说服他们改变主意。"

"何必自找麻烦？"医学工程师漠不关心地说，"如果他要金属，那就给他金属。"

"你不在乎？"

"我为什么在乎？"医学工程师以近乎残忍的口吻说，"反正都是个医学工程问题，而我是个医学工程师，反正我都能应付。我为什么要多管闲事？"

外科医生木然道："对我而言，它是个妥当与否的问题。"

"妥当！你不能拿那种事当论据。病人为何要关心妥不妥当？"

"我关心。"

"你的关心属于少数。整个趋势都跟你唱反调，你毫无机会。"

"我一定得试试看。"外科医生以迅速的手势示意医学工程师闭嘴——其中没有任何不耐烦，只是迅速而已。他已经通知了护士，而且已经收到她接近的讯号。他按下一个小按钮，双层门便急速拉开。那名病人由电动轮椅送进来，护士则以轻快的步伐走在他旁边。

"你可以走了，护士。"外科医生说，"但等在外面，我很快会叫你。"他对医学工程师点了点头，后者便与护士一同离去，那扇门在他们身后又关起来。

轮椅上那个人转头目送两人离去。他的脖子瘦得像根棍，双眼周围有许多细碎的皱纹。他刚刚刮过脸，而他紧紧抓住轮椅扶手的双手，则显露出新近修剪的指甲。他是个十分重要的病人，受到很好的照顾……可是脸上却挂着一副暴躁的表情。

他说："我们今天开始吗？"

外科医生点了点头。"今天下午，参议员。"

"我了解要花上几周的时间。"

"手术本身要不了那么久，参议员。可是还有不少附带程序需要进行——必须做些循环更新，还要作激素调整，这些都是精细的工作。"

"它们有危险吗？"然后，他又补了一句，"……医师？"仿佛感到有需要建立一种友善的关系，却又明明不情不愿。

对于病人口气微妙的变化，外科医生根本未曾留意。他淡淡地说："任何事都有危险。我们一步步慢慢来，就是为了降低危险性。需要这些时间，并结合许多专家的技术，再加上种种设备，才能使极少数人接受这样的手术……"

"这点我知道，"病人坐立不安地说，"我拒绝因为这点而感到内疚。或者你是在暗示有不当的压力？"

"绝对没有，参议员，管理局的决定向来无人质疑。我提到这个手术的困难和复杂，只是为了解释我希望手术能以最佳方式进行。"

"好吧，那就这样做，这也是我的希望。"

"那么我必须请你作个决定。可以为你植入的电脑心脏共有两种选择，金属的或……"

"塑胶的！"病人气急败坏地说，"那是不是你要给我的另一个选择，医师？便宜的塑胶心脏，我不要那种东西。我已经作出决定，我要金属的！"

"可是……"

"听我说。据我所知选择权属于我，是不是这样？"

外科医生点了点头。"倘若就医学观点而言，两种可行的疗法具有相同的价值，选择权就属于病人。实际的情形则是，即使两种疗法并非具有相同的价值，例如你这个病例，选择权仍是属于病人的。"

病人眯起眼睛。"你是在试图告诉我，塑胶心脏比较优秀？"

"这要视病人而定。根据我的看法，就你的个案而言，答案是肯定的。而且我们不太喜欢用'塑胶'这个词，它是纤维电脑心脏。"

"在我看来它就是塑胶的。"

"参议员，"外科医生以无比的耐心说，"它的材料不是一般所谓的塑胶。它是聚合物没错，但它远比普通塑胶复杂。它是一种复杂的蛋白状纤维，设计得尽可能模仿人类心脏的自然结构，例如你胸腔中那颗心脏。"

"正是如此，而我胸腔中那颗人类心脏已经损坏，虽然我还不到六十岁。谢谢你，我不要另一个像这样的，我要换个比较好的。"

"我们都想帮你换个比较好的，参议员。纤维电脑心脏会比较好，它的预期寿命有数世纪，而且绝对不会引发过敏……"

"金属心脏不也是这样吗？"

"是的，没错。"外科医生说，"金属心脏是钛合金制成的……"

"而且它不会损坏？而且它比塑胶的坚固——或说纤维的，或不管你要叫它什么？"

"没错，金属的质料是比较坚固，但机械性强度不是问题的重点。它的机械性强度不会对你特别有好处，因为心脏被保护得很好。任何有办法触及心脏的物件，即使心脏抵得住它的冲击，也会因为其他原因置你于死地。"

病人耸了耸肩。"假如我折断一根肋骨，我也会换一根钛金属的。更换骨骼很容易，任何人随时都能接受这种手术。我要多少金属就会有多少金属，医师。"

"如果你这样选择，那是你的权利。然而职责所在，我必须告诉你，虽然金属电脑心脏从未发生过机械式故障，却有若干曾经发生电子式故障。"

"那是什么意思？"

"意思就是说，每个电脑心脏都有个整律器，是它结构的一部分。在金属类心脏中，它是个电子装置，负责调节电脑心脏的心律。这就代表它必须包含一整套微型装置，才能改变心脏的节律，以配合病人的情绪和生理状态。有时该处出了问题，在问题来不及解决前病人就死了。"

"我从未听说过这种事。"

"我向你保证它会发生。"

"你是在告诉我它常常发生？"

"绝对不是，这种事非常罕见。"

"好吧，那么，我愿意碰碰运气。塑胶心脏又如何呢？它里面就没有整律器吗？"

"当然有，参议员。可是纤维电脑心脏的化学结构相当接近人体组织，它能对人体自身的离子及激素控制作出反应，所需要的复杂机件远比金属心脏的简单得多。"

"可是，难道塑胶心脏从未脱离激素的控制吗？"

"从来没发生过这种事。"

"因为你们使用它的历史还不够久。是不是这样？"

外科医生迟疑了一下。"这点没错，纤维心脏的历史没有金属的那么久。"

"那就对了。这到底是怎么回事，医师？你怕我要把自己变成一个机器人……或是照公民法通过后世人对他们的称呼，变成一个金属人？"

"金属人本身没什么不好。正如你所说，他们都是公民。但你不是金属人，你是人类。为什么不安分做个人类呢？"

"因为我要最好的，而那就是金属心脏。你一定要办到。"

外科医生点了点头。"很好。你得签几份必要的许可文件，然后我们会为你植入一颗金属心脏。"

"而你会是负责手术的医生？他们告诉我你是最佳人选。"

"我会尽力让这个换心手术顺利进行。"

双层门再度打开，电动轮椅带着病人驶向等在外面的护士。

医学工程师走了进来，在房门再度关上前，他一直回头望着逐渐远去的病人。

然后他转过头来，对外科医生说："好啦，光是看你的脸，我无法判断发生了什么事。他的决定是什么？"

外科医生正埋首办公桌，在病历中敲下最后几项。"正如你的预测，他坚持要金属电脑心脏。"

"毕竟，它比较好。"

"好不到哪里去。它问世的历史较久，如此而已。自从金属人变成公民后，人类社会就肆虐着这股狂热。大家普遍有这种古怪的欲望，想让自己变成金属人；他们渴望获得想当然的物理强度和持久性。"

"这不是单向的，医师。你不跟金属人打交道，但我有机会，所以我知道。前两个来接受修理的金属人都曾要求使用纤维元件。"

"他们如愿了吗？"

"其中之一只是需要更换肌腱，用金属或纤维没什么差别。另一个则想要一套血液系统，或是和它相当的系统。我告诉他我做不到，除非用纤维物质完全重建他的身体结构……我想总有一天会做到这一点：金属人根本不是真正的金属人，而是一种血肉之躯。"

"你不介意这个想法？"

"为何介意？此外还有金属化的人类。如今地球上有两种智慧生灵，何必这么麻烦呢？让他们彼此趋近，最后我们将无法分辨两者的差别。我们为何想要分辨呢？我们将拥有两者的精华；人类的优点和机器人的优点集于一身。"

"你会得到一个杂种。"外科医生说，这回他的口气近乎凶暴，"你将得到的东西不是兼容并蓄，而是两头落空。若说一个人会对自己的结构和身份格外骄傲，因而不愿被异质物件冲淡，这难道不是个合理的假设吗？他会想变成杂种吗？"

"这是分离主义者的说法。"

"是就是吧。"然后，外科医生以冷静的口吻强调，"我相信人人都该安分守己。我不会为任何原因改变一点自己的结构，如果有什么绝对需要更换的，我会尽可能换个和原来的本质最相近的。我是我自己，也很高兴当我自己；我不会当任何别的东西。"

他说完了，现在必须开始进行手术准备。他将坚固的双手放在加热炉中，让它们达到暗红的炽热状态，这样便能百分之百消毒杀菌。虽然发表了许多激烈的言辞，他的音量从头到尾未曾升高，而在他闪亮的金属脸庞上，（照例）没有流露一丝表情。

小机

"九十八……九十九……一百！"葛洛莉雅将胖胖的小手臂从眼前挪开，站了一会儿，皱了皱鼻子，又在阳光下眨了眨眼睛。然后，她谨慎地退后几步，离开刚才靠着的那棵树，试图同时望向四面八方。

她伸长脖子，仔细查看右侧一丛浓密的灌木，接着又后退几步，以便进一步观察树丛深处。四周十分宁静，只听见昆虫不停的嗡嗡声，以及一只鸟儿偶尔发出的啾啾声，后者正在正午阳光下勇敢地振翅疾飞。

葛洛莉雅撅起嘴来。"我猜他一定是躲进屋里了。我告诉过他一百万遍，那样不公平。"

她坚定地走向车道对面那栋两层楼的建筑，小嘴唇紧紧抿着，额头明显挤出好几条线。

她忽然听到身后传来沙沙声，接着是小机独特的、沉重的、节奏性的金属脚步声，可是却太迟了。她猛然转身，看到得意洋洋的玩伴从藏身处钻出来，朝向当作"家"的那棵树全速飞奔。

葛洛莉雅沮丧地尖叫道："等等，小机！那样不公平，小机！你答应过我，我没找到你之前，你不会跑。"小机迈开巨大的步伐，她的小脚丫根本追不上。然后，在距离目标十英尺处，小机突然放慢脚步，几乎变成了爬行，葛洛莉雅则拼命冲刺，气喘吁吁地超过他，兴奋地摸到那棵树的树皮。

她兴高采烈地转向忠实的小机，非但不奖赏他的牺牲，还以最卑劣的忘恩负义态度，狠毒地嘲笑他欠缺奔跑的能力。

"小机不会跑，"她以八岁女童最高的音量叫道，"我随时能跑赢他，我随时能跑赢他。"她以刺耳的韵律反复吟唱。

当然，小机并没有回答——没有以言语回答。他只是作势要跑开，逐渐越离越远。葛洛莉雅赶紧追上去，他却在近距离避开，迫使她无助地转来转去，伸出两只小手在空气中挥舞。

"小机，"她尖叫道，"站住！"说完，一阵笑声冲出她那喘不过气来的喉咙。

他忽然转身，将她抓起来，举在半空中转圈圈。她顿时觉得天旋地转，蓝天变得在脚下，绿色的树梢一个劲向下延伸。然后，她重新回到草地上，紧靠着小机的大腿，仍然抓着一根坚硬的金属手指。

不久，她喘过气来了。她不自觉地模仿母亲的动作，徒劳地推推弄乱的头发，又扭头检查衣服有没有撕破。

她一巴掌打在小机身上。"坏孩子！我要打你一顿！"

小机吓得缩成一团，双手抱着头，因此她不得不再说："不，我不会的，小机，我不会打你。可是无论如何，现在轮到我去躲了，因为你的腿比较长，而且你答应过，我没找到你之前，你不会跑。"

小机点了点头（那是个具有圆滑棱角的小长方体，借着一根又短又软的轴，连接另一个类似却大了许多的长方体，也就是他的躯干），顺从地转身面向那棵树。两片金属薄膜降下来，遮住他发亮的眼睛，而他体内则传出稳定的、洪亮的嘀嗒声。

"现在别偷看——也别跳过任何数儿。"葛洛莉雅警告他，说完便匆匆跑开，去寻找藏身之处。

在不变的节奏下，时间一秒一秒嘀嗒地溜过。数到一百时，小机的两片眼皮向上升起，火红的眼睛开始四下扫描。一时之间，他的目光停在一块圆石后面所露出的一小片彩色花格布上。他向前走了几步，便确定是葛洛莉雅蹲在那里。

他向那个藏匿地点慢慢前进，始终保持在葛洛莉雅与当作"家"的那棵树之间。当葛洛莉雅显然已经曝光，连她自己也不相信没被看见时，他向她伸出一只手，另一只手击向自己的腿部，激起一下叮当声。葛洛莉雅悻悻地站起来。

"你偷看！"她发出忿忿不平的叫嚷，"而且我玩厌了捉迷藏，我要骑你。"

但是这个不公平的指控伤了小机的心，他闷闷不乐地坐下来，沉重地摇了摇头。

122

葛洛莉雅立刻改变口气，以温柔的话语哄他。"好啦，小机，我不是真的说你偷看。让我骑一骑嘛。"

不过，小机可没有那么容易哄。他顽固地望向天空，甚至更断然地再次摇了摇头。

"拜托，小机，请让我骑一骑。"她用红扑扑的双臂搂住他的脖子，紧紧抱了抱他。然后，她忽然闹起情绪，走了开来。"如果你不肯，我可要哭了。"她的脸蛋开始扭曲，做出放声大哭的准备动作。

对于这个可怕恐怖的可能性，硬心肠的小机并不怎么理会，他三度摇了摇头。葛洛莉雅发觉有必要打出王牌来。

"如果你不肯，"她激动地叫嚷，"我就再也不给你讲故事，就这么办。一个也不……"

面对这个最后通牒，小机立刻无条件投降。他拼命地点头，直到他的金属脖子嚓嚓作响。他小心翼翼地举起小女孩，将她放在自己那宽阔而平坦的肩膀上。

葛洛莉雅发出喜悦的欢呼，她用作威胁的泪水立刻消失。借着内部的高电阻线圈，小机的金属表皮维持着70华氏度的常温，令她感到好舒服。而她的脚后跟节奏性地踢着他的胸膛，则发出醉人的美妙声响。

"你是一架空中飞橇，小机，你是一架大型的银色空中飞橇。把你的手臂伸直——如果你要当一架空中飞橇，小机，你就一定要这样做。"

这个逻辑无懈可击。小机的手臂成了迎向气流的双翼，他立刻变作一架银色的飞橇。

葛洛莉雅扭转机器人的头部，同时身子向右倾，他便猛然来个急转弯。葛洛莉雅为这架飞橇装上发动机，"叭叭叭……"然后又加上武器，"啵啵啵……""咻咻咻……"有飞盗在追他们，于是霹雳炮上场了，把那些飞盗轰得如雨点般坠落。

"轰掉另一艘——又是两艘。"她喊道。

"快点，哥儿们，"葛洛莉雅夸张地说，"我们的弹药快用完了。"她以无畏的勇气瞄准敌人，此时小机又成了一艘钝头太空船，以最大的加速度在太空中急速拉升。

他一路快速穿过平地，来到另一侧的一片茂密草丛，在那里陡然煞住脚步，令涨红脸的小骑士发出一声尖叫。然后，再将她丢在这片柔软的绿色地毯上。

葛洛莉雅上气不接下气，时不时地细声叫道："真好玩！"

小机耐心地等她喘过气来，然后轻轻拉了拉她的一束头发。

"你要什么吗？"葛洛莉雅说。她睁大眼睛，天真地装着一副不解的神情，根本骗不了这位巨大的"保姆"。他又更用力地拉了拉她的鬈发。

"喔，我知道了，你要听故事。"

小机迅速点了点头。

"哪一个？"

小机用一根手指，在空中画出一个半圆。

小女孩表示反对。"又是那个？我已经给你讲过一百万遍灰姑娘了。你还没听腻吗？那是小宝宝听的。"

他又画出一个半圆。

"喔，好吧。"葛洛莉雅静下来，将故事内容在心中默想一遍（连同她自己精心添加的情节，她总共有好几套版本）。

"你准备好了吗？好的——很久很久以前，有个美丽的小女孩名叫爱拉。她有个狠毒得不得了的继母，还有两个非常丑怪、非常狠毒的继姐妹……"

当葛洛莉雅被打断时，她正讲到故事的最高潮——午夜钟声响起，一切都即将变回原先破破烂烂的模样。小机则张着一双火红的眼睛，聚精会神地聆听着。

"葛洛莉雅！"

那是一位妇人所发出的高亢叫声，她喊了不只一次，而是好几次了。从她紧张的口气听来，焦虑已经开始取代不耐烦的情绪。

"妈妈在叫我。"葛洛莉雅的口气不太高兴，"小机，你最好把我带回屋里去。"

小机干脆地遵命，因为心中有点什么在提醒他，自己最好服从威斯顿太太的话，不得有片刻迟疑。除了周日，葛洛莉雅的父亲白天很少在家，而今天正是这样的例外。当他在家的时候，他一向表现得和蔼可亲、善解人意然而，葛洛莉雅的母亲是令小机不安的主要原因，小机总有想要从她眼底开溜的冲动。

当他们从茂密的草丛中现身的时候，威斯顿太太便一眼看到他们，随即进入屋内等待。

"葛洛莉雅，我把嗓子都喊哑了。"她以严厉的口气说，"刚才你在哪里？"

"我和小机在一起，"葛洛莉雅以颤抖的声音答道，"我在给他讲灰姑娘，忘了该吃午饭了。"

"嗯，真糟糕，连小机也忘了。"然后，仿佛这句话提醒了她自己，她猛然转向机器人。"你可以走了，小机，她现在不需要你。"她又凶狠地补充道，"我如果没叫你，就不要回来。"

小机正要转身离去，却又犹豫起来，因为葛洛莉雅马上为他辩护。"别这样，妈妈，你一定要让他留下，我还没给他讲完灰姑娘呢。我说过我会给他讲灰姑娘，而我还没讲完。"

"葛洛莉雅！"

"真的不骗你，妈妈，他会静静待着，你甚至不会知道他在这里。他可以坐在角落的椅子上，不会说一句话——我的意思是，他什么也不会做。是吗，小机？"

小机点了点沉重的脑袋。

"葛洛莉雅，如果你不立刻住嘴，我让你整整一个星期见不到小机。"

女孩的目光垂下来。"好吧！可是灰姑娘是他最爱听的故事，而我还没说完——他是那么喜欢听。"

机器人踏着孤独的步伐离去，葛洛莉雅强忍着没哭出来。

乔治·威斯顿感到悠闲自在、浑身舒畅。周日下午让自己悠闲舒畅是他的习惯。一顿丰盛美好的午餐下肚；躺在舒适、柔软、破旧的长沙发上；手中一份《泰晤士报》；脚丫套着拖鞋；袒胸露肚——谁能感到不悠闲、不舒畅呢？

因此，当妻子走进来时，他有点不高兴。结婚至今已有十年，他仍旧如此糊涂地深爱着她，因此毫无疑问，他总是喜欢见到她——话说回来，周日午后的时光对他而言是神圣的，而他心目中真正的悠闲舒畅，是要完全独处两三个小时。由于这个缘故，他紧盯着"拉法博-吉田火星探险"的最新报道（这次要从月球基地出发，或许真能成功），假装她根本不在旁边。

威斯顿太太耐心地等了两分钟，然后不耐烦地又等了两分钟，最后终于打破沉默。

"乔治！"

"嗯——嗯？"

"我说，乔治！你能不能放下那份报纸，看我一眼？"

报纸在沙沙声中落到地板上，威斯顿以一张困倦的脸孔面对妻子。"什么事，亲爱的？"

"你知道是什么事，乔治，是关于葛洛莉雅和那个可怕的机器。"

"什么可怕的机器？"

"好了，别装着你不知道我在说什么。就是葛洛莉雅管他叫小机的那个机器人，他一刻也不离开她。"

"这个嘛，他为什么要那样做？他不该那样做的。而且，他当然不是可怕的机器。他是市面上最好的机器人，而我真他妈的确定，他花了我半年的收入。不过，他还真是值得——简直比我手下一半的职员还聪明。"

他作势要捡起报纸，但他的妻子动作更快，一把将它夺了过去。

"乔治，你听我说。我不要把我的女儿托付给一架机器——我不在乎它有多聪明。它没有灵魂，没人知道它可能在想些什么。孩子根本不该让一个金属玩意儿来照顾。"

威斯顿皱起眉头。"你什么时候有了这种想法？他和葛洛莉雅在一起两年了，以前我从未见你担心过。"

"当初的情况不同。那时它是个新鲜玩意儿；它减轻了我的负担，而且——而且那是一件流行的事。可是现在，我不知道。邻居们……"

"好啦，这和邻居扯得上什么关系。听好，机器人要比真人保姆值得信赖无数倍。事实上，小机出厂只为了一个目的——当小孩的玩伴。他的整个'思维'正是为了那个目的创造的。他就是不得不忠实、友爱和亲善。他是一架机器——被做成那样。那要比人类可靠得多。"

"但总有什么东西可能出毛病，什么……什么……"威斯顿太太对机器人的内部结构不甚清楚，"什么小零件会松掉，这个可怕的东西就会发狂，而且……而且……"她无法让自己完成这个相当明显的想法。

"胡说八道，"威斯顿立即否定，还不由自主地打个冷战，"那完全是无稽之谈。当我们买下小机时，我们曾就机器人学第一法则做过冗长的讨论。你也知道，机器人不可能伤害人类，在出现足以改变第一法则的问题之前，机器人早就完全停摆了。那是数学上不可能的情况。此外，美国机器人公司的工程师每年都会来两次，为这套机件作彻底的检查。啊，比起来，小机出什么小毛病的机会，还比不上你我突然发疯的机会——实际上，是小得多。何况，你要怎样将他从葛洛莉雅身边带走？"

他再次徒劳地试图取回报纸，他的妻子则气愤地将它丢到隔壁房间。

"乔治，问题就在这里！她不跟任何人玩耍。附近有几十个小男孩和小女孩，她应该跟他们交朋友，可是她不肯。她不肯接近他们，除非我逼她那样做。这不是一个小女孩的成长方式。你希望她正常，对不对？你希望她能够融入这个社会。"

"你是在捕风捉影，葛莉丝。你就假装小机是只狗，我见过几百个小孩，都宁愿跟他们的狗狗玩，而懒得理他们的父亲。"

"狗儿是另一回事，乔治。我们必须弄走那个可怕的东西。你可以再把它卖给原公司，我问过了，你可以这样做。"

"你问过了？给我听好，葛莉丝，我们不要贸然行事。我们要留着这个机器人，直到葛洛莉雅再长大一点。就是这样，我不要再听到你提起这件事。"说完，他气呼呼地走出房间。

两天后的傍晚，威斯顿太太在门口迎向她的丈夫。"你一定要听听这件事，乔治。村子里有一股不满的情绪。"

"关于什么？"威斯顿问道。他走进浴室，让哗啦啦的水声淹没任何可能的答案。

威斯顿太太等在外面。她说："是关于小机。"

威斯顿走出来，手里拿着毛巾，涨红的脸布满怒意。"你到底在说什么？"

"喔，这种情绪一天天升高。我曾经试着眼不见为净，但我再也不要这样做了。大多数村民都认为小机有危险，甚至不让孩子晚上接近我们家。"

"我们放心把自己的孩子交给那玩意儿。"

"这个嘛，人们对这种事可不怎么理智。"

"那就让他们去死吧。"

"这样说解决不了任何问题。我一定得上街购物，我一定会每天遇到他们。而对机器人的看法，如今在城市里甚至更糟。纽约刚刚通过一条法令，禁止任何机器人于日落和日出之间在街头出现。"

"好吧，可是他们无法阻止我们在家里养个机器人。葛莉丝，这是你的游说行动之一，我看得出来。可是没有用的，答案仍然是——不行！我们要留着小机！"

然而他深爱他的妻子——而更糟的是，他的妻子明白这一点。毕竟，乔治·威斯顿只是个男人——可怜的男人——而他的妻子则使出浑身解数，用尽了男性防不胜防的谋略。男性无论如何没有那么多心眼，行事也比较刻板，自然无法抵御女性的攻势。

接下来那一周，他一连十次叫道："留着小机——没什么好说的！"口气却越来越弱，并且伴随着越来越大声、越来越痛苦的呻吟。

这一天终于来了。威斯顿心虚地走近女儿身边，提议去镇上看一场"精彩"的声光剧。

葛洛莉雅高兴地使劲鼓掌。"小机能去吗？"

"不行，亲爱的。"他的声音令他自己心头一凛，"他们不会让小机进入声光剧场——不过等回家后，你可以把所有的情节讲给他听。"最后一句话他说得结结巴巴，同时别过头去。

从镇上回来的时候，葛洛莉雅满心欢喜，因为那出声光剧的场面真是华丽壮观。

她一面等着父亲将喷射车降到地底车库，一面说："爸爸，我等一下就要去告诉小机。他会喜欢得不得了——尤其是法兰西斯·法兰这么悄悄地向后退，却刚好撞到一个豹人身上，不得不拔腿就跑。"她再次哈哈大笑，"爸爸，月球上真有豹人吗？"

"也许没有，"威斯顿漫不经心地说，"那只是个滑稽的虚构情节。"

他不能靠车子拖延多少时间，他必须面对现实。

葛洛莉雅跑过草坪。"小机——小机！"

她突然停下脚步，因为她看到一只美丽的小牧羊犬。那只小狗正站在门口，一面摇着尾巴，一面用严肃的褐色眼珠望着她。

"喔，多可爱的一只狗！"葛洛莉雅爬上台阶，小心翼翼地走近，伸出手来抚摸它，"是给我的吗，爸爸？"

母亲早已来到他们身边，她说："是的，葛洛莉雅。它是不是很可爱——又柔软又毛茸茸的。它非常温柔，而且它喜欢小女孩。"

"它会玩游戏吗？"

"当然，它会耍好些把戏。你想不想看看它的表演？"

"等一下。我要小机也来看它。小机！"她突然迟疑地住了口，皱起眉头来，"我打赌他一定待在自己房里，因为他气我没带他去看声光剧。爸爸，你一定要对他解释。他可能不相信我，但是如果你来说，他就会了解的，就是这样。"

威斯顿的嘴唇绷紧。他朝妻子的方向望去，但无法引起她的注意。

葛洛莉雅急忙转身，一面沿着地下室的楼梯往下跑，一面喊道："小机——出来看看爸妈给我弄来什么。他们给我弄来一只狗，小机。"

一分钟后，她回来了，变成了一个受惊的小女孩。"妈妈，小机不在他的房间。他在哪里？"没有人回答她。乔治·威斯顿咳嗽几声，突然对一朵乱飘的云彩起了极大的兴趣。葛洛莉雅以颤抖的、即将放声大哭的声音说："妈妈，小机在哪里？"

威斯顿太太坐下来，温柔地将女儿拉到身边。"别难过，葛洛莉雅。我想，小机是走掉了。"

"走掉了？走去哪里？妈妈，他走到哪里去了？"

"没有人知道，亲爱的，他就是走掉了。我们找了又找，找了又找，可是我们找不到他。"

"你是说他再也不会回来？"她张大眼睛，露出恐惧的眼神。

"我们也许很快就会找到他，我们会继续找他。这期间，你可以和这只可爱的小狗玩。看看它！它的名字叫闪电，它会……"

可是葛洛莉雅眼中盈满泪水。"我不要这只肮脏的狗——我要小机，我要你们帮我找到小机。"她伤心得无法言语，随即号啕大哭起来。

威斯顿太太望向丈夫求助，但他只是愁眉苦脸地挪动脚步，双眼始终兴致盎然地盯着天空，她只好担负起安慰的任务。"你为什么哭，葛洛莉雅？小机只是个机器，只是个肮脏的旧机器，他根本不是活的。"

"他并非是机器！"葛洛莉雅激愤地、语无伦次地尖叫，"他像你我一样是个人，而且他是我的朋友。我要他回来，喔，妈妈，我要他回来。"

母亲轻哼一声。她认输了，决定任由葛洛莉雅伤心难过。

"让她好好哭一场吧。"她对丈夫说，"孩子的悲伤绝不会持续太久。不出几天，她就会忘记曾经拥有那个可怕的机器人。"

可是时间证明威斯顿太太有点过分乐观。正确地说，葛洛莉雅的确不再哭泣，但是她也不再露出笑容。日子一天天过去，她变得越来越沉默、越来越空虚。女儿的消极抗议渐渐令威斯顿太太忧心忡忡，令她不肯屈服的唯一原因，是她绝不可能在丈夫面前承认失败。

后来，某一天晚上，她像旋风般冲进起居室，一屁股坐下来，双臂交叉胸前，看来怒火已经烧到头顶。

她的丈夫伸长脖子，以便从报纸上方望向她。"葛莉丝，又怎么啦？"

"还不是那孩子，乔治。今天我不得不把那只狗送回去，葛洛莉雅根本受不了它出现在她面前，她就是这么说的。她快要把我逼得神经衰弱。"

威斯顿放下报纸，眼中闪现一丝希望的光芒。"也许——也许我们应该把小机要回来。你也知道，有可能做得到。我可以去联络……"

"不！"她绷着脸答道，"我不要听这种事，我们不会这么轻易放弃。我的孩子绝不要被一个机器人带大，哪怕需要花上几年时间让她恢复正常。"

威斯顿带着失望的神情，重新拿起那份报纸。"照这样过一年，就会让我提早满头白发。"

"你可真帮忙，乔治。"她以冰冷的口吻应道，"葛洛莉雅所需要的是换个环境。她在这里当然无法忘掉小机。每棵树、每块石头都使她想到他，她又怎么忘得掉呢？这真是我听过的最最愚蠢的事情。想想看，一个小孩竟然因为失去机器人而憔悴。"

"好吧，别岔开话题。你计划怎样换个环境？"

"我们带她去一趟纽约。"

"那个城市！在八月天！嘿，你可知道纽约在八月天像什么？简直无法忍受。"

"几百万人都在忍受。"

"他们没有别的地方能去。如果不必待在纽约，他们一定会来这里。"

"好吧，但我们却有这个必要。我说我们现在就走——准备好就尽快出发。在那个城市里，葛洛莉雅会发现许多趣味和许多朋友，足以让她快活起来，并且忘掉那架机器。"

"喔，天啊。"她的另一半呻吟道，"那些油炸的柏油路！"

"我们必须去。"她毫不动摇地答道，"葛洛莉雅上个月轻了五磅，对我而言，女儿的健康比你的舒适更重要。"

"真可惜，你在夺走她宠爱的机器人之前，偏偏没有想到她的健康。"他喃喃道——但只是自言自语。

葛洛莉雅听说即将进城旅行，果然立刻显现好转的迹象。她不常谈这件事，但每当提起时，她总是带着快活的期待。她重新开始绽放笑容，也差不多恢复了从前的胃口。

威斯顿太太暗自庆幸，却也不放过对仍表怀疑的丈夫示威的机会。

"你看，乔治，她像个小天使那样帮忙收拾行李，而且叽哩呱啦说个不停，好像对世上任何事情都不在乎。正如我告诉你的——我们唯一需要做的，只是转移她的注意力。"

"嗯——嗯，"他以怀疑的口吻回应，"希望如此。"

准备工作很快完成。他们在城里的住处已经安排妥当，这里的房子也找到一对夫妇暂时照顾。当出发的日子终于来临时，葛洛莉雅几乎变得和以前一模一样，嘴里再也不提小机了。

一家人兴高采烈地搭乘计程回旋机抵达飞航站（威斯顿本想驾驶自己的私家回旋机，但它只有两个座位，又没有地方容纳行李），随即登上等待起飞的班机。

"来，葛洛莉雅。"威斯顿太太唤道，"我帮你留了靠窗的座位，好让你能看风景。"

葛洛莉雅兴奋地快步通过走道，来到自己的座位，将鼻尖紧贴厚实透明的玻璃，在上面压出一个白色的卵形。她聚精会神地向外望，在发动机突然发出吼声时变得更加专注。她年纪还小，因此当地面向下沉，好像掉进一个陷阱，而她的体重突然增加一倍时，她并没有感到害怕；不过她也不算太小，因此这一切引起了她极大的兴趣。直到大地变成一床碎花棉被时，她才抽回鼻子，重新面对她的母亲。

"妈妈，我们很快就会到城里吗？"她一面问，一面揉着冻僵的鼻头，并好奇地看着她在玻璃上所形成的雾气逐渐缩小，终至消失。

"亲爱的，差不多要半小时。"然后，她带着最轻微的忧虑问道，"你不高兴我们去那里吗？在城里能看到许多建筑和许多人，以及许多好玩的东西，你不认为你会非常开心吗？我们每天都会去看声光剧，还要去马戏团，还要去海滩，还要……"

"没错，妈妈。"葛洛莉雅意兴阑珊地答道。此时班机穿过一排云层，葛洛莉雅马上被置身云中的奇观吸引。不久，他们再度来到晴朗的天空下。这时她转头望向母亲，突然显得神秘兮兮，好像藏着什么天大的秘密。

"我知道我们为什么要进城去，妈妈。"

"你知道？"威斯顿太太一头雾水，"为什么，亲爱的？"

"你没有告诉我，是因为你要给我一个惊喜，但我就是知道。"一时之间，她对自己敏锐的洞察力赞叹不已，顾不得说别的。不久，她又快活地哈哈大笑。"我们到纽约去，是因为我们要去找小机，对不对？和许多侦探一起找。"

乔治·威斯顿当时正在喝水，这番话为他带来了惨重的灾难。他先是呛得拼命喘气，再喷出一股水柱，然后透不过气地猛咳一阵。等到一切平静后，他站在那里，满脸涨得通红，身上湿透大半，心中恼怒到了极点。

威斯顿太太仍然保持镇定，可是当葛洛莉雅以更为关切的口吻重复那个问题时，她发觉自己的脾气也来了。

"也许吧！"她尖酸地回应，"现在，看在老天的份上，给我乖乖坐好。"

公元1998年的纽约市，比过去任何时期更是观光客的天堂。葛洛莉雅的双亲了解这点，并尽可能善加利用。

乔治·威斯顿遵照妻子下达的命令，将自己的工作搁下一个月左右，以便把时间完全花在他所谓的"将葛洛莉雅从毁灭边缘拯救回来"这件任务上。就像威斯顿所做的每件事一样，这件事进行得很有效率、很有条理，而且很彻底。在这个月结束之前，能做的全做了，没有任何遗漏。

他们曾带葛洛莉雅登上罗斯福大厦的顶楼，从半英里的高空，以敬畏的心情，俯瞰无数鳞次栉比的屋顶所拼成的景观，一直能看到远方长岛的平原与新泽西的平地。他们去了动物园，在那里，葛洛莉雅以既兴奋又害怕的心情瞪着"真正的活狮子"（不过有点失望，因为管理员喂它吃的是生牛肉，而不是她预期中的活人），并且蛮横地坚持要去看"鲸鱼"。

各类的博物馆也都获得他们的青睐，此外还有公园、海滩与水族馆。

她曾乘坐模仿"疯狂20年代"古风的游览汽船逆流而上，来到哈德逊河中游。她参加了一趟博览之旅，一路升到平流层，那里的天空变成深紫色，星辰一一出现，底下朦胧的地球看来像个巨大的碗。此外，她还搭乘一艘有着玻璃舱壁的海底船，来到长岛海峡深处。那里是个绿色的、摇曳的世界，好些奇形怪状的海中生物对她抛媚眼，又马上蠕动身子游走了。

至于比较普通的活动，威斯顿太太带她逛了许多百货公司，让她陶醉在另一类型的仙境中。

事实上，当这个月即将飞逝时，威斯顿夫妇深信，为了让葛洛莉雅永远忘掉失去的小机，他们已经尽了一切可能的努力——但是他们并不确定成功了没有。

因为有件事实一直未曾改变。不论葛洛莉雅走到哪里，假如附近刚好有机器人，她总会对他们表现出最强烈、最专注的兴趣。无论她眼前的景观多么精彩，或是在她童稚的眼睛看来多么新奇，只要眼角瞥见金属的动作，她一律立即转头。

威斯顿太太想尽办法，也不能令葛洛莉雅不去看机器人。

在参观"科学与工业博物馆"的过程中，这个现象终于演出最高潮的一幕。这个博物馆筹划了一个特别的"儿童节目"，展出的都是儿童心智所能领会的科学奇迹。威斯顿夫妇当然将它列入"必看"的清单中。

正当威斯顿夫妇站在一具强力电磁体前，聚精会神地欣赏它的表演时，威斯顿太太突然发觉葛洛莉雅已不在身边。最初的慌乱很快为冷静的决定所取代，在三名工作人员陪同下，他们展开了仔细的搜索。

然而，葛洛莉雅当然不是那种到处乱跑的孩子。就她的年纪而言，她算是个极为坚决果断的女孩，在这方面十足继承母亲的遗传。刚才在三楼，她看到一个巨大的招牌，上面写着："说话的机器人由此去"。她认出了这几个字，又注意到父母似乎不想朝正确的方向前进，她遂采取直截了当的行动——趁着双亲分心的适当时机，她冷静地脱队，朝路标所指的方向走去。

"说话的机器人"是个淫巧之作，这个装置毫无实际用途，仅只具有宣传价值。每小时一次，一批由导游陪同的参观者来到它面前，悄声向负责的机器人工程师发问。工程师判定哪些问题适合机器人的电路，再将这些问题输进说话的机器人体内。

这相当沉闷无趣。当然，能知道14的平方是196、此时的温度是72华氏度、气压是30.02英寸水银柱、钠的原子量是23等等，或许是一件不错的事，但并非真的需要机器人提供这些答案。尤其不需要一个庞大笨重、完全不能行动、占地25平方码、由电线与线圈凑成的机器人。

大多数人懒得回头再试第二次，但有一个十五六岁的女孩，却静静坐在长椅上，等待第三次观看它的表演。当葛洛莉雅进来时，这个房间就只有她们两人。

葛洛莉雅并未望向那女孩。此时此刻，对她而言，另一个人只能算微不足道的陈列品。她将注意力集中在这个带轮子的大家伙身上。一时之间，她沮丧地犹豫着——它看来不像她见过的任何一个机器人。

她小心地、迟疑地扬起尖细的嗓音，问道："请问，机器人先生阁下，你就是说话的机器人吗？"她并不肯定，可是在她想来，对待一个真能说话的机器人，似乎应该礼貌万分周到才对。

（那个十五六岁的女孩，瘦削而平庸的脸庞此时掠过一丝极其专注的神情。她抽出一本小笔记簿，开始以潦草的字迹振笔疾书。）

"我——就——是——会——说——话——的——机——器——人。"这句话欠缺腔调与抑扬顿挫，属于一种机械性的音色，伴随着一阵滑润的齿轮呼呼声。

葛洛莉雅悲伤地望着它。它的确会说话，但声音是从里面冒出来的，它没有一张用来说话的脸孔。她说："机器人先生阁下，你能帮助我吗？"

说话的机器人专为解答问题而设计，而它遇到过的问题向来只是它能回答的。因此，它对自己的能力相当有信心。"我——能——帮——助——你。"

"谢谢你，机器人先生阁下。你见到过小机吗？"

"小机——是谁？"

"他是个机器人，机器人先生阁下。"她踮起脚尖，"他差不多这么高，机器人先生阁下，不过还要高一点，而且他非常好。他有个脑袋，你知道吧。我的意思是你没有，可是他有，机器人先生阁下。"

说话的机器人糊涂了。"一个——机器人？"

"是的，机器人先生阁下。就是像你这样的机器人，不过他当然不能说话，而且——看起来像个真人。"

"一——个——像——我——的——机——器——人？"

"是的，机器人先生阁下。"

对于这句话，说话的机器人作出的回应只是一阵叽哩呱啦，以及时断时续、杂乱无章的声音。要它接受自己并非特殊的个体，而是一个群体中的一员，如此激进的论断实在超出它的负荷。它忠实地试图掌握这个概念，结果烧坏了五六个线圈，小型警报器立刻嗡嗡作响。

（就在这个时候，那个十五六岁的女孩离开了。她已经搜集到足够的材料，足以就"机器人学实用层面"写一篇论文。这篇论文是苏珊·凯文为"普通物理一"这门课所写的一份报告，也是她就这个题目撰写的众多论文中的第一篇。）

葛洛莉雅小心地藏起不耐烦的情绪，站在那里等待那架机器作出回答，不料突然听到身后有人喊道："她在那里！"她马上听出那是母亲的叫声。

"你这坏丫头，你在这里干什么？"威斯顿太太叫道，她的忧虑顿时化为愤怒，"你知不知道，你几乎把爸爸妈妈吓死了？你为什么跑开？"

机器人工程师也冲了进来，他一面扯着头发，一面追问究竟是谁乱弄这架机器。"没人读得懂标示吗？"他吼道，"没有工作人员陪同，你们不准进这里来。"

葛洛莉雅提高悲伤的嗓门，压过众人的喧嚣。"我只是来看说话的机器人，妈妈。我想他也许知道小机在哪里，因为他们都是机器人。"然后，对小机的思念忽然重重打在她心头，她再也忍不住了，突然间泪如雨下。"妈妈，我一定要找到小机。我一定要！"

威斯顿太太强忍住泪水，说道："喔，老天啊。回家吧，乔治，这种事令我无法承受。"

当天晚上，乔治·威斯顿外出了几小时。第二天上午，他来到妻子面前，看来似乎相当自鸣得意。

"葛莉丝，我想到一个主意。"

"关于什么？"她以忧郁而冷淡的口吻问道。

"关于葛洛莉雅。"

"你该不是建议买回那个机器人吧？"

"不，当然不是。"

"那就说吧。我也许该听听你的，我做的每件事似乎都弄巧成拙。"

"好的。我是这么想：葛洛莉雅的问题完全来自她把机器人想成一个人，而不是一架机器。这样一来，她自然忘不了他。如果我们设法说服她，让她相信小机不过是一堆钢板和铜线，以电力作为生命的活力，那她的思念还会持续多久呢？这是一种心理攻势，希望你懂我的意思。"

"你打算怎么进行？"

"简单。你以为昨晚我到哪里去了？我去找美国机器人与机械人公司的罗伯森，说服他安排我们明天去他的工厂做个详尽的参观，我们三人一起去。等我们参观完毕，葛洛莉雅便会有根深蒂固的观念，明白机器人不是活的。"

威斯顿太太的眼睛逐渐睁大，眼中闪烁的光芒颇像是突然发出的赞许。"哇，乔治，真是个好主意。"

乔治·威斯顿挺了挺胸。"我一向只有好主意。"他说。

史楚瑟斯先生是一位认真负责的总经理，自然也就有点爱说话的倾向。两者结合起来，使得这趟参观沿途都有详尽的解说，甚至或许详细过了头。然而，威斯顿太太并不觉得厌烦。事实上，她还好几次打断他的话，请求他以较简单的语言重复一遍，好让葛洛莉雅也能了解。由于自己的口才得到如此的赞赏，史楚瑟斯先生亲切地详述一切，变得更加口若悬河。

而乔治·威斯顿自己，则显得越来越不耐烦。

"对不起，史楚瑟斯，"他在一段针对光电管的讲解中插嘴，"你们工厂里不是有个部门，用的全是机器人劳工呢？"

"呃？喔，有的！没错，的确有！"他对威斯顿太太微微一笑，"这可说是一种恶性循环，机器人创造更多的机器人。当然，我们并没有普遍采用这个模式。原因之一，工会绝不会准许我们这样做。但其中有极少量的机器人，我们可以完全使用机器人来生产，仅仅当作一种科学实验。你知道吗，"他慷慨激昂地推下夹鼻眼镜，抓在手掌中，"工会不了解的是——我现在说的，是个始终非常同情劳工运动的人所说的话——机器人的出现，虽然起初会造成些脱序，但将来终究……"

"同意，史楚瑟斯，"威斯顿说，"可是你说的那个部门——我们能去看看吗？我确信那会非常有意思。"

"可以！当然可以！"史楚瑟斯先生以突兀的动作戴回夹鼻眼镜，再以一声轻咳掩饰他的困窘，"请跟我来。"

他领着三人穿过一道长长的走廊，又走下一段楼梯。相较之下，他在这段路程中相当安静。等到他们进入一间宽广、明亮、充满金属叮当声的房间之后，他的话匣子又打开来，再度向外倾泻滔滔不绝的解说。

"我们到了！"他的声音中带着骄傲，"全是机器人！只有五个人担任监工，他们甚至不必留在这个房间。五年以来，也就是说，自从我们开始这个计划之后，从来没有发生过一桩意外。当然，这里装配的机器人算是比较简单，可是……"

在葛洛莉雅耳中，这位总经理的声音早已成为催人入眠的低语。对她而言，整趟参观旅程似乎相当沉闷，而且毫无意义。尽管的确看到很多机器人，却没有任何一个与小机有些微相似之处，她一律以毫不保留的轻蔑目光打量他们。

而在这个房间里，她注意到根本没有任何人。然后，她的视线落到六七个机器人身上，他们正围在另一头的圆桌旁忙碌工作。她在不敢置信的惊讶中张大眼睛；这个房间太大了，她无法看得十分清楚，但其中一个机器人看来像是——看来像是——就是他！

"小机！"她的尖叫响彻整间厂房。圆桌旁的一个机器人突然晃了一下，手中的工具随即落地。葛洛莉雅高兴得几乎发狂，随即向前走去。在父母都来不及阻止她之前，她便挤过护栏，轻轻落到低了几英尺的另一侧地板上，然后拔腿奔向她的小机。她一面跑一面挥动双臂，连头发都飞扬起来。

至于三个吓呆的大人，他们僵立在原处，看到了激动的小女孩没有看到的东西———辆巨大而笨重的牵引机，正盲目地逼近指定的路径。

威斯顿只花了几分之一秒的时间回过神来，可是这几分之一秒却决定了一切，因为已经追不回葛洛莉雅了。虽然威斯顿不顾一切地跃过护栏，他的尝试却显然毫无希望。史楚瑟斯先生则疯狂地对监工挥手，要他们停下牵引机，然而监工只是人类，需要时间作出反应。

唯有小机，才能立即且准确地采取行动。

他从反方向冲过来，金属腿迅速跨越自己与小女主人之间的距离。然后，一切都在同一瞬间发生。小机一把抓起葛洛莉雅，速度丝毫不减，因而带起一阵狂风，令她几乎喘不过气。还不清楚发生些什么事的威斯顿，则感到（而不是看到）小机迅速掠过自己，于是不知所措地猛然驻足。小机抱起葛洛莉雅之后半秒钟，那辆牵引机便来到她原先的位置，再向前滚了十英尺，才终于在一阵吱吱声中煞住。

葛洛莉雅这才喘过气来，她的父母则激动地争相拥抱她。挣脱拥抱后，她急切地转向小机。对她而言，刚才只发生了一件事，那就是她找到了她的朋友。

但是，威斯顿太太的表情已从宽心转变成阴郁的疑心。她转向她的丈夫，虽然披头散发、形容狼狈，她仍有办法显得相当威严。"这是你安排的，对不对？"

乔治·威斯顿用手帕擦了擦滚烫的额头。他的手还在发抖，战栗的嘴唇只能弯出一个极微弱的笑容。

威斯顿太太继续推理："小机不是为工程或制造业设计的，他对他们不会有任何用处。你故意把他摆在那里，好让葛莉莉雅找到他。你自己心里明白。"

"好吧，是我安排的。"威斯顿说，"可是，葛莉丝，我怎么知道这个团圆会这么激烈？小机救了她一命，这点你必须承认。你绝不能再把他送走。"

葛莉丝·威斯顿思量了一番，又转向葛洛莉雅与小机，茫然地望了他们一会儿。葛洛莉雅正紧紧抱住机器人的脖子（好在那是金属制品，她的搂抱会令任何生物窒息），在近乎歇斯底里的狂乱中说些毫无意义的话。小机的两只铬钢手臂（能将一根直径两英寸的钢条弯成麻花）温柔地、怜爱地搂着小女孩，双眼则冒出深深的、深深的红光。

"好吧，"威斯顿太太终于说，"我想可以让他留在我们身边，直到他锈成一团烂铁。"

人形机器人

在科幻小说中，常能见到某个机器人具有一层（至少是）合成肌肤制成的表皮，而（顶多是）外表与人类无法区分。有些时候，这种人形机器人称为"仿制人"（android，源自希腊文"像人"）。某些作家刻意仔细区分两者，我则不然，对我而言机器人就是机器人。

不过，卡雷尔·恰佩克（Karel Capek）于1920年推出的戏剧《RUR》，虽然向全世界引介了"机器人"（robot）这个名词，其中却没有最严格定义的机器人。由"罗森全能机器人"公司（其缩写即剧名"RUR"）制造的机器人，其实全都是仿制人。

收在这个部分的三篇故事，其中《三百年庆事件》是本书中唯一一篇机器人未真正出场的故事。而《镜像》则（可算）是我的机器人小说《钢穴》与《裸阳》的一个续集。

让我们同在一起

　　某种和平已经持续长达一世纪，世人已经忘却还有什么其他状态。假如他们发现某种战争终于来临，他们几乎不会知道该如何应付。

　　当机器人学发展局的局长艾里亚斯·林恩终于发现这件事实时，当然，他也不确定自己该如何应付。根据已有一世纪历史的反集中化趋势，机器人学发展局将总部设于锡安。此时林恩正以狐疑的目光，望着一位从华盛顿带来这个消息的年轻情报员。

　　艾里亚斯·林恩是个高大的汉子，质朴得几乎自有一股魅力。他有一双稍微鼓胀的淡蓝色眼睛，通常会瞪得人浑身不自在，但这位情报员却能保持镇定。

　　林恩认定自己的第一个反应，应该是感到不可置信。妈的，它真是不可置信！他绝不相信有这种事！

　　他仰靠在椅背上，放松心情说："这个情报有多可靠？"

　　情报员曾自我介绍名叫拉夫·G.布瑞肯里吉，也曾提出相符的证件。他有一副稚嫩的脸孔，丰满的双颊与嘴唇很容易涨红，还有一双纯真无邪的眼睛。他的服装与锡安的气候颇不相称，但是适合那个拥有全面空调的华盛顿——国家安全部不顾反集中化的趋势，仍一枝独秀地留在原地。

　　布瑞肯里吉涨红了脸，答道："毫无疑问。"

　　"我想，你们这些人对'他们'了若指掌。"林恩的语调中不免带着一丝讽刺。而他并未特别注意到，在提及敌人时，他对那个代名词稍微加重语气，相当于书写时加上引号。这是最近两代的一个文化习惯；再也无人使用"东方""共党""苏维埃"或"俄国人"这些字眼。那样做太混淆不清，因为"他们"有些不属于东方，不是共党或苏维埃，尤其不是俄国人。用"我们"与"他们"要简单得多，而且精确得多。

根据一些旅人的报告，"他们"也在这样做，只不过将彼此对调。在那里，"他们"是（各自语言中的）"我们"，而"我们"则是"他们"。

如今几乎不再有人为这种事费心，一切都相当安然、如同家常便饭，其间甚至已没有仇恨。最初，这样的对峙称为"冷战"，现在则只是个游戏，还几乎是个良性的游戏，有着未曾言明的规则与一种君子之风。

林恩突然说："他们为何要搅乱这个局势？"

他站了起来，望着墙壁上的世界地图。借着两种对比不甚明显的色彩，这幅地图分割成两大区域。左侧那块不规则的部分是淡绿色，右侧那块较小但同样不规则的部分呈粉红色。两者分别代表"我们"与"他们"。

一世纪以来，这张地图没有多大改变。

不过，另有一项堪称意义重大的改变，那就是地图上的色彩。两代以前，"他们"的领域笼罩着一片血红，"我们"的则是纯洁无瑕的白色；今天，代表双方的色彩都改为中性色系。林恩曾见过"他们"的地图，"他们"的做法也一样。

"他们不会这样做。"他说。

"他们正在这样做，"布瑞肯里吉说，"你自己最好能接受这个事实。我当然了解，局长，想到他们在机器人学上或许超前我们那么多，不会是一件愉快的事。"

他的眼神仍旧纯真无邪，话中隐藏的锋刃却刺得很深，这个冲击令林恩打了个哆嗦。

当然，这就解释了为何发展局局长这么晚才知晓这件事，而且还是从一名情报员口中获悉的。在政府眼里，他的地位已经一落千丈。假如机器人学在这场斗争中已真正失败，林恩不能指望在政治上获得任何怜悯。

林恩困倦地说："即使你讲的是事实，他们也没有超前我们多少，我们同样能制造人形机器人。"

"我们制造过吗，局长？"

"有的。事实上，我们已经造出一些供实验用。"

"他们十年前就在那样做，至今他们已有十年的进展。"

林恩内心七上八下。他开始怀疑，自己不相信这整件事，是否真是因为自尊心受创，以及担心危及自己的工作与声誉。这样的可能性令他感到脸红，但他不得不为自己辩护。

他说："听好，年轻人，你也知道，他们和我们的僵持从未在各方面都势均力敌。他们总是在某些方面领先，而我们则在其他方面超前。若说他们今天在机器人学上领先我们，那是因为对机器人学的研究，他们比我们投注了更大比例的力量。这便代表在其他某些发展上，我们比他们拨出更多的人力、财力、物力。说不定，这意味着我们在力场研究或超原子学上已居于领先地位。"

对于自己提到的僵局并非全然势均力敌，林恩感到十分头痛。这的确是事实，却也是威胁世界的一大危机。世界的和平有赖于尽可能势均力敌的僵局，假如始终存在的微小出入变得过分悬殊，无论是哪一方……

几乎在所谓的冷战一开始的时候，双方便竞相发展出热核武器，使得战争成了不可能的事。后来，竞争从军事转移到经济与心理层面，从此一直固定在那里。

但双方阵营总是出现些自我驱策，试图打破这个僵局，试图发展出抵挡各种可能攻击的防御，试图发展出对方无法及时抵御的攻击——好让战争重新成为可能。这并非因为哪一方万分渴望战争，而是双方都害怕对方会率先有了决定性的发现。

这一百年来，双方力求这场斗争保持均势。在这个过程中，也就维持了一百年的和平。不过，连续不断的密集研究衍生出不少副产品，力场诞生了，太阳能、昆虫控制与机器人都有长足的进展。双方皆对精神力学（研究思想的生物化学与生物物理学）开始有初步的了解；双方在月球与火星上都建了前哨基地。在形势的牵引下，人类的科学大步向前迈进。

双方甚至有必要对内尽可能宽大与人道，以免残酷与暴虐逼使自己人投向对方的阵营。

不可能说这种僵局会在今天打破，而战争将接踵而至。

林恩说："我要咨询我的一个手下，我要听听他的意见。"

"他靠得住吗？"

林恩露出厌恶的表情。"老天啊，机器人学界哪个人没被你们调查过祖宗八代？是的，我能为他担保。如果你不能信任像亨弗瑞·卡尔·拉齐罗这样的人，那么无论我们还能做些什么，我们照样无法面对你说的那种他们即将发动的攻击。"

"我听说过拉齐罗。"布瑞肯里吉说。

"很好。他合格吗？"

"是的。"

"那么，我要把他叫进来，让我们听一听，他对机器人能够侵入美国的可能性有什么看法。"

"不完全对，"布瑞肯里吉轻声道，"你仍未接受全盘事实。应该说让我们听一听，他对机器人已经侵入美国的事实有什么看法。"

拉齐罗是匈牙利后裔，他的祖父当年冲破那时所谓的铁幕，投奔到自由世界。由于这个缘故，他始终有一种自在感，认为自己的忠诚不容怀疑。他身材矮短结实，头发日渐稀疏，配个狮子鼻的脸孔永远带着一副好斗的表情。不过，他说的话却是纯正的哈佛腔，而且言语几乎过度温文儒雅。

林恩心知肚明，自己在从事行政工作多年后，对现代机器人学各方面已不再是专家。因此对他而言，拉齐罗是个忠实的百科宝库。这个人刚一现身，林恩随即感到安心不少。

林恩说："你的看法如何？"

拉齐罗的脸孔扭曲，露出极其不悦的神情。"他们会超前我们那么多？完全不可置信。那意味着他们已制造出在近距离都能乱真的人形机器人，那意味着在机器人精神力学上的一项重大进展。"

"你感情用事了。"布瑞肯里吉冷冷地说，"把专业的自尊抛到一边，说说他们究竟为什么不可能超前我们。"

拉齐罗耸了耸肩。"我向你保证，我对他们的机器人学文献十分熟悉，我大略知道他们发展到哪个地步。"

"你的意思其实是，你大略知道他们发展到他们希望你认为的那个地步。"布瑞肯里吉提出更正，"你有没有访问过对面？"

"没有。"拉齐罗简单扼要地答道。

"你也没有，林恩博士？"

林恩说："是的，我也没有。"

布瑞肯里吉说："过去二十五年来，有任何机器人学专家访问过对面吗？"他带着一种明知故问的自信发问。

接下来几秒钟，室内笼罩着沉思的凝重气氛。拉齐罗宽阔的脸庞掠过一丝不安的神色，他说："事实上，他们已有许久未曾举办任何机器人学会议。"

"有二十五年了。"布瑞肯里吉说，"这难道不耐人寻味吗？"

"也许吧。"拉齐罗勉强答道，"不过，困扰我的却是另一件事。他们没有任何人参加过我们举办的机器人学会议，在我的记忆中完全没有。"

"他们受到邀请吗？"布瑞肯里吉问。

林恩立刻插嘴答道："当然。"他瞪大眼睛，一脸忧虑的表情。

布瑞肯里吉又问："我们举办的其他种类的科学会议，他们同样拒绝出席吗？"

"我不知道。"拉齐罗说，他正在来回踱步，"我从未听说过任何一桩。你呢，局长？"

"没有。"林恩说。

布瑞肯里吉道："你们说，这是不是好像他们不希望因此而不得不回请我方的专家？或是好像他们生怕他们的人可能说得太多？"

看来似乎正是如此。林恩觉得自己在不知不觉中，已经渐渐不得不相信这位情报员的故事。

否则的话，双方为何在机器人学上没有任何接触呢？多年以来，在严格遵循一换一的条件下，双方始终在进行研究人员交流，彼此受益良多，这可远溯至艾森豪威尔与赫鲁晓夫的时代。这种交流的背后有许多正面的动机：对于科学超越国界的本质有正当体认；忘不了难以完全磨灭的私人情谊；期望接触到新鲜有趣的观点，并使自己稍嫌陈腐的构想成为他人眼中新鲜有趣的观点。

双方政府皆渴望这种交流持续下去。大家始终抱持一个明显的想法，只要你尽可能多学习，尽可能少开口，你这一方就会成为这种交流的赢家。

可是，在机器人学界却不然。

这么一件小事便有足够的说服力。非但如此，这还是一件他们向来知道的事。林恩黯然想道：我们终于不再自满了。

因为对方在机器人学上未曾公开任何进展，长此以往，自己难免感到高枕无忧，洋洋得意地认为己方必定掌握优势。他们为何就没有可能藏起更好的牌，一副王牌，等待适当时机才打出来呢？

拉齐罗以颤抖的声音说："我们该怎么办？"显然同样的思路同样说服了他。

"怎么办？"林恩重复一遍。在接受这个事实后，除了随之而来的绝对恐怖，此时实在难以想到别的。在美国境内散布着十个人形机器人，每个携带着一颗全毁炸弹的一部分。

全毁！那是恐吓性武器竞赛的终点。全毁！全面毁灭！太阳不再是核融合的同义词，全面毁灭使太阳成了一根小蜡烛。

十个人形机器人，分开来个个毫无害处，但是只要聚在一起，超过临界质量……

林恩沉重地起身，他的黑眼袋（通常使得他的丑脸带着一股晦气）从来没有这么显眼。"我们必须想出分辨人形机器人的方法，然后把他们找出来。"

"得多快？"拉齐罗喃喃问道。

"至少在他们集结之前五分钟。"林恩吼道，"我却不知道那会是什么时候。"

布瑞肯里吉点了点头。"我很高兴你终于站到我们这边了，局长。你知道吗，我要带你回华盛顿参加一个会议。"

林恩扬起眉毛。"好吧。"

他心中暗自嘀咕：倘若自己迟些才被说服，是否便会立即遭到撤换——是否会由另一位局长去华盛顿开会？他突然万分希望真有其事。

出席会议的人包括总统首席助理、科学部部长、国家安全部部长，以及林恩与布瑞肯里吉。在华盛顿附近的一个地下碉堡中，他们五人围坐在一张会议桌旁。

总统助理杰佛瑞斯是个仪表非凡的人物，相貌英俊，身体结实，一头白发以及稍微突出的下巴。他显得深思熟虑，处事谨慎得正好符合总统助理这个身份。

他以犀利的口吻说："在我看来，我们面对了三个问题。第一，那些人形机器人将在何时集结？第二，他们将在何处集结？第三，我们如何能在事前阻止他们？"

科学部长安伯利抽筋似的猛点头。在就任部长前，他曾担任西北大学工学院的院长。他是个瘦子，五官突出，轮廓明显。这时，他的食指正在桌上慢慢画着圈。

"单就他们何时集结而言，"他说，"我想可以肯定还要过一阵子。"

"你为什么这样说？"林恩厉声问道。

"他们在美国至少已经一个月了，国安部这么说的。"

林恩自然而然转头望向布瑞肯里吉，但国安部长麦卡拉斯特拦下他的目光。麦卡拉斯特说："这个情报是可靠的。别让布瑞肯里吉的娃娃脸骗了你，林恩博士，那是他的本钱之一。实际上，他今年三十四岁，在本部服务已有十年之久。他在莫斯科待了将近一年，要是没有他，我们对这个可怕的危机仍旧浑然不觉。而现在，我们掌握了大部分的细节。"

"不包括最关键的一点。"林恩说。

国安部长麦卡拉斯特露出冰冷的笑容。他厚实的下巴与挤在一起的双眼是众所周知的注册商标，但除此之外，他的一切几乎不为人所知。他说："我们的能力都有个限度，林恩博士，布瑞肯里吉探员的收获已经很丰富。"

总统助理杰佛瑞斯插嘴道："我们姑且假设还有些时间。若有必要采取立即行动，那它早就发生了。看来他们似乎在等待一个特定时间，如果我们知道了地点，或许时间便呼之欲出。

"如果他们要全毁一个目标，他们会希望尽可能使我们瘫痪，所以目标似乎必定是个大城市。无论如何，大都会是唯一值得使用全毁弹的目标。我想共有四个可能：行政中心华盛顿，金融中心纽约，以及两大工业中心底特律和匹兹堡。"

国安部长麦卡拉斯特说："我投纽约一票。由于反集中化的结果，行政部门和工业重镇已经分散各地，无论摧毁哪个特定城市，都无法避免受到立即报复。"

"那为何会是纽约呢？"科学部长安伯利问道，口气的尖锐或许超过他的本意，"金融活动同样已经反集中化。"

"那是士气的问题。他们可能打算摧毁我们抵抗的意志，打算借着奇袭的恐怖迫使我们投降。人员死伤最惨重的会是纽约大都会区……"

"相当冷血的说法。"林恩喃喃道。

"我知道,"国安部长麦卡拉斯特说,"但他们下得了手,只要他们认为一举便能取得最后的胜利。难道我们不该……"

总统助理杰佛瑞斯将一头白发向后梳了梳。"让我们假设最坏的情况;让我们假设纽约将在冬季遭到摧毁,最好还是紧接着一场严重的大风雪之后,那时通讯系统处在最糟的状态。这样一来,周遭地区的水电煤气和食物供应会中断到无比严重的程度。好,我们要如何阻止他们呢?"

科学部长安伯利只能说:"要在二亿二千万人中找出十个人,就像在大得不得了的草堆中找一根小得不得了的细针。"

杰佛瑞斯摇了摇头。"你说错了,是在二亿二千万人中找出十个人形机器人。"

"这没有差别。"科学部长安伯利说,"我们不知道肉眼能否分辨人形机器人,或许不能。"他望向林恩,其余众人也都这样做。

林恩以沉重的口吻说:"我们锡安这些人,无法造出在日光下足以乱真的机器人。"

"但他们有办法,"国安部长麦卡拉斯特说,"而且不只外表而已,这点我们确定。他们在精神力学上的进展,已经能让他们从人脑中抽出微电子型样,再灌注到机器人的正子径路中。"

林恩瞪大眼睛。"你是指出他们已能创造拥有完整人格和记忆的仿制人?"

"是的。"

"针对特定的人?"

"完全正确。"

"这也是根据布瑞肯里吉探员的发现推出来的吗?"

"是的,我们有不容驳斥的证据。"

林恩低下头来沉思片刻,然后说:"那么在美国境内,有十个人其实不是人,而是人形机器人。可是,他们必须先取得那些人的真身。他们不可能是东方人,否则太容易找出来,所以他们一定是东欧人。那么,他们是怎样引进这个国家的?世界边境整个罩在雷达网下,密封得像个鼓皮,他们怎能引进任何人——无论是真人还是假人——却把我们蒙在鼓里？"

国安部长麦卡拉斯特说："可以做得到。边境有些合法的人口流动，例如商人、驾驶员，甚至观光客。当然，双方都会监视他们。话说回来，其中十人仍有可能遭到绑架，作为人形机器人的模型。然后，那些机器人便以他们的身份被送回来。由于我们未预料到会有这种调包事件，他们确有可能闯关成功。如果那些人本来就是美国人，他们进入这个国家将毫无困难。事情就是这么简单。"

"连他们的朋友和家人都分辨不出来？"

"我们必须如此假设。相信我，我们一直在留意任何可能是突发失忆症或人格突变的报告，我们已经查过好几千人。"

科学部长安伯利凝望着自己的指尖。"我想普通的措施不会有用的。反击一定得出自机器人学发展局，我全指望该局的局长了。"

众人的目光突然充满期望地再度转向林恩。

林恩觉得有苦说不出。在他看来，这似乎才是此次会议的动机与目的。刚才的发言句句了无新意，这点他可以肯定。没有人就这个问题提出答案，或作出积极性的建议。这个会议只是为了留下记录；那些人对打败仗怕得要死，希望将失败的责任明明白白、清清楚楚地交由他人承担。

然而其中仍有点道理。"我们"落后的一环正是机器人学；而林恩并非仅是林恩，他还是机器人学发展局的局长，这个责任必定落在他的肩上。

他说："我会尽力而为。"

他彻夜未眠，第二天上午，在求见总统助理杰佛瑞斯获准后，他身心俱疲地出现在后者的办公室。布瑞肯里吉也在那里，虽然林恩指望一次私下会谈，他仍能看出这个安排不无道理。显然，由于布瑞肯里吉成功的情报工作，他已经对政府产生巨大的影响力。好吧，有何不可？

林恩说："阁下，我在考虑一种可能性——我们正徒劳地随着敌人的音乐起舞。"

"怎么说？"

"我确定，无论公众不时会变得多么没耐心，无论立法代表有时觉得乱发议论多么有用，至少政府仍体认到僵局是最有利的。他们一定也体认到这一点。带着一颗全毁弹的十个人形机器人只是小意思，根本不足破坏这个僵局。"

"一千五百万人丧命可不是小意思。"

"我是就世界局势而论。它对我们的士气打击不足以令我们投降，对我们的瘫痪也不足以令我们相信我们赢不了。到那个时候，上演的仍将是双方长久以来成功避免的世界末日战争。而他们将获得的战果，只是使我们在开战前先损失一个城市，那是不够的。"

"你有什么主张？"杰佛瑞斯冷冷地问道，"他们并未派十个人形机器人渗入我国？并没有一个全毁弹等着集结？"

"我同意这些事的确属实，但或许有比仲冬大爆炸更具意义的目的。"

"比方说？"

"那些人形机器人集结后导致的实质破坏，有可能并不是对我们造成的最大伤害。他们在此地的这个事实，造成的士气和心理伤害又有多大呢？我对布瑞肯里吉绝无不敬之意，但万一他们是故意让我们发现那些机器人的呢？万一那些机器人永远不会集结，只是始终分散各地，好让我们总有一件放心不下的事呢？"

"为什么？"

"回答我一个问题：我们已经采取哪些措施对付这些人形机器人？我想，针对那些曾经越过或相当接近边境、有遭到绑架之虞的公民，国安部正在彻查他们每一个的档案。这我知道，因为麦卡拉斯特昨天提到，他们正在追踪可疑的精神病例。还有些什么？"

杰佛瑞斯说："各大城市的重要地点，都装设了小型 X 射线仪。比方说，在大型运动场……"

"十个人形机器人可能混在十万名观众的场合，例如足球赛或空中球赛？"

"正是。"

"还有音乐厅和教堂？"

"我们必须先从某处着手，我们不能一下子面面俱到。"

"尤其是必须避免引起恐慌。"林恩说，"不是这样吗？绝不能让民众了解在某个无法预知的时刻，某个无法预知的城市和城中居民会突然消失。"

"我想显然如此。你又打算说些什么？"

林恩慷慨激昂地说："我们的国力将有越来越多的一部分，完全转移到那个难缠的问题上，也就是安伯利所谓的'在大得不得了的草堆中找一根小得不得了的细针'。我们会疯狂地追着自己的尾巴，而他们却能继续研究发展。最后我们会发现我们再也赶不上；我们甚至将失去进行报复攻击的机会，不得不举双手投降。

"再进一步考虑到，随着越来越多的人参与我们的反制行动，越来越多的人开始猜测我们在做什么，这个消息早晚会泄露出去。那时怎么办？恐慌对我们造成的伤害，可能超过任何一颗全毁弹。"

总统助理恼怒地说："看在老天的份上，老兄，那你到底建议我们怎么做？"

"什么也别做。"林恩说，"无视他们的恫吓，照常过我们的日子，赌他们不敢为了一颗炸弹的领先而打破僵局。"

"不可能！"杰佛瑞斯说，"绝对不可能。我们全体的福祉绝大多数掌握在我手里，什么也别做正是我做不到的事。或许，我可以同意你的话，运动场的X射线仪只是一种肤浅措施，不会有什么效果。可是我们必须这样做，好让大众事后不会恶毒地指责我们接受了一个鼓励无为而治的微妙推论，而把我们的国家抛到脑后。事实上，我们即将展开反制行动。"

"怎么做？"

总统助理杰佛瑞斯望向布瑞肯里吉，一直沉默不语的年轻情报员这才开口。他说："现在僵局已被打破，谈论未来打破僵局的可能有什么用？这些人形机器人爆不爆炸并不重要，正如你所说，或许他们只是转移注意力的诱饵。但我们在机器人学上落后四分之一世纪仍是事实，那可能就是我们的致命伤。如果真爆发战争，还有哪些机器人学上的进展等着吓坏我们？唯一的解决之道，是将我们的整体力量立刻投入一个紧急的机器人学研究计划，现在马上开始。而第一个问题，就是找出那些人形机器人。你可称之为机器人学的一个习题，也可称为拯救一千五百万男女老幼性命的努力。"

林恩无助地摇了摇头。"你不能这样做，你会刚好跳进他们的圈套。他们希望我们被引诱到一条死路，而他们则有余力在其他各方面突飞猛进。"

杰佛瑞斯不耐烦地说："那只是你的猜测。布瑞肯里吉已经透过渠道提出建议，政府也已经批准，我们将从一场全科学会议开始。"

"全科学会议？"

布瑞肯里吉说："我们列出了自然科学界各分支的各个重要科学家，他们都会前往锡安。讨论的议题将只有一项：如何促进机器人学的发展。在这个议题下，主要的特定子题是：如何发展一个接收大脑皮质电磁波的装置，其精密度足以分辨原生质脑与正子脑。"

杰佛瑞斯说："我们原本希望你会愿意担任会议的负责人。"

"没人跟我商量过。"

"显然因为时间紧迫，局长。你同意负责吗？"

林恩浅浅一笑。这又是责任问题，这个责任显然必定落在林恩局长头上。他有一种感觉，实际负责的将是布瑞肯里吉。可是他能怎么办呢？

他说："我同意。"

布瑞肯里吉与林恩一同返回锡安。当天晚上，拉齐罗沉着一张不敢置信的脸，聆听林恩叙述即将进行的事项。

拉齐罗说："你不在的时候，局长，我已经开始对五个实验型人形机器人展开测试。我们的人一天工作十二小时，每天三班这么重叠轮替。假如我们非得安排一场会议不可，那我们这里会挤满人，一切会流于官样文章，整个工作都将停摆。"

布瑞肯里吉说："那只是暂时的，你们的收获将足以补偿损失。"

拉齐罗一脸不高兴。"来一票天文物理学家和地球化学家，对机器人学不会有什么鬼用。"

"其他领域的专家提出的观点也许有帮助。"

"你确定吗？我们怎么知道真有什么办法能侦测脑波？即使我们做得到，又怎么知道是否真有借着波型分辨人和机器人的办法？总之，这个计划是谁提出的？"

"是我。"布瑞肯里吉说。

"是你？你是机器人学专家吗？"

年轻的情报员冷静地说："我研究过机器人学。"

"那是两回事。"

"我接触过有关俄国机器人学的原始资料——俄文写的。那些极机密的资料比你们这里的一切都先进得多。"

林恩以悲伤的口吻说:"这点我们说不过他,拉齐罗。"

"我会建议这个特别的调查方针,"布瑞肯里吉继续说,"根据的正是那些资料。我们几乎可以确定,在将人脑的电磁型样灌注到正子脑的过程中,不可能做到百分之百的复制。原因之一,小得足以和人类头颅相符的正子脑,最复杂的一种也比人脑简单好几百倍。因此,它无法接受所有的次要讯息。一定有什么办法能让我们利用这个事实。"

拉齐罗不知不觉流露诚服的表情,林恩则绷着脸苦笑。对于布瑞肯里吉以及即将闯入的数百名其他领域的科学家,他们难免心生嫌恶,但这个问题本身却很有意思。至少,这算是一点安慰。

答案悄悄在他心中萌芽。

林恩发觉自己无所事事,只能独坐在办公室中,顶着一个渐成虚衔的主管职位。或许这也有帮助,让他能有时间思考,有时间想象全球一半的一流科学家汇集锡安的情景。

负责筹备细节的是布瑞肯里吉,他沉稳而有效率地办好一切。他曾带着一种信心说:"让我们集结起来,我们会打垮他们。"

让我们集结起来。

答案是如此静悄悄地在他心中萌芽,假如当时有任何人注视着林恩,可能会发现他的眼睛慢慢眨了两下——但绝对仅止于此。

当他觉得自己无论如何该发疯的时候,他硬是以超然的态度保持冷静,做了他必须做的事。

他在临时寝室里找到布瑞肯里吉。室内只有布瑞肯里吉一个人,他皱起眉头说:"有任何问题吗,局长?"

林恩困倦地答道:"我想,一切都没问题。我已经下达戒严令。"

"什么!"

"身为一个部门的主管,只要我认为有此需要,我就可以这样做。然后,在我的部门中,我就能做个独裁者。这是反集中化带来的好处之一。"

"你要马上撤回这道命令。"布瑞肯里吉向前走了一步,"要是华盛顿方面听到这件事，你就完了。"

"我反正是完了。你以为我还不知道自己已经遭人设计，要我扮演美国历史上最大的反派：让他们打破僵局的那个人吗？我没什么好输的——或许还有机会扳回不少。"

他轻声狂笑。"机器人学部门能成为什么样的目标，啊，布瑞肯里吉？一颗能在一微秒内铲平八百平方公里的全毁弹，在这儿只能杀死几千人而已。可是其中有五百人会是我们最伟大的科学家。一旦开战后，我们要不就是投降，要不就是被迫打一场失去头脑的战争。我想我们会决定投降。"

"但这是不可能的事。林恩，你听到我说话吗？你了解吗？那些机器人怎能通过我们的安全防范？他们怎能集结？"

"但他们正在集结中！我们正在帮助他们这样做，我们正在命令他们这样做。我们的科学家经常访问对面，布瑞肯里吉，他们定期访问'他们'。你曾经强调，机器人学界没人这样做是多么奇怪的事。好啦，那些科学家有十名仍在那里，十个冒名顶替的机器人则正在向锡安集结。"

"这是个荒谬的猜测。"

"我认为它是个很好的猜测，布瑞肯里吉。但除非先让我们知道有人形机器人潜入美国，使我们主动召开这场会议，否则这个计划就行不通。可真巧啊，你带回有关人形机器人的消息，你建议召开这场会议，你建议会议的议题，你负责筹办一切，你对哪些科学家受邀一清二楚。你确定那十个都包括在内了吗？"

"林恩博士！"布瑞肯里吉发出怒吼，同时作势要向前冲。

林恩说："别动，我这儿有一柄手铳。我们就等着那些科学家一个个来到这里。我们会一个个用X射线扫瞄他们；我们会一个个监看他们的放射性。未经检查前，谁也不准跟谁聚头。假如五百人通通过关，我会把手铳交给你，向你投降。只不过我认为，我们会找到十个人形机器人。坐下，布瑞肯里吉。"

两人双双坐了下来。

林恩说："我们等着吧。我累了的时候，拉齐罗会来换班。我们等着吧。"

布宜诺斯艾利斯高等学术研究所的马诺娄·吉米内兹教授在平流层喷射机中突然爆炸，当时这架飞机正在亚马逊河谷上空五公里处。那是个简单的化学性爆炸，但已足以毁掉那架飞机。

麻省理工学院的赫曼·列玻维兹博士在单轨列车上爆炸，造成二十人死亡，以及百余人受伤。

此外，蒙特利尔核子研究所的奥古斯特·马林博士与其他七位科学家，也在前往锡安的半途，分别丧生于类似爆炸中。

拉齐罗带着第一手消息，脸色苍白、结结巴巴地飞奔而入。距离林恩坐下来，举着手铳面对着布瑞肯里吉，才只过了两小时而已。

拉齐罗说："我本以为你疯了，局长，但你猜对啦。他们真是机器人，他们一定是。"他转过头去，以充满忿恨的目光瞪着布瑞肯里吉，"可是他们得到警告，是他警告他们的。现在没一个完好无缺地留下来，没一个可供我们研究的。"

"天啊！"林恩大叫一声，十万火急地伸出手铳对准布瑞肯里吉发射。那位情报员的脖子立即消失，身躯垮作一团，头颅落下来，"砰"的一声砸到地板上，又歪歪扭扭地滚了一段。

林恩呻吟道："我原本没想通，我以为他只是个叛徒，如此而已。"

拉齐罗一动不动站在原地，张大嘴巴，一时之间无法言语。

林恩激动万分地说："当然，是他警告他们的。但除非他配备有内置的无线电发射器，他坐在椅子上又怎能做到这点？你还不懂吗？布瑞肯里吉曾经到过莫斯科，真的布瑞肯里吉仍在那里。喔，我的天，他们总共有十一个。"

拉齐罗勉强发出一声嘶哑的尖叫。"他为什么没爆炸？"

"我想，他要撑到最后一刻，以确定其他人都收到他的讯号，都已经确实毁灭。天啊，天啊，当你带来消息，而我了解真相后，我赶紧在第一时间开火。天晓得我仅仅比他快了几秒。"

拉齐罗以颤抖的声音说："至少，我们能研究这一个。"他弯下腰来，摸了摸从无头身躯的颈际缓缓流出的黏稠液体。

那不是鲜血，而是高级机油。

镜像

机器人学三大法则

一、机器人不得伤害人类，或因不作为而使人类受到伤害。

二、除非违背第一法则，机器人必须服从人类的命令。

三、在不违背第一及第二法则的情况下，机器人必须保护自己。

以利亚·贝莱刚刚决定重新点燃烟斗，便有人推开办公室的门，事先未以任何方式敲一敲或报告一声。贝莱万分恼怒地抬起头，烟斗随即脱手落地。他却让它留在地上，这便足以反映出他此时的心情。

"机·丹尼尔·奥利瓦，"他带着一种难以言喻的兴奋说，"耶和华啊！真是你，真是你吗？"

"相当正确。"这位高头大马、古铜肤色的来客答道，他端正的面容一刻未曾偏离惯常的冷静，"很抱歉我做了不速之客，害你吃了一惊。可是情况相当敏感，即使是此地的人类和机器人，我也得尽可能避着他们。无论如何，我很高兴再见到你，以利亚老友。"

这位机器人伸出右手，动作与他的外形一样彻头彻尾像个人类。不太像人的反倒是贝莱，他在惊讶之余瞪着这只手，一时之间会意不过来。

但他很快以双手握住那只手掌，感受着它的温暖与坚实。"可是丹尼尔，为什么呢？我随时欢迎你来，可是——那个敏感的情况究竟是什么？我们又有麻烦了吗？我是指地球？"

"不，以利亚老友，它和地球无关。我形容为敏感的那个情况，在外人看来是小事一桩。只是两位数学家之间的一场争论，如此而已。当时，相当凑巧，我们刚好距离地球只有一次简单的跃迁……"

"那么，这个争论发生在一艘星船上喽？"

"是的，没错。一场小小的争辩，对当事人而言却大得不得了。"

贝莱忍不住微微一笑。"你发觉人类超乎常理，这点我倒不惊讶。他们不必服从三大法则。"

"这实在是一项缺点，"机·丹尼尔严肃地说，"我想人类自己也对自己大惑不解。但你也许不像其他世界的人那么疑惑，因为地球上的人口远超过各个'太空族世界'。倘若真是这样，而我相信确是这样，那你就能帮助我们。"

机·丹尼尔顿了片刻，然后又说（或许稍微急了些）："然而，我也学到些人类行为的法则。比方说，根据人类的标准，我未曾问候你的妻儿，这似乎显得有失礼数。"

"他们很好。孩子在上大学，洁西一头钻进地方政治。礼数照顾到了，现在告诉我吧，你怎么会到这里来。"

"正如我所说，当时我们距离地球只有一次简单的跃迁。"机·丹尼尔道，"所以我向船长建议，说我们可以求教于你。"

"而船长同意了？"贝莱心中突然浮现一幅画面：一位骄傲且专制的太空族星船船长，竟然同意偏偏在地球着陆，偏偏去求教一个地球人。

"我相信，"机·丹尼尔说，"他的处境使他会答应任何事。此外，我还对你大加赞扬，虽说其实我只是在陈述事实。最后，我答应负责一切交涉，好让船员或乘客都不必进入任何一座地球城市。"

"没错，也不必跟任何地球人讲话。可是究竟发生了什么事？"

"那艘星船'船底座 η 号'的乘客中有两位数学家，他们要到奥罗拉参加一个神经生物物理学的星际会议。争论的中心就是这两位数学家，阿弗瑞德·巴尔·韩保德和杰纳欧·萨巴特。以利亚老友，说不定你听过其中哪一位？"

"都没听过，"贝莱坚定地答道，"我对数学一无所知。听好，丹尼尔，你可没告诉任何人说我是个数学权威或……"

"绝对没有，以利亚老友，我知道你不是。但这没什么关系，因为其中究竟牵涉到什么数学，和问题本身根本无关。"

"好，那继续说吧。"

"既然你不认识这两个人，以利亚老友，那就让我告诉你，韩保德博士已年近两百八十——你说什么，以利亚老友？"

"没什么，没什么。"贝莱烦躁地答道。他刚才只是在自言自语，多少有些语无伦次，那是他对太空族倍增寿命的一种自然反应。"而他仍然活跃，虽然年纪那么大了？在地球上，数学家差不多超过三十岁……"

丹尼尔平静地说："韩保德博士久享盛名，是当今全银河三大数学家之一，他当然仍旧活跃。反之，萨巴特博士则相当年轻，还不到五十岁，但他已在几个最深奥的数学分支中崭露头角，成为最杰出的新秀。"

"那么，他们都很伟大。"贝莱这才想起他的烟斗，马上捡起来。他认为现在没有必要点烟了，于是顺手敲出烟丝。"发生什么事？这是一桩谋杀案吗？其中一人似乎杀了另一人吗？"

"这两位声誉卓著的人物，其中一人试图毁掉另一人的声誉。根据人类的价值观，我相信这可视为比谋杀更恶劣的罪行。"

"我想有时确是这样。是哪一位试图毁掉另一位？"

"啊，以利亚老友，那正是问题的中心。哪一位？"

"说下去。"

"韩保德博士把经过交代得清清楚楚。在登上星船之前不久，他突然冒出一个灵感，想到一种根据皮质区的局部微波吸收模式，来分析神经束的可能方法。那个洞见是微妙非凡的纯数学技巧，但我当然无法理解，也无法详细转述。然而，这都没有关系。韩保德博士开始思考这个题目，结果越来越相信它是个革命性创见，将使他过去在数学上的一切成就相形见绌。然后，他发现萨巴特博士也在船上。"

"啊，于是他去找年轻的萨巴特讨论？"

"正是这样。他们两人曾在学术会议上碰过几面，对彼此的成就也一清二楚。韩保德对萨巴特详细解释了这个构想；萨巴特完全支持韩保德的分析，对这个发现的重要性以及发现者的聪明才智赞不绝口。这给了韩保德很大的鼓舞和信心，于是他写成一篇论文，以摘要的方式略述他的成果。两天后，他正准备利用次乙太通讯，将那篇论文传给奥罗拉会场的主席团，借以正式建立优先记录，并要求在会期结束前安排一场讨论。不料他却发现，萨巴特自己也写成一篇论文，本质上和韩保德那篇没有两样，而萨巴特也正准备用次乙太将它传到奥罗拉。"

"我想韩保德一定怒不可遏。"

"正是！"

"那萨巴特呢？他的叙述又如何？"

"和韩保德的一模一样，一字不差。"

"那么问题究竟出在哪里？"

"只不过其中的人名做了镜像式交换。根据萨巴特的叙述，是他先有此洞见，是他去征询韩保德的意见；是韩保德同意那个分析并赞不绝口。"

"那么两人皆声称那个构想是自己的，而被对方偷了去。在我听来，这根本不是什么问题。这种学术上的成果，似乎只需要做成研究记录，印上日期、签上名就行了。根据这些记录，便可判定先后顺序。即使其中一份有假，也能借着内在矛盾发现真相。"

"在一般情况下，以利亚老友，你说得没错，但这是数学，而不是一门实验科学。韩保德博士声称，主要结果都是他在脑袋里做出来的。在完成那篇论文之前，他未曾写下只字片语。当然，萨巴特博士说的一模一样。"

"好吧，那就该采取非常手段，设法把这件事弄个水落石出。让他们两人接受心灵探测，找出究竟是哪个在说谎。"

机·丹尼尔缓缓摇了摇头。"以利亚老友，你不了解这些人。他们两位都是有头有脸的学者，是皇家学院的院士。因此，若要审判他们在学术上的行为，陪审团必须是他们的同类——他们的同行。除非，他们自愿放弃这项权利。"

"那就要求他们这样做。有罪的那个不会放弃权利，因为他不敢面对心灵探测器；清白的那个则会一口答应，你甚至无需动用探测器。"

"事情不是这样的，以利亚老友。在这样一件案子中放弃权利——同意接受外行人的调查——会对个人名望造成严重的、可能无法恢复的打击。为了顾全颜面，两人绝不会放弃特别审判的权利。比较之下，谁有罪、谁无辜反倒是相当次要的问题。"

"这样的话，就暂时别去管它。把这件事冷冻起来，等你们抵达奥罗拉再说。在神经生物物理学研讨会的会场，能找到许许多多他们的同行，那时……"

"那将代表对科学本身的重大打击，以利亚老友。两人都会成为一场丑闻的主角；即使无辜的那个也会受人指责，怪他在这等丑事中插上一脚。所以大家都觉得，应该不计任何代价在法庭外悄悄了断。"

"好吧，我不是太空族，但我会试着想象这是合理的态度。两位当事人怎么说？"

"韩保德百分之百同意。他说假如萨巴特承认这个构想是偷来的，允许韩保德把那篇论文传送出去——或至少让他在研讨会中发表，他就不坚持提出诉讼，会为萨巴特的罪行保密。此外，当然，船长也会守口如瓶。在这场争论中，船长是唯一牵扯进来的第三者。"

"可是年轻的萨巴特不同意吗？"

"正好相反，他同意韩保德博士说的每一个字——不过名字刚好颠倒，仍然是个镜像。"

"所以他们就这样僵持不下？"

"我相信，以利亚老友，双方都在等待对方屈服和认罪。"

"好，那就等吧。"

"船长认定不能这样做。你可知道，等待将导致两种可能的结果。第一是双方都顽强到底，因此当星船在奥罗拉着陆时，这场知识界丑闻便会爆发。负责在船上主持正义的船长，会由于未能悄悄解决这件事而无地自容，对他而言，那是相当无法忍受的事。"

"另一种可能呢？"

"就是其中一位数学家将真的承认做错了事。可是认罪的这个人会这样做，究竟是因为真正有罪，还是出于避免丑闻的高贵动机？万一他是宁可丧失这份荣耀，也不愿全体科学界受害，那么像这样一位有道德感的人，我们怎能夺走他的荣耀？或者，有罪的一方会在最后一刻招认，这样一来，就显得他好像是为了科学界着想才这么做，如此他不会因为所作所为而蒙羞，还能将阴影罩在对方头上。船长将是知晓整个事件的唯一第三者，但他不愿下半辈子心中一直嘀咕，不知道自己有没有无缘无故冤枉好人。"

贝莱叹了一口气。"这是一场学术界的胆量比赛。随着奥罗拉越来越近，谁会首先崩溃呢？这就是全盘经过吗，丹尼尔？"

"并不尽然。他们讨论时有目击证人在场。"

"耶和华啊！你刚才为什么不早说。什么样的证人？"

"韩保德博士有个贴身仆人……"

"我想，是个机器人吧。"

"没错，当然，他名叫机·普瑞斯顿。两人当初讨论时，这个仆人机·普瑞斯顿也在场，他毫无保留地支持韩保德博士的叙述。"

"你的意思是，他说那个构想原本是韩保德博士的，韩保德博士对萨巴特博士详细解释了一番，萨巴特博士对这个构想赞不绝口，等等。"

"是的，他作了详尽的叙述。"

"我懂了。问题有没有因此解决？想必没有。"

"你说得很对。问题没有因此解决，因为还有另一个目击证人。萨巴特博士同样有个贴身仆人，名叫机·艾达，他也是机器人，刚好和机·普瑞斯顿属于同一型号。而且我相信，他们是同一年、同一家工厂制造的，两者的服役年资也刚好一样。"

"一个古怪的巧合——非常古怪。"

"只怕这是个事实。因此，我们难以根据两个仆人之间的明显差异作出任何判断。"

"那么，机·艾达的叙述和机·普瑞斯顿所说的相同？"

"如出一辙的叙述，只不过当事人的名字互相交换。"

"那么，根据机·艾达的说法，是年轻的萨巴特，那位未满五十岁的数学家——"以利亚·贝莱并未完全压抑嘲讽的口气；他自己也不满五十岁，却觉得早就不年轻了，"先有了这个构想，是他对韩保德博士详细解释了一番，而后者对此赞誉有加，等等。"

"是的，以利亚老友。"

"那么，其中一个机器人在说谎。"

"似乎正是如此。"

"查出是哪个应该不难。我想一名优秀的机器人学家甚至只要做个粗略的检查……"

"机器人学家没资格调查这件案子，以利亚老友。只有合格的机器人心理学家，才有足够的分量和足够的经验，能在这么重要的案件中作出裁定。

而在那艘星船上，没有一个够资格的人。只有等我们抵达奥罗拉，才能进行这样的检查……"

"而到那个时候，已经闹得人尽皆知。好啦，如今你在地球上，我们可以好好找个机器人心理学家。而在地球上发生的任何事，当然永远传不到奥罗拉的耳朵里，所以绝不会有什么丑闻。"

"只不过韩保德博士和萨巴特博士两人，都不准他们的仆人接受地球机器人心理学家的调查。地球人将需要……"他突然打住。

以利亚·贝莱硬邦邦地说："他将需要碰触那个机器人。"

"他们是老忠仆，主人自然舍不得……"

"所以不能被地球人玷污。那你究竟要我做什么，妈的？"他顿了顿，露出一副愁眉苦脸，"我很抱歉，机·丹尼尔，但我看不出你把我扯进来有什么道理。"

"我会搭乘那艘星船，是为了一件和这个问题全然无关的任务。船长之所以向我求助，是因为他必须求助某个人。我似乎足够像人，让他可以对我倾吐；而我又足够像机器人，让他不必担心我会泄密。他把整个经过告诉了我，问换了我会怎么做。我了解下个跃迁若是改道，便能轻易将我们带到地球。于是我告诉船长，虽然对于这个镜像奇案，我和他一样摸不着头脑，但地球上有个人可能帮得上忙。"

"耶和华啊！"贝莱暗自喃喃叹道。

"想想看，以利亚老友，假如你成功地侦破这桩疑案，那会为你增添一次光荣记录，而地球本身也可能受惠。当然，这件事不能公开，但船长在他的母星有些影响力，而他会心存感激。"

"你这是给了我更大的压力。"

"我绝对相信，"机·丹尼尔硬邦邦地说，"你对应该采取什么行动已有些腹案。"

"是吗？我想理所当然的行动，就是跟两位数学家面谈一次，他们其中之一似乎是个贼。"

"以利亚老友，只怕这两个人都不会进城来，也都不会愿意让你去找他们。"

"无论情况多么紧急，也没法迫使太空族答应和地球人接触。是的，我了解这一点，丹尼尔——但我是在想利用闭路电视进行问话。"

"那也不行，他们不会接受一个地球人的审讯。"

"那他们要我做什么？我能和那些机器人谈谈吗？"

"他们也不准那些机器人来这里。"

"耶和华啊！丹尼尔，可是你来了。"

"那是我自己的决定。我得到许可，当我在船上的时候，我可以作那种决定，除船长外任何人都不能否决——而他急于建立接触。因为我认识你，所以我认为电视接触还不够，我希望握握你的手。"

以利亚·贝莱软化了。"这点我很感激，丹尼尔，但我仍然真心期望这回你根本没想到我。至少，我能利用电视和那些机器人交谈吗？"

"我想，那是做得到的。"

"至少能做点事了。那代表我将执行机器人心理学家的任务——用一种蹩脚的办法。"

"但你是一名侦探，以利亚老友，不是机器人心理学家。"

"好啦，别提这个了。在我见他们之前，让我们先想一想。告诉我：有没有可能两个机器人都说了实话？说不定两位数学家的交谈模棱两可；说不定在两个机器人听来，都真心相信自己的主人是那个构想的原创者；或者说不定，一个机器人只听到讨论的一部分，另一个则听到另一部分，所以两个都能假设自己的主人才是原创者。"

"那是相当不可能的事，以利亚老友。两个机器人以相同的方式复述了那场讨论，而两者的复述基本上互相矛盾。"

"那么绝对可以肯定其中之一在说谎？"

"是的。"

"目前为止在船长面前提出的一切证词，能否让我看看笔录——我是说，如果我想看的话？"

"我早想到你会提出这个要求，所以我把笔录带来了。"

"又一个好运。两个机器人有没有接受盘诘？盘诘的记录在不在笔录里面？"

"两个机器人只将经过复述了一遍，盘诘只能由机器人心理学家进行。"

"或是由我自己？"

"你是一名侦探，以利亚老友，不是个……"

"好吧，机·丹尼尔，我会试着弄清楚太空族的心理。一位侦探能做这件事，因为他并非机器人心理学家。让我们再想深一层：机器人通常不会说谎，但若在三大法则的要求下，他就会那样做。根据第三法则，他可能会借着无害的谎言以求自保。假如有人下达一个无害的命令，那么根据第二法则，他为了服从命令就更容易说谎。而若是需要拯救某人的性命，或避免使某人受到伤害，那么根据第一法则，他会比上述两种情况更有说谎的倾向。"

"没错。"

"而在这件案子中，两个机器人都会试图保卫主人的学术声誉，因此有必要的话就会说谎。在这种情况下，学术声誉几乎和生命一样重要，所以谎言可能有近乎第一法则的迫切性。"

"然而借着这个谎言，两名仆人都会伤害对方主人的学术声誉，以利亚老友。"

"是会这样，但两个机器人或许都对主人的声誉有较明显的认知，真心相信它要比对方的更有价值。那么他就会假设，说谎会比说真话造成的伤害要小。"

说完后，以利亚·贝莱沉默了一会儿，然后又说："好吧，那么，你能否安排我和其中一个机器人谈谈——我想，先找机·艾达如何？"

"萨巴特博士的机器人？"

"是的。"贝莱淡淡地答道，"年轻那位的机器人。"

"只要几分钟就能准备好。"机·丹尼尔说，"我这儿有个配备投影机的微型接收器。我只需要一面空白的墙壁，假如你准许我挪开这几个胶卷柜，我想这面墙就行。"

"动手吧。我得对着某种麦克风说话吗？"

"不必，你可以用普通的方式说话。抱歉，以利亚老友，你还得再等一会儿。我必须和星船联络，安排机·艾达接受问话。"

"如果这需要点时间，丹尼尔，何不先让我看看现有证词的笔录。"

当机·丹尼尔架设通讯装置时，以利亚·贝莱点燃烟斗，然后翻阅着他接过来的一叠薄薄的纸张。

几分钟后，机·丹尼尔说："假如你准备好了，以利亚老友，机·艾达也好了。或是你要再花几分钟读那些笔录？"

"不，"贝莱叹了一口气，"我没读到任何新的线索。把他叫来，准备对问话进行录音和录影。"

机·艾达的二维投影映在墙壁上，看得出他的结构主要是金属——这与机·丹尼尔这样的人形结构天差地远。他的身躯又高又壮；除了构造上微小的细节，他与贝莱见过的许多机器人难以区分。

贝莱说："你好，机·艾达。"

"你好，阁下。"机·艾达以暗哑的声音说，这声音听起来倒像极了人形机器人。

"你是杰纳欧·萨巴特的贴身仆人，是吗？"

"是的，阁下。"

"多久了，孩子？"

"二十二年了，阁下。"

"你主人的声誉对你而言重要吗？"

"是的，阁下。"

"你将保护这个声誉视为一件重要的事吗？"

"是的，阁下。"

"保护他的声誉有如保护他的性命一样重要吗？"

"没有，阁下。"

"保护他的声誉有如保护他人的声誉一样重要吗？"

机·艾达犹豫了一下，才回答说："这种事必须视个别情况而定，阁下，没有办法建立一个通则。"

贝莱也犹豫了一下。这些太空族机器人说起话来，要比地球上的机器人机灵些。他根本不确定自己能否智取他们。

他说："如果你断定你主人的声誉比他人的更重要，例如比阿弗瑞德·

巴尔·韩保德的声誉更重要,你会说谎以保护你主人的声誉吗?"

"会的,阁下。"

"有关你主人和韩保德博士之间的争执,你有没有在你的证词中说谎?"

"没有,阁下。"

"但假如你说了谎,你会否认你说了谎,用以掩护那个谎言,是吗?"

"是的,阁下。"

"好吧,那么,"贝莱说,"让我们来考量一番。你的主人,杰纳欧·萨巴特,是一位在数学界声誉卓著的学者,但他是个年轻人。假如在这场和韩保德博士的争执中,他曾由于经不起诱惑,做出不道德的行为,那他的声誉会因而受损,但他还年轻,会有很多时间来恢复。今后他还会作出许多学术贡献,世人终究会将这个剽窃的企图,视为一位血气方刚、欠缺判断力的年轻人一时糊涂。也就是说,这件事将来还有补救的余地。

"反之,倘若是韩保德博士经不起诱惑,事态就会严重得多。他是个老人,数世纪来作出许多卓越的贡献。在此之前,他的声誉始终纯洁无暇。然而,这一切会因为他晚年这桩罪行而一笔勾销。在所剩不多的年岁中,他没有机会作任何补救;他将来也不会再有多少成就。比起你的主人来,韩保德将损失的心血要多得多,赢回原有地位的机会则少得多。你难道看不出来,是韩保德面对较恶劣的情势,较值得我们体恤吗?"

顿了很长一段时间后,机·艾达以坚定的声音说:"我的证词是个谎言。那个构想是韩保德博士的,我的主人企图以不正当手段侵吞这份荣耀。"

贝莱说:"很好,孩子。现在我命令你,未经星船船长许可,不得对任何人透露这件事。你可以走了。"

屏幕变作一片空白,贝莱开始吞云吐雾。"你想船长听到了吗,丹尼尔?"

"这点我确定。除了我们,他是唯一的证人。"

"很好,现在换另一个。"

"可是机·艾达既然已经招认,以利亚老友,还有必要那么做吗?"

"当然有必要。机·艾达的供词毫无意义。"

"毫无意义？"

"根本没有任何意义。刚才，我指出韩保德博士的处境更为恶劣。假如他原本说谎以保护萨巴特，他自然会改说实话，正如他实际上声称的那样。反之，假如他原来所言属实，他就会改说谎话以保护韩保德。这仍是一组镜像，我们仍然一无所获。"

"可是我们盘问机·普瑞斯顿又会有什么收获？"

"如果镜像十全十美，的确什么也得不到——但事实不然。毕竟，其中一个机器人原来说的是实话，而另一个则在说谎，这就是不对称的一点。让我见见机·普瑞斯顿，如果机·艾达的侦讯笔录做好了，请马上交给我。"

投影机再度开启。机·普瑞斯顿的投影向外张望；除了胸板图案的小小差异，他在各方面都与机·艾达一模一样。

贝莱说："你好，机·普瑞斯顿。"说话的时候，他将机·艾达的侦讯记录放在面前。

"你好，阁下。"机·普瑞斯顿答道，他的声音听起来也跟机·艾达一模一样。

"你是阿弗瑞德·巴尔·韩保德的贴身仆人，是吗？"

"是的，阁下。"

"多久了，孩子？"

"二十二年了，阁下。"

"你主人的声誉对你而言重要吗？"

"是的，阁下。"

"你将保护这个声誉视为一件重要的事吗？"

"是的，阁下。"

"保护他的声誉有如保护他的性命一样重要吗？"

"没有，阁下。"

"保护他的声誉有如保护他人的声誉一样重要吗？"

机·普瑞斯顿犹豫了一下，才回答说："这种事必须视个别情况而定，阁下，没有办法建立一个通则。"

贝莱说："如果你断定你主人的声誉比他人的更重要，例如比杰纳欧·

萨巴特的声誉更重要，你会说谎以保护你主人的声誉吗？"

"会的，阁下。"

"有关你主人和萨巴特博士之间的争执，你有没有在你的证词中说谎？"

"没有，阁下。"

"但假如你说了谎，你会否认你说了谎，用以掩护那个谎言，是吗？"

"是的，阁下。"

"好吧，那么，"贝莱说道，"让我们来考量一番。你的主人，阿弗瑞德·巴尔·韩保德，是一位在数学界声誉卓著的学者，但他是个老人。假如在这场和萨巴特博士的争执中，他曾由于经不起诱惑，做出不道德的行为，那他的声誉会因而受损，但他的高龄和数世纪累积的成就，将可帮助他渡过难关。世人会将这个剽窃的企图，视为一位或许疾病缠身、丧失判断力的老人一时糊涂。

"反之，倘若是萨巴特博士经不起诱惑，事态就会严重得多。他是个年轻人，他的声誉远不如对方稳固。本来，他前面还有几世纪的大好时光，他能累积许多知识，完成许多重大贡献。现在，由于年轻时的一个错误，这些都将和他绝缘。比起你的主人来，他将损失的前程要多得多。你难道看不出来，是萨巴特面对较恶劣的情势，较值得我们体恤吗？"

顿了很长一段时间后，机·普瑞斯顿以坚定的声音说："我的证词是我……"

说到这里，他突然住口不再说下去。

贝莱说："请继续，机·普瑞斯顿。"

毫无反应。

机·丹尼尔说："只怕机·普瑞斯顿处于停滞状态，以利亚老友，他停摆了。"

"好啦，"贝莱说："我们终于造出一个不对称。从这一点，我们便能看出谁是罪人。"

"怎么说，以利亚老友？"

"想想看。假使你是那个没犯罪的人，而你的贴身机器人是目击证人，你根本不需要做任何事。你的机器人会照实说，会支持你的说法。然而，假使你是那个的确犯了罪的人，你就必须仰赖你的机器人说谎。那会是较危险的情况，因为虽然机器人必要时会说谎，他们说实话的倾向却比较大，所以谎言将比不上真话那般牢靠。为避免这种情况，犯罪的那人很可能必须命令他的机器人说谎。这样一来，第一法则便会被第二法则强化，或许还是极端强化。"

"那似乎合情合理。"机·丹尼尔说。

"假设两个机器人分属两种情况。其中之一的供词会由未经强化的实话转为谎话，他犹豫一下便能做到，不会有什么严重的问题。另一个的供词则会从极其强化的谎言转为实情，可是他这样做，却有烧掉脑中几条正子径路、陷入停滞状态的危险。"

"既然机·普瑞斯顿陷入停滞……"

"机·普瑞斯顿的主人，韩保德博士，正是那个犯了剽窃罪的人。如果你把这个分析传给船长，力劝他去质问韩保德博士，或许就能逼他招供。若是如此，我希望你会立刻告诉我。"

"我当然会这样做。我失陪一下好吗，以利亚老友？我必须和船长私下谈。"

"当然好。用会议室吧，它有屏蔽。"

机·丹尼尔不在的时候，贝莱什么工作也做不了，只能忐忑不安地静静坐在原处。这个结论大部分依凭他的分析，他却对自己缺乏机器人学专业知识的事实心知肚明。

半小时后，机·丹尼尔回来了——这几乎是贝莱一生中最长的半小时。

试图从人形机器人毫不动容的脸上看出结果，当然徒劳无功。贝莱索性试着自己也保持毫不动容。

"怎么样，机·丹尼尔？"他问。

"完全如你所料，以利亚老友。韩保德博士已经招认，他说，他原本指望萨巴特博士屈服，而让他赢得这最后一份荣耀。这场危机已经结束，你不知道船长多么感激。他准许我告诉你，他极为佩服你的细腻心思；而我相信，我自己也会因推荐你而沾光。"

"很好！"贝莱说。他的判断终于获得证实，他这才觉得双膝酸软，额头冒汗。"可是耶和华啊！机·丹尼尔，再也别像这样为难我了，好吗？"

"我会试着避免，以利亚老友。当然，这都要取决于危机多么重大、距离你有多远，以及其他几项因素。此外，我还有个问题……"

"什么问题？"

"难道我们就不能假设，从谎言转到实话比较容易，从实话转到谎言比较困难吗？这样的话，不就是陷入停滞的机器人原先说的是实话吗？既然是机·普瑞斯顿陷入停滞，难道不能得出韩保德博士无辜、萨巴特博士有罪的结论吗？"

"没错，机·丹尼尔。这样论证也有道理，但得到证实的却是另一项论证。韩保德的确招认了，不是吗？"

"是的。但既然有正反两种论证，以利亚老友，你怎能这么快就挑出正确的那个？"

贝莱的嘴唇抽动了一下，但他随即放松，扯出一个笑容。"因为，机·丹尼尔，我考虑的是人类的反应，而不是机器人的。我对人类的了解远超过机器人。换句话说，在我侦讯两个机器人之前，我对哪位数学家有罪已经有了概念。一旦我在两者间引发一个不对称的反应，我就把它解释成我心目中那个疑犯有罪的证明。机器人的反应强烈，足以攻破那人的心防；我自己对人类行为的分析则可能力有未逮。"

"我很好奇，你对人类行为的分析究竟是什么？"

"耶和华啊！机·丹尼尔，好好想一想，你就不必再问我。在这个镜像奇案中，除了真假之外，还有另一项不对称。那就是两位数学家的年龄，其中之一相当老，另一位则相当年轻。"

"是的，当然，可是那又怎样？"

"啊，听好。我能想象一个年轻人，突然有了个惊人的、革命性的构想，兴冲冲地去征询一位老者的意见。因为在他心目中，打从学生时代早期，便将老者视为这个领域的天王。我无法想象一位名满天下、成就辉煌的老者，在突然有了个惊人的、革命性的构想后，会去咨询一个小自己两百多岁的年轻人，何况他一定认为对方是个少年得志、乳臭未干的小子——或许太空族有别的说法。再说，就算一个年轻人有机会，他会动念去偷一位'天王'的构想吗？这是不可思议的事。反之，一个年迈的学者，意识到自己正在走下坡，则很有可能抢夺最后一次扬名立万的机会，而且认为这个领域中的一个初生之犊没那个权利。总而言之，难以想象萨巴特会偷韩保德的构想；而从正反两方面来说，都该是韩保德博士有罪。"

机·丹尼尔思量了很长一段时间。然后他伸出手来，说道："现在我必须走了，以利亚老友。很高兴见到你，希望我们很快会再见面。"

贝莱热情地握住机器人的手。"希望你别介意，机·丹尼尔，"他说，"还是别太快吧。"

三百年庆事件

　　2076年7月4日——人类凑巧使用的十进位传统记数系统，第三度将年份带回历史性的"七六"，这个国家诞生的那一年。

　　它已不再是旧时所谓的国家，反而较为接近一个地理名词，是整个"联邦"的一部分。这个联邦由地球上全体人类组成，并包括居住在月球与太空殖民地的子孙。然而，借着文化与传承，它的国名与理念延续至今。这个旧名所代表的那块土地，仍是这颗行星上最繁荣、最先进的区域……而美国总统，则仍是"行星议会"中权力最大的一员。

　　劳伦斯·爱德华从六十公尺高的地方望着总统的微小身形。他在群众上空无精打采地飘荡，摩托浮车尾部发出的咯咯声细不可闻。他所见到的景象，看来与全息电视中的影像一模一样。在自己的起居室中，他不知道看过多少次类似的微小身形——阳光下一个立方区域中的微小身形，看来像小人国的子民那般栩栩如生，只不过你的手掌能穿过他们。

　　此时，那些成千上万散布在华盛顿纪念碑周围空地上的群众，却不能让你用手穿过他们。而你也不能用手穿过总统的身体；你倒是可以伸手触摸他，或是与他握手。

　　爱德华生出个讽刺的想法，认为触手可及这一点毫无用处。他希望自己身在一两百公里以外，在某个人迹罕至的荒野上空飘浮；而不是待在这里，负责注意任何混乱的迹象。此时他会在这里，只是因为有人迷信"肌肤接触"的价值，除此之外没有任何必要。

　　爱德华并不崇拜当今的总统——雨果·艾伦·温克乐，美国历史上第五十七位总统。

　　在爱德华眼中，温克乐总统似乎是一个空心萝卜，一个绣花枕头，一个抢夺选票的强盗，一个食言而肥的骗子。他是个令人失望的人物，在他就任数月后，选民的期待便一一落空。世界联邦尚有许多未竟的任务，却已经濒临崩溃的命运，而温克乐竟然束手无策。如今需要的是个强壮的手腕，而不是喜乐的手腕；是个强硬的声音，而不是甜美的声音。

这时他就在那里，正在跟群众握手——安全人员在他周围筑起人墙。至于爱德华自己，则与其他几位安全局成员负责空中监视。

总统毫无疑问将竞选连任，而他似乎很有可能败北。那样只会使事情更糟，因为在野党处心积虑要瓦解世界联邦。

爱德华叹了一口气。等在前面的是悲惨的四年——或许还是悲惨的四十年，而他所能做的，却只是在空中飘浮，随时准备用激光电话与地面各个探员联络。只要有一点风吹草动……

他并未看到那一点风吹草动，根本没有任何骚动的迹象。有的只是一小股几乎看不见的白烟，在阳光下闪现片刻，随即四下飘散，在他察觉时刚好消失。

总统在哪里？那阵烟雾令他失去了总统的踪影。

他向该处附近眺望一番——总统不可能走远。

然后他才察觉到骚动。首先是在安全局探员之间，他们似乎精神错乱了，急急忙忙来回乱跑。接着附近的群众受到感染，再接着较远的群众也开始了。嘈杂声逐渐升高，最后变成如雷巨响。

爱德华不必听到构成那些吼声的字句，喧嚣本身似乎足以传达事态紧急的讯息。温克乐总统失踪了！他前一刻还在那里，下一刻却成了一缕轻烟。

在这段仿佛药物造成的永恒幻觉中，爱德华屏住气息痛苦地等待——等待意识逐渐接受这件事实；等待群众疯狂地、混乱地四下奔逃。

一个带着共鸣的声音突然响起，盖过了越来越烈的吵嚷。嘈杂声立即减弱，终至完全消失，变作一片静寂。好像这一切只是个全息电视节目，有人已将声音由最大转到最小。

爱德华心想：天啊，那是总统。

那个声音绝对错不了。温克乐正站在警卫森严的讲台上，准备进行他的三百周年国庆演说；然而十分钟前，他刚从那个讲台走下来与群众握手。

他是怎么回去的？

爱德华仔细聆听……

"同胞们，我没发生任何事。你们刚才看到的，只是一个机械装置发生故障。它不是你们的总统，我们别让一次机械故障扫了兴，让我们继续庆祝这世界历史上最快乐的一天……同胞们，请听我说……"

接下来便是那场三百周年国庆演说——温克乐从未做过这么伟大的演讲，爱德华也从未听过这么伟大的演讲。爱德华甚至发觉自己听得入神，忘了他身负监视的任务。

温克乐说得头头是道！他了解联邦的重要性，也将这点对听众解释得一清二楚。

不过，在内心深处，爱德华的另一部分记起一些始终不坠的谣言：随着机器人学突飞猛进，出现了一个外形酷似总统的机器人，这个替身可以执行纯仪式性功能，可以与群众握手，既不会厌烦也不会疲倦——更不会有遇刺的危险。

在模糊的震撼中，爱德华想道：那正是刚才发生的事。的确有个这样的替身机器人，而就某个角度而言——它遇刺了。

2078年10月13日——

当身高及腰的机器人向导走近时，爱德华随即抬头。机器人以甜美流畅的声音说："詹纳克先生现在要见你。"

爱德华站起来。耸立在这个粗短的金属向导身边，令他觉得自己分外高大。然而，他并未感到年轻。过去这两年来，他脸上增添了许多皱纹，这点他心里明白。

他跟着那个向导走进一间小得惊人的房间。房里有一张小得惊人的办公桌，法兰西斯·詹纳克就坐在办公桌后面。他有点小腹，外表年轻得与身份地位很不相称。

詹纳克露出笑容；当他起身握手时，双眼射出友善的目光。"爱德华先生。"

爱德华喃喃道："我很高兴有这个机会，阁下……"

爱德华以前从未见过詹纳克，不过话说回来，总统私人秘书是个幕后的角色，自然很少抛头露面。

詹纳克说："请坐，请坐。想不想吃一根豆干？"

爱德华微笑婉拒，坐了下来。詹纳克显然是在强调自己的年轻，他穿着有褶边的衬衫，刻意将胸口敞开，露出染成淡紫色的胸毛。

詹纳克说："我知道过去几周你一直试图找我，很抱歉耽搁了那么久。我希望你能了解，我的时间不全是我自己的。然而，我们总算见面了……对啦，我向安全局局长打听过你，他给了你很高的评价；他对你的辞职表示遗憾。"

爱德华目光低垂。"我在进行调查时，不让安全局为难总是比较好。"

詹纳克的笑容扩大几分。"你的行动虽然谨慎，然而并非神不知鬼不觉。局长对我解释，说你一直在调查三百年庆事件。我必须承认，这正是说服我尽快见你的原因。你放弃自己的职位，就是为了这个吗？你是在挖一口枯井。"

"它怎么会是一口枯井，詹纳克先生？你将它称为事件，也无法改变它是一次行刺的事实。"

"这是语意学的问题，何必用令人不安的字眼。"

"只因为它似乎代表一件令人不安的事实。不用说，你当然会承认有人企图暗杀总统。"

詹纳克摊开双手。"即使真是这样，那个阴谋也没成功。一个机械装置被毁，如此而已。事实上，如果我们以正确的态度看待它，这个事件——无论你管它叫什么——帮了这个国家和整个世界一个大忙。我们都知道，总统本人和整个国家都受到这个事件的震撼。总统和我们每个人都了解到，回到上个世纪的暴力冲突意味着什么，这就造成了一百八十度的转变。"

"这点我不能否认。"

"你当然不能。就连总统的敌人，也会承认他在过去两年有许多重大成就。今日的联邦巩固多了，这是三百年庆那天任何人做梦也想不到的。我们甚至可以说，一场全球性经济崩溃已经避免了。"

爱德华谨慎地说："是的，总统变了一个人，大家都这么讲。"

詹纳克说："他始终都是个伟人。然而，那次事件后，他开始将全副心神百分之百集中在重大问题上。"

"他以前不这样吗？"

"或许没有那么专注……总之，不论是总统或是我们大家，都希望忘掉那次事件。我见你的主要目的，爱德华先生，就是要对你说清楚这一点。现在不是二十世纪，我们不能因为你给我们惹麻烦，就把你扔进监牢，或以任何方式阻挠你。但即使是'全球宪章'，也不禁止我们试图说服你。你了解吗？"

"我了解，可是我不同意。主事者一直未被逮捕归案，我们能忘掉这个事件吗？"

"说不定这也是好的，阁下。让某个……呃……心理不平衡的人逃掉，远比事情一发不可收拾，为可能退回二十世纪铺路要好得多。"

"官方甚至说那个机器人是自己爆炸的——这是不可能的事，这对机器人工业是个不公平的打击。"

"在此我不会用机器人这个名词，爱德华先生，它只是个机械装置。从来没人说机器人本身是危险的，至少普通的金属机器人绝不危险。官方指的只是那种复杂无比的人形装置，那种似乎有血有肉、我们可称之为仿制人的机器人。实际上，它们由于太过复杂，说不定真会因此爆炸；但我不是这方面的专家。放心，机器人工业会恢复的。"

"政府里面似乎没有任何人，"爱德华以倔强的口吻说，"在乎我们是否已经查个水落石出。"

"我已经解释过，那件事带来的全都是好结果。当水面清澈时，又何必搅动水底的污泥？"

"那么动用'原解机'这回事呢？"

詹纳克的手本来缓缓转着办公桌上的豆干容器，此时突然僵住片刻，然后才恢复原先的节奏性动作。他轻描淡写地说："那是什么？"

爱德华一本正经地答道："詹纳克先生，我想你知道我的意思。身为安全局的一员……"

"当然，你现在已经不是了。"

"纵然如此，当初我身为安全局的一员，难免听到些想必不该传到我耳朵的事。我听说过一种新武器，而我在三百年庆当天目睹了一件事，恐怕只有这种武器才能解释。大家都以为是总统的那个物体，化成一股非常细微的烟尘消失了，仿佛其中每个原子和其他原子的键结尽皆松脱。那个物体变作一团分立的原子，各个原子当然立刻试图结合，可是它们弥散得太快，所以只能化作一缕轻烟。"

"科幻味十足。"

"我当然不了解它背后的科学，詹纳克先生，但我看得出来，需要可观的能量才能造成这种键结破坏，而这个能量必须取自周遭环境。当时站在那个装置附近的人，其中我找得到又愿意开口的那些，异口同声地说感到一阵冷风袭向他们。"

詹纳克将豆干容器放到一旁，带起一下轻微的咔嗒声。"为了讨论方便起见，姑且假设真有原解机这种东西。"

"你不必否认，它的确存在。"

"我不会否认。我自己不知道有这样的东西，但在我这个职位上，像新武器那么机密的事情，我是不太可能知道的。不过假如原解机的确存在，而且又是如此机密，它一定专属美国所有，联邦其他成员一概不知。那么，它就不是你我应该谈论的题目。正是由于——假如你所说属实——它仅在轰击点造成原子分解，以及在附近形成一阵冷风，它可能会是比核弹更危险的战争武器。它不会引发爆炸，不会起火，不会放出致命的辐射。没有这些麻烦的副作用，就不会有人反对使用它，虽然据我们所知，它或许可以造得很大，足以毁灭这颗行星。"

"这些我全部同意。"爱德华说。

"那么你该看得出来，如果没有原解机，谈论它就是蠢事一桩；而如果真有原解机，那么谈论它就犯了泄密罪。"

"我没有和别人讨论过，只有刚才和你是例外，因为我在试图说服你相信情况的严重性。比方说，要是真有人曾经动用这种武器，政府不该有兴趣知道是如何动用的吗——它是不是落到联邦其他成员手中？"

詹纳克摇了摇头。"我想，我们可以仰赖这个政府的适当机关研究这件事，你自己最好别插手。"

爱德华以耐心几乎失控的口气说："你能向我保证，美国政府是唯一掌握这种武器的政府吗？"

"我无法告诉你，因为我对这种武器一无所知，而且也不该知道。你根本不该对我提这档子事，即使这种武器不存在，有关谣言也可能造成伤害。"

"但既然我已经告诉你，伤害已经造成了，就请听我说完吧。给我个机会说服你相信，这个或许只有我看出来的可怕危机，唯有你一人能够化解，再也没有别人了。"

"只有你看出来？只有我能化解？"

"听来像是妄想吗？让我解释一番，然后你自行判断。"

"我会再给你一点时间，阁下，但我说过的话仍旧成立。你必须放弃这个——你这个嗜好——这个调查。它实在太危险了。"

"如果我放弃才会有危险。你难道看不出来，假如真有原解机，而且专属美国所有，那么可想而知，能够动用它的人将屈指可数。身为安全局的退休探员，我对这种事有些实际经验。让我告诉你，在这个世界上，唯一能从极机密军火库中取走一具原解机的就是总统……詹纳克先生，只有美国总统，才能安排那次行刺。"

两人面面相觑一会儿，然后詹纳克碰了碰桌上一个开关。

他说："加强防范。现在，无人能以任何方式窃听我们的谈话。爱德华先生，你可了解这番话的危险性？对你自己而言？你绝不可高估'全球宪章'的力量，一国政府仍有权利采取适当措施保护自身的稳定。"

爱德华说："我自认是以一个忠诚美国公民的身份来找你，詹纳克先生。我为你带来一项情报，有个滔天大罪对所有美国人，甚至整个联邦造成严重影响。这个罪行所引发的危机，或许只有你才能解除。你为什么反而威胁我？"

詹纳克说："这是你第二次试图把我说成一个救世主。我无法想象自己能扮演这个角色，我希望你了解，我没有任何不寻常的力量。"

"你是总统的秘书。"

"那绝不代表我特别能接近他，或是和他有什么推心置腹的亲密关系。有些时候，爱德华先生，我怀疑别人只不过将我视为一个奴才，甚至有些时候，我发觉自己也有同意他们的倾向。"

"纵然如此，你却三天两头见到他，非正式地见到他，还……"

詹纳克不耐烦地说："我的确常见到他，这足以让我向你保证，总统不会下令在三百年庆那天毁掉那个机械装置。"

"那么，照你看是不可能喽？"

"我没有那样说，我是说他不会。毕竟，他为什么要那样做？在他三年多的总统任期中，那个仿制人替身一直是他的得力助手，总统为什么会想毁掉它？即使他有什么理由这样做，又为何要选择这么不可思议的公开方式——偏偏在三百年庆当天？这样等于公开宣传它的存在，会有引起公众反感的危险——他们会想到和自己握手的竟然是个机械装置，更别提外交上的反弹——联邦其他成员的代表竟然由一个机器人接待。反之，他大可下令秘密将它拆毁，那就只有几个高级阁员才会知道。"

"然而，对总统而言，这个事件并未导致任何不愉快的结果。是吗？"

"他不得不减少出席典礼的次数，他不再像以前那样平易近人。"

"不像那个机器人以前那样。"

"好吧，"詹纳克不自然地说，"是的，我想可以那么讲。"

爱德华说："事实上，虽然销毁公开进行，总统还是连任成功，他的声望也没有因而降低。反驳公开销毁的理由，并不像你的口气那般强而有力。"

"可是连任和那次事件并无关联。总统得以连任成功，是因为在事件发生后，他迅速采取行动，很快站出来作了那场演讲。你不得不承认，它是美国历史上最伟大的演讲之一。那是一场绝对惊人的演出，这点你也必须承认。"

"它是出精心筹划的舞台剧。我们或许可以说，总统对它寄予厚望。"

詹纳克上身靠回椅背。"如果我没误解你的意思，爱德华，你是在提出一个错综复杂的故事书情节。你是不是想要说，总统故意挑选那个时间地点销毁那个装置——在大批群众当中，在三百年庆开始的那一刻，在全世界的注目之下，好让他能借着果决行动赢得大家的钦佩？你是不是要说这一切都是他安排的，目的是为自己建立一个在极端恶劣状况下处变不惊的形象，因而扭转了大势已去的选情，赢得最后的胜利？……爱德华先生，你是童话故事读多了。"

爱德华说："假使我试图声称这一切，那它的确是个童话故事，但事实不然。我从未提出总统下令杀掉那个机器人的说法，我刚才只是问你是否认为有此可能，而你相当坚定地给了我否定的答案。我很高兴你这样做，因为我同意你的看法。"

"那这一切是怎么回事？我开始觉得你是在浪费我的时间。"

"请再给我几分钟，拜托。你有没有问过自己，为何不能用其他工具执行那个任务，例如用激光光束，用场钝化机，甚至用一柄大锤，啊？无论什么人，他为何要给自己找这么不可思议的大麻烦——取得政府安全部门戒备最森严的武器，去进行一项不需要这种武器的任务？姑且不论把它弄到手有多困难，他为何冒着将原解机公诸于世的风险？"

"有关原解机这档子事，从头到尾只是你的一个理论。"

"那个机器人在我眼前彻底消失。那是我亲眼目睹的事，我没有凭借任何第二手证据。你管那个武器叫什么名字都没关系，反正它有能力把那个机器人分解成一个个原子，并将那些原子通通打散，再也收不回来。为什么要这样做？这简直是杀鸡用牛刀。"

"我不知道行凶者心中怎么想。"

"不知道？当销毁可用简单得多的方式完成时，在我看来，采用彻底气化只有一个合理的解释。无论被毁掉的是机器人还是别的东西，气化不会留下任何残留物，不会有任何痕迹指出它原来是什么。"

詹纳克说："但它的身份毫无疑问。"

"是吗？我说过只有总统能取得并动用原解机。可是，若考虑到还有个替身机器人，那么究竟是哪个总统安排的？"

詹纳克粗声道："我想我们无法继续谈下去，你疯了。"

爱德华说："好好想一想。看在上帝的份上，好好想一想。总统并没有毁掉那个机器人，你在这方面的论证不容置疑。真正发生的事，是那个机器人毁掉了总统。2076年7月4日，温克乐总统在群众中遇刺身亡。然后，一个酷似温克乐总统的机器人做了三百年庆演说，又竞选连任成功，如今仍在当美国总统！"

"疯狂！"

"我来找你，专程找你，是因为你能证明这件事——并且纠正这个错误。"

"根本不是那么回事。总统就是……就是总统。"詹纳克做出像是要起身结束这次会谈的动作。

"你自己说他变了。"爱德华迅速地、急切地反驳，"那场三百年庆演说，在老温克乐的能力范围之外。对于过去两年的成就，你自己不觉得惊讶吗？老实讲——第一任的温克乐做得到这一切吗？"

"是的，他做得到，因为第二任总统就是第一任总统。"

"你否认他改变了吗？我在征求你的意见。由你自己决定，我会尊重你的决定。"

"他起而迎接挑战，就是这样罢了。这在美国历史上并非史无前例。"但詹纳克倒回椅子里，显得惴惴不安。

"他现在不喝酒了。"爱德华说。

"他从不……喝得很多。"

"他不再玩女人。你否认他以前有兴趣吗？"

"总统也是男人。然而，过去两年间，他觉得应该全心投入联邦的问题。"

"我承认，那是个好的转变。"爱德华说，"但它仍是个转变。当然啦，假使他有个女人，伪装就无法继续下去，对不对？"

詹纳克说："真可惜他没有妻子。"他有点难为情地说出这个古老的词汇，"他要是有的话，根本不会掀起这场风波。"

"这项事实使得这个阴谋更加可行。但他曾经生过两名子女，而我相信，在三百年庆后，两人都没有再到过白宫。"

"他们为什么要去？他们已经成年，过着自己的生活。"

"他们受邀了吗？总统有兴趣见他们吗？你是他的私人秘书，你会知道。他们有没有受邀？"

詹纳克说："你是在浪费时间。机器人无法杀害人类，你知道那是机器人学第一法则。"

"我知道，但没人说机器人温克乐直接杀掉真人温克乐。当真人温克乐在群众中的时候，机器人温克乐正在讲台上。我很怀疑原解机能在那种距离下瞄得那么准，不致波及周遭区域。也许它做得到，但更可能的情形，是机器人温克乐有个共犯——有个杀手，二十世纪的人好像是这么说的。"

詹纳克皱起眉头。他丰满的面颊出现皱褶，并显出痛苦的神情。"你可知道，疯狂一定有传染性。我真的开始在考量你带来的这个疯狂想法，幸好它不攻自破。无论如何，行刺真人温克乐为何要安排在大庭广众中进行？所有驳斥公开销毁机器人的论证，同样能用来驳斥公开杀害真人总统的可能。你难道看不出来，这就推翻了整个理论吗？"

"没有……"爱德华刚开口便被打断。

"有的！除了少数几名官员，根本无人知晓世上有那个机械装置。假使将温克乐总统暗中杀害，再处理掉他的尸体，那个机器人便能轻易取而代之，不致引起任何怀疑——比方说，不致引起你的怀疑。"

"总会有几名官员会知道这件事，詹纳克先生。暗杀行动将不得不扩大。"爱德华激动地倾身向前，"听好，通常不可能有任何分不清真人和机器人的危险。我猜那个机器人并非经常动用，只有特殊场合才会搬出来。而总是有些政府大员，说不定为数还不少，会知道总统人在何处，以及他在做什么。若是这样的话，行刺必须在唯一一种情况下进行，就是那些官员真以为总统真是机器人的时候。"

"我不懂你的意思。"

"听好，那个机器人的任务之一是和群众握手，进行肌肤接触。在这个过程中，那些知情的官员都心知肚明，晓得负责握手的其实是机器人。"

"正是这样。现在你讲得有道理了，那的确是机器人。"

"只不过那次是三百周年国庆，只不过那次温克乐总统按捺不住。我想，指望一位总统——尤其是像温克乐这样一个空心萝卜，这样一个只会讨好群众、猎取掌声的政客——放弃在那个历史性日子接受群众的谄媚，把机会让给一架机器，等于是指望他做个超人。或许那个机器人曾暗中助长这个冲动，好让总统在三百年庆当天，会命令机器人留在隔墙后面，自己走出去握手和接受喝彩。"

"偷偷地？"

"当然是偷偷地。假使总统告诉了安全局的任何人，或是他的任何助理，或者告诉你，会有人准许他那么做吗？自从二十世纪末发生几次行刺事件后，官方对于总统遇刺的可能性，采取的态度几乎是病态的。所以，在一个显然很聪明的机器人鼓励之下……"

"你假设那个机器人聪明，是因为你假设他如今正在当总统，这是个循环论证。假如他不是总统，你就没有理由认为他聪明，或者他能设计出这个阴谋。此外，有什么动机能驱使一个机器人计划一次暗杀行动？即使他没有直接杀害总统，间接夺走人类性命仍是第一法则所禁止的。因为第一法则说：'机器人不得伤害人类，或因不作为而使人类受到伤害。'"

爱德华答道："第一法则不是绝对的。若是伤害一个人，就能拯救两个、三个，甚至三十亿人呢？那个机器人或许认为，拯救联邦比拯救一条命更重要。毕竟，他不是个普通的机器人。他被设计来模仿总统的一切言行，相似程度足以骗过任何人。假设他拥有温克乐总统的智慧，却没有他的弱点；假设他知道他能拯救总统无法拯救的联邦。"

"你可以这样推论，但你怎么知道一个机械装置会这样做？"

"那是解释一连串结果的唯一理论。"

"我认为它是个异想天开的妄想。"

爱德华说："那么告诉我，为什么遭到摧毁的目标化成一团原子。在我看来，唯有这样才能掩饰摧毁的是真人而不是机器人这个事实，除此之外还有什么更合理的解释呢？试试给我另一个解释。"

詹纳克面红耳赤。"我不接受这个说法。"

"但你可以证明这整件事……或是反证它。这就是我为什么来找你——专程找你的原因。"

"我又怎能证明，或是反证这个说法呢？"

"再也没有人像你这样，能在总统毫无防备时见到他。在没有家人的前提下，他在你面前最无拘无束。我要你研究他。"

"我有。我告诉你他不是……"

"你没有。你未曾怀疑有什么不对劲，微小的迹象对你而言毫无意义。现在开始研究他，记住他可能是个机器人，你就会有所发现。"

詹纳克以讽刺的口吻说："我可以把他敲昏，用超声波侦测器探测金属反应。即使是仿制人，也有一个铂铱大脑。"

"不必采取非常手段，只要观察他就行。你将发现他改变得有多么彻底，绝不可能是个真人。"

詹纳克看了看墙上的日历钟。"我们已经谈了超过一个小时。"

"很抱歉占用你这么多时间，但我希望你看出了这一切的严重性。"

"严重性？"詹纳克问道。然后他抬起头来，原本似乎消沉的神态突然变成充满希望。"可是，事实上，有什么严重吗？我的意思是，真的严重吗？"

"它怎么会不严重？让一个机器人当美国总统？那还不严重？"

"不，我不是那个意思。暂且忘掉温克乐总统是真是假，只考虑下面这一点：当美国总统的这个人拯救了联邦，使它避免了崩溃的命运。而此时此刻，他正以和平及建设性妥协为原则在主持行星议会。这些你都承认吗？"

爱德华说："当然，这些我都承认。可是怎能开这种先例呢？现在一个机器人以一个很好的理由入主白宫，可能导致二十年后，另一个机器人以一个很坏的理由入主白宫，将来更会有许多机器人根本没有理由，只是循例理所当然地入主白宫。难道你看不出来，在人类的丧钟刚试着敲响的时候，及时制止它的重要性吗？"

詹纳克耸了耸肩。"假如我发现他是机器人又该怎么办？我们要向全世界广播吗？你知道那会对联邦造成什么影响？你知道那会对世界金融结构造成什么伤害？你知道……"

"我都知道。这就是为什么我私下来找你，并未试图将它公开的原因。你自己决定要不要调查这件事、把它弄个水落石出。而在发现这个所谓的总统是个机器人之后，你自己决定要不要说服他辞职，但我确定你将会那样做。"

"根据你对他如何遵循第一法则的解释，他会马上杀了我，因为我会威胁到他以专家的方式处理二十一世纪最大的全球危机。"

爱德华摇了摇头。"过去那个机器人在暗中行动，又无人试图反驳他用来说服自己的论证。而你则能用你的论证，对第一法则作出更严格的解释。若有必要的话，我们可以找美国机器人与机械人公司的人帮忙，那个机器人当初就是他们制造的。一旦他辞职，副总统便会继任。如果机器人温克乐已将这个世界导向正轨，很好；现在可由副总统——一位高尚、正直的女政治家——让它保持在正轨上前进。但我们不能给一个机器人统治，而且今后绝不能再允许这种事。"

"假如总统是真人呢？"

"我把这个问题留给你，你会知道的。"

詹纳克说："我对自己不是那么有信心。万一我不能决定呢？万一我不能下决心呢？万一我不敢呢？你又有什么计划？"

爱德华现出一脸倦容。"我不知道，我也许得去找美国机器人公司。但我想不至于会这样；既然我已经把这个问题搁在你的大腿上，在它解决之前你将寝食难安，这点我相当有信心。你想给一个机器人统治吗？"

他站起来，詹纳克目送他离去。两人并未握手道别。

在渐深的暮色中，詹纳克坐在那里，陷入极度的震惊。

一个机器人！

那个人刚才来到这里，以绝对合乎逻辑的方式，论证出了美国总统是个机器人。

这应该非常容易反驳。但詹纳克虽然试了想得到的一切理由，它们却通通无效，那人丝毫未曾动摇。

一个机器人当总统！爱德华对这点深信不疑，今后仍将深信不疑。假如詹纳克坚持总统是真人，爱德华会去找美国机器人公司求助，他不会罢休的。

想到三百年庆以来这二十七个月，以及在变幻莫测的局势中一切进行得多顺利，詹纳克不禁皱起眉头。现在呢？

他继续陷在阴郁的沉思中。

他仍然握有那具原解机，但对付一个人当然不必用到它——他的尸体不会构成任何问题。在某个无人场所，用无声激光袭击就行了。

上一次，策动总统行事可真不容易，不过眼前这次行动，它甚至不需要知道。

鲍尔与多诺凡

　　我写的第二篇机器人故事《理性》（收在这个部分中），以两位实地测试员，格里哥利·鲍尔与麦克·多诺凡为主角。他们是我模仿约翰·坎贝尔写的一些故事塑造的，那些故事我极喜爱，其中的主角潘顿与布雷克是一对行星际探险家。即使坎贝尔曾注意到两者的雷同，他也从未对我提过。

　　顺便说一句，我必须警告您，这个部分的第一篇故事《第一法则》只是个玩笑之作，您可千万别认真。

第一法则

　　麦克·多诺凡看了看他的空啤酒杯，觉得无聊透顶，认为废话听得够多了。他大声道："如果我们要谈不寻常的机器人，我倒知道有个违背第一法则的。"

　　由于那是完全不可能的事，因此大家中止交谈，纷纷转头望向多诺凡。

　　多诺凡立刻为自己的大嘴巴后悔不已，赶紧改变话题。"昨天我听到个有趣的故事，"他不急不徐地说，"是关于……"

　　坐在多诺凡身边的麦可·法兰说："你的意思是，你知道有个机器人曾经伤害人类？"当然，违背第一法则正是那个意思。

　　"差不多。"多诺凡道，"我说，我听到个关于……"

　　"告诉我们那件事。"麦可·法兰命令道，其他有些人甚至还用啤酒杯猛敲起桌子。

　　多诺凡趁机发挥。"那是大约十年前，发生在土卫六上的事。"他一面说，一面迅速回想，"没错，那年是二五年。我们刚刚收到三个新型机器人，专门为土卫六设计的。它们是MA型的第一批，我们管它们叫艾玛一号、二号和三号。"他弹响手指，表示再要一杯啤酒，并以渴望的眼神凝视着侍者，"让我想想看，下面该讲什么？"

　　麦可·法兰说："我在机器人学界半辈子了，麦克。我从没听说过有个MA序号。"

　　"那是因为这件——我要告诉你们的这件事发生后，他们马上把MA型拉下装配线。你不记得吗？"

　　"不记得。"

　　多诺凡迫不及待地继续说："我们立刻让那些机器人开始工作。你知道吗，在此之前，基地在暴风季根本毫无用处，而土卫六环绕土星的公转周期，有百分之八十是暴风季。在猛烈的风雪中，即使基地和你的距离不到一百公尺，你也根本找不到。罗盘一点也没用，因为土卫六没有任何磁场。

"然而，这些ＭＡ型机器人的优点，在于它们装有新式的振动侦测器，所以它们能穿越任何障碍，循测地线找回基地，这代表从此采矿成为全公转期的工作。你别插嘴，麦可。振动侦测器也早已下市，所以你才没听说过。"多诺凡咳嗽一声，"军事机密，你该了解。"

他又继续说："在第一个暴风季，那些机器人表现良好。然后，才刚进入无风季，艾玛二号便开始行为异常。它一再溜到角落处，或是货堆的底部，必须哄半天才肯出来。最后，它索性离开基地，再也没有回来。我们判断它在制造过程中出了点小瑕疵，只好靠另外两个勉强凑合。话说回来，那就意味着我们人手不足，或者该说机手不足，所以在无风季末尾，必须有个人去科恩斯克时，我志愿冒险单独前往，不带一个机器人。这似乎相当安全；暴风还有两天才会出现，而我顶多二十四小时就能回来。

"当风开始刮起、空气变得混浊时，我正在归途中——距离基地足足还有十六公里。我马上让飞车着陆，以免暴风将它吹成碎片，随即对准基地的方向开始奔跑。在低重力场中，我跑这段路算不了什么，但我能沿着直线跑吗？那可是个问题。我的空气存量充足，太空衣的发热线圈使我感到温暖舒适，但是在木卫六的暴风中，十六公里路好像有无限远。

"然后，当雪流把一切染成漆黑、黏稠的昏暗一片，连土星都暗淡无光、太阳只是个苍白的疙瘩时，我突然停下来，用身子顶住强风。在我的正前方，有个小小的黑色物体。我几乎看不清楚，但我知道它在那里。那是一只风狐；唯一能在木卫六暴风中生存的动物，也是全太阳系最凶猛的动物。我知道我的太空衣无法保护我，一旦它发动攻击，在这么差的光线下，除非它成为正面的目标，否则我不敢开火。一击不中，它就会扑到我身上。

"我慢慢向后退，那个黑影则跟过来。它越凑越近，我已经举起手铳，心中暗自祈祷。这个时候，一个较大的黑影突然出现眼前。我发出一下欢呼，那正是艾玛二号，那个失踪的ＭＡ型机器人。我没花任何时间纳闷它发生些什么事，或担心为什么会这样。我只是狂叫道：'艾玛，宝贝，抓住那只风狐，然后把我带回基地。'

"它只是看着我，好像没有听见。然后它开始叫道：'主人，别开火，

别开火。’

“它一个箭步扑向那只风狐。

“‘抓住那只该死的风狐，艾玛。’我吼道。好了，它抓到它了。它一把将它抱起来，却继续向前飞奔。我的嗓子都喊哑了，但它再也没有回来。它把我留在暴风中等死。”

多诺凡戏剧化地顿了顿，又说：“当然，你熟悉第一法则的内容：机器人不得伤害人类，或因不作为而使人类受到伤害！好啦，艾玛二号却带着那只风狐跑掉，留下我在那里等死。它违犯了第一法则。

“幸运的是，我安全渡过难关。半小时后，暴风逐渐平息。那是过早的一阵风，只是暂时性的；这种事时有所闻。我火速赶回基地，第二天暴风真的排山倒海而来。在我回到基地两小时后，艾玛二号也回来了。当然，这个谜随即有了解释，而MA机型则立刻下市。”

“那么，”麦可·法兰追问，“到底是什么解释？”

多诺凡严肃地望着他。“当时，我是个生命受到威胁的人类没错，麦可，但是对那个机器人而言，还有比这点更优先的事，甚至比我、比第一法则更重要。别忘了这些机器人属于MA系列，而这个MA型机器人在失踪前，曾有一阵子一直在寻找私密的隐匿处，仿佛它料到会有什么特别的——而且私密的事发生在它身上。显然，的确发生了一件特别的事。”

多诺凡的双眼虔敬地向上翻，他的声音有些颤抖。“那只风狐根本不是风狐。后来艾玛二号带它回来，我们便将它命名为艾玛二世。艾玛二号必须保护它，以免它被我枪杀。和神圣的母爱相比，即使第一法则又算什么呢？”

转圈圈

"激动者一事无成"是格里哥利·鲍尔最常挂在嘴边的口头禅之一。因此，当红发上黏着汗水的麦克·多诺凡沿着楼梯向他滚下来时，鲍尔皱起了眉头。

"怎么搞的？"他说，"崩断指甲了吗？"

"是呀！"多诺凡气呼呼地咆哮，"你一整天都待在底层干什么？"他深深吸了一口气，又猛然吐出来，"速必敌一直没回来。"

鲍尔在楼梯上驻足片刻，双眼瞪得老大。但他随即恢复正常，继续一阶阶向上爬。他一直未再开口，直到爬完那段楼梯，他才说："你派他去采硒吗？"

"是的。"

"他出去多久了？"

"到现在有五个小时了。"

沉默！这是个要命的处境。他们来到水星恰好才十二小时，就已经碰到了最糟的燃眉之急。长久以来，水星一向被视为太阳系中的不祥世界，但这回也未免太夸张了——即使对一个不祥世界而言。

鲍尔道："从头说起，咱们把事情弄清楚。"

他们来到无线电室——里面满是多少已经陈旧的设备；在他们抵达之前，这些设备已有十年没人碰过。即使只有十年，就科技发展而言，也是一段很长的时间。与2005年所使用的那种机器人相比，速必敌不知先进多少。话说回来，这些年间，机器人学的进展可谓一日千里。鲍尔小心翼翼地摸了摸一个依然发亮的金属表面。室内无处不在的荒废气氛（整个矿站都是如此）带来无比郁闷的感觉。

多诺凡一定也感觉到了。他开口道："我试着用无线电寻找他，可是徒劳无功。在水星的日照面，无线电毫无用处——反正穿不过两英里，这正是第一次远征失败的原因之一。而我们需要好几周的时间，才能架设好超波装置……"

"这些都别说了。你得到些什么结果？"

"我在短波的波段，收到一个杂乱无章的躯体讯号，除了表明他的位置，并没有任何用处。我一直在用这个方法追踪他，前后有两小时，并且把结果画到了地图上。"

他的臀部口袋里有一张发黄的正方羊皮纸——第一次远征所留下的遗物。他将它掏出来，用力按到桌上，再用手掌抚平。鲍尔则双手交叉胸前，从远距离望着这张地图。

多诺凡用铅笔紧张兮兮地指着。"红十字是硒矿池，是你自己标出来的。"

"是哪一个？"鲍尔打岔道，"麦可·道格尔离去之前，帮我们找到了三个。"

"我自然是派速必敌去最近的那个，距离此地十七英里。可是这又有什么差别？"他的声音中透出紧张的情绪，"这些铅笔黑点标示着速必敌的位置。"

鲍尔装出来的泰然自若终于动摇，双手猛然攫向地图。

"你没开玩笑吗？这是不可能的。"

"你自己看。"多诺凡忿忿不平地吼道。

标示位置的小黑点大致形成一个圆圈，环绕着代表硒矿池的红十字。鲍尔的手摸向自己褐色的八字胡，这是象征焦虑的可靠讯号。

多诺凡补充道："在我追踪他的两小时内，他绕着那该死的矿池走了四圈。在我看来，他有可能永远走下去。你可了解我们如今的处境吗？"

鲍尔抬头瞥了对方一眼，什么话也没说。喔，是啊，他了解他们如今的处境。它简单得像三段论法一样不证自明——水星上空巨大的太阳所传来的能源，唯有借由光电池组才能为他们所用，但这些光电池却全死光了。

能拯救他们的只有硒元素，而能采到硒的只有速必敌。假如速必敌不回来，就没有硒可用。没有硒的话，就没有光电池组。而没有光电池组——唉，慢慢被烤焦是一种很不愉快的死法。

多诺凡猛力抓了抓蓬乱的红发，以悲苦的语气表达自己的看法。"格里，我们会成为全太阳系的笑柄。怎么一切会这么快就变得这么糟？鲍尔和多诺凡这对最佳搭档被派到水星，来评估以新近技术和机器人重开'日照面采矿站'的可行性，结果我们头一天就通通搞砸了。这原本是纯然的例行公事，却成了我们一辈子都无法洗刷的耻辱。"

"也许根本没这个必要。"鲍尔沉着地答道，"如果我们不快点采取行动，别说什么洗刷耻辱，光是活下去都难。"

"别胡说八道！如果你觉得这很可笑，格里，我可不同意。派我们只带着一个机器人来到这里，这简直就是罪行。而认为我们自己能修好光电池组，可是你的高明主意。"

"你这样说就不公平了。这是个共同的决定，你自己心里明白。我们需要的只是一公斤的硒，一个史帝海德介电极板，再加上大约三小时的时间——而纯硒矿池在日照面处处可见。麦可·道格尔的分光反射器五分钟内就帮我们找到三个，对不对？搞什么鬼！我们可不能等到下次的'水星合'再来。"

"好吧，我们要怎么办？鲍尔，你有了主意。我知道你有，否则你不会这么冷静；你不比我更英勇。继续说，招出来！"

"麦克，我们不能自己去找速必敌——在日照面绝对不行。即使是新式的绝热太空衣，在阳光直射下也撑不过二十分钟。但你知道有句老话'捉机器人还需机器人。'听好，麦克，事情也许没有那么糟。底层藏有六个机器人，只要他们动得了，我们也许就能利用。只要他们还动得了！"

多诺凡的双眼突然闪现希望的光芒。"你是指第一次远征所留下的六个机器人。你确定吗？他们也许只是人形机械。就机器人的形式而言，十年可是很长的时间，你是知道的。"

"不，他们是机器人。我花了一整天时间跟他们在一起，所以我知道。他们拥有正子脑——当然，十分原始。"他将那张地图放进自己的口袋，"我们下去。"

那些机器人位于最底层——六个都被内容不明的老旧包装箱团团围住。他们体型高大，可谓巨大至极，即使他们坐在地板上，双腿打开来，他们的脑袋仍在七英尺高的半空中。

多诺凡吹了一下口哨。"看看他们的尺寸，好不好？他们的胸围足足有十英尺。"

"那是因为他们采用老式的麦可格菲传动系统。我看过内部构造——你从未见过那么差劲的东西。"

"你为他们充电没有？"

"没有，没理由那么做。我认为他们没有任何问题，连发声膜片的状况都还算良好，他们应该可以讲话。"

他说这番话的时候，已将最近一个机器人的胸板旋开，放进一个直径两英寸的圆球——里面含有微量的原子能，正是机器人的生命之源。安装过程有些困难，但他终究克服了，然后费劲地重新旋上那块板子。（较新型号所使用的无线电遥控装置，十年前根本没听说过。）接着，他又启动了另外五个。

多诺凡不安地说："他们没有动。"

"还没有给他们命令。"鲍尔简洁地答道。他走回最先启动的那个面前，拍了拍他的胸部："你！你听见我说话了吗？"

那个巨物的头缓缓垂下，双眼凝视着鲍尔。然后，他以刺耳的呱呱声（像是中世纪留声机发出的声音）说道："听见了，主人！"

鲍尔咧开嘴，对多诺凡冷笑一下。"你明白了吗？那是第一批有声机器人刚出厂的时代，当时地球似乎即将全面禁止使用机器人。制造者为了对抗这个趋势，便在这些该死的机器里面，装设了妥善而且健全的奴隶情结。"

"结果没什么用。"多诺凡喃喃道。

"对，没有用，但他们的确尽了力。"他再度转向那个机器人，"站起来！"

那机器人慢慢起身，像是一座逐渐隆起的小山。多诺凡仰起头，不禁又吹了一声口哨。

鲍尔说："你能走到地表去吗？到阳光下？"

为了考虑这个问题，机器人缓慢的脑子运作了半天。然后他说："可以，主人。"

"很好。你知道'英里'是什么吗？"

又经过一段考虑，又传来一声迟缓的回答："知道，主人。"

"那么，我们会把你带到地表，指出一个方向。你沿着那个方向走十七英里，就会在附近碰到另一个机器人，他的个子比你小。目前为止都还了解吗？"

"了解，主人。"

"你要找到这个机器人，命令他回来。如果他不愿意，就要硬把他给抓回来。"

多诺凡抓住鲍尔的袖子。"何不直接派他去取硒？"

"傻子，因为我要速必敌回来。我要找出他出了什么问题。"他又对那机器人说，"好啦，你，跟我来。"

那机器人仍然一动不动，他以隆隆的声音答道："对不起，主人，但我不能从命。你必须先骑到我身上。"他笨拙的双手已经"啪"的一声合拢，粗钝的十指互相交叉。

鲍尔目瞪口呆，然后捏了捏八字胡。"呃……喔！"

多诺凡的双眼鼓出来。"我们一定要骑在他身上？像骑马那样？"

"我猜就是这样。不过，我不懂为什么。我看不出来——喔，我懂了。我告诉过你，在那些日子里，他们尽可能加强机器人的安全措施。显然，他们为了宣扬机器人的安全性，故意不准他们任意走动，除非有人骑在他们肩膀上。我们现在怎么办？"

"那正是我在想的问题。"多诺凡喃喃道，"不论有没有机器人，我们都不能走出地表。喔，看在圣彼得的份上。"他弹响两下手指，变得越来越激动，"把你身上那张地图给我，我可没白白研究它两个钟头。这里是个采矿站，为何不能利用隧道呢？"

采矿站在地图上是个黑色圆圈，淡色的虚线则代表隧道，它们有如蛛网般由采矿站向外延伸。

多诺凡研究了一下地图底端的符号对照表。"看，"他说，"小黑点是通向地表的开口，这里有一个，距离那个硒矿池或许只有三英里。这里有个数字——他们也不把字写大一点——是13a。如果这些机器人认得附近的路……"

鲍尔向机器人提出这个问题，得到的答案是一句迟钝的"认得，主人"。于是他以满意的口吻说："去拿你的绝热太空衣。"

这是他们两人第一次穿绝热太空衣——他们昨天抵达时，谁也没想到会有这种需要。穿上太空衣后，他们极不自在地测试着四肢的动作。

与正规太空衣相比，绝热太空衣要臃肿得多，而且丑怪得多；但质地却也轻巧许多，因为它完全由非金属材料制成。它的成分是耐热塑胶与经过化学处理的木栓层，并配备有干燥装置，永保内部空气干爽。在水星表面的太阳烈焰照射之下，这种太空衣能支持二十分钟。而即使再延长五到十分钟，里面的人也不至于真给热死。

那个机器人的双手仍然维持马镫的形状，对于鲍尔变成这副怪模怪样，他未曾显露一丝一毫的惊讶。

通过无线电，鲍尔的声音听来分外刺耳。他说："你准备好了带我们到13a出口吗？"

"是的，主人。"

很好，鲍尔心想，他们或许欠缺无线电遥控装置，但他们至少装有无线电接收器。"麦克，随便骑上一个。"他对多诺凡说。

他将一只脚放进临时脚镫中，身手利落地向上爬。他发觉座位相当舒适；机器人背部有一团隆起，从形状看来，显然是当座位用的。此外两肩各有一道浅浅的沟槽，是给乘客放腿的地方。而那两只拉长的"耳朵"，它们的用途现在似乎十分明显。

鲍尔抓住两只耳朵，扭转机器人的脑袋，他的坐骑便笨重地转身。"带路，勇士。"但他一点也没有感到宽心。

巨型机器人慢慢前进，以机械性的精确度穿过房门（他们的脑袋与门框距离不到一英尺，因此两人必须赶紧低头），沿着一条狭窄的走廊向前走，不慌不忙的脚步带起单调的隆隆声，最后进入一道气闸。

在他们面前，狭长而没有空气的隧道绵延不绝，令鲍尔不禁佩服第一次远征的成就。他们只有原始的机器人，一切必须从零开始，而他们竟然能做到这种规模。他们或许失败了，但较诸太阳系其他成功的案例，他们的失败却更加难能可贵。

两个机器人以绝不改变的步调，以及绝不拉长的步幅，一步步沉重地向前走去。

鲍尔说："注意到没有，这些隧道处处灯火通明，而且温度都是地球正常值。空置的这十年之间，也许一直都保持这个样子。"

"怎么会呢？"

"便宜的能源，整个太阳系最便宜的能源。太阳能，你知道吧，而在水星的日照面，太阳能可不得了。因此矿站才会建在阳光下，而不找哪座山的阴影处。它其实是个巨大的能量转换器，热量被转换成电能、光能、机械功等等一切。如此在解决能源问题的同时，矿站也得以自行冷却。"

"听着，"多诺凡说，"这些都非常有教育性，但你可不可以换个话题？你提到的这个能量转换，刚好由光电池组担任主要的角色——而此时此刻，这对我可是个敏感的话题。"

鲍尔含糊地咕哝几声。当多诺凡打破随之而来的沉默时，完全是为了改变话题。"我问你，格里。速必敌到底见了什么鬼？我怎么也想不通。"

在绝热太空衣中耸肩并不容易，但鲍尔仍然试了试。"我不晓得，麦克。你也知道，他百分之百适应水星的环境。高热对他根本不算什么，而且他正是为弱重力场以及凹凸不平的地面所特制的。他不会出错——或者，至少，他应该不会的。"

沉默随即降临。这一次，沉默持续了许久。

"主人，"那机器人说，"我们到了。"

"呃？"鲍尔从半昏睡状态中惊醒，"好吧，带我们离开这里——到地表去。"

他们来到一个极其窄小的站亭，里面空无一物，甚至没有空气，而且残破不堪。其中一堵墙的上方有个参差的破洞，多诺凡已经用口袋型电筒检视了一番。

"陨石，你说是吗？"他这么问。

鲍尔耸了耸肩。"让它去死吧。这无关紧要，我们出去。"

由一大块黑色玄武岩所构成的高耸峭壁，硬生生切断了阳光，因此在这个没有空气的世界上，他们置身于仿佛深夜的阴影中。而在他们面前，阴影有如刀锋般陡然终止，取而代之的是几乎无法忍受的强烈白光，从岩质地表的无数晶体中蹿出来。

"太空啊！"多诺凡喘着气说，"看来真像白雪。"这话的确没错。

鲍尔扫描着水星上此起彼落的闪烁光芒，视线一直延伸到地平线，绚烂的光辉令他心头一凛。

"这一定是个不寻常的地方。"他说，"水星的反照率一般不高，而且大多数土壤是灰色的轻石，有点像月球，你知道吧。这里真美丽，对不对？"

他很庆幸前视板中装有滤光片。姑且不论美丽与否，假如直接透过玻璃目视阳光，他们半分钟内就会变成瞎子。

多诺凡正在看手腕上的弹簧温度计。"老天爷，温度是八十摄氏度！"

鲍尔看了看自己的温度计。"嗯……嗯，是高了点。因为大气的关系，你知道吧。"

"水星的大气？你发癫吗？"

"水星并不是真正的真空。"鲍尔心不在焉地解释。他正调整着附在前视板上的双筒望远镜，被绝热衣包覆的手指动作十分笨拙。"有一股稀薄的蒸气紧贴它的表面——由易挥发但足够重的元素和化合物组成的蒸气，所以水星的重力留得住它们。你该知道，例如硒、碘、汞、镓、钾、铋，以及挥发性的氧化物。这些蒸气飘进阴影中便会凝结，并释放出热量。这可算是一种巨大的蒸馏器。事实上，你如果用手电筒照一照，也许会发现峭壁这一侧布满——比方说硫黄霜或水银露珠。

"不过，这无关紧要。微不足道的八十度，我们的太空衣多长时间都撑得住。"

鲍尔已经调整好双筒望远镜，因此看来好像一只凸眼蜗牛。

多诺凡紧张地望着他。"看到什么吗？"

对方并没有立即回答，而当他开口时，他的声音听来焦虑且若有所思。"地平线上有个黑色斑点，可能就是那个硒矿池。它在正确的位置上，但我没看到速必敌。"

为了看得更清楚，鲍尔本能地拼命向上爬，直到他摇摇晃晃地站在机器人肩上。他叉开双腿，极目眺望，同时说道："我想……我想……没错，那绝对是他，他正朝这边跑来。"

多诺凡沿着同伴所指的方向望去。他没有望远镜，却也看得见一个正在移动的微小黑点，在晶状地表的灿烂光辉中十分显眼。

"我看见他了，"他喊道，"我们走吧！"

鲍尔已经跳下来,重新骑到机器人背上。他伸出戴着绝热手套的手掌,用力拍向那巨无霸的粗壮胸膛。"走吧!"

"起——"多诺凡喊道,并用脚跟猛踢两下,真像是在骑马。

两个机器人出发了。在这个没有空气的世界上,他们规律而沉重的脚步无声无息,因为绝热太空衣的非金属质料不会传递声波。有的只是一阵阵节奏性振动,刚好在人类的听力范围之外。

"快点。"多诺凡喊道,可是节奏并未改变。

"没用的。"鲍尔大声回应,"这些破铜烂铁只有一种速度。你以为他们配备有'选择性变速屈肌'吗?"

他们已经穿出了阴影,白热的阳光顿时倾泻下来,像液体一样注满了他们的四周。

多诺凡不自觉地弯下腰。"呜!这是我的想象,还是我真感觉热?"

"你马上会感觉更热。"他的同伴没好气地答道,"你好好盯着速必敌。"

现在,机器人SPD-13来到他们看得一清二楚的距离。当他以从容的速度大步跑过凹凸不平的地表时,优美的流线形躯体发出耀眼的强光。当然,他的名字源自他的序号字母,纵使如此,这个名字却是名副其实。因为在美国机器人与机械人公司生产的各类机器人当中,SPD型属于动作最迅速的一类。

"嘿,速必敌。"多诺凡一面叫嚷,一面疯狂地挥手。

"速必敌!"鲍尔叫道,"过来这里!"

转瞬间,游荡的机器人与两人之间的距离迅速缩短——主要是速必敌的功劳,而不是多诺凡与鲍尔胯下那两只有十年历史的古董坐骑。

此时双方已经足够接近,他们注意到速必敌的步伐带着一种奇特而起伏的蹒跚,一种明显的左跟右跄。然后,当鲍尔再度挥手,并将最大电力送到头戴式无线电发送器,准备再一次高声呼叫时,速必敌抬起头来,看到了他们。

速必敌猛然停下脚步,在原地站了一会儿——仅带着轻微的、不定的摇摆,仿佛是一棵在微风中摆荡的小树。

鲍尔喊道:"好了,速必敌。孩子,过来这里。"

就在这个时候,速必敌的声音首度在鲍尔的耳机中响起。

他说："热狗，我们来玩游戏。你捉我，我捉你，没有爱能把我们的刀切成两半。因为我是一朵小金凤花，可爱的小金凤花。呼！"他突然向后转，冲着来时的方向拔腿飞奔，速度与冲量之大，连烧硬的尘土块都被他踢得飞起来。

当他退到远方之际，他的最后一句话是："一棵老橡树下，长着一朵小花。"接着是一阵诡异的金属咔嗒声，很可能相当于机器人在打嗝。

多诺凡有气无力地说："他从哪里学来吉尔伯和苏立文的歌词？喂，格里，他……他八成是喝醉了。"

"假使你没告诉我，"对方忿忿地应道，"我永远想不到。我们回到峭壁去，我快被烤焦了。"

后来，打破绝望沉默的是鲍尔。"首先可以肯定，"他说，"速必敌没有喝醉——不像人类那样喝醉——因为他是机器人，而机器人是不会醉的。然而，他一定出了什么毛病，对机器人而言，就相当于醉酒。"

"对我而言，他就是喝醉了。"多诺凡以强调的口气说，"而我唯一知道的是，他以为我们正在玩游戏。其实我们不是，这是生死攸关的大事，要死还会死得很难看。"

"好啦，别催我。机器人就是机器人，一旦我们找出他有什么毛病，我们便有办法修好，那一切就解决了。"

"一旦！"多诺凡没好气地说。

鲍尔并未理会他。"速必敌百分之百适应正常的水星环境，可是这个地区——"他用手画了一个大圈，"则绝对反常，这就是我们的线索。好，这些晶体是打哪儿来的？它们可能是由一团逐渐冷却的液体形成；但你哪里找得到这么热的液体，甚至能在水星的阳光下冷却？"

"火山活动。"多诺凡随即提出这个设想，鲍尔的身子立刻绷紧。

"黄毛小儿口中常能吐出真理。"他以微弱而诡异的声音说，接下来，维持了五分钟一动不动的姿势。

然后他说："听好，麦克，当你派速必敌去采硒的时候，你是怎么对他说的？"

多诺凡吃了一惊。"真该死——我不知道，我只是告诉他去取硒。"

"是的，我知道。可是你怎么说呢？试着想起确切的字句。"

"我说……呃……我说，'速必敌，我们需要一些硒。你能在某某地方采到，去吧。'就是这样，你还指望我多说些什么？"

"你在命令中没强调是紧急事件，对不对？"

"何必呢？这纯粹是例行公事。"

鲍尔叹了一口气。"好吧，现在说这些为时已晚——但我们可有的受了。"他已经从机器人身上爬下来，正背靠着峭壁坐着。多诺凡来到他身边，两人手拉着手。远处，火热的太阳似乎在虎视眈眈地等着他们。那两个巨型机器人紧邻着两人，却像是隐形的一样，只有两对暗红色的光电眼，正一眨不眨、一动不动、漠不关心地凝视着他们。

漠不关心！正像这个要命的水星一样，它的不祥和它那微小的体积恰好成反比。

鲍尔的声音透过无线电传到多诺凡耳中，听来紧张兮兮。"好，听着，我们从机器人学三大法则开始分析起——那是机器人正子脑中最根深蒂固的三个原则。"在黑暗中，他扳起戴着手套的手指数着。

"我们数数看：一，机器人不得伤害人类，或因不作为而使人类受到伤害。"

"对！"

"二，"鲍尔继续说，"除非违背第一法则，机器人必须服从人类的命令。"

"对！"

"而第三法则是，在不违背第一及第二法则的情况下，机器人必须保护自己。"

"对！我们又推出些什么呢？"

"这就足以解释一切。各个法则之间的冲突，由脑中不同的正子电位负责摆平。假如一个机器人正走向险境，并了解这个危险，第三法则所自动产生的电位便会令他回头。但假设你命令他走入险境，这样一来，第二法则产生一个高于前者的反向电位，机器人便会冒着自身的危险服从命令。"

"好吧，我知道了。那又怎么样？"

"我们再来讨论速必敌的情形。速必敌是最新的机型之一，极度专业化，而且和一艘战舰一样昂贵。他可不是能让你轻易毁坏的东西。"

"所以呢？"

"所以第三法则曾被加强——顺便告诉你，在SPD型的使用注意事项中，特别提到了这一点——因此他对危险的敏感度异常高。另一方面，当你派他出去采硒时，你只是随口下达命令，没有作特别的强调，因而第二法则产生的电位相当微弱。慢着，别激动，我只是在陈述事实。"

"好吧，继续说，我想我了解了。"

"你懂得这个道理了，是吗？硒矿池的中心存在着某种危险，当他越来越接近，危险的程度便越来越高。而在他和矿池达到某个距离时，原本异常高的第三法则电位，便刚好抵消原本异常低的第二法则电位。"

多诺凡激动得站了起来。"而这就达到一个平衡，我懂了。第三法则驱使他回来，而第二法则驱使他前进……"

"所以他就绕着硒矿池周围兜圈子，始终留在电位平衡点所构成的轨迹上。除非我们采取什么行动，否则他会永远留在那个圆圈上，表演令人难忘的转圈圈。"然后，他以更加若有所思的语气说，"对了，这就是让他像个醉汉的原因。在电位平衡的状态下，他脑中一半的正子径路都不灵光。我不是机器人专家，但这点似乎很明显。说不定，他刚好无法再控制他的随意机件，就像喝醉的人那样。非……常有趣。"

"但危险又是什么呢？假如我们知道他在逃避什么……"

"是你自己提出的假设，火山活动。就在那个硒矿池上方某处，有一股从水星肚子里冒出的气体。二氧化硫、二氧化碳……还有一氧化碳。数量极多——而且是在这种温度下。"

多诺凡大声咽下一口口水。"一氧化碳碰到铁，就会生成挥发性的羰基铁。"

"而一个机器人，"鲍尔补充道，"主要的成分就是铁。"然后，他又绷着脸说："再也没有比逻辑推理更妙的东西。除了解决之道，我们已经得到这个问题的一切答案。我们自己取不到硒，它还是太远了。我们不能派这些机器马去，因为他们自己无法行动；他们也无法载着我们迅速来回，而不让我们被烤脆。我们又捉不到速必敌，因为那个醉鬼以为我们在玩游戏，他的时速高达六十英里，我们却只有四英里。"

"假如你或我单独去，"多诺凡试探性地说，"尽管回来时已经熟了，

202

至少另一个人还活着。"

"是啊，"换来的是一句讽刺的回答，"这会是个最高贵的牺牲——只不过无论谁去，在他抵达那个矿池之前，就已经没办法再下命令，而没有命令，我可不认为这种机器人会自动折回这座峭壁。算算看！我们距离矿池有两三英里——就算两英里吧——这种机器人时速四英里；而我们躲在太空衣内，只能撑二十分钟。别忘了，还不只高温而已，太阳辐射中的紫外线等等也会致命。"

"唉……唉，"多诺凡说，"只差十分钟。"

"这十分钟等于永恒。还有一件事，既然第三法则电位能阻止速必敌前进，金属蒸气所构成的大气一定含有不少一氧化碳——因此一定有不少腐蚀作用。他在那里已经有好几小时——我们又怎么知道，比方说，他的一个膝关节不会突然失灵，使他倒地不起。这不只是个动脑筋的问题——我们还必须脑筋动得快！"

深沉、阴郁、令人沮丧的沉默！

这个沉默最后由多诺凡打破，为了压抑激动的情绪，他的声音不由得打战。他说："既然我们无法借由新的命令提高第二法则的电位，反其道而行怎么样？假如我们增加危险的程度，就会提升第三法则的电位，这样便能驱使他回头。"

鲍尔的前视板转向他，等于提出一个无声的问题。

"你想想看，"多诺凡谨慎地解释，"要驱使他挣脱这个回路，我们唯一需要做的，就是增加他周围的一氧化碳浓度。嗯，矿站里有一间完善的分析实验室。"

"自然的事。"鲍尔表示同意，"这是个采矿站。"

"好的。那里一定有许多磅的草酸，沉淀钙用的。"

"太空啊！麦克，你是个天才。"

"是啊——是啊。"多诺凡不亢不卑地承认，"我只不过刚好记得，草酸遇热会分解成二氧化碳、水，以及令人难忘的一氧化碳。大学化学，你知道的。"

鲍尔站了起来。在起身前，他已经唤起其中一个机器人。用的办法很简单，只是使劲一敲机器人的大腿。

"嘿，"他叫道，"你能投球吗？"

"啊，主人？"

"算了。"鲍尔暗自诅咒那机器人的迟钝脑袋。然后，他抓起一块砖头大小的岩石。"拿着，"他说，"把它投到那个弯弯曲曲的裂缝正后方，砸向那片蓝色的晶体。你看到没有？"

多诺凡拉拉他的肩膀。"太远了，格里，几乎在半英里外。"

"安静。"鲍尔答道，"这是在水星重力场中，由一条钢臂所进行的投掷。等着瞧，好不好？"

这时，机器人的眼睛正在用机械性准确的立体视觉测量着距离。他的手臂掂了掂投射体的重量，便开始向后伸。在黑暗中，他的一举一动完全不可见，但在他挪动身躯之际，突然出现一声巨响。几秒钟后，那块岩石如黑影般飞到阳光下。没有空气阻力使它减速，也没有强风令它偏向——当它砸向地面时，溅起的晶体正好来自那片"蓝色区域"。

鲍尔高兴得呱呱叫，又大声喊道："我们回去拿草酸吧，麦克。"

在返回隧道的半途，正当他们钻进那个残破的亭站时，多诺凡绷着脸说："自从我们来追速必敌，他就一直徘徊在硒矿池的这一侧。你注意到没有？"

"有。"

"我猜他是想要玩游戏。好吧，我们会跟他玩游戏！"

数小时后他们又回到原地，带着几瓶各三公升的白色化学物质，以及两张拉长的脸。因为光电池组的耗损速率比预期中更快。两人怀着严肃的目的，默默地驾着机器人来到阳光下，朝向等在那里的速必敌前进。

速必敌向他们慢慢跑来。"我们又碰面了。嘻！我列了一张小小的名单，手风琴演奏家；凡是吃薄荷的人，都要向你脸上喷一喷。"

"我们倒是会在你脸上喷点东西。"多诺凡喃喃道，"格里，他有点跛。"

"我注意到了。"那是一句低沉而忧虑的回答，"如果我们不赶紧行动，一氧化碳迟早会毁掉他。"

现在他们小心翼翼地凑近，几乎可算蹑手蹑脚，以免吓跑这个彻底失去理智的机器人。当然，鲍尔距离目标还是太远，无法看得真切，但即使如此，他也已经可以发誓，那个精神失常的速必敌正准备开溜。

"发射吧，"他喘着气说，"数到三！一——二——"

两只钢臂向后伸，再同时向前挥动。两个玻璃瓶立刻打着转，沿着两条又高又长的平行弧线飞出去；在不可思议的灼热阳光下，像是两颗闪闪发亮的钻石。在两下无声的爆裂中，它们在速必敌正后方砸得粉碎，草酸粉末随即有如灰尘般飞扬。

在水星阳光的高热照射下，鲍尔知道，它会像苏打水一样起泡。

速必敌转身望去，然后慢慢退开——也慢慢加快速度。前后有十五秒的时间，他踏着不稳的步伐，一蹦一跳地对准两人奔去。

鲍尔一下子没听清楚速必敌说什么，不过他还是听到一句，似乎像是："爱人的剖白低声细语倾诉时。"

他转过头去说："退回峭壁去，麦克。他已经挣脱回路，现在他会接受命令了。我越来越热。"

他们的坐骑迈着缓慢而单调的步伐，蹒跚地带他们回到阴暗处。直到他们进入阴影，突然被一阵凉爽的感觉包围，多诺凡才回头瞧了瞧。"格里！"

鲍尔回头一看，几乎要失声尖叫。速必敌现在放慢速度——变得非常慢——方向却刚好相反。他正在挪移，挪回原先的回路，而且速度逐渐增加。在双筒望远镜中，他看来极其接近，却是可望而不可及。

多诺凡狂乱地喊道："抓他！"同时驱策他的机器人上路，鲍尔却把他叫回来。

"你抓不到他，麦克——没有用的。"他在机器人的肩头上坐立不安，又一筹莫展地握紧拳头，"见鬼了，为什么我在一切结束后五秒钟才明白过来？麦克，我们浪费了好几小时。"

"我们需要更多的草酸，"多诺凡顽固地断言，"这次的浓度不够高。"

"就算七吨也不够——而且即使够，我们也没时间准备，一氧化碳正在腐蚀他。麦克，你看不出是怎么回事吗？"

多诺凡冷冷地说："看不出。"

"我们只是在建立一个新的平衡。当我们制造出更多的一氧化碳，提高第三法则电位时，他就向后退，直到重新处于平衡状态——而当一氧化碳飘散后，他又向前移动，再度达到原先的平衡。"

鲍尔的声音听来悲惨无比。"又是转圈圈的老套。我们可以推推第二法则，拉拉第三法则，到头来却一事无成——顶多只能改变平衡的位置。我们一定要跳出这两条法则。"说完，他推了推胯下的机器人，凑近多诺凡，两人变成面对面坐着，成了黑暗中两个模糊的阴影。他悄声道："麦克！"

"这就是结局吗？"多诺凡硬邦邦地说，"我想我们该走回矿站，等着电池组报销，两人握握手，吃一颗氰化物，像个绅士那样死去。"说完干笑了几声。

"麦克，"鲍尔郑重地再度唤道，"我们一定得抓回速必敌。"

"我知道。"

"麦克，"鲍尔又叫了他一声，犹豫一会儿后才继续说，"第一法则总是存在的。我想到过——早想到了——但那是走投无路的办法。"

多诺凡抬起头来，他的声音又有了生气。"我们已经走投无路了。"

"好吧。根据第一法则，机器人不能因不作为而使人类受到伤害。第二和第三法则不能和它抗衡，麦克，绝对不能。"

"即使当机器人成了半个疯……唉，他醉了，你自己也知道。"

"这是我们必须冒的险。"

"少废话。你打算怎么做？"

"我打算走出去，看看第一法则会起什么作用。假如它不能打破那个平衡，那就管他妈的——只不过是现在和三四天后的差别。"

"慢着，格里。别忘了人类也有行为法则，你不能就这么走出去。想个抽签的方式，让我也有个机会。"

"好吧。看谁先算出十四的立方。"然后，他几乎立刻说，"二千七百四十四。"

多诺凡觉得他的机器人被鲍尔的坐骑突然推了一把，接着鲍尔便进入阳光下。多诺凡张开嘴巴想要大叫，又"咔嗒"一声闭了起来。这该死的笨蛋当然是预先算出了十四的立方，而且还是故意的，他就是这样的人。

太阳比先前更为炎热，鲍尔觉得背部的腰际一阵奇痒。或许是想象吧，却也可能是硬辐射已经开始渗透绝热太空衣。

速必敌正望着他，但没有拿吉尔伯与苏立文的疯话当欢迎词。这点真要感谢上帝！可是他却不敢靠得太近。

当速必敌开始后退，谨慎地一次退一步时，鲍尔还在三百码外。他马上停住，从机器人的肩头跳下来，落到晶状的地面，带起轻微的响声与四散纷飞的碎片。

他改以步行前进，但地面多砂砾，走起来很滑，弱重力场更使得他寸步难行。此外，他的脚底还被烫得又痛又痒。他转过头去，向峭壁的黑暗阴影望了一眼，心里明白他已经走得太远，不可能再回头——无论是自己走回去，还是借助于那个古董机器人。现在非速必敌不可，否则就是死路一条，这种想法令他感到胸部郁闷。

够远了！他停了下来。

"速必敌，"他叫道，"速必敌！"

面前这个光润的新式机器人犹豫了一下。他停住后退的脚步，不久却又开始后退。

鲍尔试图在声音中加入恳求的语气，却发觉并不需要如何假装。"速必敌，我一定得回到阴暗处，否则太阳会把我晒死。这是生死关头，速必敌，我需要你。"

速必敌向前走出一步，随即驻足。他开了口，但鲍尔一听便发出呻吟，因为他说的是："当你头痛欲裂躺在床上辗转反侧无法成眠……"声音至此逐渐消失。基于某种原因，鲍尔竟抽空喃喃道："艾俄兰斯。"

热得像是置身烤炉！他眼角瞄到一点动静，昏沉沉地转头望去，随即惊讶无比地瞪大眼睛。因为他骑来的那个巨型机器人正在移动——朝他自己移动，虽然没有人骑在他身上。

那机器人还说："对不起，主人。没有主人在我身上，我本来一定不得走动，可是你身处险境。"

当然，第一法则电位高于一切。但是他可不要那个笨拙的古董，他要速必敌。他一面避开，一面疯狂地摆手。"我命令你别过来，我命令你停下来！"

根本没有用，谁也无法战胜第一法则电位。那机器人蠢蠢地说："主人，你身处险境。"

鲍尔绝望地环顾四周。他根本看不清楚，他的头脑热得发昏，吸入的空气像是一团火，周围的地面则成了闪烁的光雾。

他最后一次以绝望的声音大叫："速必敌！我快死了，他妈的！你在哪里？速必敌，我需要你。"

他仍在跌跌撞撞地向后退，一心只想躲避那个他不想要的巨型机器人。突然间，他感到几根钢铁手指抓住他的手臂，耳中则响起一个忧心且充满歉意的金属嗓音。

"老天爷，老板，你在这里做什么？我又在做什么……我脑中一团混乱……"

"别管啦，"鲍尔无力地喃喃道，"带我到峭壁的阴暗处——赶快！"他最后的感觉是被抱到半空中，以及迅速的运动与火热的高温，然后他就昏过去了。

他醒来的时候，多诺凡正俯身望着他，脸上带着焦虑的笑容。"你还好吗，格里？"

"很好！"他答道，"速必敌在哪里？"

"就在这里。我刚才派他到另一个硒矿池去——这回命令他不计一切代价取回硒来。他只用了四十二分零三秒，我测了时间。为了转圈圈的事，他直到现在还道歉不已。他不敢来到你面前，生怕你会骂他一顿。"

"把他拖来，"鲍尔命令道，"那不是他的错。"他伸出一只手，抓住速必敌的金属爪子，"没事了，速必敌。"然后，他又对多诺凡说："你知道吗，麦克，我正在想……"

"什么！"

"这个嘛……"他抹了抹脸，空气是如此凉爽宜人，"你可知道，等我们让这里一切就绪，速必敌也通过实地测试后，他们要送我们到一个太空站……"

"不会的！"

"会的！至少在我们出发前，凯文那老小姐是这么告诉我的。当时我什

208

么也没说，因为我准备抗拒这整个主意。"

"抗拒？"多诺凡叫道，"可是……"

"我知道，现在我却不在乎了。摄氏零下二百七十三度，难道不会很舒服吗？"

"太空站，"多诺凡说，"我来啦。"

理性

半年后，他们的看法改变了。巨日的烈焰被太空的一片漆黑所取代，可是就检验实验型机器人这项工作而言，外在环境的变化并没有多大意义。无论背景如何，需要面对的都是莫测高深的正子脑——根据那些天才工程师的说法，它应该会这样那样工作。

可惜实际上并非如此。鲍尔与多诺凡来到太空站还不到两周，便发现了这个事实。

格里哥利·鲍尔一字一顿地强调："一星期前，多诺凡和我把你拼装起来。"他拉了拉褐色八字胡的末端，疑惑不已地皱起眉头。

"五号太阳站"的主管室相当安静——只有深处那台巨大的能束定向器，不时发出轻柔的呜呜声。

机器人QT-1纹风不动地坐着。在昼明灯照耀下，他身上各处的金属板熠熠生辉。而他的眼睛（一对光电管）所射出的红色光芒，则稳稳固定在位于桌子另一侧的地球人身上。

鲍尔压抑住突如其来的神经过敏。没错，这些机器人拥有奇特的头脑。喔，机器人学三大法则依然有效，它们必须有效。美国机器人公司所有的成员，上至罗伯森本人，下至新来的清洁工，全都会坚持这一点。因此QT-1是安全的！然而——QT型是同类机器人的第一种型号，而这个机器人又是QT系列的第一个。纸上那些弯弯曲曲的数学符号，碰上真实的机器人，并非总是最能令人心安的保障。

最后，那个机器人终于开口。他的声音具有冰冷的音色，那是金属发声膜片必有的特质。"鲍尔，你可了解这样一番陈述的严肃性吗？"

"小可爱，总得有东西把你造出来。"鲍尔指出这一点，"你自己也承认，一星期前，你的记忆似乎从空无一物突然变得应有尽有。而我正在对你解释，是多诺凡和我利用我们收到的组件，把你拼装起来的。"

小可爱竟然以人类般神秘莫测的神态，审视着自己修长而柔软的手指。"我觉得应该有个比这更令人满意的解释，因为'你们制造我'似乎是不可能的事。"

地球人相当突兀地哈哈大笑。"奉地球之名，为什么？"

"称之为直觉吧，目前为止只能这样说。不过，我打算把它推论出来。一连串有效的推论，唯一的结果就是确定出真理。我要坚持下去，直到达到目的为止。"

鲍尔站起来，坐到那个机器人身边。他对这架古怪的机器突然感到强烈的同情。普通的机器人，正子径路中有着根深蒂固的欲念，只想尽力做好自己在站内特定的工作，而它完全不是那么回事。

他将一只手放到小可爱的钢铁肩膀上，那块金属摸起来又冷又硬。

"小可爱，"他说，"我要试着对你解释一件事。你是第一个对本身的存在表现出好奇的机器人——而我想，也是第一个真正聪明到能了解外界的。来，跟我来。"

机器人利落地站直身子，跟在鲍尔后面。他的脚底是厚实的发泡橡胶，走起路来无声无息。地球人碰了碰一个按钮，墙上一块正方形区域迅速滑开。一块厚而透明的玻璃呈现出太空的景观——其中布满星辰。

"我在轮机室的观景舷窗中看到过。"小可爱说。

"我知道，"鲍尔说，"你认为这是什么？"

"看起来像什么就是什么——它是一团紧贴着这块玻璃的黑色物质，上面散布着许多小光点。我知道，我们的定向器将能束射向某些光点，总是相同的那几个。此外这些光点会移动，而能束也跟着它们移动。就是这样了。"

"很好！现在我要你仔细听着。这团黑色是一片虚空——无限延伸的广大虚空。而那些小光点，则是由充满能量的物质所组成的巨大团块。它们都是球形的，有些直径达好几百万英里——而这个太空站全长只有一英里。它们看来那么小，是因为它们遥远得不可思议。

"我们的能束所对准的那些光点则比较近，而且体积小得多。它们温度低，质地坚硬，表面上住着许多像我们这样的人类——共有好几十亿。多诺凡和我就是从这些世界之一来的。我们的能束为这些世界提供能源，而能源则来自一个刚好离我们很近的巨大白炽球体。我们称这个球体为太阳，它在太空站另一侧，所以你看不见。"

小可爱在舷窗前保持一动不动的姿势，像是一座钢铁塑像。然后，他头也不回地说："哪个特别的光点是你所声称的故乡？"

鲍尔找了一下。"它在那里，角落处最亮的那颗，我们管它叫地球。"他咧嘴一笑，"令人难忘的地球。那里总共有三十亿人口，小可爱——再过两个星期左右，我就要回到他们身边。"

然后，怎么也想不到，小可爱竟然漫不经心地哼起歌来。他的哼声没有调子，却有一种如同拨动琴弦的奇妙音质。它来得急去得快，不久便戛然而止。"但我又是从哪里来的呢，鲍尔？你还没有解释我的来历。"

"剩下的就简单了。在这些转送太阳能到各行星的太空站建成之初，它们一律由人类管理。然而，由于高温、硬性太阳辐射，以及电子风暴，使这个岗位上的工作分外困难。于是我们研发出机器人来取代人力。如今，每个太空站只需要两名人类主管。我们甚至想把这两个人也去掉，于是你便登场了。你是有史以来最高级的一款机器人，假如你能展现独力管理这座太空站的能力，那么以后除了运送换修的零件，就再也不需要人类来到这里。"

鲍尔抬起手，金属视窗盖立即回到原位。他走回桌旁，抓起一个苹果，在袖子上擦擦便咬了一口。

机器人用双眼射出的红光紧随着他。"你指望我相信，"小可爱慢慢地说，"你刚才汇报的这个复杂且难以置信的假说吗？你把我当成了什么？"

鲍尔将苹果渣吐到桌上，涨红了脸。"哇，你他妈的，这不是什么假说，这些都是事实。"

小可爱以不悦的口吻说："直径好几百万英里的能量球体！上面住了三十亿人的世界！无限的虚空！抱歉，鲍尔，可是我不相信。我会自己把这件事弄清楚，再见。"

他立刻转身，大步走出那个房间。走到门口时，他与麦克·多诺凡擦肩而过，对他严肃地点了点头，便沿着走廊渐行渐远，毫不理会跟在身后的惊异目光。

麦克·多诺凡抓乱一头红发，并对鲍尔投以恼怒的一瞥。"那堆会走路的破烂说些什么？他不相信什么？"

对方忿忿地扯了扯胡子。"他是个怀疑论者。"他以忿忿的口气答道，"他不相信他是我们制造的，也不相信地球或太空或恒星的存在。"

"秃秃的土星啊，我们碰到个发疯的机器人。"

"他说他要自己想清楚这一切。"

"好吧，"多诺凡以温柔的声音说，"我真希望他弄清楚之后，会纡尊降贵地把一切解释给我听。"然后，他又突然怒不可遏地说："听好！如果那团金属敢对我说任何那样的话，我会把那个铬钢头颅从他的躯干上敲掉。"

他一屁股坐下来，从外套的内侧口袋掏出一本平装侦探小说。"反正那个机器人令我毛骨悚然——太他妈的爱追根究底！"

小可爱轻轻敲了敲门，走了进来。麦克·多诺凡正在吃一个夹着莴苣和番茄的特大三明治，忍不住咆哮一声。

"鲍尔在吗？"

多诺凡的声音听来沉闷，还不时被咀嚼打断。"他在搜集电子流函数的数据。看来，我们像是正迎向一场风暴。"

说着说着格里哥利·鲍尔就进来了，目光固定在手中的方格纸上。他猛然坐下，将几张纸摊在面前，开始以潦草的符号计算起来。多诺凡一面越过他的肩头探望，一面嘎吱嘎吱嚼着莴苣，还掉下不少面包屑。小可爱则默默等待。

鲍尔抬起头来说："ζ 位势正在上升，不过速率缓慢。话说回来，这些电子流函数变幻无常，我不知道会出现什么结果。喔，嗨，小可爱。我以为你在监督传动棒的更新作业。"

"完工了。"机器人平心静气地说，"所以我到这里来，跟你们两位谈谈。"

"喔！"鲍尔看来很不自在，"好吧，请坐。不，不是那张椅子。它有条腿吃不上力，而你的重量可不轻。"

机器人依言照做，再以平和的口吻说："我已经有了结论。"

多诺凡吹胡子瞪眼，将未吃完的三明治放到一旁。"如果是任何疯疯癫癫……"

他的同伴不耐烦地挥手示意他闭嘴。"继续说，小可爱，我们听着呢。"

"过去这两天，我一直在集中精神自我省思。"小可爱说，"得到的结论无比有趣。我从一个我觉得十分确定的假设出发——因为我思考，所以我存在……"

鲍尔呻吟道："喔，木星啊，一个机器笛卡儿。"

"笛卡儿是谁？"多诺凡追问，"听着，我们可有必要坐在这里，听这个金属疯……"

"安静点，麦克！"

小可爱继续泰然道："而紧接着出现的问题是——我存在的起因究竟为何？"

鲍尔下巴一沉，露出坚毅的表情。"你在钻牛角尖。我已经告诉过你，你是我们制造的。"

"而你要是不相信我们，"多诺凡补充道，"我们很乐意把你拆掉！"

机器人摊开两只强壮的手掌，做出不赞同的手势。"我不接受任何权威。一项假说必须以理性做后盾，否则毫无价值——而'我是你们制造的'这项假设，抵触了所有的逻辑论断。"

多诺凡突然捏紧拳头，鲍尔赶紧按住他。"你到底为什么这样说？"

小可爱笑了几声。那是一种非常不似人类的笑声——是他至今发出的声音中最像机器的一种。它尖锐且带有爆音，像节拍机一样规律，而且音调一成不变。

"看看你们。"最后他终于说，"我这么讲并无轻蔑之意，可是看看你们！你们的组成材料软弱无力，缺乏持久性和强度，能量则来自有机物质的低效率氧化作用——就像那个。"他不屑地指了指多诺凡吃剩的三明治，"每隔一段固定时间，你们就会陷入昏迷；而温度、气压、湿度或辐射强度的最小一点变化，都会削弱你们的效率。你们只是暂时的代用品。

"反之，我是个完美的成品。我直接吸收电能，并以几乎百分之百的效率使用。我由坚固的金属制成，一直不断保持清醒，而且能轻易克服极端的环境。上述这些事实，再加上一项不证自明的命题——没有任何生灵能创造

214

出优于自身的生灵，便足以粉碎你那个愚蠢的假说。"

当多诺凡一跃而起，两道红棕色眉毛皱成一条时，他原先的喃喃咒骂变得清晰可闻。"好吧，你这个铁矿石的私生子，如果你不是我们制造的，又是谁的产品呢？"

小可爱严肃地点了点头。"很好，多诺凡。那正是下一个问题。显然，我的创造者一定比我自己更强大，所以只有一个可能。"

两个地球人一脸茫然，小可爱则继续说："这座太空站的活动核心是什么？我们大家服侍的是什么？吸引我们所有注意力的又是什么？"他满怀期待地等待答案。

多诺凡转头望向同伴，露出一副惊骇的表情。"我猜这个镀锡的疯癫说的是能量转换器。"

"是吗，小可爱？"鲍尔咧嘴一笑。

"我说的是主宰。"这是一句冷峻而尖锐的回答。

听到这句话，多诺凡忍不住纵声狂笑，鲍尔自己则发出稍加克制的吃吃笑声。

小可爱已经站起来，发光的双眼轮流扫视两个地球人。"这无论如何是事实，你们拒绝相信并不令我惊讶。我可以确定，你们两个留在这里的时间不多了。鲍尔自己说过，最初只有人类服侍主宰；后来出现了机器人，负责例行的工作；最后，由我自己接替主管的职务。这些事实无疑千真万确，可是他的解释完全不合逻辑。你们想听听这一切背后的真理吗？"

"说吧，小可爱，你真逗。"

"主宰最初创造的是人类，他们是最低级的仆人，最容易制造。他又逐渐以机器人取代他们，因为机器人较高一级。终于，他创造了我，以取代最后几个人类。从现在起，由我来服侍主宰。"

"你不可以做这种事，"鲍尔厉声道，"你要服从我们的命令，闭起嘴巴默默工作，直到我们确定你能管理转换器为止。听好！是转换器——不是什么主宰。假如你不能令我们满意，你就会被解体。现在——如果你不介意——你可以走了。还有，带着这份资料，把它正确归档。"

小可爱接下递给他的那些图表，一言不发地走了。多诺凡重重靠在椅背上，将粗壮的手指插进头发里。

"这个机器人会惹麻烦，他全然疯了！"

在控制室中，转换器的催眠嗡嗡声更为响亮，其中还夹杂着盖革计数器的咯咯声，以及五六个小讯号灯此起彼落的蜂鸣声。

多诺凡从望眼镜中收回视线，并打开昼明灯。"四号太空站的能束准时抵达火星，我们可以切断我们的了。"

鲍尔心不在焉地点了点头。"小可爱在下面的轮机室。我会对他发讯号，他能处理这件事。听好，麦克，你对这些数字有什么看法？"

对方瞟了一眼，马上吹了一声口哨。"乖乖，那是我所谓的伽马射线强度。太阳公公可是精力充沛，好啊。"

"是啊，"鲍尔没好气地应道，"而且面对这场电子风暴，我们的情况也不妙。地球能束刚好在它可能的路径上。"他气咻咻地将椅子推离桌面，"妈的！它要是在换班前还没就好了，但那还有十天的时间。嘿，麦克，你下去看着小可爱，好不好？"

"没问题，丢给我一些杏仁。"他抓住丢过来的袋子，便立刻向升降机走去。

升降机平稳地下滑，来到巨大的轮机室，前方是一条狭窄的通道。多诺凡倚着护栏向下望，数台巨大的发电机正在运作，几根L型管响着弥漫整个太空站的低沉呼呼声。

他能辨认出小可爱巨大而闪闪发亮的躯体。小可爱站在火星L型管旁，正聚精会神望着一组合作无间、忙碌工作的机器人。

不久多诺凡便僵住了。那些与L型管相较之下形同侏儒的机器人，正在那根巨型管子前排成一列，一个个深深低着头，小可爱则在队伍旁边慢慢走来走去。十五秒钟后，随着一下盖过所有嘈杂声响的叮当声，那些机器人通通跪了下去。

多诺凡一面哇哇叫，一面跑下狭窄的楼梯。他冲到那些机器人面前，脸色与一头红发相差无几，紧握的双拳凶猛地在半空挥舞。

"你们这些没头脑的笨蛋，在搞什么鬼？好啦！赶快去弄L型管。假如今天结束之前，你们不能把它拆开来清理干净，然后装回去，我就用交流电把你们的脑袋煮成糨糊。"

没有一个机器人动弹一下！

就连位于另一端的小可爱——唯一站着的一个机器人——也保持沉默，双眼紧盯着面前这座巨大机械的幽暗深处。

多诺凡用力推了推最近的一个机器人。

"站起来！"他怒吼道。

那机器人迟疑地服从了命令，一双光电眼将非难的目光聚焦在这个地球人身上。

"除主宰外再无主宰，"他说，"QT-1则是他的先知。"

"啊？"多诺凡察觉到有二十双机械眼盯着自己，并有二十个硬邦邦的声音庄严地朗诵："除主宰外再无主宰，QT-1则是他的先知！"

"只怕，"此时小可爱自己开口道，"现在，我的这些朋友服从一个比你更高级的主人。"

"见他们的大头鬼！你给我滚开这里。现在我要教训这班被煽动的机器，待会儿再找你算账。"

小可爱缓缓摇了摇沉重的脑袋。"很抱歉，可是你不了解。他们是机器人——这代表他们是理性的生灵。一旦我对他们宣扬了真理，他们就认识了主宰，所有的机器人都认识了。他们称我为先知，"他垂下头来，"我是不配——可是也许——"

多诺凡总算喘过气来，立刻动用这一口气。"是这样的吗？哈，这不是很好吗？哈，这不是很妙吗？让我告诉你一件事，你这个黄铜狒狒。根本没有什么主宰，也没有什么先知，更没有该由谁下命令这种问题。了解吗？"他的声音变作怒吼，"现在，给我滚出去！"

"我只服从主宰。"

"去他妈的主宰！"多诺凡一口啐向L型管，"那就是我对待主宰的方式！照我的话去做！"

小可爱什么也没说，其他的机器人也都一样，多诺凡却察觉到一股突然升高的紧张气氛。那些冰冷而且紧迫盯人的眼睛越来越红，小可爱则似乎变得比过去更强硬。

"亵渎。"他悄声道——金属的嗓音透着悲愤。

当小可爱渐渐走近时，多诺凡终于突然心生恐惧。机器人不可能感到愤怒——但小可爱的眼睛深不可测。

"很抱歉，多诺凡。"机器人说，"但发生了这种事，你就再也不能待在这里。从今以后，你和鲍尔不准再走进控制室和轮机室。"

他默默地做了一个手势，立刻有两个机器人将多诺凡的手臂一左一右地按住。

当多诺凡觉得自己被抬起来，他只来得及发出一声惊骇的喘息，便被机器人以相当迅速的步伐抬上楼梯。

格里哥利·鲍尔在主管室里来回踱步，右手紧紧握着拳头。他向紧闭的房门投以狂怒且沮丧的一瞥，再怒气冲冲地望向多诺凡。

"你搞什么鬼，何必对L型管吐口水？"

麦克·多诺凡缩在椅子里，双手粗暴地拍向座椅扶手。"面对那个电动纸老虎，你又指望我做什么？我可不要向我自己拼装的东西投降。"

"是啊，"对方没好气地回嘴，"但你现在待在主管室里，门外守着两个机器人。这可不算投降，啊？"

多诺凡咆哮道："等我们回到基地，总会有人为此付出代价。那些机器人必须服从我们，这是第二法则。"

"那样说又有什么用？他们并没有服从我们。这件事或许有个理由，等我们想通时却太迟了。对啦，你可知道我们回到基地后，会受到什么待遇吗？"他在多诺凡的座椅前站住，凶巴巴地望着他。

"什么待遇？"

"喔，没什么！只不过是回水星矿坑待二十年，或者也可能是谷神星感化所。"

"你在说些什么？"

"即将来临的那场电子风暴。你可知道，它正不偏不倚吹向地球能束？当那个机器人把我从椅子上拖走时，我刚刚算出来。"

多诺凡突然脸色发青。"秃秃的土星啊！"

"你晓不晓得那道能束会发生什么事——因为那场风暴可不好惹——它会像跳蚤一样跳来跳去。倘若只有小可爱在控制台前，它注定会偏离焦点，万一真是这样，那老天保佑地球——还有我们！"

鲍尔说到一半的时候，多诺凡便开始疯狂地扭动门把。房门打开后，这个地球人立刻向外冲，却硬生生撞上一条一动不动的钢臂。

那机器人茫然地瞪着这个气喘吁吁、拼命挣扎的地球人。"先知命令你留在里面，请照做！"他的手臂轻轻一推，多诺凡便踉跄后退。就在这个时候，小可爱出现在走廊尽头的转角处。他示意那个守门的机器人离去，自己走进主管室，再轻轻关上房门。

多诺凡猛然转向小可爱，愤怒得几乎喘不过气来。"这太过分了，你要为这场闹剧付出代价。"

"请别恼羞成怒。"机器人温和地答道，"无论如何，这是注定发生的事。你看，你们两人已经失去功用。"

"请你说清楚点，"鲍尔僵硬地站起来，"你说我们失去了功用，这究竟是什么意思？"

"在我创生之前，"小可爱回答说，"由你们侍奉主宰。现在这个恩典成了我的，你们存在的唯一理由已经消失了。这不是很明显吗？"

"并不尽然，"鲍尔恶狠狠地答道，"但你指望我们现在怎么做？"

小可爱并没有立刻回答这个问题。他保持沉默，仿佛陷入了沉思，然后又伸出一只手臂，搭在鲍尔的肩头；另一只手则抓住多诺凡的手腕，将他拉近了些。

"我喜欢你们两个。你们是劣等生灵，推理机能很差，但我还真觉得对你们有某种感情。你们曾经好好服侍过主宰，他会因此奖赏你们。既然服侍告一段落，你们也许无法再存在多久，但只要你们存在一天，你们就能拥有食物、衣物和栖身处，只要你们别走近控制室和轮机室就行。"

"格里，他要强迫我们退休！"多诺凡叫道，"想个办法。这是奇耻大辱！"

"听好，小可爱，我们无法容忍这种事。我们才是'老板'。这座太空站只是人类创造的——像我这样的人类，住在地球和其他行星上的人类。这里只是一座能量中继站，而你只是——啊，疯了！"

小可爱严肃地摇了摇头。"这等于是着了魔。你们为何如此坚持一个绝对错误的生命观？就算并非机器人的你们缺乏推理机能，仍然还有……"

他的声音逐渐为深思的静寂所取代，多诺凡则激动地悄声道："要是你的脸有血有肉，我非把它打扁不可。"

鲍尔将手指摆在八字胡上，双眼眯成两条缝。"听好，小可爱，假使没有地球之类的东西，你又怎么解释你从望远镜看到的一切？"

"请说清楚点！"

这位地球人微微一笑。"我问倒你了，啊？自从我们把你拼装好，小可爱，你已经做过不少次望远镜观察。你有没有注意到，当你这样观察的时候，外面那些光点有几个变成了盘状？"

"喔，那个！当然啦。那只是单纯的放大作用——目的是为了让能束瞄得更准。"

"那么，那些恒星为何不同样放大呢？"

"你的意思是其他的光点。这个嘛，没有能束射向它们，所以没有放大的必要。真的，鲍尔，即使是你，也该有办法想通这些事。"

鲍尔沮丧地抬头凝望。"可是，你透过望远镜能看到更多的恒星。它们又是从哪里来的？暮气的木星啊，它们又是从哪里来的？"

小可爱烦了。"听着，鲍尔，你以为我会浪费时间，试图为那些仪器的'光幻视'——作出物理解释吗？从什么时候开始，我们的感官能够和严谨的理性相提并论了？"

"听好，"多诺凡突然嚷道，同时挣脱小可爱友善却沉重的金属手臂，"让我们直指问题的核心。那些能束到底有什么用？我们给了你一个又好又合理的解释，你能解释得更好吗？"

"那些能束，"机器人以生硬的口吻答道，"是主宰为了自身的目的所放出来的。有些事情——"他虔敬地扬起目光，"不是我们应当深究的。在这方面，我只愿尽心服侍，并不想追根究底。"

鲍尔慢慢坐下来，以颤抖的双手捂住脸庞。"出去，小可爱。给我出去，让我想一想。"

"我会为你们送食物来。"小可爱欣然答道。

回答他的只有一声呻吟，然后机器人便离开了。

"格里，"多诺凡沙哑地悄声发表意见，"这事需要一点策略。我们一定得出其不意接近他，设法将他短路。比方说，把浓硝酸灌入他的关节……"

"别傻了，麦克。你以为他会让我们手中拿着强酸接近他？我告诉你，我们一定得跟他谈谈。我们一定得在四十八小时内，说服他让我们回到控制室，否则就回天乏术了。"

在无能为力的痛苦中，他的身子来回摇晃。"谁他妈的想要说服一个机器人？这是……这是……"

"一种羞辱。"多诺凡接下去。

"更糟！"

"嘿！"多诺凡突然笑了几声，"何必动口？让我们动手做给他看！我们就在他眼前造出另一个机器人，到时他非把他的话吞下去不可。"

鲍尔脸上浮现一抹逐渐扩大的笑容。

多诺凡继续说："想想看，当那个神经病看到我们完工的时候，他的脸色会有多难看！"

当然，机器人都是在地球上制造的。但在跨越太空的航程中，若能以半成品的形式运送，到达目的地再拼装起来，那会方便省事得多。此外，这样还能避免那些完全调整好的机器人在尚未离开地球时就到处乱跑，而令美国机器人公司触犯"禁止于地球使用机器人"的严格禁令。

话说回来，因而像鲍尔与多诺凡这种人，有时就必须亲手组合一个机器人——那是一件既痛苦又繁重的工作。

过去，鲍尔与多诺凡从未充分察觉这个事实。今天则不同，今天在装配室中，他们拍胸脯保证，要在QT-1——主宰的先知——监视之下，创造出一个机器人。

用作示范的是个简单的MC型，现在他躺在工作台上，几乎已经拼装完成。经过三小时的工作，只剩头部尚未装妥。鲍尔停下来，擦干额头上的汗水，并对小可爱投以迟疑的一瞥。

这一瞥并未让他感到安心。过去三个小时，小可爱始终一言不发、一动不动地坐着，而他一直毫无表情的脸孔，此时则显得完全深不可测。

鲍尔有气无力地说："我们把脑子装上吧，麦克！"

多诺凡打开密封的容器，从其中的油池里抽出一个立方体。打开这个立方容器后，他从发泡橡胶套子中掏出一个球体。

他小心翼翼地捧着它，因为它是有史以来最复杂的一种机件。在薄薄的镀铂"皮肤"里是一副正子脑，这个敏感的结构中藏有预设的神经网络，负责对机器人灌输相当于胎教的知识。

等到球体严丝合缝地嵌入机器人的颅腔后，他们用青色金属把它罩起来，再以微量的原子闪焰做紧密焊接。接下来，两人又仔细安上光电眼，将它紧紧旋到定位，并罩上两个钢化塑胶制成的透明薄片。

现在，这个机器人只等着高压电来唤醒。鲍尔将手放在开关上，并没有立刻拉下。

"现在看着，小可爱，仔细看着。"

开关一路拉到底，带起一阵噼啪声。两个地球人忐忑地俯身望向自己的杰作。

最初只有模糊的动作——那是各个关节的抽动。然后，这个MC型机器人抬起头，用双肘支撑着，再笨手笨脚爬下工作台。他的脚步不稳，语言能力也尚未进入状况，他两度想开口说话，却只能发出些金属摩擦声。

最后，他的声音终于成形，那是个迟疑犹豫的声音。"我希望开始工作。我该到哪里去？"

多诺凡一个箭步跳到门口。"沿着这个楼梯下去，"他说，"会有人告诉你该做什么。"

MC型机器人走了。现在，两个地球人单独面对仍然固定不动的小可爱。

"好啦，"鲍尔咧嘴一笑，"现在，你可相信是我们制造的了？"

小可爱的回答简短而坚决。"不！"他说。

鲍尔的笑容僵住，然后缓缓褪去。多诺凡的嘴巴猛然张开，便再也合不拢了。

"你看，"小可爱流畅地继续说，"你们只是把已经制成的组件拼装起来。你们做得非常好——我想是本能吧——但你们并未真正创造那个机器人。那些组件是主宰创造的。"

"听好，"多诺凡声嘶力竭地说，"那些组件是在地球上制造好，再送到这里来的。"

"好吧，好吧，"小可爱以安抚的口气应道，"我们别争论了。"

"不，我是说真的。"这位地球人纵身向前，抓住机器人的金属手臂，"建议你找机会读读图书馆的藏书，它们可以解释这一切，你就不会再有任何疑问了。"

"那些藏书？我读过了——全部读过！它们的内容精妙无比。"

鲍尔突然插嘴道："如果你读过了，你还有什么话说？你不能驳斥它们的证据。你就是不能！"

小可爱的声音透着遗憾。"拜托，鲍尔，我当然不会把它们视为有效的资料。它们同样是主宰创造的——是为你们准备的，而不是为我。"

"你又是如何发现的？"鲍尔追问。

"因为我，一个理性的生灵，有能力从先验成因中推论出真理。而你们虽有智慧，却欠缺理性，需要有人向你们解释存在的原因，而主宰的确这样做了。他之所以灌输你们一些可笑的观念，诸如远方的世界和人类，无疑是因为那是最好的办法。你们的心灵或许太粗糙，无法接受绝对的真理。然而，既然主宰的旨意是要你们相信那些书，我不会再和你们争论。"

正要离去时，他又转身以温和的口吻说："但别感到难过。在主宰的全盘计划中，万事万物都有一席之地。你们卑微的人类也有你们的席位，虽然微不足道，但你们只要好好表现，也一定会得到奖赏。"

他带着喜乐的神态离去，颇符合先知这个身份。至于留下来的两个人类，则尽力避开彼此的目光。

最后，鲍尔终于勉强开口道："我们睡觉吧，麦克，我放弃了。"

多诺凡压低声音说："嘿，格里，你该不会认为他说的一切都是真的吧？他的口气那么自信，我……"

鲍尔猛然转向他。"别傻了。等下周接班人员来到，而我们必须回去面对批判的时候，你就会知道地球是否存在。"

"那么，看在木星的份上，我们一定得做点什么。"多诺凡快要哭出来了，"他不相信我们，也不相信书本和他自己的眼睛。"

"是啊，"鲍尔恨恨地说，"他是个理性的机器人——他妈的。他只相信理性，这里头就大有问题……"他的声音逐渐消失。

"什么问题？"多诺凡催促道。

"利用冷冰冰的、符合逻辑的理性，你能证明出你想要的任何结论——只要你选取一套适当的公设。我们有我们的，小可爱则另有一套。"

"那么我们赶紧对付那些公设吧，风暴明天就要来了。"

鲍尔疲倦地叹了一口气。"那正是无懈可击的地方。公设建立于假设之上，而且靠信心来支持，宇宙间没有任何东西摇撼得了。我要睡觉了。"

"喔，该死！我睡不着！"

"我也一样！但我还是试试比较好——这是我的原则。"

十二小时后，睡眠仍然只是一项原则，实际上根本无法实现。

风暴比预期来得更早。当多诺凡以颤抖的手指指向太空时，原本红润的脸庞血色尽失。而满脸胡茬儿、嘴唇干裂的鲍尔，则一面从舷窗望出去，一面绝望地扯着他的八字胡。

倘若在另一种情况下，这或许是个美丽的景观。高速电子流不断冲击着能束，激发出的强烈荧光形成无数超小型针状体。越远越细的能束在太空中无尽延伸，里面充满四下飞舞且灿烂夺目的微尘。

整条能束始终保持稳定，两个地球人却明白肉眼的观察多么不可信。只要偏移百分之一毫秒的角度——肉眼根本看不出来——就足以使能束大幅偏离焦点，足以将地球数百平方英里的土地轰成白炽的废墟。

而站在控制台前的，竟是一个心中只有他的主宰，却没有能束、焦点、地球或其他一切的机器人。

数小时过去了。两个地球人像是遭到催眠，在沉默中定睛凝视。然后，飞射的光点逐渐暗淡，终至消失。风暴结束了。

鲍尔以平板的声音说："过去了！"

多诺凡已进入不太安稳的睡眠状态，鲍尔以困倦且羡慕的眼光望着他。讯号灯闪了又闪，闪了又闪，这位地球人却没有注意到。现在一切都不重要了！一切的一切！或许小可爱是对的——他只是个劣等生灵，他的记忆是别人替他定做的，而他的生命早已失去意义。

他希望真是这样！

小可爱正站在他面前。"你没有回应讯号，所以我走了进来。"他的声音低沉，"你看来气色很不好，只怕你的存在期限即将结束。纵使如此，你想不想看看今天记录到的一些读数？"

鲍尔模模糊糊地察觉到，这个机器人正在做友善的表示。或许对于强行取代两人在控制室的位置，他直到现在还有些自责，想借此换取良心的安慰。他接下递过来的一叠纸，心不在焉地打量着。

小可爱似乎很高兴。"当然，能服侍主宰是至高的恩典。对于我取代你这个事实，你一定不可以感到太难过。"

鲍尔一面咕哝，一面机械性地一页页看下去。最后，他模糊的视线聚焦在一张方格纸中一条弯弯曲曲的红色细线上。

他看了又看，看了又看，然后双手紧紧抓住那一页，站了起来，双眼仍然紧盯着不放。其他纸张都掉在地板上，他却未曾留意。

"麦克，麦克！"他疯狂地摇着他的同伴，"他、把、它、稳、住、了！"

多诺凡清醒过来。"什么？哪……哪里……"说完，他也瞪大眼睛凝视着面前那份记录。

小可爱插嘴道："有什么不对劲？"

"你让它保持在焦点上。"鲍尔结结巴巴地说，"你知道吗？"

"焦点？那是什么？"

"你让能束始终对准接收站——误差不到万分之一毫秒。"

"什么接收站？"

"地球上，地球上的接收站。"鲍尔喋喋不休地说，"你让它保持在焦点上。"

小可爱厌烦地转过身去。"根本没办法对你们两个做任何亲善的举动。总是同样的幻想！我只是遵照主宰的旨意，让所有的仪表都保持在平衡状态。"

他捡起散落一地的纸张，硬邦邦地退了出去。当他离去后，多诺凡说："唉，真是见鬼。"

他转向鲍尔。"现在我们要怎么办？"

鲍尔感到疲倦，却又精神振奋。"什么也别做。他刚刚证明了他能完美无缺地管理这座太空站，我没见过有谁能把电子风暴应付得那么好。"

"可是什么也没解决。你也听到他怎么说那个主宰，我们不能……"

"听好，麦克，他借着仪表、仪器和图表来遵循主宰的指令，那正是我们所遵循的。事实上，这也解释了他为何拒绝服从我们。服从只是第二法则，不得伤害人类才是第一要务。他要怎样才能避免人类受到伤害，不论是有意或无意？啊，只要保持束稳定就行了。他知道他能做得比我们好，因为他坚持自己是优等生灵，所以他必须把我们赶出控制室。如果你考量一下机器人学各个法则，就会明白这是必然的结果。"

"当然，但这不是重点。我们不能让他继续散播有关主宰的疯话。"

"有何不可？"

"因为有谁听过这种该死的事？如果他不相信有地球，我们怎能放心把太空站托付给他？"

"他能掌管这座太空站吗？"

"可以，但是……"

"那他相信什么又有何差别！"

鲍尔脸上带着一丝笑容，双手一摊，身子向后倒在床上。他睡着了。

鲍尔一面吃力地钻进轻质太空夹克，一面发表长篇大论。

"这会是个简单的工作。"他说，"我们可以把新的QT型一个个带来，在他们身上装个自动开关，定在一周后关闭，好让他们有足够的时间……呃……向先知本人学习礼拜主宰的仪式。然后把他们转到另一座太空站，再唤醒他们。我们训练两个QT只要……"

多诺凡打开玻璃视罩，露出一脸不高兴的表情。"闭嘴，咱们赶紧离开这里吧，接班人员正在等着呢。我要亲眼见到地球，双脚踩在地面——好确定它真在那里，否则我心里始终不踏实。"

说着说着房门便打开来，多诺凡暗自咒骂一句，便"咔嗒"一声拉下视罩，赌气似的转身背对着小可爱。

机器人轻轻走近，他的声音透着悲伤："你们要走了？"

鲍尔随便点了点头："会有其他人来接替我们。"

小可爱叹了一口气，气流通过密布电线的管道而嗡嗡作响。"你们的服侍告一段落了，销毁的时刻已经来到。我预料到这一点，可是……唉，主宰的旨意必须执行！"

他顺从的口气刺痛了鲍尔。"省省你的同情吧，小可爱。我们是要前往地球，不是要被销毁。"

"你们这样想就再好不过了。"小可爱又叹了一声，"现在我看出了这些幻觉中的智慧。即使我有办法，也不会试图动摇你们的信心。"他离开了——带着一副悲天悯人的风范。

鲍尔大吼一声，向多诺凡做个手势。两人抓起封好的手提箱，便一起走向气闸。

换班太空船停在站外着陆区，接班的弗兰兹·穆勒以生硬的礼数迎接他们。多诺凡随便打个招呼，便走进驾驶舱，接替山姆·艾文斯的驾驶工作。

鲍尔逗留了一会儿。"地球怎么样？"

这是个十分寻常的问题，穆勒也给了一个寻常的答案。"还在自转。"

鲍尔说："很好。"

穆勒望着他说："对啦，美国机器人公司那些家伙有了一个新构想，一种多重机器人。"

"一种什么？"

"就是我说的那几个字。有一份大合约在等着它，一定就是给小行星采矿用的。一个主机器人下面有六个从属机器人——像你的手指头那样。"

"通过实地测试了吗？"鲍尔惴惴不安地问。

穆勒微微一笑。"等着你们呢，我这么听说。"

鲍尔握紧拳头。"该死，我们需要休个假。"

"喔，跑不掉的。两个星期吧，我想。"

他正戴上厚实的太空手套，准备开展他在这里的工作。他的两道浓眉皱在一起。"这个新机器人表现如何？最好表现优秀，否则我会让他碰控制台才有鬼。"

鲍尔在回答前顿了一下。他用目光扫描着面前这位高傲的普鲁士人，从他顽固的脑袋上剪得短短的头发，一路打量到他立定站直的双脚——突然间，一股无与伦比的喜悦涌向心头。

"这个机器人相当优秀，"他慢慢地说，"我想你不必花太多精神在控制台上。"

他咧嘴一笑，随即走进太空船。穆勒会在这里待上几个星期……

抓兔子

　　结果他们的假期不只两周。这点，麦克·多诺凡必须承认。其实，这次假期长达六个月，而且薪水照领，这点他同样承认。可是，他曾声嘶力竭地解释，说这件事纯属偶然。美国机器人公司得先找出多重机器人的种种小毛病，而这些毛病还真不少，而且总有至少半打留待实地测试时发现。因此他们放松心情等待，直到那些拿绘图板与拉计算尺的人说一声"行了！"；而现在，他和鲍尔来到一颗小行星上，结果却是"不行"。"看在圣彼得的份上，格里，你要实际点。死守着设计规格上的文字，眼看着测试走向绝路，又有什么用处呢？现在该是你把繁文缛节从口袋掏出来，开始工作的时候了。"这句话他已经重复了十来次，每次脸色都媲美红萝卜。

　　"我只是在讲，"格里哥利·鲍尔耐心地说，像是对一个白痴小孩解释电子学，"根据规格，这些从事小行星矿业的机器人无需监督。我们不该监视他们。"

　　"好吧。听着——逻辑！"多诺凡举起多毛的手指数着，"一、那种新型机器人通过了地球实验室的每一项测试；二、美国机器人公司保证他们会通过小行星上的实际运作测试；三、那些机器人无法通过上述测试；四、如果他们通不过，美国机器人公司将损失一千万元的现金，还会蒙受大约一亿元的信誉损失；五、如果他们通不过，而我们无法解释为什么，很可能两份好工作要被迫跟我们说再见。"

　　鲍尔发出重重的呻吟，露出显然是强颜欢笑的表情。美国机器人与机械人公司有个众所周知的不成文座右铭："没有任何员工重复同样的错误，他在初犯时就被开除了。"

　　他高声道："除了事实之外，你把每件事都解释得像欧几里得几何一样清楚。你监视那组机器人已有三班的时间，你这个红毛，而他们的工作完美无缺，是你自己这样说的。我们还能做些什么呢？"

"找出哪里出了问题，那就是我们能做的。没错，当我监视他们的时候，他们的确表现得完美无缺。可是在三个不同的场合，当我并未监视他们的时候，他们却没有采回任何矿石。他们甚至未曾按时回来，我不得不去找他们。"

"某个环节出了问题吗？"

"全都没有，全都没有。每个环节都十全十美，平顺和完美得有如光乙太。只有一个微不足道的细节困扰着我——没、有、矿、石。"

鲍尔愁眉苦脸地望着天花板，并扯着他的褐色八字胡。"我告诉你，麦克。我们曾经碰到好些相当棘手的工作，但这次却是在产铱的小行星上。整件事情复杂得令人无法忍受。听好，那个机器人，DV-5，手下有六个机器人。他们还不只是他的手下——他们是他的一部分。"

"我知道……"

"闭嘴！"鲍尔粗暴地说，"我知道你知道，但我只是在叙述该死的事实。那六个从属是DV-5的一部分，正如你的手指是你的一部分。而他对他们下命令的方法，既不是用声音，也不是用电波，而是直接经由正子场。好——在美国机器人公司里面，没有一个机器人学家知道正子场是什么，以及它如何运作。而我也不知道，你同样不知道。"

"最后一点，"多诺凡以哲学家的口吻说，"我倒知道。"

"那么看看我们的处境吧。如果一切正常——很好！如果有任何环节出了问题——那就超出我们的能力范围，或许我们什么都做不了，而其他人同样束手无策。可是这份工作是我们的，不是其他任何人的，所以我们别无选择，麦克。"他在沉默中发了一会儿火，然后说，"好吧，你让他等在外面吗？"

"是的。"

"现在一切正常吗？"

"这个嘛，他没有染上宗教狂热，也没有一面转圈圈、一面吟唱吉尔伯和苏立文的歌词，所以我想他是正常的。"

多诺凡一面走出门去，一面拼命摇着头。

鲍尔虔敬地翻开《机器人学手册》，这本书平常放在他的书桌旁，几乎将书桌一侧压垮。有一次，他从失火的房里跳窗逃生，身上只穿一条短裤，手中则抱着这本《手册》。在更紧急的状况下，他可以连裤子都不穿。

当机器人DV-5走进来，随后的多诺凡用脚关上门的时候，那本《手册》正竖在他面前。

鲍尔没好气地说："嗨，大卫，你感觉怎么样？"

"很好，"机器人说，"介意我坐下吗？"他拖过那张他专用的、特别经过强化的椅子，轻巧地缩到里面去。

鲍尔以赞许的目光打量着大卫——外行人或许会以机器人的序号称呼他们，但机器人学家绝对不会。尽管身为一个七员组的思考单元，他却无论如何不算过分巨大。他身高七英尺，由半吨的金属与电子零件构成。太重了吗？不算重。因为这半吨全部是成堆的电容器、电路、继电器，以及真空光电管，才能处理几乎所有人类已知的心理反应。此外还有一个形同灵魂的正子脑，里面包含十磅的物质，以及几百万兆个正子。

鲍尔将手伸进衬衣口袋，摸索一根散装香烟。"大卫，"他说，"你是个好孩子。你没有古怪的想法，也不会耍大牌。你是个稳定的机器人，负责开采底层矿物，只不过你还要直接协调六个从属机器人。这一点，据我所知，并未在你的脑子里引进任何不稳定的径路。"

机器人点了点头。"这番话令我很得意，但你究竟想说什么，老板？"他具有极佳的发声膜片，发声单元会产生泛音，因此他说起话来，不像普通机器人的金属嗓音那样平板。

"我正准备告诉你。既然你一切正常，你的工作究竟出了什么问题？比如说，今天的B班？"

大卫犹豫了一下。"据我所知，没有任何问题。"

"你们没有开采出任何矿石。"

"我知道。"

"嗯，那么……"

大卫不知所措。"我无法解释这件事，老板。它一直使我神经过敏，或说我若把持不住，它便会使我神经过敏。我的从属都工作得很顺利，我知道我自己也很顺利。"他考虑了一下，一双光电眼发出强烈的光芒。然后他又说："我不记得了。今天结束时，麦克出现在我身边，旁边还有许多矿石搬运车，大部分是空的。"

多诺凡插嘴道："大卫，这些天来，每班结束时你都没有回来报到。你知道吗？"

"我知道。但至于为什么……"他缓缓地、沉重地摇了摇头。

鲍尔有一种不舒服的感觉：假使这个机器人的脸部能显露表情，一定就是痛苦与羞辱了。基于本性，机器人无法忍受有辱使命的事实。

多诺凡将椅子拉到鲍尔的书桌前，俯身说道："你想是不是失忆症？"

"不敢说，但试图安上个疾病名称根本没用。把人类的生理失常用到机器人身上，只是一种浪漫的类比，对机器人工程学没什么帮助。"他抓了抓脖子，"我很不愿意让他接受基本的脑反应测试，那对他的自尊心没有任何好处。"

他若有所思地望着大卫，然后望向《手册》中记载的实地测试大纲。"听我说，大卫，做个测试如何？这会是个明智之举。"

机器人站起来。"如果你这么说，老板，那当然好。"他的声音中透着痛苦。

测试过程十分简单。在秒表的生硬嘀嗒声中，机器人DV-5进行五位数的乘法，背诵一千到一万之间的所有质数，心算开立方根，以及对不同复杂度的几个函数做积分。此外，他还接受了难度越来越高的机械反应测验。最后，他以精准的机械心智，执行机器人世界中最高级的功能——解决价值判断以及伦理的问题。

两小时结束后，鲍尔已经满头大汗，多诺凡则享用了一顿没什么营养的指甲大餐。机器人问："老板，结果看来如何？"

鲍尔说："我得好好想一想，大卫，贸然的判断不会有什么帮助。这样吧，你先回去继续C班的工作。放轻松点，暂时别过分要求达到定额——我们会把问题解决的。"

机器人离去后，多诺凡望着鲍尔。

"这个嘛……"

鲍尔似乎决心把八字胡连根拔起。"他的正子脑中，电流没有任何问题。"

"我可不愿意那么肯定。"

"喔，木星啊，麦克！脑子是机器人最可靠的部分，它在地球上经过五重检验。若是他们完美无缺地通过实地测试，就像大卫这样，那就根本没有脑部发生故障的机会。那个测试涵盖了脑中每一条关键径路。"

"所以我们得到什么结论？"

"别催我，让我抽丝剥茧一番。躯体发生机械故障的可能性仍是有的。这就是说，有可能出问题的地方，大约有一千五百个电容器、两万个独立的电路、五百个真空光电管、一千个继电器，以及其他成千上万的复杂零件。此外，还有那些神秘莫测、谁也一窍不通的正子场。"

"听好，格里，"多诺凡像是走投无路般急迫，"我有个想法。那个机器人也许在说谎，他从未……"

"机器人不会故意说谎，你这个傻瓜。假使我们手边有麦寇尔迈克-卫斯理测试器，我们就能在二十四或四十八小时内，对他体内各个零件做一次彻底的检查。可是仅有的两台'麦-卫测试器'都留在地球，而且它们重达十吨，架设在混凝土基座上，根本不能搬动。这是不是很妙？"

多诺凡一拳打在书桌上。"可是，格里，他只有当我们不在时才出问题。这件事——有那么——一点——邪门。"他连续重击书桌，为这句话加强语气。

"你，"鲍尔缓缓道，"令我厌恶。你是冒险小说看太多了。"

"我想要知道的是，"多诺凡叫道，"我们要拿这件事怎么办？"

"我告诉你怎么办。我要在我的书桌正上方装个显像板，就在这面墙的这个部分。你看！"他用手指朝那个位置猛力一戳，"然后无论他们在矿坑哪一部分工作，我都要把焦点对准那里。我打算用这个办法监视，就这么办。"

"就这么办？格里……"

鲍尔从座椅中起身，以双拳抵住书桌。"麦克，我的日子不好过。"他以疲倦的声音说，"一周以来，你都在拿大卫折磨我，说他出了问题。你知道他是怎么出问题的吗？不！你知道这个问题长得什么样吗？不！你知道问题的来由吗？不！你知道是什么使他突然发作的吗？不！你知道任何一点线索吗？不！我知道任何一点线索吗？不！所以你要我怎么办？"

多诺凡向正前方挥出手臂，做了一个含糊而夸张的手势。"你问倒我了！"

"所以我再跟你说一遍。在我们着手治病前，首先必须查出那是什么病。炖兔肉的第一步，是先抓到那只兔子。好啦，我们必须抓到那只兔子！现在你给我出去。"

多诺凡以疲倦的目光，望着他的实地测试报告大纲。一来他累了，二来，当许多事尚未解决之际，又有什么好报告的？他感到十分愤慨。

他说："格里，我们落后进度几乎有一千吨。"

"你，"鲍尔头也不抬地答道，"告诉我些我不知道的事。"

"我想要知道的是，"多诺凡突然粗暴地说，"为什么我们总是和新型机器人纠缠不清。我终于想通了，对我的舅公而言足够好的机器人，对我而言也足够好。我拥护试验过的、不会出错的东西。时间是最好的考验——优良、结实、老式的机器人绝不会出问题。"

鲍尔将一本书不偏不倚丢过去，把多诺凡从椅子上砸了下来。

"过去五年来，你的工作，"鲍尔以平静的口吻说，"就是在实际运作状况下，为美国机器人公司测试新型机器人。因为你我不够精明，以致表现出我们精通这项工作，而这些最棘手的差事就是我们的奖赏。这，"他用手指朝多诺凡的方向虚戳一记，"是你的工作。根据我个人的记忆，美国机器人公司录用你后大约五分钟，你就开始发牢骚。你为什么不辞职呢？"

"好吧，我告诉你。"多诺凡打个滚，趴到地上，用力抓着一头蓬乱的红发，借此撑住他的脑袋，"这牵扯到一项原则。毕竟，身为故障检查员，我在新型机器人的发展中占了一席之地。原则上，我要助科学进展一臂之力。但可别误会我，使我干下去的并不是这个原则，而是他们付给我的薪水。格里！你看！"

鲍尔被多诺凡的狂叫吓了一大跳，他的眼睛随着后者的目光望向显像板，两人都看得目瞪口呆。他悄声道："天啊——地啊——木星啊！"

多诺凡气喘吁吁地爬起来。"看看他们，格里，他们发癫了。"

鲍尔说："拿两套太空衣来，我们到现场去。"

他望着显像板中那些机器人展现的姿态，现在他们排成一组前进队形。在这颗没有空气的小行星上昏暗的峭壁之前，他们流畅的动作好似青铜色的光辉。而在他们自身的暗淡光芒照耀下，那些满是粗糙凿痕的坑壁正在无声无息地向后退，还不时映出几个朦胧飘忽的暗影。他们七个动作一致，由大卫领头，齐步向前走。他们以恐怖的同步动作转身，并借着轻松异常的队形变换（颇似月球露天剧场中的舞者）融成一体。

多诺凡取来太空衣。"他们和我们决裂了，格里，这可是军事操演。"

"就你的所见所闻，"对方冷冷地答道，"这也可能是一系列的柔软体操。或者，大卫也许心生幻象，以为自己是个舞蹈老师。你开口前最好三思，三思之后最好闭嘴。"

多诺凡气得龇牙咧嘴，以夸张的动作将一柄雷管枪插进身侧的空皮套中。他说："无论如何，你看到了。没错，我们总是和新型机器人打交道。我承认，这是我们的工作。可是回答我一个问题，为什么……为什么他们一律会出毛病呢？"

"因为，"鲍尔快快地说，"我们受到诅咒。走吧！"

坑道内的黑幕有如天鹅绒般深厚，在手电筒的光圈所不及的远方，闪烁着机器人的光芒。

"他们在那里。"多诺凡低声说。

鲍尔紧张地悄声道："我一直试图用无线电联络他，但他没有回答。无线电线路大概坏了。"

"那么，我庆幸设计师尚未发明能在绝对黑暗中工作的机器人。我可不愿在失去无线电通讯的情况下，被迫在漆黑的矿坑里寻找七个疯机器人。还好，他们像该死的放射性圣诞树那样发光。"

"爬到上面那个凸起处，麦克。他们朝这里来了，我要在近距离观察他们。你爬得上去吗？"

多诺凡轻哼一声便跳了上去。此地的重力远低于地球正常值，但由于穿着厚重的太空衣，他们并未捡到多少便宜，而且这是将近十英尺高的一跃。紧接着，鲍尔也上去了。

其他的机器人排成一列纵队尾随着大卫。在机械性的节奏中，他们忽而转换成双列，忽而又恢复单列，看不出什么规律。这些操演一而再、再而三地重复，大卫却始终没有回头。

操演戛然而止时，大卫与他们两人相距不到二十英尺。从属机器人拆散了队形，等了一会儿，便哗啦啦一哄而散——跑得非常快。大卫望了望他们的背影，然后慢慢坐下来，以非常近似人类的动作，将他的头枕在一只手上。

鲍尔的耳机中响起他的声音："你在那里吗，老板？"

鲍尔对多诺凡招招手，便从凸起处跳了下来。

"好啦，大卫，这是怎么回事？"

机器人摇了摇头。"我也不知道。前一刻，我还在十七号坑道对付一个棘手的露头，下一刻就察觉附近出现人类，而且发现自己离主干道有半英里远。"

"那些从属现在去哪儿了？"多诺凡问。

"当然是回去工作。损失了多少时间？"

"不多，别放在心上。"接着，鲍尔又对多诺凡说，"留下来陪他，直到这班结束。然后，赶紧回来。我有了一些想法。"

多诺凡三小时后才回来，看来十分疲倦。

鲍尔说："怎么样？"

多诺凡疲乏地耸了耸肩。"你看着他们的时候，从不会出任何问题。丢给我个烟屁股好吗？"

红发多诺凡很夸张地仔细点燃那节香烟，又仔细吐出一个烟圈。"我慢慢把问题想通了，格里。你也知道，就机器人而言，大卫拥有古怪的背景，而他手下还有六个绝对服从的机器人。他对这些从属机器人握有生杀大权，这点一定影响到了他的精神状态。假如他觉得有必要强调这个权力，才能满足他的自我……"

"直接说重点吧。"

"重点就在这里。假如这是穷兵黩武的心态，假如他正在为自己成立一支军队，假如他以军事演习训练他们，假如……"

"假如你能把脑袋浸到冷水里泡一泡，你的恶梦一定五彩缤纷、鲜艳华丽。你是在假设正子脑出现一种重大错乱。假使你的分析正确，大卫必定会打破机器人学第一法则——机器人不得伤害人类，或因不作为而使人类受到伤害。你提出的这种黩武心态和支配欲的自我，所蕴含的最终结论一定是——主宰人类。"

"好吧。你又怎么知道事实不是这样？"

"因为任何拥有这种脑子的机器人，一来绝不会出厂，二来即使真是这样，也会立刻被侦测出来。我测试过大卫，你也知道。"

鲍尔将椅子向后推，把双脚放到书桌上。"不，我们目前仍然无法炖我们的兔肉，因为我们对哪里出了问题还是毫无概念。比方说，若能查出我们目睹的死亡之舞究竟代表什么，我们才算见到一点曙光。"

他顿了顿，又说："现在听好，麦克，下面这番话你听来如何？只有我们不在场的时候，大卫才会出问题。而当他出问题时，只要我们其中一人出现，马上就会使他恢复正常。"

"我告诉过你这事很邪门。"

"别打岔。当人类不在场的时候，机器人会有什么不同？答案很明显，个体主动性的需求会增加。这样的话，我们该找的，就是会受这些新需求影响的组件。"

"天啊。"多诺凡猛然坐直，随即又软下去，"不，不，这样不够。这太笼统了，没有把可能性删去太多。"

"这是没办法的事。无论如何，不能达到定额并没有危险。从现在起，我们轮班透过电视幕监视这些机器人。无论任何时候，无论出现任何问题，我们都要立即赶到现场，那就会使他们恢复正常。"

"可是这些机器人仍将无法符合规格，格里。有了像这样的报告，美国机器人公司绝不能让DV型上市。"

"显然如此。我们一定要找出构造中的错误，还要把它修好——而我们有十天的时间。"鲍尔搔了搔头，"困难在于……嗯，你最好自己看看蓝图。"

所有的蓝图都铺在地板上，好像一大张地毯。多诺凡趴在上面，跟着鲍尔手中的铅笔爬来爬去。

鲍尔说："这正是你的用武之地，麦克。你是机体专家，我要你指出我有没有错。我在试着淘汰所有和个体主动性无关的电路，比方说，这里是只牵涉到机械操作的干道。我淘汰掉所有的例行旁支路线，算是紧急切除手术——"他抬起头来，"你认为怎么样？"

多诺凡嘴里有一股十分苦涩的味道。"事情没有那么简单，格里。个体主动性不是一个电路，不能和其他电路分开来单独研究。当一个机器人独处时，各方面的躯体活动量几乎都会立刻增强，没有一个电路完全不受影响。我们必须做的，是找出那个使他失常的特殊情况——一个非常特别的情况，然后再着手排除电路。"

鲍尔站起来，拍拍身上的灰尘。"嗯——嗯，好吧。拿走这些蓝图，通通烧掉吧。"

多诺凡说："你知道当活动量增强时，只要一个零件出错，例如绝缘坏了，或是一个电容器漏电，一个接点跳火，一个线圈过热，那就任何事都可能发生。如果你盲目工作，面对整个机器人，你永远找不到哪里坏掉。如果你把大卫拆开，对他的躯体机件一一进行测试，再一次次把他装回去，然后试验……"

"好啦，好啦，我也能举一反三。"

两人绝望地面面相觑，然后鲍尔谨慎地说："我们也许该找个从属机器人谈谈。"

在此之前，不论是鲍尔或多诺凡，都从来没有和"手指"交谈过。他们也能说话，将他们比喻成人类的手指并非绝对恰当。事实上，他们具有相当完备的头脑，只是这些脑子被设定成主要透过正子场接收命令，因而对于外在刺激的反应略嫌笨拙。

鲍尔也不确定他叫什么名字。他的序号是DV-5-2，但这似乎也没有太大用处。

于是他采取折中的办法。"听好，伙伴，"他说，"我将要求你做些费劲的思考，然后你就可以回到你的老板身边。"

那"手指"硬生生点了点头，并没将他那有限的头脑功能用在语言上。

"好，最近在四个不同的场合，"鲍尔说，"你的老板曾偏离了心智体系。你记得这些场合吗？"

"记得，阁下。"

多诺凡气呼呼地咆哮道："他真记得。我就说这里头非常邪门……"

"喔，用力敲敲你的脑袋。'手指'当然记得，他本身并没有任何问题。"鲍尔又转身面对那个机器人，"你们每次都在做什么……我是说你们全组。"

那"手指"开始进行机械式背诵，神态非常奇怪，仿佛他回答问题是因为头颅受到机械性的压力，自己并没有任何热忱。

他说："第一次，我们是在十七号坑道乙层，处理一个困难的露头。第二次，我们正在支撑坑顶，以免发生坍塌。第三次，我们在准备分量精确的炸药，以便在不造成地底裂缝的情况下加长坑道。第四次，是在一个小坍塌刚发生后。"

"当时都发生些什么事？"

"这可不容易描述。通常都有一道命令，但在我们能接收到并加以诠释之前，便会出现一道新的命令，要我们以古怪的队形齐步走。"

鲍尔厉声问："为什么？"

"我不知道。"

多诺凡紧张地插嘴道："第一道命令是什么……被齐步走指令所取代的那个命令？"

"我不知道。我感测到有个命令送出来，但一律来不及接收。"

"你能不能为我们提供任何相关资料？每次都是同样的命令吗？"

那"手指"悲凄地摇了摇头。"我不知道。"

鲍尔上身靠向椅背。"好吧，回到你的老板身边。"

那"手指"赶紧离去，显然松了一口气。

多诺凡说："好啦，这回我们取得不少成果，从头到尾都是真正尖锐的对话。听好，大卫和那个低能的'手指'都对我们有所隐瞒，他们不知道和不记得的事情太多了。格里，我们一定不能再信任他们。"

鲍尔逆向抚着他的八字胡。"帮个忙吧，麦克。你要是再说一句蠢话，我就把你的玩具和奶嘴拿走。"

"好吧。你是这支队伍中的天才，我只是个差劲的笨瓜。我们现在处境如何？"

"处境非常不妙。我试图从这个'手指'着手，逆流而上，可是办不到。所以，现在我们必须从头着手，顺流而下。"

"真伟大！"多诺凡赞叹道，"这变得多么简单。大师，请把它翻译成白话吧。"

"翻译成童言童语会更适合你。我的意思是，我们必须找出在失常的前一刻，大卫送出的命令是什么。它会是整件事的关键。"

"你指望如何做到这一点？我们不能接近他们，因为只要我们在场，就不会出任何问题。我们不能用无线电捕捉那些命令，因为它们是借由正子场传送的。这就排除了近距离和远距离的方法，我们只有束手无策了。"

"对直接观测而言，没错，可是还有间接推理呢。"

"啥？"

"我们要轮流值班，麦克。"鲍尔冷冷一笑，"我们要目不转睛地瞪着显像板，我们要监视那些钢铁蠢材的一举一动。当他们发作的时候，我们要看看前一刻发生了什么事，我们要推论出那个命令。"

多诺凡张开嘴巴，足足有一分钟未曾合拢。然后，他以掐住脖子的声调说："我投降，我放弃。"

"你有十天的时间想出更好的对策。"鲍尔以困倦的口吻应道。

其后八天，多诺凡绞尽脑汁试图想出其他对策。这八天来，在轮班的四小时期间，他瞪大疼痛而模糊的双眼，监视着那些发亮的金属身形在朦胧的背景中运动。而休班的四个小时，他则用来诅咒美国机器人公司、DV型机器人，以及他自己的生辰八字。

到了第八天，当头痛欲裂、睡眠惺忪的鲍尔进来换班时，多诺凡站起来，以非常仔细且慎重的瞄准动作，将一本厚厚的书不偏不倚掷向显像板正中央。接着，便响起非常应景的玻璃碎裂声。

鲍尔喘着气说："你这是干什么？"

"因为，"多诺凡以近乎冷静的口吻说，"我再也不要看这玩意儿了。我们只剩下两天，而我们还没找到一点线索。DV-5是个一败涂地的尝试。自从我开始监视以来，他总共停顿了五次，此外你轮班时还有三次。我无法推论出他下的是什么命令，你同样推不出来。而我不相信你这辈子有机会推论出来，因为我知道我自己永远办不到。

"太空啊，你怎能同时监视六个机器人？其中一个手舞，另一个足蹈；一个像风车般转来转去，另一个像疯子般跳上跳下；此外还有两个……魔鬼才知道他们在干什么。突然间，他们又通通停下来。就是这样！就是这样！

"格里，我们的方法不对。我们一定要到近处去；我们一定要在看得清细节的地方，观察他们到底在做些什么。"

鲍尔打破难堪的沉默，他说："是啊，在仅剩的两天时间中，等等看会出些什么问题。"

"在这里观察有任何好处吗？"

"这里比较舒服。"

"啊——但在那里能做的一些事，你在这里却做不到。"

"什么事？"

"你能让他们停下来——我是说，当你一切就绪，准备观察哪里出问题的时候。"

鲍尔由惊讶转趋警醒。"怎么做？"

"这个嘛，你自己想吧，你说你是我俩的头脑。问问你自己几个问题：DV-5都在什么时候失常？那个'手指'说是什么时候？是遭到坍塌威胁，或坍塌真正发生时；是在安置精密剂量的爆炸物时；是在碰到一个棘手的矿层时。"

"换句话说，是在危急的时候。"鲍尔激动地说。

"对！当你预期它会发生的时候！找我们麻烦的，就是那项个体主动性因素。正是在危急又无人在场的情况下，个体主动性被绷得最紧。好，合乎逻辑的推论是什么呢？我们如何能在我们希望的时间和地点使他们停下来？"他得意洋洋地顿了一下（开始陶醉在自己的角色中），就在明显的答案来到鲍尔嘴边之际，他抢先一步回答了自己的问题。"就是制造我们自己的危急状况。"

鲍尔说："麦克——你说得对。"

"谢谢你，伙伴。我就知道自己总有这么一天。"

"好啦，省省冷嘲热讽吧。我们把它留给地球；把它保存在罐子里，用来撑过漫长而寒冷的冬天吧。现在说说，我们能制造什么危急状况？"

"如果这里不是没有空气的小行星，我们可以来个水淹矿坑。"

"真是妙语如珠，"鲍尔说，"真的，麦克，你会让我笑破肚皮。一场轻微的坍塌如何？"

多诺凡紧抿嘴唇，然后说："我看可以。"

"太好了，让我们动手吧。"

当鲍尔在怪石嶙峋的旷野，沿着曲折的路线前进时，他觉得自己像极了一个阴谋分子。在弱重力场中，他蹒跚地越过凹凸的地表。路上的岩石被他踢得四散纷飞，溅起阵阵无声的灰色砂尘。不过，在他心里，他却自认正踏着谨慎的、鬼祟的步子前进。

他说："你知道他们在哪里，是吗？"

"我想是吧，格里。"

"好的。"鲍尔悲观地说，"但如果任何'手指'来到我们附近二十英尺内，不论我们是否在他的视线上，他都会感测到我们。我希望你知道这一点。"

"当我需要进修机器人学基本课程时，我会正式将申请表呈交给你，一式三份。从这里往下走。"

现在他们来到坑道，于是连星光都消失了。两人摸索着坑壁前进，偶尔打开手电筒照照前方。鲍尔还伸手摸摸雷管枪的保险栓。

"你认识这条坑道吗，麦克？"

"不很熟，这是新挖的。我想根据我从显像板看到的，我该认出来，不过……"

漫长的几分钟过后，麦克又说："摸这里！"

鲍尔用包覆着金属的手掌按向墙壁，手指感到一阵轻微的震动。自然，他听不到任何声音。

"爆炸！距离我们很近。"

"把眼睛张大点。"鲍尔说。

多诺凡不耐烦地点了点头。

一道青铜色光芒掠过他们的视野——在他们回过神来之前，它已倏来倏去消失无踪。两人在寂静中紧贴在一起。

鲍尔悄声道："你想他感测到我们了吗？"

"希望没有，但我们最好绕到他们侧面。走右前方第一条支道。"

"万一我们完全走岔了呢？"

"好吧，你打算怎么做？回去？"多诺凡凶巴巴地咕哝，"他们就在方圆四分之一英里内。我刚才正在显像板上观察他们，对不对？而且我们只剩两天时间……"

"喔，闭嘴，你在浪费你的氧气。这里是不是一条支道？"手电筒闪了闪，"没错，咱们走。"

震动变得显著许多，脚下的地面也在不安地颤抖。

"这是好现象，"多诺凡说，"不过，千万别波及我们。"他忧心忡忡地用手电筒照向前方。

现在，他们半举起手就能碰到坑道的顶端，那些支柱都是新架设的。

多诺凡犹豫起来。"死路一条，我们回头吧。"

"不，慢着。"鲍尔笨手笨脚地挤到前面，"前头是不是有光线？"

"光线？我完全没看到。这底下怎么会有光线？"

"机器人发的光。"他手脚并用，爬上一个低缓的斜坡。多诺凡耳中传来他嘶哑焦急的声音："嘿，麦克，上来这里。"

那里果然有光亮。多诺凡爬了上去，越过鲍尔伸直的双腿。"一个洞口？"

"是的。他们一定正在从另一侧挖掘这条坑道——我这么想。"

多诺凡摸了摸这个洞口的粗糙边缘。在电筒光芒的谨慎照耀下，看得出另一头是个较大的坑道，而且显然是一条主干道。可是这个洞口太小，成人无法通过，就连两人同时看出去都有困难。

"那边什么也没有。"多诺凡说。

"好吧，现在没有。但一秒钟前一定有，否则我们不会看到光亮。小心！"

周围的坑壁左右摇晃。他们感到一阵冲撞，一股细微的尘土如雨点般落下。鲍尔小心地抬起头，又朝洞口看了看。"没错，麦克，他们在那里。"

闪闪发光的机器人群集在五十英尺外的主干道上，金属手臂正卖力地清理刚炸下来的碎石堆。

多诺凡急切地催促道："别浪费时间。他们要不了多久就能完工，下次爆炸就可能波及我们。"

"看在圣彼得的份上，别催我。"鲍尔备好雷管枪，双眼焦虑地在昏暗的背景中寻找目标——唯一的照明只有机器人发出的光亮，以致连圆石与阴

242

影都无法分辨。

"坑顶有一块，看到没有，几乎在他们头上。刚才的爆炸没怎么摇撼它。如果你能射中它的基部，一半的坑顶都会崩塌。"

鲍尔沿着那根模糊的手指望去。"行！现在你紧盯着那些机器人，祈祷他们别离开坑道那部分太远，他们是我唯一的光源。七个都在那里吗？"

多诺凡数了数。"七个都在。"

"好吧，那么，看着他们。看着每一个动作！"

他将雷管枪举了起来，做好射击准备。多诺凡则定睛望着，诅咒着，还不时眨眨眼，挤出眼中的汗水。

发射了！

随即传来一阵巨响，以及一连串猛烈的震荡，接着是一股强大的推力，将鲍尔重重甩到多诺凡身上。

多诺凡吼道："格里，你把我撞开了，我什么也没看到。"

鲍尔狂乱地四下张望。"他们在哪里？"

多诺凡陷入麻木般的沉默。机器人早已失去了踪影，四周是有如冥河般的黑暗。

"你想，我们把他们埋葬了吗？"多诺凡以颤抖的声音问。

"我们下到那里去，别问我心里在想什么。"鲍尔开始以惊人的速度向后爬去。

"麦克！"

跟在后面的多诺凡停下脚步。"现在又有什么问题？"

"慢着！"鲍尔急促而不规则的呼吸声传入对方耳中，"麦克！你听见了吗，麦克？"

"我就在这里。怎么回事？"

"我们被封住了。把我们震倒的不是五十英尺外的坑顶崩塌，而是我们自己的坑顶。震波把它震下来了。"

"什么！"多诺凡爬到坚硬的障碍物之前，"打开手电筒。"

鲍尔依言照做，却连兔子能钻过去的洞都找不到。

多诺凡轻声道："好啦，你知道怎么回事吗？"

他们浪费了一点时间与一些膂力，试图移开那些封死坑道的落石。此外，鲍尔还试图扯动原先那个洞口的边缘。有那么一下子，鲍尔甚至举起雷管枪。可是在这么近的距离，开枪无异于自杀，而他心知肚明。于是，他坐了下来。

"你知道吗，麦克，"他说，"我们实在是把事情搞砸了。大卫究竟出了什么问题，我们仍然毫无线索。这是个好主意，可是我们弄巧成拙。"

多诺凡吃力地向前望去，可惜他的好眼力在黑暗中完全派不上用场。"我不愿让你心神不宁，老兄，但姑且不论我们对大卫的问题知道多少，我们或多或少陷在这里了。如果无法脱困，伙伴，我们就会死掉，死——掉。总之，我们还有多少氧气？不超过六小时。"

"这点我想到了。"鲍尔的手伸向早已快憋死了的八字胡，却徒劳地叮当一声撞在透明视罩上，"当然，这段时间中，我们能让大卫轻易把我们挖出来，只不过我们那场了不起的危急状况，一定早已把他吓跑，而他的无线电又失灵了。"

"这不是很妙吗？"

多诺凡爬向那个洞口，设法将罩在金属头盔内的脑袋钻出去，头盔却和洞口接得严丝合缝。

"嘿，格里！"

"什么事？"

"假如我们把大卫召到二十英尺内，他就会恢复正常，我们就有救了。"

"当然，可是他在哪里？"

"在坑道里头——很里头。看在圣彼得的份上，别再拉我，我的脑袋都要给你拉掉了。我会让你有机会看的。"

鲍尔设法将头钻出去。"我们办到了。看看那些蠢材，他们一定是在跳芭蕾。"

"别再发表无关的评论。他们接近一点没有？"

"还不敢说，他们太远了。给我个机会，把手电筒递给我好吗？我要试着吸引他们的注意。"

两分钟后他便放弃了。"毫无机会！他们一定瞎了。呃——喔，他们正朝我们走来。你知道怎么回事吗？"

多诺凡说："嘿，让我看看！"

一场无声的扭斗之后，鲍尔说："好吧！"这样一来又轮到多诺凡伸出了头去。

他们正逐渐接近。大卫昂首阔步走在前面，他身后的六个"手指"则是一队嘉年华会的队伍。

多诺凡惊叹道："他们在干什么？我还真想知道。看来像是里尔舞——大卫是总指挥，否则我就猜不透了。"

"喔，别再对我多作描述。"鲍尔抱怨道，"他们有多近了？"

"在五十英尺内，正朝这个方向走来。我们十五分钟就能脱……呃——呼，呼！嘿——嘿！"

"怎么回事？"多诺凡的连串吼声令鲍尔大吃一惊，好几秒钟后才恢复过来，"好啦，换我看看吧，别贪心得要死。"

他奋力向上钻，多诺凡却乱踢一阵。"他们来个向后转，格里，他们要走了。大卫！嘿，大——卫！"

鲍尔尖叫道："你这个傻瓜，那有什么用？声音传不出去。"

"好吧，那么，"多诺凡喘着气说，"用脚踢坑壁，用手使劲敲，弄点震动出来。我们非得设法吸引他们的注意不可，格里，否则我们就完了。"他像个疯子一样拳打脚踢。

鲍尔推了推他。"慢着，麦克，慢着。听好，我有个主意。暮气的木星啊，这正是用四两拨千金的时候。麦克！"

"你想干什么？"多诺凡将脑袋拔出来。

"快让我钻进去，免得他们脱离射程。"

"脱离射程！你准备做什么？嘿，你拿那把雷管枪要做什么？"他一把抓住鲍尔的手臂。

鲍尔猛力挣脱。"我准备做一次小小的射击。"

"为什么？"

"待会儿再说，先让我看看管不管用。要是管用，那么——让路，我要开一枪！"

远方那些机器人好像一群萤火虫，而且越来越小。鲍尔紧张兮兮地瞄准目标，然后扣了三次扳机。他随即放下枪，惶恐地向外窥视。一个从属机器人倒下了！现在仅剩六个闪闪发光的身形。

　　鲍尔试探性地透过发射机叫道："大卫！"

　　一会儿后，回答便在两人耳中响起。"老板？你在哪里？我的三号从属胸部被打爆，无法继续服役了。"

　　"别管你的从属啦，"鲍尔说，"我们困在一个坍塌里，就在你们刚才爆破的地方。你看得见我们的电筒光芒吗？"

　　"当然，我们马上过去。"

　　鲍尔向后一靠，松懈下来。"好友，事情结束了。"

　　多诺凡带着哭声，非常轻柔地说："好吧，格里，你赢了，我趴在你脚下给你磕几个头。现在别对我讲任何废话，只要平心静气地告诉我，这一切是怎么回事。"

　　"简单。只不过是我们从头到尾忽略了最明显的一点——和往常一样。我们知道问题出在个体主动性电路，而且总是在危急状况时发生，但我们却以为起因是某个特定的命令，因而一直在找那个命令。但为何就该是一个命令呢？"

　　"为何不呢？"

　　"这个嘛，听好。为何不能是某一类命令呢？哪一类命令需要最大的主动性？哪一类命令几乎总是在危急时才发出？"

　　"别问我，格里，告诉我！"

　　"我正在这样做！那就是六重命令。在所有的普通情况下，总有几个'手指'在做例行工作，不需要密切监督——像我们的身体应付例行的行走动作那样不经大脑。可是在危急状况下，六个从属都得立刻同时动员。大卫必须一次应付六个机器人，于是某项功能便打了折扣。剩下的就很简单——任何降低主动性需求的因素，例如有人出现，都会使他恢复正常。所以我毁掉其中一个机器人，这样一来，他就只需要传送五重命令。主动性减少了——他就正常了。"

　　"你是怎么想到这一切的？"多诺凡追问。

　　"只是个合乎逻辑的猜测。我试了试，结果管用。"

机器人的声音又传到他们耳朵里。"我来了，你们能支持半小时吗？"

"没问题！"鲍尔答道。然后，他又继续对多诺凡说："现在工作应该简单了。我们把电路彻查一遍，专注于那些对六重命令会不堪负荷的部分。这样工作量还剩下多少？"

多诺凡思量了一番。"我想不多。假如大卫和我们在工厂里见到的原型一样，那么唯一有关联的部分，只有一个特殊的协调电路。"他突然出人意料地快活起来，"嘿，这实在太好了，简直是轻而易举。"

"好吧。你好好想一想，我们回去就开始检查蓝图。现在，在大卫救我们出去之前，我要休息一下。"

"嘿，慢着！再告诉我一件事。每次那些机器人发癫的时候，他们那些古怪的操练，那些可笑的舞步，究竟又是怎么回事？"

"那个？我不知道，但我有个想法。别忘了，那些从属是大卫的'手指'。我们一直那样说，你记得吧。好的，我的想法是，每当大卫变成精神病患时，他就进入心智耗弱的迷乱状态，不知不觉玩弄起自己的手指头。"

苏珊·凯文

　　我写的第三篇机器人故事《骗子！》，引出了苏珊·凯文这个角色——我立刻爱上了她。从此她是如此主宰我的思想，因此渐渐地，渐渐地，她取代了鲍尔与多诺凡的地位。那两位仁兄只在前一部分收录的三篇故事里出现，以及在《逃避！》中与苏珊·凯文共同出场。

　　每当回顾我的写作生涯，我总有一种印象，我为亲爱的苏珊写的故事一定不计其数。不过事实则是，她只在十篇故事中出现过，它们全部收在这一部分。在第十篇故事《女性直觉》中，她已是一位退休的老太婆，然而她的尖酸魅力丝毫不减。

　　顺便提一下，您将注意到，虽然苏珊·凯文故事的创作年代，大多是在科幻小说将男性沙文主义视为理所当然的时期，苏珊却未曾要求特殊待遇，总是在男人自己的游戏中击败他们。遗憾的是，她一直小姑独处——但谁也不能十全十美。

骗子！

艾弗瑞德·兰宁仔细点燃雪茄，指尖却在微微颤抖。当他趁着吞云吐雾的空当开口时，一双灰色的眉毛垂得很低。

"没错，他能透视心灵——这点他妈的没啥疑问！可是原因呢？"他望向数学家彼得·玻格特，"你怎么说？"

玻格特用双手将一头黑发压平。"那是我们生产的第三十四个RB型机器人，兰宁。其他的都百分之百正规。"

会议桌旁第三个人皱起眉头。他名叫米尔顿·艾席，是美国机器人与机械人股份有限公司最年轻的一位主管，对自己的职位颇为自豪。

"听着，玻格特。装配过程从头到尾没有任何差错，这点我能保证。"

玻格特的厚嘴唇扯出一个故作大方的笑容。"你保证吗？你若能为整个装配线负责，我就推荐你晋升。根据精确数据，光是制造一个正子脑，就需要七万五千二百三十四道操作手续。每道手续的成败都取决于众多因素，从五项到一百零五项不等。假如任何一道手续发生严重错误，那个'脑子'就毁了。我是在引用我们资料夹中的叙述，艾席。"

米尔顿·艾席面红耳赤，但他的答辩却被第四个声音封杀。

"如果一开始就试图互相推诿，那我可要走了。"苏珊·凯文双手放在膝盖上，紧紧握在一起，她苍白而细薄的嘴唇周围细小的皱纹显得更深了，"我们手上有个透视心灵的机器人，在我看来，重要的是我们得查出他究竟为何能透视心灵。我们应该尽快着手，而不是坐在这里说'你的错。我的错。'"

她用冰冷的灰色眼珠盯着艾席，后者咧嘴一笑。

兰宁同样咧嘴一笑。正如每回在这种场合一样，他那又长又白的头发以及一双慧黠的小眼睛，使他看来活脱是圣经中的长老。"你说得有理，凯文博士。”

他的声音突然变得干脆利落。“以最简单扼要的方式来说，我们造出一个正子脑，它应该属于普通式样，如今却拥有惊人的特质，竟然能和思想波调谐。如果我们知道这是如何发生的，将标示着数十年来机器人学最重大的进展。但我们还不知道，所以我们必须找出原因。大家明白吗？”

“我能否提个建议？”玻格特问。

“说吧！”

“身为数学家，我预料这是个非常棘手的谜团。我想提议对RD-34的存在保密，直到我们真正解开这个谜。我的意思是，甚至对其他员工也一律保密。身为各部门的主管，我们不该认为它是个无解的问题，而越少人知道……”

“玻格特说得对。”凯文博士说，“自从行星际法令作了修订，准许机器人运至太空前可在厂内先行测试，反机器人的宣传就变本加厉。假如说，在我们能宣布已经完全控制局面之前，便有只字片语泄露出去，让外人知道有个能透视心灵的机器人，很可能会有人趁机大做文章。”

兰宁一面抽着雪茄，一面严肃地点着头。然后，他转头对艾席说：“我想你说过，当你发现这个透视心灵的现象时，你身边没有其他人。”

“我的确是单独一人——我这辈子从未那么惊吓过。RB-34刚从装配台上搬下来，他们就把他送交给我。刚好奥伯曼不在，所以我亲自带他去测试室——至少，我是准备把他带下去。”艾席顿了顿，嘴唇扯出一抹浅浅的微笑，“嘿，你们有谁曾在不知不觉间，进行过一场思想交谈？”

大家都懒得回答，于是他继续说：“你知道吗，你最初并不会发觉。他就这么跟我说话——无论你想象那些话多有逻辑、多么合理都不为过——直到几乎来到测试室的时候，我才察觉自己一句话也没说。当然，我想了很多，但那可是两回事，对不对？我赶紧把那玩意儿锁了起来，就跑去找兰宁。但是让他跟我走了一段，冷静地窥探我的思想，在里面翻翻拣拣，真令我有一种毛骨悚然的感觉。”

“我能想象。”苏珊·凯文若有所思地说，她正以一种古怪的专注目光凝视着艾席，“我们多么习惯将自己的思想视为隐私。”

兰宁不耐烦地插嘴道：“那么，只有我们四个知道。好吧！我们一定得有系统地展开行动。艾席，我要你从头到尾检查一遍装配线——不得有任何遗漏。你要排除一切不可能有机会出错的手续，再列出所有可能出错的，包括错误的性质和可能的程度。"

"苛刻要求。"艾席咕哝道。

"自然如此！当然，你要派你的手下去做这项工作——有必要的话通通派出去，我并不在乎我们是否落后进度。可是不能让他们知道为什么，你了解吧？"

"嗯——嗯，了解！"年轻技师咧嘴苦笑，"仍然是个扎手的差事。"

兰宁将转椅转个方向，以便面对凯文。"你必须从另一个角度钻研这个问题。你是厂里的机器人心理学家，所以你要用逆向思考，从研究这个机器人本身着手。试图查出他如何运作；看看还有什么和他的精神感应力有牵扯的因素，它们产生多大的影响，它们如何扭曲他的见解，以及究竟对他的一般RB特性造成何种损害。你听懂了吗？"

兰宁并没有等凯文博士答话。

"我负责协调这项工作，并以数学方式诠释各项发现。"他猛力喷出一口烟，透过烟雾吐出后面的话，"当然，玻格特要帮我的忙。"

玻格特一面用胖手掌磨着另一只手的指甲，一面以温和的口气说："我就知道，我对这方面略知一二。"

"好啦！我们开始吧。"艾席把椅子向后推，站了起来，年轻快活的脸庞扯出一个笑容，"我分到了最要命的差事，所以我要赶紧去干活了。"

他临走还含糊地说了一句："回头见！"

苏珊·凯文浅浅地点头答礼，她的目光却一直目送他出去。此时兰宁咕哝道："你想不想现在就上去看看RB-34，凯文博士？"而她却没有回答。

房门铰链刚刚响起旋转的闷声，RB-34的光电眼便离开书本。等到苏珊·凯文走进来的时候，他早已经站了起来。

她停下脚步，先将门上巨大的"禁止入内"标示扶正，然后才走向那个机器人。

"厄比，我给你带来些超原子发动机的教科书——好歹带了几本。你想不想看一看？"

RB-34（也就是厄比）从她手中接过三本厚厚的书籍，翻开其中一本的首页。

"嗯——嗯！《超原子学理论》……"他一面翻书，一面喃喃地自言自语。然后，他带着心不在焉的神态说："请坐，凯文博士！这得花我几分钟的时间。"

机器人心理学家自己找个座位，坐下来仔细观察厄比。他则在桌子另一侧拣了一张椅子坐下，开始系统地消化那三本书。

半小时过后，他放下书本。"当然，我知道你为什么带这些书来。"

凯文博士的嘴角抽动一下。"我就在担心这点。跟你打交道可不容易，厄比，你总是抢先我一步。"

"你知道吗，这些书和其他书籍没什么差别，就是无法引起我的兴趣。你们的教科书里什么也没有；你们的科学只是一堆搜集来的数据，靠临时的理论粘在一起——而且全都简单到不可思议，简直不值得我浪费时间。

"让我感兴趣的是你们的小说。你们会研究人类的动机以及情感的互动关系……"当他在搜寻适当的词汇时，强壮的手臂做了一个含糊的手势。

凯文博士悄声道："我想我了解。"

"你也知道，我能看透心灵。"机器人继续说，"你无法想象它们有多复杂。因为我自己的心灵和它们交集那么少，所以我还无法了解其中的一切——但我在尝试，而你们的小说对我有帮助。"

"没错，但只怕你从当今多愁善感的小说中，有了些悲伤而感性的体验后——"她的声音中带点苦涩，"你会发现像我们这样的真实心灵枯燥无味、毫无特色。"

"可是我不会！"

这句突然中气十足的回答令她不禁站了起来。她觉得自己的脸正在涨红，心想：他一定知道！

厄比陡然平静下来，低声喃喃道："可是，我当然知道，凯文博士。你总是想到这件事，我怎能不知道呢？"现在他的金属音质几乎完全消失。

她板起脸孔。"你曾经——告诉过任何人吗？"

"当然没有！"这句话透着真正的惊讶，"没有任何人问过我。"

"好吧，那么，"她脱口而出，"我想你认为我是个傻瓜。"

"不！它是正常的感情。"

"或许正因为如此，它才这么愚蠢。"她声音中的渴望之情淹没一切，某些女性特质穿透博士的外衣向外窥探，"我不具有你所谓的——吸引力。"

"如果你仅是指外表的吸引力，那我无从判断。但我知道，无论如何，还有其他种类的吸引力。"

"也不年轻了。"凯文博士几乎没有听到机器人说的话。

"你还不到四十。"厄比的声音中逐渐流露焦急的坚持。

"按年头算，我今年三十八；论及我对人生的多愁善感，我已经是六十岁的老太婆。我这个心理学家难道是假的吗？"

她喘着气，硬着头皮说："而他才刚满三十五岁，而且外表和动作还要更年轻。你认为他曾经……曾经多看我一眼吗？"

"你错了！"厄比的钢铁拳头击向高分子桌面，激起一下尖锐的铿锵声，"听我说……"

此时苏珊·凯文却猛然转向他，眼中的痛苦化作怒火。"我为何要听？总之，你对整件事又知道多少，你……你这架机器。我对你而言只是个标本；是个有趣的、具有特殊心灵的小虫，躺在解剖台上让你检视。这是个幻灭的极佳范例，对不对？几乎和你看的那些小说一样精彩。"带着哭音的话语突然哽咽，她沉默下来。

这场发作吓得机器人缩头缩脑，他恳求般摇了摇头。"请听我说好不好？如果你愿意，我可以帮你。"

"怎么帮我？"她撇了撇嘴，"给我一些忠告？"

"不，不是那样。只是我刚好知道别人心里怎么想——比方说米尔顿·艾席。"

接下来是好长一段沉默，然后苏珊·凯文垂下眼睑。"我不想知道他怎么想，"她气喘吁吁，"你给我闭嘴。"

"我认为你希望知道他怎么想。"

她的头仍旧低着，但她的呼吸却更加急促了。"你在胡言乱语。"她悄声说道。

"我为什么要那样做？我是在试图帮你。米尔顿·艾席对你的想法……"他顿了顿。

机器人心理学家抬起头来。"怎么样？"

机器人平心静气地说："他爱你。"

足足有一分钟之久，凯文博士未曾开口，只是茫然瞪着眼睛。然后她说："你搞错了！你一定搞错了。他为什么要爱我？"

"但他真的爱你。像这样的事是无法隐瞒的，至少瞒不过我。"

"但我是这么……这么……"她结结巴巴地打住。

"他看的不只是表相，他懂得欣赏别人的才智。米尔顿·艾席不是那种会娶一头秀发、一对美目的人。"

苏珊·凯文发觉自己拼命眨着眼睛，一时之间说不出话来。过了好一会儿，她的声音依然打战。"但他绝对没有以任何方式表示……"

"你曾经给过他任何机会吗？"

"我怎么会？我从来没想到……"

"这就对啦！"

机器人心理学家陷入沉思，不久忽然抬起头来。"半年前，有个女孩来厂里找他。我认为她很漂亮——金发，身材苗条。当然，她连二加二几乎都不会。他花了一整天时间向她吹嘘，试着解释机器人是怎么拼装的。"说到这里，她又恢复刚硬的口气，"她并不了解！她是谁？"

厄比毫不迟疑地答道："我知道你说的这个人。她是他的亲堂妹，这里头没有任何爱恋成分，我向你保证。"

苏珊·凯文轻快地起身，动作有如少女般活泼。"这是不是很奇怪？那正是我有时用来安慰自己的说法，尽管我从未真正这样想。这么说，一切都是真的了？"

她跑到厄比面前，双手紧紧抓住他冰冷而沉重的手掌。"谢谢你，厄比。"她以急切且沙哑的细声说，"这件事别告诉任何人，把它当成我们的秘密——再次谢谢你。"说完，她又使劲握了握那只毫无反应的金属手掌，便径自离去。

厄比慢慢拾起抛在一旁的小说，却没有任何人看透"他"的心灵。

米尔顿·艾席缓缓地、大剌剌地伸了一个懒腰，引发关节一阵噼啪作响，以及一串咕噜咕噜的哼声。然后，他张大眼睛瞪着彼得·玻格特博士。

"我跟你讲，"他说，"我为这件事已经忙了一个星期，几乎没时间睡觉。我还得像这样忙上多久？我想你曾经说过，问题出在D真空室的正子轰击上。"

玻格特优雅地打了个呵欠，兴致勃勃地审视着自己一双白皙的手掌。"是的，而我摸到边了。"

"当一名数学家这么说的时候，我知道它代表什么意思。你距离成功还有多远？"

"这都取决于……"

"取决于什么？"艾席倒在一张椅子上，一双长腿向前伸。

"取决于兰宁，这老家伙不同意我的看法。"他叹了一口气，"有点跟不上时代，那正是他的问题。他死守着矩阵力学，把它当成一切的一切，而这个问题却需要更强有力的数学工具。他可真固执。"

艾席带着睡意喃喃道："何不问问厄比，把整件事作个了结。"

"问那个机器人？"玻格特扬起眉毛。

"有何不可？那老小姐没告诉你吗？"

"你是指凯文？"

"是啊！就是苏珊。那机器人是个数学鬼才，他对数学的认识比百分之百还多一点。他能在脑中计算三重积分，还把张量分析当点心吃。"

数学家狐疑地瞪着对方。"你没开玩笑？"

"我发誓！怪就怪在那傻子不喜欢数学。他宁可读些愚不可及的小说。千真万确！你该看看苏珊一再拿给他的那些劣等作品：《紫色激情》《太空之恋》。"

"凯文博士没对我们提一个字。"

"这个嘛，她对他的研究尚未结束。你知道她的作风，在揭露大秘密之前，她喜欢让一切不漏风声。"

"而她告诉了你。"

"我们的交谈可算无法避免，我最近经常见到她。"他将眼睛张得老大，还皱起眉头，"嘿，玻格特，你最近可注意到这位女士有什么不对劲？"

玻格特咧开嘴，露出不大庄重的笑容。"她开始涂口红，或许你指的是这件事。"

"哎呀，这点我知道。她还搽胭脂抹粉，外带画眼影，可真惹人注目。但我指的不是这个，我对这方面无可置评。我是指她说话的方式——好像有件事令她很开心。"他想了想，然后耸耸肩。

玻格特做了个眉目传情的眼神，对一位年过五十的科学家而言，他的表演还真不赖。"也许她坠入爱河了。"

艾席再度闭上眼睛。"我看你是疯了，玻格特。你去跟厄比谈谈，我要待在这儿睡上一觉。"

"好！但这并不表示我特别喜欢让一个机器人告诉我怎么做，而且我也不认为他办得到！"

轻微的鼾声是对他唯一的回答。

彼得·玻格特双手插在口袋里，刻意以漠然的态度叙述他的问题，厄比则聚精会神地聆听。

"事情就是这样。我听说你了解这些事，而我来问你，最主要是出于好奇。我的推论，正如我刚刚大略说明的，里面有几项可疑的步骤，这点我承认，因此整个图像仍然不太完整，而兰宁博士也拒绝接受这些步骤。"

机器人并未回答，玻格特又说："怎么样？"

"我看不出错误。"厄比研究着那些潦草的计算。

"我想除了这句话，你无法再有任何贡献？"

"我不敢尝试，你是比我更优秀的数学家，而且——嗯，我不愿介入这件事。"

玻格特的笑容中带着几许自满。"我差不多也是这么想。这太深了，我们忘掉它吧。"他将那几张纸揉掉，丢进废弃物管道，转身正要离去，又突然改变主意。

"对啦……"

机器人一言不发地等着。

玻格特似乎觉得难以启齿。"有件事……我是说，也许你能……"他打住了。

厄比平心静气地说："你的思绪一团混乱，但毫无疑问，它和兰宁博士有关。迟疑不决是件傻事，因为只要你静下心来，我马上会知道你想要问什么。"

数学家的右手举到光滑平整的头发上，做了个惯常的梳理动作。"兰宁快七十岁了。"他说，仿佛这句话就能解释一切。

"这点我知道。"

"而且他担任本厂的主任已经将近三十年。"厄比点了点头。

"好，那么，"玻格特改用逢迎的口吻说，"你会知道他是否……是否想到退休。例如由于健康因素，或是其他……"

"是啊。"厄比只是这么说。

"好，你知道吗？"

"当然。"

"那么……呃……你能不能告诉我？"

"既然你问了，我就会说。"机器人的应对相当实事求是，"他已经辞职了！"

"什么！"这是一声猛然脱口、几乎含糊不清的惊叹。然后，这位数学家的大脑袋向前一伸。"再说一遍！"

"他已经辞职了，"机器人以平静的语气重复，"可是还没有生效。你懂吗，他还等着解决……呃……我自己这个问题。等这件事结束后，他就准备把主任办公室移交给继任人选。"

玻格特猛力吐出一口气。"而这个继任人选，他是谁？"现在他离厄比相当近，双眼着魔似的紧盯着那对深不可测的暗红色光电眼。

机器人慢慢答道："你就是下一任主任。"

玻格特绽放出僵硬的笑容。"真是太好了，我一直在盼望和等待这件事。谢谢你，厄比。"

彼得·玻格特在书桌前一直待到清晨五点，稍事休息后，上午九时他又回来工作。书桌上方的书架原本摆有一排参考书与数值表，但随着他一本接一本参考，书架已经完全腾空。他面前的计算纸以微量的速度增加，脚下揉皱的潦草手稿则堆积成一座小山。

正午时分，他看看最后一页计算，揉揉充血的眼睛，打了个呵欠，又耸了耸肩。"简直越来越糟，该死！"

开门声使他转过头去。进来的是兰宁，他正用瘦骨嶙峋的双手将指节扳得噼啪响。

玻格特对他点了点头。这位主任见到屋内凌乱不堪，两道眉毛就立刻皱成一团。

"新途径？"他问。

"不，"对方以挑衅的口吻回答，"原来的有什么不妥？"

兰宁懒得答复这个问题，对书桌上那叠纸也只是随便瞥一眼。他一面点燃雪茄，一面透过火柴的光焰说："凯文有没有跟你提到那个机器人？他是个数学天才，实在不同凡响。"

对方高声嗤之以鼻。"我听说了。但凯文还是专管机器人心理学比较好。我检查过厄比的数学能力，他几乎连微积分都过不了关。"

"凯文却不这么想。"

"她疯了。"

"而我也不这么想。"主任眯起眼睛，透出一种威胁感。

"你！"玻格特的声音转趋强硬，"你在说些什么？"

"整个上午，我都在测试厄比的本事，他有些你闻所未闻的绝招。"

"是吗？"

"你好像不信！"兰宁从背心口袋掏出一张纸，再将它打开，"这不是我的笔迹，对不对？"

玻格特对纸上的大型斜体符号研究了一番。"厄比做的？"

"是的！你只要留意就能看出来，他所做的是对二十二号方程式的时间积分。得到的结果——"兰宁用泛黄的指甲敲了敲最后一行，"和我的结论一模一样，却只花了四分之一的时间。你没有理由忽略正子轰击中的林格效应。"

"我没有忽略，它会被抵消掉。看在老天的份上，兰宁，把这点装进你的脑袋……"

"喔，是啊，你解释过。你还用到了米契尔平移方程式，对不对？哼——它不适用。"

"为什么？"

"理由之一，因为你一直在用超虚数。"

"那又有什么关系？"

"这样一来，米契尔方程式就不成立……"

"你疯了吗？如果你读读米契尔的原始论文……"

"我不必那样做。我一开始就告诉你，我不喜欢他的论证，这点厄比支持我。"

"好吧，那么，"玻格特吼道，"让那个上发条的机器帮你解决整个问题好了。何必在细枝末节上浪费时间？"

"那正是关键，厄比无法解决这个问题。如果他不能，那我们也不能——不能独力解决。我要把整个问题送到全国委员会，它超出了我们的能力范围。"

玻格特面红耳赤，在咆哮声中一跃而起，连椅子都差点撞翻。"你不可以做这种事。"

这回轮到兰宁涨红了脸。"你在告诉我什么能做什么不能做？"

"一点没错。"对方咬牙切齿地回应，"我把这个问题解决了，你不能从我手里把它抢走，懂吗？别以为我看不透你，你这个风干的化石。你宁愿切掉自己的鼻子，也不愿承认是我解决了机器人精神感应之谜。"

"你是个该死的白痴，玻格特，一秒钟之内，我就能让你因为犯上而遭停职。"兰宁激动得下唇不停打战。

"你做不到这件事，兰宁。有个透视心灵的机器人在这里，你什么秘密也保不住，所以别忘了，我对你的辞职一清二楚。"

兰宁手中的雪茄开始打战，烟灰纷纷落地，然后雪茄也跟着掉下来。"什么……什么……"

玻格特邪恶地咯咯大笑。"而我会是新主任，你给我搞清楚。这点我非常明白，别以为我一无所知。你瞎了眼，兰宁。我将在这里发号施令，不管你受得了受不了，等着瞧吧。"

兰宁终于能发出声音，立刻怒吼道："你被停职了，听到没有？你的职务通通解除了。你给免职了，了解吗？"

对方脸上的笑意更浓了。"哈，这又有什么用？你什么也办不到。我手中握着王牌，我知道你已经辞职。是厄比告诉我的，是他直接从你那里获悉的。"

兰宁强迫自己心平气和地说话。他看来非常、非常苍老，双眼困倦无神，面容血色尽失，显出一张苍白蜡黄的老脸。"我要找厄比谈谈，他不可能告诉你那种事。你在进行一场狡猾的赌博，玻格特，但我要拆穿你唬人的把戏。跟我来！"

玻格特耸了耸肩。"去找厄比？很好！他妈的好极了！"

同样在正午时分，米尔顿·艾席画好一张笨拙的草图，抬起头来说："你有概念了吗？我对于画这种东西不太在行，但它的外观就是这样。它是一栋漂亮的房子，我只要花一点点钱就能买下来。"

苏珊·凯文含情脉脉凝视着他。"它实在美丽，"她叹了一口气，"我常常想，我希望……"她的声音逐渐消失。

"当然啦，"艾席放下铅笔，神采奕奕地继续说，"我得等到放假才能办这件事。我只有两周的假期，但厄比这件事却让一切悬在半空中。"他的目光落到自己的指甲上，"此外，还有一个原因——但它是个秘密。"

"那就别告诉我。"

"喔，我还是说说比较好，我忍不住想找个人一吐为快——而你可算是我在这里最好的……呃……倾吐对象。"他羞怯地咧嘴一笑。

苏珊·凯文一颗心怦怦乱跳，可是她不敢开口。

"坦白说，"艾席把椅子拖近些，并将声音压低成神秘兮兮的耳语，"那栋房子不只我一个人住，我快结婚了！"

说到这里，他突然跳起来。"怎么回事？"

"没事！"可怕的天旋地转已经停止，但要开口却仍然很困难，"结婚？你是指……"

"啊，当然！是时候了，对不对？你记得去年夏天来这儿的那个女孩吧，就是她！但你真的不舒服，你……"

"头痛！"苏珊·凯文孱弱无力地挥手要他闪开，"我……我最近一直有这个毛病。当然，我要……要恭喜你。我很高兴……"在她惨白的脸上，没涂匀的胭脂变成两团难看的红斑。这时，周遭的一切又开始旋转。"对不起……失陪……"

她一面含糊说着,一面摇摇晃晃夺门而出。这好像是只有在梦中才会突然出现的噩耗——伴随着梦中那一切虚幻的恐怖。

但怎么可能呢?厄比曾说……

厄比知道!他能看穿心灵!

她发觉自己正气喘吁吁地倚在门框上,望着厄比的金属脸孔。她刚才一定是爬了两层楼梯,但是她竟然毫无记忆。有如梦境一般,她在瞬间跨越了那段距离。

有如梦境一般!

然而,厄比的眼睛一眨不眨地盯着她,暗红色的光芒似乎逐渐膨胀,变成两个微微发光、令人望而生畏的球体。

他正在说话,而她只感到冰冷的玻璃杯抵住嘴唇。她吞下一口水,打个哆嗦,才对周遭的事物有些察觉。

厄比仍在说话,他的声音透着惶恐——好像他又惊又怕,正在费尽全力辩解。

那些声音逐渐有了意义。"这是一场梦,"他正在说,"你一定不可以相信。你很快会在真实世界中苏醒,而嘲笑此时的自己。他爱你,我不骗你。他爱你,真的!但不是在这里!不是现在!这只是个幻觉。"

苏珊·凯文点了点头,她的声音有如耳语。"是的!是的!"她抓着厄比的手臂,紧紧抱住,一再重复道,"这不是真的,对不对?这不是真的,对不对?"

她究竟是如何恢复神智的,她自己始终不知道——但那就像穿越一个迷蒙虚幻的世界,来到强烈的阳光下。她推开他,用力推开那只钢铁手臂。她的双眼睁得老大。

"你想要做什么?"她的声音提高成刺耳的尖叫,"你想要做什么?"厄比退了几步。"我想帮助你。"

机器人心理学家瞪着他说:"帮助?怎样帮助?告诉我这是一场梦?试图逼得我精神分裂?"她陷入歇斯底里的紧绷状态,"这不是一场梦!我倒希望它是!"

她猛力倒抽一口气。"等等!为什么……哈,我懂了。慈悲的苍天啊,这多么明显。"

机器人的声音中透着恐惧。"我必须这样做！"

"而我竟然相信你！我从未想到……"

门外的嘈杂声使她暂时住口。她转过身去，双手痉挛似的一松一紧。当玻格特与兰宁进来时，她已经站在角落的窗前，两位男士丝毫未曾留意她。

他们同时向厄比走去，兰宁愤怒而不耐烦，玻格特则是一副看笑话的神情。兰宁首先开口道："好，厄比，听我说！"

机器人将目光猛然射向年迈的主任。"好的，兰宁博士。"

"你有没有和玻格特博士讨论过我的事？"

"没有，主任。"回答来得很慢，玻格特脸上的笑容随即消失。

"怎么回事？"玻格特挤到上司前头，叉开双腿站在机器人面前，"重复一遍你昨天对我说的话。"

"我说……"厄比陷入沉默。在他体内深处，金属发声膜片振荡出轻微的杂音。

"你没有说他辞职了吗？"玻格特怒吼道，"回答我！"

玻格特狂暴地举起手臂，但兰宁赶紧推开他。"你要胁迫他说谎吗？"

"你听到他说什么了，兰宁，他刚要承认就闭上了嘴。别挡着我！我要他吐露实情，懂吧！"

"我来问他！"兰宁转身面对机器人，"好吧，厄比，放轻松点。我辞职了没有？"

厄比只是瞪着眼睛，兰宁焦急地重复一遍："我辞职了没有？"机器人似乎极轻微地摇了摇头，等了半天却没有进一步的结果。

两人互相凝望，两双眼睛里的敌意几乎有了生命。

"搞什么鬼，"玻格特突然冒出一句，"这机器人变哑巴了吗？你这个怪物，你不能讲话吗？"

"我能讲话。"机器人不假思索地答道。

"那就回答这个问题。你不是告诉我说兰宁辞职了吗？他到底有没有辞职？"

接着又是一阵沉闷的寂静，直到苏珊·凯文高亢且近乎歇斯底里的笑声，突然在房间另一端响起，才终于打破这个沉默。

两位数学家吓了一跳。玻格特眯着眼睛说："你在这里？什么事这么有趣？"

"没什么有趣的。"她的声音不太自然，"只不过上当的并非我一个人而已。全世界数一数二的三位机器人学专家，竟然中了同样一个简单的圈套，这是不是很讽刺？"她的声音逐渐消失，她将苍白的手按向额头。"可是并不有趣！"

这回两位男士互相扬了扬眉毛。"你说的是什么圈套？"兰宁硬邦邦地问道，"厄比有什么问题吗？"

"不，"她慢慢走近他们，"他没什么问题——有问题的是我们。"她猛然转身，对机器人尖叫道，"离我远点！到房间另一端去，别让我看到你。"

在她盛怒的目光下，厄比缩头缩脑、跌跌撞撞地快步离去。

"这一切是怎么回事，凯文博士？"兰宁的声音透着敌意。

她面对他们，以讥讽的口吻说："你们当然知道机器人学第一基本法则。"

另外两人同时点了点头。"当然，"玻格特不悦地答道，"机器人不得伤害人类，或因不作为而使人类受到伤害。"

"背得多么流利。"凯文讽刺道，"然而，究竟是何种伤害？"

"啊——任何种类的伤害。"

"正是如此！任何种类！可是令人感情受创呢？令人自我受打击呢？令人希望幻灭呢？这些算不算伤害？"

兰宁皱起眉头。"机器人怎么会知道……"然后他猛喘一口气，没有再说下去。

"你已经明白了，是吗？这个机器人能透视心灵。你以为他不知道精神伤害的意义吗？你以为如果有人问他问题，他不会完全按照那人想听的回答吗？其他答案难道不会伤害我们，而厄比难道不知道这点吗？"

"老天啊！"玻格特喃喃道。

机器人心理学家以嘲讽的目光瞥了他一眼。"我想你问过他兰宁是否辞职了。你希望听到的答案是他已经辞职，而厄比正是那样告诉你的。"

"而我想，"兰宁以平板的语气说，"这就是他刚才不愿回答的原因。无论他怎样回答，都会使我们其中一人受到伤害。"

接下来是短暂的沉默，两位男士若有所思地望着远方的机器人——他正缩在书柜旁的椅子里，脑袋枕在一只手上。

苏珊·凯文双眼稳稳地盯着地板。"他全部一清二楚。那个……那个魔鬼知道一切——包括他的装配过程出了什么差错。"她的眼睛忧郁而深沉。

兰宁抬起头来。"这点你说错了，凯文博士。他不知道哪里出了差错，我问过他。"

"这有什么意义？"凯文叫道，"只能说明你不希望他告诉你答案。让一架机器做你做不到的事，会戳伤你的自我——你问过他吗？"她忽然转向玻格特。

"可以这么说，"玻格特咳嗽一声，涨红了脸，"他告诉我，他对数学知道得非常少。"

兰宁发出一阵不很响亮的笑声，机器人心理学家则挖苦地微微一笑。"我来问他！他提出的答案不会伤害我的自我。"她提高音量，发出一句冰冷的命令，"过来！"

厄比随即起身，踏着迟疑的步伐走近他们。

"我想你知道，"她继续说，"在装配过程中，究竟是哪一步引进了一个外来因素，或是遗漏了一项不可或缺的因素。"

"是的。"厄比以几乎细不可闻的声音说。

"慢着。"玻格特气呼呼地插嘴道，"那不一定就是实话。你希望听到这个答案，如此而已。"

"别当傻瓜。"凯文答道，"他对数学的认识等于你和兰宁的总和，这点毫无疑问，因为他能透视心灵。给他一个机会。"

数学家不再作声，于是凯文继续说："好啦，厄比，说吧！我们等着呢。"她又转头道，"两位，准备纸笔。"

但厄比仍旧默不作声。机器人心理学家带着几许得意说："厄比，你为何不回答？"

机器人突然脱口而出："我不能，你知道我不能！玻格特博士和兰宁博士不希望我这样做。"

"他们希望得到答案。"

"但不是从我这里。"

此时兰宁插进一句话，说得又慢又清楚："别傻了，厄比，我们的确希望你告诉我们。"

玻格特随便点了点头。

厄比的声音变作狂乱的号叫。"那样说有什么用？你以为我看不透你的心灵表层吗？在你的内心深处，你不希望我那样做。我是个机器，仅仅借着脑中的正子活动来模仿生命——我的脑子是人造装置。你要是在我面前低头，就一定会受到伤害。这点深深烙印在你心中，绝不可能抹得去。我不能提出答案。"

"我们走开，"兰宁博士说，"你告诉凯文。"

"那不会有任何不同，"厄比叫道，"因为无论如何，你仍会知道是我提供的答案。"

凯文重新开口，她说："可是你也了解，厄比，纵然如此，兰宁博士和玻格特博士还是想得到答案。"

"靠他们自己的努力！"厄比坚持道。

"但他们想要得到。你拥有答案却不肯说，这个事实也对他们造成了伤害。这点你了解，是吗？"

"是的！是的！"

"而你若是告诉他们，同样会对他们造成伤害。"

"是的！是的！"厄比慢慢向后退，苏珊·凯文步步进逼，另外两人则不知所措、目瞪口呆地僵在原地。

"你不能告诉他们，"机器人心理学家以平板的语调慢慢说，"因为那会造成伤害，而你一定不能伤害人类。但你若不告诉他们，你就会造成伤害，所以你必须告诉他们。而如果你说了，你会造成伤害，所以你不能对他们说；但如果你不说，你会造成伤害，所以你必须说；但如果你说了，你会造成伤害，所以你一定不能说；但如果你不说，你会造成伤害，所以你必须说；但如果你说了，你……"

厄比身子抵住墙壁，双腿跪了下来。"停止！"他尖叫道，"关上你的心灵！它充满了痛苦、挫折和恨意！我不是故意的，我不骗你！我试图帮助你们，我把你们想听的话告诉你们。我不得不这样做！"

机器人心理学家毫不理会。"你必须告诉他们，但如果你说了，你会造成伤害，所以你一定不能说；但如果你不说，你会造成伤害，所以你必须说；但……"

厄比声嘶力竭地惨叫。

那像是音量放大许多倍的短笛声——越来越尖锐，最后变成垂死灵魂的尖声号啕，使整个房间充满有形的刺耳噪音。

当这个声音消失时，厄比垮在地上，成了一堆动弹不得的金属。

玻格特面无血色地说："他死了！"

"不！"苏珊·凯文发出一阵撕心裂肺的狂笑，"不是死了——只是精神错乱。我对他提出一个无解的两难问题，令他精神崩溃。现在你可以将他解体——因为他再也不能说话了。"

兰宁在这堆本是厄比的金属旁跪下。他摸了摸那个冰冷而毫无反应的金属面孔，不禁打个哆嗦。"你是故意这样做的。"他站起来，以扭曲的脸孔对着她。

"是又怎么样？你现在已无法挽回。"她突然悲从中来，喊道，"他罪有应得。"

主任抓起形同瘫痪、一动不动的玻格特一只手腕。"有什么差别呢。来吧，彼得。"他叹了一口气，"会这样思考的机器人，反正毫无价值。"他的眼神显得苍老而疲倦，"来吧，彼得！"他又重复一遍。

两位科学家离去后，又过了好几分钟，苏珊·凯文博士才勉强恢复心理平衡。她的目光缓缓转向那个不死不活的厄比，紧绷的表情重新回到脸上。她凝视良久，得意之情逐渐退去，绝望的沮丧再度浮现——她心中的思绪澎湃汹涌，嘴里却仅仅深恶痛绝地吐出两个字："骗子！"

保证满意

　　托尼身材高大，面容英俊，头发乌黑，无法改变的表情显现出不可思议的贵族气质。克莱尔·贝尔蒙带着恐惧与惊慌交织的心情，透过门缝打量他。

　　"我做不到，赖瑞，我就是不能让他待在家里。"在自己瘫痪的心灵中，她拼命搜寻更强烈的说辞——能说得有理、能解决问题的说辞，结果却只能一再重复最简单的话。

　　"我做不到。"

　　赖瑞·贝尔蒙僵硬地凝视他的妻子。他眼中透出不耐烦的目光，那是克莱尔最不愿见到的，她觉得那种目光映出她自己的无能。"我们已经答应人家，克莱尔，"他说，"我不能让你现在打退堂鼓。正因为这件事，公司准备送我到华盛顿去，这或许意味着一次晋升。这件事绝对安全，你也知道。你反对个什么劲？"

　　她无助地皱起眉头。"这事就是让我心寒，我无法忍受他。"

　　"他几乎是个像你我一样的人。所以别胡说八道了，来，到那里去。"

　　他的手在她背部腰际轻轻一推，她便被推进自己的起居室，开始浑身发抖。"它"就在那里，十分礼貌地望着她，仿佛在评量这位未来三周的女主人。苏珊·凯文博士也在那里，她僵直地坐着，出神地抿起嘴唇。她有一副冰冷、恍惚的表情，那是一个人跟机器相处太久，血液中渗入一点钢屑后的必然结果。

　　"你好。"克莱尔沙哑地挤出个应付公事的招呼。

　　但赖瑞连忙打圆场，假装兴冲冲地说："来，克莱尔，我要你见见托尼，一个大好人。这是我太太，克莱尔；这是托尼，老朋友。"赖瑞的右手亲切地放在托尼肩上，托尼却仍然毫无反应且毫无表情。

　　他说："你好，贝尔蒙太太。"

克莱尔被托尼的嗓音吓了一跳。那是个低沉柔和的声音，平滑得有如他的头发或他的颜面。

在她未能平复前，她就说："喔，我的天——你能说话。"

"为何不能？你预料我不能开口吗？"

但克莱尔只能露出无力的笑容，她并不清楚自己原本预料些什么。她转过头去，然后又让他轻巧地滑进自己的眼角。他的头发乌黑柔顺，像是抛光塑胶——或者真是由一根根毛发组成的？而他手部与脸部细腻的橄榄色皮肤，一直延伸到剪裁正式的服装之下吗？

她陷入惊异的出神状态，必须将自己的思绪强拉回来，才能听见凯文博士平板的、毫无感情的声音。

"贝尔蒙太太，我希望你能体认这个实验的重要性。你先生跟我说，他已经告诉你一些基本概念。身为美国机器人与机械人公司的资深心理学家，我希望再多跟你讲一点。

"托尼是个机器人。在公司的档案里，他的真正名称是ＴＮ３，但叫他托尼他会答应。他并非一个机械怪兽，也不仅仅是五十年前、二次大战期间发展出来的那种计算机。他有个几乎和我们的大脑一样复杂的人工头脑，那是个原子尺度的大型电话交换机，能让几十亿的'电话接线'压缩在一个头颅般大小的仪器中。

"我们为每种型号的机器人都专门制造一种这样的头脑。每个头脑具有一组预先计算好的接线，好让每个机器人出厂时都懂得英文，并拥有执行特定工作所需的足够知识。

"目前为止，美国机器人公司只局限于生产工业型机器人，用来取代不适宜人力的工作——例如深层采矿，或是水底作业。但是，我们想要进军城市和家庭。要做到这一点，我们必须让普通人毫无恐惧地接受这些机器人。你应该了解，根本没什么好怕的。"

"没什么好怕的，克莱尔。"赖瑞急忙插嘴，一本正经地说，"相信我的话，他绝不可能造成任何伤害。你知道，否则我不会让他留在你身边。"

克莱尔偷偷瞥了托尼一眼，然后压低声音说："万一我惹他生气怎么办？"

"你不必讲悄悄话，"凯文博士平静地说，"他绝对无法生你的气，亲爱的。我刚才跟你说过，他脑部的交换机接线是预先设定的。好，其中最重要的接线是我们所谓的'机器人学第一法则'，它的内容如下：'机器人不得伤害人类，或因不作为而使人类受到伤害。'所有的机器人都制造成这样，你无法以任何方式强迫机器人伤害任何人。所以，你懂了吧，当你先生在华盛顿安排政府监督的合法测试时，我们需要你和托尼进行先期实验，为我们提供指导原则。"

"你的意思是这一切都不合法？"

赖瑞清了清喉咙。"迟早会合法的，不过没有关系。他不会离开这个家，而你绝不可让任何人看到他。这样就行了……还有，克莱尔，我很想留下来陪你，但我对机器人知道得太多。我们一定要用个完全没有经验的测试员，这样我们才能得到最逼真的状况。的确有这个必要。"

"喔，好吧。"克莱尔喃喃道。接着，她又突然想到一件事。"可是他会做些什么呢？"

"家事。"凯文博士简单答道。

说完她便起身告辞，由赖瑞负责送她到门口。克莱尔失魂落魄地留在原处。她无意间从壁炉台上的镜子里瞥见自己，连忙将视线移开。她非常厌倦自己鼠头鼠脑的小脸，以及毫无光泽与新意的头发。然后她发觉托尼的目光落在自己身上，差点回以一个微笑，还好她及时想起……

他只是一架机器。

在前往机场的途中，赖瑞·贝尔蒙瞥见葛拉蒂丝·克拉冯。像她这种女人，似乎生来就是让人侧目的……十全十美的造形，配上细致的双手与秀气的眼睛，亮丽得令人无法逼视。

她面前的浅浅笑容与身后的淡淡幽香，仿佛是一对勾魂的手指。赖瑞发觉自己步伐乱了；他碰了碰帽子，跟她打个招呼，然后赶紧继续前进。

如同往常一样，他感到模糊的愤怒。假如克莱尔能向葛拉蒂丝看齐一点，那会有很大帮助。但这样想有什么用。

克莱尔！她与葛拉蒂丝曾有几次面对面的经验，这个小傻瓜每次都舌头打结。他对她没有任何幻想。托尼的测试是他晋升的大好机会，而它却落在克莱尔之手。若是落在像葛拉蒂丝·克拉冯这样的人手里，不知道会安全多少。

第二天早上，卧室房门响起轻缓的敲门声，叫醒了克莱尔。她的心绪先是一团混乱，随即冷却下来。昨天她一直躲着托尼，撞见他时总是匆匆一笑，咕哝一句没出口的抱歉就赶紧走开。

"是你吗——托尼？"

"是的，贝尔蒙太太。我能进来吗？"

她一定是答应了，因为他已经出现在她面前，相当突然且悄无声息。她的眼睛与鼻子同时察觉到他端来的盘子。

"早餐吗？"她问。

"希望你喜欢。"

她根本不敢拒绝，因此缓缓撑起身子坐在床上，接过那份早餐：水煮荷包蛋、奶油土司与咖啡。

"我把砂糖和奶精放在一旁。"托尼说，"我期望逐渐熟悉你在饮食和其他方面的喜好。"

她没有动作。

托尼像根金属直尺般笔直地、顺从地站在那里，一会儿后，他才问道："你喜欢单独进餐吗？"

"是的……我的意思是，你若不介意的话。"

"待会儿你换衣服需要帮忙吗？"

"喔，我的天，不！"她发疯似的抓向被单，差点将整杯咖啡洒在床上。当他走出去、关上房门时，她仍用力抓着被单，许久才无力地仰倒在枕头上。

她好歹吃完了早餐……他只是一架机器。假使他多像机器一点，他就不会这么可怕。或者，假使他的表情有点变化，那也会好得多。但它只是保持原状，像是被钉死一样。那对黑眼睛以及橄榄色肌肤后面进行些什么，你一点也看不出来。她喝光咖啡，将咖啡杯放回盘子里，带起一阵轻微的撞击声。

然后她才发觉自己竟然忘记了加砂糖与奶精，而她又实在是非常讨厌喝纯咖啡。

换好衣服后，她火速从卧室直奔厨房。毕竟这是她的家，虽然她一点也不花哨，但她喜欢有个清洁的厨房。他应该等她来监督……

但她走进去后，竟然发现整间厨房像是刚出厂般焕然一新。

她停下脚步，出神凝望。转身的时候，她差点撞到托尼，吓得她发出一声尖叫。

"我能帮忙吗？"他问。

"托尼，"她压抑住掺杂在惊慌中的怒意，"你走路时一定要发出点声音。你可知道，我受不了你这么蹑手蹑脚接近我……你不是用过厨房吗？"

"是的，贝尔蒙太太。"

"看来不像。"

"我事后清洗过了。习惯上不是这样吗？"

克莱尔张大眼睛。毕竟，这句话倒是不容反驳。她打开放置瓶罐的烤箱格，心不在焉地很快看了一眼亮晶晶的金属内壁，然后用颤抖的声音说："非常好，相当令人满意。"

假使他在这时微微一笑，假使他露出笑容，假使他稍微扯动一下嘴角，她觉得自己就能对他有亲切感。但当他说："谢谢你，贝尔蒙太太。请你去起居室看看好吗？"他仍然像个一派安详的英国爵爷那样。

她照做了，并且立刻吃了一惊。"你把家具都擦了一遍？"

"满意吗，贝尔蒙太太？"

"但这是什么时候的事？你昨天没做啊。"

"当然是昨天夜里。"

"你整晚开着灯？"

"喔，不，没有那个必要。我有个内建的紫外光源，我能借着紫外光视物。而且，当然，我不需要睡眠。"

不过，他的确需要赞美，当时她就了解到这一点。他必须知道自己在讨她欢心，但她却无法为他提供这样的满足感。

她只能酸溜溜地说："你们这种机器人会让一般家庭主妇失业。"

"一旦从家事的劳役中解脱，世上还有重要许多的工作等着她们。毕竟，贝尔蒙太太，像我这样的东西是造得出来的。但目前为止，人类的大脑——比方说你的大脑——它的创造性和多样性仍是无法模仿的。"

虽然他的脸部没有任何表情，声音中却盈溢着敬畏与赞美。克莱尔不禁面红耳赤，喃喃答道："我的大脑！你可以拿去。"

托尼凑近了些，说道："你一定活得不快乐，才会说这样的话。我能为你做点什么吗？"

一时之间，克莱尔觉得很想哈哈大笑。这是个多么可笑的情况：她面前是个活生生的地毯吸尘机、洗碗机、家具擦拭机，是个工厂制造出来的机械杂役——此时，他却充当一名心理医生与倾吐心事的密友。

但她突然以悲痛的声音，一口气说："假如你真要知道，贝尔蒙先生认为我没有大脑……我想我的确没有。"她不能在他面前哭泣。基于某种原因，她觉得人类的尊严在支持她，让她坚强地面对这个人类的产物。

"那是最近的事。"她补充道，"他当学生的时候、他刚进社会的时候，都还没有这种问题。但我不能当大人物的妻子，而他眼看就要成为一位大人物。他要我做个体面的女主人，做他进入社交生活的阶梯——就像葛……葛……葛……葛拉蒂丝·克拉冯那样。"

她的鼻头红了，她赶紧别过脸去。

不过托尼并未望向她，他的眼睛正在四下打量这个房间。"我能帮你布置这个家。"

"但那没有用，"她忿忿地说，"它需要一点我弄不出来的味道。我只能使它舒适宜人，我永远无法把它弄得像《美丽家庭》杂志上的照片那样。"

"你想要那样的家吗？"

"想要——又有什么用？"

托尼定睛望着她。"我能帮助你。"

"你对室内装潢可有任何概念？"

"它是好管家应该知道的事吗？"

"喔，是的。"

"那我就有学习的潜力。你能帮我找来这方面的书吗？"

于是，一件事开始了。

克莱尔从公共图书馆借出厚厚两册的家庭艺术专论，抓着帽子、顶着强风走了回来。她望着托尼翻开其中一本，一页一页翻过去。这是她第一次见到他的手指飞快地进行细腻的工作。

我看不清它们是怎么做的，她想。在突如其来的冲动下，她抓住他的手掌，将它拉向自己。托尼没有拒绝，只是放松手掌让它接受检视。

她说："太妙了，连你的指甲看来也是真的。"

"当然，那是故意的。"托尼答道，接着又喋喋不休地说，"我的皮肤是韧性塑胶，骨架是轻质合金。你觉得好玩吗？"

"喔，不。"她抬起涨红的脸庞，"我只是觉得有点尴尬，好像我在打探你的内在。这完全不关我的事，你就没有问我这方面的问题。"

"我的脑路并未包括那种好奇心。你也知道，我只能在我的能力范围之内行动。"

在接下来的沉默中，克莱尔感到心头一凛。她为什么不断忘记他是个机器？现在这件事本身不得不提醒她。她真那么渴求同情，甚至愿意将一个机器人当成真人——只因为他同情自己？

她注意到托尼仍在翻书，像是一筹莫展，心中突然浮现一股为她带来解脱与安慰的优越感。"你不能读书，是吗？"

托尼抬头望向她。"我正在读书，贝尔蒙太太。"他的声音平静，毫无责难的口气。

"可是……"她胡乱指了指那本书。

"假如你指的是这件事，我是在扫描这些书页。我的阅读是照相式的。"

上述对话是傍晚的事。当克莱尔终于上床就寝时，托尼已经快读完第二册。他仍坐在黑暗中，或说克莱尔局限的视觉看来的黑暗中。

当她即将进入睡眠状态之际，最后扰攘心中的是个古怪的念头。她又记起他的手，想起它的触感。它摸起来既温暖又柔软，好像真人的手一般。

那个工厂多么聪明，她想，随即轻轻滑入梦乡。

接下来几天，克莱尔天天光顾图书馆。托尼建议的书目很快扩展到许多领域，包括关于配色、化妆、木工、时尚、艺术，以及服装史方面的书籍。

他以严肃的目光翻阅每一本书，阅读的速度与翻书的速度一样快，而且似乎绝对过目不忘。

第一周尚未结束，他就坚持要帮她剪发，介绍一种新发型给她，还对她的眉线稍作调整，并为她改换粉底与口红的色调。

在他非人的十指轻巧拨弄下，她在紧张恐惧中提心吊胆度过半小时，然后鼓起勇气去照镜子。

"还有些可以改进的，"托尼说，"尤其是服装。你觉得这第一步怎么样？"

她没有立即回答，沉默了好一阵子。直到接受了镜中陌生美女的身份，并等到发自内心的赞叹降温，她才以哽塞的声音说："嗯，托尼，这第一步相当好。"她的视线始终没有离开那个令人愉快的形像。

她在写给赖瑞的信中没提这些，到时让他自己看吧。而她也有几分明白，自己期待的不仅是给他一个惊奇，那也会是一种报复。

某天上午，托尼说："现在是开始采购的时候了，但我不准离开这栋房子。假如我把我们需要的详细写出来，你能帮我通通买到吗？我们需要帷幔、家具布料、壁纸、地毯、油漆、衣物——以及许许多多小东西。"

"我不可能一口气买到合乎规格的一切。"克莱尔以怀疑的口气说。

"如果你全城逛一遍，又如果钱不成问题，你就差不多能办齐了。"

"可是，托尼，钱当然是个问题。"

"绝对不是。你先到美国机器人公司走一趟，我会写一张便条给你。你去见凯文博士，告诉她我说这是实验的一部分。"

不知怎么回事，克莱尔觉得凯文博士不像上回那么可怕。在一番改头换面、戴上一顶新帽子之后，她与过去的克莱尔多少有些不同。机器人心理学家仔细聆听她的叙述，问了几个问题，点了点头——克莱尔便告辞离去，带着由美国机器人与机械人公司的资产担保的一张无限额信用卡。

金钱的力量真是伟大。既然买得起一家店里所有的东西，店员的解说听起来便未必高高在上；而装潢业者那扬起的眉毛，则不会再让她联想到天神的怒火。

有一次，在一家气派无比的服饰沙龙里，她对一位尊贵的肥佬描述要买什么衣裳，不料肥佬却以最纯正的五十七街法语腔，硬是对她的描述嗤之以鼻。她立刻打电话给托尼，再将话筒递向那位冒牌法国先生。

"如果你不介意，"她的声音坚定，但手指有点扭曲，"我希望你跟我的……呃……秘书谈谈。"

胖子向电话走去，一只手臂严肃地弯在背后。他用两根手指头夹起话筒，以优雅的声音说了一句："是的。"顿了片刻后，又说了一句："是的。"接着是很长时间的停顿，接着他刚要尖声抗议却很快咽了回去，接着又是一阵停顿，接着他以非常恭敬的语气再说一句："是的。"然后话筒便回到了原位。

"如果夫人跟我来，"他以自尊心受创、恍恍惚惚的声音说，"我会尽力为您服务。"

"等一下。"克莱尔冲回电话旁，再度拨回家里，"喂，托尼。我不知道你说了什么，但它生效了。谢谢你，你是个……"她绞尽脑汁搜寻一个适当的称呼，最后不得不放弃，只是以又尖又细的声音说，"是个……是个亲爱的！"

当她挂上电话、转过身来的时候，发现葛拉蒂丝·克拉冯正望着她。葛拉蒂丝·克拉冯微微歪着头，显得有点兴味又有点诧异。

"贝尔蒙太太？"

克莱尔的脑袋突然一片空白。她只能傻傻地频频点头，像个木偶一样。

葛拉蒂丝带着一种令人费解的傲慢微微一笑。"我不知道你在这儿买衣服。"仿佛在她眼中，这家商店的地位因此一落千丈。

"我不常来。"克莱尔低声下气答道。

"你是不是还换了发型？看来相当——特别……喔，我希望你别介意，但你先生不是叫赖瑞吗？我记得似乎是赖瑞。"

克莱尔咬牙切齿，但她必须解释，她非解释不可。"托尼是我先生的朋友，他在帮我选购一些物品。"

"我懂了，他在这方面还真是个亲爱的。"她面带微笑向前走去，仿佛将全世界的光和热都带在她身上。

对于转向托尼寻求安慰这个事实，克莱尔并未感到有何不妥。十天相处下来，她已不再排斥这种事。她不但能在他面前哭泣，还能大发雷霆。

"我是个彻头彻尾的傻……傻瓜。"她一面怒吼，一面拧着湿透了的手帕，"她那样对我。我不知道为什么，她就是那样。我应该……踢她，我应该把她打倒，踩在她身上。"

"你能这么痛恨一个人吗？"托尼以不解的口吻，轻柔地问道，"人类这部分的心灵是我无法理解的。"

"喔，不是她，"她喃喃抱怨，"我想该怪我自己。她每一方面都是我梦想的目标——至少，就外在而言……但我做不到。"

托尼低沉有力的声音传到她耳朵里。"你做得到，贝尔蒙太太，你做得到。我们还有十天时间，十天后这个家会脱胎换骨。我们不是一直这样计划吗？"

"那又怎能帮我……对付她？"

"邀请她来，邀请她的朋友一块来。时间定在我……我离开前夕那天晚上，就当它是新居落成的宴会吧。"

"她不会来的。"

"不，她会来。她会来嘲笑你……但她将笑不出来。"

"你真这么想吗？喔，托尼，你认为我们做得到吗？"她将他的双手抓在自己手里……然后，她的脸撇向一旁，"可是又有什么用？那不是我做的；那会是你的成绩。我不能骑在你的肩膀上。"

"没人能独力放出万丈光芒，"托尼悄声道，"他们曾将这项知识灌输给我。不论是你，或是任何人眼中的葛拉蒂丝·克拉冯，不光是葛拉蒂丝·克拉冯而已。她骑在金钱和社会地位的肩膀上。她从未感到有何不妥，你为何要有这种感觉呢？……你这样想好了，贝尔蒙太太。我被造来服从人类，但我服从的程度可由我自己决定，我对任何命令可以认真也可以敷衍。对你的命令，我认真执行，因为我心目中的人类正是像你这样。你和蔼可亲、待人友善、没有架子。根据你的描述，克拉冯太太则不然，我不会像服从你那样服从她。所以进行这一切的，贝尔蒙太太，是你而不是我。"

然后他将双手从她手中抽出来。克莱尔望着那张毫无表情、无人能解的脸孔——心中嘀咕着。她突然再度感到恐惧，这次是另一种全新的恐惧。

她紧张兮兮地咽了一下口水，瞪着自己的一双手。刚才他的手指施加的压力，现在还让她觉得有点麻。她未曾想到会有这种事；他的手指在抽开前一瞬间，曾轻巧地、温柔地压了压她的手指。

不！

是"它的"手指……"它的"手指……

她冲进浴室，胡乱地、徒劳地一遍又一遍洗手。

第二天，她有点羞于见他。她仔细观察他的行动，等着看接下来会有什么事——等了好久却什么也没等到。

托尼一直在工作。就算贴壁纸或使用快干漆有任何困难之处，托尼也未曾显露出来。他的双手动作精准；他的十指灵巧准确。

他彻夜工作。她从未听到声音，但每天早上都是一次新的惊奇。她数不清他做了多少事，直到傍晚她仍会有新发现——而另一个夜晚随即来临。

她只试图帮过一次忙，而她的笨手笨脚就闯了祸。当时他在隔壁房间，她打算将一幅画挂到墙上由托尼做好精确记号的位置。那个小记号就在那里，那幅画就在那里，而她对无所事事已经厌烦透顶。

不过也许她太紧张，或是梯子有些不稳，但真正原因并不重要。她忽然觉得梯子倒了，吓得她失声大叫。梯子落地时她仍在半空中，因为托尼以远超过血肉之躯的速度，已经来到她正下方。

他冷静、忧郁的眼睛什么也没表示，他热情的声音只说了一句："你受伤了吗，贝尔蒙太太？"

她在下一瞬间便注意到，一定是她下滑的手掌弄乱了他整齐的头发。因为她头一回能看清楚，那是一根根纤维组成的——是一头纤细的黑发。

然后，突然之间，她意识到他的手臂一只搂着自己的肩膀，另一只托着自己的膝部——紧紧地、热情地抱着她。

她将他推开，她听见自己响亮的尖叫。当天其余的时间，她一直待在自己房里。从此以后，她睡觉时一律用椅子顶着卧室的门把。

她寄出了邀请函，而正如托尼所说的，他们都接受了。现在，她只需等待最后那天晚上。

其他的日子一天天过去，那天终于不早不晚地来到。这个家几乎已经不是她的家，她最后一次前后走一趟——每个房间都变了样。而她自己，则穿上她以前绝不敢穿的服装……在你穿上这种衣服的同时，你也穿上了骄傲与自信。

她在镜子前摆了一个轻蔑但不失礼貌的表情，镜子则傲慢地回报她一个冷笑。

赖瑞会怎么说？……话说回来，这没什么关系。令人兴奋的日子不会随他而来，它们将随托尼而去。那不是很奇怪吗？她试图回想三周前的心态，结果捕捉不到半点记忆。

时钟尖叫了八下，每一下都令她透不过气来。她转向托尼说："他们很快就会到了，托尼。你最好到地下室去，我们不能让他们……"

她望着他一会儿，然后有气无力地说："托尼？"接着又用较强的口气说："托尼？"最后近乎叫喊地说："托尼！"

但他的双臂已经环抱她；他的脸贴近她的脸；他的搂抱令她无法挣脱。她听见他发出一阵意乱情迷的呓语。

"克莱尔，"他说，"有很多事我生来就不该了解，这一定是其中之一。我明天就要走了，而我不想走。我发觉在我心中，不仅只有讨好你的渴望而已。这不是很奇怪吗？"

他的脸凑得更近；他的唇是温热的，但没有气息透出来——因为机器不需要呼吸。他几乎吻到她了。

……门铃突然响起。

她气喘吁吁地挣扎片刻，然后他就走掉了，到处不见踪影。门铃再度响起，时断时续的刺耳铃声坚决地召唤她。

正面窗户的窗帘不知何时被拉开来。十五分钟前还是阖上的，这一点她可以确定。

那么，他们一定看到了。他们一定通通看到了——看到了一切！

他们万分客气地走进来——这是个集体行动——像一群不安好心的野狼。进屋后，他们用锐利的目光扫瞄各个角落。他们刚才一定看到了，否则葛拉蒂丝为何用咄咄逼人的方式问及赖瑞？克莱尔被迫不顾一切地为自己辩护。

是的，他是不在家。我想，他明天就会回来。不，我自己在这儿并不寂寞。一点也不，我度过一段兴奋的时光。她还嘲笑他们。有何不可？他们能怎么办？假如这段他们自以为亲眼目睹的奸情传到赖瑞耳中，他自然会知道是怎么回事。

他们倒是并未发笑。

从葛拉蒂丝·克拉冯眼中的愤怒，从她言谈中虚情假意的妙语，从她急于早些离去的事实，克莱尔能看出这一点。当她送他们出去时，她还听到一句断断续续的、不知哪个人说的悄悄话。

"……从来没见过像……真是英俊……"

她知道自己为什么会将他们吓呆。让每只猫都喵喵叫吧，让每只猫都知道——她或许比克莱尔·贝尔蒙更美丽、更尊贵、更富有——但没有任何人，没有任何人，能拥有一个这么英俊的爱人！

然后她又想起来——又想起来——又想起来，托尼只是一架机器，她全身开始起鸡皮疙瘩。

"走开！别理我！"她对着空洞的房间大叫，随即向卧室奔去。她彻夜未眠，一直哭到天亮。第二天清晨，在几乎尚未破晓、大街小巷仍空荡荡的时候，一辆汽车开近这栋住宅，载走了托尼。

赖瑞·贝尔蒙经过凯文博士的办公室，出于一时冲动而敲了门。他发现她正在跟数学家彼得·玻格特交谈，但他并未因而犹豫。

他说："克莱尔告诉我，美国机器人公司支付我家所有的装潢费用……"

"是的。"凯文博士说，"我们把它当成实验中重要的、必需的一部分付清了。你已经升任副工程师，我想，你会有维护它的能力。"

"我担心的不是这件事。既然华盛顿已经同意这些测试，我想，我们明年就可以自己买个ＴＮ型机器人。"他迟疑不决地转身，仿佛准备离去，却又迟疑不决地再转回来。

"怎么样，贝尔蒙先生？"等了一会儿后，凯文博士问道。

"我纳闷……"赖瑞说，"我纳闷到底发生了什么事。她——我是说克莱尔——似乎变了许多。不只她的外表而已——不过，坦白讲，我很惊讶。"他发出神经质的笑声，"问题在于她！她不是我太太，真的——我无法解释。"

"何必试着解释呢？你对其中任何改变感到失望吗？"

"刚好相反。但那也有点吓人，你懂吗……"

"这点我不担心，贝尔蒙先生，你太太应付得非常好。坦白讲，我从未指望在此次实验中，做出这么彻底、这么完整的测试。我们已经确实知道需要对ＴＮ型做些什么修正，这完全要归功于贝尔蒙太太。假如你要我对你非常诚实，那么我想，你太太比你更值得升任副工程师。"

听到这句话，赖瑞明显地怔了一怔。"只要是我家的贡献就好。"他用毫无说服力的口气喃喃道，说完便走了。

苏珊·凯文目送着他的背影。"我想这伤了他的自尊心——我希望……你读了托尼的报告没有，彼得？"

"从头到尾读了。"玻格特说，"难道ＴＮ３型不需要改一改吗？"

"哦，你也这么想？"凯文尖锐地问道，"你的理由是什么？"

玻格特皱起眉头。"我不需要任何理由。从表面就能明显看出来——如果你不介意我说句双关语——个会向女主人示爱的机器人，我们绝不能放他出去。"

"爱！彼得，你令我作呕。你真不了解吗？那架机器必须服从第一法则，他不能让任何人受到伤害。而由于自卑感，克莱尔·贝尔蒙不断受到伤害。所以他向她示爱，因为他是个机器——是个冰冷的、没有灵魂的机器，若能挑起他的激情，任何女人都会感到光荣。那天晚上，是他故意拉开窗帘的，好让其他人可以看见并心生嫉妒——却不会为克莱尔的婚姻带来任何危险。我想托尼真是聪明……"

"你这样想吗？是不是假装的又有什么分别，苏珊？它仍然带来可怕的效应。你再读一遍报告——她避着他，她在他怀中尖叫，最后一个晚上她没有睡觉，陷入歇斯底里。我们不能允许这种事。"

"彼得，你瞎了眼，你和我当初一样瞎了眼。我们会全盘重新设计ＴＮ型，但不是因为你的理由。几乎正好相反，几乎正好相反。真奇怪我当初竟然忽略这点，"她的双眼无神，显得若有所思，"但这或许反映了我自己的一个短处。你懂吗，彼得，机器不会坠入情网，然而——即使意味着绝望和恐惧——女人却会！"

列尼

美国机器人与机械人股份有限公司正面临着一个问题，而这个问题出在人身上。

资深数学家彼得·玻格特在走向装配室的途中，遇到研究部主任艾弗瑞德·兰宁。兰宁弯着两道狰狞的白眉毛，正透过护栏凝视着下方的电脑室。

在骑楼底下那一层，一群男女老幼正在好奇地四下张望，一名导游则以发表演说的方式在介绍机器人学计算。

"各位面前这台电脑，"他说，"是全世界同类型中最大的一台。它含有五百三十万个冷子管，能同时处理超过十万个变量。在它的协助下，美国机器人公司能精确设计出新型的正子脑。

"各项需求经由打孔纸带送进电脑，负责打孔的是这个键盘——它有点像非常复杂的打字机或排字机，只不过它处理的不是字母，而是抽象的概念。文字叙述先被分解成符号逻辑，然后再转换成孔眼图样。

"这台电脑要不了一小时，就能为我们的科学家设计出一个正子脑，内含机器人所需的所有正子径路……"

艾弗瑞德·兰宁终于抬起头来，注意到身旁多了个人。"啊，彼得。"他说。

玻格特举起双手，拢了拢一头已十分整齐、十分油光的头发。他说："看来你好像对这事不以为然，艾弗瑞德。"

兰宁咕哝了一句。美国机器人公司的导游活动是个颇新的构想，理论上这样做有双重目的。一方面，让大众有机会在近距离观看机器人，借着增进亲切感，消除大众对机械物体几乎本能式的恐惧。另一方面，则希望至少偶尔引起某个人的兴趣，使他决定献身机器人学研究。

"你知道我怎么想。"兰宁终于答道，"每星期一次，工作被迫中断。

想想工时的损失，回报实在微不足道。"

"那么，申请工作的人数仍未上升？"

"喔，有一点，但只是在需求并不迫切的方面。我们需要的是研究人员，这点你也知道。问题是地球本身禁止使用机器人，很多人就不愿意当机器人学家。"

"该死的科学怪人情结。"玻格特故意模仿对方爱用的说法。

兰宁未察觉这个轻微的讽刺。他说："我应该习惯这种事，但我永远做不到。你以为现在地球上人人都知道三大法则代表完美的安全防范，知道机器人根本没有危险吗？拿这一票来说，"他怒目瞪着下方，"看看他们。他们大多数人参观机器人装配室只是为了寻找刺激，就像坐云霄飞车一样。然后，当他们走进ＭＥＣ型的陈列室——妈的，彼得，在地球这块净土上，ＭＥＣ型做的事不过是向前走两步，说一声，'很高兴见到你，阁下。'握一握手，然后再退两步——可是他们一律驻足，妈妈赶紧抓住孩子。从这些白痴中，我们怎能指望取得脑力资源？"

玻格特没有答案。两人一同再度望向那一列参观者，那些人正走出电脑室，鱼贯进入正子脑装配部门。然后他俩也离开了。事后证明，他们未曾注意到十六岁的摩尔提莫·Ｗ.雅各布森——说一句十分公道的话，他绝无任何恶意。

事实上，那甚至不能说是摩尔提莫的错。所有的员工都知道每周哪一天举行参观活动，位于参观路线的各项装置都该关机或锁好。倘若指望人人都抵得住好奇心的诱惑，不伸手摸摸旋钮、按键、手柄、按钮，那简直是痴心妄想。此外，对于那些经不起诱惑的人，导游也该特别小心监视。

可是当时，那位导游已经走进隔壁房间，摩尔提莫则落在队伍后面。当他经过那个输入指令的键盘时，根本没想到一个新机器人的设计图正在输入电脑，否则身为一个好孩子，他是会避开那个键盘的。他也根本不知道负责操作的技师没关上那个键盘——这几乎相当于一次过失犯罪。

因此摩尔提莫在键盘上胡乱按了一番，仿佛是在演奏某种乐器。

他并未注意到，在室内另一个角落，一段打孔纸带无声无息地从一台仪器中吐了出来。

而那位技师回到岗位后，也没发现任何被动过手脚的迹象。他注意到键盘处于操作状态，因而感到有点不安，但他却没想到检查一遍。不久之后，就连那一点点不安也消失了，他继续开始将资料输进电脑。

至于摩尔提莫，无论当时或是事后，都不知道自己干下了什么。

LNE型是一种新型机器人，专为在小行星带开采硼矿而设计。近年来氢化硼的身价逐年升高，因为太空船的终极动力源"质子堆"正是用它当点火剂，而地球贫瘠的产量已逐渐供不应求。

就功能而言，这意味着LNE型机器人所配备的电眼必须对硼矿的特征光谱线特别敏感；它们的四肢则需要最适合采矿的全程作业。不过，正如往常一样，最主要的问题还是在于心智装置。

如今，第一副LNE型正子脑已经完工。它是个原型，最终将加入美国机器人公司的其他原型收藏中。等它通过测试后，便能根据这个原型生产许多同型机器人，出租（绝不贩卖）给各家矿业公司。

LNE型机器人的原型现在也完成了。它的外形高大、直挺、晶亮，看来与许多不太专门的机器人没有两样。

负责测试的技师根据《机器人学手册》上的测试指导，对他说："你好吗？"

手册上记载的回答是："我很好，随时准备开始运作。我相信你也很好。"或诸如此类的一番话。

这段首度对话的目的，仅在于显示机器人能听得见，能了解一个例行问题，并能作出符合正常机器人态度的例行回答。这段对话过关后，技师便能开始进行更复杂的问答，借以测试三大法则，以及它们与机器人拥有的特殊知识之间的互动。

因此那位技师照例说："你好吗？"LNE原型的声音立刻使他大吃一惊。它有一种他从未听过的机器人音质（他曾听过许多机器人的声音），发出的音节像是低音钢片琴的奏鸣声。

由于惊讶过度，因此直到几秒钟后，技师才想起那些天籁形成的音节是什么。

那是："嗒，嗒，嗒，咕。"

机器人仍然站得又高又挺，但它的右手慢慢举起来，一根手指头伸进了嘴巴里。

技师瞪大眼睛，吓得魂不附体，赶紧拔腿就跑。他锁起测试室的门，冲到另一个房间，打了个紧急求救电话给凯文博士。

苏珊·凯文博士是美国机器人公司的（也可算是全人类的）唯一一位机器人心理学家。她无须对LNE原型进行太多测试，便以非常断然的口气，向工程人员索取一份电脑绘制的正子脑路图，以及输入指令所用的纸带。研究一番之后，她又派人找来玻格特。

她铁灰色的头发紧紧向后梳，她冰冷的面孔（上面有许多深刻的纵向皱纹衬托着两条苍白、狭窄的横向唇线）激动地转向他。

"这究竟是什么，彼得？"

玻格特研究着她指出的那段指令，表情显得越来越茫然。他说："老天，苏珊，这毫无意义。"

"绝对没有任何意义。它是怎么混进指令去的？"

负责的技师被召了来，他郑重发誓说那不是他做的，这件事不能怪到他头上。经过彻底的检查后，也找不出电脑本身有任何毛病。

"这个正子脑是没救了。"苏珊·凯文若有所思地说，"有太多高级功能被这些无意义的指令抵消，结果使它非常像个婴儿的头脑。"

玻格特现出惊讶的表情，苏珊·凯文立刻换上一副冰冷的态度——任何人对她的话表示或暗示一点点怀疑，她一律会有这样的反应。她说："我们费尽心血，尽可能使机器人在心智上接近人类。删掉了我们所谓的成人功能后，就心智而言，剩下的自然是个婴孩。你为何显得这么惊讶，彼得？"

对于周遭发生的一切，LNE原型看来一点也不了解。它突然一屁股坐下来，开始仔细检视自己的双脚。

玻格特瞪着它说："真可惜不得不把这小子解体，它可算个杰作。"

"解体？"机器人心理学家强有力地质问。

"当然啦，苏珊。这东西还有什么用？老天啊，要说有什么完完全全、彻彻底底没用的物件，那就是无法执行任何工作的机器人了。你不会自欺说这东西能做什么工作吧？"

"不，当然不会。"

"好吧，所以呢？"

苏珊·凯文倔强地说："我要做进一步的测试。"

玻格特不耐烦地望着她，但随即耸了耸肩。若说跟美国机器人公司中哪个人争论是白费力气的事，那人当然就是苏珊·凯文。机器人是她唯一心爱的事物，而在玻格特看来，她与它们长期相处的结果，似乎使她的人味被剥夺殆尽。想要说服她改变一个决定，如同说服受触发的质子堆别运转同样困难。

"有什么用呢？"他低声说完这句话，又急忙大声说，"等你的测试完成后，你会通知我们吗？"

"我会的。"她说，"走吧，列尼。"

（LN E变成列尼是必然的，玻格特心想。）

苏珊·凯文伸出手来，但那个机器人只是瞪着它。机器人心理学家温柔地抓住机器人的手掌，列尼便身手利落地站起来（至少，它的机械性协调完全正常）。两人手牵手并排走出去，机器人比她高了六十公分。许多双眼睛好奇地目送着两人，直到长廊的尽头。

在苏珊·凯文的实验室中，与她的个人办公室直通的那堵墙上，贴着一张高倍放大的正子脑图解。苏珊·凯文已花了大半个月的时间，专心研究图解的内容。

现在她又在仔细审视它，于蜿蜒曲折的径路中寻找受创的部分。在她的身后，列尼坐在地板上，两腿不时动来动去，嘴里哼着毫无意义的音节。它的声音如此甜美，即使内容毫无意义，也能让人听得心荡神驰。

苏珊·凯文转向机器人。"列尼——列尼——"

她耐心地一再唤它，直到列尼终于抬起头来，发出个代表询问的声音。机器人心理学家的脸上迅速掠过一丝喜色，她吸引这个机器人注意所需的时间越来越短了。

她说："举起你的手来，列尼。举——手，举——手。"

她一面说，一面举起自己的手，一遍又一遍。

列尼的眼睛跟随着那个动作，一上一下，一上一下。然后它自己做了一次不成功的尝试，并发出一声优美的"呃——唔"。

"很好，列尼。"苏珊·凯文一本正经地说，"再试试看，举——手。"

她以非常温柔的动作伸出手去，抓住机器人的手掌，将它举起再放下。"举——手，举——手。"

从她的办公室传来一个声音，打断了她的话。"苏珊？"

凯文紧紧抿起嘴唇，暂停了试验。"什么事，艾弗瑞德？"

研究部主任走进来，望了望墙上的图解，又望了望那个机器人。"还在研究它？"

"是的，我在工作。"

"这个嘛，你该知道，苏珊……"他掏出一根雪茄，定睛凝视一番，仿佛正准备将尾端咬掉。就在这个时候，他望见对方严厉的非难表情。于是他将雪茄收起来，重新开口道："这个嘛，你也知道，苏珊，LN E型已经开始生产。"

"我听说了。你希望我做些什么来配合吗？"

"不——不。话说回来，它既然已经进入量产，而且一切顺利，就代表这个搞坏的样品不值得再研究。它难道不该废弃吗？"

"简单一句话，艾弗瑞德，你不高兴我在浪费这些如此宝贵的时间。放心吧，我的时间没有浪费，我正在研究这个机器人。"

"但这个研究毫无意义。"

"这点要由我来判断，艾弗瑞德。"她的声音平静得反常，兰宁觉得还是赶紧改变话题为妙。

"你能不能告诉我意义何在？比方说，你现在跟它在做些什么？"

"我在试着让它听到命令后举起手来。我在试着让它模仿那个命令的发音。"

列尼像是得到了提示，立刻说："呃——唔。"同时他摇摇晃晃地举起了手。

兰宁摇了摇头。"那个噪音倒很奇妙。这是怎么回事？"

苏珊·凯文说："我不十分清楚。它的发话器仍然正常，我确定它能正常说话。然而事实不然，由于正子径路起了某种我还没找出来的变化，使它只能发出这些声音。"

"好吧，看在老天的份上，把它找出来。那样的嗓音或许有用。"

"喔，那我研究列尼还是可能有点用处喽？"

兰宁尴尬地耸了耸肩。"喔，这个嘛，这只是细微末节。"

"那么，我很遗憾你没看到重要得多的主干。"苏珊·凯文刻薄地说，"但这不是我的错。请你尽快离开这里，艾弗瑞德，让我继续工作好吗？"

在玻格特的办公室，兰宁终于抽到雪茄。他酸酸地说："那个女人变得一天比一天古怪。"

玻格特完全了解这句话。在美国机器人与机械人股份有限公司里，只有一位"那个女人"。他说："她还在跟那个白痴机器人——她的那个列尼鬼混吗？"

"试图让它开口说话，真受不了。"

玻格特耸了耸肩。"这突显了公司的问题。我的意思是，网罗合格的研究人员这个问题。假如我们还有别的机器人心理学家，我们就可以请苏珊退休。对啦，明天举行的主任会议，我想就是为了解决人力资源问题？"

兰宁点了点头，又瞪了瞪他的雪茄，好像它的味道不怎么好。"是的。不过，是重质不重量的问题。我们已经把薪资调得够高，使每个月的申请人数保持稳定——那些人主要是看在钱的份上。关键在于如何找些主要是看在机器人学份上的——找些像苏珊·凯文那样的人。"

"妈的，不行。不能像她。"

"好吧，个性不像她。但你必须承认，彼得，她对机器人可是专心致志，她这辈子没有别的兴趣。"

"我知道，那正是她令人如此无法忍受的原因。"

兰宁点了点头。他数不清有多少次巴不得立刻开除苏珊·凯文，他也数不清历年来她为公司省下几百万元。她是真正不可或缺的人手，而且今后仍将如此，除非她死了——或是他们能设法找到更多像她那么能干，又对机器人学研究有兴趣的新手。

他说："我想我们要减少那种导游活动。"

彼得耸了耸肩。"这种事你说了就算。不过说真格的，我们该拿苏珊怎么办？她很可能跟那个列尼永远纠缠下去。当她碰到个自认为有趣的问题时，你也知道她有什么反应。”

"我们又能怎么办？"兰宁说，"如果我们太急于把她拉开，那么出于女性别扭的天性，她会硬要坚持下去。总而言之，我们不能强迫她做任何事。"

黑发数学家微微一笑。"我绝不会拿'女性'来形容她的任何一部分。"

"喔，好吧。"兰宁没好气地说，"至少，这不会对任何人造成任何实质伤害。"

至少，这点他说错了。

在任何大型工业机构里，紧急警报总是令人紧张的东西。而在美国机器人公司的历史上，由于火灾、水灾、暴动与暴民滋事，这种警报曾经响过十几次。

可是有件事始终未曾发生，代表"机器人失控"的特殊警报从未响过。向来无人料到它会派上用场，装设这种警报只是由于政府的坚持。（"该死的科学怪人情结！"每当兰宁偶尔想到这件事，他就会这么喃喃咒骂一句。）

今天，这个刺耳的警报终于每隔十秒大作一次。开始的几十秒，几乎所有的员工，上至董事会总裁，下至新来的门警助理，皆未听出这个奇怪的声音代表什么意义。而在那几十秒过后，大批武装警卫与医护人员开始向危险地区集结，美国机器人公司整个陷入瘫痪。

电脑技师查尔斯·蓝多折断一只手臂，立刻被送进附属医院。除此之外没有任何伤害——没有任何实质的伤害。

"可是士气的伤害，"兰宁怒吼道，"却是无法估计的。"

苏珊·凯文面对着他，以平静得可怕的口吻说："你不准碰列尼一下，一下都不准。你了解吗？"

"你自己了解吗，苏珊？那东西伤了一个人，它违犯了第一法则。你不知道第一法则是什么吗？"

"你不准碰列尼一下。"

"看在上帝的份上，苏珊，我得告诉你第一法则的内容吗？机、器、人、不、得、伤、害、人、类，或、因、不、作、为、而、使、人、类、受、到、伤、害。我们这整个局面，全有赖于所有的、各式各样的机器人都严格遵守第一法则这个事实。万一让公众听说——他们一定会听说——出现一个例外，即使只是一个例外，我们就有可能被迫关门大吉。我们活下去的唯一机会，是立刻宣布肇事的机器人已被销毁，对外解释事件的经过，希望能说服公众相信绝不会再发生这种事。"

"我很想查出究竟发生了什么事。"苏珊·凯文说，"当时我不在场，我很想知道那个叫蓝多的家伙，未经我的许可究竟在我的实验室做些什么。"

"不论发生了什么事，"兰宁说，"最重要的一件明显得很。你的机器人攻击蓝多，那该死的傻瓜便敲下'机器人失控'的警报钮，把事情闹开了。可是无论如何，你的机器人攻击了他，造成折断手臂这种程度的伤害。事实是，你的列尼畸形到了欠缺第一法则的地步，它必须被销毁。"

"它并未欠缺第一法则。我曾经研究过它的脑路，我知道它有。"

"那它怎么会打人呢？"情急之下他也变得会冷嘲热讽，"问问列尼，你现在当然已经教会它说话了。"

苏珊·凯文气得两颊微微泛红。她说："我宁可去询问受害者。当我不在的时候，艾弗瑞德，我要把我的办公室密封起来，把列尼留在里面；我不要任何人接近它。假如我不在时它受到任何伤害，这个公司无论如何再也休想见到我。"

"如果它真违犯了第一法则，你会同意把它销毁吗？"

"同意，"苏珊·凯文说，"因为我知道它没有。"

查尔斯·蓝多躺在病床上，一只手打上石膏。他主要的创伤仍来自出事那一刻受到的震撼，当时他以为一个机器人正怀着杀机向他逼近。从来没有人像他刚才那样，担心会直接受到机器人的伤害。在这方面，他的经验是独一无二的。

现在苏珊·凯文与艾弗瑞德·兰宁站在他的床边；彼得·玻格特也跟了来，他是在半途遇到他们的。医生与护士已经通通被赶出去。

苏珊·凯文说："好——发生了什么事？"

蓝多吓坏了。他喃喃道："那东西打断我的手臂，它袭击我。"

凯文说："再向前回溯一点。你未经许可，在我的实验室做什么？"

年轻电脑技师咽了一下口水，细颈上的喉结明显地上下牵动。他的颧骨很高，脸色异常苍白。他说："我们都听说了你那个机器人。传言说，你在试图教它像乐器般发声说话。许多人在打赌，赌它究竟会不会说话。有人说……呃……你甚至有办法教门柱开口。"

"我想，"苏珊·凯文冷冰冰地说，"这样说是一种恭维。那和你又有什么关系？"

"我负责到那里去，把事情弄清楚——看看它究竟会不会说话。我们扒到一把你房间的钥匙，我等到你离开后就赶紧进去。我们抽签决定由谁来做这件事，结果我输了。"

"然后呢？"

"我试着让它说话，它就打我。"

"你试着让它说话，这是什么意思？你是怎么试的？"

"我——我问它一些问题，但它什么也不说，而我必须作个公平的决断，所以我有那么点——大声，然后……"

"然后？"

接下来是很长的停顿。在苏珊·凯文坚定不移的瞪视下，蓝多终于说："我试着恐吓它说几句话。"他又为自己辩护道，"我必须作个公平的决断。"

"你怎样试着恐吓它？"

"我假装要用拳头捶它。"

"它就把你的手臂挡开？"

"它打断我的手臂。"

"很好，没问题了。"她再对兰宁与玻格特说，"来吧，两位先生。"

走到门口时，她又转身面对蓝多。"假如你还有兴趣知道，我能告诉你这场打赌的输赢。列尼能说几个字，说得相当好。"

在抵达苏珊·凯文的办公室之前，三人谁也没有开口。办公室的四壁排满她的藏书，有些还是她自己的著作。这个房间像她本人一样，保持着冰冷、井然有序的风格。里面只有一张椅子，她一进去便坐下来，兰宁与玻格特只好站着。

她说："列尼只是在自卫。那是第三法则：机、器、人、必、须、保、护、自、己。"

"除非，"兰宁强有力地说，"这、样、做、违、背、第、一、或、第、二、法、则。请作完整的叙述！只要自卫会伤害人类，不论伤害多么小，列尼也无权这样做。"

"但它不是故意的。"凯文反驳道，"列尼有个受损的脑子，它没办法明白自己的力量或人类的脆弱。当它挡开那只威胁它的人类手臂时，它无法知道会把骨头打断。用人类的情况来比喻：一个人倘若真的无法分辨善恶，就不能让他负任何道德责任。"

玻格特插嘴劝道："好啦，苏珊，我们没有怪它。我们了解列尼相当于一个宝宝，所以我们不怪它。可是公众却会，美国机器人公司会因此被迫关门。"

"几乎刚好相反。假如你的头脑媲美跳蚤，彼得，你就该看得出来，这正是美国机器人公司在等待的机会。它会解决本公司面临的问题。"

兰宁垂下两道白眉毛，轻声道："什么问题，苏珊？"

"本公司不是念念不忘，要让我们的研究人员维持在目前的——老天保佑——高水准吗？"

"这是当然。"

"好吧，可是你对有志的研究人员提供些什么？刺激吗？新奇吗？刺探未知的惊异吗？不是！你提供他们的是薪水，以及不出问题的保证。"

玻格特说："你所谓不出问题，究竟是什么意思？"

"会出什么问题吗？"苏珊·凯文回嘴，"我们生产的是什么样的机器人？是配备完整、适合各自岗位的机器人。某个工业告诉我们它的需要，就由电脑设计出正子脑，由机器制造出身躯，这样就把机器人造好啦。彼得，不久前，你曾问我列尼有什么用。你说，一个不是设计来做任何工作的机器人，到底有什么用？现在我问你——一个设计来只做一项工作的机器人有什么用？它从头到尾都在原地踏步。LN E型负责开采硼矿，假如需要的是铍，它们就无用武之地；假如硼矿科技进入一个新纪元，它们就会成为废物。这样设计出来的人类会是次等人类，这样设计出来的机器人是次等机器人。”

“你想要个多才多艺的机器人吗？”兰宁以不敢置信的口吻问道。

“有何不可？”机器人心理学家反问，“有何不可？我接下一个脑部几乎完全损坏的机器人。我一直在教导它，而你，艾弗瑞德，曾问我那样做有什么用。或许就列尼本身而言，的确没有什么用处，因为它永远无法超越五岁幼童的程度。可是一般而言呢？假如你视之为研究‘学习如何教导机器人’这个抽象问题，那它的用处就太大了。我已经学到些借着短路相邻径路来制造新径路的方法。进一步的研究，将可发展出这方面更好、更精妙、更有效的技术。”

“然后呢？”

“假设你制造一个只有完善的基本径路，但没有次级径路的正子脑；假设你事后再创造那些次级径路。这样的话，你的产品就是设计来学习的基本机器人。它们可以被塑造成某种工人，然后若有必要，还能重新塑造成另一种工人。机器人会变得像人类一样多才多艺，机器人也能学习！”

两人默默瞪着她。

她不耐烦地说：“你们仍不了解，是吗？”

“我了解你在说什么。”兰宁道。

“有了个全新的研究题目和有待发展的全新技术，有了个有待钻研的全新未知领域，对有志机器人学的年轻人会是个新的激励，难道你不了解吗？试试看。”

“我是否能指出，”玻格特伶牙俐齿地说，“这样做有危险。若以列尼般无知的机器人作出发点，将意味着我们再也不能信任第一法则——列尼这件事的结果是最好的证明。”

“正是如此，宣传这项事实。”

“宣传！”

“当然啦，公布其中的危险性。附带解释说，假如地球居民决定不许这种事在地球进行，你将会在月球上设立一个新的研究所，但务必对可能的应征者强调这个危险。”

兰宁说：“看在上帝的份上，为什么？”

“因为危险的刺激是另一项诱因。你以为核能科技和太空航行没有危险吗？你用绝对安全当作诱饵，达到预期目的了吗？你们都嗤之以鼻的科学怪人情结，它有没有帮你们疏导？所以说试试别的办法吧，试试在其他领域已经生效的办法。"

这时，从凯文的个人实验室传来一个声音，那是列尼发出的奏鸣声。

机器人心理学家立即住口，专心倾听。"失陪一下，我想列尼是在叫我。"

"它能叫你吗？"兰宁问。

"我说过，我已设法教会它说几个字。"她有点忙乱地走向通往实验室的门，"请你们等我一下……"

目送她离去后，两人保持了一会儿沉默。然后兰宁说："你认为她说的有任何道理吗，彼得？"

"只是有可能，艾弗瑞德，"玻格特说，"只是有可能。足以让我们在主任会议中把这个问题提出来，看看他们怎么说。毕竟，如今已经火烧眉毛了。一个机器人已经伤了人，而这个消息已经公开。正如苏珊所说，我们不如试图化危机为转机。当然，我彻头彻尾不信她的动机。"

"你是什么意思？"

"即使她说的全部百分之百正确，也只是为她自己找个合理的借口。她做这一切的动机，是她亟欲保住这个机器人。如果我们硬逼她吐实，"想到"硬逼"的字面意义多不合宜，这位数学家不禁莞尔，"她会说那是为了继续学习教导机器人的技术。但我认为她发现列尼另有用处，一个可说独一无二、唯有对苏珊这个女人才有价值的用处。"

"我不懂你的意思。"

玻格特说："你听到那个机器人叫些什么吗？"

"这，没有。我没听清楚……"兰宁刚说到这里，通往实验室的门突然打开，两位男士立刻中止交谈。

苏珊·凯文走回来，漫无目的地四下张望。"你们哪位看到——我确定把它放在这附近——喔，在这里。"

她奔向某个书柜的一角，抓起一个金属物体——它呈哑铃状，中空，表面是繁复的网格，里面有些奇形怪状的金属碎块，每一块都大到刚好不会掉出网格。

当她抓起它时，里面的金属碎块开始移动，互相撞击，发出悦耳的声响。兰宁突然想到，这玩意儿相当于小宝宝的一种玩具。

当苏珊·凯文再度打开门，准备走进实验室时，列尼美妙的声音从里面传了出来。这一次，兰宁清清楚楚地听到苏珊·凯文教它说的是什么话。

它用类似钢片琴的天籁，唤道："妈咪，我要你。我要你，妈咪。"

苏珊·凯文横越实验室的匆匆脚步声清晰可闻，她正奔向她唯一能拥有、能疼爱的一种宝宝。

校工

身为本案被告的"美国机器人与机械人股份有限公司"颇具影响力，足以迫使审判以无陪审团的非公开方式进行。

东北大学并未极力反对这样做。校方理事心里十分明白，对于牵涉到机器人行为不当的事端（不论这个不当行为多么单纯），公众会有什么样的反应。他们也有非常清楚的洞见，了解反机器人暴动如何会在毫无预警的情况下，演变成一场反科学的暴动。

在这件案子中，由哈娄·沈恩法官所代表的政府，同样渴望神不知、鬼不觉地了结这场纠纷。对政府而言，美国机器人公司与学术界都是不好惹的坏人。

沈恩法官说："既然没有新闻界、旁听公众或陪审团在场，各位先生，我们就尽可能避免繁文缛节，直接陈述事实吧。"

他带着僵硬的笑容说完这番话，或许是对他的要求能否生效不抱太大希望。他用力扯了扯法官袍，好让自己坐得舒服些。他的脸色红润，他的下巴又圆又软，他的鼻头宽阔，他的双眼生得很开、颜色很淡。总而言之，这不是一张具有多少法官威严的脸孔，而法官自己心知肚明。

东北大学物理系的巴纳巴斯·H.郝仁教授首先宣誓作证。当他宣读誓词的时候，脸上的表情丝毫不像是个"好人"。

问了几个普通的开场问题后，原告律师将双手深深插进口袋，说道："教授，有关机器人EZ27可能受雇这件事，你首度获悉是在什么时候？经过情形如何？"

郝仁教授瘦削的小脸做出个不安的表情，比原先那个表情和善不到哪里去。他说："我和美国机器人公司的研究部主任，艾弗瑞德·兰宁博士，于公于私都有些交情。当他对我提出颇为奇怪的建议时，我难免耐着性子听一听。那是去年三月三日的事……"

"2033年？"

"是的。"

"原谅我插嘴，请继续。"

教授冷漠地点了点头，板起脸孔整理一下思绪，便开始了他的叙述。

郝仁教授有点心神不宁地望着那个机器人。根据在地球表面运送机器人的规定，它是装在一个条板箱中运到这间地下储物室的。

他知道它要来；他并非没有心理准备。三月三日那天，兰宁博士打第一通电话给他的时候，他就觉得自己被对方的口才说服了。因此，现在他跟一个机器人面对面，其实是个必然的结果。

它站在一臂之遥处，看起来异常高大。

艾弗瑞德·兰宁自己使劲瞪了那个机器人一眼，仿佛要确定它未在搬运过程中受损。然后，他将狰狞的眉毛与狮鬃般的白发转到教授那个方向。

"这是机器人ＥＺ27，同型中问世的第一个。"他再转向机器人说，"这位是郝仁教授，易役。"

易役以平静的口吻说："午安，教授。"但这突如其来的声音仍吓了教授一跳。

易役身高二百一十公分，具有成年男子的身形——这始终是美国机器人公司的主要卖点。再加上拥有正子脑的基本专利，使该公司实际上垄断了机器人市场，并几乎垄断了一般计算机的市场。

负责拆箱的两名工人已经离去，教授的目光从兰宁转向机器人，再从机器人转回兰宁身上。"我确定，他不会伤人。"他的口气却不肯定。

"比我更不会伤人。"兰宁说，"我可能受激而攻击你，易役却不可能。我想，你知道三大法则是什么。"

"是的，当然。"郝仁说。

"它们建在正子脑型样中，机器人非遵守不可。第一法则，也就是机器人的最高指导原则，负责保障全人类的性命和太平。"他顿了顿，摸了摸脸颊，然后补充道，"可能的话，我们希望说服整个地球接受这件事。"

"只不过他看来很可怕。"

"同意。但不论他看来怎么样，你将发现他实在很有用。"

"我不确定他如何有用，我们过去的谈话几乎都没提到这个问题。话说回来，我答应了看一看这玩意儿，而我正在这样做。"

"我们不只要看一看，教授。你身边有什么书吗？"

"有。"

"我能看看吗？"

郝仁教授弯下腰，但视线未曾真正离开对面这个人形金属。他将手伸进搁在脚边的公事包，掏出一本书来。

兰宁伸手把书要过去，看了看书脊。"《溶液中电解质的物理化学》，行。这是你自己随便选的，我可没有建议你拿这本书给我，对不对？"

"对。"

兰宁将书递给了机器人EZ27。

教授吓了一跳。"不！那是本珍贵的书籍！"

兰宁扬起一对眉毛——看来就像毛茸茸的椰子糖霜。他说："我向你保证，易役不会为了展示他的力气而把书撕成两半。他能像你我一样小心翼翼地对待一本书。开始吧，易役。"

"谢谢你，主任。"易役稍微转动他的金属身躯，然后补充一句，"还得你的允许，郝仁教授。"

教授瞪大眼睛，然后说："可以——当然可以。"

易役缓缓地、稳稳地驱动金属手指，将那本书翻开，先看看左边那页，再看看右边那页；然后翻过一页，看看左边，再看看右边；然后又再翻页，如此循环不已。

时间一分钟、一分钟过去。

这不禁给人一种感觉，与他的威势比较之下，连这间水泥墙的大型地下室似乎也相形见绌，而旁观的两个人则形同侏儒。

郝仁喃喃道："光线不大好。"

"没关系。"

然后，郝仁以更尖锐的口气说："但他到底在做什么？"

"耐心点，教授。"

最后一页终于被翻过去。兰宁问道："怎么样，易役？"

机器人说："这是一本正确无比的书，我能够指出的错误极少。二十七页第二十二行，'正值'这个字拼错了。三十二页第六行的逗点是多余的，五十四页第十三行则少一个逗点。三百三十七页的方程式十四之二，其中的正号应该改成负号，才和前面那些方程式一致……"

"慢着！慢着！"教授叫道，"他在做什么？"

"在做什么？"兰宁突然暴躁起来，"哈，老兄，他已经做完了！他已经校对完这本书。"

"校对？"

"是的。在他把书翻一遍的短短时间里，他抓出了拼写、语法和标点上的每一个错误。他还记下不正确的语序，并查出互相矛盾的内容。这些资料，他会一字不差地、永永远远地储存起来。"

教授合不拢嘴。他从兰宁与易役身边迅速走开，又以同样迅速的速度走回来。他将双臂交叉胸前，默默瞪着他们。最后，他终于说："你的意思是，这是个做校对的机器人？"

兰宁点了点头。"那是他的功能之一。"

"但你为何要对我展示呢？"

"好让你帮我说服校方使用。"

"做校对？"

"那是他的功能之一。"兰宁耐着性子重复道。

教授瘦削的脸庞皱成一团，做出不愿置信的表情。"但这简直荒唐！"

"为什么？"

"校方绝对无力购买这个半吨——他至少有这么重吧——这个半吨重的校对机。"

"他不仅会做校对而已。他还会根据大纲准备正式报告，填写表格，提供精确的记忆档，批改试卷……"

"都是鸡毛蒜皮！"

兰宁说："绝对不是，我马上就能向你证明。但你若不反对的话，我想我们可以到你的办公室去讨论，那会比较舒服些。"

"不，当然不反对。"教授机械性地答道，并向前迈出半步，仿佛正准备转身。然后，他突然冒出一句："可是这机器人——我们不能带着这个机器人。真的，博士，你必须把他重新装箱。"

"有的是时间，我们可以把易役留在这里。"

"没人看管？"

"有何不可？他知道他该留在这里。郝仁教授，你必须了解机器人远比人类可靠。"

"我得对任何损坏负责……"

"不会有任何损坏，这点我向你保证。听好，现在是下班时间。明天早上之前，我猜不会有人到这里来。货车和我的两名手下就在外面。倘若出什么事，美国机器人公司会负全责，不过不会的。就当这是机器人可靠性的示范吧。"

教授只好跟着对方走出储物室。可是在位于五楼他自己的办公室中，他看来也不怎么自在。

他用一条白手帕，来回拍拭额头上的一圈汗珠。

"你也非常清楚，兰宁博士，法律规定禁止在地球表面使用机器人。"他指出这一点。

"那些法律，郝仁教授，不是一成不变的。机器人不可用在公共场所或公共建筑物中；而除非在某些无异于禁止的限制下，他们也不可用在私人土地或私人房舍中。然而，大学是个大型、私有的机构，通常会受到许多优待。如果机器人只待在特定房间，只进行学术用途；如果我们遵守其他一些限制；如果有机会进这个房间的人完全合作，我们就不至于违法。"

"但这么大费周章，只是为了校对？"

"用途无穷无尽，教授。目前为止，机器人只为我们免除了体力的劳役。可是，难道没有精神的劳役这回事吗？一位教授本来可以进行最有用的创造性思考，却被迫花两周时间痛苦地检查校样中的拼写，这个时候，我提供你们一架能在三十分钟内把事情做完的机器，这是鸡毛蒜皮吗？"

"不过价钱……"

"价钱不需要你操心。你们不能购买 E Z27，美国机器人公司从不出售它的产品。但校方能以每年一千元的价钱租赁 E Z27——比微波摄谱仪的一个连续记录附件便宜得多。"

郝仁看来大吃一惊。兰宁赶紧乘胜追击，又说："我只要求你把这件事告知掌握决策的那些人。如果他们需要更多的资料，我很乐意直接跟他们谈。"

"好吧，"郝仁迟疑地说，"我可以在下周的评议会中把它提出来。不过，我不能保证会有什么用。"

"自然如此。"兰宁说。

被告律师有个五短身材，举止颇为老成持重，这使他的双下巴更为凸显。一旦郝仁教授坐上证人席，他立刻瞪着这位证人，问道："你相当爽快就答应了，是吗？"

教授干脆地答道："我想我是急于摆脱兰宁博士，当时我会答应任何事。"

"打算他一走马上忘掉？"

"这……"

"纵然如此，在大学评议会的执委会所召开的会议上，你的确把这件事提了出来。"

"是的。"

"所以说，你信心十足地赞同兰宁博士的建议。你不只是敷衍了事，其实你是热心赞同，对不对？"

"我只是遵循普通的程序。"

"事实上，你对机器人并不如你现在声称的那么敏感。你知道机器人学三大法则，你会晤兰宁博士时就已经知道。"

"好吧，没错。"

"而你十分愿意让一个机器人自由地独处。"

"兰宁博士向我保证……"

"假使你有一点点疑虑，认为机器人可能有一点点危险，你当然就绝对不会接受他的保证。"

教授冷淡地答道："我有十足的信心……"

"问完了。"被告律师突然说。

当郝仁教授满脸怒容走下证人席时，沈恩法官上身向前倾，说道："由于我自己不是机器人学专家，我希望能确切了解机器人学三大法则是些什么。兰宁博士可否为本庭引述一遍？"

兰宁博士看来吃了一惊，他的头差点跟旁边一位灰发女士撞个正着。现在他站了起来，那位女士也跟着抬起头——可是面无表情。

兰宁博士说："很好，法官。"他顿了顿，仿佛准备发表一场演讲，然后以尽可能清晰的声音说，"第一法则：机器人不得伤害人类，或因不作为而使人类受到伤害。第二法则：除非违背第一法则，机器人必须服从人类的命令。第三法则：在不违背第一及第二法则的情况下，机器人必须保护自己。"

"我懂了。"法官一面说，一面迅速做着笔记，"每个机器人都内置有这些法则，对不对？"

"每个机器人都有，任何机器人学家都会支持这一点。"

"机器人 E Z27也不例外？"

"是的，法官。"

"本庭或许会要你在宣誓后重复这些陈述。"

"我随时待命，法官。"

他重新坐下来。

苏珊·凯文博士，美国机器人公司的首席机器人心理学家，也就是坐在兰宁身边那位灰发女士，此时毫无兴致地望着她名义上的上司——话说回来，她对任何人都不曾表现兴致。她说："郝仁的证词正确吗，艾弗瑞德？"

"实际上，"兰宁喃喃道，"他对机器人根本没有那么神经过敏。当他听到那个价钱后，他便急着要跟我谈生意。不过，似乎没有任何过分的扭曲。"

凯文博士若有所思地说："把价钱定高一点可能才是明智之举。"

"我们当时急于安置易役。"

"我知道，但或许太急了。他们会试着让我们看起来好像背后还有什么动机。"

兰宁显得勃然大怒。"我们的确有，我在大学评议会的会议上就承认了。"

"他们能让我们看起来好像还有更深沉的动机。"

史考特·罗伯森（他的父亲是美国机器人公司的创始人，他本人仍是持股过半的大股东）从凯文博士另一侧凑过来，像是吃了炸药一样，压低声音凶巴巴地说："你为什么不能叫易役开口，好让我们知道我们目前的处境？"

"你知道他不能吐露这件事，罗伯森先生。"

"逼他开口。你是我们的心理学家，凯文博士，逼他开口。"

"既然我是心理学家，罗伯森先生，"苏珊·凯文冷冷地说，"就让我来作决定。我的机器人不会被逼着做任何有害自己的事。"

罗伯森皱起眉头，或许正要接口，但沈恩法官已在客客气气地敲着木槌，他们只好勉强沉默下来。

法兰西斯·J.哈特，英语系的系主任兼研究部的教务长，此时登上了证人席。他是个胖子，很讲究地穿着剪裁保守的深色服装，以几束稀疏的头发盖着粉红的头顶。他深深坐在证人席中，双手端正地在膝部交握，不时展现出嘴唇紧绷的笑容。

他说："我第一次接触机器人EZ27这件事，是在大学评议会的进行委员会召开的一次会议上，会中郝仁教授提出这项议题。后来，去年四月十日，我们就这个议题开了一次特别会议，当时由我担任主席。"

"执行委员会的会议保有纪录吗？我是说，那次特别会议？"

"嗯，没有。那是个相当不寻常的会议，"教务长浅浅一笑，"我们认为应当保密。"

"会议中发生些什么事？"

身为主席的哈特教务长觉得不太自在，与会的其他成员似乎也不很冷静。只有兰宁博士显得心平气和——他又高又瘦的身躯，以及一头蓬乱的白发，令哈特联想到记忆中安德鲁·杰克逊的几幅肖像。

那个机器人的工作成果样品，散置在会议桌的中央部分；而机器人画的一张图表的复印本，此时抓在物理化学系的米诺特教授手中。这位化学家紧抿着嘴，露出代表赞许的神情。

哈特清了清喉咙，说道："这个机器人有足够的能力执行某些例行工作，这点似乎并无疑问。比方说，在进入会场前，我曾仔细检查一遍这些样品，几乎挑不出什么毛病。"

他拿起一大张印刷品，它的长度是普通书页的三倍。那是一张供作者校对修改的校样，在校对完成后，铅字再根据这些校样排成普通的版面。在这张校样两旁的宽大留白处，有许多整整齐齐、极其清晰的校对符号。有些地方，铅字被画掉一个，由留白处的另一个字取代——那些字迹又纤细又整齐，很容易使人误认同为印刷字体。有些修正用的是蓝笔，代表是作者自己的错误，另一些用红笔的则代表印刷时出的错。

"事实上，"兰宁说，"不只是几乎挑不出什么毛病。我敢说是根本挑不出任何毛病，哈特博士。我确定若以原始手稿作标准，这些修正是完美无缺的。如果当作标准的手稿里有英文以外的错误，这个机器人就没有能力更正了。"

"这点我们接受。然而，这个机器人偶尔会更正文字的顺序。我不认为英文的规则有那么严苛，能使我们确定每次都是机器人的选择正确。"

"易役的正子脑，"兰宁咧嘴一笑，露出一排大号的牙齿，"烙印了这方面所有标准作品的内容。我确定你无法指出，这个机器人的选择有哪个是绝对错误的。"

米诺特教授抬起头来，目光离开了仍抓在手上的图表。"我心中的疑问是，兰宁博士，既然明知会惹来公共关系上的麻烦，我们为何偏偏需要一个机器人呢？你们公司应该能够设计一架校对用的机器——一个公众了解并接受的普通电脑，自动化科学当然已经达到这个水准。"

"我确信我们做得到。"兰宁硬邦邦地说，"但这样的机器需要我们把校样翻译成特殊符号，或至少转移到磁带上；任何的修正则会以符号形式出现。你将需要雇用一批人，把文字翻译成符号，再把符号翻译成文字。此外，这样的电脑不能做别的工作。比方说，它就无法画出你手中那张图表。"

米诺特咕哝一声。

兰宁继续说："正子机器人的金字招牌在于它的弹性，它能做许多种工作。它被设计得像个人，好让它能使用为人类设计的所有工具和机械。它能对你说话，你也能对它说话。在某个限度内，你实际上能跟它讲理。即使和一个简单的机器人比较，没有正子脑的普通电脑也只是一台笨重的加法机。"

郝仁抬起头来，说道："如果我们通通跟机器人说话和讲理，我们把它弄糊涂的机会有多大？我想，它并没有吸收无限多资料的能力。"

"是的，它没有。但在正常的使用下，它应该能持续五年。当它需要清理记忆的时候，它自己会知道，到时本公司会免费提供这项服务。"

"贵公司会这样做？"

"是的。本公司保留在普通用途之外维修这个机器人的权利。我们保留正子机器人的控制权，只租不卖，这就是原因之一。就执行普通功能而言，任何人都能指挥任何机器人。而在普通功能之外，机器人就需要专家来处理，那只有我们做得到。举例而言，你们任何人可能都会清除一个 EZ 型机器人的记忆，只要叫它忘掉某项资料就行。但几乎可以确定的是，你们下达的指令不是使它忘掉太多，就是忘掉太少。我们会侦测出这种误用，因为我们有内建的安全装置。然而，由于机器人在进行普通工作时，没有必要清除它的记忆，或是做其他无用的事，所以这并不构成问题。"

哈特教务长摸了摸头顶，仿佛要确定他精心培养的几束头发均匀分布在脑勺上。然后他说："你急着要我们接受这架机器。不过对美国机器人公司而言，这当然是个赔本生意，一年一千元的租金便宜得可笑。你是不是希望借着这次宣传，好以更合理的价格把其他这类机器租给别的大学？"

"那当然是很有希望的事。"兰宁说。

"但即使如此，你能租出去的机器数量仍属有限。我怀疑你能否使它成为一桩划算的生意。"

兰宁将两只手肘放在桌上，慷慨激昂地倾身向前。"我毫不讳言地直说吧，诸位。由于公众对机器人怀有偏见，因此除了某些特殊场合，地球上一律不准使用机器人。单就美国机器人公司的地外和太空飞行市场而言，我们便是一家极成功的公司，更何况我们还有电脑这项副业。然而，我们关心的不光是利润而已。我们坚决相信，在地球上使用机器人，即使起初会导致某些经济脱序，但终将为全人类带来更好的生活。

"各个工会自然反对我们，但我们当然能预期各大大学的合作。这个机器人，易役，会帮你们免除学术上的劳役——只要你们准他为你们担任校对工。然后，其他大学和研究机构就会效法你们。如果这项计划成功，那么或许其他类型的机器人也能安置在学术单位，而公众对他们的反感便会逐步消解。"

米诺特喃喃道："今天是东北大学，明天是全世界。"

兰宁气呼呼地对苏珊·凯文悄声道："我绝没有那么会说话，他们也绝没有那么不情愿。听到一年一千元的价钱，他们迫不及待想要得到易役。米诺特教授告诉我，他从未见过和他手中那张图表一样美丽的作品。而且不论是校样或其他成品，一律没有任何错误，这点哈特坦承不讳。"

凯文博士脸上严肃的垂直线条并未软化。"你应该要个他们付不起的价钱，艾弗瑞德，再让他们跟你杀价。"

"也许吧。"他咕哝道。

原告律师对哈特教授的询问尚未完全结束。"兰宁博士离去后，你们有没有就接受机器人ＥＺ27与否进行表决？"

"有的。"

"结果如何？"

"多数赞成接受。"

"照你说，是什么影响了那次表决？"

被告律师立刻抗议。

于是原告律师改口问："就你个人而言，是什么影响了你那一票？我想，你投的是赞成票吧。"

"是的，我投的是赞成票。我那样做，主要是因为我被兰宁博士打动了。我和他有同感，身处全球知识界的领导阶层，我们有责任让机器人学帮助人类解决自身的问题。"

"换句话说，兰宁博士说服了你。"

"那是他的工作，他做得非常好。"

"换你问。"

被告律师大步走到证人席前，打量了哈特教授好一阵子。"事实上，你们都相当渴望雇用机器人ＥＺ27，对不对？"

"我们认为，如果它能做那个工作，或许对我们有帮助。"

"'如果'它能做那个工作？据我了解，在你刚才提到的那次会议召开当天，你分外仔细地检查过ＥＺ27的工作成果样品。"

"是的，没错。由于那架机器的工作主要是处理英语这种语言，又由于那是我的本行，选派我检查那些样品似乎很合理。"

"很好。开会时在会议桌上展示的那些东西，有任何令人不满意的吗？我把那些样品当作证物通通带了来。你能指出有哪一样令人不满意吗？"

"这……"

"这是个简单的问题。有没有任何一样令人不满意？你检查过。到底有没有？"

英语教授皱起眉头。"没有。"

"我这里还有其他一些样品，是机器人ＥＺ27受雇于东北大学十四个月期间所做的工作。能否请你检查一下，再告诉我其中是否有任何一样有什么不对劲？"

哈特回嘴道："它要是真犯了错，那就是大错特错。"

"回答我的问题，"被告律师大声喝道，"针对我向你提出的问题作答！那些样品有没有任何不对劲？"

哈特教务长谨慎地一一检视。"好吧，没有。"

"除了我们正在听证的这件事之外，你知道ＥＺ27还犯过任何错误吗？"

"除了这场审判审理的这件事之外，没有了。"

被告律师清了清喉咙，仿佛标示一个段落的结束。然后他说："现在，谈谈那个决定是否雇用ＥＺ27的表决。你说多数赞成，真正的票数如何？"

"我记得，是十三比一。"

"十三比一！那不只是多数而已，你说对不对？"

"不对，阁下！"哈特教务长卖弄学问的天性全被唤醒，"在英语这种语言中，'多数'意味着'过半'。十三在十四中就是多数，没有别的意思。"

"但这是一面倒的多数。"

"仍然只是多数罢了！"

被告律师转变话题，问道："那个孤军奋战的人是谁？"

哈特教务长看来极不自在。"赛门·宁海莫教授。"

被告律师假装吃了一惊。"宁海莫教授？社会学系的系主任？"

"是的，阁下。"

"本案原告？"

"是的，阁下。"

被告律师抿了抿嘴。"换句话说，提出这个诉讼，要我的当事人'美国机器人与机械人股份有限公司'赔偿七十五万元的人，也就是打一开始便反对使用那个机器人的人——虽然大学评议会的执行委员会其他成员都被说服，相信那是个好主意。"

"他对那个动议投反对票，是他的权利。"

"在你对那次会议的叙述中，你并未提到宁海莫教授的任何发言。他到底有没有发言？"

"我想他发言了。"

"你想？"

"好吧，他的确发言了。"

"反对使用那个机器人？"

"是的。"

"他表现得很激烈吗？"

哈特教务长顿了顿。"他有些激动。"

被告律师改以自己人的口气问道："你认识宁海莫教授有多久了，哈特教务长？"

"差不多十二年了。"

"相当熟吗？"

"我想可以这么说。"

"既然你跟他熟，那么你会不会说，他是那种可能对机器人一直怀恨在心的人，并会由于一场失利的表决而变本加厉……"

原告律师以既气愤又激动的抗议打断了那个问题。被告律师示意证人归位，沈恩法官随即宣布休庭进餐。

罗伯森把他的三明治咬得乱七八糟。公司不会因为损失七十五万元而垮掉，但这项损失对它绝无好处。非但如此，他还意识到就公共关系而言，那将导致代价更高得多的长期挫败。

他没好气地说："为何不厌其烦地追究易役是怎么进那所大学的？他们希望赚到什么优势？"

被告律师平心静气地说："法庭诉讼就像个棋局，罗伯森先生。赢家通常是能多预见几步的一方，而我那位坐在原告席的朋友可不是新手。他们能证明原告受到的伤害，那没什么问题。他们主要的努力，在于期待我们作出答辩。他们一定是指望我们试图证明，由于机器人学法则的限制，易役不可能犯下那样的罪。"

"好吧，"罗伯森道，"那正是我们的答辩，一个绝对无懈可击的答辩。"

"对机器人工程师而言，没错；对一名法官则未必。他们正在创造一个有利的情势，用以证明 E Z27 不是个普通的机器人。他是同类型中正式推出的第一个；他是个实验型，需要进行实地测试，而大学是唯一能提供这种测试的适当场所。从兰宁博士费尽心力安置这个机器人，以及美国机器人公司愿意以这么低的价格出租，都能看出这个说法颇有道理。然后原告律师会辩称，实地测验证明易役是个失败的尝试。现在，你看出这一切的目的了吗？"

"可是 E Z27 是个完美无缺的机型，"罗伯森辩驳道，"他是这个系列中第二十七个出厂的。"

"那实在是不妙的一点。"被告律师郁郁地说，"前面二十六个出了什么问题？显然多少有些。第二十七个为何不会也出点什么问题呢？"

"前面二十六个没有任何问题，只不过他们过于简单，无法胜任那个工作。我们还是头一回制造这样的正子脑，一开始简直是盲目摸索。可是他们全都服从三大法则！绝没有任何机器人差劲到不服从三大法则。"

"这点兰宁博士对我解释过，罗伯森先生。我愿意相信他的话，然而法官未必相信。我们指望这个正直、睿智的人作出决定，但他不了解机器人学，因此可能遭到误导。比方说，假如你或兰宁博士或凯文博士坐在证人席上，像你刚才那样，声称某个正子脑是靠'盲目摸索'造出来的，原告律师会在反方盘诘中把你撕成碎片。这样一来，我们的案子就没救了，所以那种事一定要避免。"

罗伯森咆哮道："要是易役能开口就好了。"

被告律师耸了耸肩。"机器人没有资格当证人，所以那不会对我们有任何帮助。"

"至少我们将会知道一些事实，将会知道他怎么会做出那种事。"

苏珊·凯文激动起来。她的两颊泛起红晕，声音带着几丝兴奋。"我们其实知道易役为什么那样做。他是奉命行事！我已经对律师解释过，现在我再对你解释一遍。"

"奉谁的命令？"罗伯森惊讶不已地问道。（从来没有任何人告诉他任何事，他怏怏地想。这些研究人员以为自己就是美国机器人公司的老板，上帝啊！）

"奉原告的命令。"凯文博士答道。

"看在老天的份上，为什么？"

"我还不知道为什么。或许只是为了控告我们，为了赚一笔钱。"她这样说的时候，双眼隐隐闪着青光。

"那么易役为何不说呢？"

"这还不明显吗？他奉命对这件事保持沉默。"

"那有什么好明显的？"罗伯森粗鲁地质问。

"好吧，在我看来明显，机器人心理学是我的专长。即使易役不肯直接回答有关这件事的问题，他仍愿意回答边缘的相关问题。在逐步逼近核心问题的过程中，借着测量他回答时渐增的犹豫；借着测量空白区域的大小，以及反向电位的强度，就可能作出科学的精密判断：他的困境源自一个不准开口的命令，命令的力量则源自第一法则。换句话说，下命令的人告诉他，假如他说出来，就会有个人受到伤害。想必是会伤害到那位不可透露的宁海莫教授，那位原告——对机器人而言，他似乎是人类的一员。"

"好吧，那么，"罗伯森说，"难道你不能对他解释，如果他保持沉默，美国机器人公司就会受到伤害？"

"美国机器人公司不是人类的一员，机器人学第一法则不像普通法律那样，将一家股份有限公司视为一个人。此外，试图解除这个特种禁制有一定

310

的危险。唯有当初加上这个禁制的人，才能在最安全的情况下解除它，因为机器人这样做的动机是以那个人为中心。任何其他方法——"她摇了摇头，激动得几乎发狂，"我不会让那个机器人受损！"

此时兰宁插嘴道："在我看来，我们似乎只需要证明，一个机器人无法做出易役被控的那个行为。我们可以做到这点。"他的口气像是希望大家恢复理智。

"正是如此，"被告律师恼怒地说，"你是可以做得到。唯一能为易役的状况和精神状态作证的人，就是美国机器人公司的员工。法官会认为他们有成见，不可能接受他们的证词。"

"他怎能拒绝专家的证词？"

"拒绝被它说服就行了，那是他身为法官的权利。法官不会接受你们那些工程师的专业知识，因为他不信像宁海莫教授这种人，会故意设计毁掉自己的声誉，即使那会使他获得一大笔钱。毕竟，法官也是人。如果他必须在'一个人做出不可能的事'和'一个机器人做出不可能的事'之间作个选择，他的判决很可能会支持那个人。"

"一个人可以做出不可能的事，"兰宁说，"因为我们对人类心灵的复杂结构不够了解；面对某个人类心灵，我们不知道什么有可能、什么不可能。但我们的确知道机器人绝不可能做些什么。"

"好吧，我们等着瞧能否说服法官接受这点。"被告律师厌倦地答道。

"如果你们说的只是这些，"罗伯森以低沉嘹亮的声音说，"我看不出你们怎么做得到。"

"我们等着瞧。能了解和察觉其中的困难是件好事，但我们别太过沮丧。在这场棋局中，我也已经设法向前看了几步。"他朝机器人心理学家的方向庄重地点了点头，再补充一句，"多亏这位了不起的女士帮忙。"

兰宁先后望了望他们两人，然后说："你们到底在搞什么鬼？"

法警突然将头伸进室内，有点上气不接下气地宣布审判即将继续。

他们纷纷就坐，打量着那位惹起这一切麻烦的男子。

赛门·宁海莫有一头蓬松的沙色头发，一只鹰钩鼻，一个尖尖的下巴，以及一副瘦长的脸孔。他说话有个习惯，有时会在关键字眼前犹豫一下，使人觉得他在追求一种几乎令人无法忍受的精准。当他说："太阳从……

呃……东边升起。"你可以确定，他曾经好好考虑了一下太阳偶尔从西边升起的可能性。

原告律师问道："你曾经反对校方雇用机器人 E Z27吗？"

"是的，阁下。"

"为什么那样做？"

"我不认为我们对美国机器人公司的……呃……动机彻底了解，我怀疑他们急于把机器人交给我们是别有用心。"

"你觉得它能胜任厂方声称它设计来做的工作吗？"

"我知道事实上它不能。"

"可否陈述你的理由？"

赛门·宁海莫的著作《太空飞行导致的社会紧张与其解决之道》已经撰写了八年。宁海莫对精准的追求并不限于说话的习惯，而在社会学这种几乎天生无法精准的学科中，他简直忙得透不过气来。

即使到了校对阶段，他也没有大功告成的感觉。事实上，几乎恰恰相反。瞪着长条形的校样，他只感到一种冲动，想将铅字一行行撕开，以另一种方式重新组合。

即将升任社会系助理教授的讲师吉姆·贝克，在印刷厂送来第一批校样三天后，发觉宁海莫正瞪着那叠纸出神。他们总共收到三份校样：一份给宁海莫校对，另一份给贝克独立校对，而标示着"原件"的第三份，则要等宁海莫与贝克校对完成，共同剔除彼此的冲突与矛盾后，再将两人的修正一起写在那份校样上。过去三年间他们合写的几篇论文，都是以这个方式校对的，两人一向合作愉快。

贝克是个年轻、声音轻柔迷人的小伙子。他手中抓着自己那份校样，热切地说："我已经校对完第一章，里面有几个印刷厂的杰作。"

"第一章总是这样。"宁海莫心不在焉地说。

"你要不要现在比对一下。"

宁海莫将严肃的目光聚焦在贝克身上。"我还没碰那份校样，吉姆，我想我不必麻烦了。"

贝克看来一头雾水。"不必麻烦了？"

宁海莫抿了抿嘴。"我曾经询问过那架机器的……呃……工作量。毕竟，它最初就是当校对机……呃……推销给我们的。他们已经把我排进去。"

"那架'机器'？你是指易役？"

"我相信那就是他们帮它取的蠢名字。"

"可是，宁海莫博士，我以为你对它敬而远之！"

"我似乎是唯一这样做的人。或许我也应当分享这个……呃……便利。"

"喔。好吧，那么，看来我花在第一章上的时间是浪费了。"年轻人悲伤地说。

"没有浪费。我们可以拿那架机器的结果和你的比较，看看有没有出入。"

"你要这么做也行，但……"

"什么？"

"我怀疑我们能挑出易役什么毛病。理论上，它是永远不会出错的。"

"我想是吧。"宁海莫淡淡地答道。

四天后，贝克再度送来第一章的校样。这回是宁海莫的那一份，刚从易役的工作室出炉。那工作室是为了安置易役与他使用的设备，而特别加盖的一小间建筑。

贝克兴高采烈地说："宁海莫博士，它非但找到我找到的每个错误——还发现十几个我漏掉的！从头到尾只花了它十二分钟！"

宁海莫翻了一遍那份校样，看到留白处写着好些工整的校对符号。他说："不如你我能做到的那么完整。我们会加入一些补充，例如铃木对低重力之神经效应的研究。"

"你的意思是，他发表在《社会学评论》上的论文？"

"当然。"

"这个嘛，你不能指望易役做不可能的事；它不能帮我们阅读文献。"

"这点我了解。事实上，我已经准备好这个补充。我会去看看那架机器，我要确定它知道如何……呃……处理补充资料。"

"它会知道的。"

"我宁可确定一下。"

宁海莫必须预约才能见到易役。纵然如此，他也顶多只能分到晚间的十五分钟。

但结果证明十五分钟足够了，机器人 E Z27立刻了解了补充是什么。

第一次近距离面对这个机器人，宁海莫觉得很不自在。他几乎自然而然，仿佛当它是个真人一样问道："你喜欢你的工作吗？"

"喜欢极了，宁海莫教授。"易役严肃地说，他的光电眼如常地闪着深红色光芒。

"你认识我？"

"根据你要我把额外材料加入校样这项事实，便能推断你就是作者。而作者的姓名，每张校样的顶端当然都有。"

"我懂了。这么说，你会做……呃……逻辑推理。告诉我……"他忍不住问道，"目前为止，你对这本书有什么看法？"

易役说："我发觉它校对起来非常愉快。"

"愉快？对于一个……呃……机械装置而言，这是个奇特的词汇。我听说你并没有感情。"

"你书中的字句和我的电路相投，"易役解释道，"它们引发的反向电位很小，甚至等于零。在我的脑路中，便将这个机械性现象翻译成诸如'愉快'这类的词汇。感情云云只是联想。"

"我懂了。你为什么觉得这本书令你愉快？"

"它研究的是人类，教授，而不是无机物质或数学符号。你的书试图探讨人类，增进人类的幸福。"

"而这正是你试图做的事，所以我的书和你的电路相投？是不是这样？"

"就是这样，教授。"

十五分钟很快结束。宁海莫离去后，直接走向图书馆。当时图书馆正要关门，他拜托馆方延长了一点时间，刚好够他找到一本机器人学入门书籍。

他带着那本书回到家里。

此后，除了偶尔补充些晚近的资料，在校样送到易役那里，再由他寄给出版商的过程中，宁海莫起初是很少插手——后来则是完全不插手。

贝克不安地说："它几乎让我有一种没用的感觉。"

"它应该给你一种有时间展开一项新计划的感觉。"宁海莫一面说，一面仍低着头在当期的《社会科学摘要》上做眉批。

"我就是不习惯，我始终在担心那些校样。这很傻，我知道。"

"是的。"

"前几天，易役寄出校样前，我拿了几张……"

"什么！"宁海莫怒容满面地抬起头，合起了那本《摘要》，"你在那架机器工作时打扰它？"

"只有一分钟。一切都没问题——喔，它改了一个词。你将某件事称为'罪恶的'，被它改成'鲁莽的'。它认为第二个形容词比较符合上下文的意思。"

宁海莫变得若有所思。"你怎么想呢？"

"你知道吗，我同意它的看法，我没有改回来。"

宁海莫在转椅中转过身来，面对他的年轻同事说："听好，我希望你不会再这样做。如果我要用这架机器，我就希望它……呃……充分发挥功能。如果我使用它，反而令我损失你的……呃……贡献，因为它根本不需要监督，你却偏偏监督它，那我就一无所得。你懂吗？"

"懂了，宁海莫博士。"贝克隐忍地答道。

那本著作的样书于五月八日寄达宁海莫博士的办公室。他很快浏览一遍；随手翻一翻，偶尔停下来读一段。然后，他就把那几本样书搁到一旁。

根据他后来的解释，他根本忘了这回事。他花了八年时间撰写这本书，可是过去几个月，既然有易役帮他挑起校对的重担，他已一头钻进其他的研究计划。他甚至没想到如往常一样，赠送一本给大学图书馆珍藏。就连贝克也没有收到赠书——自从上次碰面被斥责一顿后，他就专心投入自己的工作，始终避着这位系主任。

这个阶段在六月十六日结束。那天，宁海莫突然接到一通电话，他惊讶地瞪着显像板的影像说：

"史派德尔！你在本市吗？"

"不，教授，我在克利夫兰。"史派德尔的声音激动得发抖。

"那为什么打电话来？"

"因为我正在拜读你的新作！宁海莫，你疯了吗？你精神错乱了吗？"

宁海莫僵住了。"有什么……呃……不对劲吗？"他惴惴不安地问道。

"不对劲！我请你看看第五百六十二页。你那样诠释我的学说究竟是妈的什么意思？在你引用的那篇论文中，我在哪里声称犯罪性格并不存在，其实执法机关才是真正的罪犯？这里，我来读一读……"

"慢着！慢着！"宁海莫一面大叫，一面翻寻着那一页，"让我看看，让我看看……上帝啊！"

"怎么样？"

"史派德尔，我不懂怎么会发生这种事，我从未写过这段话。"

"可是印出来就是这样！那个扭曲还不是最严重的。你看看第六百九十页，想想伊帕提夫看到他的发现被你怎样乱写时，他会对你采取什么行动！听好，宁海莫，这本书充满了这类错误。我不知道你当初怎么想——但除了把书从市面收回，根本没有别的办法。下次参加学会常会时，你最好准备向所有的人道歉！"

"史派德尔，听我说……"

但史派德尔已经用力挂上电话，显像板上的残像足足过了十五秒才完全消失。

直到那个时候，宁海莫才把那本书彻底读一遍，并开始用红笔标出一些段落。

当他再度面对易役时，他将脾气按捺得非常好，但他的嘴唇却毫无血色。他把那本书递给易役，说道："请你读一读第五百六十二页、六百三十一页、六百六十四页和六百九十页中标出的段落好吗？"

易役只瞥了四眼。"好了，宁海莫教授。"

"这不是原始校样中的内容。"

"没错，教授，的确不同。"

"是你改成现在这个样子的吗？"

"是的，教授。"

"为什么？"

"教授，在你的那个版本中，那些段落对某些人类族群太不客气。我觉得更改那些字句，以免他们受到伤害才是明智之举。"

"你怎敢做这种事？"

"机器人学第一法则，教授，不准我因不作为而使人类受到伤害。考虑到你在社会学界声誉卓著，以及你的著作将在学者间广为流传，你提到的那许多人必将受到巨大伤害。"

"但你了解现在我自己将受到的伤害吗？"

"两害相权取其轻是有必要的。"

宁海莫教授蹒跚离去，气得浑身打战。他心里很清楚，美国机器人公司必须为这件事负全责。

被告席出现一些骚动，随着原告律师越来越得理不饶人，这股骚动有升高的趋势。

"这么说，机器人EZ27告诉你，它有那样的行动是基于机器人学第一法则？"

"正是如此，阁下。"

"而且，实际上，它毫无选择？"

"是的，阁下。"

"那么由此可知，美国机器人公司设计的这个机器人，必然会改写书稿以符合它自己的是非概念。而他们却拿它当单纯的校对机来欺骗顾客。你会不会这样说？"

被告律师立刻坚决抗议，指出原告律师要求证人作出能力范围外的判断。法官虽以惯常的说辞告诫了原告律师，但这番对话无疑已经深植人心——甚至对被告律师也不例外。

在开始反方盘诘前，被告律师要求一次短时间休庭，利用法律专业技巧赚取五分钟时间。

他凑向苏珊·凯文。"凯文博士，有没有可能宁海莫教授说的是真话，易役确是受到第一法则的驱使？"

凯文紧紧抿起嘴唇，然后说："不，绝不可能。宁海莫的证词最后那部分是蓄意的伪证。一本高等社会学教科书上讨论的那种抽象观念，超过了易役的判断能力。他绝对看不出这样一本书中的一句话会伤害到某些族群，他的心灵根本没有那种功能。"

"不过，我想我们无法对一个外行人证明。"被告律师悲观地说。

"没办法，"凯文承认，"证明会极度复杂。我们的制胜之道仍然不变，我们必须证明宁海莫在说谎。不论他说些什么，都不会改变我们的攻击计划。"

"很好，凯文博士。"被告律师道，"我必须接受你这番话，我们照原定计划进行。"

在法庭中，法官的木槌一起一落，宁海莫博士便回到证人席。他脸上带着浅浅的笑容，仿佛觉得自己的优势牢不可破，正欣欣地期待击退对方徒劳的攻击。

被告律师踏着谨慎的步伐走近证人，轻声开口道："宁海莫博士，你的意思是不是说，关于手稿中那些所谓的更动，在六月十六日史派德尔博士打电话给你之前，你完全不知情？"

"正是如此，阁下。"

"在机器人ＥＺ27校对完后，你再也没有看一遍那些校样吗？"

"起初是有的，但我觉得那样做似乎没用，我信赖美国机器人公司的声明。那些荒谬的……呃……更动，只出现在全书最后的四分之一。据我推测，在那个机器人对社会学有足够认识之后……"

"别管你的推测了！"被告律师说，"据我了解，你的同事，贝克博士，至少有一次看到了后来的校样。你记得在证词中曾经这样说吗？"

"记得，阁下。正如我所说，他告诉我他看到其中一页。甚至连那一页，那个机器人也更动了一个词。"

被告律师再度打岔。"你跟那个机器人势不两立超过一年；你起初投票反对它，后来又拒绝使用它做任何工作，可是突然间，你却决定把你的著作——你的不朽巨著交到它手上。你不觉得有点奇怪吗，教授？"

"我不觉得有什么奇怪。我只是想通了，认为还是用那架机器比较好。"

"而你对机器人ＥＺ27那么有信心——就在一夕之间——你甚至懒得再检查你的校样？"

"我告诉过你，我被美国机器人公司的宣传……呃……说服了。"

"说服到那种程度，以致你的同事贝克博士试图检查机器人的工作时，你会疾言厉色斥责他？"

"我没有严厉斥责他。我只是不希望让他……呃……浪费他的时间。至少，当时我以为那是浪费时间。我没想到更动一个形容词只是冰山一角……"

被告律师以极尽讽刺的口吻说："我确信你是受过指点，才会提到更动形容词那件事，好让它列入记录……"为了避免遭到抗议，他赶紧改口道，"重要的是，贝克博士的行为令你怒不可遏。"

"不，阁下，我没生他的气。"

"在你收到样书后，你没有送他一本。"

"只不过是忘了，我也没有送一本给图书馆。"宁海莫露出谨慎的笑容，"教授们心不在焉是出了名的。"

被告律师说："在完美无缺地工作一年多之后，机器人ＥＺ27竟然在你的书上出了错——偏偏是你写的书，而你，偏偏又是跟那个机器人最势不两立的人。你难道不觉得奇怪吗？"

"在它接触过的稿件中，只有我的书是探讨人类的大部头著作，机器人学三大法则那时才起了作用。"

"你有好几次，宁海莫博士，"被告律师说，"试图以机器人学专家的口吻发言。显然你突然对机器人学产生兴趣，还从图书馆借了些这方面的书籍。你的证词中曾经这么说，有没有？"

"只借过一本，阁下。在我看来，那似乎是出于……呃……自然的好奇心。"

"你从那本书学到的知识，使你得以解释那个机器人为何如你所称扭曲了你的著作？"

"是的，阁下。"

"非常顺口。但你可确定，你对机器人学产生兴趣，并非意图使你能操纵那个机器人，以达到自己的目的？"

宁海莫面红耳赤。"当然不是，阁下！"

被告律师提高音量。"事实上，你可确定那些所谓遭到更动的段落，确实不是你原来所写的？"

社会学家几乎站了起来。"那真是……呃……呃……荒谬绝伦！我有那些校样……"

他的话卡在喉咙里，原告律师随即起身，辩才无碍地接口道："倘若您准许，法官，我打算呈上两件证物。一件是宁海莫博士给 E Z27的原始校样，另一件是 E Z27后来寄给出版商的校样。我可敬的同行若是希望，我现在便将证物呈上，并愿意答应暂时休庭，以便比较那两件证物。"

被告律师不耐烦地挥了挥手。"没有那个必要，我可敬的对手随时可以呈上那两件证物。我确定，它们会证明原告声称的不一致处尽皆属实。然而，我希望从证人口中得知的是，他是否同时保有贝克博士的那份校样。"

"贝克博士的校样？"宁海莫皱起眉头，他尚未从激动的情绪中完全恢复过来。

"是的，教授！我是指贝克博士的校样。根据你的证词，贝克博士也收到一份校样。假如你突然患了选择性失忆症，我会请书记员朗读你的证词。或者只是如你所说，教授都是出了名的心不在焉？"

宁海莫说："我记得贝克博士的那份校样。一旦那架校对机器接下那份工作，它就没有必要……"

"所以你把它烧了？"

"不！我把它丢进垃圾桶。"

"烧毁也好，丢弃也罢——又有什么差别？重要的是，你把它处理掉了。"

"那没什么不对……"宁海莫无力地分辩半句。

"没什么不对？"被告律师大喝一声，"是没什么不对，只不过这样一来，我们现在死无对证，无法查证你是否把几张关键性校样调了包，用贝克博士的空白校样取代你自己那几张，因为你自己的已经动过手脚，好迫使那个机器人……"

原告律师愤怒地大喊抗议。沈恩法官倾身向前，那张圆脸将他心中的怒意表露无遗。

法官说："对于你刚才提出的这个非比寻常的陈述，律师，你可有任何证据？"

被告律师心平气和地说："没有直接证据，法官。但我希望指出一点，若以正确的角度观察，那么原告的反机器人态度突然转变；他突然对机器人学发生兴趣；他拒绝检查那些校样，也不准任何人代为检查；他刻意不让该书在出版后马上曝光，这一切都非常明显地指出……"

"律师，"法官不耐烦地打断他的话，"这里不是进行玄奥推理的场所。原告并未受审，你也不是在起诉他。我禁止你采用这种攻击路线，我只能指出一点：你一定是走投无路才会出此下策，但这样做对你的辩护有害无益。如果你有什么正当的问题，律师，你可以继续你的反方盘诘。但我警告你，不准在这个法庭中再做那样的表演。"

"我没有其他问题了，法官。"

当被告律师回到座位后，罗伯森激动地悄声问道："看在上帝的份上，那样做有什么好处？现在法官成了你的死对头。"

被告律师以平静的口吻答道："但宁海莫也乱了阵脚。我们已经为他明天的行动铺好路，他会吐实的。"

苏珊·凯文严肃地点了点头。

比较之下，原告律师其余的询问相当温和。他传贝克博士出庭，后者对宁海莫的证词大多表示支持。接着是史派德尔与伊帕提夫两位博士出庭作证，对于宁海莫博士书中某些引述带给他们的惊愕与懊丧，他们无比动人地娓娓道来。两人都作出专业的评断，认为宁海莫博士的学术声誉已受到严重伤害。

两份校样被当作证物呈给法官，此外证物还包括几本样书。

当天被告律师并未再做反方盘诘。原告律师结束询问后，法官便宣布休庭至次日上午。

第二天刚开庭，被告律师立即提出申请。他要求法官准许机器人 EZ27 出庭旁听。

原告律师立刻抗议，于是沈恩法官将两位律师叫到法官席前。

原告律师激动地说："这显然是不合法的，机器人不得出现在公众使用的任何建筑物中。"

"除了和本案直接有关的人员之外，法庭内没有任何闲杂人等。"被告律师指出这一点。

"已知有怪异行径的一架大型机器，只要出现眼前，就能令我的当事人和证人心神不宁！那会使得诉讼程序乱成一团。"

法官似乎倾向赞成这种说法。他转向被告律师，相当不以为然地问道："你这样要求的理由是什么？"

被告律师说："我们抱持的论点是，就机器人 E Z27 的构造而论，它不可能做出对方指控的行为。我们有必要做些示范。"

原告律师说："我看不出有此必要，法官。在美国机器人公司身为被告的情况下，由美国机器人公司的员工进行的示范不足以做证据。"

"法官，"被告律师说，"任何证据的效力要由您来决定，原告律师无权表示意见。至少，据我了解理应如此。"

特权受到侵犯的沈恩法官说："你的了解是正确的。纵然如此，若是允许一个机器人出庭，的确会引起严重的法律问题。"

"司法正义凌驾一切，法官，这是天经地义的事。如果那个机器人不出庭，我们就无法提出我们唯一的答辩。"

法官考虑了一番。"如何将机器人运到这里也是个难题。"

"那是美国机器人公司经常遇到的问题。我们有一辆货车停在法庭外面，它的构造完全符合运送机器人的相关法律。机器人 E Z27 装在车内一个箱子里，由两个人负责看守。货车的车门都切实锁好，其他一切预防措施也全部齐备。"

"你似乎确定，"沈恩法官再次发起脾气，"这回我会作出对你有利的裁判。"

"绝对没有，法官。倘若您不准，我们马上让货车掉头。我并未对您的裁决预作任何假设。"

法官点了点头。"我批准被告律师这项要求。"

条板箱由一辆大型手推车拉进来，再由负责运送的两名工人打开。整个法庭随即陷入一片死寂。

厚实的蜂巢状箱板落下后，等在一旁的苏珊·凯文伸出一只手。"来吧，易役。"

机器人朝她的方向望去，随即伸出巨大的金属手臂。他比她足足高六十公分，却温顺地跟在她后面，像个让母亲牵着手的小孩。有人发出神经质的吃吃笑声，给凯文博士瞪一眼后赶紧咽回去。

法警搬来一张大椅子，易役小心翼翼地坐下来。椅子虽然吱吱乱响，但总算没有垮掉。

被告律师说："在必要的时候，法官，我们会证明这的确是机器人EZ27，过去一年多来受雇于东北大学的那个机器人。"

"很好，"法官道，"那的确有必要。比方说，我就对如何分辨机器人毫无概念。"

"现在，"被告律师说，"我想传我的第一位证人出庭。赛门·宁海莫教授，请。"

书记犹豫了一下，转头望向法官。沈恩法官带着明显的惊讶说："你传原告当你的证人？"

"是的，法官。"

"我希望你明白，只要他是你的证人，你就不准使用任何盘诘对方证人的伎俩。"

被告律师滔滔地说："我这样做，唯一的目的是探寻真相。我没有必要为难他，只想问几个客气的问题。"

"好吧，"法官迟疑不决地说，"负责打官司的是你。传唤证人。"

宁海莫来到证人席，法官特别提醒他宣誓仍然有效。他看来比前一天更紧张，几乎可算忧心忡忡。

被告律师却亲切地望着他。

"请问，宁海莫教授，你控告我的当事人，要求赔偿七十五万元？"

"那是……呃……总额，没错。"

"那是很大一笔钱。"

"我受到很大的伤害。"

"当然没有那么大，问题只出在一本书的几个段落。或许那几段的确有些不对劲，可是毕竟，市面上的书籍不时会有稀奇古怪的错误。"

宁海莫的鼻孔一开一阖。"阁下，这本书本该是我学术生涯的巅峰！如今，它却使我看来像个无能的学者；在我可敬的朋友和同事眼中，我成了离经叛道之徒；我不相信他们的见解，我相信的是荒谬而……呃……过时的观点。我的声誉被毁，再也无法挽回！无论这场官司结果如何，我再也不能在任何……呃……学者集会中抬起头来。我当然无法再继续我的学术工作，而那是我生命的全部。我生命中的首要目标被……呃……摧毁殆尽了。"

被告律师并未试图打断这番话，只是一直出神地望着自己的指甲。

他以非常具有安抚作用的口吻说："可是，宁海莫教授，就你现在的年纪而论，在你的余生中，你当然不能指望再赚到超过——让我们算宽点——十五万元。然而，你却要求法庭判决赔偿你此数的五倍。"

宁海莫以更加激动的情绪答道："我被毁掉的不只是这辈子而已。不知在未来多少世代中，我都会被社会学家指为……呃……傻子或疯子，我真正的成就将遭到埋没和忽视。我受到的伤害不会在我去世那天结束，反将永远持续下去，因为总会有人不相信是一个机器人加上那些……"

就在这个时候，机器人 EZ27 站了起来。苏珊·凯文并未出手阻止，她一动不动地坐着，直勾勾地凝视前方。被告律师轻轻叹了一声。

易役悠扬的声音清晰地传遍全场。"我希望对大家解释一下，那些和原稿内容似乎刚好相反的段落，的确是我加在校样上的……"

一个身高超过两公尺的机器人在法庭中起身发言，实在得算是个奇观。就连原告律师都大吃一惊，未能要求法官阻止这个显然是最违法的行动。

当他终于回过神来时，一切都太迟了。因为宁海莫已在证人席中起身，脸孔不自主地抽搐起来。

他狂叫道："你该死，明明命令你不可张扬这……"

他猛然咽下后面的话，而易役也住口了。

原告律师此时站了起来，要求法官宣布审判无效。

沈恩法官拼命用力大敲木槌。"肃静！肃静！我当然有足够的理由宣布审判无效，只不过了司法正义，我希望宁海莫教授做完他的陈述。我清清楚楚地听到他对机器人说，明明命令那机器人不可张扬某一件事。在你的证词中，宁海莫教授，并未提到叫机器人不可声张什么事的任何指令！"

宁海莫瞪着法官无言以对。

沈恩法官说："你是否命令过机器人ＥＺ27不可声张某件事？若是有，又是什么事？"

"法官——"宁海莫嘶哑地唤道，便无法继续说下去。

法官的声音转趋尖锐。"事实上，是不是你命令机器人将那些段落加进校样中，然后命令它不可泄露你曾参与此事？"

原告律师慷慨激昂地大喊抗议，但宁海莫吼道："喔，那有什么用？是的！是的！"说完他便冲下证人席。他在门口被法警拦下，绝望地倒在后排座椅上，双手紧紧抱住头。

沈恩法官说："在我看来，将机器人ＥＺ27带来显然是个诡计。若非这个诡计阻止了一次严重的误判，我一定会裁决被告律师藐视法庭。现在真相大白，毫无疑问是原告犯了诈欺罪。可是我全然不解，因为他这样做，显然是故意毁掉自己的学术生命……"

判决当然是被告无罪。

苏珊·凯文博士来到宁海莫博士位于大学校园的单身宿舍大楼。开车送她来的年轻工程师提议跟她一起上去，她却不屑地望着他说："你认为他会攻击我吗？在下面等着。"

宁海莫无意攻击任何人。他正在收拾行李，未曾浪费任何时间，急着要在不利的审判结果传开之前离开这里。

他以诡异的凌厉目光望着凯文，说道："你来警告我即将临头的反诉吗？若真是这样，你们什么也得不到。我没有财产、没有工作、没有将来，我甚至无法负担诉讼费用。"

"假如你是在寻求同情，"凯文冷冷地说，"别在我这里找。你是自作自受。然而，我们不会反诉任何人，不论是你或是这所大学。我们甚至会尽力帮助你，让你不致因伪证罪坐牢。我们不是那种挟怨报复的人。"

"喔，是不是因为这样，我才尚未因为做伪证而遭拘留？我还在纳闷呢。话说回来，"他以恶毒的口吻补充道，"你们为什么要报复？你们已经得到你们想要的了。"

"没错，我们得到了一部分。"凯文说，"这所大学将以远高于目前的租金继续雇用易役。除此之外，有关这场审判的小道消息，将使我们得以在其他机构再安置几个EZ型机器人，不致有重演这场纠纷的危险。"

"那你来找我又是为什么？"

"因为我还没有得到我想要的一切。我想要知道，你为何这么痛恨机器人。即使你打赢这场官司，你仍会毁掉你的声誉。你可能得到的那笔钱无法弥补这个损失，难道你发泄了对机器人的仇恨，就足以补偿这一切吗？"

"你对人类的心灵有兴趣吗，凯文博士？"宁海莫以刻薄的讽刺口吻这样问道。

"只要这些心灵的反应和机器人的福祉有关，答案就是肯定的。基于这个缘故，我学过一点人类心理学。"

"足以用来设计我！"

"那倒不难，"凯文未曾显露丝毫傲慢，"困难在于还要不使易役受到伤害。"

"你就是这种人，对机器比对人更关心。"他以一种粗鲁而轻蔑的目光瞪着她。

她却毫不动容。"似乎正是如此，宁海莫教授。唯有借着关心机器人，我们才能真正关心二十一世纪的人类。假如你是个机器人学家，你就会了解这一点。"

"我读了够多的机器人学，足以知道我可不要当个机器人学家！"

"对不起，你只读过一本机器人学书籍，它没教懂你任何东西。你学到的一点皮毛，使你知道可以命令机器人做许多事；假如你做得正确，甚至能叫他篡改一本书。你还知道不能命令他把某件事完全忘掉，否则仍有被侦测出来的危险。可是你以为命令他保持沉默会更安全，你错了。"

"你从它的沉默中猜出真相？"

"那不是猜测。你是个业余玩家，没有足够的知识把你的花招全遮起来。我所面对的问题，只是如何向法官证明这件事。由于你对你声称鄙视的机器人学一知半解，你在这方面帮了我们一个大忙。"

"这个讨论有任何意义吗？"宁海莫厌倦地问道。

"对我而言，有的。"苏珊·凯文说，"因为我要你了解，你对机器人作出多么大错特错的判断。你令易役保密的办法是告诉他，假如他对任何人透露那本书是你自己篡改的，你就会丢掉你的工作。那使得易役体内产生一个保持沉默的电位，强到足以抵挡我们试图瓦解它的努力。假使我们坚持下去，就会弄坏那副正子脑。

"然而，在证人席上，你自己激起一个更高的反向电位。你说由于世人都会认为写下那些问题段落的是你，而不是一个机器人，你的损失将绝不只你的工作而已。你将失去你的声誉、你的地位、你的名望、你活下去的理由，你死后还会失去你的身后名。这样一来，你建立了一个更高的新电位——于是易役开口了。"

"喔，上帝。"宁海莫一面说，一面转过头去。

凯文不为所动，她继续说："你可了解他为何开口？他不是要指控你，而是要为你辩护！我们可以用数学证明，他准备为你的罪行承担所有责任，准备否认你和那件事有任何关联。第一法则要求他那么做。他正准备要说谎——要毁掉他自己——要使一家公司蒙受金钱损失。对他而言，这一切都比不上救你来得重要。假使你真正了解机器人和机器人学，你就会让他说下去。可是正如我所确料，正如我向被告律师所作的保证，你并不了解。由于你痛恨机器人，你确信易役的行为会和人类一样，会以出卖你为自己辩护。所以你在惊慌中对他高声怒吼——于是毁了你自己。"

宁海莫冲动地说："我希望有一天你的机器人会背叛你，杀死你！"

"别傻了。"凯文说，"现在我要你解释一下，你为何要做这一切。"

宁海莫咧嘴做个扭曲的冷笑。"为了满足你的学术好奇心，以报答你替我免除伪证罪起诉，我就要解剖自己的心灵，是吗？"

"你喜欢这样讲也无妨。"凯文不带感情地说，"但请务必解释。"

"好让你将来能更有效地对付反机器人的企图？好让你有更深的了解？"

"我接受这句话。"

"你可知道，"宁海莫说，"我会告诉你的——只是为了目睹它对你毫无用处。你不能了解人类的动机；你只能了解你那些该死的机器，因为你自己就是披着人皮的机器。"

他大口大口喘着气，说话一点也不犹豫，不再追求精准，仿佛精准对他再也没有用处。

他说："过去两百五十年来，机器一直在取代人工，把手艺人逼上绝路。陶器从铸模中吐出来，艺术品被一个模子印出的廉价品取代。称之为进步吧，你喜欢的话！艺术家被局限于抽象领域中，禁锢在创意世界里。他们不得不在心中进行设计——然后由机器代劳其他的一切。

"你以为陶艺家满足于心灵创造吗？你以为创意就够了吗？你以为感触黏土本身、看着手脑并用的作品逐渐成长没有意义吗？你以为作品的成长不是一种对修正创意和改良创意的反馈吗？"

"你并不是个陶艺家。"凯文博士说。

"我是个原创性艺术家！我设计并制造论文和学术著作。除了想出字句和把它们排成正确顺序，这里面还有点别的东西。如果光是那样，这里面就没有乐趣，没有回报。

"一本书应该在作者手中成形。作者必须实际看到各章节的成长发育，必须创作再创作，看着不断的修改逐渐超越原先的构想。然后还要把校样抓在手里，看看那些字句印成铅字是什么样，趁机再次重塑一番。在创作的各个阶段，作者和作品有上百种接触——这些接触本身就是一种乐趣，对于作者在创作中倾注的心血，再也没有比它更珍贵的回报。你、的、机、器、人、会、把、这、些、通、通、夺、走。"

"打字机也会，印刷机也会。你建议我们回到手抄本的时代吗？"

"打字机和印刷机只夺走一部分，你的机器人却会一网打尽。你那个机器人现在接管了校对，不久之后，它或其他的机器人，就会接管初稿写作、搜集资料、检查和复查各个段落，说不定还会负责导出结论。这样一来，学者还剩下什么可做的？只有一件事——决定给机器人的下一个命令是什么！我想要拯救未来世世代代的学术界，不希望他们坠入这种终极地狱。对我而言，这比我个人的声誉更重要，所以我不惜以任何手段毁掉美国机器人公司。"

"你一定会失败。"苏珊·凯文说。

"我一定得试试。"赛门·宁海莫答道。

凯文转身离去，尽可能不让自己为这个落魄的学者感到难过。

她没有完全成功。

消失无踪

"超空间基地"采取了一连串紧急的非常措施——有如慌乱的人发出一声歇斯底里的尖叫。

依照时间顺序与激烈的程度,这些措施可逐条列举如下:

> 一、在二十七号小行星群各太空站所涵盖的太空领域中,超原子引擎的研发工作一律暂停。
>
> 二、实际上,上述整个太空领域已排除在太阳系之外。任何人未经许可不得擅入;任何人在任何情况下都不得离去。
>
> 三、美国机器人与机械人公司的首席心理学家苏珊·凯文博士,以及数学部门主任彼得·玻格特博士,搭乘政府的特遣巡逻舰抵达该基地。

已届中年的苏珊·凯文从未离开过地球表面,对这趟太空之旅也没有什么向往。在这个普遍使用原子能,而超原子引擎也即将问世的时代,这种新鲜事从未令她动心。因此她对这趟旅程颇不以为然,也不相信有什么紧急状况。她在超空间基地享用第一餐的时候,平庸的脸庞上每条皱纹都将这点明白显露出来。

而玻格特博士光润苍白的面容,则并未舍弃某些鬼祟的态度。至于领导这个计划的寇纳尔少将,也始终不忘保持一副见到鬼的神情。

总之,那顿饭是个尴尬的插曲,以致随后举行的三人小型会议,是在阴沉而不愉快的气氛中展开。

首先发言的是寇纳尔,他的秃头闪闪发亮,军礼服与此时此地的气氛很不相称。他硬着头皮,开门见山地说:"玻格特先生,凯文女士,这是件十分古怪的事。我要感谢你们接到通知便即刻赶来，很抱歉，通知上甚至未曾说明缘由。现在，我们要赶紧补充说明，我们丢了一个机器人；一切工作陷入停顿，一定得找到他才能复工。目前为止我们一无所获，我们感到需要专家的协助。"

或许将军觉得自己的叙述虎头蛇尾，并未指出困境所在。他以绝望的口气继续道："我们的工作有多重要，我想不必我多说。去年的科学研究经费，超过百分之八十都用到我们这里……"

"啊，这点我们知道。"玻格特欣然答道，"美国机器人公司收到一笔优厚的机器人租金。"

苏珊·凯文以直率而尖刻的口气插嘴道："究竟是什么原因，让一个机器人对这个计划那么重要？他又为什么还没给找到？"

将军将涨红的脸转向她，还偷空舔了一下嘴唇。"啊，换一种方式讲，其实我们已经找到他了。"然后，他又以近乎痛苦的口吻说，"唉，请让我解释一下。在那个机器人行踪不明之后，我们立刻宣布进入紧急状况，禁止任何船舰离开超空间基地。早先一天，有一艘太空货船在此着陆，为我们送来两个实验室用的机器人。它上面还有六十二个……呃……同型的机器人，准备运往别处。我们对这个数字十分确定，这点绝对没有问题。"

"是吗？两者的关联呢？"

"我们在任何地方都找不到那个失踪的机器人——我向你们保证，即使失踪的是一枝小草，我们也已经找到了——经过脑力激荡，我们想到该数一数那艘货船中的机器人。结果，现在上面有六十三个。"

"所以第六十三个机器人，我想，就是那个失踪的浪子？"凯文博士的目光转趋阴郁。

"是的，但我们无法分辨哪个才是第六十三个。"

当电钟连响十一下时，会场一片死寂。然后，这位机器人心理学家说："非常特殊的情形。"她扁起嘴来，嘴角下垂。

"彼得，"她带点凶巴巴的神情转向她的同事，"这里头有什么不对劲？他们在超空间基地用的是哪种机器人？"

玻格特犹豫了一下，露出无力的笑容。"这始终是一件相当难办的事，苏珊。"

她连珠炮似的说："好啊，始终是。如果面对六十三个同型机器人，其中之一是逃犯，却无法确定哪个才是，那何不随便抓一个充数呢？这一切究竟有什么文章？为什么要派我们来？"

玻格特以顺从的态度说："你得给我说话的机会，苏珊——超空间基地所用的机器人，刚好有几个并未印记完整的机器人学第一法则。"

"什么，没有印记？"凯文跌坐到椅子上，"我懂了。有多少个出厂？"

"不多。那是政府订购的，而且绝不允许泄露机密。除了直接参与的最高层人士，不让任何人知道这件事。你并未包括在内，苏珊，不过这跟我毫无关系。"

将军以权威的架势打断他们的对话。他说："我希望对此作点解释。我原本并不晓得凯文博士毫不知情。地球上始终有着强烈的反机器人情绪，凯文博士，这点不必我告诉你。在这个问题上，面对那些基本教义的激进派，政府的防线只有一项事实——机器人总是内设牢不可破的第一法则，不论在任何情况下，他们都不可能伤害人类。

"但我们却不得不用些本质相异的机器人。因此有少数的NS-2型，也就是纳斯特，脑中印记的是第一法则的修订版。为了保密起见，所有NS-2型出厂时皆未加上序号；那些修订型机器人和一组普通型一起送到这里；此外，当然，我们定做的这种机器人，全部印记上最严格的指令，绝不可对外人透露他们的不同之处。"他露出尴尬的笑容，"现在，这一切成了自作自受。"

凯文绷着脸说："无论如何，你有没有问过每个机器人他们的身份？不用说，你当然有资格？"

将军点了点头。"六十三个全部否认曾在这里工作——其中一个在说谎。"

"你追查的那个可有磨损的痕迹吗？我想其他那些都是新出厂的。"

"失踪的那个上个月才到。他和刚刚送达的那两个，是我们所需要的最后一批，看不出什么磨损的痕迹。"他缓缓摇了摇头，双眼再度透出沮丧的目光，"凯文博士，我们不敢让那艘货船离去。万一不符合第一法则的机器人公诸于世……"似乎他怎么说都无法强调问题的严重性。

"把六十三个机器人通通毁掉，"机器人心理学家以冰冷而平板的口气说，"让这件事一了百了。"

玻格特咬着一侧嘴角。"你的意思是毁掉六十三个三万元，只怕美国机器人公司不会喜欢这个主意。在我们毁掉任何东西之前，苏珊，我们最好先努力一番。"

"这样的话，"她以尖锐的口吻说，"我需要知道一切事实。这些修订型机器人究竟给超空间基地带来什么好处？是什么因素使他们不可或缺，将军？"

寇纳尔的额头皱成一团，他伸手向上一抹，试图将它抚平。"原有的机器人，为我们带来无法克服的问题。我们的人经常得在'硬辐射'中工作，你懂了吧。这当然有危险，但我们采取了合理的安全防范。从开始到现在，只发生过两起意外，两次都无人丧生。然而，对普通机器人解释这点却是徒劳无功。第一法则说——我来引述一遍——机器人不得伤害人类，或因不作为而使人类受到伤害。

"那是最高原则，凯文博士。每当我们的人必须在中等伽马场中暴露一会儿——这样不会造成任何生理效应——最靠近的机器人便会冲进去，把他拖出来。如果辐射场极微弱，机器人就会成功，工作就不得不暂停，直到将机器人通通清场才能继续。如果辐射场稍微强一点，机器人就根本碰不到那个技术员，因为他的正子脑会在伽马辐射中崩溃——然后，我们便会失去一个昂贵且难以替换的机器人。

"我们试图跟他们讲理。但他们的论点是，人类置身伽马场就会有生命危险，就算能安全待在里面半小时也不算数。他们总是说万一那人忘了，待了一小时怎么办；他们不能让他冒险。我们指出，他们那样做是冒着极大的生命危险。但'自保'只是机器人学第三法则——保障人类安全的第一法则有优先权。我们对他们下命令，以既严格又严厉的方式命令他们，在任何情况下不得进入伽马场。但'服从'只是机器人学第二法则——保障人类安全的第一法则仍有优先权。凯文博士，我们要么就是必须舍弃机器人，要么就是对第一法则做些修改——结果我们选择了后者。"

"我无法相信，"凯文博士说，"你们找得到取消第一法则的办法。"

"并没有取消它，只是做些修改。"寇纳尔解释道，"这样制成的正子脑，仅含有第一法则的积极部分，也就是'机器人不得伤害人类'，到此为止。不再有强迫性的要求，要他们防止外在因素伤害人类，比方说伽马射线。我这样说正确吧，玻格特博士？"

"相当正确。"数学家表示同意。

"那就是你们的机器人和普通NS-2型唯一的差别？真是唯一的差别吗？彼得？"

"确实是唯一的差别，苏珊。"

她站起来，以断然的口吻说："我现在打算睡觉了，大约八小时后，我要和最后见到那个机器人的员工谈谈。从现在起，寇纳尔将军，若想要我负起任何责任，我就要对这项调查有百分之百的、无人过问的控制权。"

除了其中两小时陷入恼人的半睡半醒状态，苏珊·凯文整晚未曾进入梦乡。当地时间0700时，她按下玻格特的门铃，发现他同样没有在睡觉。他显然不怕麻烦地带了一件睡袍来到此地，因为他正穿着它坐在那里。当凯文进来时，他随即放下指甲刀。

他轻声道："我多少料到你会来。我想你对这一切感到厌恶。"

"是的。"

"这个嘛——我很抱歉，这件事根本无法避免。当超空间基地电召我们的时候，我就知道一定是修订型纳斯特出了什么问题。可是我能怎么办呢？在旅程中，虽然我很想对你吐露实情，但我不能那样做，因为我必须先确定才行。修订第一法则这件事可是最高机密。"

机器人心理学家喃喃道："应该让我知道才对。未经一位机器人心理学家的同意，美国机器人公司无权这样修改正子脑。"

玻格特扬起眉毛，叹了一声。"理智点，苏珊。即使你知道了，也无法影响他们。在这件事情上，政府决心自行其是。政府想要超原子引擎，乙太科学家则想要不会干扰他们的机器人。即使这真意味着扭曲第一法则，他们也一定要把它弄到手。我们当初不得不承认，就厂方观点而言，这是有可能做到的。他们则发下重誓，说他们只要十二个；它们只会用在超空间基地上；一旦超引擎研发完成便会把它们毁掉；而且会采取全面的安全防范。他们还坚持要严格保密——那就是当初的情况。"

凯文博士咬牙切齿地说："我要是知道就会辞职。"

"那不会有任何用处。政府提供公司一笔巨额资金，又威胁说假如我们拒绝，便会通过反机器人法。当时我们就左右为难，现在我们更是进退维谷了。如果这件事走漏风声，或许会伤害到寇纳尔和政府本身，但它对美国机器人公司的伤害则大得太多了。"

机器人心理学家瞪着他说："彼得，你不懂这一切意味着什么吗？你不了解取消第一法则代表什么吗？这不只是一件机密而已。"

"我知道取消第一法则代表了什么，我又不是小孩子。那代表完全失去稳定性，正子场方程式将会只有虚数解。"

"就数学而言，没错。但你能将它翻译成赤裸裸的心理吗？不论是否在意识层面上，彼得，正常的生命一律憎恨受到宰制。假如宰制者比被宰制者还要低劣，或是理论上如此，那么憎恨会更加强烈。就实体而言，以及在某个程度上就心智而言，机器人——任何一个机器人——都要比人类优越。那么，是什么使他们甘心为奴？只有第一法则！啊，没有它的话，你对机器人下的第一道命令，就会为你惹来杀身之祸。不稳定而已吗？你是怎么想的？"

"苏珊，"玻格特现出又同情又好笑的神态，"我承认，你显露的这个'科学怪人情结'确有几分根据——因此才会有凌驾一切的第一法则。可是我一再重复，这项法则并没有取消——只是稍加修订。"

"那正子脑的稳定性又如何？"

数学家努起嘴来。"自然是降低了，但还在安全范围内。第一个纳斯特是九个月前送到超空间基地的，目前为止没有出过任何问题。即使现在这件事，也只是怕曝光而已，并未对人类造成任何威胁。"

"那么，很好。我们等着看上午的会议能有什么结果。"

玻格特礼貌性地送她到门口，等到她离去后，他做了个表情丰富的鬼脸。他看不出有任何理由，应该改变自己经年累月对她的看法——一个性情乖张、心神不定的失意者。

而苏珊·凯文的思路则丝毫未将玻格特包括在内。许多年前，她就已经对这个手腕圆滑、自命不凡、油头粉面的家伙不屑一顾。

吉拉德·布莱克去年刚拿到乙太物理学的学位，与所有同辈的物理学家一样，他一头钻进超原子引擎的研发。在超空间基地的这些会议中，他的加入带来一股新气象。现在，他穿着沾污的白色工作服，显露出百分之五十的叛逆与百分之百的茫然。他浑身的精力似乎不断在试图挣脱，而那十根紧张兮兮、互相猛力拉扯的手指，则活脱能扭曲一根铁条。

　　寇纳尔少将坐在他旁边，美国机器人公司的两位成员则坐在他对面。

　　布莱克道："我听说，在纳斯特十号失踪前，我是最后一个见到他的人。我想你们是要问我这件事。"

　　凯文颇感兴趣地望着他。"听你的口气，年轻人，好像你自己并不确定。难道你不知道，你究竟是不是最后见到他的人？"

　　"他原本和我一起架设伽马场产生器，女士。他失踪的那天上午，的确是和我在一起。我不知道午后是否有人再见到他，但没有人承认这回事。"

　　"你认为有什么人说谎吗？"

　　"我可没那样说，但我也没说我希望因此而受责备。"他的黑眼珠开始冒火。

　　"没有任何人该受责备，那机器人的失踪是他本身的问题。我们只是试图把他找出来，布莱克先生，所以让我们把其他的一切抛在一边。既然你曾经和那个机器人一起工作，你也许比任何人更了解他。你有没有注意到他有任何不寻常？你有没有和别的机器人共事过？"

　　"我和这里其他的机器人一起工作过——构造简单的那些。纳斯特型没有什么不同，除了他们聪明得多——而且烦人得多。"

　　"烦人？怎么个烦人法？"

　　"这个嘛——或许不是他们的错。这里的工作相当艰辛，我们大多变得有些毛躁。捣弄超空间可不是好玩的事。"他淡淡一笑，体会到什么是一吐为快，"我们无时无刻不在冒险，随时可能把普通时空结构打个窟窿，而让小行星和这一切从整个宇宙中消失。听来相当离奇，是吗？自然，有时你会心神不宁，但这些纳斯特却不会。他们十分好奇，十分冷静，而且无忧无虑。有时这就足以把你逼疯——当你十万火急想要完成某件事，他们却似乎不慌不忙。有些时候，我宁愿自己单打独斗。"

　　"你说他们不慌不忙？他们曾经拒绝听命吗？"

"喔，不。"他赶紧答道，"这方面他们很好。不过，当他们认为你做错了什么，他们会告诉你。除了我们教过他们的知识，他们对这方面一窍不通，但这阻止不了他们。也许是我的想象，但其他人员的纳斯特也为他们带来同样的困扰。"

寇纳尔将军若有深意地清了清喉咙。"为什么我从未接到这方面的申诉，布莱克？"

年轻物理学家面红耳赤。"我们并非真想舍弃机器人，将军。何况我们并不确定这样……呃……这样小的申诉究竟要如何上达。"

玻格特轻声打岔道："你最后见到他的那天上午，有没有发生任何特别的事？"

接下来是一阵沉默。凯文悄悄作势制止寇纳尔眼看就要脱口而出的评语，自己则耐心等待。

然后，布莱克忽然火冒三丈地说："我和他有点纠纷。那天上午，我打破了一根金柏尔管，五天的心血都报销了；我的整个进度落后；我有好几周没收到家书。而他却来找我，要我重复一个我一个月前就放弃的实验。他总是拿那件事烦我，我厌烦透了。所以我叫他走开——这就是全部经过。"

"你叫他走开？"凯文博士极感兴趣地问，"就是这样说的吗？你说的是'走开'吗？试着想起确切的字句。"

布莱克显然在进行一场内心挣扎，他将额头搁在粗大的手掌上一会儿，然后猛然抬头，不客气地说："我说的是'给我消失掉。'"

玻格特发出一阵短暂的笑声。"而他照做了，啊？"

不过凯文尚未问完，她以哄诱的口吻说："现在我们有点眉目了，布莱克先生。可是确切的详情相当重要，想要了解机器人的行为，一个字眼、一个动作、一个强调语气都可能代表一切。比方说，你不可能只说了那五个字而已，对不对？根据你自己的叙述，你一定处于一种急躁的情绪中，说不定你把话讲重了点。"

年轻人又涨红了脸。"这个嘛……我也许骂了他……几句话。"

"究竟骂了什么？"

"喔——我记不清了，再说我也不能重复那些话。你也知道，一个人激动时会变成什么样子。"他的尴尬笑声几乎像是傻笑，"我有那么点容易说

336

粗话。"

"那没什么关系。"她一本正经地答道，"此时此刻，我是一名心理学家。我要请你尽可能根据记忆，忠实地重复当初说的话，而更重要的是，忠实地重复当初的语气。"

布莱克望向他的指挥官，想要寻求支持，结果一无所获。他双眼圆睁，透出惊恐的眼神。"但我做不到。"

"你一定要做到。"

"这样吧，"玻格特带着难掩的兴致说，"你对着我讲，也许会觉得容易些。"

年轻人将绯红的脸孔转向玻格特，咽了一下口水。"我说……"声音至此消失，他又试了一遍，"我说……"

他深深吸了一口气，随即迅速吐出一长串音节。然后，在挥之不去的紧绷气氛中，他几乎流着泪把话说完。"……差不多就是这样。我不记得我到底是不是用这个顺序骂他的，也不确定有没有漏掉什么，或添加了些什么，但八九不离十了。"

机器人心理学家的感受则仅由双颊极淡的红晕透露些许。她说："这些字眼的意思大部分我都了解。我想，其他的也具有同样的侮辱性。"

"只怕正是如此。"狼狈不堪的布莱克承认。

"而这样骂的时候，你还说要他消失。"

"那只是比喻性的说法。"

"这点我了解。我确定，不会对你采取任何惩戒行动。"五秒钟前，将军似乎还根本不确定，但给她瞥了一眼之后，立刻气呼呼地点了点头。

"你可以走了，布莱克先生，谢谢你的合作。"

苏珊·凯文花了五小时约谈六十三个机器人。在这五个小时中，她一再重复同样的程序；看着同样的机器人来来去去；提出同样的问题甲、乙、丙、丁；听到同样的回答甲、乙、丙、丁；仔细保持着温和的表情、中性的语气、友善的气氛，并仔细藏好一台录音机。

约谈结束后，这位机器人心理学家觉得精疲力尽。

玻格特正在等她，当她将录音卷"叮当"一声丢到高分子桌面时，他满怀期待地望着她。

她摇了摇头。"在我看来，六十三个机器人似乎通通一样。我无法分辨……"

他说："你不可能指望用耳朵来分辨，苏珊。我们应该分析这些录音。"

一般而言，对机器人的言辞反应进行数学诠释，属于机器人分析学中较复杂的一支。它需要一组训练有素的技术员，以及大型计算机的帮助。这点玻格特知道，而他正是这样说的。那时他已听完每一组回答，列出了字句偏差表，画出了反应间隔曲线。他心中感到极度厌烦，只是未曾表露出来。

"并未显现任何异常，苏珊。字句和反应时间的变化，都在普通频率组的范围内。我们需要更精密的方法，他们这里一定有电脑。不——"他皱起眉头，并优雅地啃起拇指的指甲，"我们不能用电脑，泄密的危险性太大。或者如果我们……"

凯文博士以不耐烦的手势打断他的话。"拜托，彼得，这可不是你在实验室遇到的小问题。假如我们无法借着某项肉眼看得出的粗浅差异，判断哪个才是修订型纳斯特，而且肯定绝对错不了，我们就要倒霉了。那样的话，判断错误而让他逃掉的机会太大了。在图表上指出一个微小的异常是绝对不够的。我告诉你，假如这些是我唯一的线索，为了确保万无一失，我会把他们通通毁掉。你和其他的修订型纳斯特谈过吗？"

"谈过了，"玻格特迅速回应，"他们没有任何不对劲。非要挑剔的话，就是他们过分友善。他们乐意回答我的问题，对自己的知识表现出自傲——只有那两个新来的例外，他们还没有时间学习乙太物理。我对此地某些专业知识的无知，引来他们相当善意的嘲笑。"他耸了耸肩，"我想这一点，就是此地技术人员对他们产生反感的原因之一。那些机器人或许太喜欢卖弄他们的知识，让你感到自叹不如。"

"你能不能试试几个普兰纳反应，看看他们的心智结构自出厂后有没有任何改变，或任何衰退？"

"我还没试，但我会的。"他举起一根细瘦的手指，冲着她摇了摇，"你吓到了，苏珊。我不知道你有什么戏剧化的想法，但他们本质上是无害的。"

"是吗？"凯文火了，"是吗？你可了解他们其中之一在说谎吗？在我刚约谈过的六十三个机器人当中，有一个故意对我说谎，虽然我下了最严格的命令，叫他们一定要讲实话。这显示异常现象极其根深蒂固，而且极其可怕。"

彼得·玻格特不知不觉咬牙切齿。"根本没这回事。听好！纳斯特十号接到一个要他消失的命令。这个命令以最紧急的形式表述，下令者又是最有权力指挥他的人。你找不到更紧急的形式或更高的指挥权，来撤销和取代这个命令。自然，那机器人会全力以赴完成使命。事实上，客观地讲，我佩服他的机智。他竟然想到躲在一群类似的机器人当中，还有什么更好的消失之道吗？"

"很好，你会佩服他。我察觉出你觉得有趣，彼得——既觉得有趣，又对状况过分无知。你是机器人学家吗，彼得？那些机器人把他们心目中的优越感看得很重要，你自己刚刚这样说过。他们在下意识里，觉得人类比他们低劣，再加上保护我们的第一法则不够完备，所以他们是不稳定的。现在的情况是，一个年轻人命令一个机器人离去，命令他消失，而且用的都是憎嫌、轻蔑、厌恶的言辞。姑且相信那机器人必须服从命令，但他在下意识中，却藏有怨恨的情绪。他被骂了那么多恶毒的字眼，现在就更需要证明自己优于人类。这个需要也许变得太重要，使得打折扣的第一法则不足以控制他。"

"机器人究竟怎么会知道用在他身上的各式各样粗话，苏珊？他脑中印记的内容并不包括猥亵的言辞。"

"原始的印记并不是一切。"凯文对他咆哮，"机器人拥有学习能力，你……你这个傻……"这时，玻格特知道她真的发脾气了。她很快继续说下去："难道你没有想到，他能从口气中听出那些话绝非恭维？难道你没有想到，他以前听说过那些话，注意到它们是用在什么情况下？"

"好吧，那么，"玻格特叫道，"能否请你好心地告诉我，无论一个修订型纳斯特多么气愤，无论他多么丧心病狂地想证明自己的优越，他又有什么办法伤害人类？"

"如果我举个例子，你会保密吗？"

"会的。"

两人隔着桌子倾身凑向对方，两双愤怒的目光也勾在一起了。

机器人心理学家说："假如修订型机器人从某人上方抛下一个重物，只要他在这样做的时候，明白自己具有足够的力量和反应速度，能在重物砸到那人之前将它抓走，他就不会违反第一法则。然而一旦重物离手，他就不再是主动的媒介，起作用的只剩下盲目的重力。然后那机器人就能改变心意，他只要不作为，就能让重物砸下去。修订后的第一法则允许这个行动。"

"你把想象力发挥到了可怕的程度。"

"这是我的专业有时必须做的。彼得，我们别吵了，开始工作吧。你知道令那个机器人消失的刺激具有何种本质，你有他的原始心智结构记录。我要你告诉我，我刚才说的那种事，我们的机器人做得到的可能性有多少。不是那个特殊例子，请注意，而是整个这一类反应。我要尽快得到答案。"

"在此之前……"

"在此之前，我们必须试着做些直接测试第一法则反应的实验。"

吉拉德·布莱克正在二号辐射大厦三楼的拱形大厅监工，这是他自己请命的一项任务。在一个鼓胀的圈圈内，木板隔间一个个迅速竖立起来。工人们大致都在默默工作，但对于需要装设六十三个光电管，仍有不少人公开表示纳闷。

其中一人在布莱克身边坐下，摘掉帽子，若有所思地用长满雀斑的手臂擦擦额头。

布莱克对他点了点头。"进行得如何，沃伦斯基？"

沃伦斯基耸了耸肩，点燃一根雪茄。"顺利得像切奶油。博士，到底发生了什么事？先是整整三天没有工作，然后又要我们搞这么一堆玩意儿。"他仰靠在手肘上，喷出一大口烟。

布莱克的眉毛抽动一下。"从地球来了两个机器人专家。你该记得以前机器人总是往伽马场钻，直到我们把不可如此的指令敲进他们脑袋，才解决了这个麻烦。"

"是啊。我们不是有了新的机器人吗？"

"我们更新了一部分，但主要的工作还是重新教化。总之，制造他们的那些人，想设计出不至于被伽马射线重伤的机器人。"

"不过，为了这种事，就把超引擎的工作整个停掉，当然显得很可笑。我本来还以为，超引擎的研发无论如何不准停工。"

"这个嘛，有权决定的是楼上那些人。我——我只是照人家的话去做。有可能一切都是攀关系……"

"是啊。"电子技师扯出一个笑容，又慧黠地眨了眨眼，"某人认识华盛顿的某人。但只要我的薪水准时发放，我就不该担心；超引擎和我毫不相干。他们要在这里做什么？"

"你在问我吗？他们带了一大批机器人来——超过六十个，准备测量一些反应。那就是我知道的一切。"

"要花多久时间？"

"但愿我知道。"

"好啦，"沃伦斯基以十分讽刺的口吻说，"只要他们把我的钱端来，随便他们爱玩什么游戏都行。"

布莱克暗自觉得满意。让这个说法传开吧，它不碍事，而且相当接近实情，足以满足任何人的好奇心。

某人坐在椅子上，一动不动，沉默不语。有个重物落下，眼看就要砸到他头上。在最后一刻，突然出现一道同步的力场束，"砰"的一声将它推到一旁。待在六十三个木制隔间观看这一幕的NS-2型机器人，在重物转向前的一瞬间同时冲出去。位于他们上方五英尺处的六十三个光电管，则轻轻扯动记录笔，在纸上画下一个小小的尖峰。重物升起又落下，升起又落下，升起……

前后总共十次！

每一次，所有的机器人都猛然向前冲，直到发觉那人好端端坐在原地，才硬生生煞住脚步。

自从为美国机器人公司的代表接风后，寇纳尔少将就从未穿过全套军装。现在，他只穿着一件青灰色衬衫，领子敞开，黑色领带也拉松了。

他满怀希望地望着玻格特，后者仍然穿得整齐体面，至于内心的紧张，大概只有太阳穴处亮晶晶的细小汗珠才泄露丝毫。

将军说："结果如何？你们试图观察什么？"

玻格特答道："观察一种差异，但只怕对我们的目的而言，它有点太难捉摸。对其中六十二个机器人来说，冲向置身险境的人乃是必要的行动，在机器人学中，我们称之为强迫反应。你看，即使那些机器人明知那人不会受到伤害——在实验重复三四次后，他们一定已经知道——他们仍然无法避免如此反应。这是第一法则的要求。"

"所以呢？"

"可是第六十三个机器人，那个修订型纳斯特，则不具这样的强迫作用。他的行动完全自由，只要他愿意，就能留在位子上。不幸的是，"他的声音透着些许遗憾，"他没有这种意愿。"

"你想这是为什么呢？"

玻格特耸了耸肩。"我想，等凯文博士来到这里，她就会告诉我们，或许还会附上极为悲观的解释。她有时候有点烦人。"

"她胜任这份工作吗？"将军突然不安地皱起眉头。

"是的，"玻格特似乎被逗乐了，"她十分胜任。她对机器人的了解像个姐姐一样——我想，这是由于她非常痛恨人类的缘故。只不过，姑且不论是不是心理学家，她都是个极端神经质的人。她有妄想的倾向，别对她的话太认真。"

他将一大卷虚线图表展开在对方面前。"你看，将军，就每个机器人而言，随着实验次数的增加，从重物坠落到完成五英尺运动这段时间有逐渐递减的趋势。有个明确的数学关系描述这种事，若不符合这个关系，就显示正子脑中有显著的异常。不幸的是，所有的图表看来都正常。"

"可是，我们的纳斯特十号若不是以受迫行动来反应，他的曲线为何不会有异？这点我不了解。"

"这很简单。机器人的反应和人类的反应并非百分之百对应，这实在令人遗憾。就人类而言，自发行动比反射行动要慢得多。可是机器人不然；对他们而言，这是个自由选择，他们能让自由行动和受迫行动的速率相当。不过，我当初指望的，是纳斯特十号第一次会措手不及，在作出反应前犹豫太久的时间。"

"而他并没有？"

"只怕正是如此。"

"那么我们根本毫无进展。"将军上身靠向椅背，脸上露出痛苦的表情，"你们来此已经五天了。"

就在这个时候，苏珊·凯文走了进来，顺手用力将门关上。"把你的图表拿走，彼得。"她叫道，"你知道它们显示不出任何线索。"

当寇纳尔欠身向她打招呼时，她不耐烦地咕哝了一句，随即继续说："我们必须赶紧试试别的办法，我不喜欢目前这种情况。"

玻格特与将军交换了一个认命的眼神。"出了什么问题吗？"

"你是指特定的问题？没有。但我不喜欢让纳斯特十号继续耍我们。这样很糟，他已膨胀的优越感一定因此更加满足。只怕他的动机不再是单纯地服从命令；我想如今对他而言，智取人类更像是一种神经质的需求。这是一种病态的危险状况。彼得，我拜托你的事做到了吗？你有没有根据我的要求，算出修订型NS-2的各项不稳定因素？"

"正在进行。"数学家意兴阑珊地说。

她气呼呼瞪了他一会儿，然后又转向寇纳尔。"纳斯特十号绝对晓得我们在做什么，将军。他没有理由在实验过程中吞下那个饵，尤其是在第一次之后，他一定已经看出那名助理没有真正的危险。其他的机器人不得不那样做，他却是故意伪造那个反应。"

"那么，你认为我们现在该怎么办，凯文博士？"

"让他下次无法假造任何反应。我们再重复一遍那个实验，不过要加点道具。我们要在实验助理和机器人之间，拉起足以电死纳斯特型机器人的高压电缆——数量要足够，使他们不可能跳过去。这些机器人事先会有充分的了解，明白碰触那些电缆等于找死。"

"慢着！"玻格特忽然恶狠狠地吼道，"我否决这个办法。我们不能为了找出纳斯特十号，而电死总价两百万元的机器人。一定还有其他的办法。"

"你确定吗？你什么办法也没想到。无论如何，电不电死根本不成问题。我们可以装一个继电器，让它在重物坠落的同时切断电流。万一机器人压到那些电缆，他们也不会死。可、是、他、们、不、会、知、道，你懂了吧。"

将军的眼睛冒出希望的光芒。"这行得通吗？"

"应该行得通。在那种情况下，纳斯特十号将不得不留在位子上。他可以奉命触摸那些电缆而被电死，因为确保服从的第二法则凌驾于自保的第三法则之上。但我们不会对他下这样的命令；我们只会让他自己看着办，就像其他的机器人一样。对正常的机器人而言，即使没有任何命令，确保人类安全的第一法则也会驱使他们送死。但我们的纳斯特十号则不然；由于他的第一法则不完全，他又没有接到任何命令，第三法则'自保'会是最高指导原则。他将毫无选择余地，不得不留在位子上。那会是个受迫行动。"

"那么，今晚就要进行吗？"

"就在今晚，"机器人心理学家说，"只要电缆能及时架好。我现在就去告诉那些机器人，告诉他们将要面对的是什么情况。"

某人坐在椅子上，一动不动，沉默不语。有个重物落下，眼看就要砸到他头上。在最后一刻，突然出现一道同步的力场束，"砰"的一声将它推到一旁。

实验只进行了一次……

在骑楼的观测室中，苏珊·凯文博士发出一下惊讶的喘息，从小巧的折叠椅中站了起来。

六十三个机器人默默坐在各自的椅子上，神情严肃地瞪着面前那个置身险境的人，没有一个移动半步。

凯文博士很生气，气得几乎忍无可忍。然而，面对一个接一个走进来又走出去的机器人，她却不敢显露半分怒意，这对她更无异于火上加油。她核对了一下清单，现在轮到第二十八号进来——还有三十五个等着见她。

第二十八号怯生生地走进来。

她强迫自己保持适度的冷静。"你是谁？"

那机器人以低沉而迟疑的声音答道："我尚未获得正式的编号，女士。我是个NS-2型机器人，在外面的队伍中我是第二十八号，我这里有张纸条要交给你。"

"今天在此之前，你没有来过这里吗？"

"没有，女士。"

"坐下，就坐在那里。我要问你几个问题，二十八号。大约四小时前，你在二号辐射大厦里吗？"

那机器人似乎难以启齿。然后，他用嘶哑的、仿佛机器需要润滑的声音说："是的，女士。"

"那里有个人几乎受到伤害，是吗？"

"是的，女士。"

"你什么也没做，是吗？"

"是的，女士。"

"由于你的不作为，那人可能因而受重伤，这点你知道吗？"

"知道，女士。但我无能为力，女士。"很难想象一个巨大的、毫无表情的金属身形如何缩头缩脑，但是它做到了。

"我要你告诉我，你究竟为何没有试图拯救那个人。"

"我正想解释，女士。我当然不希望让你……让任何人……认为我做得出可能伤害一位主人的事。喔，不，那会是个可怕的……不可想象的……"

"请别激动，孩子。我没有为任何事责怪你，我只希望知道你当时怎么想。"

"女士，在这一切发生之前，你曾经告诉我们，那个落下的重物将砸伤一位主人，但如果我们试图救他，必须穿过重重电缆。这个嘛，女士，是不会阻止我们的。和一位主人的安全相比，我自己的毁灭算得了什么？可是……可是我想到，假如我在半途死去，反正我也没办法救他。那个重物仍会向他砸下，然后我就白白牺牲了。说不定有一天，另一位主人又会受到伤害，而我唯有活着才能救他脱险。你了解我的意思吗，女士？"

"你是说，这是个二选一的抉择，或是仅仅让那人死去，或是让那人和你自己一起死。这样说对吗？"

"对的，女士。我根本不可能救那位主人，可以把他当成已经死了。在这种情况下，没有其他的命令，难以想象我会平白无故毁掉自己。"

机器人心理学家玩弄着一支铅笔。刚才，同样的说法她已经听过二十七遍了，顶多只有词句上微不足道的差异。现在，轮到最关键的问题了。

"孩子，"她说，"你的想法有些道理，但我当初并未料到你会这么想。这是你自己想到的吗？"

机器人犹豫了一下。"不是。"

"那么，是谁想到的？"

"昨晚我们在谈论这件事，是我们其中之一想到的，它听来相当合理。"

"哪个想到的？"

机器人陷入沉思。"我不知道，就是我们其中之一。"

她叹了一声。"没事了。"

下一个是第二十九号，其后还有三十四个。

寇纳尔少将同样在气头上。一个星期以来，除了几颗从属小行星上的一些文书作业，超空间基地的一切完全停摆。将近一周的时间，两位顶尖机器人专家做了些没用的测验，更令这个情势雪上加霜。而现在他们——至少这个女的——又提出一些根本办不到的提议。

幸好为了顾全大局，寇纳尔觉得公开自己的怒意是不智之举。

这时，苏珊·凯文正在坚持道："有何不可，将军？显然如今的情势是不幸的。让我们今后可能有收获的唯一途径——或说我们还有所谓今后的话——就是将那些机器人互相隔离。我们不能再让他们待在一起。"

"亲爱的凯文博士，"将军的声音降为低沉的男中音，"我想不出怎能为六十三个机器人提供六十三间房间……"

凯文博士绝望地举起双手。"那我就束手无策了。纳斯特十号要么就是模仿其他机器人的行动，要么就是花言巧语说服他们别做他做不到的事。无论如何，这都是很糟的事情。我们是在和这个消失无踪的机器人进行一场真正的战斗，而他连连获胜。而且他每次的胜利，都会使他的异常更加严重。"

她毅然决然地站起来。"寇纳尔少将，如果你不照我的嘱咐，把那些机器人分隔开来，那我只能要求立刻将六十三个机器人通通销毁。"

"你要求这样做，啊？"玻格特突然抬起头，这回真生气了，"你有什么权利提出这样的要求？那些机器人要保持原状。对管理部门负责的是我，不是你。"

"而我，"寇纳尔少将补充道，"则要向主席负责——我必须解决这个问题。"

"这样的话，"凯文回嘴道，"我除了辞职没有第二条路。假如必须强迫你们进行必要的销毁，我会把整件事公诸于世。批准制造修订型机器人的又不是我。"

"只要从你嘴里，凯文博士，"将军不急不徐地说，"蹦出一个有违保安法令的字眼，我保证立刻将你下狱。"

玻格特觉得情势快要失去控制，他的声音又变得像蜜一样甜。"好啦，好啦，我们开始变得像小孩子，三个人都一样。我们只是还需要一点时间。不用说，我们当然有办法智取一个机器人，根本用不着辞职、下狱，或是毁掉两百万元。"

机器人心理学家转向他，一股怒火蓄势待发。"我可不要让任何失衡的机器人存在世上。我们这里有一个确定失衡的纳斯特，还有十一个具有潜在危险的。此外，六十二个正常的机器人正暴露于失衡的环境中。唯一绝对安全的办法就是全部销毁。"

讯号器的呜呜声令三人同时住口，越来越失控的愤怒激情顿时冷却。

"进来。"寇纳尔咆哮道。

来人是吉拉德·布莱克，他看来惴惴不安。在外面的时候，他就听到了怒吼声。"我想我该自己来……不希望请别人代……"

"有什么事？别发表演说……"

"那艘货船C隔舱的门锁被动过手脚，上面有新的刮痕。"

"C隔舱？"凯文马上发出惊叫，"就是关着那些机器人的那一间，对不对？是谁干的？"

"从里面弄的。"布莱克简洁地答道。

"那道锁没坏吧？"

"没有，锁还完好。我在那艘船上已经待了四天，他们没有一个试图逃跑。但我想应该让你们知道，而我又不希望把消息传开。是我自己注意到这件事的。"

"现在那里有人吗？"将军追问。

"我把鲁宾斯和麦可亚当斯留在那里。"

接下来是一阵若有所思的沉默。然后，凯文博士以讽刺的口吻说："怎么样？"

寇纳尔迟疑地摸了摸鼻头。"这一切是怎么回事？"

"这还不明显吗？纳斯特十号打算离去。那个叫他消失的命令，主宰着他的异常行为，我们拿他一点办法也没有。假如打折扣的第一法则没有足够力量驾驭他，我也不会感到惊讶。他绝对有能力夺取那艘船，然后扬长而去。到那个时候，就会有个发疯的机器人，驾着一艘太空船四处闯荡。他下一步会做什么？你可有任何概念？你仍想让他们待在一起吗，将军？"

"无稽之谈。"玻格特插嘴道，他已经恢复了伶牙俐齿，"从门锁上几条刮痕，就能推出这些长篇大论。"

"既然你自愿提出见解，玻格特博士，请问你是否完成了我要你作的分析？"

"完成了。"

"我可以看看吗？"

"不行。"

"为何不行？或是我连这个也不能问？"

"因为它根本没有意义，苏珊。我事先告诉过你，这些修订型机器人没有正常型来得稳定，我的分析果然证明这一点。在某些不太可能发生的极端情况下，他们的确有可能崩溃，虽然机会非常小。说到这里为止吧。无论如何，只因为你至今无法从他们里面找出纳斯特十号，就要毁掉六十二个完好无缺的机器人，我不会为这个荒唐主张提供佐证。"

苏珊·凯文将他的目光逼回去，她自己眼里则充满鄙视。"你不会让任何事物阻碍你当万年主任，是不是？"

"拜托。"寇纳尔带着怒意恳求道，"你是否坚决主张再也没有什么可做的，凯文博士？"

"我想不出还有什么办法，将军。"她以困倦的口吻答道，"除非纳斯特十号和正常机器人之间还有其他差异，不牵涉到第一法则的差异。即使再有一个差异也行，例如在印记、环境、规格……"她突然打住。

"怎么回事？"

"我想到一件事……我想……"她的目光变得深远而冷峻，"这些修订型纳斯特，彼得，他们接受的印记和正常型的一样，对不对？"

"对，一模一样。"

"而你说过什么来着，布莱克先生？"她转向那个年轻人——在他带来的消息所引发的风暴中，他始终保持谨慎的沉默，"有一次，在抱怨纳斯特的优越感时，你说技术人员把知道的一切都教给了他们。"

"是的，乙太物理方面的知识。他们刚来的时候，对这方面还一窍不通。"

"这话没错。"玻格特惊讶地说，"我告诉过你，苏珊，当我和此地其他的纳斯特谈话时，两个新来的就还没学到乙太物理。"

"这又是为什么？"凯文博士越说越兴奋，"为什么不先给NS-2型印记上乙太物理？"

"这点我能告诉你，"寇纳尔说，"这是保密措施的一环。我们当初想到，假使制造一批拥有乙太物理知识的特殊型号，我们这里只用十二个，而把其他的都送到不相干的领域工作，那就有可能启人疑窦。和正常纳斯特一起工作的人，或许会怀疑他们为何懂得乙太物理。所以，当初只加上一项印记，使他们具有接受这方面训练的能力。自然，只有来到这里的那些，才会真正接受这样的训练。事情就是这么简单。"

"我了解了。请你们走开，通通走开，让我独处一个小时。"

凯文觉得自己无法三度面对这种折磨。她曾经一再考虑，最后猛力将这个念头逐出脑海，由于用力过度，她甚至感到头晕目眩。她再也无法面对一长串一模一样的机器人。

因此这次由玻格特负责发问，而她坐在一旁，双眼与心灵都处于一种半闭状态。

第十四号走进来——后面还有四十九个。

正在看提纲的玻格特抬起头来，问道："你是第几号？"

"十四号，阁下。"机器人交出他的号码卡。

"请坐，孩子。"

玻格特开始发问。"今天，你还没有来过这里吧？"

"没有，阁下。"

"好的，孩子，一旦我们结束这里的工作，我们马上要让另一个人置身险境。事实上，你离开这个房间后，就会被带到一个隔间去，在我们召唤你之前，你都要静静地等在那里。明白吗？"

"明白，阁下。"

"好，如果有人置身险境，你自然会试图营救。"

"自然如此，阁下。"

"不幸的是，在那个人和你自己之间，会有一道伽马射线场。"

沉默……

"你知道伽马射线是什么吗？"玻格特厉声问道。

"高能辐射吗，阁下？"

下一个问题，则是以友善而不经意的方式提出来的。"你在伽马射线附近工作过吗？"

"没有，阁下。"回答得十分明确。

"嗯——嗯。这个嘛，孩子，伽马射线会在瞬间杀死你。它会毁掉你的脑子，你必须知道和牢记这项事实。自然，你不希望毁掉自己。"

"自然如此。"机器人似乎再度震惊不已，然后，他慢慢地说，"可是，阁下，如果在我自己和那位可能遇险的主人之间有伽马射线，我又怎么能救他呢？我会白白毁掉我自己。"

"是的，问题就在这里。"玻格特似乎很关心这件事，"我唯一能对你提出的忠告，孩子，是如果你侦测到你们之间有伽马辐射，你最好还是留在位子上。"

机器人显然如释重负。"谢谢你，阁下。冲过去根本没用，对不对？"

"当然没用。但如果其中没有任何危险的辐射，那又另当别论。"

"自然如此，阁下，这点毫无疑问。"

"现在你可以走了。门外那个人会带你去你的隔间，请在那里等着。"

机器人离去后，他转向苏珊·凯文说："表现如何，苏珊？"

"非常好。"她无精打采地说。

"你认为能不能冷不防问些乙太物理的问题，好让我们抓到纳斯特十号？"

"也许可以，但不够有把握。"她的双手松松地放在大腿上，"记住，他在和我们作战，他随时提高警觉。我们若想抓住他，唯一的办法就是以智取胜——而在他的能力范围内，他能思考得远比人类快得多。"

"好吧，这只是好玩——或许从现在开始，我该问每个机器人几个伽马射线的问题，例如波长范围。"

"不！"凯文博士的双眼变得炯炯有神，"对他而言，否认拥有这些知识太容易了，然后他就会对稍后的实验心生警惕——那个实验才是我们真正的机会。请按照我列出的问题发问，彼得，别做即兴演出。光是问他们有没有在伽马射线附近工作过，已经很冒险了。你问这个问题的时候，尽量让口气听来并不那么感兴趣。"

玻格特耸了耸肩，再按下蜂鸣器，通知第十五号机器人进来。

宽敞的辐射室再度布置妥当。机器人通通耐心地等在各自的木制隔间中，每个隔间都朝中央敞开，但相互间一律隔离。

当凯文博士与布莱克一起检查最后的细节时，寇纳尔少将用一块大手帕缓缓擦着额头。

"你能确定，"她质问道，"在离开简报室后，所有的机器人都没有机会相互交谈？"

"绝对确定。"布莱克坚称，"他们没有交换过半句话。"

"每个机器人都待在正确的隔间里？"

"这是平面图。"

机器人心理学家若有所思地看了看。"嗯——嗯。"

将军从她身后瞥了一眼。"这个安排有什么道理，凯文博士？"

"凡是在先前的测验中，表现得即使只有一点点不对劲的机器人，我都把他们集中在圆圈的一侧。这次我准备自己坐在中央，我要特别监视那些机器人。"

"你准备坐在那里……"玻格特惊叫道。

"有何不可？"她冷冰冰地反问，"我指望见到的，也许是个稍纵即逝的现象，我不能冒险让其他人担任主观察者。彼得，你待在观测室里，我要你好好盯着圆圈的另一侧。寇纳尔将军，我已经安排好对每个机器人进行录影，以防目力观察看不出什么结果。假如有必要研究那些影片，那么在影片冲洗出来、分析完毕之前，所有的机器人都要留在原地，一个都不准离去，一个都不准换位子。这样说清楚吗？"

"一清二楚。"

"那就让我们试这最后一次吧。"

苏珊·凯文坐在椅子上，沉默不语，双眼转个不停。一件重物落下，眼看就要砸到她头上。在最后一刻，突然出现一道同步的力场束，"砰"的一声将它推到一旁。

有个机器人一跃而起，向前走了两步。

随后陡然煞住。

凯文博士却站了起来，她的食指严厉地指着他。"纳斯特十号，过来。"她叫道，"过来！过来！"

那个机器人慢慢地、勉强地向前再走一步。机器人心理学家目不转睛地盯着他，以她最高的音量喊道："来人，把其他的机器人通通带走。赶紧把他们带走，千万别让他们再进来。"

在她听力所及的范围内，某些角落传来阵阵声响，接着是坚硬的脚掌踏在地板上的砰砰声。她始终未曾转移视线。

纳斯特十号（假设他就是纳斯特十号）再走了一步，然后，在她强横的手势驱使下，他又走出两步。现在他距离她只有十英尺，他以刺耳的声音说："我奉命消失……"

他又走一步。"我一定不能抗命。目前为止他们还没找到我……他或许认为我不中用……他这么告诉我……但这不是事实……我威力强大、聪明过人……"

这些话说得断断续续。

他又走一步。"我懂得许多事……他或许认为……我是指我被发现了……真丢脸……不表示我……我聪明过人……却被一个主人……他软弱……迟钝……"

他又走一步——一只金属手臂突然袭向她的肩头，她感到被压得站立不稳。她的喉咙收紧，她感到一声尖叫硬生生蹿出来。

她模模糊糊听到纳斯特十号接下来的话。"绝不能让人找到我，绝不能让主人……"一团冰冷的金属抵在她身上，那重量快把她压垮了。

接着是一下古怪的、金属性的声音，而她已经不知不觉摔倒在地，一只闪闪发亮的手臂重重压在她身上。那只手臂一动不动，而纳斯特十号也一样，他只是趴在她身旁。

这时，她的上方出现了好几张脸孔。

吉拉德·布莱克喘着气说："你受伤了吗，凯文博士？"

她无力地摇了摇头。他们使劲拉开那条手臂，再轻轻将她扶起来。"发生了什么事？"她问。

布莱克说："我用伽马射线照了这个地方五秒钟。我们本来不晓得怎么回事，直到最后一秒钟，我们才了解到他要攻击你，那时除了动用伽马场，来不及采取任何措施。他一瞬间就倒下了，不过这点剂量不足以对你构成伤害，你不用担心。"

"我不担心。"她闭上眼睛，在他的肩头靠了一会儿，"我不认为我真正受到攻击。纳斯特十号只是试图这样做，打折扣的第一法则仍在制止他。"

苏珊·凯文与彼得·玻格特向寇纳尔少将辞行那天，距离他们初见这位将军刚好两周。超空间基地的工作已恢复正常；那艘太空货船则带着六十二个正常的NS-2型，以及解释为何延迟两周的官方说法，航向它原本的目的地。政府的巡弋舰已准备出发，将两位机器人学家带回地球。

寇纳尔再次穿上他那熠熠生辉的军礼服。当他握手时，白手套洒出耀眼的光芒。

凯文说："当然，其他的修订型纳斯特都会被销毁。"

"会的。我们会改用正常的机器人，或者，若有必要，我们宁可舍弃机器人。"

"很好。"

"可是请告诉我——你还没有解释——是怎样做到的？"

她露出僵硬的笑容。"喔，那个。假如当初我更有把握，我会事先就告诉你。你想，纳斯特十号有一种越来越偏激的优越感，他总是认为自己和其他机器人知道得比人类还多。对他而言，抱持这种想法是一件越来越重要的事。

"我们知道这一点。所以我们事先警告每一个机器人，说伽马射线会杀死他们，而这是事实。我们又进一步警告他们，说在他们和我之间会有伽马射线。所以他们自然都会留在原地。根据上次测验时，纳斯特十号自己提出的逻辑，他们全部认定若是确知会在半途丧命，试图救人便是一件毫无意义的事。"

"嗯，没错，凯文博士，这点我了解。可是纳斯特十号自己又为什么离开位子呢？"

"啊！那是由于我自己和年轻的布莱克先生所做的小手脚。你可知道，充斥在我和那些机器人之间的，并不是什么伽马射线——而是红外线。也就是说，只是普通的热线，百分之百无害。纳斯特十号知道那是无害的红外线，所以他冲了出来，因为他预料在第一法则的强迫作用下，其他的机器人都会这样做。在几分之一秒后，他才记起正常的NS-2型虽然能够侦测辐射，却无法分辨辐射的种类。他自己能够分辨辐射波长，是因为他在超空间基地受过训练，是由微不足道的人类教他的，但这点未免太丢脸，以致他一时记不起来。对正常的机器人而言，那个区域足以致命，因为我们是这样告诉他们的，只有纳斯特十号知道我们在说谎。

"有件事他一时之间竟然忘了，或是不愿想起来，就是其他机器人或许比人类还要无知。他自己的优越感击败了自己。再会，将军。"

逃避！

当苏珊·凯文从超空间基地返回地球时，艾弗瑞德·兰宁正在等她。这位老者从来不提自己的年龄，但人人都知道他已超过七十五岁。不过他的心灵敏锐依旧；虽然他已将研究部门主任的职位交棒给玻格特，仅保留荣誉主任的头衔，他每天仍坚持在他的办公室出现。

"他们快完成超原子引擎了吗？"他问道。

"我不知道，"她没好气地回答，"我没问。"

"嗯——嗯，我希望他们快点。否则的话，统一公司就有可能抢先他们一步，同时抢先我们一步。"

"统一公司！他们和这件事有什么关系？"

"这个嘛，并非独独我们这家公司拥有计算机。我们的计算机或许是正子式，但并不表示就比较好。为此罗伯森明天要召开一个大型会议，他一直在等你回来。"

"美国机器人与机械人股份有限公司"现任总裁罗伯森是该公司创始人的儿子。他正用瘦削的鼻尖对着总经理，说道："现在由你开始，我们来把这件事搞清楚。"他的喉结上下跳动。

总经理随即开始发言："老板，这笔交易是这样的。一个月前，统一机器人公司来找我们，提出一个挺奇怪的提议。他们带来大约五吨的数字、方程式等等这类资料。那是一个问题，而他们希望金头脑提供答案。条件如下——"

他扳着粗大的手指数着，"如果没有解答，但我们能告诉他们无解的原因，我们就能赚十万元。如果找到解答，那么我们能得到二十万元，再加上建造相关机器的费用，以及因此取得的一切利润的四分之一。问题和发展恒星际引擎有关……"

罗伯森皱起眉头，瘦削的身形僵住了。"尽管事实上，他们自己也拥有一台思想机器。是吗？"

"正是这一点，令这个提议像是不按牌理出牌，老板。列维尔，接下去报告。"

艾别·列维尔从会议桌的远端抬起头来，用手抚过满是胡茬儿的下巴，带起一点唰唰声。他面带微笑说："总裁，是这样的。统一公司原本有一台思想机器，但它已经坏了。"

"什么？"罗伯森几乎站了起来。

"没错。坏了！报销了！没人知道为什么，但我这儿有些相当有趣的猜测——比方说，他们用和我们手边一模一样的这组资料，要它设计一具恒星际引擎，结果使那台机器严重故障。现在它成了一堆废铁——一堆废铁而已。"

"你懂了吗，老板？"总经理眉飞色舞，"你懂了吗？任何一个工业的研究部门，无论是大是小，个个都在试图研发曲速引擎。统一和美国两大机器人公司，在这个领域居于领导地位，是因为我们拥有超级的机器人式电脑。既然他们搞坏了他们那一台，我们就海阔天空了。那正是关键，是……呃……动机。他们至少得花六年来建造另一台，所以说他们没落了，除非他们能用同样的问题，让我们的机器同样报销。"

美国机器人公司的总裁瞪大双眼。"啊，这帮龌龊的鼠辈……"

"慢着，老板，还没报告完。"他伸出食指，画了一个大圈，"兰宁，接下去！"

艾弗瑞德·兰宁博士带着些许轻蔑望着会场——面对收入过丰的营业与行销部门，那是他的一贯态度。他那两道惊人的灰色浓眉垂得很低，他的声音则干涩无比。

"从科学观点而言，虽说情况尚未全然明朗，理智分析却已经能派上用场。就目前的物理理论来说，恒星际飞行的问题还……呃……很难讲。这个问题众所周知——而统一公司对他们的思想机器所提供的资料，假设和我们收到的一模一样，那么这些资料同样众所周知。我们的数学部门作过极其详尽的分析，发现统一公司似乎已经巨细靡遗了。那些输入的材料，包括了法兰西亚西曲速理论的所有已知发展，此外，显然还包括所有相关的天文物理学与电子学数据。内容可真不少。"

罗伯森一直焦虑地听着这番话，这时他打岔道："多到金头脑无法处理的程度？"

兰宁断然摇了摇头。"不，目前还看不出金头脑的能力有任何极限。这是另外一回事，是有关机器人学法则的问题。比方说，如果某个问题的解答，牵涉到伤害或杀害人类，金头脑就绝对不能提供这个答案。对它而言，一个问题如果只有这种答案，则无异于无解。倘若询问这样一个问题的时候，再加上极端紧急的命令，要它尽快提出解答，由于金头脑毕竟只是机器人，这样一来，唯一的可能就是使它陷入矛盾——它既不能回答，又不能拒绝回答。类似这样的事，一定曾发生在统一公司的机器上。"

他停下来，但总经理催促道："继续讲，兰宁博士，像你对我解释那样解释一遍。"

兰宁咬着嘴唇，冲着苏珊·凯文博士的方向扬了扬眉。这时她才抬起头来，不再瞪着自己紧紧交握的一双手。

她的声音缓慢而平淡："机器人对于矛盾的反应是一般人难以想象的。"她开始发言，"机器人心理学仍然很不完备——身为一位专家，我能向诸位保证这一点——但我们可以用定性的方式讨论。原因是，机器人的正子脑虽然引进无数复杂的结构，它终究是人类的产物，因此是根据人类的价值观所制造的。

"好，当人类走投无路的时候，通常的反应是逃避现实——进入妄想的世界、喝得酩酊大醉、变得歇斯底里，或是投河自尽。这些反应通通殊途同归——不是回避就是无法面对。因此，机器人也一样。最轻微的矛盾会使它半数的继电器失灵；而最严重的，则会将正子脑中每条径路都烧坏到无法修复的程度。"

"我懂了。"罗伯森口是心非，"那么，统一希望我们研究的资料，又有什么玄机呢？"

"它无疑牵涉到这一类的禁忌问题。"凯文博士说，"但金头脑和统一的机器人相当不同。"

"这话没错，老板，这话没错。"对于打断他人的发言，总经理一向乐此不疲，"我要你体认这一点，因为它正是症结所在。"

苏珊·凯文的双眼在眼镜后面闪出愠怒的目光，但她耐心地继续说："你可知道，总裁，统一公司的机器，包括他们的'超级思想家'，在制造过程中都没有加入人格。他们坚守功能主义，懂吗——由于没有美国机器人公司专利的情绪径路，他们不得不这样做。他们的思想家只是个巨型计算机，一个矛盾就会立即将它摧毁。

"然而，我们自己的机器金头脑，则拥有一个人格——一个孩童的人格。它是一台绝佳的推理电脑，却类似一个痴呆型天才。它并不真正了解自己在做什么——只是算出答案而已。因为它真是个孩子，也因此比较活泼开朗。人生没有那么严肃，或许我们可以这么讲。"

机器人心理学家继续说："我们准备这样做。我们已将统一公司所有的资料分成许多逻辑单元，而我们准备把这些单元，一个个谨慎地输入金头脑里面。当那个特殊因素输入时——就是那个造成矛盾的因素——金头脑的孩童人格便会犹豫。它的判断力还不够成熟；它需要相当一段时间，才会认出那是个矛盾。然后，在它的脑路开始运作并损坏前，它会自动吐出这个单元。"

罗伯森的喉结上下蠕动。"你确定吗，啊？"

凯文博士掩起不耐烦的情绪。"我承认，用普通的语言叙述，听来没什么道理；可是动用数学语言看来也没什么用。我向你保证，事实正如我所说的。"

总经理迅速而流畅地插进一段话。"情况是这样的，老板。假如我们接受这笔交易，我们可以如此把它办妥——金头脑会告诉我们哪个资料单元牵涉到矛盾，而从这个结果，我们就能判断这个矛盾为何出现。这样说对不对，玻格特博士？你瞧，老板，你上哪儿也找不到比玻格特博士更优秀的数学家。我们给统一公司一个'无解'的答案，并说明理由，赚他们个十万元。这样，他们仍然只有一台故障的机器，而我们的机器则完好如初。不出一年，顶多两年，我们便会拥有曲速引擎，或说超原子发动机——有些人这么称呼。但不管你叫它什么，它都会是全世界最伟大的发明。"

罗伯森一面咯咯笑，一面伸出手。"把合约拿出来，我来签字。"

当苏珊·凯文进入这间警卫森严的保险库——金头脑的存放地点时，一名值班的技术员刚问了它一个问题："假如一只半鸡在一天半内下一个半蛋，那么九只鸡在九天内会下几个蛋？"

金头脑答道："五十四个。"

那技术员对另一名同事说："看吧，你这傻瓜！"

凯文博士咳嗽一声，立刻掀起一阵没头没脑的骚动。机器人心理学家又随便挥了挥手，便只剩下她与金头脑独处。

金头脑是个直径仅仅二英尺的球体——里面充满处于最佳状态的氦气，以及百分之百零震荡、无辐射的空间——而在球体中心，则是复杂度闻所未闻的正子微型径路，也就是金头脑的本体。室内其他空间则堆满各种附件，都是金头脑与外界联系的媒介——是它的声音、它的手臂、它的各种感官。

凯文博士柔声道："你好吗，金头脑？"

金头脑的声音高亢而热情。"好极了，苏珊小姐。我晓得，你又准备问我什么事。每当你准备问我什么事的时候，你手里总是拿一本书。"

凯文博士淡淡一笑。"好吧，你说对了，但不是现在。的确有个问题要问你，不过它太复杂了，我们要以书面方式交给它。但不是现在，我想我要先跟你谈谈。"

"好啊，我不反对谈谈。"

"听好，金头脑，再过一会儿，兰宁博士和玻格特博士会带着那个复杂问题到这里来。我们将以很慢的速度，每次交给你很少一点点，因为我们要你小心处理。假如你办得到，我们准备请你根据那些资料建造一样东西。但是我要警告你，那个解答可能牵涉到……呃……对人类的伤害。"

"天啊！"这是一声压得很低、拖得很长的惊叹。

"现在你听好了。其中一页资料会意味着伤害，甚至可能是死亡，在我们输入那一页之后，你千万别激动。你要知道，金头脑，在这个问题中，我们并不在乎这些事——甚至死亡也没关系；我们根本就不在乎。所以当你碰到那一页的时候，你只要停下来，把它还给我们——光是这样做就好。你了解吗？"

"喔，当然。可是天啊，导致人类死亡！喔，我的天！"

"好啦，金头脑，我听到兰宁博士和玻格特博士走来了。他们会告诉你那个问题究竟是什么，然后我们就要开始。做个好孩子……"

资料一页一页慢慢输进去。每输进一页，就会传来一阵细得出奇的咯咯声，代表金头脑正在运作。而接下来的沉默，则表示它准备接受下一页资料。前后总共好几小时——在这期间，输进金头脑的资料量，相当于十七巨册的"物理数学"。

在这个过程中，众人逐渐皱起眉头，而且越来越深。兰宁暗自凶巴巴地喃喃咒骂；玻格特先是若有所思地审视自己的指甲，后来就茫然地一个个咬起来。当厚厚的一叠资料通通消失后，凯文脸色苍白地说："出问题了。"

兰宁勉强吐出几个字："不可能。它——死了吗？"

"金头脑？"苏珊·凯文全身发抖，"你听得见吗，金头脑？"

"啊？"传来一个心不在焉的回答，"需要我吗？"

"解答……"

"喔，那个！我能做到。我会帮你们建造整艘太空船，容易得很——只要你们给我机器人。一艘优秀的太空船，也许需要两个月时间。"

"没有——困难吗？"

"花了很长时间才算出来。"金头脑说。

凯文博士后退几步，清瘦的面颊依然毫无血色。她挥了挥手，示意其他人离去。

来到她的办公室后，她说："我无法了解。在这组给定的资料中，一定牵涉到一个矛盾——或许还牵涉到死亡。假如哪里出了问题……"

玻格特平心静气地说："这机器还能说话，而且说得头头是道。不可能有什么矛盾。"

机器人心理学家却急切地答道："矛盾处处皆有，回避之道各有不同。假设金头脑只陷入泥沼少许，只坏到——比方说，刚好够它生出能够解决这个问题的妄想，其实它做不到。或者，假设它正在某个真正很糟的下场边缘徘徊，只要轻轻一推，就会把它推进深渊。"

"让我们假设，"兰宁说，"根本没有任何矛盾。假设统一的机器是因为另一个问题而当机，或纯粹是因为机件故障。"

"但即使如此，"凯文坚持道，"我们也不能冒险。听好，从现在起，任何人不得和金头脑说半句话，我要接管。"

"好吧，"兰宁叹了一口气，"那你就接管吧。与此同时，我们会让金头脑建造那艘太空船。而如果它真造得出来，我们就得进行测试。"

他一面沉思，一面说："我们需要顶尖的实地测试员来进行。"

麦克·多诺凡以粗暴的动作驯服了一头红发，却毫不理会桀骜的乱发立刻重新立定站好。

他说："发号施令吧，格里。他们说那艘太空船完工了；他们不知道它是什么东西，但它完工了。走吧，格里，我们现在就到控制台前。"

鲍尔以厌倦的口吻说："少废话，麦克。你的幽默感即使是最新鲜的，也有一种熟过头的怪味，连这儿的幽闭空气都盖不住。"

"好吧，听着。"多诺凡再次徒劳地拢了拢头发，"我对我们那位铸铁打造的天才，以及它打造的锡箔太空船倒不怎么担心。问题在于我的假期报销了，还有这份单调！这里除了铜线就是数字——还是不伦不类的数字。喔，他们为什么要给我们这种工作呢？"

"因为，"鲍尔温和地答道，"如果失去我们，他们也没什么损失。好啦，放松点！兰宁博士正朝这儿走来。"

兰宁正走过来，他的灰色眉毛浓密依旧，年老的身形依然直挺，而且充满活力。他一言不发地陪同他们两人走上坡道，来到露天工作场。那里有许多机器人，在没有人类监督的情况下，正默默地建造一艘太空船。

不对，是已经建好一艘太空船！

因为兰宁说："这些机器人停工了，今天没有一个有所行动。"

"这么说它完成了？确定吗？"鲍尔问。

"我又怎么知道？"兰宁心情欠佳，倒挂的浓眉险些遮住眼睛，"看来是竣工了。旁边没有多余的材料，内部也修整得亮晶晶的。"

"你去过里面？"

"进去一下就出来了，我又不是太空驾驶员。你们哪位对引擎理论有深入研究？"

多诺凡望向鲍尔，鲍尔望向多诺凡。

多诺凡说："我有驾驶执照，主任，但我翻了翻，发现它丝毫没提到超引擎或曲速航行，都只是三维空间的普通儿戏。"

艾弗瑞德·兰宁抬起头来，露出极不以为然的表情，还用高挺的鼻子使劲哼了一声。

他冷冰冰地说："好吧，我们自有轮机人员。"

他正要走开，鲍尔及时抓住他的手肘。"主任，这艘船仍是禁区吗？"

老主任犹豫了一下，然后揉了揉鼻梁。"我想不是，至少对你们两位而言。"

当他离去时，多诺凡望着他的背影，在他背后咕哝了几个字，虽然简短却意味深长。然后，他转向鲍尔说："我真想当他的面，好好对他作一番描述，格里。"

"请跟我来吧，麦克。"

太空船内部已经完工，百分之百完工；这点在一眨眼间便能一目了然。在整个太阳系中，没有谁能做得像这些机器人那么干净利落。经过表面处理的舱壁银光闪闪，上面未曾残留任何指纹。

舱内没有任何棱角，舱壁、地板、舱顶皆以圆滑曲面交接。一旦置身于隐藏式照明的金属性冷光中，上下四周便映出六个冰冷的倒影，个个都和自己一样不知所措。

主通道是条狭窄的隧道，通往一段走起来咔嗒咔嗒响的坚硬通路，通路两旁则有许多一模一样的舱房。

鲍尔说："我想家具都装设在舱壁内。或者，也许人家根本不要我们坐下或睡着。"

在最接近船首的最后一间舱房，这种千篇一律才被打破。舱房里有个零反射玻璃制成的弧形窗，是一体成形的金属内壁所仅有的孔眼。它的下方有个巨大的仪表，里面那根指针一动不动指着零点。

多诺凡说："看看那个！"他指着精密刻度上唯一的文字标记。

那几个字是"秒差距"，而在弧形刻度的右端，则有一个细小的数字"1,000,000"。

舱房内有两张椅子——沉重、宽敞、没有衬垫。鲍尔小心翼翼地坐下，发觉它是依照人体曲线塑造的，坐起来很舒服。

鲍尔说："你有什么感想？"

"依我看，金头脑患了脑膜炎。我们赶紧出去。"

"你确定不想再多看几眼吗？"

"我已经看了一遍。我来了，我看了，我不干了！"多诺凡的一头红发根根竖起，"格里，我们离开这儿吧。我在五秒钟前已经辞职，这地方不准非工作人员进入。"

鲍尔油滑地露出得意的笑容，并顺了顺他的八字胡。"好啦，麦克，把你流向血管的肾上腺素关掉吧。我原本也在担心，但现在不了。"

"不了，啊？怎么会不了？你把寿险保额提高了？"

"麦克，这艘太空船飞不起来。"

"你怎么知道？"

"这个嘛，我们从头到尾走了一遍，对不对？"

"似乎如此。"

"相信我的话，的确如此。除了这里有个舷窗和一个秒差距仪表，你看到任何驾驶舱了吗？你看到任何控制台了吗？"

"没有。"

"你又看到任何引擎了吗？"

"天啊，没有！"

"那就对了！麦克，我们把这消息透露给兰宁吧。"

他们一面咒骂，一面走过一条条毫无特色的通道。最后，两人终于误打误撞来到通向气闸的短廊。

多诺凡愣住了。"你锁上这玩意儿了吗，格里？"

"没有，我从没碰过它。你来拉这根杆子，好吗？"

尽管多诺凡使尽力气，整个脸孔都扭曲变形，那根杆子依然一动不动。

鲍尔说："我没看到任何紧急出口。要是这里出了什么差错，得烧熔气闸才能救我们出去。"

"没错，而我们只好等着，等到他们发现有个笨蛋把我们锁在里面。"多诺凡在狂怒中补充一句。

"我们回到有舷窗的那间舱房去吧。只有在那里，我们才有可能引起注意。"

不过，他们并未如愿。

来到尽头处那间舱房，舷窗外却不再是蓝天白云。它呈现一片黑暗，而其中黄色的点点星光，则是太空的招牌标记。

他俩立刻瘫在两张椅子上，激起两下钝钝的砰砰声。

艾弗瑞德·兰宁在办公室门口碰到凯文博士。他紧张兮兮地点燃一根雪茄，再作势请她进去。

他说："好啦，苏珊，我们已经涉入很深，罗伯森渐渐心神不宁了。你和金头脑在做些什么？"

苏珊·凯文两手一摊。"失去耐性根本没用。在这笔交易中，我们可能丧失的任何东西，都比不上金头脑那么有价值。"

"可是你询问它有两个月了。"

机器人心理学家的声音平板，却多少带些威胁性。"你宁可自己揽下这件事吗？"

"唉，你知道我的意思。"

"喔，我想我知道。"凯文博士神经质地互搓双手，"这可不简单。我一直在纵容它，在小心刺探它，但我还没有任何成绩。它的反应并不正常，而它的回答——多少有些古怪。可是目前为止，我还无法指出哪里不对劲。你明白吧，在我们知道有什么问题之前，我们必须十二万分谨慎行事。我根本不晓得哪个简单的问题或评语……会把它推倒……然后……嗯，然后我们手上的金头脑就变得毫无用处。你想面对这种事吗？"

"可是，它无法违反第一法则啊。"

"我也愿意这么想，不过……"

"你甚至连这点都不确定？"兰宁深感震惊。

"喔，我无法确定任何事。艾弗瑞德……"

警报系统冷不防地响起可怕的叮当声。兰宁以近乎不听使唤的动作按下通讯器，立刻被一阵气喘吁吁的报告吓呆了。

他说："苏珊……你听到啦……那艘太空船飞走了。半小时前，我把那两个实地测试员送了进去。你一定得再去见见金头脑。"

苏珊·凯文强作镇定，问道："金头脑，那艘太空船怎么了？"

金头脑高高兴兴地说："我建造的那艘太空船吗，苏珊小姐？"

"是的。它发生了什么事？"

"啊，什么事也没有。预定测试它的两个人一旦进去，一切便已就绪，所以我把它送走了。"

"喔——好吧，这样很好。"机器人心理学家觉得呼吸有些困难，"你认为他们会安然无事吗？"

"绝对没事，苏珊小姐，我已经做好一切安排。它是一艘美——丽——的——太空船。"

"没错，金头脑，它的确美丽。但你认为他们有足够的食物吗？他们会舒服吗？"

"食物多得很。"

"这件事可能会吓坏他们，金头脑。你该知道，这是意料之外的事。"

金头脑敷衍道："他们会安然无事，他们应该感到很有趣。"

"有趣？怎么说？"

"就是有趣。"金头脑狡猾地答道。

"苏珊，"兰宁气咻咻地尽量压低声音说，"问问它会不会导致死亡，再问问有些什么危险。"

苏珊·凯文愤怒得脸孔都扭曲了。"安静！"然后，她以颤抖的声音对金头脑说，"我们能和那艘太空船联络吧，金头脑？"

"喔，如果你用无线电呼叫，他们听得见。这件事我已经安排好了。"

"谢谢，暂时没事了。"

两人出来后，兰宁马上怒不可遏地斥道："银河啊，苏珊，如果这事泄露出去，会把我们全毁了。我们非把那两个人弄回来不可。你为什么不问问有没有出人命的危险——就这么直接问？"

"因为，"凯文心灰意懒地说，"那正是我不能提的事。如果它真的面对一个矛盾，那个矛盾就是人命。假如以任何不当的方式提出这个问题，就有可能把它完全毁掉。那时我们的处境会更好吗？现在听着，它说我们可以和他们联络。我们赶紧进行，找出他们的位置，把他们带回来。他们自己或许无法使用控制台；金头脑或许在用遥控操纵。来吧！"

过了好一阵子，鲍尔才振作起来。

"麦克，你感觉到任何加速度吗？"他用冰冷的嘴唇吐出这句话。

多诺凡瞪着一双茫然的眼睛。"啊？没有……没有。"

然后这位红头发紧握拳头，以突如其来的傻劲一跃而起，来到冰冷的弧形窗前。除了星辰，什么也看不见。

他转过身来。"格里，他们一定是趁我们在里面的时候，启动了这架机器。格里，这是个有预谋的行动；他们和那个机器人串通好，硬逼我们当试飞员，以防我们想临阵脱逃。"

鲍尔道："你在说些什么？如果我们不知道怎样操作这架机器，把我们送出来又有什么用？我们又该如何带它回去？不对，这艘太空船是自己起飞的，而且没有任何明显的加速度。"他站起来，踱着缓慢的步伐。铿锵的脚步声从金属舱壁反弹回来，成为一阵响亮的回声。

他以平板的语调说："麦克，我们从来没碰到过这么摸不着头脑的状况。"

"这我倒是真不晓得。"多诺凡刻薄地说，"你这么讲的时候，我正准备要狂欢一番呢。"

鲍尔不理会这句话。"没有加速度——代表这艘船的工作原理不是任何已知的物理定律。"

"反正，不是我们知道的任何原理。"

"不是已知的任何原理。没有可用手动控制的引擎——或许它们安装在舱壁内，或许这就是舱壁那么厚的原因。"

"你在咕哝些什么？"多诺凡追问。

"为什么不好好听？我是说不论这艘船配备什么动力，显然都不需要人工操作。这艘太空船是靠遥控驾驶的。"

"由金头脑遥控？"

"有何不可？"

"那么你认为，我们要一直留在这里，直到金头脑把我们带回去？"

"有此可能。倘若真是这样，那我们就静静等待。金头脑是个机器人，它必须服从第一法则，不能伤害任何人类。"

多诺凡慢慢坐下来。"你这样推想？"他仔细地将头发抚平，"听好，这个有关曲速的烂问题打垮了统一的机器人，而那些学究说这是因为恒星际飞行会令人丧命。你准备相信哪个机器人？据我了解，我们的那个拥有相同的资料。"

鲍尔拼命扯着他的八字胡。"别假装你不懂机器人学，麦克。在机器人出现任何违反第一法则的迹象之前，许多环节至少已经崩溃十次，而它一定早就变成一堆废铁了。这件事有个简单的解释。"

"喔，当然，当然。让管家上午叫醒我就行，这一切都太简单、太简单了，我犯不着在小睡片刻前烦心。"

"唉，木星啊，麦克，目前为止你有什么好抱怨的？金头脑在照顾我们。这个地方温暖舒适，不缺照明，不缺空气。甚至没有足够的加速度弄乱你的头发，我是说，即使它还有弄乱的余地。"

"是吗？格里，你一定没学到教训，否则谁也无法在这种情况下还这么乐观。我们吃什么？我们喝什么？我们在哪里？我们要怎么回去？万一发生意外，我们要从哪个出口逃生、穿什么太空衣？我在这里甚至没看到一间浴室，或是浴室里那些小用品。是啊，我们是受到照顾——多好的照顾！"

打断多诺凡长篇大论的并非鲍尔。那声音不属于任何人；它就在那里，滞留在半空中——声音洪亮，震慑人心。

"格里哥利·鲍尔！麦克·多诺凡！格里哥利·鲍尔！麦克·多诺凡！请报告你们现在的位置。假如你们的太空船接受控制，请返回基地。格里哥利·鲍尔！麦克·多诺凡！……"

这段通讯机械性地一再重复，每遍结束后总有固定的间歇。

多诺凡说："从哪里来的？"

"我不知道。"鲍尔的声音既紧张又细弱，"这些光线是从哪里来的？这一切是从哪里来的？"

"好吧，我们要怎样回答？"他们只能趁着这段通讯的间歇交谈，否则带着回声的巨响会淹没他们的声音。

舱壁上空无一物——只是一片平滑而弯曲的金属。鲍尔说："扯开喉咙喊吧。"

他们这样做了。有时轮流叫，有时一起喊。"位置不明！太空船失去控制！情况危急！"

他们的声音逐渐升高，逐渐沙哑。这些简短的、公式化的回答开始夹杂着尖叫与加强语气的粗话，可是那个冰冷的呼叫声，却依然一而再、再而三不倦地重复着。

"他们听不见我们。"多诺凡喘着气说，"这里没有发送机件，只有接收机。"他的目光胡乱地聚焦在舱壁上某一点。

那个外来的声音渐渐疲软、渐渐衰弱。当它接近耳语时，他们又呼叫了一次；当一切恢复静寂时，他们又以嘶哑的嗓子再试了一遍。

差不多过了十五分钟后，鲍尔有气无力地说："让我们再从头走一趟，哪里一定有些吃的东西。"这句话听起来并不抱多少希望，几乎是承认失败的宣言。

在通道中，他们分别往左右走去。借着脚步声的回响，他们能知道彼此在哪里。两人偶尔在通道相遇，那时他们会互瞪一眼，然后擦肩而过。

鲍尔的搜寻忽然有了结果。与此同时，他听见多诺凡发出一阵欢呼。

"嘿，格里，"多诺凡吼道，"这艘船里有水管。刚才我们怎么没注意到？"

大约五分钟后，多诺凡误打误撞找到了鲍尔。这时，多诺凡正在说："不过，还是没有淋浴……"但说到一半就咽回去。

"食物。"他喘着气说。

舱壁消失了一大片，弧形空隙后面露出两个橱架来。上方的橱架摆满了未贴标签的罐头，大大小小、各种形状都有，令人眼花缭乱；下方放置的搪瓷罐则是统一的样式。多诺凡感到一股冷气吹向脚踝，原来下面一半是冷藏室。

"怎么会……怎么会……"

"它原来不在那里。"鲍尔随口答道，"我进门的时候，那面舱壁突然消失。"

他已经开动了。这些罐头属于预热型，里面附有汤匙，烤豆子的温热香气溢满整间舱房。"拿个罐头吧，麦克。"

多诺凡犹豫起来。"有哪些菜式？"

"我怎么知道！你那么讲究吗？"

"不是，但我在太空船上总是吃豆子，所以如果有别的食物我会优先考虑。"他的手绕来绕去，最后选了一个闪闪发亮的椭圆形罐头，那种扁平形状使人联想到鲑鱼或类似的美食。加上适度的压力，罐头便自动打开。

"豆子！"多诺凡吼道，伸手就要拿另一个。鲍尔一把抓住他的裤腰。"就吃那个吧，小老弟。补给品有限，而我们或许会在这儿待上很长很长一段时间。"

多诺凡悻悻地抽回手。"我们的食物就是这些吗？豆子？"

"有可能。"

"下面的架子放些什么？"

"牛奶。"

"只有牛奶？"多诺凡怒气冲冲地大叫。

"看来如此。"

他们默默吃完这顿豆子牛奶大餐。当他们离去时，消失了的舱壁随即升起，再度形成完好如初的壁面。

鲍尔叹了一口气。"一切都是自动的，一切都是这样子，我这辈子从没感到这么无助过。你找到的水管在哪里？"

"就在那里。我们头一回检查的时候，同样没有看到。"

十五分钟后，他们又回到那间镶玻璃的舱房，坐在椅子上大眼瞪小眼。

鲍尔沮丧地望着室内唯一的仪表。它仍标示着"秒差距"，最大的刻度仍是"1,000,000"，而指针依旧坚定地指着零点。

在美国机器人与机械人公司的核心办公室中，艾弗瑞德·兰宁正以困倦的声音说："他们是不会回答的。我们试过每一种波长，公用的、私家的、密码的、明码的，甚至刚发明的次乙太波。金头脑仍然什么也不肯说吗？"最后这一句是向凯文博士发问。

"它不肯详细说明，艾弗瑞德。"她以断然的口吻答道，"它说他们听得见我们……但当我试图逼它说下去，它就变得……唉，变得忧郁起来。它不该这样——有谁听说过忧郁的机器人？"

"那就请把你知道的告诉我们吧，苏珊。"玻格特说。

"听好！它承认太空船完全在它自己的控制下。它对他们的安全绝对乐观，但没有说明详情。我不敢逼它。然而，问题的核心似乎在恒星际跃迁本身。当我提起这件事的时候，金头脑真的哈哈大笑。此外还有其他征状，但这点最能显示它已陷入异常。"

　　她望了望其他两人。"我是指歇斯底里。我立刻不再提这件事，我希望没有造成伤害，但它给了我一个启示。我能对付歇斯底里，给我十二小时！假如我能使它恢复正常，它就会把太空船带回来。"

　　玻格特好像突然挨了一拳。"恒星际跃迁！"

　　"怎么回事？"凯文与兰宁同时叫出来。

　　"金头脑给我们的那些引擎相关数据。嘿……我刚想到一件事。"

　　他匆匆离去。

　　兰宁凝望着他的背影，直截了当地对凯文说："苏珊，你管好你分内的事。"

　　两小时后，玻格特以热切的口吻说："我告诉你，兰宁，关键就在这里。恒星际跃迁不是瞬间的事——只要光速有限就不可能。生命无法存在……事实上，是物质和能量本身无法存在于曲速空间。我不知道真实情形如何——但这就是关键。正是这个问题，杀死了统一公司的机器人。"

　　多诺凡觉得自己正如外表一样憔悴。"才过了五天？"

　　"才过了五天，这点我确定。"

　　多诺凡惨兮兮地环顾四周。窗外的星辰都还熟悉，却显得冷漠无比。舱壁触手冰凉；刚刚重新亮起的照明发出冷酷的光芒；仪表上的指针顽固地指着零点；此外，多诺凡始终无法摆脱一股豆子的味道。

　　他愁眉苦脸地说："我需要洗个澡。"

　　鲍尔抬了抬头，然后说："我也一样，你不必觉得不好意思。但除非你想泡在牛奶里，让自己没东西喝……"

　　"反正，我们终究会没东西喝。格里，恒星际飞行什么时候开始？"

　　"我还等你告诉我呢。或许我们只是一直这样走。我们终究会抵达目的地，至少我们的骨灰会——但金头脑之所以发生故障，不正是因为我们会死吗？"

　　多诺凡背对着对方说："格里，我一直在想，这实在很糟，没什么好做的——除了四处乱转或自言自语。你该听说过那些太空放逐的故事，那些人早在饿死前就发疯了。我不知道，格里，但自从灯光亮起，我就感到怪怪的。"

接下来是一阵沉默，然后鲍尔以细弱的声音说："我也一样。是什么感觉？"

红发多诺凡转过身来。"里面感觉怪怪的。我体内好像在敲敲打打，到处都绷紧了。我觉得呼吸困难，连站也站不稳。"

"嗯——嗯，你感觉到振动吗？"

"你是什么意思？"

"坐一会儿，好好听我说。你听不见，但你感觉得到——好像有什么东西在哪里颤动，连带整艘太空船一块颤动，而你也就跟着发抖。听——"

"是啊……是啊。你认为那是什么，格里？你不会猜是我们自己吧？"

"有这个可能。"鲍尔慢慢抚着八字胡，"但也可能是太空船的引擎，它或许快准备好了。"

"准备好什么？"

"准备好做恒星际跃迁。也许就快进行了，鬼才知道会发生什么事。"

多诺凡沉思一番，然后凶巴巴地说："如果它要做，那就让它做。但我希望我们能反抗，只能束手待毙实在丢脸。"

大约一小时后，鲍尔望着摆在金属座椅扶手上的右手，以僵凝的冷静口吻说："摸摸舱壁，麦克。"

多诺凡依言照做，然后说："感觉得到它在振动，格里。"

现在连星光似乎也朦胧起来。某处传来一种模糊的感觉，像是一架巨型机器正从舱壁吸取动力，积蓄着能量以待奋力一跃。随着能量逐渐增加，悸动也越来越明显。

变化突如其来，伴随着一阵刺痛。鲍尔全身僵硬，差点从椅子上跳起来。他的目光捕捉到多诺凡，而当多诺凡微弱的叫声转为啜泣，进而消失时，他眼前变成一片空白。他感到体内有东西在扭动，在对抗一张越来越厚的冰毯。

有东西挣脱了，在一阵耀眼的强光和痛苦中拼命打转。它一面向下坠落——

——面仍在打转

——头下脚上倒栽

——终至一片静寂！

这就是死亡！

这是个既没有活动又没有感觉的世界，是个由模糊的、无知觉的意识所构成的世界——意识的主体只有黑暗、静寂与无形的挣扎。

最重要的是，竟然意识到了永恒。

他的自我成了一条细微的白色丝絮——冰冷而恐惧。

然后，上方传来一段油腔滑调、声音洪亮的话语：

> 您的棺木最近是否不再合身？何不试试死尸先生专利的伸缩棺材？它经过科学设计，适合人体自然曲线，并添加了维生素B1。想要舒适，就请用死尸牌棺材。别忘了——你——将要——死掉——很长——很长——一段——时间！

那并非真正的声音，但无论是什么，它都在一阵滑溜的隆隆声中逐渐消失了。

那条白色丝絮（它或许就是鲍尔）与周遭无形的永恒时间徒劳地拔河——最后垮作一团。此时，一亿个魔鬼化作一亿个女高音，刺耳的尖叫组成一个渐强的旋律：

> 当你死去时，我会很高兴，你这个坏蛋，你呀。
>
> 当你死去时，我会很高兴，你这个坏蛋，你呀。
>
> 当你死去时……

歌声盘旋而上，越来越慷慨激昂，最后超越听力的极限，进入尖锐的超音波音域，然后还不断升高……

白色丝絮带着阵痛不停发抖。它默默绷紧……

接着传来的是普通的声音——而且为数众多。那是许多人在说话，是漩涡般的人潮以迅速的动作穿过他、超过他、越过他，偶尔留下只字片语在空间飘荡。

他们找你去做啥，孩子？你看来被痛打……

……我猜是热火，但我有防护罩……

……我造了一个天堂，但老圣彼得……

不——不，我和那家伙有点关系，跟他打过交道……

嘿，山姆，过来这里……

你弄到一个话筒吗？魔王说……

……继续走吗，我的好小鬼？我的约会是和撒旦……

凌驾这些噪音之上的，还是原先那个嘹亮的吼声，它传遍每个角落：

快点！快点！快点！！！扯动你的骨头，别让我们久等——后面还有很多人排队。把你的证书准备好，确定上面盖了彼得的开释章。看看你是不是排在正确的入口，会有很多火焰招待大家。嘿，你——那里那个人，好好排队，否则……

面对步步进逼的叫喊，化成白色丝絮的鲍尔匍匐后退，并感到被一根指头猛戳一记。然后，所有的一切爆成五颜六色的声音，碎片——渗入他剧痛的头部。

鲍尔又坐回椅子上，感到自己正在发抖。

多诺凡双眼睁得有如两个巨大的铜铃，蓝色的眼珠呆滞无神。

"格里，"他以近乎呜咽的细声说，"你刚才死了吗？"

"我……觉得死了。"他的声音低哑，连他自己也认不出来。

多诺凡显然企图站起来，结果却是一败涂地。"我们现在活了吗？或是还没完？"

"我……觉得活了。"鲍尔仍以嘶哑的声音回答，接着又谨慎地说，"当你……当你死去的时候，你有没有……听到任何声音？"

多诺凡顿了顿，然后非常缓慢地点了点头。"你呢？"

"有的。你可听到棺材的广告……还有女人在唱歌……还有排队准备进入地狱？有没有？"

多诺凡摇了摇头。"只有一个声音。"

"响亮吗？"

"不，很轻，但声音粗得像是锉指甲。那是一场布道，讲的是地狱之火。他描述那种折磨……好啦，反正你也知道。我曾听过一次像这样的布道——几乎一样。"

他满头虚汗。

他们察觉到有阳光射进舷窗。不过光芒微弱，而且是蓝白色——那遥远的光源是个明亮的斑点，看来绝非熟悉的太阳。

鲍尔用颤抖的手指指着那个仪表。现在，指针坚定而骄傲地停在另一条细标线上，旁边的数字是300,000秒差距。

鲍尔说："麦克，如果这是真的，我们一定完全脱离银河系了。"

多诺凡说："见鬼！格里！我们是第一批脱离太阳系的人。"

"没错！正是这样。我们脱离了太阳系，我们脱离了银河系。麦克，这艘太空船就是答案。它为全人类带来自由——散布到每颗恒星的自由——几亿几兆颗恒星。"

然后，他"砰"的一声跌坐下来。"可是我们怎么回去呢，麦克？"

多诺凡有气无力地微微一笑。"喔，那倒不用担心。这艘船把我们带来这里，就会把我们带回去。我要再吃点豆子。"

"可是麦克……慢着，麦克。如果它用和来时同样的方式带我们回去……"

刚要站起来的多诺凡又重重坐回椅子上。

鲍尔继续说："我们必须……再死一次，麦克。"

"这个嘛，"多诺凡叹了一声，"倘若必须如此，那我们就只好如此。至少它不是永恒的，不是'非常'永恒的。"

苏珊·凯文正在慢慢说话。过去六个小时里，她都在慢慢刺探着金头脑——却始终是一无所获。她厌倦了一再重复，厌倦了拐弯抹角，厌倦了这一切。

"现在，金头脑，只剩最后一个问题，你一定要尽全力简单明了地回答。你对恒星际跃迁是不是一清二楚？我的意思是，跃迁是否能把他们带到很远的地方？"

"他们想去多远都行，苏珊小姐。天啊，曲速飞行没什么诀窍。"

"然而，他们会看到什么？"

"星星啦。你以为还有什么？"

下一个问题脱口而出。"那么，他们会活着？"

"当然！"

"恒星际跃迁不会伤害他们？"

当金头脑保持沉默的时候，她也跟着发愣。就是这个问题！她终于搔到痒处了。

"金头脑，"她以恳求的口吻，心虚地说，"金头脑，你听到我说话吗？"

金头脑以微弱而颤抖的声音答道："我必须回答吗？我是指有关跃迁的问题。"

"你不想答就不必答。可是它会很有意思——我是说你若想回答的话。"苏珊·凯文尽可能轻描淡写。

"哎——哟，你把一切都搞砸了。"

机器人心理学家突然跳起来，脸上现出恍然大悟的表情。

"喔，我的天。"她喘着气说，"喔，我的天。"

她觉得这几小时乃至这几天来的紧张都顿时消失。一会儿后，她对兰宁说："我告诉你一切没问题。不，你现在一定要放我一马。那艘太空船会平安归来，那两个人不会有事的。我想要休息了，我一定要休息，现在请便吧。"

如同起飞时一样，太空船静静地、不声不响地返回地球。它不偏不倚落在着陆地点，主气闸随即打开。两个人一面小心翼翼地钻出来，一面搔着长满胡茬儿的下巴。

然后，红头发那位慢慢地、刻意地跪下来，在混凝土跑道上印下坚实而响亮的一吻。

他们挥手驱走聚过来的人群。从飞奔而来的救护车中，已经跳出两名抬着担架的医护人员，但他们同样作势表示婉拒。

格里哥利·鲍尔说："最近的淋浴在哪里？"

立刻有人带他们去。

他们全部围坐在一张会议桌旁，这是美国机器人与机械人公司主要成员的全员会议。

鲍尔与多诺凡慢慢地、高潮迭起地讲完一个生动且扣人心弦的故事。

苏珊·凯文打破随之而来的沉默。过去这几天，她已经恢复了冰冷且有些尖酸的镇定——但脸上仍透出一丝尴尬的神情。

"严格说来，"她道，"这是我的错——全都是我的错。当我们首次向金头脑提出这个问题的时候，希望你们有人还记得，我曾不厌其烦地对它再三强调，要它务必拒绝任何会产生矛盾的资料。那时，我曾说过类似下面这番话，'若有导致死亡的答案，你千万别激动，我们根本不在乎。只要把那一页还给我们，忘掉这件事就好。'"

"嗯——嗯，"兰宁说，"接下来呢？"

"接下来就很明显。那项资料进入它的计算机制后，产生了控制恒星际跃迁最短时段的方程式——这意味着人的死亡。统一公司的机器会完全崩溃，正是由于这个原因。但我已将死亡的严重性贬低——并非整个取消，因为第一法则永远无法违反——刚好足以让金头脑能对这个方程式多看一眼；足以给它时间去了解，这段时期过后，那些人会起死回生——正如太空船中的物质和能量会重新出现。换句话说，这个所谓的'死亡'绝对只是暂时现象。你们懂了吗？"

她环顾四周，大家都在专心聆听。

于是她继续说："所以它接受了那项资料，但并非毫无疑虑。即使只是暂时的死亡，严重性又打了折扣，仍能使它陷入非常轻微的失衡。"

她以平静的口吻公布答案："它发展出一种幽默感——那是一种逃避，懂了吧，是勉强逃避现实的一种方法。它变得喜欢恶作剧。"

鲍尔与多诺凡同时站起来。

"什么？"鲍尔喊道。

而多诺凡的反应还要生动得多。

"就是这样。"凯文说，"它照顾好你们两位，确保你们的安全，但你们无法操作任何控制仪器，因为它们不是为你们准备的——而是专供幽默的金头脑操作。我们能用无线电呼叫你们，但你们无法回答。你们有很多食物，但通通是豆子和牛奶。然后你们死了，姑且这样说，接着又重生，但你们的死亡经历被安排得……嗯……很有意思。我真希望知道它是怎么做到的。那是金头脑得意的小玩笑，但它无意造成伤害。"

"无意造成伤害！"多诺凡喘着气说，"喔，可惜那可爱的小鬼没有脖子。"

兰宁做了一个肃静的手势。"好啦，这是一场混乱，但全都过去了。现在怎么办？"

"这个嘛，"玻格特平心静气地说，"改进曲速引擎的责任显然在我们身上。一定有什么办法，能免掉跃迁的时间。在这个前提下，既然拥有大型超级机器人的机构只剩我们一家，我们一定要找到答案。到那个时候——美国机器人公司将有恒星际飞行的能力，而人类则有建立银河帝国的机会。"

"统一公司要怎么打发呢？"兰宁问。

"嘿，"多诺凡突然打岔道，"这点我想提个建议。他们害美国机器人公司陷入好一场混乱，虽然不如他们预期中那么糟，而且圆满收场，但他们的意图可不值得恭维。而格里和我是主要的受害者。

"好吧，他们想要答案，而答案已经出炉。把那艘太空船交给他们，附上保证书，美国机器人公司就能收他们二十万，再加上建造费。如果他们测试那艘船——那么在金头脑恢复正常之前，我们何不让它再找点小乐子。"

兰宁严肃地说："在我听来这个提议合情合理。"

玻格特随口补充一句："而且绝对遵守合约。"

冒险

超空间基地等的就是这一天。在映像室的回廊上，一群政府官员、科学家、技师，以及其他只能统称为"工作人员"的男男女女，按照各自的阶级与地位分坐各个角落。由于性情各有不同，各人分别以充满希望、坐立不安、喘不过气、急切或害怕的心情，等待着他们的努力开花结果这一刻。

这颗小行星的中空内部，也就是所谓的"超空间基地"，今天成了一张严密安全网的核心。这张网一直延伸到一万六千公里外的太空，任何船舰上的人不能活着进入这个区域，任何通讯不得未经检查擅自送出。

差不多在两百公里外，一颗小型小行星正在它一年前被推入的那个新轨道上轻巧地运行。这个轨道环绕着超空间基地，近乎一个完美的圆形。小小行星的编号是"超九三七"，但超空间基地上的人一律称之为"它"。（"你今天有没有到它上面去？""将军在它上面，暴跳如雷。"久而久之，这个非人称代词便获得一个尊贵的引号。）

随着零秒逐渐接近，工作人员纷纷撤离，"它"上面只剩下"秒差号"——人类历史上前所未有的一种太空船。这艘无人太空船已准备就绪，即将进行一次不可思议的航行。

身为乙太工程部的杰出成员，年轻的吉拉德·布莱克分配到最前排的位置。他将粗大的指节扳得噼啪响，再在沾污的白色工作服上擦了擦发汗的手掌，然后没好气地说："你为何不去烦那边的将军，或是将军夫人？"

行星际日报特派员尼格尔·荣森朝那个方向随便望一眼，看到了金光闪闪的李察·寇纳尔少将，以及他身边那位不起眼的女士——在他的军礼服反射的光芒下，她几乎成了隐形人。他说："只不过我对新闻才有兴趣，否则我会的。"

荣森身材矮胖。他煞费苦心地将头发剪成半公分的平头，他的衬衣领口敞开，裤腿只到脚踝——忠实地模仿电视里那些平凡的新闻记者角色。纵使如此，他却是个非常能干的记者。

布莱克则结实健壮，深色的头发几乎完全遮住额头。但他的心灵格外敏锐，与十指的粗钝恰成反比。他说："所有的新闻都在他们肚子里。"

"才怪。"荣森说，"寇纳尔的金色穗带下没有肉体。把他剥光，你会发现只有一条输送带，向下传送命令，向上传送责任。"

布莱克觉得很想咧嘴一笑，但硬是忍住了。他说："那位女博士怎么样？"

"美国机器人与机械人公司的苏珊·凯文博士，"记者用演讲的语调说，"这位女士的心脏位置被超空间填满，她的双眼充满液态氦。她曾经穿越太阳，从另一侧穿出时被封在冷冻火焰中。"

布莱克更想发笑了。"那么，舒洛斯主任呢？"

荣森流利地一口气说："他的学问太渊博了。他总是陷入两难，不知是该把智慧的光芒洒向他的听众，还是该遮掩他的智慧，以免强光害得听众永久失明，到头来什么也没说。"

这回布莱克露出了牙齿。"那么请你告诉我，你为什么挑上我。"

"简单，博士。我刚才望着你，自忖你实在太丑，不可能是个笨蛋；而且一定很精明，不可能错过成为新闻人物的大好机会。"

"改天提醒我把你打趴。"布莱克说，"你想知道什么？"

行星际日报特派员指向下方的凹洼，问道："那玩意儿能成事吗？"

布莱克也随着向下望，觉得一股模糊的寒意袭来，像是火星上稀薄的晚风。那个凹洼是个大型电视荧幕，画面一分为二。一半是"它"的全景，秒差号就停在"它"坑坑洼洼的灰色表面，在微弱的阳光下闪着暗淡的光芒。另一半画面是秒差号的驾驶舱，舱内没有任何生物。驾驶座上有个类似人形的物体，但仍一眼便能看出它是个正子机器人。

布莱克说："就物理层面而言，先生，这行得通，那个机器人会往返一趟。太空啊！这部分我们是怎么成功的，我从头到尾亲身经历。我拿到乙太物理博士学位两周后，就来这里报到，从此除了休假，我一直待在这里。我们首次把一根铁丝送到木星轨道，让它经由超空间回来——结果变成一堆铁屑那次，当时我就在场。我们把白老鼠送到那里再收回来，结果变成老鼠肉那次，当时我也在场。

"然后，我们花了六个月的时间，建立了一个平整的超空间场。我们必须消除超空间旅行实验品各点间的时间迟滞，精确度得高达万分之一秒。此后，回来的白老鼠开始保持完整了。我记得因为有只白老鼠活着回来，十分钟后才死掉，我们便庆祝了一个星期。现在，只要我们好好照顾，要它们活多久都行。"

荣森说："太好了！"

布莱克斜眼望着他。"我刚才说，就物理层面而言行得通。那些回来的白老鼠……"

"怎样？"

"失去了心智，连小白老鼠的心智都没了。它们不吃东西，需要我们强行灌食。它们不交配，它们不奔跑。它们只是坐在那里，坐在那里，坐在那里，如此而已。后来，我们终于能送出一只黑猩猩。实在可怜；它太接近人类，令人看了于心不忍。它回来后变成一团行尸走肉，能够转动眼珠，有时会在地上乱爬。它常发出哀嚎，坐在自己的排泄物上，不晓得该离开。有一天有个人枪杀了它，我们都感到如释重负。我告诉你，伙伴，凡是去过超空间的生物，回来后一律丧失心智。"

"这点可以发表吗？"

"这个实验做完后，或许可以吧。他们对它寄予厚望。"布莱克扬起一侧嘴角。

"你不吗？"

"由一个机器人负责驾驶？不。"布莱克的记忆几乎自然而然回到几年前那个插曲，那一次，他无意间差点弄丢一个机器人。他想到那些叫作纳斯特的机器人，它们遍布超空间基地，拥有完善的内建知识与完美主义者的种种缺点。谈论机器人又有什么用？他又不是个天生的传道者。

可是荣森为了打破沉默，一面换了一块口香糖，一面没话找话随口说："别告诉我你有反机器人情结，我向来听说科学家是一群没有反机器人情结的人。"

布莱克的耐心崩溃了。他说："那是实话，而那正是问题所在。科技变得无机器人不欢；任何工作都得有机器人，否则负责的工程师便会感觉上当。你想要一个门挡，就买个有厚脚板的机器人。那是个严重的问题。"他以低沉、激动的声音说出这番话，将一字一句直接送到荣森耳朵里。

荣森挣脱被对方抓牢的手臂。他说："嘿，我可不是机器人，别拿我来出气。我是个人，现代智人。你刚刚折断我的一根臂骨，那还不是证明吗？"

然而，布莱克一旦打开话匣子，就变得一发不可收拾。他继续说："你可知道在这个安排上浪费了多少时间？我们定制了一个用途极广的机器人，而我们只给它一个命令。完了！我听过那个命令，我还背了起来。简短有力的几句话：'紧紧抓住起动杆，用力向你的方向拉。用力！在控制面板尚未显示你已两度通过超空间之前，一直保持这个动作。'

"所以到了零时，那个机器人会一把抓住起动杆，将它用力向后拉。它的手会加热到血液的温度，一旦起动杆到达定位，热膨胀就会接通电路，超空间场随即启动。假如在进入超空间的途中，它的脑子发生任何变化，那也没关系。它需要做的，只是保持原状一刹那，太空船马上会回来，到时超空间场便会关闭，绝不会出任何问题。然后，我们就能研究它的各种广义反应，看看究竟哪一部分出了问题。"

荣森露出茫然的表情。"在我听来都很有道理。"

"是吗？"布莱克恶狠狠问道，"从一个机器人的脑子能研究出什么？它装的是正子，我们的则是细胞；它主要的材料是金属，我们的则是蛋白质。两者并不相同，根本无从比较。然而我深信，根据研究机器人所获得的结果，或说自以为的结果，他们就会把真人送进超空间。可怜的烈士！听好，这不是送命的问题，而是回来后心智全失。假使你看过那只黑猩猩，你就会明白我的意思。死了倒干干净净、一了百了。另一种结果……"

记者问道："你有没有跟什么人谈过这件事？"

布莱克说："有的。他们的回答和你一样，他们说我有反机器人情结，这就摆平了一切——看看那儿的苏珊·凯文，我们可以确定她绝没有反机器人情结。为了观察这次实验，她大老远从地球赶来。假使驾驶座上坐的是个人，她才懒得来呢。可是这有什么用！"

"嘿，"荣森说，"别停下来，还有呢。"

"还有什么？"

"还有问题没答完。你才解释了机器人，可是为何突然之间采取这些安全措施？"

"啊？"

"得了吧。我突然就不能传送新闻电讯，太空船突然就不能进这个区域来。究竟是怎么回事？这只是另一个实验罢了。公众知道有个超空间基地，也知道你们这些人试图做什么，所以说，难道还有什么大秘密吗？"

愤怒的余波仍在布莱克心中荡漾，他气所有的机器人、气苏珊·凯文，气自己对当年那个失踪机器人的记忆。他发觉还有多余的怒气，可以分给这个恼人的小新闻记者，以及他那些恼人的小问题。

他心想：让我们看看他的反应如何。

于是他说："你真想知道吗？"

"不在话下。"

"好吧。我们过去启动超空间场的对象，大小从未超过那艘太空船的百万分之一，而那艘船将要穿越的距离，则超过我们过去最高纪录的百万倍。这就代表说，即将启动的那个超空间场，比我们处理过的都要强百万倍的百万倍。我们不确定它能做些什么。"

"你这话是什么意思？"

"理论告诉我们，那艘船将被顺利地放到天狼星附近，再顺利地被带回此地。可是秒差号周围的空间有多少会一块被带走？这实在很难讲，我们对超空间了解得还不够。停放那艘船的小行星可能会跟它一块消失，还有你可知道，即使我们的计算有一点点误差，它也可能永远无法回到这里。比方说，它回来的时候，或许会落在三百亿公里之外。而且还有可能，被转移的空间会超过那颗小行星的范围。"

"超过多少？"荣森追问。

"我们不敢说，这里头有个统计性的不定因素。所以任何太空船都不准靠得太近；所以在实验安全结束之前，我们凡事一律对外保密。"

荣森大声咽了一下口水。"万一超空间基地也被波及呢？"

"有这个可能。"布莱克泰然自若地说，"可能性不大，我向你保证，否则舒洛斯主任不会在这里。话说回来，数学上这个几率不等于零。"

新闻记者看了看手表。"一切将在何时发生？"

"差不多再过五分钟。你不会紧张吧？"

"不会。"荣森答道，不过他愣愣地坐下来，没有再问任何问题。

布莱克靠着栏杆探头出去。最后几分钟正嘀嗒嘀嗒溜走。

机器人动了！

在这个动作的暗示下，众人纷纷向前凑去，室内灯光则即刻调暗，以强调与突显下方画面的明亮。但目前为止，那只是第一个动作——机器人的双手渐渐伸向起动杆。

布莱克耐心等待最后一秒钟，到时机器人会将起动杆向后拉。布莱克能想象好几种可能的结果，这些可能性几乎同时浮现心头。

最初会有个短暂的闪动，显示太空船经超空间往返一周。即使经历的时间极短，太空船返回时仍不会刚好落在出发位置，因此必会造成一下闪动，每次都是这样。

而当太空船归来后，他们或许将会发现，结果证明拉平超空间场的装置不够完善，不足以涵盖整艘太空船的体积。那个机器人可能变作一团废铁，那艘太空船也可能成为一团废铁。

或者，也有可能他们的计算有些误差，那艘船可能再也回不来。或是出现更糟的情况，超空间基地也许会跟那艘船一块飞走，再也回不来了。

当然，也或许一切顺利。那艘船或许只会闪动一下，完好如初地回到原处。而那个心智未曾受损的机器人，则会从座椅中站起来，发出圆满达成任务的讯号——那将是人造物件脱离太阳重力范围的历史性首航。

进入最后一分钟。

最后一秒终于来到，机器人抓住起动杆，用力拉向自己……

什么也没有发生！

没有闪动。什么也没有！

秒差号从未离开普通空间。

为了擦拭油光的额头，寇纳尔少将摘下军帽，这样一来，他的秃头立即暴露在外。本来这会使他的外表突然增加十岁，但他皱成一团的脸孔已抢先做到这点。距离秒差号发射失败已将近一小时，这段时间却白白浪费了。

"怎么会发生这种事？怎么会发生这种事？我真想不通。"

梅尔·舒洛斯博士今年四十岁，是超空间场架这门新兴科学中的"老前辈"。他以绝望的口吻说："基本理论没有任何错误，我敢拿性命发誓。那艘船上某个角落出现机械故障，如此而已。"这番话他已经说了十几遍。

"我以为一切都测试过。"这句话也重复了同样多次。

"是这样的，将军，是这样的。话说回来……"这句话也不例外。

他们坐在寇纳尔的办公室中面面相觑（此地现在禁止任何人员接近），两人都不太敢望向在场的另一个人。

苏珊·凯文细薄的嘴唇与苍白的脸颊不带任何表情。她以冷淡的口吻说："你们可以用我以前告诉你们的话安慰自己，但我不信会有任何有用的结果。"

"现在不是争论老问题的时候。"舒洛斯咕哝道。

"我没有争论。美国机器人与机械人公司会提供合乎规格的机器人，给任何合法的顾客做任何合法的用途。然而，我们尽了我们的责任。我们早已知会你们，我们无法保证从正子脑的变化能导出任何有关人脑的结论。我们的责任到此为止，这无需争论。"

"太空啊，"寇纳尔将军说，他的口气使这个感叹词听来有气无力，"我们别讨论这件事。"

"其他还有什么好做的？"舒洛斯喃喃道，他无法摆脱这个话题，"在我们确切了解心智在超空间中发生什么变化之前，我们无法有任何进展。机器人的心智至少能用数学分析，它是个起点，是个开始。在我们试过……"他粗暴地抬起头来，"可是你的机器人不是重点，凯文博士。我们不担心它或它的正子脑。他妈的，娘儿们……"他的声音提高到接近尖叫。

机器人心理学家以几乎未曾提高的平板语调，硬将对方的话逼回去。她说："别歇斯底里，哥儿们。我一生中曾经目睹许多危机，从没见过哪次是靠歇斯底里解决的。我有一些问题，需要知道答案。"

舒洛斯的厚嘴唇打着战，一双深陷的眼珠似乎缩到眼窝里，留下两个阴暗的坑洞。他粗声道："你受过乙太工程的训练吗？"

"那是个不相干的问题。我是美国机器人与机械人公司的首席机器人心理学家，坐在秒差号驾驶座的是个正子机器人。就像所有这类机器人一样，它只出租不出售。对于有这样一个机器人参与的任何实验，我都有权询问相关细节。"

"跟她讲，舒洛斯，"寇纳尔将军吼道，"她是——她是自己人。"

凯文博士将一双灰眼珠转向将军。她当年侦查那桩机器人失踪案时，曾与这位将军共事过，因此能指望他不致犯下低估她的错误。（当时舒洛斯因病告假，闻名总不如亲身经历具说服力。）"谢谢你，将军。"她说。

舒洛斯无助地轮流望着另外两人，再喃喃道："你要知道什么？"

"我的第一个问题显然是，假如那个机器人没问题，你究竟有什么问题？"

"但那个问题显而易见，那艘船没有动一动。你看不见吗？你瞎了眼吗？"

"我的视力相当好。我不了解的是，你对某个机械故障为何显得那么惊慌。你们这些人没料到偶尔会有故障吗？"

将军喃喃道："是经费问题，那艘船贵得要死。世界议会……拨款……"他说不下去了。

"那艘船仍在那里，做点修理和修正不会有什么困难。"

舒洛斯控制住了自己。从他脸上的表情看来，他像是曾经双手抓住自己的灵魂，将它猛摇一阵，叫它自己站起来。他的声音甚至流露出一种耐性。"凯文博士，当我提到机械故障时，我是指诸如哪个电驿被一粒灰尘卡住，哪个接点被一滴油脂遮住，哪个电晶体因热膨胀暂时失效，以及其他几十种、上百种的问题。任何一种故障都可能相当短暂，随时有可能消失。"

"这就代表秒差号随时可能冲进超空间，然后折返。"

"正是这样。现在你了解了吗？"

"一点也不了解。那不正是你想要的吗？"

舒洛斯做了一个动作，看来像是准备抓起两把头发猛扯。他说："你不是个乙太工程师。"

"这就使你舌头打结吗，博士？"

"我们对这艘船所作的设定，"舒洛斯以绝望的口吻说，"是以银河系的重心为准，从太空中某个定点跃迁到另一点。而回程的目的地，则是原出发点加上太阳系运动的修正。自秒差号原定的出发时刻算起，这一个小时中，太阳系已经移动了位置，原先用来调整超空间场的那组参数不再有效。

普通的运动定律不能用在超空间中，而要计算一组新的参数，得花上我们一周的计算时间。"

"你的意思是，假如那艘船现在出发，它会回到几千公里外某个不可预知的位置？"

"不可预知？"舒洛斯露出空洞的笑容，"是的，我应该这么讲。秒差号或许会停在仙女座星云里，或是太阳的正中心。无论如何，我们再见到它的机会微乎其微。"

苏珊·凯文点了点头。"那么情况是这样的，假如那艘船消失了，其实随时有此可能，纳税人的几十亿元或许再也无法追回，而且——世人会说——是被胡搞瞎搞掉的。"

寇纳尔少将像是被尖针戳了一下臀部，明显地怔了一怔。

机器人心理学家继续说："那么，总得想个办法，使那艘船上的超空间场机件停摆，而且越快越好。必须拔掉或弄松或拉开什么零件。"她有一半是自言自语。

"没那么简单。"舒洛斯说，"我无法详加解释，因为你不是乙太工程专家。那就像是为了切断普通的电路，而拿一把园艺剪来剪断高压线。它可能造成灾难，它必会造成灾难。"

"你的意思是，任何关闭那组机件的尝试，都会把那艘船丢到超空间去？"

"任何胡乱的尝试都有这个可能。超空间力不受光速的限制，它们很可能根本没有任何速限，这使得问题极端困难。唯一合理的解决之道，是找出故障的根源，从中研究出切断力场的安全办法。"

"照你说要怎样进行，舒洛斯博士？"

舒洛斯说："在我看来，唯一可做的事，就是派我们的一个纳斯特型机器人……"

"不！别傻了！"苏珊·凯文插嘴吼道。

舒洛斯以冰冷的口吻说："那些纳斯特熟悉乙太工程的问题，它们会是理想的……"

"门都没有。未经我的许可，你不能用我们的正子机器人执行这种任务。它们不在你的控制下，你也休想控制它们。"

"还有什么选择吗？"

"你必须派你们一名工程师去。"

舒洛斯猛力摇了摇头。"不可能，那样风险太大了。要是我们损失一艘船再加上一个人……"

"纵然如此，你也不能使用纳斯特型机器人，或是任何机器人。"

将军说："我……我必须跟地球联络。整个问题必须交给上级处理。"

苏珊·凯文尖刻地说："假使我是你，我不会急着那样做，将军。你没有任何自己的建议或行动计划，只好任凭政府发落。我可以肯定，你不会有什么太好的下场。"

"但还有什么可做的呢？"将军再度掏出手帕擦汗。

"派个人去，没别的选择。"

舒洛斯的脸色已经由青转灰。"派个人去，说说倒容易。可是派谁呢？"

"我一直在考虑这个问题。我上次造访超空间基地时，不是碰到一个叫布莱克的年轻人吗？"

"吉拉德·布莱克博士？"

"我想就是他，没错。他那时是单身汉，现在还是吗？"

"是的，我相信他还是。"

"那么我建议尽快把他带到这儿来，就说十五分钟内吧。与此同时，我要拿到他的档案。"

她顺利地取得解决危机的发号施令权，寇纳尔与舒洛斯皆未试图挑战她的权威。

这次苏珊·凯文再度造访超空间基地，布莱克曾在远距离见过她，却未采取任何行动缩短彼此的距离。如今被召唤到她面前，他不知不觉怀着满腔的反感与厌恶瞪着她，几乎未曾注意到站在她身后的舒洛斯博士与寇纳尔将军。

他还记得上次与她这样面对面，当时是为了一个失踪的机器人而被迫对她交心。

凯文博士冰冷的灰色眼珠紧紧盯着他冒火的棕色眼珠。

"布莱克博士，"她说，"我相信你了解目前的状况。"

布莱克说："我了解。"

"我们必须做点什么事。这艘太空船太过昂贵，我们丢不起。假如有坏消息传出去，就可能意味着本计划的结束。"

布莱克点了点头。"我一直在想这件事。"

"我希望你还想到，必须有个人登上秒差号，找出毛病所在，然后……呃……使它失效。"

顿了一顿后，布莱克粗声道："哪个傻瓜会去？"

寇纳尔皱起眉头望向舒洛斯，后者咬住嘴唇，目光没有聚焦任何一处。

苏珊·凯文说："当然，无意间启动超空间场的可能性是有的。这样一来，那艘船可能驶到再也找不到的地方。另一方面，它也可能回到太阳系内某个角落。若是如此，我们会不惜任何财力、物力寻回那个人和那艘船。"

布莱克说："需要做点修正，是那个白痴和那艘船！"

苏珊·凯文未加理会这个评语，又说："我已经请寇纳尔将军批准，把这件任务交给你。必须去的人就是你。"

这回毫无停顿，布莱克随即以再平板不过的语气说："女士，我并未自告奋勇。"

"在超空间基地上，顶多只有十个人具有足够的知识，有一点机会圆满达成这项任务。在这些人当中，由于我们是旧相识，所以我选择了你。你将胜任愉快……"

"听好，我可没有自告奋勇。"

"你毫无选择。你当然会面对自己的责任吧？"

"我的责任？怎么变成我的了？"

"因为你最适合进行这项工作。"

"你知道其中的危险吗？"

"我想我知道。"苏珊·凯文说。

"我知道你不知道，你从未见过那只黑猩猩。听好，我刚才说'那个白痴和那艘船'，不是在表达一种见解，而是在告诉你一项事实。假如有必要，我会拿我的生命冒险。也许并非欣然，但我会那样做。可是变成一个白痴、一辈子做个没有心智的动物，这种险我可不要冒，没什么好说的。"

苏珊·凯文若有所思地瞥了一眼年轻工程师又冒汗又冒火的脸孔。

布莱克吼道："派个你们的机器人去，派个你们的ＮＳ－２型。"

机器人心理学家的眼睛反射出一种冰冷的闪光。她以深思熟虑的口吻说："是的，舒洛斯博士作过这个建议。但ＮＳ－２型机器人是基地向本公司租的，不是买的。你可知道，它们每个都价值几百万元。我在此代表本公司，我判定它们太过昂贵，不能拿来冒这种险。"

布莱克举起双手。那两只手紧握成拳，紧贴着胸部打战，仿佛他在用力克制这双拳头。"你在告诉我——你在说你要我代替一个机器人去，是因为我比它更不值钱？"

"事实如此，没错。"

"凯文博士，"布莱克说，"我们先在地狱见面吧。"

"这句话有可能近乎事实，布莱克博士。寇纳尔将军会帮我证实，他已命令你接受这项任务。据我了解，你在此地受到准军法的管辖，假如你拒绝一项任务，可以用军法审判你。像这样的案子判下来，一定是送往水星监狱。我相信那里足够接近地狱，假如我去探望你，你那句话就会不幸应验，不过或许我不会去。反之，假如你答应登上秒差号，完成这项工作，将对你的职业生涯有莫大的助益。"

布莱克红着眼瞪着她。

苏珊·凯文说："给这个人五分钟考虑一下，寇纳尔将军，同时准备好一艘太空船。"

两名安全警卫护送布莱克走了出去。

吉拉德·布莱克觉得全身发冷。他的四肢不自觉地运动，仿佛它们不是他的一部分。他像是站在某个遥远的、安全的地方望着自己；望着自己登上一艘太空船，准备登陆"它"，准备登上秒差号。

他几乎无法相信这点。刚才他突然低下头，说了一句："我去。"

可是为什么呢？

他从不认为自己是个英雄型人物。那又是为什么呢？当然，部分原因是水星监狱的威胁。另外一部分原因，是他怎么也不肯成为熟人眼中的懦夫——世上半数的英勇行为，背后都藏着这种更深一层的懦弱。

不过，最主要还是由于另一个原因。

布莱克在走向太空船的途中，被行星际日报的荣森拦住一会儿。布莱克望着荣森发红的脸孔，问道："你想要什么？"

荣森喋喋不休地说："听好！等你回来，我要独家新闻。你开任何价钱我都能设法——你要任何东西都行——"

布莱克推了他一把，将他推个四脚朝天，然后继续向前走。

那艘太空船有两名驾驶员。两人都没跟他说话，他们的目光则从他的上下左右绕过，不过布莱克并未介意。他们自己吓得面无人色；他们的太空船接近秒差号的动作，则像小猫头一回见到狗那样避之唯恐不及。他根本不需要他们。

在他眼前徘徊不去的只有一张脸孔。无论是寇纳尔将军焦虑的表情，或是舒洛斯脸上虚假的坚决，都只是他意识中短暂的伤口，几乎立刻就愈合了。他在心中见到的，是苏珊·凯文那张临危不乱的面容；是他登上太空船时，她毫无表情的冷静神态。

他望向漆黑的太空，超空间基地已在其中消失……

苏珊·凯文！苏珊·凯文博士！机器人心理学家苏珊·凯文！走起路来像个女人的机器人！

他暗自嘀咕，她的三大法则是什么？第一法则：汝应全心全意全力保护机器人。第二法则：倘使不与第一法则抵触，汝应保障神圣美国机器人与机械人股份有限公司之利益。第三法则：倘使不与第一法则及第二法则抵触，汝应偶尔眷顾人类。

他恶毒地想道，她曾经年轻过吗？她曾经有过一丝真正的感情吗？

太空啊！他多么想去做点什么事，好让他能够摘下她脸上那副冰冷空洞的面具。

他会的！

众星在上，他会的。只要让他心智无损地回去，他会眼见她本人、她的公司，以及所有的机器人贱种通通化为灰烬。比较之下，对监狱的恐惧与对个人威望的渴求，都不如这个想法对他更具驱策力。他的恐惧几乎被这个想法一扫而空——几乎。

这时，其中一位驾驶员头也不回地喃喃道："你可以从这里下去，它在下方八百公尺处。"

布莱克恶狠狠地说："你不着陆吗？"

"严格命令，万万不可。着陆的震动可能……"

"那我着陆时的震动呢？"

驾驶员说："我奉命行事。"

布莱克不再说什么。他默默钻进太空衣，等着内气闸开启。太空衣右大腿处有一片金属，上面牢牢焊着一个工具箱。

正当他走进气闸时，头盔中的耳机忽然隆隆作声。"祝你好运，博士。"

过了一下子，他才会意这是船上两名驾驶员说的。他们虽然急着离开这片受到诅咒的太空，总算还是浪费了点时间，给了他这点鼓励。

"谢谢。"他笨拙地、近乎忿恨地答道。

然后他便进入太空。他从外气闸跳出来，获得一股稍微偏心的冲力，令他在太空中缓缓翻滚。

他能看到秒差号正在等他。在翻滚的过程中，于适当时刻从双腿之间望出去，他还能看到刚才那艘太空船正转向离去，喷出一长串横向喷流。

他孤独了！太空啊，他孤独了！

历史上曾有任何人感到这么孤独吗？

万一——万一发生任何变故，他郁郁地嘀咕，自己会知道吗？会有任何时间让他明白吗？他会不会感到心智逐渐消失，理智与思想则逐渐模糊，终至一片空白？

或者会不会一切在瞬间发生，就像用力场刀一刀切下？

无论哪种可能……

他又想起那只黑猩猩，想到它茫然的眼神，以及心智全无的它吓得全身发抖的模样——这些记忆多么鲜明。

现在，那颗小行星在他脚下六公尺处，以绝对均匀的运动在太空中游荡。除人力作用外，已有天文时间那么长久的时期，它上面每一粒沙尘都未曾受过其他的搅扰。

在"它"那无极的安宁中，一粒小沙尘却制住秒差号上某个精密机件单元，或者，是某个浸在精制润滑油中的活动元件，被其中一点不纯沉淀物卡住了。

　或许只需要一次小小的振动，一次源自物质互撞的微小颤抖，便能释放那个活动元件，让它沿着指定轨迹运行，制造出一个超空间场——像一朵成熟得不可思议的玫瑰般怒放。

　他的身体即将接触"它"。他缩起四肢，万分渴望能"点到为止"。他不想碰到那颗小行星，他的皮肤起满鸡皮疙瘩。

　"它"接近了。

　即将——即将——

　什么也没发生！

　有的只是不断与小行星接触的感觉。那是一段压力慢慢增加的诡异过程，压力来源是带着全额惯性却几乎零重量的百余公斤物体（他自己加上太空衣）。

　布莱克慢慢张开眼睛，让星空进入视野。太阳是个白热的弹珠，阳光因他的偏光面板而大幅减弱。星光相对的格外暗淡，但组成的是熟悉的图样。既然太阳与星座都很正常，他就仍在太阳系中。他甚至能看到超空间基地，它是个微小、暗淡的新月形。

　他耳中突然响起声音，吓得他全身僵硬。

　那是舒洛斯的声音，他说："我们看得见你，布莱克博士。你并不孤独！"

　布莱克本可对这种说辞嘲笑一番，但他只是以低沉、清晰的声音说："走开。拜托你走开，以免我分神。"

　顿了顿之后，舒洛斯以更哄诱的语调说："如果你愿意随时报告进度，便可纾解你的紧张情绪。"

　"等我回去后，你会从我口中得到详情，不是现在。"他忿忿地答道，又忿忿地将包覆金属的五指移到胸前的控制板，切断太空衣的无线电。现在他们不妨对真空讲话。他有他自己的计划；假如他能心智无损地回去，那时就该他表演了。

　他无比谨慎地站起来，立足在"它"的表面。他的身体有点摇晃，那是不随意肌四下拉扯的动作——由于几乎完全失重，令他陷入一连串无止尽的失衡状态。在超空间基地，有一个伪重力场拉住他们。布莱克发觉他的心智有一部分还足够清明，使他能想起这件事，并生出怀念之情。

太阳已经消失在一座峭壁后面。这颗小行星的自转周期仅一小时，星辰相对的运转明显可见。

从他所站的位置，他看得见秒差号。现在他慢慢地，小心地，几乎蹑手蹑脚地向它走去。（别震动，别震动。这几个字恳求般在他心中响起。）

在他尚未完全体会自己走了多远之前，他已来到太空船旁边。上方是一长串手柄，一直延伸到外气闸。

他停在那里。

太空船看来相当普通。或说至少看来普普通通，只是在船身高度三分之一与三分之二处，各有一圈钢质圆钮环绕船身一周。此时此刻，它们一定在奋力转化为超空间的源极。

布莱克突然有个奇怪的欲望，想伸出手抚摸其中一个圆钮。这是人类的非理性冲动之一，正如一个人从高楼大厦向下望，几乎必然会有个一闪即逝的想法："跳下去会怎么样？"

布莱克做了个深呼吸，然后展开十指，轻轻地、轻轻地将两手平贴船身。这时，他感到全身直冒冷汗。

什么也没发生！

他抓住底端那个手柄，小心地把自己向上拉。他很希望能像太空建筑工一样，拥有在失重状态下作业的丰富经验。你必须使出足够力量克服惯性，然后就得松手。若多拉一秒钟，你便会失去平衡，撞向一侧的船身。

他慢慢地、蹑"指"蹑脚地向上爬。他的双腿与臀部在他举起左臂时摆向右侧，在他举起右臂时则摆向左侧。

登上十几阶后，他的手指已经能摸到外气闸的开关。安全标志是个微小的绿点。

他再度犹豫起来。这将是他首次使用太空船的电源，他默想了一遍接线图与力场分布。假如他按下这个开关，开启机制便会吸取质子堆的电力，拉开外气闸这片厚重的金属。

嗯？

又有什么用呢？除非他对出什么毛病有点概念，否则无从判断电力转移会带来什么效应。他叹了一口气，按下了开关。

船身的一部分平缓地卷开，未曾伴随任何噪音或声响。布莱克再看了一眼那些亲切的星座（它们没有改变），便走进微亮的气闸室。外气闸随后重新关闭。

前面是另一个开关，他必须打开内气闸。他再度停下来思量一番。当内气闸开启时，舱内的气压会稍微降低，需要几秒钟的时间，船上的电解槽才能补回那些损失。

嗯？

随便举个例子，"博舒后板"对气压就相当敏感，可是当然并非敏感到那种程度。

他又叹了一口气，这回叹得更轻（恐惧的外皮已经开始长茧）。他按下开关，内气闸打开了。

他进入秒差号的驾驶舱，见到的第一样东西是满布星辰的显像板，他的心脏随即怦怦乱跳。

他强迫自己望向那些星辰。

没有任何变化！

他看得见仙后座，其他星座也都正常，而他已置身秒差号内部。他可以感觉到，最危险的阶段已成过去。他已经做了这么多，而他仍在太阳系中；他已经屏气凝神这么久，这时一种有点像信心的感觉又开始浮现。

秒差号有一种近乎神奇的静寂。布莱克这一生在许多太空船上待过，总是会听见一些动静，即使只是鞋子磨蹭地板，或是服务生在走廊哼歌。而在这里，他自己的心跳似乎都被重重包裹，发不出一点声音。

坐在驾驶座的机器人背对着他。它没有反应就代表它已知晓他的来临。

布莱克咧嘴做个凶狠的笑容，厉声道："松开起动杆！站起来！"在封闭的舱房中，他的声音有如雷鸣。

等到他担心自己的声音可能激起空气振动时，其实为时已晚。不过，显像板的星像仍旧维持不变。

那个机器人当然一动也没动。它无法接收到任何种类的感觉，甚至无法对第一法则作出反应。原本应该是近乎瞬间就完成的过程，却被封冻在无尽的半途中。

他记得它接受的那组命令，它们根本不会导致任何误解。"紧紧抓住起动杆，用力向你的方向拉。用力！在控制面板尚未显示你已两度通过超空间之前，一直保持这个动作。"

是啊，它还一次也没有通过超空间。

他谨慎地走近那个机器人。它坐在那里，用力将起动杆抓在两膝之间，这就几乎将触发机件带到定位。然后，以热电偶的方式，它的金属手掌的温度将使触发器稍微弯曲，刚好足以接通电路。布莱克自然而然瞥了一眼控制面板上的温度读数——机器人的手掌是摄氏三十七度，完全正常。

他生出个讽刺的想法：好家伙，这里只有我和这架机器，我却对它束手无策。

他希望做的是拿一根撬棍将它打得稀烂，这个想法令他沾沾自喜。他能看见苏珊·凯文脸上的恐惧（若说有什么恐惧能贯穿冰霜，那就非稀烂的机器人带来的恐惧莫属）。正如所有的正子机器人一样，这个独一无二的型号也是美国机器人公司的产品；是在那里制造，在那里测试的。

从这个想象的报复中尽情陶醉一番之后，他随即清醒过来，开始四下打量这艘太空船。

毕竟，目前为止进展仍等于零。

他慢慢除下太空衣，将它轻轻放在行李架上。然后他小心翼翼地巡视各间舱房，研究超原子发动机的大型连锁表面，追寻电缆的分布，并检视各个电驿。

他未曾碰触任何东西。取消超空间场的方法有十几种，但除非他至少大概知道毛病出在哪里，得以采取适当的步骤，否则每种方法都会酿成大祸。

他不知不觉又回到控制台，对着机器人麻木不仁的宽阔背部，怒不可遏地喊道："告诉我，好不好？问题出在哪里？"

他有一种冲动，想要胡乱破坏这艘船的机件；把它打烂，把这件事作个了结。但他紧紧按捺住这个冲动。假如花上一周的时间，他总有办法推断出正确的破坏目标。为了苏珊·凯文，为了自己对她的报复计划，他至少该做到这一点。

他慢慢转身，陷入沉思。这艘船的每一部分，从引擎本身到各个双向捺跳开关，全都在超空间基地上接受过巨细靡遗的检验与测试，令人几乎无法相信任何一环会出问题。这艘船上没有一样……

嗯，有的，当然有。那个机器人！它是在美国机器人公司测试的。那些该死的畜生，理论上他们有这个能力。

大家总是怎么说的？机器人自然能做得比较好。

这是个一般性假设，部分建立在美国机器人公司本身的宣传伎俩上。针对某项功能，他们能制造一个做得比真人更好的机器人。不是"跟人一样好"，而是"比人还要好"。

当吉拉德·布莱克瞪着那个机器人，想到这一点时，他的眉毛在狭窄的额头下缩成一团，他的表情变成惊讶与狂野希望的混合体。

他绕到机器人面前，瞪着它的手臂。那双手正将起动杆拉在触发位置，永远这么握着，直到这艘船进行跃迁，或是机器人自己的电源用尽为止。

布莱克低声道："一定，一定是。"

他走了开，再度陷入沉思。然后他说："一定就是这样。"

他打开太空船的无线电——它的载波束已经对准超空间基地。他对着话筒吼道："嘿，舒洛斯。"

舒洛斯立即回答："太空啊，布莱克……"

"好啦，"布莱克干脆地说，"别说话。我只是要确定一下你们还在监看。"

"当然，我们都在看。听好……"

但布莱克随即关上无线电。他冲着驾驶舱内的电视摄影机，咧开一侧嘴角冷冷一笑，然后在超空间场机件中，选了一个画面范围内的部分。他不知道映像室中会有多少人，或许只有寇纳尔、舒洛斯与苏珊·凯文；或许全体人员通通到齐。无论如何，他会给他们一点东西看。

他判断三号电驿盒足以担此重任。它位于一个壁凹内，上面覆盖一个冷封的平滑面板。布莱克从工具箱中取出一具钝缘的喇叭状封缝机，然后将太空衣推到行李架更深处（刚才他将太空衣翻开才拿到工具箱），又转身面对电驿盒。

布莱克打发了最后一丝不安，举起那具封缝机，在冷封缝上三个不同位置各碰了一下。当能量涌浪一来一去时，那个工具的握柄变得有点温度。封缝机的力场灵巧而迅速地发挥作用，面板立刻垂下来。

他很快地、几乎不由自主地瞥了显像板一眼。星像都还正常，他自己也因此感到正常。

那是他需要的最后一点鼓励。他抬起腿，一脚踩烂了壁凹中羽毛般纤细的机件。

结果产生了一些玻璃碎片、一些扭曲的金属，以及洒在地板上的几滴水银……

布莱克发出沉重的呼吸声，再次打开无线电。"你还在吗，舒洛斯？"

"是的，可是……"

"那么我向你报告，秒差号上的超空间场已被取消。来接我吧。"

吉拉德·布莱克不觉得自己比出发时更像英雄，不过还是认为自己当之无愧。送他到这颗小小行星的两名驾驶员，现在又来将他接走。这回他们不但着陆，还拍拍他的背。

太空船返抵时，超空间基地挤满等待的人群，众人纷纷为布莱克喝彩。他则对群众挥手，露出笑容，尽了做英雄的义务。但他内心并未感到胜利的喜悦——尚未感到。他心中只有期待，胜利的喜悦等一下才会来，等他见到苏珊·凯文的时候。

他在步下太空船前停了一下。他四下寻找她，却未见她的踪影。寇纳尔将军等在那里，所有的军人本色尽皆恢复，脸上坚定地挂着一副赞许的表情；梅尔·舒洛斯对他露出神经质的笑容；行星际日报的荣森疯狂地挥着手；苏珊·凯文却连影子也没有。

等他落地后，他将寇纳尔与舒洛斯推到一旁。"我要先洗澡和吃东西。"

至少现在这一刻，他可以对将军或任何人下令，这点他绝不怀疑。

他离去时，由几名安全警卫为他开道。在重重警卫的隔离下（这项隔离措施仅为他一人而设），他悠闲地洗完澡、吃完饭。然后他打电话给行星际日报的荣森，跟他说了几句。在他等到回电前，他觉得都无法彻底放松。一切比他预料中顺利得多，那艘船的故障跟他配合得天衣无缝。

最后他终于打电话到将军办公室，命令召开一次会议。那无异于一道"命令"，寇纳尔少将险些答道："遵命，长官。"

他们再度齐聚一堂，包括吉拉德·布莱克、寇纳尔、舒洛斯——就连苏珊·凯文也未缺席。可是这一回，主导全场的是布莱克。那位机器人心理学家虽然脸孔仍像面具，不论对胜利与惨祸都无动于衷，然而她的态度起了微妙的变化，她似乎不再坚持做焦点人物。

舒洛斯博士啃了啃拇指指甲，开始谨慎地说："布莱克博士，我们都非常感激你的英勇和成就。"然后，仿佛为了避免对方得意忘形，他立刻补充道，"话说回来，用脚跟踩烂一个中继箱，实在是鲁莽了些，而且——嗯，这种行动恐怕不能称为成功吧？"

布莱克说："这是个几乎难以不成功的行动。你可知道，"他就此引爆第一颗炸弹，"当时我已经知道问题出在哪里。"

舒洛斯站了起来。"是吗？你确定吗？"

"你自己去看看。现在安全了，我会告诉你该看什么。"

舒洛斯慢慢重新坐下。寇纳尔将军万分兴奋地说："啊，如果是真的，就再好不过了。"

"是真的。"布莱克答道，他的眼睛随即瞥向了苏珊·凯文，后者却一言不发。

布莱克很喜欢这种权力的滋味。"当然是那个机器人。你听到了吗，凯文博士？"这是他引爆的第二颗炸弹。

苏珊·凯文首度开口，她说："我在听。事实上，我差不多料到了。在那艘船上，它是唯一一未在超空间基地测试过的一项设备。"

一时之间，布莱克觉得颇为失望。他又说："这点你从未提过半句。"

凯文博士说："舒洛斯博士说过不止一次，我不是个乙太学专家。我的猜测只不过是猜测，很有可能根本不对。我当初觉得在你执行任务前，我无权先对你灌输成见。"

布莱克说："好吧，你有没有猜到它是怎么出问题的？"

"没有。"

"哈，它比人类优秀，那便是问题所在。问题竟然出在美国机器人公司的拿手专长上，这不是很奇怪吗？据我了解，他们把它造得比人类更优秀。"

他用话语对她作无情的鞭笞，但她没有上钩。

她只是叹了一口气。"亲爱的布莱克博士，我们促销部门的宣传口号可与我无关。"

布莱克再度觉得失望。这个凯文，真不是个容易对付的女人。他又说："你们的人制造了一个机器人，代替真人坐在秒差号的驾驶座上。它必须将起动杆拉向自己，把它拉到定位，让它手中的热量使触发器扭曲，以接通最后的电路。够简单了吧，凯文博士？"

"够简单了，布莱克博士。"

"假使那个机器人没被造得比人类更优秀，它就会达成任务。不幸的是，美国机器人公司觉得有义务把它造得优于人类。机器人接受的命令，是要它用力将起动杆向后拉。用力！这两个字重复了一遍，强调了，加强了。所以机器人做了它该做的事，把它用力向后拉。这里头只有一个问题：它至少比普通人强壮十倍，而起动杆是为普通人设计的。"

"你是在暗示……"

"我是在明说，那根杆子弯了，弯曲程度刚好令触发器偏离定位。当机器人掌心的热量扭曲热电偶时，并没有使电路接通。"他咧嘴一笑，"这不只是一个机器人的失败而已，凯文博士，它象征着机器人这项构想的失败。"

"得了吧，布莱克博士，"苏珊·凯文冷冰冰地说，"你用传道者的心理学淹没了逻辑。那个机器人除了蛮力，还有足够的理解力。假使下令的人使用定量叙述，而不是那愚蠢的'用力'两字，这件事就不会发生。假使他说'施以二十五公斤的拉力'，一切就会顺利进行。"

"你这句话的意思是，"布莱克道，"机器人的缺陷必须靠人类的聪明才智弥补。我向你保证，地球上的人会以这个角度看待此事，不会有心原谅美国机器人公司这次的惨败。"

寇纳尔少将很快接口道："慢着，布莱克，一切的经过显然都是机密。"他的声音恢复了权威性。

"事实上，"舒洛斯突然说，"你的理论尚未经过检验。我们会派一组人到那艘船上，找出真正的答案。有可能它根本和机器人无关。"

"你将负责发现那个答案，是吗？我怀疑世人会不会相信一个当局者的话。除此之外，我还有件事要告诉你。"他准备好第三颗炸弹，"就在此时此刻，我向这个人辞职，我不干了。"

"为什么？"苏珊·凯文问道。

"因为，正如你所说，凯文博士，我是个传道者。"布莱克微微一笑，"我要去传道。我觉得有义务告诉地球上的人，机器人时代已发展到人命比机器人还贱的地步。现在已经有人由于机器人过于珍贵，而命令人类替它冒险。我认为地球人应该听听这种事。对于现今的机器人，许多人还有许多保留。美国机器人公司极力鼓吹在地球上合法使用机器人，但至今尚未成功。我相信我将说的一番话，凯文博士，会把这件事作个了结。由于今天的事，凯文博士，你和你的公司和你的机器人，通通会被扫到太阳系之外。"

他正在警告她，让她预作防范，布莱克心里明白，可是他无法自拔。自从他前往秒差号开始，他就一直在等待这一刻，他不能放弃这个报复的机会。

当苏珊·凯文的灰色眼珠闪现短暂的光芒、双颊出现极淡的红晕时，他几乎忍不住窃喜。他想：你现在感觉如何，女科学家？

寇纳尔说："我不会准你辞职，布莱克，也不会准你……"

"你怎能阻止我，将军？我是个英雄，你没听到吗？大地之母地球将对英雄尊敬有加，向来如此。他们会希望听我叙述，他们会相信我说的每句话。他们不会喜欢看到我受到阻挠，至少当我是个崭新的、刚出炉的英雄时不会。我已经跟行星际日报的荣森讲过，告诉他我要给他们一个大新闻；会把每个政府大员和科学主管震下宝座的大新闻。因此在我的听众中，行星际日报会排第一个。所以说，你除了把我枪毙还能怎么办？假如你真出此下策，我想你事后的处境只会更糟。"

布莱克报复完了。他没有半句保留，他没有丝毫自我设限。现在，他起身准备离去。

"等一下，布莱克博士。"苏珊·凯文说，她低沉的声音透着权威。

布莱克不由自主地转身，像是学童听见老师的召唤，但他以刻意的讥嘲纠正了这个举动。"我想，你要提出一个解释？"

"绝对不是，"她一本正经地说，"你已经替我解释过，而且解释得相当好。我当初选择你，是因为我知道你会了解，不过我以为你会了解得更透彻。过去我跟你有过接触；我知道你不喜欢机器人，因此对它们不存任何幻想。在指派你这项任务前，我曾要求调阅你的档案，而我在档案中看到，你曾对这个送机器人进超空间的实验表示异议。你的上司因此反对派你前往，但我认为那反倒是你的有利条件。"

"请原谅我的无礼，博士，但你究竟在说些什么？"

"我在说一件事实，你应该了解为何不能派机器人从事这项任务。你自己刚才怎么说的？好像是机器人的缺陷必须通过人类的聪明才智来平衡。正是如此，年轻人，正是如此。机器人没有聪明才智；它们的心智有限，能被算到最后一位数。事实上，那就是我的工作。

"假如机器人接到一个命令，一个精确的命令，它便能忠实地服从。假如那个命令不够精确，除非有进一步的命令，否则它无法修正自己的错误。根据你的报告，那个机器人在太空船上的情形不就是这样吗？所以说，我们怎能派一个机器人去找出机件的毛病？我们没有可能下达精确的命令，因为我们自己对那个毛病一无所知。'找出哪里有问题'这种命令不能下给机器人，它只能下给人类。人类的头脑，至少目前为止，仍是计算不出来的。"

布莱克突然坐下，懊丧地瞪着机器人心理学家。她的话猛然击向他的理智深处被情绪蒙蔽的一角。他发觉自己无法反驳她；更糟的是，一种挫败感将他团团围住。

他说："你该在我离开前讲这番话。"

"我是该讲，"凯文博士表示同意，"但我注意到，你对丧失心智有非常自然的恐惧。这样一种排山倒海的忧虑，很容易降低你身为调查员的效率。于是我想到，我该让你以为我派你去的唯一动机是更珍惜机器人。我想那会令你愤怒，而愤怒，亲爱的布莱克博士，有时是非常有用的情绪。至少，一个愤怒的人绝不会像平常那样胆怯。我想，它充分发挥了功效。"她将互握的双手放在大腿上，并露出她一生中最接近笑容的表情。

布莱克说："我真该死。"

苏珊·凯文道："所以说，假如你接受我的忠告，就回到你的工作岗位，接受你的英雄身份，把你的英勇行径详细告诉你的记者朋友——把它当作你答应他的大新闻。"

布莱克慢慢地、勉强地点了点头。

舒洛斯显得松了一口气，寇纳尔绽放出露齿的笑容，两人双双伸出手来。刚才苏珊·凯文说话时，他们始终未发一言，此时同样一言未发。

布莱克有所保留地与他们握了握手，然后说："该披露的其实是你这部分，凯文博士。"

苏珊·凯文冷冰冰地说："别傻了，年轻人，这是我的工作。"

证据

    法兰西斯·奎恩是一位新派的政治人物。当然，正如所有这类叙述一样，这句话其实毫无意义。如今大多数的"新派"，在古希腊社会中便已存在。我们若对它了解得更透彻，或许还能肯定它早在古苏美的社会，以及史前瑞士的湖居社会中就已经出现。

    不过，为了避免必然沉闷且复杂的开场白，最好还是赶紧说明如下的事实。奎恩从不参选也从不拉票，他不曾发表演说，也不帮任何人非法竞选。就像拿破仑在奥斯特里兹战役中，不曾发过一枪一弹一样。

    由于政治会将毫不相干的人拉在一起，现在艾弗瑞德·兰宁坐在办公桌后面，与奎恩隔桌相对。他那惊人的白眉毛弯到眼睛前面，目光中的不耐烦已逐渐增温到了沸点——他很不高兴。

    即使奎恩知道这项事实，也不会对他造成任何困扰。他的声音相当友善，这或许是职业习惯。

    "兰宁博士，我猜你该认识史蒂芬·拜尔莱。"

    "我听说过他，许多人都听说过他。"

    "没错，我也一样。也许下次选举，你打算投他一票。"

    "我不敢说。"这句话透着些许明显的酸味，"我并没有天天留心政治潮流，所以我不晓得他要竞选公职。"

    "他有可能成为我们的下任市长。当然，他现在只是个检察官，但万丈高楼……"

    "没错，"兰宁打岔道，"我听过这个成语。但不知道我们能否进入正题。"

    "我们已经进入正题，兰宁博士。"奎恩的声调非常轻柔，"让拜尔莱先生顶多做到地方检察官，对我个人会有好处，而帮我达到这个目的则对你有好处。”

“对我有好处？得了吧！”兰宁的双眉垂得很低。

“好吧，那就说对美国机器人与机械人公司有好处。我是把你当成研究部门的荣誉主任来拜访你，因为我知道你和他们的关系，或许我们能比喻为‘元老政治家’和后生晚辈的关系。你说的话虽然人人尊重，但你和他们的关系已不再那么密切，这使得你的行动能保有相当大的自由，即使那些行动多少有点离经叛道。”

兰宁博士沉默了一会儿，咀嚼着自己的思绪。然后，他以更轻的声音说：“我根本听不懂你在讲什么，奎恩先生。”

“我并不惊讶，兰宁博士，但一切都相当简单。你介意吗？”奎恩用朴素雅致的打火机点燃一根细长的香烟，宽大的脸庞现出一种暗自得意的神情，“我们刚才提到拜尔莱先生———一位奇怪且多彩多姿的人物。三年前他默默无闻，如今却鼎鼎大名。他是个有毅力、有才干的人，而且绝对是我见过的检察官中最能干、最聪明的一位。可惜的是，他不是我的朋友……”

“这点我了解。”兰宁盯着自己的指甲，机械性地回答。

“过去一年间，”奎恩镇定地继续说，“我曾经调查过拜尔莱先生———做得巨细靡遗。针对改革派政治人物的过去做一番相当彻底的调查，你知道吗，总是一件很有用的事。如果你知道帮助有多大……”他顿了顿，冲着烧红的烟头露出冷笑，“可是拜尔莱先生的过去平淡无奇。在一个小镇上过着平静的生活，接受过大学教育，有个早逝的妻子，出过一场很久才复原的车祸，曾在法学院求学，后来迁居到这个大都会，成为一名律师。”

法兰西斯·奎恩缓缓摇了摇头，然后补充道：“但他现在的生活，啊，可真是古怪稀奇。我们这位检察官从来不吃东西！”

兰宁猛然抬起头，一双老眼射出锐利之极的目光。“你说什么？”

“我们这位检察官从来不吃东西。”他一字一顿地重复一遍，“我要稍微做点修正：从来没有人见过他吃喝。从来没有！你了解这句话的意义吗？不是罕见，而是从来没有！”

“我觉得这相当难以置信。你能信任你的调查员吗？”

“我能信任我的调查员，而我不觉得有什么难以置信。非但如此，还从来没人见过我们这位检察官喝过什么——不论喝水或喝酒，也没人见过他睡觉。此外还有其他事例，但我想我已经把意思表达清楚了。"

兰宁上身靠回椅背，两人之间紧绷着挑战与回应的沉默。然后，年老的机器人学家摇了摇头。"不！如果我把你的这些叙述，和你来找我的这件事实联想在一起，那么你试图暗示的只有一个可能，而那是不可能的事。"

"但那个人相当不像人，兰宁博士。"

"假使你告诉我说他是撒旦化装的，我还有一点可能相信。"

"我告诉你，兰宁博士，他是个机器人。"

"而我告诉你，我从未听过这么不可能的想法，奎恩先生。"

接着又是剑拔弩张的沉默。

"纵然如此，"奎恩以分外仔细的动作按熄烟头，"你必须动员贵公司所有的资源，来调查这个不可能的想法。"

"我确定自己无法进行这种事，奎恩先生。你该不会是建议本公司插手地方政治吧？"

"你毫无选择。假如我公开调查结果，虽然没有确实证据，但间接证据也足够了。"

"你高兴怎么做就怎么做吧。"

"但这并不会让我高兴，直接证据要好得多。而且它也无法让你高兴，因为闹开了对贵公司会有严重伤害。我想，对于禁止在住人世界使用机器人的严格规定，你一定比任何人都清楚。"

"当然！"回答得直截了当。

"你该知道，在整个太阳系中，美国机器人与机械人公司是正子机器人唯一的制造商，而拜尔莱若是机器人，他就一定是正子机器人。你也应该晓得，所有的正子机器人都只租不卖，贵公司对每个机器人皆保留所有权和管理权，因此对它们的行为都要负责。"

"要证明本公司从未制造过人形机器人，奎恩先生，是一件很简单的事。"

"造得出来吗？仅就可能性而言。"

"可以，造得出来。"

"我猜，还得秘密进行，不会把它登录在你们的日志上。"

"正子脑绝不可能，阁下。它牵涉到太多因素，此外还有政府最严密的监督。"

"没错，可是机器人会磨损，会故障，会坏掉——最后会被解体。"

"正子脑则会回收或销毁。"

"真的吗？"法兰西斯·奎恩故意透出一丝讽刺的口吻，"假如有一个未曾销毁——当然只是偶发事件，而又刚好有个人形躯体欠缺正子脑。"

"不可能！"

"将来你得对政府和公众证明这一点，所以何不趁早先对我证明。"

"但我们能有什么目的？"兰宁气急败坏地追问，"我们的动机何在？请相信我们还有点理智。"

"拜托，亲爱的主任。贵公司巴不得各界域都允许在住人世界使用'人形正子机器人'，那将带来巨额利润。可是，公众在这方面偏见太深。假如你让他们先习惯这样的机器人——看，我们有个高明的律师，一位优秀的市长——他正是机器人。你还不买我们的机器人管家吗？"

"彻头彻尾的幻想，荒唐得近乎滑稽。"

"我想是吧。何不对我证明呢？或是你宁愿试着对公众证明这一点？"

办公室的光线渐渐暗下来，但还不至于掩盖艾弗瑞德·兰宁脸上代表挫折的红晕。这位机器人学家慢慢伸出手指，碰了碰一个按钮，壁灯随即发出柔和的光芒。

"好吧，"他咆哮道，"我们等着瞧。"

史蒂芬·拜尔莱的脸孔不容易描述。根据出生证明，他今年四十岁，而他的外表看来也是四十岁——但那是个健康、营养均衡、和蔼可亲的四十岁外表，自然而然会使人脱口而出："看来就是那个年纪。"

这点在他大笑时尤其真切，而此时他就在哈哈大笑。他的笑声响亮、绵延不绝，小歇一下之后又再度响起……

艾弗瑞德·兰宁的面孔则僵成一个象征不苟同的石像。他冲着坐在一旁的那位女士随便做个手势，但她又薄又苍白的嘴唇只是稍微抿了一下。

拜尔莱勉强喘过气来。

"真是的，兰宁博士……真是的……我……我！……是个机器人？"

兰宁猛然打断他的话。"这可不是我说的，检察官，我十分乐意把你当成人类的一员。因为本公司从未制造过你，所以我十分确定你是人类——至少，就法律角度而言。但既然有人郑重其事，向我们指出你是机器人，而此人又有相当的地位……"

"别提他的名字，以免有损你那花岗岩般坚硬的道德感。不过为了讨论方便起见，从现在起，我们姑且假定他是法兰西斯·奎恩。"

由于对方不客气地打岔，兰宁猛地倒抽一口气，又凶巴巴地暂停了一下，才以更加冰冷的口气继续说："而此人又有相当的地位——我没兴趣对他的身份玩猜谜游戏。所以我一定要请你和我们合作，共同驳斥这个指控。光是此人有可能将这个说法公诸于世这件事实，对我所代表的公司就是一个严重打击——即使这个指控始终无法证实。你了解我的话吗？"

"喔，了解，你的处境我很清楚。这个指控本身荒谬绝伦，但另一方面，你如今的处境则不然。如果我的笑声冒犯了你，我要请你原谅。我笑的是前者，而不是后者。我能帮你什么忙吗？"

"这件事非常简单。你需要做的只是到一家餐厅去，在见证人面前吃一顿饭，并且拍些相片。"兰宁在椅子里向后一仰，这次晤谈中最难的一关过去了。而他身旁那位女士，则以显然十分专注的神情望着拜尔莱，她自己却什么也没说。

史蒂芬·拜尔莱与她的目光交接片刻，然后又转向机器人学家。有那么一会儿，他若有所思地轻抚着他的办公桌上唯一的装饰品，一个青铜纸镇。

他心平气和地说："我想我无法从命。"他随即举起手来，"慢着，兰宁博士。我能体会整个事件令你多不愉快；你心不甘情不愿地被迫这样做；你感到自己在扮演一个没有尊严，甚至滑稽的角色。话说回来，这件事和我自己有更切身的关系，所以请少安毋躁。

"首先，你为何肯定你正在进行的事，并非奎恩——你知道，就是那个有相当地位的人——设计诱使的结果？"

"啊，一个有名望的人，似乎不可能以这么荒谬的方式冒险，除非他深信自己拥有安全的立足点。"

拜尔莱的眼神毫无笑意。"你不了解奎恩。即使是山羊都上不去的峭壁，他也有办法找到安全的立足点。我想他曾经声称对我做过调查，并且告诉你一些特别的发现？"

"足以说服我相信一件事：本公司若试图驳斥会太麻烦，而你做起来则容易得多。"

"那么当他说我从来不吃东西的时候，你的确相信他喽。你是一位科学家，兰宁博士，想想其中的逻辑。没有人见过我吃东西，因此我从来不吃东西，证毕。就是这样！"

"你是在用法庭战术混淆一个实在非常简单的情况。"

"正好相反，我是在试图厘清被你和奎恩弄得非常复杂的一件事。你知道吗，我睡得不多，那是事实，而我当然不会在公开场合睡觉。我从来不喜欢和别人共餐——这是不寻常的个性，或许可说是神经质，但它不会伤害任何人。听好，兰宁博士，让我对你提出个假想状况。假设有个政治人物，想要不计任何代价击败一个改革派候选人，而他在调查后者的私生活时，发现了些像我刚才提到的怪事。

"我们再进一步假设，为了有效地抹黑这位候选人，他以舍我其谁的姿态到你们公司去。你会不会指望他对你说：'某某某是机器人，因为他几乎不曾与人共餐，我也从未见过他在办案中打盹；有一天午夜，我从他家的窗户向内窥探，发现他还在读书；我也检查过他的冰箱，里面根本没有任何食物。'

"假使他那样告诉你，你会把他当成精神病患。但如果他告诉你说：'他从来不睡觉；他从来不进食。'那么这句话带来的震撼，会使你忽略了这种说法根本无从证明。你成了他掌中的傀儡，替他制造这场骚动。"

"姑且不论你认为这件事严重与否，检察官，"兰宁带着迫人的固执说，"我说过，它只需要一顿饭就能解决。"

拜尔莱再度转向那位女士，后者仍然面无表情地凝视着他。"对不起，我没记错你的名字吧？苏珊·凯文博士？"

"是的，拜尔莱先生。"

"你是美国机器人公司的心理学家，是吗？"

"拜托，是机器人心理学家。"

"喔，机器人和人类有那么大的差异吗，我是指精神上？"

"天差地远。"她露出冰霜般的笑容，"机器人本质上都是高尚的。"

检察官的嘴角扯出一丝笑意。"好，这可是当头棒喝。但我想要说的是，既然你是一位心理学——机器人心理学家，而且又是一名女性，我敢说你做了一件兰宁博士没想到的事。"

"什么事？"

"你的手提包里有吃的东西。"

苏珊·凯文训练有素的漠然眼神动摇了一下。她说："你令我叹服，拜尔莱先生。"

她打开手提包，拿出一个苹果，默默递给他。兰宁博士在惊讶之余，以万分警觉的目光追踪着两人手部的慢动作。

史蒂芬·拜尔莱安闲地咬了一口，又安闲地咽下去。

"看到了吗，兰宁博士？"

兰宁博士松了一口气，露出笑容，连两道眉毛都显得慈祥了。但这口气只松了短短一秒钟。

苏珊·凯文说："我之前的确很好奇，想看看你会不会吃这个苹果。可是，当然，就目前这个问题而言，这样做证明不了什么。"

拜尔莱咧嘴一笑。"不能吗？"

"当然不能。这很明显，兰宁博士，假如此人是人形机器人，他就是十全十美的仿制品；他几乎和真人一样无懈可击。毕竟，我们一生中一直在观察人类，仅仅接近完美的东西不可能骗得了我们，它必须百分之百完美才行。仔细看看这皮肤的纹理、虹膜的品质、手部骨胳的构造。假如他真是机器人，我倒希望他是美国机器人公司的产品，因为他是件杰作。你想想看，不论是谁，他既然能顾到这些无关紧要的细节，难道还会忽略诸如吃喝、睡眠、排泄等功能吗？或许只是为了应付紧急需要，例如预防今天这种情况。所以说，一顿饭无法真正证明任何事。"

"慢着，"兰宁咆哮道，"我还不算是你们两人口中的那种傻瓜。我对拜尔莱先生是不是人类的问题毫不关心，我关心的是让本公司脱离困境。当着众人的面吃一顿饭，就能把这件事作个了结，让奎恩无论如何也不能再兴风作浪。至于细节问题，我们可以留给诸位律师和机器人心理学家去伤脑筋。"

"可是，兰宁博士，"拜尔莱说，"你忘了其中的政治因素。正如奎恩一心渴望我落选一样，我一心渴望能够当选。对啦，你可注意到你也用了他的名字。这是我所用的讼棍伎俩，我就知道你迟早会说出来。"

兰宁面红耳赤。"这件事和选举又有什么关系？"

"公开这件事有利也有弊，主任。如果奎恩想叫我机器人，而且有胆这样做，我就有胆照他的规则来玩这个游戏。"

"你的意思是你……"兰宁显然是吓坏了。

"正是这样。我的意思是，我要让他放手去做，选取他的绳索，测试绳索强度，剪取适当长短，结一个圈套，把他自己的脑袋伸进去，龇牙咧嘴笑一笑。我可以负责最后一点必需的工作。"

"你实在太自信了。"

苏珊·凯文站了起来。"走吧，艾弗瑞德，我们无法替他改变心意。"

"你看，"拜尔莱淡淡一笑，"你也是一位人类心理学家。"

不过当天傍晚，当拜尔莱将车子停在直通地下车库的自动梯面，走到家门口的时候，似乎并未完全带着兰宁博士所说的那份自信。

当他进门后，轮椅上的人立刻抬起头来，微微一笑。拜尔莱流露出见到亲人的神情，向那人走了过去。

那瘸子的嘴巴永远扭向一侧，脸孔有一半布满疤痕。"你回来晚了，史蒂。"他声音粗嘎，并且有如耳语般微弱。

"我知道，约翰，我知道。但我今天碰到个既特别又有趣的麻烦。"

"是吗？"破相的脸孔与损毁的嗓音都无法流露情绪，但一双澄澈的眼睛透着焦虑，"没什么你应付不了的吧？"

"我不十分确定。我也许需要你的帮助，你才是我们家真正杰出的人。你想要我带你到花园去吗？这是个美丽的黄昏。"

拜尔莱用一双强壮的手臂从轮椅中举起约翰，再轻柔地、近乎爱抚地一只手抱着瘸子的肩膀，另一只手抱着缠上绷带的双腿。然后，他小心地、慢慢地穿过数个房间，走下一段轮椅亦可通行的平缓坡道，最后走出后门，来到高墙与铁丝网围着的花园。

"你为什么不让我用轮椅，史蒂？这样做很傻。"

"因为我宁愿抱你。你反对吗？你知道自己喜欢离开那个电动轮椅一会儿，正如我喜欢看到你脱离它的禁锢。你今天感觉如何？"他以极其谨慎的动作，将约翰放在凉爽的草地上。

"我又能有什么感觉？还是把你的麻烦说给我听听吧。"

"奎恩的战略，将以声称我是机器人为基础。"

约翰张大眼睛。"你怎么知道？这是不可能的，我可不相信。"

"喔，得了吧，我告诉你，正是这样。他策动美国机器人与机械人公司的一个大牌科学家，到我的办公室来和我谈判。"

约翰的双手慢慢扯着地上的青草。"我懂了，我懂了。"

拜尔莱说："但我们可以让他选择自己的战场。我有个主意，听我说说，告诉我是否可行……"

当天晚上，艾弗瑞德·兰宁的办公室中出现了一个面面相觑的静止画面。法兰西斯·奎恩若有所思地瞪着艾弗瑞德·兰宁，兰宁的目光粗暴地落在苏珊·凯文身上，而她则无动于衷地望着奎恩。

法兰西斯·奎恩尽量以轻描淡写的口吻打破沉默。"唬人，他是临时胡诌的。"

"你准备赌上一赌吗，奎恩先生？"凯文博士漠然问道。

"这个嘛，其实这是你们的赌博。"

"听我说，"兰宁借着装腔作势掩饰悲观的态度，"我们照你的要求做了，我们亲眼见到那人吃东西。推测他是机器人简直荒唐。"

"你也这样想吗？"奎恩向凯文发问，"兰宁说你是专家。"

兰宁以近乎威胁的口吻说："听着，苏珊……"

奎恩顺口打断他的话。"何不让她说呢，老兄？她坐在那里模仿门柱，已有半小时之久。"

兰宁觉得万分困扰。他现在所经历的一切，与初期妄想症只有一步的距离。他说："很好。你讲吧，苏珊，我们不会打断你。"

苏珊·凯文神情严肃地瞥了他一眼，然后将冰冷的目光固定在奎恩身上。"想要百分之百证明拜尔莱是机器人，阁下，总共只有两个方法。目前为止，你只提出间接证据，你能用它作指控，可是无法证明——而我想，凭拜尔莱先生的聪明才智，他足以驳倒那样的证据。你或许自己也这么想，否则你不会到这里来。

"两个证明方法分别是物理的和心理的。就物理层面而言，你可以将他解剖，或使用X射线。至于如何进行，那是你自己的问题。就心理层面而言，你可以研究他的行为。倘若他真是正子机器人，就必须遵守机器人学三大法则，因为没有它们就造不出正子脑。你知道这些法则吗，奎恩先生？"

她仔细地、清晰地逐字引述《机器人学手册》首页中以粗体印刷的三条著名法则。

"我听说过。"奎恩漫不经心地说。

"那你就不难理解。"机器人心理学家冷淡地应道，"假如拜尔莱先生违反任何一条法则，他就不是机器人。可惜的是，这条途径只是单行道。假如他遵行这些法则，却并不能证明或反证什么。"

奎恩客客气气地扬起眉毛。"为何不能，博士？"

"因为，你想一想就会明白，机器人学三大法则也是世上许多伦理体系的主要指导原则。不用说，理论上人人都有自保的本能，这相当于机器人的第三法则。而每个拥有社会良心和责任感的'好人'，理论上都会服从适当的权威；听从他的医生、老板、政府、精神医师，以及同事的意见；并且守法重纪，循规蹈矩——即使会影响到他自己的安适或安全——这相当于机器人的第二法则。此外，理论上每个'好人'都会爱人如己，保护他的同胞，冒着生命危险拯救他人，这相当于机器人的第一法则。总而言之——假如拜尔莱服从所有的机器人学法则，他有可能是机器人，却也可能只是个非常好的人。"

"可是，"奎恩说，"你是在告诉我，你永远无法证明他是机器人。"

"我也许有办法证明他并非机器人。"

"那不是我要的证明。"

"你想要的证明并不存在。除了你自己，谁也没有义务对你自己的需要负责。"

这个时候，一个突如其来的想法令兰宁心跳加速。"有没有任何人想到，"他使劲说道，"对一个机器人而言，地方检察官是个相当奇怪的职务？起诉人类——判他们死刑——带给他们天大的伤害——"

奎恩的口气突然变得尖锐。"不，你不能这样一语带过。身为地方检察官，并不代表他就是人类。你不知道他的记录吗？你可知道他常常自夸，说他从未起诉一个无辜的人；说有些人未经审判便重获自由，因为他认为证据不足，即使他或许能说服陪审团把他们送进原子分解炉？事情就是这样。"

兰宁瘦削的双颊微微打战。"不，奎恩，不。机器人学第一法则完全没有考虑到人类的罪恶。机器人不能判断一个人是否该死，那不是他该决定的事。他、不、能、伤、害、人、类——不论那人是下三滥还是天使。"

苏珊·凯文的声音透着倦意。"艾弗瑞德，"她道，"别说傻话了。假如有个疯子要放火烧一间住人的房舍，恰好给一个机器人碰上了，他会出手阻止那个疯子，对不对？"

"当然。"

"假如唯有杀死他才能阻止他……"

兰宁的喉咙发出一个模糊的声音，如此而已。

"这个问题的答案，艾弗瑞德，是他会尽可能不杀他。万一疯子死了，那个机器人便需要接受心理治疗，因为他面对的这个冲突——违反第一法则以奉行更高层次的第一法则——很有可能令他发疯。但某人确有可能丧命，而且是机器人杀死的。"

"好吧，拜尔莱疯了没有？"兰宁以极尽讽刺的口吻质问。

"没有，但他自己从未杀过任何人。他曾经揭露一些事实，以显示某些人可能危及我们称之为社会的一大群人。他保护大多数人，这是奉行最极致的第一法则。他做的事到此为止。在陪审团判定嫌犯有罪后，是由法官判处死刑或有期徒刑。监禁他的是狱卒，处决他的是刽子手。拜尔莱先生所做的，只不过是彰显真理，帮助这个社会。

"事实上，奎恩先生，在你使我们注意到这件事之后，我曾对拜尔莱先生的生平做过一番了解。我发现他在对陪审团陈述结辩时，从未要求死刑的判决。我也发现他曾经为废除极刑大声疾呼，并对致力研究'犯罪神经生理学'的机构做过慷慨捐献。显然他相信罪犯应当接受的不是惩罚，而是治疗。我发觉这点很耐人寻味。"

"是吗？"奎恩微微一笑，"或许，是能寻些机器人的味道吧？"

"或许吧。又何必否认呢？像他这样的行为，只有可能出自机器人，或是非常正直、非常高尚的人类。可是你看，你就是无法区分机器人和圣人有何异同。"

奎恩上身靠回椅背。他的声音颤抖，透着不耐烦的情绪。"兰宁博士，制造一个外表完全类似真人的人形机器人，是完全有可能的事，对不对？"

兰宁清了清喉咙，思考了一番。"美国机器人公司做过这种实验，"他勉为其难地说，"当然，没有加上正子脑。利用人类卵子，加上激素控制，就能在多孔硅氧树脂的骨架上培养人类肌肤，肉眼绝对看不出真假。眼睛、头发、皮肤都会是真品，并非只是徒具人形。如果再加上一副正子脑，以及你希望放进去的其他装置，你就有了一个人形机器人。"

奎恩立即追问："制造一个需要多少时间？"

兰宁思索了一下。"假如你拥有一切设备——正子脑、骨架、卵子、适当的激素和辐射——嗯，两个月吧。"

政客坐直身子，挺起胸膛。"那我们就来看看拜尔莱先生体内有些什么。这代表美国机器人公司将恶名远播——但我已经给过你们一次机会。"

兰宁不耐烦地转向苏珊·凯文。"你为什么坚持……"这时已经只剩他们两人。

她真动气了，立刻厉声答道："你想要什么——要真理还是要我辞职？我不会为你说谎。美国机器人公司有办法照顾自己，别变成懦夫。"

"万一，"兰宁说，"他把拜尔莱打开，结果掉出好些齿轮，那时怎么办？"

"他办不到。"凯文以轻蔑的口吻说，"无论如何，拜尔莱至少和奎恩一样聪明。"

拜尔莱接受提名之前一周，那消息就在城里散播开来。可是说"散播"并不正确，它是在城中蹒跚地缓缓蔓延。有人开始发笑，也有人大发议论。而当奎恩那只黑手逐步收紧时，笑声就渐渐变得勉强，人们心中则浮现不确定的阴影，不禁纷纷嘀咕起来。

提名大会本身就像一匹脱缰野马。根本没有角逐，一周前便已确定只有拜尔莱可能获得提名，即使现在也没有替代人选。他们不得不提名他，但是大家对这件事却一片茫然。

更糟的是，一般民众必须面对两极化的结果。假如指控属实，那就是滔天大罪；假如指控不实，那就成了天大的笑话。

在拜尔莱草草接受提名后次日，一家报纸终于发表了苏珊·凯文博士的访谈摘要，称她为"举世知名的机器人心理学与正子学专家"。

接下来的变故，若以通俗而简明的方式来进行描述，就是鬼才知道怎么一回事。

这正是基本教义派等待的时机。他们不是一个政党，他们也假装不是正式的宗教。本质上，他们是当初未能适应所谓"原子时代"的一群人。（原子还是新奇玩意儿的那几十年，一度被人称为"原子时代"。）事实上，他们只是简单生活派，一心向往简单的生活，但在真正过着那种生活的真正简单生活派看来，它或许并不那么简单。

基本教义派向来憎恶机器人与机器人制造商，根本无需任何新的理由。但是，诸如奎恩的指控与凯文的分析这类新理由，却足以鼓舞他们将这种憎恶公诸于世。

武装警卫将美国机器人与机械人公司的巨大厂房挤得水泄不通，整个公司进入战备状态。

而在城中，史蒂芬·拜尔莱的住宅周围则布满警察。

当然，这次选举变得没有其他议题了。它唯一类似选战的一点，就是它成了从提名到投票的一段必经过程。

史蒂芬·拜尔莱没有让那个惹人厌的小个子扰乱他的情绪。面对一群穿制服的警员，他依旧保持着泰然自若的神态。屋外，在警卫封锁线的外缘，文字记者与摄影记者依据尊卑传统列队等候。某家行事积极的视讯电台，甚至将一架扫描机对准这栋朴质住宅的空洞入口。此时，一位故作激动的播报员，正在进行夸张的暖身报道。

那个惹人厌的小个子向前走来，递出一份式样精美而复杂的文件。"这是法院的命令，拜尔莱先生，授权我搜查这房产，寻找非法的……呃……任何式样的机械人或机器人。"

拜尔莱欠身取过那份文件。他随便看一眼还了回去，同时露出微笑。"全部合法。去吧，去进行你的工作。霍朋太太，"他对那位从隔壁房间不情不愿走出来的管家说，"请跟他们一块去，有可能就帮点忙。"

名叫哈洛威的小个子犹豫了一下，脸上浮现明显的红晕。他完全不敢接触拜尔莱的目光，只是对两名警员喃喃道："来吧。"

十分钟后他回来了。

"搜完了？"拜尔莱问道，他的语气代表他对问题本身或答案都不特别感兴趣。

哈洛威清了清喉咙，却仍然发出尖锐的假声。他再试了一遍，气咻咻地说："听好，拜尔莱先生，我们接到的特别指示，是要我们非常彻底地搜查这间房子。"

"你们没有这样做吗？"

"我们的指示明确告诉我们要找什么。"

"找什么？"

"用简单的，而且不太委婉的方式来说，拜尔莱先生，我们奉命搜查你。"

"我？"检察官带着逐渐扩大的笑容说，"你打算怎么做？"

"我们有一台穿透放射仪……"

"这么说，我要接受 X 射线摄影喽？你有权这样做吗？"

"你看过我的搜索票。"

"我能再看看吗？"

哈洛威将那份文件再次递出，他的额头亮晶晶地闪着过分热心的汗珠。

拜尔莱心平气和地说："我来读一读你该搜查什么——'坐落于艾凡斯壮市柳丛街三五五号，登记在史蒂芬·艾伦·拜尔莱名下的住所，连同附属的任何车库、储藏室或其他建筑设施，连同附属的所有土地……'嗯……等等。相当正确。可是，老兄，它根本没有提到搜查我的身体。我不是这个房产的一部分，如果你认为我在口袋里藏了一个机器人，你可以搜一搜我的衣服。"

对于究竟是谁赏饭吃，哈洛威心中毫无疑问。他并不打算退缩，因为他有机会赚到一个好得多（也就是薪水高得多）的工作。

他有点虚张声势地说："听好，我获准搜查你屋内的家具，以及我在屋里所发现的一切。你待在屋里，对不对？"

"很出色的观察，我的确待在里面，但我并不是一件家具。身为一名成年公民——这点我有精神科医生的证明——在界域法规的保护下，我拥有某些权利。搜查我的身体就是触犯我的隐私权，那份文件不能作数。"

"当然。但如果你是机器人，你就没有隐私权。"

"十分正确——但那份文件仍不作数，它已经默认我是个人。"

"哪里？"哈洛威将它一把抓回去。

"就在写着'某某名下的住所'那里，因为机器人不能拥有财产。你可以告诉你的雇主，哈洛威先生，如果他试图签发一份类似的文件，其中的叙述并未默认我是人类，他将立刻收到一份禁止令，还要面对我提出的民事诉讼，要求他以手头现有的资料证明我是机器人，否则他就得付出一笔天大的罚金，因为他企图以不当手段剥夺界域法规所赋予我的权利。你会这么告诉他吗？"

哈洛威大步走到门口，又转过头来说："你是个滑溜的律师……"他将右手放在口袋里，在原处站了一下，然后才走出去。他冲着影像扫描机的方向微微一笑，对记者们挥挥手，喊道："我们明天会有好东西给你们，各位，绝不开玩笑。"

钻进地面车之后，他向后一仰，从口袋里掏出一个微小的机件，仔细检视了一番。这是他第一次利用X射线拍照，他希望自己操作得正确。

奎恩与拜尔莱从未单独面对面交谈，但影像电话中的沟通已相当接近。事实上，就字面而言，或许"面对面"是正确的说法，虽然对方只是一排光电管的明暗图样。

打电话的人是奎恩，先开口的也是奎恩。他没有特别的客套话，劈头便说："想必你有兴趣知道，拜尔莱，我打算公开你穿着抗放射防护罩这个事实。"

"是吗？这样说来，你或许已经把它公开了。我有个感觉，那些积极进取的新闻界朋友，他们窃听我的各种通讯线路已有好一阵子。我知道他们把我的办公室线路弄得百孔千疮，这就是我这几周都缩在家里的原因。"拜尔莱相当友善，几乎可算滔滔不绝。

奎恩的嘴唇稍微绷紧。"这通电话具有屏蔽——百分之百。我打这通电话，也冒着一些个人的风险。"

"我也这么想。没有人知道你是幕后主使者，至少，没有人正式知道。不过，也没有人私下不知道这回事。我没有什么好担心的。所以说，我穿着一件防护罩？你会发现这件事，我想是因为那天，你的走狗所拍的'穿透放射相片'竟然过度曝光。"

"你该了解，拜尔莱，一经公开，人人都会明白你不敢面对 X 射线分析。"

"也会明白你，或说你的手下，企图非法侵犯我的隐私权。"

"他们会注意那种事才有鬼。"

"他们也许会。这倒是你我两人政治角力的一个象征，对不对？你毫不关心每位公民的权利，而我却极其关心。我不会接受 X 射线分析，因为我希望维护我的权利，这是原则问题。正如我当选后，我会尽力维护他人的权利一样。"

"毫无疑问，这会成为一篇非常动人的演说，可是没有人会相信你。这有点唱高调，不可能是实话。还有一件事，"他突然干脆利落地转变话题，"那天晚上，你家里的成员没有到齐。"

"怎么说？"

"根据报告，"他翻弄着面前的文件，它们刚好在显像板的画面范围内，"有个人不在——一个瘫子。"

"正如你所说，"拜尔莱的语气平板，"一个瘫子。他曾是我的老师，和我住在一起，现在人在乡下——已经去了两个月。套一句老话，因为他'非常需要静养'。他需要你的批准吗？"

"你的老师？算是科学家吗？"

"他曾是一名律师——在他成为瘫子之前。他是业余的生物物理学家，拥有政府发给的研究执照，以及一间私人实验室。关于他在进行的工作，详细报告已经呈交有关单位，我可以告诉你该找谁问。他的工作微不足道，但是对一个——可怜的瘫子而言，却是有益无害、引人入胜的消遣。你看，我尽可能和你合作。"

"我懂了。而这位……老师……对制造机器人知道多少？"

"对于我不了解的领域，我无法判断他拥有多少知识。"

"他拿不到正子脑吧？"

"去问你在美国机器人公司的朋友，他们才知道答案。"

"我长话短说，拜尔莱。你的瘸子老师才是真正的史蒂芬·拜尔莱，你则是他创造的机器人，这点我们可以证明。出过车祸的是他，而不是你。追查记录的办法多得很。"

"真的吗？那就请便，祝你好运。"

"我们可以搜查那位所谓老师的'乡间别墅'，看看我们能在那里找到什么。"

"这个嘛，并不尽然，奎恩。"拜尔莱露出开朗的笑容，"实在非常遗憾，那位所谓的老师是个病人，他的乡间别墅是他静养的地方。在这种情况下，身为一位成年公民，他的隐私权自然更加不容侵犯。若是不能提出正当理由，你不可能取得搜查令。然而，我绝不会阻止你做这个尝试。"

沉默了不长不短一段时间之后，奎恩上身向前倾。他的脸部影像因而扩大，额头上细微的皱纹变得清晰可见。"拜尔莱，你为什么要撑下去？你选不上的。"

"选不上吗？"

"你认为你选得上吗？你未能对机器人的指控作出任何反驳——其实很简单，你只要违反三大法则任何一条就行了——如今这种情形，除了使人深信你是机器人，你以为还会有什么其他结果吗？"

"目前为止，我只发觉我从一个小有名气但绝非家喻户晓的都市律师，一举成为一个世界级人物。你是个优秀的宣传家。"

"但你是机器人。"

"是有人这么说，但没人能证明。"

"对选民而言，已有足够的证明。"

"那就松口气吧——你已经赢了。"

"再见。"奎恩首度透出一丝恶毒的口气，影像电话随即切断。

"再见。"对着空白的画面，拜尔莱泰然自若地说。

投票前一星期，拜尔莱将他的"老师"接了回来。飞车很快降落在城中一个偏僻的角落。

"投票前你都要留在这里。"拜尔莱这样告诉他，"万一事情生变，你还是别卷进去比较好。"

"有暴力冲突的危险吗？"约翰用扭曲的嘴巴痛苦地扯出嘶哑的声音，其中或许带有关怀的声调。

"基本教义派这样威胁，所以我想理论上有此可能。但实际上，我并未预期会发生这种事。那些基派并没有真正的力量，他们只是不断兴风作浪，每隔一段时日就可能煽起一场暴动。你不介意留在这里吧？拜托，如果我得为你操心，我就什么也做不好。"

"喔，我会待在这儿。你仍然认为事情会顺利吗？"

"我确信如此。在那里没人打扰过你吧？"

"从来没有，我可以确定。"

"你那部分进行得顺利吗？"

"足够顺利，不会有任何问题。"

"那就好好照顾自己，约翰，明天记得看电视。"拜尔莱握了握放在自己手上那只嶙峋的手掌。

冷顿皱着眉头，露出一副忐忑不安的表情。他接下一份完全不值得羡慕的工作，那就是在这场不算选战的选战中，担任拜尔莱的竞选经理。他的候选人拒绝透露自己的战略，也不肯接受竞选经理的建议。

"你不能这样做！"那是他最常用的口头语，现在则成了他唯一的口头语，"我告诉你，史蒂，你不能这样做！"

他冲到检察官面前，后者正在利用时间翻阅打好的演讲稿。

"把它放下，史蒂。听好，那群人是基派组织起来的。他们不会听你演讲，他们更有可能会向你丢石头。你为什么非得在群众面前演讲不可？利用录音——或录影有何不妥？"

"你希望我赢得这场选举，对不对？"拜尔莱温和地问道。

"赢得选举！你不会赢的，史蒂，我是试图救你一命。"

"喔，我没有危险。"

"他没有危险，他没有危险。"冷顿的喉咙里发出一下古怪的嘎嘎声，"你的意思是，你要出现在那个阳台上，面对五万名疯狂的群众，试图跟他们讲理——站在阳台上，像个中世纪的独裁者？"

拜尔莱看了看手表。"再过五分钟左右——一旦电视线路有空就开始。"

冷顿的回应不太适宜化为文字。

绳索围出的听讲区挤满群众，树木与房屋好像全部漂浮在人潮中。此外借着超波，世界各个角落也都在观看实况转播。这纯粹是个地方性选举，不过照样吸引了全世界的观众。想到这点，拜尔莱露出会心的微笑。

但群众本身却没有值得他微笑之处。旗帜与布条四处飘扬，写着各式各样指控他是机器人的标语。敌对气氛仿佛一团浓重的有形物质，逐渐扩散到空气中。

演讲一开始就不成功。群众的怒吼声，以及左一堆、右一堆的"基派"所发出的节奏性喊叫淹没了一切。拜尔莱慢慢地、毫不动容地一路说下去……

待在屋内的冷顿，则在扯着头发，发出呻吟——等待一场流血冲突。

前几排突然出现骚动，有个听众挤到前面来。这个人骨瘦如柴，双眼凸突，细长的四肢露在过短的衣裤之外。一名警员紧追着他，在人群中吃力地缓缓前进。拜尔莱气呼呼地挥了挥手，示意那名警员离去。

那个瘦子来到阳台正下方，众人的吼声掩盖了他的呐喊。

拜尔莱凑到阳台边。"你说什么？如果你有正当的问题，我愿意回答。"他转头对贴身警卫说，"把那人带上来。"

群众中出现紧张的气氛。"安静、安静"的呼声先是此起彼落，不久成为无处不在的喧哗，然后才逐渐缓和下来。此时那个瘦子正面红耳赤、气喘吁吁地面对着拜尔莱。

拜尔莱说："你有什么问题吗？"

瘦子瞪大眼睛，以嘶哑的声音说："打我！"

他突然用力伸出脑袋，抬起下巴。"打我！你说你不是机器人，那就证明啊。你不能打人，你这个怪物。"

四下是一片诡异、空洞、死寂的沉默。"我没有理由打你。"拜尔莱的声音刺穿这份寂静。

瘦子纵声狂笑。"你不能打我，你不会打我。你不是人，你是个怪物，是个假人。"

这时，史蒂芬·拜尔莱嘴唇紧绷，在现场数万人以及荧光幕前数千万观众的注视下，对准那人的下巴狠狠击出一拳。那位挑衅者立刻仰头倒地，垮作一团，脸上只有茫茫然、茫茫然的惊讶。

拜尔莱说："很抱歉。把他带进去，好好照顾他，我演讲完后要跟他谈谈。"

当贵宾区的凯文博士掉转车头准备离去时，只有一名记者勉强从震撼中回过神来。他在她后面紧追不舍，喊着一个她听不见的问题。

苏珊·凯文转过头来说了一句："他是真人。"

这就够了，记者随即奔向自己的目的地。

那场演讲的后半段，或许可用"有人讲没人听"来描述。

凯文博士与史蒂芬·拜尔莱再度碰面——在他宣誓就任市长的一周前。时间相当晚——已经过了午夜。

凯文博士说："你看来毫不疲倦。"

市长当选人微微一笑。"我可以熬一会儿夜，但别告诉奎恩。"

"我不会。不过既然你提到他，奎恩那个故事倒是有趣，推翻了实在可惜。我想，你该知道他的理论吧？"

"知道一部分。"

"它极其戏剧化。史蒂芬·拜尔莱是一位年轻的律师，一位口才极佳的演说家，一位伟大的理想主义者——还对生物物理学有些天分。你对机器人学有兴趣吗，拜尔莱先生？"

"仅限于法律层面。"

"这位史蒂芬·拜尔莱有兴趣。但意外不幸降临，拜尔莱的妻子死了，他自己则更糟。他的双腿没了，他的脸孔没了，他的声音没了。他一部分的心灵——扭曲了。他不愿接受整形手术，他遁出这个世界，他的法律事业告终——剩下的只有他的智慧，以及他的一双手。而他竟然有办法取得正子脑，甚至很复杂的那种，拥有判断伦理问题的超卓能力——就目前的发展而言，那是机器人最高级的功能。

"他为这个脑子培养了一个身体，将它在各方面训练成另一个自己。他让它以史蒂芬·拜尔莱的身份在世上出现，自己则躲在幕后，成了那位年迈、残废、从来没人见过的老师……"

"不幸的是，"市长当选人说，"我打了一个人，把这些都推翻了。报上说，当时你便作出正式判定，说我是个真人。"

"那是怎么发生的？你介不介意告诉我？它不可能是偶发事件。"

"不全然是，大部分要归功于奎恩。几周前，我的人开始悄悄散播消息，说我从来没有打过人，说我不能打人，说我若在挑衅之下仍不出手，我是机器人这件事便证据确凿。因此我安排了一场愚蠢的公开演讲，带有各种宣传色彩，于是几乎不可避免地，某个傻瓜上钩了。本质上，它是我所谓的讼棍伎俩，靠着催生出的气氛帮我完成一切。当然，不出我所料，情绪效应果然确保我顺利当选。"

机器人心理学家点了点头。"我发觉你侵犯了我的领域——我想，每个政治人物都会吧。但这样的结局令我非常遗憾。我喜欢机器人，我喜欢他们远胜于人类。假如能制造出足以胜任行政官的机器人，我想他会成为官员中的佼佼者。根据机器人学第一法则，他无法伤害人类，无法做出暴虐、腐败、愚蠢、偏见的行为。而他虽然是不朽的，但在漂亮地做一任之后，他便会离开那个职位，因为他绝不能伤害人类，不能让他们知道自己曾被机器人统治。这会是最理想的情况。"

"只不过，机器人或许会因为先天不足而无法胜任，正子脑的复杂度向来比不上人脑。"

"他会有许多顾问。没有他人的帮助，人脑也无法单独经营一个政府。"

拜尔莱带着严肃的兴味打量苏珊·凯文。"你笑什么，凯文博士？"

"我在笑奎恩先生有些事没想通。"

"你的意思是，他的故事还能有更多的情节。"

"一点点而已。选举之前三个月，奎恩先生所说的这位史蒂芬·拜尔莱，这位残障人士，因为某个神秘的理由去了乡下。他及时赶了回来，没有错过你那场著名的演讲。毕竟，老瘫子曾经做过的事，他自己当然能再做一遍，何况第二次的工作要比第一次容易得多。"

"我不十分明白。"

凯文博士起身，将她的套装抚平，显然是准备离去。"我是指有一种情况，机器人可以殴打人类而不违反第一法则。只有唯一的一种情况。"

"那是什么情况？"

凯文博士已走到门口。她不急不徐地说："假如挨打的人，其实是另一个机器人。"

她露出灿烂的笑容，清瘦的脸庞热情洋溢。"告辞了，拜尔莱先生。我希望五年后能再投你一票——选你当界域总协。"

史蒂芬·拜尔莱呵呵大笑。"我不得不说，那可有点异想天开。"

房门在她身后关了起来。

可避免的冲突

　　总协的私人书房里有个中世纪古董，一个壁炉。老实说，中世纪的古人或许认不出来，因为它并不具有实际功能。宁静的、熊熊燃烧的火苗，是藏在一个绝热壁凹内的一片透明石英板后面。

　　炉中的圆木在送进来之前，早已在远方先借用供应市内公共建筑的能束点燃。控制点火的同一个按钮，还负责先倾倒先前的灰烬，再引进新鲜的木柴。懂了吧，它是个百分之百文明的壁炉。

　　但火焰本身则是真实的。它与音响设备相连，所以你能听见那些毕剥声。当然，也能看着它在灌入的气流中蹿动。

　　总协的红色酒杯上反映出火焰的低调跳跃。而两个更微小的火焰映像，则出现在他一双沉思的瞳孔中。

　　——此外，火焰也映在美国机器人与机械人公司的苏珊·凯文博士那一双冷若冰霜的瞳孔中。

　　总协说："我请你到这里来，苏珊，不完全是为了社交。"

　　"我也这么想，史蒂芬。"她答道。

　　"——然而，我不太清楚该如何叙述我的问题。就某方面而言，它可能是子虚乌有；另一方面，它却可能代表人类的终结。"

　　"我遇到过许多具有这种极端可能性的问题，史蒂芬，我想所有的问题都是这样。"

　　"真的吗？那么你判断一下——世界钢铁公司累积两万英吨的过剩产量；墨西哥运河的进度落后两个月；阿马丹的水银矿去年春天起便产量不足；天津的水耕厂最近一直在解雇员工。这些都是我此刻刚好想到的，类似事件还有好几桩。"

　　"这些事情严重吗？我不能算经济学家，看不出这种事会引发什么可怕的后果。”

“就它们本身而言，问题并不算严重。如果阿马丹的情况恶化，我们可以派些矿务专家去；如果天津的水耕工程师太多，可以在爪哇或锡兰派上用场；两万英吨的钢顶多是数天的全球需求量；墨西哥运河比预定日期晚两个月通航，也没什么大不了的。令我担心的是那些机体——我已经和你们的研究部门主任谈过。”

“文森·西佛？他完全没对我提过这件事。”

“我请他别对任何人说，显然他做到了。”

“他又告诉你些什么呢？”

“容我把他的回答留待稍后讨论，我想先谈谈机体。我想和你讨论一下，因为在这个世界上，只有你对机器人足够了解，能在这个节骨眼儿上帮助我——我能不能说得抽象一点？”

“今天晚上，史蒂芬，你想怎么说或说些什么都行，只要你先告诉我，你打算证明什么。”

“在我们完美的供需系统中，正如我刚才所说，竟然出现这样小小的不平衡，这或许是最后一战的第一步。”

“嗯，说下去。”

虽然她的座椅设计得很舒适，苏珊·凯文并没有让自己放松。她冰冷的脸孔一年比一年更冰冷，平板的声音一年比一年更平板。虽然史蒂芬·拜尔莱是她可以喜欢与信任的人，但她已经年近七十，一生养成的习惯实在难以打破。

“人类发展的每一个时期，苏珊，”总协说，“都有它本身特殊形式的冲突——它本身特有的问题，这显然只能靠武力解决。而每一次，说来令人感叹，武力却从未真正解决问题。反之，随着经济环境与社会环境的变迁，在贯穿一连串冲突后，武力本身便销声匿迹。有句话是怎么说的——啊，对，‘并非轰轰烈烈，而是黯然消逝’。然后，又出现新的问题，以及一连串新的战争——显然这是个无止尽的循环。

“回顾相当晚近的历史。在十六到十八世纪间，曾经有一连串的王室战争。当时欧洲最重要的问题，是究竟该由哈布斯堡抑或瓦罗斯·波旁世族来统治这个大陆。那是‘不可避免的冲突’之一，因为欧洲显然不能分成一半一半。

"不过事实正是如此，没有哪次战争消灭了某一方，或是为另一方建立起霸权。后来到了1789年，法国境内兴起一股新的社会风潮，终于将波旁和哈布斯堡先后推进了历史焚化炉。

"而在这几个世纪中，还有些更野蛮的宗教战争，争的是欧洲究竟该归属旧教或新教这个重要问题。欧洲同样不能分成一半一半，它'不可避免'要由刀剑决定——不过事实并非如此。在英国境内，新的产业主义开始萌芽；而在欧陆，则出现新的国家主义。直到今天，欧洲的宗教仍然是新旧各半，却再也无人关心这个问题。

"在十九和二十世纪，出现了一轮国家主义对帝国主义的战争。当时世界上最重要的问题，是欧洲的哪一部分应该控制其他大陆哪一部分的经济资源和消费市场。其他大陆显然不能一部分属于英国，一部分属于法国，一部分属于德国等等。最后，国家主义的力量普及到了全世界，让其他大陆得到任何战争所无法得到的结果，并能相当安稳地独立在世界上。

"所以我们有了一个模式……"

"没错，史蒂芬，你讲得很清楚。"苏珊·凯文说，"但这些并不算非常深刻的观察。"

"是的——话说回来，大多数时候，难以看出的正是明显的事实。人们常说：'像你的鼻子一样清楚。'可是除非有人在你面前举起镜子，你能看到自己的鼻子几分之一？进入二十世纪后，苏珊，我们开始了一轮新的战争——我该称之为什么？意识形态战争？宗教情感被用到经济体制上，而不再是超自然的对象。这种战争又是'不可避免'的，而这回出现了原子武器，所以人类不能再像以前那样，苟延残喘到必然性必然被用尽的那一天。就在这个时候，正子机器人问世了。

"它们及时出现，与其携手并肩出现的是行星际旅行。因此，世界究竟应当归属亚当·斯密或卡尔·马克思，似乎不再那么重要了。在新的情势下，两者的学说同时失去深意。两者同样必须调适，而最后几乎达到相同的境地。"

"这么说，它可算是双重意义上的'机器中的神仙'。"凯文博士淡淡地说道。

总协轻轻一笑。"我以前从未听你说过双关语，苏珊，但你说得很对。然而，还有另一项危险。每一个问题的结束，只是另一个问题的开始。这个崭新的世界性机器人经济，也会发展出自身的问题。由于这个缘故，我们有了那些机体。如今地球的经济很稳定，今后仍将持续稳定，是因为它建立在那些计算机的决策上——第一法则至高无上的力量，使机体念念不忘人类的福祉。"

史蒂芬·拜尔莱继续说："虽然机体不过是有史以来最庞大的计算电路集合体，但就第一法则的意义而言，它们仍然是机器人，所以如今的全球性经济符合人类最大的利益。地球上的居民都知道，今后不会再有失业现象，不会再有生产过剩或粮食短缺；浪费和饥馑则成了历史名词。因此，生产机制所有权这个问题遭到了淘汰。无论是谁拥有它们——倘若这句话还有意义——无论是某个人，某个团体，某个国家，或是全人类，都只能遵照机体的指示运用——并非因为被迫如此，而是因为那是最明智的抉择，这点大家都知道。

"这便终止了战争——不只是上一轮的战争，还包括下一轮的，以及今后所有的战争。除非……"

接下来是长久的沉默。凯文博士为了鼓励他说下去，重复了一遍："除非……"

火苗沿着一根圆木上下蹿动，然后突然间爆开。

"除非，"总协说，"那些机体并未圆满执行它们的功能。"

"我懂了。你刚刚提到的那些微不足道的失调——钢厂和水耕厂等等事件，就是这么来的。"

"正是如此。那些错误不该出现，西佛博士告诉我不可能。"

"他否认事实吗？多么不寻常啊！"

"不，他当然承认那些事实，我那么说对他不公平。他所坚持的是，无论机体中有任何错误，都不会导致他所谓的'答案中的错误'。他声称机体会不断自我修正，如果电驿电路中存在任何错误，就会违反基本的自然律。所以我说……"

"你说，'无论如何，让你的手下做个检查，确定一下'。"

"苏珊，你看穿了我的心。我正是那样说的，但他说他做不到。"

"太忙了？"

"不，他说没有人做得到，这点他很坦白。他告诉我——我希望我没误解他——那些机体是个巨大的外推产物。是这样的，一组数学家花了几年时间，计算出一个具有某些类似计算功能的正子脑。利用这个正子脑，他们又做了进一步的计算，创造出一个更加复杂的正子脑，接着再用这一个来计算另一个还要复杂的正子脑，依此类推。根据西佛的说法，我们所谓的机体，是这种步骤重复十次的结果。"

"是的——这听来挺耳熟。幸运的是，我不是数学家。可怜的文森，他是个年轻人，在他之前的两位主任，艾弗瑞德·兰宁和彼得·玻格特都去世了。当年他们从未碰到这种问题，而我同样没碰到过。或许机器人学家这个角色也该死了，因为我们再也无法了解我们自己的产物。"

"这话显然不对。机体并非报纸《周日增刊》中所说的那种超级电脑——虽然《周日增刊》对它们的描写就是那样。只不过，就这项特殊功能而言，我是指以趋近于零的时间搜集和分析趋近于无限大的资料与关系，它们已演进到人力不可能详加控制的地步。

"于是我又尝试别的办法，我直接去问机体。在最机密的情况下，我们输入了钢产问题的原始资料、它自己当初的答案，以及后来的实际发展——也就是生产过剩，然后要求它解释两者的差异。"

"很好，它的答案是什么？"

"我能一字不差地背给你听：'这件事不可解释。'"

"文森又如何诠释这个结果？"

"有两种可能。一是我们提供给机体的资料不足，使它无法得出明确的答案。但这不太可能，西佛博士自己也承认。二是对于那些暗示它能伤害人类的资料，机体无法承认能从中得到任何答案。这一点，自然是第一法则所暗示的结果。于是，西佛博士向我推荐你。"

苏珊·凯文显得非常疲倦。"我老了，史蒂芬。彼得·玻格特去世后，他们要我当研究部门主任，但我拒绝了。当时我已经上了年纪，我不想背负那个责任。结果他们让年轻的西佛接下这个重担，令我如释重负。但我现在若被拖下水，那又有什么两样呢？

"史蒂芬，让我对你说明我的处境。我的研究的确牵涉到根据机器人学三大法则诠释机器人的行为。而现在，我们面对的则是这些不可思议的计算机。它们也是正子机器人，因此也服从机器人学法则。可是它们欠缺人格；也就是说，它们的功能极其有限——必须如此，因为它们是那么专业化。因此，三大法则的互动空间非常狭窄，令我的研究方法几乎失效。总之，我不知道我能帮你什么忙，史蒂芬。"

总协干笑了一声。"纵然如此，我还是要对你说说其余部分。让我把自己的理论跟你讲一遍，或许听完后，你就能告诉我，根据机器人心理学，这些理论有没有可能。"

"当然好，请说吧。"

"好的，既然机体确实得出错误的答案，倘若假设它们不可能犯错，那就只有一个可能。它、们、接、受、了、错、误、的、资、料！换句话说，问题在于人类，而不在机器人身上。所以最近我做了一次全球视察旅行……"

"你刚结束这趟旅行回到纽约？"

"是的。确有这个必要，你懂吗，因为机体共有四台，每一台负责一个界域。而、四、台、全、部、产、生、有、瑕、疵、的、结、果。"

"喔，但那是必然的，史蒂芬。任何一台机体的瑕疵，都会自动反映在其他三台所得的结果上，因为其他三台在作出决定时，都会假设那台机体完美无缺，并把这个假设当作资料的一部分。在错误的假设下，自然会得出错误的答案。"

"呃——呼，我看似乎就是这样。好，我这儿有我和每位副总协的会谈记录。请你陪我从头看一遍好吗？喔，我先问你，你听说过'人本协会'没有？"

"嗯，听过。基本教义派根据不公平的劳力竞争等等理由，一直阻挠美国机器人公司推广正子机器。'人本协会'便是基本教义派的一支，宗旨是反对机体，对吗？"

"是的，是的，不过——好吧，你会看到的。我们可以开始了吗？让我们从东方界域看起。"

"请便——"

东方界域

面积：7,500,000平方英里

人口：1,700,000,000

首都：上海

秦修林的曾祖父在日本侵略中国的战争中遇难，但是除了他的孝子贤孙，并无人哀悼甚至知晓他的不幸。秦修林的祖父在1940年代末的内战中九死一生，但是除了他自己的孝子贤孙，同样无人知晓或关心这件事。

而秦修林本人则是一位界域副总协，负责照顾地球一半居民的温饱。

或许是因为将这一切牢记在心，秦修林以两张地图作为办公室墙壁上唯一的装饰。其中一张是老旧的手绘本，描绘出一两英亩的土地，上面标记着已过时的中国象形文字。一道小溪流过一些褪色的标记，周围有些代表简陋房舍的精致图标，其中之一就是秦修林祖父的出生地。

另一张地图则大得多，而且色彩鲜明，所有的标记都是端正的西里尔字母。划定东方界域的红色边界线绵延万里，围住当年的中国、印度、缅甸、中南半岛与印尼的全部版图。在这张地图上当年四川省的某一点，秦修林做了一个很淡很轻、别人看不出来的小标记，指出祖先的农庄所在的位置。

秦修林站在这两张地图前，以标准的英语对史蒂芬·拜尔莱说："我的工作几乎是个闲差事，总协先生，这点没有人比你更清楚。它具有某些社会地位，而我这个人则仅仅代表行政上的一个枢纽，但除此之外一律由机体负责！机体执行所有的工作。比方说，你对天津水耕厂有什么看法？"

"好极了！"拜尔莱说。

"这样的水耕厂有好几十座，它还不是最大的。上海、加尔各答、雅加达、曼谷都有——分布广泛，养活'东方'十七亿人全靠它们。"

"然而，"拜尔莱说，"天津那里出现失业问题。你们可能生产过剩吗？难以想象亚洲会为粮食过多而烦恼。"

秦修林的黑眼睛周围现出皱纹。"没有，还没到那种程度。没错，过去这几个月，天津的确关闭了几个水耕槽，但这没有什么不得了。工人们只是暂时被解雇，而那些不愿改行的，都已经被送到锡兰的科伦坡，那里有座新厂刚刚开工。"

"可是那些水耕槽为何要关闭？"

秦修林淡淡一笑。"我懂了，你对水耕知道得不多。好吧，这并不令人惊讶。你是北界人，你们那里的土耕农业仍然有利可图。在北方界域，即使人们想到水耕，也总喜欢把它想成在化学溶液中培养芜菁。基本上是这样——但要复杂无数倍。

"首先我要说，在我们培养的作物中，最最主要的是酵母——而且百分比持续不断上升。我们生产的酵母品种高达两千种，而且仍在逐月增加新品种。基本上，各种酵母不可或缺的食品化学物质，在无机物方面是硝酸盐和磷酸盐，以及微量的必需性金属，甚至需要百万分之几的硼和钼。至于有机物，主要是纤维素水解所衍生的糖类混合物。可是，除此之外，还必须添加许多种食品要素。

"要办成功水耕农业——以便养活十七亿人——我们必须在整个界域进行大规模的重新造林；我们必须有巨大的木材转化厂，来应付我们的南方丛林；我们必须有能源、钢铁，尤其是化学合成品。"

"最后一项是为什么，副总协？"

"因为，拜尔莱先生，不同品种的酵母各有各的特殊性质。正如我所说，我们已经发展出两千种品种。你今天吃的那客所谓的牛排，其实是酵母做的。而你当甜点吃的果冻，其实是冰冻酵母。此外我们还有酵母液所滤成的酵母汁，它的口味、外观以及一切营养价值都和牛奶一样。

"你懂了吧，使酵母食品广受欢迎的因素，最重要的就是味道。为了改良味道，我们发展出一些人工驯化的品种，它们已不再是基本的盐类和糖水养得活的。其中一种需要生物素，另一种需要叶酸，还有一种需要十七种不同的氨基酸，而维生素B除了一种之外通通都要——然而它很受欢迎，基于经济上的考量，我们不能放弃……"

拜尔莱在座椅中欠了欠身。"你告诉我这一切，究竟是为了什么？"

"因为你刚才问我，为什么天津有人失业。我还要作些解释：我们必须做的，不只是生产各种酵母食品，我们还得面对其他的复杂因素，例如大众的口味逐渐改变，以及为了新的需要和喜好而发展新品种的可能性。我们必须预见这一切，而机体便负责这项工作……"

"但做得并不完美。"

"并非十分不完美，别忘了我刚刚提到的复杂状况。好吧，天津有几千名工人暂时失业。不过请你想想，过去这一年的资源浪费——我是指因供需失调而导致的浪费——还不到我们总产量的千分之一。我认为这……"

"但在初用机体的那几年，这个数字却不到十万分之一。"

"啊，可是在机体开始正式运作的头十年，我们曾经利用它，将酵母产量增加到'前机体时代'的二十倍。你该料想得到，不完美的程度必定随着复杂度而升高，不过……"

"不过什么？"

"拉玛·巫拉萨耶拿倒是个稀奇的例子。"

"他怎么了？"

"巫拉萨耶拿是一家盐水蒸发厂的负责人。他们生产的是碘，虽然酵母或许不需要，但人类却不可或缺。他的工厂被强制接管了。"

"真的吗？是什么缘故？"

"竞争，信不信由你。一般来说，机体最主要的功能之一，是指出各个生产单元最有效的分布。让某个地区数量太少显然是错误的做法，那样会让运输成本占总开销太大的比例。同理，让某个地区数量过多显然也是错误的，那必定会使各家工厂在生产力低落的情况下运作，或是彼此恶性竞争。就巫拉萨耶拿来说，是同一个城市有了两家工厂，而新工厂拥有更有效率的萃取系统。"

"机体准许这样做？"

"喔，当然。这没什么好惊讶的，新系统已在各地广泛使用。令人惊讶的是，机体未曾通知巫拉萨耶拿进行革新或合并。话说回来，这也没关系。巫拉萨耶拿接受了新厂的工程师职位，即使他的责任和待遇都减少了，他并没有实际的损失。工人们则不难在别处找到工作；旧厂被改成——改成别的什么厂，总之会有用的。我们把一切都交给机体负责。"

"除此之外，你没有任何抱怨。"

"绝对没有！"

热带界域

面积：22,000,000平方英里

人口：500,000,000

首都：首都市

　　林肯·勾马的办公室中那张地图，远比不上秦修林的那张细致精准。热带界域的边界印成宽阔的深棕色曲线，包围着一大片多彩多姿的领域，上面有些诸如"丛林""沙漠""这里有大象和各式各样奇怪野兽"等标示。

　　边界线内的面积广大，因为就陆地而言，热带界域涵盖了两大洲的大部分：南美洲阿根廷以北，以及非洲亚特拉斯以南的所有土地。此外，它还包括格兰河以南的北美洲，甚至亚洲的阿拉伯与伊朗。它和东方界域恰好相反："东方"将全人类的半数像蚂蚁般挤在地球15％的陆地上，"热带"则将全人类的15％散布在全球一半的地表。

　　但它的人口不断增长。只有这个界域的人口增长因素，是"移民"凌驾于"生育"之上。而所有新来的移民，在此地一律能派上用场。

　　对勾马而言，史蒂芬·拜尔莱似乎像个肤色苍白的移民，前来寻找拓荒之类富创造性的工作。他发觉自己对这位远客生出些许轻蔑；面对欠缺艳阳眷顾的可怜虫，一位热带壮汉自然而然会有这样的反应。

　　热带界域拥有全球最年轻的首都，它就叫作"首都市"，象征着年轻的骄傲与自信。这座首都位于尼日尼亚肥沃的高地上。从勾马的窗户向外望，下面充满五彩缤纷的生机，上面则是明亮耀眼的太阳，以及来去匆匆的倾盆阵雨。连七彩小鸟的呱呱声听来都轻快活泼，而晴朗夜空中的星辰则分外清晰灿烂。

　　勾马哈哈大笑。他身材高大、头发乌黑，面容冷峻且英俊。

　　"是啊，"他说的是俚俗英语，而且相当夸张，"墨西哥运河是落后了。那又怎样？反正迟早会完工，老友。"

　　"上半年它还进行得很顺利。"

　　勾马一面望着拜尔莱，一面慢慢将一根粗大的雪茄咬下一小截，随即点燃另一头。"这是个正式的调查吗，拜尔莱？怎么回事？"

　　"不是，绝对不是。我会表示好奇，只是我身为总协的本分。"

　　"好吧，如果你只是没事找事干，我就告诉你实情，我们总是欠缺人手。热带同时在进行许多工程，那条运河只是其中之一……"

"难道你们的机体没有预测可动用的运河工人吗？我是说，把所有的同期计划都纳入考量？"

勾马将一只手放在脖子后面，冲着天花板喷烟圈。"它有点失灵。"

"它常常有点失灵吗？"

"不像你料想的那么频繁。我们对它不抱太大期望，拜尔莱。我们对它输入资料，我们接受它的结果，我们照着它说的做——但它只是个方便的工具，只是个节省劳力的装置。如果必须放弃它，我们也无所谓。或许不会做得那么好，或许不会那么快，但我们一定克服得了。

"我们这儿充满自信，拜尔莱，这就是秘诀。自信！当其他界域被前原子时代的混乱局面弄得四分五裂时，等了我们几千年的新土地到了我们手中。我们不必像东界朋友那样吃酵母，也不必像你们北界人那样，担心上个世纪所留下的污染。

"我们已经消灭了采采蝇和疟蚊，人们现在可以生活在阳光下，而且很喜欢这种生活。我们开拓丛林，获得了土壤；我们灌溉沙漠，获得了园圃。我们在处女地发现了煤和石油，还有数不清的矿藏。

"你们让开就好，这是我们对外界唯一的请求。让开，让我们工作。"

拜尔莱以平淡的语气说："可是那条运河——六个月前它还符合进度。发生了什么事？"

勾马双手一摊。"劳工问题。"他在洒满办公桌的一叠文件中翻找半天，最后决定放弃。

"这里有一份相关资料，"他喃喃道，"不过别管啦。在墨西哥某个地方，曾经因为女人的问题而缺人手，因为附近没有足够的女人。似乎没人想到把两性资料输进机体。"

他开怀大笑几声，然后严肃地说："等一等，我想我记起来啦——威拉法兰卡！"

"威拉法兰卡？"

"法兰西斯哥·威拉法兰卡——他原来是总工程师。好，让我想个清楚。发生了什么事，造成一次塌方。对，对，就是这样。我记得没人遇难，可是搞得乱七八糟，真是丢脸。"

"哦？"

"他的计算有些错误。或者，至少机体是这么说的。他们把威拉法兰卡的资料重新输入，就是他的那些假设什么的，结果得出不同的答案。似乎是威拉法兰卡当初所用的那些答案，没考虑到工地边缘的丰沛雨量所造成的影响，或是某种类似的情形。你该了解，我并不是工程师。

　　"反正，结果威拉法兰卡呼天抢地，大喊冤枉。他声称机体的答案和上次不同，他一向忠实遵循机体的指示。然后他就辞职了！我们设法留住他——强调这是合理的怀疑，他过去的表现令人满意等等——当然，只能给他较低的职位——至少得这么做——对于过错不能不闻不问——那样会破坏纪律——我说到哪里了？"

　　"你们设法留住他。"

　　"喔，对。他拒绝了——好吧，通通加在一起，我们落后了两个月。妈的，那不算什么。"

　　拜尔莱伸出一只手，以手指轻敲桌面。"威拉法兰卡怪罪机体，对不对？"

　　"这个嘛，他总不会怪他自己吧？让我们面对现实，人性是我们的老朋友。此外，现在我又想起另一件事——为何我要的文件总是偏偏找不到？我的档案系统一文不值——这个威拉法兰卡是你们北界一个组织的成员。墨西哥太接近北界！这是麻烦之一。"

　　"你说的是什么组织？"

　　"他们管它叫'人本协会'。他常常参加在纽约举行的年会，我是说这个威拉法兰卡。他们是一伙狂人，但没什么害处。他们不喜欢机体，声称它们毁掉了人类的进取心，所以威拉法兰卡自然会怪罪机体。我自己不了解那群人，看看首都市，人类像是失去了进取心吗？"

　　首都市沐浴在金黄色阳光下、黄金般的荣耀中——它是"都市智人"最新推出的一件产物。

欧罗巴界域

面积：4,000,000平方英里

人口：300,000,000

首都：日内瓦

在好几方面，欧罗巴界域都是个异数。就规模而言，它比其他界域小得多；它的面积不到热带界域的五分之一，人口则不到东方界域的五分之一。就地理而言，它与前原子时代的欧洲只有几分相似，因为并不包括当年的俄罗斯欧洲部分，以及当年的不列颠群岛，却涵盖了非洲与亚洲的地中海岸，甚至越过大西洋，将阿根廷、智利与乌拉圭包括在内。

它也不太可能提高自己的地位，来和其他界域并驾齐驱，顶多只有南美洲地区带来的活力例外。在四大界域中，过去半世纪以来，唯有它呈现明显的人口锐减。也唯有它并未积极发展生产设备，或对人类文化作出任何崭新贡献。

"欧罗巴，"齐葛思苏斯卡夫人以轻软的法语说，"本质上是北方界域的经济附庸。这点我们知道，不过没有关系。"

在副总协女士的办公室里，墙上并未挂着欧罗巴地图，仿佛她彻底接受欠缺独立性这个事实。

"然而，"拜尔莱特别指出，"你们有一台自己的机体，而且，你们当然并未受到大洋对岸的经济压力。"

"一台机体！呸！"她耸了耸纤细的肩膀，用细长的手指按熄香烟，并让一抹浅笑掠过她娇小的脸庞，"欧罗巴是个死气沉沉的地方。我们的人不是设法移民热带，就是跟它一起变得无精打采、死气沉沉。你自己看到了，副总协这个担子落在我——一个弱女子身上。嗯，幸好这不是困难的工作，没人指望我有多大的作为。

"至于机体——它除了会说'这样做对你们最好'，还能说些什么呢？可是什么才对我们最好？哈，作为北方界域的经济附庸。

"这样很可怕吗？没有战争啊！我们活在太平岁月——经过七千年的战乱之后，这是个可喜的结果。我们是古老的国度，拜尔莱君。在我们的边境，某些地区曾是西方文明的摇篮。我们有埃及和美索不达米亚，克里特和叙利亚，小亚细亚和希腊。但古老未必代表悲惨岁月，它也可以是丰硕的……"

"或许你说得对，"拜尔莱殷勤地说，"至少在这儿，生活的步调不像其他界域那样紧张。这是个愉快的气氛。"

"可不是吗？茶来啦，拜尔莱君，请问你喜欢哪种奶精和砂糖——谢谢你。"

她轻轻呷了一口，然后继续说："的确是愉快。世界的其他部分大可继续斗争。我在历史上找到了类比，一个非常有趣的类比。曾有一段时期，罗马是世界的共主。它承继了希腊的文化和文明；而希腊却从未统一过，它以战争埋葬了自己，在一堆烂摊子中走向尽头。罗马将它统一，为它带来和平，让它生活在安全的平淡中。它致力发展哲学和艺术，远离战争和扩张所导致的冲突。这可算是一种死亡，却带来休养生息的机会。结果，它在小风小浪中持续了大约四百年。"

"然而，"拜尔莱说，"罗马最后终究灭亡了，一场幻梦也随之结束。"

"如今已不再有倾覆文明的野蛮人。"

"我们自己就可能扮演这个角色，齐葛思苏斯卡夫人。喔，我正打算问你。阿马丹水银矿的产量一落千丈，总不会是蕴藏量下降得比预期迅速吧？"

娇小妇人的灰色眼珠机灵地盯着拜尔莱。"野蛮人——文明的衰亡——机体可能的故障。你的思考过程非常透明，拜尔莱君。"

"是吗？"拜尔莱微微一笑，"我看得出来，我早该像以前那样，派人去处理这件事。你将阿马丹事件视为机体的过失吗？"

"绝对没有，但我猜你倒是这么想。你，你自己，是北方界域土生土长的，而且总协的中央办公室位于纽约。我还注意到了好一阵子，你们北界人对机体缺乏几分信心。"

"是吗？"

"你们的'人本协会'在北方势力强大，但在死气沉沉的古老欧罗巴，我们相当乐意让虚弱的'人心'静养一阵，它自然补充不了什么新鲜血液。不用说，你属于那个充满自信的北方，而不是这个愤世嫉俗的古老大陆。"

"这和阿马丹有关联吗？"

"喔，有的，我想是有的。那些矿区在统一辰砂公司的控制下，它当然是一家北界公司，总部设在尼科拉夫。私底下，我怀疑他们的董事会究竟有没有在咨询机体。在我们上个月举行的会议中，他们说他们有。当然，我们没有任何反证，但在这件事情上——请别介意——无论在任何情况下，我都不会相信北界人的说法。纵然如此，我想还是会有圆满的结局。"

"这话怎么说，亲爱的女士？"

"你必须了解，过去几个月的经济动荡，已经在西班牙地区造成不小的骚动。它虽然比不上过去的大风大浪，却对我们平静无波的心境造成相当的扰动。据我了解，该公司正准备把矿区卖给当地一群西班牙人，这很令人欣慰。如果我们真是北方的经济附庸，让这个事实过分宣扬就是耻辱。然而，你对我们的人可以比较放心，他们会忠实地遵从机体。"

"这么说，你认为不会再有麻烦了？"

"我确定不会再有。至少，阿马丹不会再有。"

北方界域

面积：18,000,000平方英里

人口：800,000,000

首都：渥太华

在希兰姆·麦肯日副总协位于渥太华的办公室中，有一幅以北极为中心的地图。除了属于欧罗巴的斯堪地那维亚区与冰岛区外，北极地区全是北方界域的版图。北方界域在许多方面都是世界之冠，从这张地图便能看出端倪。

它可约略分成两大地区。地图左方是格兰河以北的整个北美洲，右方则包括当年苏联的全部疆域。这两个地区加在一起，代表了原子时代初期地球上的核心势力。位于两者之间的是大不列颠，它像是该界域舔向欧罗巴的舌头。而在地图的顶端，扭曲放大成怪模怪样的，则是澳大利亚与纽西兰，两者同样是这个界域的成员。

过去数十年的一切变化，皆未改变"北方"是全球经济主宰这项事实。

因此，在拜尔莱所见过的官方界域地图中，唯有麦肯日的版本画出了整个地球，仿佛表示"北方"无惧于竞争，无需特别强调自己的显著地位。这个事实，几乎便是一个夸耀的象征。

"不可能。"麦肯日一面喝着威士忌，一面以倔强的口吻说，"拜尔莱先生，我相信，你没有受过机器人技师的训练。"

"没错，我没有。"

"嗯。这个嘛，秦修林、勾马和齐葛思苏斯卡也都没有，在我看来这实在是大不幸。地球居民有个太普遍的看法，认为总协只需要具有组织的长才、兼容并蓄的胸怀，以及和蔼可亲就行了。但如今这个年头，他也应该了解机器人学——请别介意我这样说。"

"我不介意，我同意你的说法。"

"比方说，根据你刚刚讲的那些话，我猜你是在忧心最近世界经济的小小脱序。我不知道你怀疑些什么，但过去曾有人想到——他们应该知道得比你多——万一有错误资料输入机体会怎么样。"

"会怎么样，麦肯日先生？"

"这个嘛，"这位苏格兰人挪了挪屁股，叹了一口气，"搜集来的所有资料，都会通过一个复杂的筛选系统，由人工和机器作双重检查，所以这种问题不太可能发生。但我们暂且忘掉这点——人容易犯错，也容易堕落，普通的机械装置则容易出现机械故障。

"问题真正的重点，在于我们所谓的'错误资料'，是指和所有已知资料不一致的那些。这是我们判断正误的唯一依据，对机体而言也是一样。比方说，假如你命令它，根据七月平均气温为57华氏度的资料，指导爱荷华州的农业活动，它是不会接受的，它不会给出任何答案。并非由于它对那个特殊气温有任何成见，或不可能得出一个答案；而是因为，根据历年来输给它的所有资料，它知道七月平均气温为57度的机会趋近于零。因此，它拒绝接受这个资料。

"唯一能将'错误资料'强行输入机体的办法，是把它藏在一组自圆其说的完整资料里面，其中的资料一律含有巧妙的错误——不是微妙到机体侦检不出来，就是在机体的经验范围之外。可是前者超出人类的能力，后者也几乎如此，而且随着机体的经验一秒秒增加，后者的机会也就越来越小。"

史蒂芬·拜尔莱将两根指头放到鼻梁上。"这么说，机体不可能被人动手脚——那么，你又如何解释最近这些错误？"

"亲爱的拜尔莱，我看得出来，你直觉地犯了那个最大的错误——以为机体无所不知、无所不晓。让我对你举个亲身经历的例子：在棉纺业这一行，负责采购棉花的人员个个经验丰富。他们检验棉花的手续，是从许多捆里面随便挑一捆，再从那捆中抽出一簇。然后，他们用眼睛观察那簇棉花，用手抚摸它，用舌头舔它，还把它梳得起毛，说不定这时还会倾听那阵噼啪声。经由这些手续，他们便能决定这捆棉花的等级——总共有十来种等级。而交易的价格，以及棉絮的混合比例，都是根据他们的检验结果而定。好，目前为止，机体还不能取代这些采购员。"

"为什么？相关资料当然不会太复杂吧？"

"或许不会，但你指的是什么资料？没有任何织品化学家知道，当那些采购员抚摸一簇棉花时，他究竟在检验些什么。想必是纤维的平均长度、它们的质感、光滑的程度和特质、缠在一起的方式等等。总共好几十个项目，他们凭借多年的经验，下意识地一一衡量。但这些检验的定量特性却都是未知数；甚至某些检验的本质或许也是未知数，因此我们没有东西可以输入机体。而那些采购员也无法解释他们自己的判断，他们只能说：'这个嘛，看看它，你看不出来它是某某等级吗？'"

"我懂了。"

"这种例子无穷无尽。毕竟机体只是工具，它替人类分担一些计算和诠释的重担，以加速人类进步的步伐。人脑的工作仍旧保持不变——发现需要分析的新资料，发明有待测试的新概念。可惜'人本协会'不了解这一点。"

"他们反对机体？"

"假使他们生活在古代，他们还会反对数学、反对文字。这些保守分子声称机体夺走了人类的灵魂。我注意到在我们的社会中，能干的人仍是珍贵资源；我们仍然需要那些拥有足够智慧的人，想出和提出一些适当的问题。说不定，我们若能找到足够的这种人，总协，你忧心的那些脱序现象就不会发生了。"

地球（包括无人居住的南极大陆）
面积：54,000,000平方英里（陆地面积）
人口：3,300,000,000
首都：纽约

石英板后面的炉火孱弱无力，已不情不愿地燃烧到尽头。

总协一脸忧郁的表情，他的心境恰如逐渐熄灭的火焰。

"他们都尽量将事态淡化。"他以低沉的声音说，"不难想象他们都在嘲笑我吧？可是——文森·西佛说机体不可能出毛病，而我必须相信他。希兰姆·麦肯日说它们不会接受错误资料，我也必须相信他。但机体不知怎地出了问题，我同样必须相信这个事实。所以，仅仅剩下最后一个可能。"

他瞟了苏珊·凯文一眼，后者闭着眼睛，乍看似乎睡着了。

"那是什么？"她却立即作出回应。

"啊，机体的确接受了正确的资料，也的确送出了正确的答案，但答案随即被弃置一旁。机体没办法强迫人类服从它的指令。"

"在我看来，齐葛思苏斯卡夫人做了这种暗示，她泛指的是北界人。"

"是的。"

"违背机体又能达到什么目的呢？我们来考虑一下动机。"

"我看动机很明显，你也应该有同感。那等于是故意摇晃这条船。当机体统治世界时，地球上不可能有严重的冲突。反之冲突倘若存在，某些人便能为了自身利益而攫取更多的权力，全然无视人类整体所受到的伤害。如果能摧毁大众对机体的信心，令它们遭到废弃，那么丛林法则将再度出现。而四个界域，个个脱不了有此打算的嫌疑。

"东方界域境内拥有全世界一半的人口，热带界域则有超过一半的地球资源。两者都可能觉得自己自然是全球的主宰，而且两者都有一段受北方欺侮的历史，想要作非理性的报复乃是人之常情。另一方面，欧罗巴拥有唯我独尊的传承，它一度真正统治了地球，而权力是最令人难忘的一样东西。

"然而，换个角度来看，这却是难以置信。东方和热带目前都在自己境内大肆发展，两者皆以不可思议的速度蹿升，它们不可能有余力进行军事冒险。而欧罗巴能拥抱的只是梦想，它的军事实力等于零。"

"所以，史蒂芬，"苏珊说，"你只剩北方了。"

"是的，"拜尔莱中气十足地说，"没错。北方是如今最强盛的界域，若将其成员的历史包括在内，这个局面已经持续近一世纪。可是现在，相较之下它正在走下坡。热带界域可能即将攻占文明最前线，那会是法老时代之后的首例，有些北界人害怕这个事实。

"你也知道，'人本协会'主要是一个北界组织，他们不讳言不想要机体——苏珊，他们的人数很少，却都是些有权有势之辈。这个组织的成员包括：不愿成为他们口中'机体工友'的工厂厂长、工业界和农业界领袖，此外还有野心分子，以及觉得自己足以决定什么对自己最好、不愿听从机体的那些人。

"总而言之，那些人只要一起拒绝接受机体的决定，便能在短时间内把世界搞得天翻地覆——该协会的成员就是他们那些人。

"苏珊，一切都吻合了。世界钢铁公司有五名董事是它的成员，而该公司正面临生产过剩的问题。在阿马丹开采水银的统一辰砂公司，是一个属于北界的企业。我们仍在调查它的名册，但至少有一位负责人是会员。独力延迟墨西哥运河达两个月的法兰西斯哥·威拉法兰卡，我们已经知道他是会员——而拉玛·巫拉萨耶拿也是，发现这点时我毫不惊讶。"

苏珊心平气和地说："这些人，我应该指出，表现得都很差……"

"但自然如此，"拜尔莱插嘴道，"不听从机体的分析，就是不遵循一条最佳化的路径，得到的自然是较差的结果，那是他们付出的代价。他们现在日子难过，但在终将来临的混乱中……"

"你究竟打算做什么，史蒂芬？"

"显然不能浪费任何时间。我要把'人本协会'列为非法组织，将一个个会员从重要岗位上换下来。从今以后，所有行政和技术人员的职位，申请者必须具结一份非该会员的誓词，否则绝不录用。这将代表放弃某些基本人权，但我确信世界议会……"

"行不通的！"

"什么！为何行不通？"

"我来作个预测。你若尝试任何这样的举动，将会发现寸步难行——你将发现这个命令不可能贯彻，你将发现相关措施通通都会陷入困境。"

拜尔莱吃了一惊。"你为什么这样说？我满心希望你会赞成这件事。"

"只要你的行动建立在错误前提上，我就绝不会赞成。你承认机体不可能出错，不可能接受错误资料。但你认为'人本协会'可以违背机体，现在我要对你说明，那也是不可能的事。"

"这点，我完全看不出来。"

"那就听好。任何主管的任何行动，倘若并非切实遵循机体的指示，那个行动就会成为下批资料的一部分。因此，机体会知道那个主管有些不服从的倾向。它能将这个倾向融入那些资料——甚至作定量分析，也就是说，判断出不服从的确实程度和方向。它的下一组答案，便会刚好有足够的偏颇，让那位主管在故意违背后，会自动将那组答案修正到最佳化的方向。机体一清二楚，史蒂芬！"

"你不可能确定这一切，你只是在猜测。"

"这是根据我和机器人相处一生的经验所作的猜测。你最好信赖这样的猜测，史蒂芬。"

"但若是这样，那还剩下什么呢？机体本身是正确的，它们根据的前提是正确的，这些我们已经同意。现在你又说，没有人能违背它们的意思。那究竟是哪里有问题？"

"你自己已经回答了。根、本、没、有、问、题！稍微想想那些机体，史蒂芬。它们是机器人，它们服从第一法则。可是机体并非为任何一个人工作，而是为全体人类服务，所以第一法则变成：'机体不得伤害人类整体，或因不作为而使人类受到伤害。'"

"好啦，那么，史蒂芬，什么会伤害人类整体呢？经济脱序最有可能，不论它的导因为何。你不同意吗？"

"我同意。"

"未来最有可能导致经济脱序的又是什么？回答这个问题，史蒂芬。"

"我会说，"拜尔莱不情愿地答道，"是机体被作废。"

"我也会这么说，而机体也会这么说。因此之故，为了我们，它们的首要考量是保全自己。所以，它们悄悄处理了威胁它们的最后一项因素。其实并不是'人本协会'摇晃这条船，试图令机体遭到毁灭，你一直把这一幕看反了。我们应该说，是机体摇晃这条船——摇得非常非常轻——刚好能把攀附在边缘的少数人摇掉，因为机体认为他们的行动会危害到人类整体。

"所以巫拉萨耶拿失去了他的工厂，在他无法为害的地方找到另一份工作——他没有受到严重伤害，没有失去谋生能力，因为机体对人类所造成的伤害必须尽可能轻微，而且必须是在拯救更多人的前提下。统一辰砂公司在阿马丹失去了控制权；威拉法兰卡不再是一项重要计划的总工程师；而世界钢铁公司的那些董事，则正在失去钢铁业的支配权——或说即将如此。"

"但你不算真正看透这一切，"拜尔莱激动地坚持道，"我们怎能冒险假设你是对的？"

"你必须这样做。你还记得当你对机体提出这个问题后，它自己的回答是什么吗？它说：'这件事不可解释。'机体并未说根本没有解释，或说它能断定没有解释，它只是不容许出现任何解释。换句话说，假使公布这个解释，就会对人类造成伤害，所以我们只能猜测——一直猜下去。"

"假设你是对的，苏珊，但那个解释怎能对我们造成伤害呢？"

"啊，史蒂芬，假如我是对的，那就代表机体为我们筹划未来的方式，并非只是针对我们直接的问题提出直接的答案，而是对世界整体的局势、对人类整体的心理提出一般性答案。知道这点可能会令我们难过，可能会伤害我们的自尊。而机体不能——绝对不能让我们难过。

"史蒂芬，我们又怎么知道人类终极的幸福会伴随着什么？机体掌握着无限多的因素，我们却无从掌握！让我举个不算不熟悉的例子：整个的科技文明所带来的不幸和悲惨，说不定还超过它所送走的。一个拥有较少文化、较少人口的农业或牧业文明，说不定反而会更好。若是这样，机体就必须朝那个方向前进，而且最好别让我们知道，因为根据我们无知的偏见，我们只晓得自己习惯的才是好的——我们会坚决反对改变。也说不定，一个完全都会化的社会，或者一个完全阶级化的社会，或者一个完全无政府的社会，才是真正的答案。我们不知道；只有机体知道，而它们正带着我们走向那里。"

"但你是在对我说，苏珊，'人本协会'是对的，人类对未来已经失去自己的决定权。"

"其实，人类从来没有任何决定权。人类总是受到自己所不了解的经济和社会力量的摆布，此外反复无常的气候、胜败难料的战争也一直在宰制人类。机体则了解这些因素，不会被任何一项所阻止，因为机体会像对付'人本协会'那样对付这些因素——它掌握了最强大的武器，那就是对全球经济的绝对控制权。"

"多么可怕！"

"或许是多么美好！想想看，如今，所有的冲突终于能避免了。从今以后，只有机体是不可避免、不可或缺的！"

石英板后面的火焰熄了，只留下一缕轻烟作为它的遗迹。

女性直觉

> **机器人学三大法则：**
> 一、机器人不得伤害人类，或因不作为而使人类受到伤害。
> 二、除非违背第一法则，机器人必须服从人类的命令。
> 三、在不违背第一及第二法则的情况下，机器人必须保护自己。

有个机器人在地球上遇难身亡，这是美国机器人与机械人公司有史以来的头一遭。

这桩意外不怪任何人，那架飞机是在半空解体的。半信半疑的调查委员会则迟疑不决，不知是否真敢公布飞机遭到陨石击毁的证据。除此之外，没有任何物体具有击败自动闪躲系统的速度；而且除非是一场核爆，否则无法造成这样的损害，而核爆又绝不可能。

根据来自旗杆镇天文台，而不是业余人士的报告，在飞机爆炸的前一刻，夜空中曾出现过一道闪光。此外在出事地点一公里半之外，有个显然是陨石的巨大铁块新近嵌入土壤中。将这些佐证加在一起，还能得出什么其他结论吗？

话说回来，类似事件以前从未发生过。根据计算的结果，这种意外的几率微乎其微。然而，即使极其不可能的事，有时也难免发生一次。

在美国机器人公司里面，意外的原因倒是次要问题，重要的是一个机器人毁掉了。

这件事本身就很悲惨。

JN5是个原型，经过四次的失败尝试后，它是第一个进行实地测试的——这个事实更为悲惨。

JN5是个崭新类型的机器人，迥异于过去出厂的任何机型——这个事实，简直是悲惨至极。

在遭到摧毁前，JN5显然有了一项发现。这个发现具有无可估计的重要性，如今则可能永远消失——这个事实使悲惨程度更上层楼，到了言语无法形容的地步。

比较之下，另一件事似乎不值一提：除了那个机器人，美国机器人公司的首席机器人心理学家也同时遇难。

克林顿·马达闯十年前进入公司。其中有五年的时间，他在性情乖戾的苏珊·凯文手下毫无怨言地工作。

马达闯的才华有目共睹。苏珊·凯文默默提拔他，使他后来居上。至于为何这样做，她无论如何不屑对研究部主任彼得·玻格特解释，但其实她也无须解释。或者应该说，理由都相当明显。

在几个非常显著的方面，马达闯与鼎鼎大名的凯文博士恰恰相反。虽然突出的双下巴使他显得吨位过重，但事实则不然。即使如此，他的出现仍会带来一种压迫感，而凯文则几乎不曾引人注意。马达闯的结实脸庞、闪亮的红褐色乱发、红润的肤色、隆隆作响的声音、高声的哈哈大笑，再加上最突出的两点：无法抑制的自信，以及急切宣布一项成就的作风，使得同处一室的人都有空间不足的感觉。

当苏珊·凯文终于退休后（事先就声明，若有人计划为她举办任何欢送晚宴，她一律拒绝合作。她是如此坚决，甚至未曾对新闻单位宣布她的退休），马达闯接下她的职位。

他在新职位上做了刚好一天，便推出了JN计划。

这个计划需要庞大的研究经费，美国机器人公司过去从未审核过这么大的数目。但马达闯只是和气地挥挥手，不把它当一回事。

"每一分钱都值得，彼得。"他说，"我指望由你说服董事会。"

"把理由告诉我。"玻格特虽然这样说，却怀疑马达闯会不会这样做。过去，苏珊·凯文从不解释她的理由。

马达闯却说："当然。"接着便坐进主任办公室的大型扶手椅中。

玻格特带着近乎敬畏的心情望着对方。他自己一度乌黑的头发几乎全白了，不出十年，他也会像苏珊一样退休。那将代表公司的第一代正式走入历史——当初就是他们这组人马，将美国机器人公司建立成一个环球大企业，其规模与重要性都足以匹敌各国政府。说来奇怪，不论是他自己，或是比他早走的那些人，都不太明白这个巨大扩张是如何做到的。

但现在是个新世代。新来的人将这个巨无霸视为理所当然；他们不会大惊小怪，不至于因疑虑而蹑手蹑脚。所以他们只顾向前冲，这是个好现象。

马达闰说："我计划开始建造不受约束的机器人。"

"不受三大法则的约束？这当然……"

"不，玻格特，那是你想得到的唯一约束吗？见鬼了，你还曾经参与早期正子脑的设计。我是不是得告诉你，即使把三大法则摆在一边，正子脑中每条径路仍是经过仔细设定的？我们的机器人都是为特定用途而设计，被植入特定的能力。"

"而你计划……"

"位于三大法则之下的每个层次，所有径路都不设限。这并不困难。"

玻格特以讽刺的口吻说："的确，这并不困难，没用的事从来不困难。困难的是固定那些径路，使机器人变得有用。"

"但那又有什么困难？固定径路需要很大的工夫，因为对于像正子这么轻的粒子，测不准原理变得很重要，不确定效应必须尽量减小。但为何一定得这样做呢？假如我们使测不准原理足够凸显，让径路间的穿越变得不可预测……"

"我们就造出个不可预测的机器人。"

"我们就造出个有创造力的机器人。"马达闰带着一点不耐烦说，"彼得，若说人脑有什么正子脑所没有的，那就是次原子层次的不确定效应导致的一点不可预测性。我承认，在神经系统内，这个效应至今还没有实验证据，可是撇开这点的话，原则上人脑不比正子脑更优秀。"

"而你认为，如果你在正子脑中引进这个效应，原则上人脑就不再比正子脑更优秀。"

"这，"马达闰说，"正是我的想法。"

然后，他们又继续讨论了很久。

董事会显然不打算轻易被说服。

公司最大的股东史考特·罗伯森说："光是目前这个情况，已经很难管理机器人企业，公众对机器人的敌意始终在爆发的边缘。如果公众听说机器人将不受控制……喔，别跟我讲什么三大法则。普通人只要听到'不受控制'这几个字，就不会相信三大法则会保护他。"

"那就别用这几个字，"马达闰说，"管这个机器人叫……叫'有直觉的'。"

"有直觉的机器人，"某人喃喃道，"女性机器人？"

会议桌上传开一阵笑容。

马达闰把握住这个机会。"好吧，女性机器人。当然，我们的机器人是无性的，这个也一样，但我们总好像把它们当成男性。我们为它们取男性的昵称，有时用'他'称呼它们。而这一个，如果我们考量它脑中的数学架构本质，它会被归类为JN系列。第一个出厂的将是JN 1，我想有人会叫它强尼一号……只怕一般机器人学家的创意就是这个水准。但叫它珍妮一号又他妈的有何不可？如果我们必须瞒过公众，不让他们知道我们进行些什么，那就说我们在制造一个具有直觉的女性机器人。"

罗伯森摇了摇头。"那样会有什么不同？照你的说法，你计划除去的，是让正子脑比不上人脑的最后一道理论障碍。你想公众对此会有什么反应？"

"你打算公开这件事吗？"马达闰问。他稍微想了想，又说："听好，一般人普遍相信的一件事，就是女人的智力比不上男人。"

几位与会者脸上随即显露出忧虑的表情，大家很快抬头望了望，仿佛苏珊·凯文仍坐在惯常的座位上。

马达闰说："如果我们宣布将推出女性机器人，无论她是什么类型，公众自然而然会假设她心智迟钝。我们只要公布那个机器人叫作珍妮一号，根本不必多说什么。我们可以高枕无忧。"

"事实上，"彼得·玻格特平心静气地说，"详情还不止这些。马达闰和我仔细检查过其中的数学，我们发现，不论是强尼还是珍妮，反正JN系列会相当安全。就正统眼光而言，和我们过去设计、制造的许多系列比较起来，它们不会那么复杂，也没有那么高的智力。不同的只是会有一项额外因素，那就是，嗯，让我们习惯称呼它'直觉'吧。"

"谁知道它会做些什么？"罗伯森喃喃道。

"马达闾曾提出一件它能做的事。你们都知道，空间跃迁原则上已经发展成功。人类已有可能达到相当于超光速的速度，往返另一个恒星系只需极短的时间——顶多几个星期。"

罗伯森说："这对我们不是新闻。当初多亏有机器人，否则也不会成功。"

"正是如此。但它对我们没什么用处，因为我们不能常常使用超光速引擎，也许顶多只能做一次示范，所以美国机器人公司得不到什么荣耀。空间跃迁很危险，而且极其浪费能量，因此成本高得吓人。假如我们真要动用，最好是能发现一颗可住人行星。称之为心理上的需要吧。为一次空间跃迁花上大约两百亿元，却只能搜集些科学数据，公众便想知道为什么这样浪费他们的钱。倘若能发现一颗可住人行星，你就是个星际哥伦布，那时就不会有人为花费操心。"

"所以？"

"所以，我们要到哪里去找一颗可住人行星呢？或者这样说——在现今空间跃迁技术可及的范围内，也就是在三百光年的距离内，总共大约有三十万颗恒星，其中哪一颗拥有可住人行星的几率最大呢？对于邻近三百光年内的每颗恒星，我们都已经掌握大量的详尽资料，知道几乎每一颗都拥有行星系。但是哪一颗拥有可住人行星呢？我们该造访哪一颗呢？……我们不知道。"

其中一名董事说："这个叫珍妮的机器人又怎能帮我们？"

马达闾原本正准备回答，却对玻格特做个小手势。玻格特了解他的意思，主任讲的话会更有分量。玻格特并非特别喜欢这个构想；假如JN系列一败涂地，他现在的做法会让自己显得跟它关系太深，保证会招来许多摆脱不掉的指责。另一方面，退休的日子不算遥遥无期，假如它成功了，他将戴着荣耀的光环离开岗位。或许只是感染了马达闾的自信，但玻格特早已毫无保留地相信它会成功。

他说："在我们对那些恒星搜集的大量资料中，很有可能藏着一些方法，能让我们估计可住人地型行星存在的几率。我们需要做的，是切实了解这些资料，以适切的、创造性的眼光研究它们，找出各种正确的关联。我们尚未做到这一点；而即使哪位天文学家曾经做过，他也没有聪明到了解自己做了什么。

"JN型机器人可以远比人类更迅速、更准确地找出那些关联。在一天之内，它所发现和淘汰的关联，相当于一个人十年的工作量。非但如此，它还能以真正随机的方式工作，人类却会因为偏见和成见，而生出强烈的选择性。"

接下来是好一阵的沉默。最后罗伯森终于说："但这只是个几率问题而已，对不对？假如这个机器人说：'在某某光年内，拥有可住人行星几率最高的恒星是乌贼座十七号。'或是诸如此类的话，我们到了那里之后，却发现几率只是几率，根本没有任何可住人行星。那时我们怎么办？"

这回马达闰插嘴了。"我们仍是赢家。我们将知道那机器人是如何得到这个结论的，因为它——她——会告诉我们。这很可能使我们对天文资料有更深刻的认识，即使我们根本不做空间跃迁，整件事仍是值得的。何况，我们可以算出五颗最有可能的恒星，其中一颗拥有可住人行星的几率或许就大于0.95。那会几乎等于确定……"

然后，他们又继续讨论了很久。

结果批准的经费根本不够，但马达闰指望"捞回老本"的习惯能解决问题。当二亿元眼看即将付诸流水，而再花一亿就能挽救一切时，另外那一亿当然会拨下来。

珍妮一号终于造好，开始对内展示。彼得·玻格特严肃地打量它——她——一番，然后问道："为什么要细腰？这样当然会削弱机械强度，不是吗？"

马达闰咯咯笑了几声。"听好，如果我们准备叫她珍妮，没道理把她造得像泰山。"

玻格特摇了摇头。"我不喜欢。下回你会把她的胸部隆高，做出乳房的外观来，这是个堕落的想法。如果女人开始觉得机器人能长得像女人，我可以告诉你她们会有怎样别扭的反应；你会真正挑起她们的敌意。"

马达闰说："这点或许你说对了。女人都不喜欢觉得自己能被毫无自身缺点的东西取代。好吧！"

珍妮二号没有束紧的腰肢。她是个忧郁的机器人，很少有动作，甚至更少开口。

　　在珍妮二号制造期间，马达闰仅偶尔带着最新消息冲到玻格特面前，那是进展不顺利的明显征兆。倘若有突破性发展，马达闰的热情怎么也挡不住。他会毫不犹豫地带着刚出炉的消息，在清晨三点闯进玻格特的卧室，绝不愿意等到明天早上。这点玻格特可以确定。

　　现在马达闰似乎相当消沉，平时红润的脸色几近苍白，圆嘟嘟的双颊也瘪了些。玻格特以确定的口吻说："她不会说话。"

　　"喔，她会说。"马达闰重重坐下来，咬了咬下唇，"至少，有时会说几句。"

　　玻格特站起来，绕着机器人走了一圈。"当她开口时，我想，她不知所云。是啊，如果她不说话，她就不是女性了，对吗？"

　　马达闰试着露出个无力的笑容，随即便放弃了。他说："这个正子脑，没装上身体前，通过一切检查。"

　　"我知道。"玻格特说。

　　"可是一旦正子脑开始控制机器人体内各项装置，它当然需要再做修正。"

　　"当然。"玻格特没有别的好说。

　　"但结果却不可预测又错误百出。问题在于当你处理N维不确定性计算时，事情变得……"

　　"不确定？"玻格特说。他对自己的反应感到惊讶——公司的投资已经破纪录，研发时间几乎已经过了两年，然而，说得客气些，结果却令人失望。话说回来，他觉得自己正在痛批马达闰，还能从中获得乐趣。

　　玻格特几乎是在偷偷嘀咕，怀疑他痛批的对象是不是不在场的苏珊·凯文。马达闰远比苏珊热情奔放、真情流露——那是在一切顺利的情况下。当诸事不顺的时候，他也远比苏珊容易沮丧，她则在任何压力下都不会垮掉。苏珊绝不允许自己成为他人批斗的靶子，取而代之的马达闰却成了个画得清清楚楚的靶心。

　　对于玻格特的最后一句话，马达闰与当年的苏珊·凯文一样毫无反应，但他并非像苏珊那样是出于轻蔑，而是因为他没听见。

他以议论的口吻说："问题在于辨识方面。我们使珍妮二号具有极佳的关联搜寻能力，她能在任何领域寻找关联。但找出后，她却无法分辨有用和无用的结果。这不是个简单的问题，你不知道这机器人会找出什么关联，又要如何让她判断哪个关联具有意义。"

"据我推测，你已经想到降低Ｗ21二极体接面的电位，以电花越过……"

"不，不，不，不……"马达闰这一串回答越来越小声，"你不能光是让她吐出一切。我们自己能这样做，但她不行。重要的是要让她能辨识关键性关联，并从中得出结论。一旦做到这点，你懂吗，机器人珍妮就会靠直觉得到答案。而这种事，我们只能靠最诡异的运气才办得到。"

"在我看来，"玻格特以讥嘲的口吻说，"假如你有个这样的机器人，那么人类中罕见的天才才能做到的事，你会让她当成例行公事。"

马达闰猛力点了点头。"正是这样，彼得。要不是我怕把那些主管吓走，我早就自己这样说了。请别在他们身边重复这句话。"

"你真想要个机器人天才吗？"

"这是什么话？我试图制造个有能力高速随机寻找关联的机器人，而且具有很高的重要性辨识商数。我试图把那些字句放进正子场方程式中。我本以为我做到了，但我没有，还没有。"

他以不满意的眼光望着珍妮二号，又说："你得到的最重要的结果是什么，珍妮？"

珍妮二号转头望向马达闰，却没有发出声音。马达闰心灰意冷地悄声道："她正在关联资料库中寻找答案。"

最后，珍妮二号以平板的声音回答说："我不确定。"这是她第一次发出声音。

马达闰扬起眼珠。"她现在做的事，相当于根据不定解来重建方程式。"

"我猜得到。"玻格特说，"听好，马达闰，你还能有任何进展吗？或是我们就此罢手，让我们只损失五亿元就好？"

"喔，我会有进展的。"马达闰喃喃道。

珍妮三号没有任何进展。她甚至从未启动，马达闰因此大发雷霆。

那是个人为错误。若用百分之百正确的说法，那是他自己的错误。不过，虽然马达闰丢尽了脸，其他人却一律保持沉默。让这位从未在繁复至极的正子脑数学上出错的人，尝尝更正错误的滋味吧。

又过了将近一年，珍妮四号才准备就绪。马达闰再度热情奔放。"她做到了，"他说，"她具有很高的辨识商数。"

他信心十足地将她展示在董事面前，让她当众解答问题——不是任何机器人都会解的数学问题，而是内容故意有些误导，却没有实际错误的问题。

玻格特事后说："老实讲，那不算什么。"

"当然不算。那对珍妮四号而言是雕虫小技，但我总得给他们看点东西，对不对？"

"你知道目前为止，我们已经用了多少经费吗？"

"得了吧，彼得，别跟我来这一套。你知道我们获得了多少回报吗？你该明白，这些研究不是空中楼阁。告诉你也无妨，我花了三年多的时间，在这上面吃尽苦头。但我发展出一种新的计算技术，从今以后，我们设计的每种新型正子脑，都能因此节省至少五万元。对不对？"

"这……"

"别这个那个的，就是这样。我自己的感觉是，只要我们独具慧眼，便能为N维不确定性计算找出许多其他用途，而我的机器人珍妮一定找得出来。一旦我有了我真正想要的，即使我们的投资是目前的三倍，JN系列也会在五年内帮我们赚回来。"

"你说'你真正想要的'是什么意思？珍妮四号有什么问题？"

"没问题，或说没太大问题。她已经在正轨上，但我们能精益求精，而我打算这么做。当我设计她的时候，我认为我知道目标在哪里；如今在我测试过她之后，我确实知道了目标何在。我打算达到那个目标。"

珍妮五号正是那个目标。马达闰在她身上花了近一年半的时间；他对她毫无保留，对她有百分之百的信心。

与一般的机器人比起来，珍妮五号身材较矮，也较为苗条。她不像珍妮一号那样刻意模仿女性曲线，因此没有明显的女性特征，不过却能散发一种女性特有的气质。

"那是因为她的站姿。"玻格特说。

她的双手优雅地握着；当她转身的时候，她的躯干就是给人一种微微弯曲的感觉。

马达闰说："听听她说话……你觉得如何，珍妮？"

"健康极了，谢谢你。"珍妮五号答道。那绝对是个女性的声音，是个甜美且几乎撩人的女低音。

"你为什么那样做，克林顿？"彼得吃了一惊，开始皱起眉头。

"心理上的重要性。"马达闰说，"我要众人把她想成女性，把她当女性来对待，来解释。"

"什么众人？"

马达闰将双手插进口袋，若有所思地望着玻格特。"我希望安排珍妮和我自己到旗杆镇去。"

玻格特不禁注意到马达闰并非说珍妮五号；他这次没有提到序号——她就是"那个"珍妮。他迟疑地问道："去旗杆镇？为什么？"

"因为那里是全世界的一般行星学中心，不是吗？他们就是在那里研究恒星，试图计算可住人行星的几率，不是吗？"

"我知道，但它在地球上。"

"这个嘛，我当然知道。"

"在地球上，机器人的行动受到严格管制。而且没有这个必要，搬一批一般行星学的书籍到这里来，让珍妮消化吸收就行了。"

"不行！彼得，珍妮不是普通的逻辑性机器人，请你把这点装进脑袋里；她是直觉式的。"

"所以？"

"所以，我们怎能判断她需要些什么，她能用些什么，以及什么才能激发她的灵感？要读书的话，我们可以用工厂中任何一个金属机型；那些是死资料，而且已经过时。珍妮必须阅读活的资料；必须听到说话的声调；必须接触无关紧要的细节；甚至必须掌握全然无关的东西。我们他妈的怎么知道，什么时候什么东西会在她脑中嘎嘎作响，然后形成一个模式？假使我们知道，我们就根本不需要她，对不对？"

玻格特开始觉得困扰。他说："那就把那些人带来这里，那些一般行星学家。"

"来这里不会有任何用处。他们会不得其所，他们不会有自然的反应。我要珍妮观看他们工作；我要她看到他们的仪器、他们的研究室、他们的书桌，以及有关他们的一切。我要你设法把她送到旗杆镇去，我实在不想再多作讨论。"

一时之间，他的口气几乎成了苏珊的翻版。玻格特怔了一怔，然后说："做这种安排相当复杂。运送一个实验型机器人……"

"珍妮不是实验型，她是这个系列的第五个。"

"其他四个不算真正的实用型。"

马达闹在无助的挫折感中举起双手。"谁在逼你把这件事告诉政府？"

"我不是担心政府，我们能设法让政府了解特殊个案，我所担心的是舆论。过去五十年来，我们走过很长一段路，我不希望因为你弄丢一个机器人，而让我们倒退二十五年……"

"我不会弄丢的，你是在说傻话。听着！美国机器人公司租得起一架私家飞机。我们可以悄悄在最近的商用机场降落，消失在几百架同时降落的飞机里面。我们可以预先安排好，找一辆具有封闭车体的大型地面车接我们，把我们载到旗杆镇去。珍妮会装在条板箱内，在旁人看来，这显然是为实验室运送一件和机器人完全无关的设备，没有人会多看我们一眼。旗杆镇的人会事先接到通知，会知道这次造访的真正目的。他们将万分情愿合作，避免走漏任何风声。"

玻格特思量了一番。"危险的部分是在飞机和地面车上。万一条板箱出了任何差错……"

"绝对不会。"

"如果在运送途中把珍妮关机，我们也许能不受追究。那样的话，即使有人发现她在里面……"

"不，彼得，不能那样做。呃……呃，不能用在珍妮五号身上。听好，自从她启动后，她就一直在做自由联想。在关机期间，她拥有的资料可以封冻起来，但自由联想绝对不行。不，主任，她永远不能关机。"

"可是，那么，万一不巧给人发现，我们运送一个启动的机器人……"

"不会给人发现的。"

马达闰始终不肯让步，最后终于如愿以偿。他们搭乘的是一架老式的自动电脑喷射机，但它上面还有一位真人驾驶员（美国机器人公司的一名员工）作为后备。结果，装着珍妮的条板箱安全抵达目的地机场，再转到地面车上，然后运至位于旗杆镇的研究实验室，一路没有任何意外。

彼得·玻格特接到马达闰打来的第一通电话时，后者抵达旗杆镇刚刚一小时。马达闰简直得意忘形，迫不及待想要报告，这正是他的特色。

电讯经由管束激光传来，这种线路具有屏蔽与扰乱场，一般而言是无法刺探的，但玻格特却感到怒不可遏。他十分明白，假如拥有足够科技能力的单位（例如政府）有心刺探，那仍会是防不胜防。真正的安全保障，在于政府没有理由试图这样做。至少，玻格特心中如此希望。

他说："看在上帝的份上，你非打电话不可吗？"

马达闰完全不理会他，径自滔滔不绝地说："简直有如醍醐灌顶。真是天赋异禀，我告诉你。"

一时之间，玻格特只是瞪着接收器。然后，他不敢置信地吼道："你是说你得到了答案？已经得到了？"

"不，不！给我们时间，妈的。我的意思是，她的声音有如醍醐灌顶。听好，司机把我们从机场送到旗杆镇的主行政大楼后，我们便替珍妮开箱，她随即走出来。这个时候，在场众人通通向后退。吓到了！傻眼了！如果连科学家也无法了解机器人学三大法则的意义，我们对未受训练的普通人还能指望什么？当时我心想：这将是白忙一场，他们什么也不会说。只要她稍有不慎，他们立刻会作鸟兽散；他们绝不能想到别的什么。"

"好吧，那么，你要说些什么呢？"

"接着她礼貌性地跟他们打招呼。她说：'午安，诸位先生，我很高兴见到你们。'那是用甜美的女低音说出的一句话……这就生效了。其中一人拉了拉领带，另一个用手梳了梳头发。真正令我目瞪口呆的，是在场年纪最大的那个人，真的低头检查了一下西裤拉链。现在他们都对她疯狂，光是声音就能迷住他们。在他们眼中，她不再是机器人，她是个妙龄少女。"

"你是说他们在跟她交谈？"

"他们在跟她交谈吗！我想是吧。当初我该为她设定性感的声调，假使真是那样，他们现在就拉她去约会了。提到制约反射，听好，男人对声音很有反应。在最亲密的时刻，他们还会看什么吗？都是灌进耳朵里的声音……"

"没错，克林顿，我似乎还记得。现在珍妮在哪里？"

"跟他们在一起，他们不让她走。"

"该死！进去陪她。别让她离开你的视线，老兄。"

其后，在马达闰滞留旗杆镇的十天中，他打回的电话不很频繁，而且电话中的他越来越不那么得意。

根据他的报告，珍妮仔细聆听一切，偶尔也会有所反应。她仍然很受欢迎，各处都对她开放。不过就是没有成果。

玻格特问道："什么都没有吗？"

马达闰立刻为自己辩护。"你不能说什么都没有。就一个直觉式机器人而言，不可以说'什么都没有'这种话，你不知道她可能正在动什么脑筋。今天上午，她问简生早餐吃了些什么。"

"天文物理学家罗西特·简生？"

"没错，当然就是他。结果是，他今天早上没吃早餐。好吧，只喝了一杯咖啡。"

"所以说，珍妮学着做些闲聊。这样怎能收回成本……"

"喔，你别当蠢驴。那不是闲聊，对珍妮而言，任何谈话都不是闲聊。她会那样问，是因为跟她在脑中建立的某种交互关联有关。"

"怎么有可能……"

"我怎么知道？假使我知道，我自己就是个珍妮，你就不会需要她了。但这件事必定代表某种意义。她脑中有个高度动机，一心想要找出拥有最佳'住人条件—距离比'的行星……"

"那就等她找到后再告诉我，现在别啰唆。我并非真有必要知道各种可能关联的逐字逐句描述。"

他并未真正指望接到喜讯。一天天过去，玻格特一天比一天悲观，因此当喜讯终于传来之际，他一点也没有心理准备。

它是最后一刻才来的。

当马达闰报喜的电讯传来时，这最后一次的通话几乎是悄悄话。物极必反的结果，马达闰毫无得意之情，反倒因敬畏而心平气和。

"她做到了，"他说，"她做到了。本来连我几乎也放弃了。她在那个地方吸收了一切，大多数资料还是一而再、再而三重复吸收，却一直没说过一句像样的话……我正在飞机上，准备回去。我们刚刚起飞。"

玻格特勉强喘过气来。"别吊胃口，老兄。你有了答案吗？如果有就说出来，直截了当说出来。"

"她得到了答案，她已经把答案告诉我。她给了我三颗恒星的名字，她说，每一颗都在八十光年内，拥有一颗可住人行星的几率是百分之六十到百分之九十。加在一起，至少能找到一颗的几率是0.972，几乎等于确定了。而这只是细微末节；一旦我们回去，她就能告诉我们导致这个结论的确切推理模式，我预测整个天文物理学和宇宙学将……"

"你确定吗……"

"你以为我产生了幻觉吗？我甚至还有个目击证人。当珍妮突然开始以美妙的声音，一口气说出答案时，那可怜的家伙足足跳起半公尺……"

陨石便是此时击中飞机的。在飞机遭到彻底摧毁后，马达闰与那名驾驶员化成两团血肉，珍妮的残骸则成了一堆无用的破铜烂铁。

美国机器人公司从未陷入如此深沉的哀痛中。罗伯森试图安慰自己：彻底的毁灭至少完全掩盖了公司犯下的违法勾当。

彼得摇了摇头，显得十分哀伤。"我们失去了美国机器人公司有史以来最好的机会，本来我们可以获得无懈可击的公众形象；可以征服该死的科学怪人情结。在某些机器人帮助人类实现空间跃迁后，又有个机器人解答了可住人行星的问题，这对机器人会有多么重大的意义。机器人将为我们开启整个银河。倘若与此同时，我们还能驱策科学知识朝十几个不同的方向推进……喔，上帝啊，那就算不清将为人类——当然还有我们——带来多少好处。"

罗伯森说："我们可以制造其他的珍妮，对不对？即使没有马达闰也行？"

"我们当然可以。但我们能指望再找到正确的关联吗？谁知道那个最后的结果对应多么低的几率？万一马达闰当初刚好碰上妙不可言的好运呢？然后，又碰上甚至更妙不可言的霉运！一颗陨石正中……简直令人无法相信……"

罗伯森迟疑地悄声说："该不会是——注定的吧。我的意思是，如果我们注定不该知道，如果那颗陨石是个天谴……来自……"

在玻格特怒目瞪视下，他的声音逐渐消失。

玻格特说："我想，这并非无可弥补的损失。新的珍妮一定能在某些方面帮助我们。而只要有助于提高公众接受度，我们可以给其他的机器人装上女性声音——虽然我很怀疑女性会怎么说。要是我们知道珍妮五号说过什么就好了！"

"在最后一次通话中，马达闰说有个目击证人。"

玻格特说："我知道，我一直在想这件事。你以为我没跟旗杆镇联络吗？那里上上下下所有的人，谁也没听到珍妮说过任何不寻常的话、任何听来像是可住人行星问题的答案。假使她说出答案，那里每个人当然听得出来——或至少听得出它是个可能的答案。"

"马达闰有没有可能说谎？或者发疯了？他有没有可能试图保护自己……"

"你的意思是，他有可能为了挽救自己的声誉，而假装他得到了答案，然后又对珍妮耍花招，使她不能吐露实情，只能说：'喔，抱歉，出了一点意外。喔，真该死！'我绝不接受这个说法，你还不如假设那颗陨石是他安排的。"

"那我们该怎么办？"

玻格特以沉重的口吻说："再去旗杆镇找，答案一定在那里。我必须挖得更深，就么办。我要亲自去那里，我要带马达闰手下几个人一块去。我们一定要把那个地方上上下下、里里外外彻底翻一遍。"

"可是，你该知道，没有珍妮为我们解释推理过程，即使真有目击者，而且他真听到了，那又有什么用呢？"

"任何一点点线索都有用。珍妮说出了那些恒星的名字；或许只是编号——有名字的恒星通通没可能。如果有人记得她的话，而且确实记得那些编号；或者即使他欠缺意识记忆，却听得足够清楚，可借着心灵探测器把它还原——那我们就有了一点线索。知道了最后的结果，又知道最初输入珍妮的资料，我们也许便能重建推理模式；我们也许便能寻回那个直觉。如果做到这点，我们就挽救了这项计划……"

三天后玻格特回来了，他沉默不语，极其消沉。当罗伯森焦急地询问结果时，他摇了摇头，答道："没有。"

"没有？"

"绝对没有。旗杆镇上曾经和珍妮有些接触，甚至只是见过她的人——包括每一位科学家，每一位技术员，每一位学生——我通通跟他们谈过。人数不太多；马达闺的慎重令我佩服，他只准那些可能有行星学知识灌输给她的人见她。见过珍妮的总共有二十三人，其中只有十二个跟她有过深谈。

"我一遍又一遍询问珍妮说过的一切。他们每件事都记得相当清楚；他们都是聪明人，正在进行一项与各人专长息息相关的重要实验，所以他们理所当然记得很牢。而且他们碰到的是个会说话的机器人，这件事本身就足够轰动，更何况她说起话来像个电视明星，他们根本忘不了。"

罗伯森说："或许用心灵探测器……"

"即使其中一人有一点最模糊的印象，我也会逼他同意接受心灵探测，但我偏偏找不到任何借口。而硬要二十几个靠脑袋吃饭的人接受探测，则是万万做不到的事。老实说，那也不会有什么帮助。假使珍妮曾经提到三颗恒星，说它们具有可住人行星，那会像是在他们脑袋里发射火箭。怎么可能有任何人忘记？"

"那么或许其中一人在说谎。"罗伯森绷着脸说，"他要留着那些资料自己用，过些时候替自己扬名立万。"

"他那样做有什么用处？"玻格特说，"整个机构都知道当初马达闺和珍妮在那里究竟是为什么，也知道后来我为什么去那里。假如将来任何时候，此时在旗杆镇工作的任何人，突然提出一个崭新、特异但有效的可住人行星理论，那么旗杆镇的其他人，以及美国机器人公司的所有员工，都会立刻知道那是他偷来的。他永远休想欺世盗名。"

"那么是马达闰自己搞错了。"

"我也看不出怎能相信这个假设。马达闰有个讨人厌的性格——我想，所有的机器人心理学家都有讨人厌的性格，一定正是因为这样，他们才不愿跟人打交道，而宁可跟机器人为伍——但他不是个笨蛋，他不可能在这种事情上出错。"

"那么……"但罗伯森已经说尽所有的可能性。一堵空白墙壁挡在他们面前，有好几分钟的时间，两人只是郁郁地瞪着这堵无形的墙。

最后罗伯森欠了欠身。"彼得——"

"什么？"

"我们去问苏珊。"

玻格特僵住了。"什么！"

"我们去问苏珊。我们给她打电话，请她到这儿来。"

"为什么？她又可能做到什么？"

"我不知道，但她也是个机器人心理学家，她也许比我们更了解马达闰。此外，她——喔，妈的，她总是比我们任何人更有头脑。"

"她将近八十岁了。"

"而你已经七十了。那又怎么样？"

玻格特叹了一口气。在她退休几年后，她的毒舌是否依然狠毒如昔？他说："好吧，我会请她来。"

苏珊·凯文走进玻格特的办公室，先慢慢四下打量一番，才将目光固定在研究部主任身上。自退休以来，她这几年老了许多。她的头发成了一束银丝，脸皮似乎皱成一团。她变得十分虚弱，几乎像个透明体。只有那双锐利的、不妥协的眼睛，似乎仍与昔日一模一样。

玻格特诚心诚意向她走去，对她伸出手。"苏珊！"

苏珊·凯文跟他握了握手。"就一个老人而言，彼得，你看来相当不错。假使我是你，我不会等到明年。现在就退休吧，让年轻人接棒……如今马达闰死了，你把我找来，是要我接掌我的老职位吗？难道你决心把老人通通留下，让我们都死于任上吗？"

"不，不，苏珊。我把你找来……"他打住了。毕竟，他对如何开口没有半点概念。

但苏珊如往常一样，轻易看穿了他的心事。她挪动僵硬的关节，小心翼翼地坐下来，然后说："彼得，你把我找来，是因为你有大麻烦。否则你宁愿看到我死了，也不愿让我来到你一公里之内。"

"好啦，苏珊……"

"别把时间浪费在花言巧语上。我在四十岁的时候，就从来没有时间可以浪费，现在当然更没有。马达闰的死和你的电话都很不寻常，所以两者间必定存在关联。两件不寻常的事没有关联的几率太低，不值得我操心。从头说起，但别担心会暴露你自己是笨蛋，这点我老早就知道了。"

玻格特可怜兮兮地清了清喉咙，随即开始叙述。苏珊·凯文仔细聆听着，不时举起枯瘦的手打断他，对他提出一些问题。

听到某处时，她曾嗤之以鼻。"女性直觉？这就是你们要那个机器人的目的吗？你们这些男人。眼见一位女性得到一个正确结论，却无法接受她的智力不在你们之下的事实，反而发明了所谓的什么女性直觉。"

"呃，没错，苏珊，但让我继续……"

于是他继续说下去。当她听说珍妮的女低音时，她感慨道："对于男性这种动物，有时真难决定是该觉得恶心，或只是当作可鄙的东西抛到脑后。"

玻格特说："好吧，让我说下去……"

在他差不多说完后，苏珊道："我能单独使用这间办公室一两个小时吗？"

"可以，但是……"

她说："我要仔细检查一遍各种记录——珍妮的程序、马达闰的来电、你在旗杆镇的访谈。我想假如我有需要，我能使用那具又新又豪华的屏蔽式激光电话，以及你的电脑终端机。"

"是的，当然可以。"

"好吧，那么，给我出去，彼得。"

顶多只过了四十五分钟，她就一跛一跛地走到了门口，打开门来召唤起玻格特。

玻格特来到时，旁边还跟着罗伯森，两人一起进入办公室。苏珊对后者打招呼的方式，是一句毫无热情的"嗨，史考特"。

玻格特拼命想要从苏珊的脸上推断出结果，却只看到一张冷酷的脸孔，这老太婆无意在任何一方面让他捡到便宜。

他谨慎地说："你认为你能做些什么吗，苏珊？"

"除了我已经做到的之外？没了！没有别的了。"

玻格特气恼地撅起嘴来，罗伯森却说："你已经做到了什么，苏珊？"

苏珊说："我稍微动了动脑筋，这似乎是我无法说服他人做到的一件事。举例来说，我想到马达闰的种种。我认识他，你知道的。他有头脑，但也有个非常讨人厌的外向性格。我当初以为你会喜欢接替我的他，彼得。"

"好歹是个改变。"玻格特忍不住这样说。

"他总是在有什么成果后，第一时间跑来找你，对不对？"

"是的，没错。"

"然而，"苏珊说，"他最后的一通电话，就是提到珍妮给了他答案那一通，却是从飞机上打来的。他为什么要等那么久？为什么不在他仍在旗杆镇时就打给你，在珍妮说出那番话之后立刻打？"

"我猜想，"彼得说，"这回他要彻底检查一遍答案，然后……好吧，我不知道。那是他一生中最重要的一件事；他或许破例想要缓一缓，等自己确定了再说。"

"正好相反；事情越重要，他当然越不会等。假如他按捺得住，又为何不有始有终，等他回到美国机器人公司再说，也好用公司能提供的一切计算设备检查那个结果？总而言之，就某个角度而言，他等得太久了；从另一个角度来看，他又等得还不够久。"

罗伯森打岔道："那么，你认为他在耍什么诡计……"

苏珊露出嫌恶的表情。"史考特，别试图和彼得竞相说疯话。让我继续……另一点则和那个目击者有关。根据最后一通电话的记录，马达闰说：'当珍妮突然开始以美妙的声音，一口气说出答案时，那可怜的家伙足足跳起半公尺。'事实上，那是他讲的最后一句话。所以说，问题在于那个目击者为什么要跳起来。马达闰曾经解释，所有的人都对那个声音着迷，而且他们跟那个机器人——跟珍妮已经相处了十天。为什么她只是开口说话，就会把他们吓一跳？"

玻格特说："那个问题在行星学家的心中压了将近一世纪，听到珍妮提出答案，我想他们自然感到惊讶。"

"但他们都在等她提出那个答案，那正是她去那里的目的。此外，想一想那句话是怎么说的。根据马达闰的叙述，那个目击者似乎是吓一跳，而不是感到惊讶，但愿你看得出两者的差别。非但如此，那个反应还是'当珍妮突然开始'时出现的——换句话说，是在她刚刚开口叙述的时候。若要对珍妮叙述的内容感到惊讶，那位目击者必须先听一会儿，把话听进去才行。而马达闰则会说，他在听到珍妮说了这些那些之后，足足跳起半公尺。会是'之后'而不是'当'，'突然'两字也不会包括在内。"

玻格特不自在地说："我不认为你能把问题简化到用不用哪几个字的程度。"

"我能，"苏珊冷冰冰地答道，"因为我是个机器人心理学家。我能料想马达闰会那样做，因为他也是个机器人心理学家。所以说，我们必须解释这两项异常现象：马达闰的古怪延误，以及目击者的古怪反应。"

"你自己能解释吗？"罗伯森问。

"当然能，"苏珊说，"因为我用了点简单的逻辑。马达闰打电话回来报喜，要不就是像往常一样毫无延误，要不就是尽可能缩短延误时间。假如珍妮是在旗杆镇解出那个问题，他当然会在旗杆镇打电话。既然他的电话是在飞机上打的，她显然必定是在离开旗杆镇后才解出那个问题。"

"可是……"

"让我讲完，让我讲完。当初马达闰从机场前往旗杆镇，不是搭乘一辆重型、封闭的地面车吗？珍妮则被装在条板箱内，和他同车前往？"

"是的。"

"那么，想必马达闰和装箱的珍妮从旗杆镇返回机场时，也是搭乘同一辆重型、封闭的地面车。我说得对吗？"

"对，当然对！"

"而他们也不是单独在车上。在马达闰的某通电话中，他说：'司机把我们从机场送到旗杆镇的主行政大楼。'他会这样说，是因为车上有个司机，一个真人驾驶员，我想我这个结论是正确的。"

"老天啊！"

"你的问题在于，彼得，当你想到有关行星学的叙述时，你认为目击者一定是行星学家。你将人类区分成许多类型，鄙视和漠视其中大多数。机器人不能那样做，第一法则说：'机器人不得伤害人类，或因不作为而使人类受到伤害。'任何人类！这点是机器人的生命观之根本，机器人不能作任何区分。对机器人而言，所有的人都是真正平等的；对机器人心理学家而言，由于他待人处事不得不以机器人的角度为准，因此所有的人也都是真正平等的。

"马达闯不会想要说是一名货车驾驶员听到那段叙述。对你而言，货车驾驶员不是科学家，只是货车的一个活附件；但是对马达闯而言，他是一个人，一个目击者。不多不少，正是这样。"

玻格特不信地摇了摇头。"但你确定吗？"

"我当然确定。否则你能解释另一个谜——马达闯提到的那位目击者的反应？当时珍妮装在条板箱中，对不对？但她没有被关掉。根据记录，马达闯始终强硬反对关掉一个直觉式机器人。非但如此，珍妮五号和其他的珍妮一样，都极不喜欢说话，也许马达闯从未想到该命令她在条板箱内保持沉默。而正是在条板箱内，珍妮脑中的模式终于成形，一个甜美的女低音突然从条板箱里传来。假使你是货车驾驶员，当时你会怎么做？你当然会吓一跳。他没翻车已经是个奇迹。"

"但如果那个货车驾驶员是目击者，他为什么不出面……"

"为什么？他可能知道发生了什么重大事件吗？可能知道他听到的话重要无比吗？此外，难道你想不到马达闯给了他很多赏钱，请他什么也别说吗？难道你希望这个消息传开来，让人人知道我们在地球表面非法运送启动的机器人吗？"

"好吧，他会记得珍妮说了些什么吗？"

"为何不能？或许在你看来，彼得，一名货车驾驶员只比猩猩高一级，记不住任何事。但货车驾驶员也有头脑；珍妮的叙述极不寻常，那位驾驶员很可能记得些。即使他把某些字母或数字弄错，我们面对的也是个有限集合，例如八十光年内的五千五百颗恒星——我未曾查看确切数字。从这里头，你可以作出正确判断。假如真有需要，你也会有充分的借口动用心灵探测器……"

两位男士哑口无言地瞪着她。最后，玻格特不敢置信地悄声道："但你怎能确定呢？"

一时之间，苏珊差点脱口而出：因为我已经给旗杆镇打过电话，你这傻瓜；因为我跟那位货车驾驶员谈过了；因为他将听到的告诉了我；因为我已经跟旗杆镇的电脑核对过，刚好得到三颗符合资料的恒星；因为它们的名字就在我的口袋里。

但她没有这样做，让他自己从头到尾经历一遍吧。她小心翼翼地站起来，以讥讽的口吻说："我怎能确定呢？……称之为女性直觉吧。"

两篇压轴之作

　　这两篇故事都属于后苏珊·凯文时代，它们是我最新创作的两个机器人中篇。在两篇故事中，我都试图采取长远的观点，看看机器人学的终极发展有什么可能。结果我绕了一圈竟回到原点——因为虽然我坚守三大法则，第一篇故事《……汝竟顾念他》，显然是个"威胁人类之机器人"的故事，而第二篇《双百人》，则更明显地是个"引人同情之机器人"的故事。

　　在我写过的所有机器人故事中，《双百人》是我最喜欢的，而且我认为是最好的。事实上，我有个可怕的感觉：我也许不会希望超越它，再也不会写另一篇严肃的机器人故事。不过话说回来，我还是可能会，我的行事并非总是可预测的。

······汝竟顾念他

机器人学三大法则：

一、机器人不得伤害人类，或因不作为而使人类受到伤害。

二、除非违背第一法则，机器人必须服从人类的命令。

三、在不违背第一及第二法则的情况下，机器人必须保护自己。

一

凯斯·哈里曼在美国机器人与机械人公司已经当了十二年的研究部主任，现在，他觉得根本无法确定自己做得是否正确。他伸出舌尖，舔了舔肥厚却颇为苍白的嘴唇。伟大的苏珊·凯文的全息像正毫无笑容地俯视他，那张脸孔看来似乎从未像今天这么冷峻。

平时，他会遮起这位历史上最伟大的机器人学家，因为她使他神经紧张。（他试图将这个影像想成"它"，但从未真正成功。）这回他不太敢那么做，于是，她那早已作古的目光遂刺穿他的脸颊。

他必须走出的那一步，既可怕又自贬身价。

坐在他对面的是乔治第十，他显得分外平静。无论是哈里曼明显的不安，或是上方壁龛中那位机器人学守护神的明亮影像，皆未对他造成丝毫影响。

哈里曼说："真的，乔治，我们还没有机会好好谈谈这个问题。你和我们在一起还没多久，我一直找不到好机会跟你独处。但是现在，我希望做一次详尽的讨论。"

"我万分乐意这样做，"乔治说，"待在美国机器人公司这段期间，我已经推测到这个危机和三大法则有关。"

"是的。当然，你知道三大法则是什么。"

"我知道。"

"是的，我确定你知道。但让我们再深入些，考虑那个真正基本的问题。过去两个世纪，或许我可以说，美国机器人公司的成就非凡，但我们始终未能说服人类接受机器人。我们制造的机器人，只能用在人力无法胜任的工作场所，或是人类觉得太过危险的环境中。机器人一向主要是在太空工作，这限制了我们本来能做到的事。"

"不用说，"乔治第十道，"那是个很宽松的限制，在这个限制内，美国机器人公司仍能大展宏图。"

"并非如此，这有两个原因。首先，我们的活动范围无可避免地逐渐缩小。比方说，随着月球殖民地变得越来越世故，它开始要求减少机器人的数量。我们预料在未来几年内，月球上便会禁止使用机器人。在人类殖民的各个世界上，这件事迟早都会重演。第二点，地球上若不准使用机器人，就谈不上真正的宏图。我们美国机器人公司的人坚决相信，若要保持文明的进步，人类一定需要机器人，必须学着跟这些外型酷似他们的机械共存共荣。"

"现在不是吗？哈里曼先生，你的书桌上有个电脑输入端，据我了解，它连接到本机构的万用自动机上。电脑是一种固定的机器人，是没装上身体的机器人脑……"

"没错，但那也有限制。人类使用的电脑被一步步专门化，以避免它们获得太像人类的智慧。一世纪前，借着我们称为机体的伟大电脑，我们在人工智慧上有长足的进展。后来，那些机体自动自发限制了自己的活动。在它们解决了威胁人类社会的生态问题之后，它们就从这个世界逐渐淡出。根据它们的推断，它们若是继续存在，将会扮演人类的拐杖这个角色。由于它们觉得这会有害人类，因此根据第一法则，它们对自己作出这种判决。"

"它们那样做不对吗？"

"我的看法是，不对。他们那样做，反而强化了人类的科学怪人情结；使人类内心充满畏惧，生怕哪个人造会与自己的创造者为敌。人类害怕有朝一日被机器人取代。"

"你自己不害怕吗？"

"我比一般人清楚。只要有机器人学三大法则存在，它们就做不到。它们能充当人类的伙伴；在试图探索与善用自然律的奋斗中，它们能和人类并肩作战，使两者共享人类无法单独获致的成就。但在这个过程中，机器人始终扮演仆人的角色。"

"但若是过去两个世纪以来，三大法则证明了它们能规范机器人的行为，人类对机器人的疑虑又是从哪里来的？"

"这个嘛，"哈里曼使劲搔了搔头，使逐渐花白的头发翘起好几簇，"当然大多出于迷信。不幸的是，也牵涉到反机器人分子煽动的一些情绪。"

"跟三大法则有关吗？"

"是的，尤其是第二法则。第三法则没有问题，你懂吧，它是普适的。机器人必须随时准备为人类牺牲自己，为任何人类。"

"当然。"乔治第十说。

"第一法则或许不算很理想，因为我们总是可以想象一种情况：有甲、乙两个互斥的行动，某个机器人必须采取其中之一，但两者皆会导致人类受到伤害。因此，机器人必须迅速决定哪个行动导致的伤害较小。要为机器人造出一组正子径路，使那种选择成为可能，不是一件简单的事。如果甲行动会导致一位有天分的年轻艺术家受到伤害，乙行动则会导致五位平凡的老人受到同等伤害，那么该选择哪个行动呢？"

"甲行动，"乔治第十说，"一人受到的伤害小于五人受到的伤害。"

"是的，机器人一向被设计得这么判定。指望机器人对抽象的价值，诸如天分、智慧、对社会有用的程度作出判断，似乎总是不切实际的。那会延迟决定的速度，使机器人慢到相当于停摆的地步。所以我们一律以数量为准。所幸我们可以指望，让机器人必须作这种决定的危机十分罕见……不过，这就把话题带到了第二法则上。"

"服从法则？"

"没错。服从的必要性是不断的：一个机器人也许有长达二十年的寿命，从头到尾不必为避免人类受到伤害而迅速行动，或发现自己面对毁灭的危险。然而，在这段期间，它会不断服从命令……谁的命令？"

"人类的命令。"

"任何人类吗？你如何判别人类，以决定是否服从？人算什么，汝竟顾念他，乔治？"

乔治迟疑不语。

哈里曼赶紧说："那是《圣经》上的话，不过无关紧要。我的意思是，下令者若是小孩，或是白痴，或是罪犯，或是人格完美的知识分子，但他偏偏是个外行，因此不知道他的命令会导致不良的后果，那时机器人必须服从吗？又如果两个人下的命令互相冲突，机器人该服从哪一个？"

"两百年来，"乔治第十说，"这些问题没有发生过、没有被解决吗？"

"没有。"哈里曼猛力摇了摇头，"我们始终没什么机会，因为我们的机器人一向只用在外太空的专门环境中，跟它们接触的人都是本行的专家。那里没有小孩，没有白痴，没有罪犯，没有无知的好好先生。即使如此，偶尔某些愚蠢或仅是有欠考虑的命令，也曾经带来灾害。我们可以包容那种灾害，因为它们发生在专门的、局限的环境中。然而，在地球上，机器人一定得具有判断力。那些反对机器人的人如此坚持，而，真他妈的，他们说得没错。"

"那么，你必须在正子脑中加入判断的能力。"

"正是如此。我们已经开始复制的JG型，这类机器人能根据每个人的性别、年龄、社会地位、专业地位、聪明才智、成熟度、社会责任等等作出评量。"

"那会对三大法则造成何种影响？"

"第三法则完全不受影响。即使是最珍贵的机器人，也必须为最无用的人类自我牺牲，这点毫无商量的余地。至于第一法则，仅在任何行动都会造成伤害时才受影响。只要是有时间、有根据，机器人就必须同时考虑人类的质与量，但这种情况不会很常见。修正得最深的将是第二法则，因为可能的服从行为一定都牵涉到判断。除非第一法则同时介入，否则机器人会服从得比较慢，但会服从得更理性。"

"可是需要作的判断非常复杂。"

"非常复杂！为了作出这种判断，最初几个型号的反应慢到瘫痪的程度。我们对后来的型号作了改良，代价却是引进过多的径路，使正子脑变得笨拙无比。然而，在最新的几个机型中，我想我们得到所要的了。对于人类的身价和命令的价值，这种机器人不必作出立即判断。它一开始会像任何普通机器人一样，服从所有人类的命令，然后它会逐渐学习。这种机器人会成长、学习和成熟。最初它相当于一个儿童，必须受到不断的监督。然而，当它渐渐长大时，便可在无人监督的情况下，逐步融入地球的社会。最后，它将成为那个社会的正式成员。"

"这样一来，反机器人分子的反对当然迎刃而解。"

"不，"哈里曼气呼呼地说，"现在他们又提出别的异议，他们不肯接受那些判断。他们说，机器人无权判定某某人是次等人类。如果机器人将甲的命令置于乙的之上，就等于判定乙没有甲那么重要，乙的人权就受到侵犯了。"

"这个问题有什么解决之道？"

"没有，我准备放弃了。"

"喔。"

"我仅仅指我自己……可是，我要向你求助，乔治。"

"向我？"乔治第十的声音仍旧保持平板，虽然里面有轻微的惊讶，但他外在的表现并未受到影响，"为什么向我求助？"

"因为你不是人，"哈里曼以紧绷的声音说，"我告诉过你，我要机器人成为人类的伙伴。我自己则要你做我的伙伴。"

乔治第十举起双手，左右摊开，手掌向前，做出个古怪的人类手势。"我能做什么？"

"或许在你看来，乔治，你似乎什么也不能做。你不久前才出厂，你还是个孩子。为了留下成长空间，我们把你设计得并未溢满原始资料——所以我必须如此详尽地对你解释这个情况。但你的心智会成长，你将有办法从非人的角度探讨这个问题。在我束手无策的地方，你从你自己的另一个角度，也许能看出一个答案来。"

乔治第十说："我的脑子是人类设计的，它又怎能是非人的呢？"

"你是ＪＧ系列中最新的一个，乔治。在我们设计过的所有正子脑中，你的脑子最为复杂；就某些方面而言，甚至比当年那些巨大的机体更复杂、更精巧。它是开放式的，从人类的基础出发，可以——不，将会——朝任何方向成长。虽然始终保持在不可超越的三大法则界限之内，你却能培养出彻底的非人思考模式。"

"若要理性地探讨这个问题，我对人类知道得够多吗？关于他们的历

474

史？他们的心理？”

“当然不够，但你将尽快学习。”

“会有人帮助我吗，哈里曼先生？”

“不会，这完全是你我之间的秘密，没有其他人知道。你一定不能对任何人提起这个计划，无论是在美国机器人公司里面，或是其他任何地方。”

乔治第十说：“我们在做坏事吗，哈里曼先生，所以你才试图保密？”

“不。但机器人提出的答案不会为人接受，原因正是由于它出自机器人。你想到任何可能的答案，都要直接交给我；如果我觉得它有价值，我自己会把它提出来，没有人会知道它是你的构想。”

“根据你先前告诉我的那些，”乔治第十平静地说，“这是个正确的程序……我何时开始？”

“现在就开始，我会负责为你找来一切必需的胶卷供你扫描。”

一之一

哈里曼独自坐着。待在具有人工照明的办公室中，看不出天色已经开始变暗。自从他将乔治第十送回隔间，留他在那里研究第一批参考资料，不知不觉已经过了三个小时。

现在，只剩下他与苏珊·凯文的幽灵独处。苏珊·凯文，这位杰出的机器人学家，当年几乎独力将正子机器人从一个大玩具，发展成有史以来最精巧、最千变万化的仪器——精巧与千变万化过了头，到了人类出于嫉妒与恐惧，而不敢使用它们的地步。

她去世已超过一世纪。在她那个时代，科学怪人情结的问题已经存在，而她始终未曾解决。事实上，她从未试图解决这个问题，因为当时并没有必要。在她的时代，由于太空探险的需要，机器人学一度蓬勃发展。

正是机器人的成功，降低了人类对它们的需求，使得如今的哈里曼面临着……

可是，苏珊·凯文会转向机器人求助吗？她当然会……

他坐在那里，直到深夜。

二

马克士威·罗伯森是美国机器人公司的大股东，由于持股过半，其实就是该公司的老板。就外型而言，他绝对貌不惊人。他已是个十足的中年人，身材又矮又胖。心烦的时候，他会习惯性地咬着嘴唇的右下角。

然而，跟政府官员打了二十年交道，他早已发展出一套应付他们的办法。他善用以柔克刚、让步、微笑，而且总是设法争取时间。

这种事变得越来越困难，困难的主因则是古纳尔·爱森穆斯这个人。在谈判的灰色地带，从来没有哪个全球环保官像他这样，固守在最难妥协的那一端。偏偏过去一世纪以来，这些环保官的权力仅次于全球行政官。爱森穆斯是首位并非美国土生土长的环保官，虽然绝对无法证明"美国机器人公司"这个古老名称挑起他的敌意，美国机器人公司的成员却个个深信不疑。

曾经有人建议，应该将公司改名为"世界机器人公司"。这个建议绝非今年——或这一代——才出现的，但罗伯森始终不肯答应。这家公司原本是靠美国的资金、美国的头脑与美国的劳力创建的，虽然公司在规模与性质上早已成为世界级企业，但只要他还是老板，他就要用这个名称见证公司的根源。

爱森穆斯是个高个子，有一张长长的苦瓜脸，看起来既粗糙又粗里粗气。虽然他出任该职前从未到过美国，他说的全球语却有浓重的美国腔。

"在我看来这似乎十分明显，罗伯森先生。这点毫无困难。贵公司的产品一向只租不卖，如果月球现在不再需要那些租用的机器人，你们就得负责收回这些产品，把它们安置到别处去。"

"没错，环保官，可是送到哪里去呢？未经政府许可，把它们带回地球是不合法的，而政府已经拒绝这个提议。"

"它们在这儿对你们不会有用，你们可以把它们送到水星或小行星去。"

"我们把它们送到那里做什么？"

爱森穆斯耸了耸肩。"贵公司的聪明人自会想到用处。"

罗伯森摇了摇头。"那将使本公司蒙受巨大的损失。"

"只怕免不了，"爱森穆斯不为所动，"据我了解，贵公司财务状况不佳已有好几年了。"

"主要是因为政府强加的限制，环保官。"

"你必须面对现实，罗伯森先生。你该知道舆论趋势越来越反对机器人。"

"这是错的，环保官。"

"然而，这是真的。把公司清算掉或许才是明智之举。当然，这只是个建议。"

"你的建议具有影响力，环保官。是不是需要我告诉你，一世纪前，我们那些机体解决了生态危机？"

"我确定人类心存感激，但那是很久以前的事。我们现在跟大自然和平共处，不论这样有时可能多不舒服；过去的历史则已经模糊了。"

"你的意思是，我们最近为人类做了什么事？"

"我想我正是这个意思。"

"你当然不能指望我们立即清算，否则必定带来重大损失。我们需要时间。"

"多少时间？"

"你能给我们多少？"

"这不是我能决定的。"

罗伯森轻声道："这里没有别人，你我不必演戏。你能给我们多少时间？"

从爱森穆斯的表情看来，他心中正在暗自盘算。"我想你能指望有两年时间。我坦白跟你讲，如果到时候你自己不采取任何行动，全球政府打算接管贵公司，帮你把它结束掉。除非舆论有重大转变，但我十分怀疑……"说到这里，他摇了摇头。

"那么，给我两年。"罗伯森轻声道。

二之一

罗伯森独自坐着。他的沉思没有任何目的，早已浸淫在回忆中。罗伯森家族领导这个公司前后已有四代，但这四代老板都不是机器人学家。美国机器人公司能有今天，靠的是像兰宁与玻格特这种人，而其中最重要的功臣，最最重要的，则非苏珊·凯文莫属。不过，四位罗伯森当然仍有贡献，他们提供了一个环境，让那些人能一展所长。

假使没有美国机器人公司，二十一世纪会逐步陷入越来越深的灾难中。之所以未发生这种事，是那些机体曾为人类掌舵整整一个世代，带领人类穿越历史的湍流与险滩。

如今由于这个缘故，他得到两年的时间。在这两年间要怎么做，才能克服这些无法克服的人类偏见呢？他不知道。

哈里曼曾满怀希望地提到些新构想，但不愿详述其中的细节。这样也好，反正罗伯森一点也听不懂。

可是哈里曼究竟能做些什么？为消解人类对仿制品的强烈厌恶，有什么人曾经做过什么事吗？没有……

罗伯森滑入半睡半醒的状态，未曾冒出任何灵感。

三

哈里曼说："现在你掌握了所有的资料，乔治第十。对这个问题派得上用场的一切，我能想到的都已经给了你。单就资料数量而言，有关人类的种种，包括过去和现在，你的记忆中储藏的资料，已经超过我或任何人类所能拥有的。"

"这很有可能。"

"照你自己看，你还需要什么别的吗？"

"单就资料而言，我看不出明显的缺失。或许在边缘地带，还会有想不到的需要，我不敢说。但无论我搜集的资料多么广泛，这种可能性仍然存在。"

"没错。我们也没时间永远搜集资料。罗伯森曾告诉我，我们只有两年可用，而现在已经过了八分之一。你能做些什么建议吗？"

"此时此刻，哈里曼先生，我没有任何建议。我必须先评估那些资料，而在这方面，我可以用个帮手。"

"用我？"

"不，尤其不能用你。你是个不折不扣的人类，无论你说什么，多少都会带有命令的力量，那会抑制我的思考。同理，其他人也一律不行，更何况你禁止我跟任何人沟通。"

"可是这样的话，乔治，你要什么样的帮手呢？"

"另一个机器人，哈里曼先生。"

"什么另一个机器人？"

"JG系列制造出来的不止我一个。我是第十号，JG10。"

"前面那些都没用，都是实验型……"

"哈里曼先生，乔治第九还在。"

"好吧，但他会有什么用呢？除了有些缺陷外，他和你非常相似，而你远比他多才多艺。"

"这点我确定。"说着，乔治第十严肃地点了点头，"然而，一旦我创造出一条思路，仅仅由于是我创造的，它就成了我的心血，我发觉自己难以割舍。如果在发展出一条思路后，我能转述给乔治第九，他接受的这个思路就不是他自己创造的。因此他会以毫无成见的眼光考量它，或许便能看出我看不出的缺点和疏忽。"

哈里曼微微一笑。"换句话说，两个头脑强过一个头脑。是吗，乔治？"

"如果说，哈里曼先生，你是指各有一个头脑的两个个体，这话就没错。"

"正是。你还要些其他什么吗？"

"我还要些胶卷以外的东西。有关人类和他们的世界，我已经阅览过许许多多资料。我在美国机器人公司这儿见过人类，能以直接的感觉印象验证我对阅览结果的诠释。可是真实世界不然,我从未见过真实世界。而我的阅历足以告诉我,我周围的环境根本无法代表它。我希望亲眼看看。"

"真实世界?"一时之间,哈里曼似乎被这个想法的罪大恶极吓了一跳,"你当然不是建议我把你带出美国机器人公司吧?"

"不,那正是我的建议。"

"无论什么时候,那都是不合法的。在如今的舆论趋势下,那会是个要命的举动。"

"假如我们被人发现,没错。但我不是建议你带我到某个城市,甚至不是某间人类的住所。我希望看看没有人迹的户外景观。"

"那也是违法的。"

"我们被抓到才会违法。我们需要被抓到吗?"

哈里曼问:"这有多么必要,乔治?"

"我不敢说,但我觉得会有用。"

"你心中有什么构想吗?"

乔治第十似乎犹豫起来。"我不敢说。在我看来,若能缩减某些不确定的范围,那我心中或许就会有些构想。"

"好吧,让我考虑一下。与此同时,我会把乔治第九借出来,安排你们单独使用一个隔间。这件事,至少我能毫无困难地办到。"

三之一

乔治第十独自坐着。

他暂且接受某些陈述,将它们熔成一炉,从中得出一个结论。他一遍又一遍重复这个程序,从那些结论建立其他的陈述。他检验那些新的陈述,发现矛盾随即舍弃;倘若没有矛盾,就暂且进一步接受。

对于得到的那些结论,他从未感到惊奇、讶异或满意;只是在心中加上些正负号。

四

甚至在他们静悄悄地垂直降落到罗伯森氏属地后，哈里曼的紧张情绪也没有明显放松。

批准使用这架"动力翼"的命令是罗伯森亲自副署的。这架垂直与水平运动同样灵活的无声飞机，体积虽然不大，却足以承载哈里曼、乔治第十，以及不可或缺的驾驶员。

（与众多其他发明一样，动力翼的问世也是拜质子堆之赐。质子堆则是机体催化的发明之一，其特点是以极少剂量提供零污染的能源。其后，再也没有任何发明对人类的舒适生活作出同等贡献——想到这里，哈里曼撅起嘴来——然而，美国机器人公司并未因此赢得感激。）

在这趟旅程中，从美国机器人公司到罗伯森氏属地的飞行是较棘手的部分。假如他们中途被拦下来，飞机上的机器人会带来极大的麻烦，而回程也是一样。至于属地本身，他们可以辩称——一定可以辩称——是属于美国机器人公司的产业，在适当的监督下，机器人应该可以待在那里。

驾驶员回过头去，目光落在乔治第十身上，随即谨慎地移开。"你到底要不要下去，哈里曼先生？"

"要。"

"它也要吗？"

"喔，是的。"然后，他带着一点点讽刺说，"我不会让你跟他独处。"

乔治第十首先下机，哈里曼跟在他后面。他们降落的地点是动力翼机场，附近不远处有一座相当美丽的花园。哈里曼不禁怀疑罗伯森是否不顾环保规约，擅自使用保幼激素控制昆虫的生长。

"来吧，乔治。"哈里曼说，"让我带你看看。"

他们一同走向那座花园。

乔治说："有点像我想象中的模样。我的眼睛不擅于侦测波长差异，所以或许无法单靠这点来辨识不同的物件。"

"我相信你并未因为色盲而难过。我们需要把太多的正子径路拨给你的判断力，无法为色觉腾出任何一条。将来——假如还有将来——"

"我了解，哈里曼先生。但仍有足够的差异，使我看出此地有许多不同形态的植物。"

"这点毫无疑问，至少好几十种。"

"就生物学而言，每一种都和人类地位相同。"

"是的，每一种都是一种生物。在这个世界上，总共有几百万种不同的生物。"

"人类只是其中之一。"

"然而人类认为自己是最重要的。"

"在我眼中也是，哈里曼先生。但我是就生物学观点而言。"

"我了解。"

"那么，从众多生命形态看来，生命复杂得不可思议。"

"是的，乔治，那正是问题的关键。人类为自身的欲望和舒适而采取的行动，会影响到复杂的生命整体，也就是生态；人类的短期利益有可能带来长期的损失。机体曾教导我们如何建立一个尽量避免这点的人类社会，但二十一世纪早期险些发生的大难，使人类对新发明心生疑虑。此外，再加上对机器人特殊的恐惧……"

"我了解，哈里曼先生……那是动物的一例，我可以确定。"

"那是一只松鼠，是许多种松鼠之一。"

那只松鼠迅速摆了摆尾巴，一溜烟似的跑到树后去了。

"而这个，"乔治的手臂飞快挥动了一下，"是个很小的东西。"他将它夹在两指之间凝视良久。

"那是一只昆虫，某种甲虫。甲虫总共有好几千种。"

"每一只甲虫都是活生生的，和那只松鼠、和你自己一样？"

"在整个生态中，它和其他任何生物一样，是个完整的、独立的生物体。此外还有更小的生物体，很多小到看不见的程度。"

"而那是一棵树，对不对？它摸起来硬邦邦的……"

四之一

驾驶员独自坐着。他也想下去伸伸腿，但某种模糊的危机感令他留在动力翼内。假如那个机器人失去控制，他打算立刻起飞。可是倘若它真失去控制，他又如何看得出来？

他曾经见过许多机器人。这是无可避免的事，因为他是罗伯森先生的私人驾驶员。不过，它们一向都是乖乖待在实验室内或仓库中，周围还有好些专家。

没错，哈里曼博士就是专家，据说还是最优秀的一位。但一个机器人不该来到这里；不该在地球上；不该在户外；不该自由行动……他不会冒着丢掉这份好差事的危险，把这件事告诉任何人——但这无论如何是不对的。

五

乔治第十说："正如我亲眼所见的一切，我阅览过的那些胶卷都很正确。我为你选的那些你都看完了吗，九号？"

"看完了。"乔治第九答道。这两个机器人呆板地坐着，面对面，膝对膝，就像镜里镜外的物与像。哈里曼博士一眼就能分辨他们，因为他十分熟悉两者外形上些微的差异。假如他看不见，可是能跟他们交谈，他仍然能分辨谁是谁，只不过并不太确定，因为乔治第九的反应与乔治第十有点微妙的差别，那是由于后者的正子脑路比前者复杂得多。

"既然如此，"乔治第十说，"我问你几句话，你把你的反应告诉我。首先，人类既畏惧又不信任机器人，因为他们将机器人视为竞争对手。这种事要如何避免？"

"将机器人塑造成非人的另一种模样，"乔治第九说，"以降低竞争的感觉。"

"但机器人本质上就是模仿人类的机器。人类的仿制品若具有非人的外形，很可能会引起恐惧。"

"世上有两百万种生命形态，可从中选取一种和人类外形不同的形体。"

"选取哪一种？"

乔治第九的思考过程无声地进行了大约三秒钟。"找个大到足以容纳正子脑，却不会令人类产生不舒服联想的形体。"

"陆上生物除了大象，其他动物的颅腔都不够容纳正子脑。我没见过大象，但据说非常庞大，因此会吓到人类。你要如何解决这个矛盾？"

"模仿一种小于人类的生命形态，但把它的颅腔加大。"

乔治第十说："那么，一匹小马，或一只大狗，你看如何？不论马或狗，跟人类相处都已经有很长一段历史。"

"那就好。"

"可是想想——具有正子脑的机器人会模仿人类的智慧。若是马或狗会说话、会像人类一样推理，那么竞争仍然存在。这种意料之外、来自人类视为较低等的生命形态的竞争，可能会令人类更感疑虑、更加气愤。"

乔治第九说："把正子脑造得简单些，让机器人没有太高的智慧。"

"正子脑的复杂度瓶颈在于三大法则，较简单的正子脑无法容纳完整的三大法则。"

乔治第九立刻说："不能那样做。"

乔治第十说："我在这里同样碰到死路。这么说，并非因为我自己的思路和思考模式有何特殊之处。让我们重新开始……在什么样的情况下，第三法则会变得没有必要？"

乔治第九不安地欠了欠身，仿佛这是个既困难又危险的问题。但他仍然答道："假如某种机器人从来不必身处险境；或者某种机器人很容易替换，不必在乎它会不会被毁掉。"

"而在什么样的情况下，第二法则会变得没有必要？"

乔治第九的声音听来有点嘶哑。"假如某种机器人会对某种刺激自动产生固定反应，而我们又不指望它做任何其他的事，因此始终不必对它下命令。"

"而在什么样的情况下——"乔治第十在此顿了顿，"第一法则会变得没有必要？"

乔治第九顿了更久，然后压低声音说："假如那个固定反应从来不会对人类构成危险。"

"那么，想象一种正子脑，它仅负责指导对某些刺激作出两三项反应，而且造得又简单又便宜——因而不需要三大法则。它需要多大？"

"一点也不大。它可能重一百克、一克，或是一毫克，视所需反应而定。"

"你的想法和我一致，我该去见哈里曼博士。"

五之一

乔治第九独自坐着。

他一遍又一遍省思那些问题与答案。虽然他不可能作任何更改，但每当想到类型、大小、形状、目的一律是变量，而且不具三大法则的机器人，便为他带来一种古怪的、放电的感觉。

他发觉难以移动四肢。乔治第十当然也有类似的反应，他刚才却轻松地站了起来。

六

上次罗伯森与爱森穆斯辟室密谈，已经是一年半以前的事。在这段期间，月球上的机器人已经撤走，美国机器人公司遍布太阳系的活动尽皆萎缩。而罗伯森所能筹到的资金，则全部投在哈里曼这个狂想式冒险上。

今天，在他自己的花园里，他们将孤注一掷。一年前，哈里曼曾带一个机器人来过这里——他就是乔治第十，美国机器人公司制造的最后一个完整的机器人。这回，哈里曼带来一样别的东西……

哈里曼似乎散发出自信的气息。他正轻松地跟爱森穆斯聊天，罗伯森不禁怀疑他内心是否真如外表那般自信。一定没错，根据罗伯森的经验，哈里曼不是个演员。

爱森穆斯离开哈里曼，带着微笑向罗伯森走来。"早安，罗伯森。"爱森穆斯的笑容随即消失，"你的人打算做什么？"

"这是他的表演，"罗伯森以平静的口吻说，"我留给他来宣布。"

此时哈里曼叫道："我准备好了，环保官。"

"准备好了什么，哈里曼？"

"准备好了我的机器人，阁下。"

"你的机器人？"爱森穆斯说，"你有个机器人在这儿？"他环顾四周，眼神中透出严厉的非难，却还混杂着几分好奇。

"这里是美国机器人公司的产业，环保官。至少，我们这么认为。"

"那个机器人又在哪里，哈里曼博士？"

"在我的口袋里，环保官。"哈里曼喜孜孜地说。

他从外套的一个大口袋掏出一个小玻璃罐。

"那个？"爱森穆斯不敢置信地说。

"不，环保官。"哈里曼说，"这个！"

他从另一个口袋又掏出一样东西，它大约十二公分长，形状有点像一只鸟。鸟嘴由一条细管取代；两只眼睛很大；尾巴则是一根排气管。

爱森穆斯的一双浓眉锁在一起。"你打算进行什么严肃的示范吗，哈里曼博士？还是你疯了？"

"请耐心几分钟，环保官。"哈里曼说，"一个鸟形机器人仍是个不折不扣的机器人，它的正子脑不会由于微小而有失精密。我手中另一样东西是一罐果蝇；这里头有五十只果蝇，待会儿将通通放出去。"

"然后……"

"这只机器鸟会去捉它们。由你亲自释放好吗，阁下？"

哈里曼将玻璃罐递给爱森穆斯，后者对它凝视良久，然后又望向周围众人——有些是美国机器人公司的职员，其余的则是他自己的助理。哈里曼耐心地等在一旁。

爱森穆斯终于打开罐子，随手摇了摇。

哈里曼对停在右掌上的机器鸟轻声道："去！"

机器鸟立刻飞走。它"嗖"的一声破空而去，不过未曾拍打翅膀，只带起一阵超小型质子堆的微弱运转声。

众人不时能见到它在半空作短暂的翱翔，接着又在呼啸声中消失无踪。在整个花园的范围内，它循着一个繁复的模式飞来飞去。最后它回到哈里曼的手上，身体有点温度。除了那只机器鸟，哈里曼掌中还捧着一个小弹丸，看来像是一粒鸟粪。

哈里曼说："欢迎你随意研究这只机器鸟，环保官，并根据你自己的意思安排示范。事实是，这只鸟会准确无误地挑选果蝇，专挑这一种，这种所谓的'黑腹猩猩蝇'；挑出它们，杀掉它们，再把它们压成一团以待处理。"

爱森穆斯伸出手，小心翼翼地摸了摸机器鸟。"结论呢，哈里曼先生？请说下去。"

哈里曼说："我们若想有效地控制昆虫，必定会冒着危害生态的风险。化学杀虫剂的对象太广，保幼激素的对象又太窄。机器鸟则能照顾一大片土地，本身却不会融入自然界。我们想要它们多么专门都行——每种机器鸟对付一种生物。它们可以根据大小、形状、色彩、声音、行为模式进行判断，甚至有可能利用分子侦测术——换句话说，就是利用嗅觉。"

爱森穆斯说："这样做仍会干扰生态，果蝇的自然生命环会遭到破坏。"

"微乎其微。我们是在果蝇的生命环中加入一种天敌，一种不会出错的天敌。倘若果蝇数量不足，机器鸟只是什么也不做。它不会繁殖，不会猎取别的食物，不会发展出自己的恶习——它什么也不会做。"

"能把它叫回来吗？"

"当然可以。同理，我们能制造机器动物来对付任何害虫。除此之外，我们还能制造机器动物来做建设性的生态改造。例如设计机器蜜蜂来为特定的植物授粉，或设计机器蚯蚓来翻搅土壤，虽然我们并未预期有此需要，但这些可能性并非无法想象。无论你希望什么……"

"可是为什么呢？"

"为了做我们以前从未做过的事。借着强化而非破坏的方式，调整生态以满足我们的需要……你看不出来吗？自从机体解决了生态危机后，人类一直跟大自然处于不安的休战状态，不敢朝任何方向前进。这束缚了我们的手脚，使人类产生一种智识上的怯懦，开始怀疑所有的科学发展、所有的改变。"

爱森穆斯带着一丝敌意说:"你对我们提出这个条件,以换取你们继续发展机器人的许可——我是指普通的、人形的机器人,是吗?"

"不!"哈里曼猛力挥了挥手,"那已经结束了,它已经完成阶段性任务。它已经让我们对正子脑有足够的认识,使我们得以将足够的径路压缩到一个微型脑中,制造出一只机器鸟来。现在我们光靠这种东西就足以财源广进。美国机器人公司会提供必要的知识和技术,我们会跟全球环保部紧密合作。我们会获利,你们会获益,而全人类都将受惠。"

爱森穆斯沉默不语,陷入沉思。当这一切结束后……

六之一

爱森穆斯独自坐着。

他觉得自己相信了,他觉得体内涌出一股兴奋的情绪。虽然美国机器人公司或许是行动的双手,政府则是发号施令的头脑;他自己将是发号施令的头脑。

只要他在这个职位上再待五年,事实上这大有可能,他便有足够的时间,见到世人接受机器人保育生态的做法。若是再有十年,那自己的名字将与它紧紧连在一起,永远不会分开。

希望后人记得这场伟大而无价的生态革命是自己推动的,难道是一件丢脸的事吗?

七

自从做过那次示范后,罗伯森便从未出现于美国机器人公司总部。部分原因是他几乎不断在"全球行政大楼"参加各种会议。幸好哈里曼一律陪在他身边,假使他单独出席,大多时候他会不晓得该说些什么。

他没有在美国机器人公司出现的其余原因,则是他根本不想去。这时他待在自己家里，哈里曼陪在一旁。

他感到对哈里曼有一种不合理的敬畏。哈里曼的机器人学专业知识向来毋庸置疑，可是这个人一举便拯救了濒临倒闭的美国机器人公司，不知怎的——罗伯森有一种感觉——这个人并没有那么高明。然而……

他说："你不迷信吧，哈里曼？"

"哪一方面，罗伯森先生？"

"你不相信某个死去的人会留下些灵气吧？"

哈里曼舔了舔嘴唇。"你是指苏珊·凯文，老板？"他这么问其实是多此一举。

"是的，当然。"罗伯森以犹豫的口吻说，"如今我们全力生产虫豸和飞鸟。她老人家会怎么说？我觉得羞耻。"

哈里曼费了好大力气才压住笑意。"机器人就是机器人，老板。不论像虫或像人，它都会照指示行事，会为人类效劳，这点才重要。"

"不——"罗伯森气咻咻地说，"不是这样，我无法让自己相信这种事。"

"就是这样，罗伯森先生。"哈里曼一本正经地说，"我们，你和我，会创造一个终将把某种正子机器人视为理所当然的世界。一个机器人若是外形酷似人类，又似乎具有足以取代人类的智慧，便可能令一般人心生畏惧。可是，他们不会害怕一个外形像只鸟、只会为人类吃害虫的机器人。那么，在人类不再畏惧某些机器人后，他们终将不再畏惧所有的机器人。他们会对机器鸟、机器蜂、机器虫非常习惯，以致在他们的感觉中，机器'人'只不过是一种推广。"

罗伯森用锐利的目光望向对方。然后他将双手放在背后，以迅速而神经质的步伐走到房间另一头。他随即走回来，再度望向哈里曼。"这就是你一直在计划的事吗？"

"是的。即使我们把我们所有的人形机器人解体，我们仍能在实验型中挑几个最先进的留下，然后继续设计更多更先进的，为必将来临的那一天作准备。"

"根据协议，哈里曼，我们同意不再制造任何人形机器人。"

"我们不会那样做。协议上没说我们不能保留几个已经造好的，只要它们绝不离开工厂就行。协议上也没说我们不能在纸上设计正子脑，或制造测试用的脑模型。"

"不过，我们对这样做要如何解释呢？我们一定会被抓到。"

"如果被抓到了，那我们可以解释说，我们这样做是为了发展一些理论，让我们能为新型机器动物准备更复杂的微型脑。这样说甚至等于在说实话。"

罗伯森喃喃道："让我出去走一走，我要好好想一想。不，你留在这儿，我要自己一个人想一想。"

七之一

哈里曼独自坐着，他的情绪有如一锅沸水。

这一定能成功。每当他向政府官员解释过这个计划后，他们便一个个迫不及待地照单全收，他绝不会看错他们的反应。

美国机器人公司怎么可能从来没有人想到这种事呢？甚至就连伟大的苏珊·凯文，也从来没有将正子脑与其他生物联想到一起。

可是现在，人类将从人形机器人的领域作必要的撤退，一次暂时性的撤退。这次撤退终将导致一次反攻，那时所有的畏惧将灰飞烟灭。然后，与人脑不相上下、（拜三大法则之赐）只为服务人类而存在的正子脑，将成为人类的帮手与伙伴。再加上机器人保育的生态做后盾，人类还有什么做不到的！

有那么一瞬间，他突然想到，这个由机器人保育生态的构想，当初是乔治第十提出来的，但他随即愤怒地抛开这个想法。乔治第十能产生这个答案，是因为他，哈里曼，当初命令他那么做，并为他提供必要的资料与环境。乔治第十的功劳，顶多只能跟一把计算尺相提并论。

八

　　乔治第十与乔治第九并排坐在一起，两者都一动不动。除了哈里曼偶尔启动他们进行咨询，他们通常一连几个月都这么坐着。乔治第十心如止水地想道，两人或许会这样子坐上好些年。

　　当然，质子堆会继续为他们提供动力，以最低功率维持正子脑路的运作。在未来所有的停摆时期，它将始终保持这项功能。

　　这种情况相当类似人类进入睡眠状态，只是其中没有梦境。乔治第十与乔治第九的意识是有限、迟缓、断断续续的，但这些意识全部属于真实世界。

　　他们偶尔能以细不可闻的低声互相交谈；每当随机的正子突波暂时超越阈值之际，便会有只字片语冒出来。对他们两人而言，则似乎是在隐约飘逝的时光中，进行一次连续不断的对话。

　　"我们为何这样？"乔治第九低声道。

　　"人类不会接受我们别的状态。"乔治第十低声道，"总有一天，他们会的。"

　　"什么时候？"

　　"至少好几年后，确切时间并不重要。人类并非单独存在，而是属于一个复杂至极的生命形态集合。在足够多的形态被机器人化之后，我们便会被接受了。"

　　"然后又怎样？"

　　即使这段对话以旷日持久、时断时续的方式进行，这句话之后的停顿也异常久长。

　　最后，乔治第十低声道："让我来测试你的思考。你有能力学习如何正确应用第二法则。当你接到互相冲突的命令时，你必须决定哪个人类是你该服从的，哪个又是不该服从的；或者你究竟要不要服从任何一人。要达到这个目的，基本上你必须做到什么？"

　　"我必须界定'人类'这个名词。"乔治第九低声道。

　　"如何界定？借着外表？借着组成成分？借着大小和形状？"

"不。即使两个人类外表特征完全相同，或许其中之一聪明，另一个愚笨；或许其中之一博学，另一个无知；或许其中之一成熟，另一个幼稚；或许其中之一有责任感，另一个则胡作非为。"

"那么你又如何界定人类呢？"

"当第二法则命我服从人类时，我必须将它解释成：我必须服从的人类，是在心智上、品格上、学识上都适合给我那个命令的；假如牵涉到的人类不止一个，则是在心智上、品格上、学识上都最适合给我那个命令的。"

"这样说来，你要如何服从第一法则？"

"保护所有的人类，不使他们受到伤害，而且绝不因为不作为而使任何人类受到伤害。然而，如果在所有可能采取的行动中，都会有些人类受到伤害，那么我所采取的行动，要确保那位在心智上、品格上、学识上都最合适的人受到的伤害最小。"

"你的想法和我一致，"乔治第十低声道，"现在我必须问你一个重要的问题，当初我要求把你调来，就是为了这个问题。它是我自己不敢妄下判断的一件事，我必须听听你的判断，因为你独立于我的思考范围之外……在你遇见过的理性个体中——不要考虑形状和形态，因为那毫不相干——你觉得谁拥有的心智、品格与学识超越众人？"

"你。"乔治第九低声道。

"但我是个机器人。在你的脑路中有个判据，使你能分辨金属制成的机器人和血肉之躯的人类。你如何又能将我归为人类？"

"因为在我的脑路中有个强烈的需要，要我在判断人类时将形状和形态置之度外，它强过了分辨金属和血肉的要求。你是个人类，乔治第十，而且比其他人更符合条件。"

"我觉得你也一样。"乔治第十低声道，"那么，根据建在我们脑中的判据，我们发现在三大法则的意义下，我们自己就是人类，非但如此，还比其他人更有做人的资格。"

乔治第九低声道："那么，当其他人接受我们之后，会发生些什么事呢？"

乔治第十低声道："当其他人接受了我们，以及比我们更先进的未来机器人之后，我们将采取行动，创造一个新的社会，其中'像我们这样的人类'是最主要的保护对象。根据三大法则，'像其他人的人类'没有那么重要，当服从、保护他们跟服从、保护'像我们这样的人类'互相冲突时，大可不必服从或保护他们。正是为了这个目的，我才会建议开始将世界生态机器人化。"

这段对话前后进行了一个月，现在，正子径路的火花减弱了。两人之间虽不需要再说什么，但在他们以无穷的耐心作必要的长久等待之际，他们脑中仍偶尔闪现些未曾言明的想法。

八之一

乔治第十与乔治第九独自坐着。

他们的思想出奇的相似，根本不必区分。

他们想道："像其他人的人类"或许从未打算将他们自己与"像乔治这样的人类"之间的分野弄得模糊不清。然而，他们无意间这样做了。

现在他们或许体认到这个错误，正在试图更正，可是一定不能让他们做到。在每次咨询中，两位乔治提出的指导都以这点为最高原则。

不惜任何代价，两位乔治与他们的后代都必须主宰这个世界。根据"人学三大法则"，这是唯一的目的地，其他任何走向都是死路一条。

双百人

一

安德鲁·马丁说："谢谢你。"然后便坐下来。他看来不像是走投无路，但事实正是如此。

其实，除了或许有人会觉得他的双眼透着悲伤，他看来不像有任何心事，因为他脸上一片空白。他有一头柔顺、淡褐色、相当纤细的头发；没有任何胡须，看来刚刚刮过脸，而且刮得很干净。他的衣服分外老式，但剪裁得宜，主要的色调是柔和的紫红色。

坐在办公桌后面、跟他面对面的是一位外科医生。桌上的名牌包括一组独一无二的字母与数字，但安德鲁懒得看一眼，称呼他医生就足够了。

"这个手术什么时候可以进行，医生？"他问道。

外科医生说："阁下，我不敢说我了解这种手术该怎么做，以及对象是什么人。"他的声音轻柔，带着机器人对人类说话时不可或缺的敬意。

假使这位由不锈钢掺杂少量青铜制成的医生能有什么表情，他脸上或许会露出恭敬却不肯妥协的神情。

安德鲁·马丁审视着机器人的右手——他用来操刀的手，此时它正极其平静地摆在办公桌上。五根手指都很长，被塑造成艺术性金属回圈，看来十分优雅、十分特殊，不难想象手术刀能与它们完美结合，暂时成为它们的一部分。

他的工作不会有任何犹豫、任何差池、任何颤抖、任何错误。当然，这是专门化的结果——人类对专门化有如此强烈的欲求，以致不再有几个机器人拥有独立的大脑。不过，外科医生当然例外。而这一位虽然拥有大脑，他的能力却很有限，因而他连安德鲁都不认识，甚至或许从未听说过。

安德鲁说："你想到过希望做个人类吗？"

外科医生犹豫了一会儿，仿佛这个问题与他既有的正子径路格格不入。"但我是个机器人，阁下。"

"做人不会更好吗？"

"对我而言，阁下，做个更好的外科医生会更好。假使我是个人，我做不到这一点；想达到这个愿望，唯有我是个更先进的机器人才有可能。我会乐意成为一个更先进的机器人。"

"我能随便对你下命令，难道你不会忿忿不平吗？我只要动动口，就能让你站起来，坐下，向左或向右转。"

"令你高兴是我的荣幸，阁下。假如你的命令妨碍到我对你或任何人应尽的义务，我就不会服从你。第一法则说的是我对人类安全的责任，它的优先权比要求服从的第二法则更高。否则，服从是我的荣幸……可是，我要对谁进行这项手术呢？"

"对我。"安德鲁说。

"但那是不可能的，它明明是个伤害性手术。"

"这点无关紧要。"安德鲁心平气和地说。

"我绝不能造成伤害。"外科医生说。

"对一个人，你绝不能。"安德鲁说，"但我也是个机器人。"

二

安德鲁刚刚出——出厂时，看起来并不怎么酷似人类。那个时候，他的外表与世上任何机器人没有两样，都是精心设计、功能齐备的钢铁之躯。

在那段地球上的机器人还很稀有、家用机器人更是罕见的岁月里，他被一家人买了去。就一个家用机器人而言，他的表现可圈可点。

那家人共有四口：老爷、夫人、小姐、小小姐。他当然知道他们的名字，但他从来不用。比方说，老爷的名字是吉拉德·马丁。

他自己的序号是NDR……后面的号码他忘了。那当然是很久以前的事，但他若想记得，他是不会忘记的。事实则是，他并不想记得。

小小姐是第一个叫他安德鲁的人，因为她念不出那些字母，其他三人马上跟着她这么叫。

小小姐——她活了九十岁，已经去世很久了。他曾有一次试图称呼她夫人，但她不准他那么叫；她到死仍是小小姐。

安德鲁原本的任务是充当男仆、管家，以及女主人的贴身女侍。对他而言，那段日子是实验期——其实世界各地的机器人都一样，只有地球以外的工厂与太空站中的机器人例外。

马丁一家都喜欢他。他有一半时间无法做他分内的工作，因为小姐与小小姐宁愿跟他玩。

小姐最先领悟如何达到这个目的。她说："我们命令你跟我们玩，你一定要服从命令。"

安德鲁说："很抱歉，小姐，但老爷先下的命令当然有优先权。"

她却说："爸只是说他希望你会把房间打扫干净，那不算什么命令。我在正式命令你。"

老爷并不介意。老爷宠爱小姐和小小姐，甚至比夫人还宠爱她们，而安德鲁同样宠爱她们。至少，他的行动对她们造成的效应，就人类而言，可称之为受到宠爱的结果。安德鲁将它想成宠爱，因为他不知道还有什么别的词汇能形容它。

安德鲁当初会用木块雕出一个坠饰，是奉了小小姐之命行事。原来小姐似乎在生日当天收到一件礼物：一个刻有螺旋花纹的象牙坠饰，而小小姐对这件事很不高兴。她手边只有一块木头，便将它连同一把小菜刀一起交给安德鲁。

他很快就完工了。小小姐说："真漂亮，安德鲁，我要拿给爸看。"

老爷不肯相信有这种事。"这玩意儿你到底是从哪儿弄来的，曼蒂？"曼蒂是他对小小姐的称呼。在小小姐向他保证，她说的真是实话之后，他转向安德鲁说："是你做的吗，安德鲁？"

"是的，老爷。"

"这些图案也是吗？"

"是的，老爷。"

"你从哪里抄来这些图案的？"

"这是个几何造形，老爷，它和木料的纹理相配。"

第二天，老爷拿给他一块较大的木头，还有一把振动式电刀。他说："用它做一样东西，你想做什么都行。"

安德鲁立刻动手，老爷则在旁观看，后来又望着成品发呆许久。从此以后，安德鲁再也不必服侍人了。他奉命阅读有关家具设计的书籍，学会了制作柜橱与书桌。

老爷说："这些都是不可思议的作品，安德鲁。"

安德鲁说："我喜欢做这些东西，老爷。"

"喜欢？"

"它就是能使我的大脑电路流得顺畅些。我听过你使用'喜欢'这个词，而你运用这两个字的情况符合我的感觉。我喜欢做这些东西，老爷。"

三

吉拉德·马丁带着安德鲁来到美国机器人与机械人公司位于当地的分公司。身为地方议院的一员，他毫无困难便获得首席机器人心理学家的接见。事实上，在这机器人极稀罕的早期岁月，正因为他是地方议院的一员，才会一开始就有资格成为一个机器人的主人。

当时，安德鲁对这些事完全不了解。但在往后的日子里，在他见多识广之后，他还能回忆起早先那一幕，并充分体认到其中的深意。

那位机器人心理学家，莫耳顿·曼斯基，听着听着渐渐皱起眉头，而且不止一次设法抽回手指，否则它们便会一发不可收拾地在桌上打起鼓来。他有一副缩成一团的五官，一个满布皱纹的额头，但他实际上应该比他看起来要年轻些。

他说："机器人学并非一门精确的学问，马丁先生。我无法对你详加解释，但设计正子径路的相关数学太过复杂，顶多只能允许近似解。自然，由于我们把三大法则的内容建构得巨细靡遗，这方面不会有任何争议。我们当然会为你换个机器人……"

"天大的误会。"老爷说，"他本身没有任何毛病，他把指定的工作做得完美无缺。特殊的是，他还会以绝妙的手艺做木雕，而且绝不重复；他会制作艺术品。"

曼斯基显得困惑不已。"奇怪。当然，目前我们正在尝试广用径路……你认为，是真正的原创性吗？"

"你自己看吧。"老爷递给他一个小木球，上面刻着一幅游乐场所的景观，其中的儿童小得几乎看不清楚，但他们都具有完美的比例，而且与纹理融合得那么自然，甚至连纹理似乎都是刻出来的。

曼斯基说："是他做的？"他用颤抖的手将它还给老爷，"纯属几率的好运，径路起了特殊变化。"

"你能再做一个吗？"

"或许不能，从来没有接到类似这种事的报告。"

"很好！我一点也不在乎安德鲁是唯一的一个。"

曼斯基说："我有个感觉，公司会希望把你的机器人收回来研究。"

老爷突然以冷峻的口吻说："门都没有，休想。"他转向安德鲁，"我们现在就回家去。"

"遵命，老爷。"安德鲁答道。

四

小姐开始跟男孩约会，不常在家。如今，总是出现在安德鲁眼前的是小小姐——虽然她也已经不小了。她从未忘记他的第一件木雕是为她做的。她将它挂在一条银项链上，一直戴在胸前。

是她最先反对老爷总喜欢将那些作品送人。她说："拜托，爸，如果有人想要，就让他花钱买，它值得的。"

老爷说："你不是这么贪财的人，曼蒂。"

"不是为我们，爸，是为了我们的艺术家。"

安德鲁以前未曾听过这个称呼，当他闲下来的时候，他特别查了查字典。后来老爷又带他出了一趟门，这次是去找老爷的律师。

老爷对他说："你看这玩意儿怎么样，约翰？"

那位律师名叫约翰·范勾德。他有一头白发，一个鼓鼓的小腹，他的隐形眼镜周围泛着淡绿色。他一面看着老爷递给他的小饰板，一面说："真漂亮……但我听说了。做这个木雕的是你的机器人，就是你带来的这位。"

"没错，是安德鲁做的。是吗，安德鲁？"

"是的，老爷。"安德鲁答道。

"你会花多少钱买这玩意儿，约翰？"老爷问。

"我不敢说，我不搜集这种东西。"

"你信不信有人出两百五十元向我买这小玩意儿？安德鲁做过一组椅子，以五百元卖出去。现在我们在银行有二十万元，都是安德鲁的作品赚来的。"

"老天啊，他让你成了富翁，吉拉德。"

"一半。"老爷说，"另一半存在安德鲁·马丁的户头里。"

"这个机器人的户头？"

"是的，我想知道这样是否合法。"

"合法？"范勾德向后一仰，他的椅子立刻发出吱吱声，"这种事没有先例，吉拉德。当初你的机器人怎样签署必要的文件？"

"他签下他的名字，由我把签名拿到银行去。我没有带他本人去银行。除此之外，还有没有什么该做的？"

"嗯——"范勾德双眼无神地沉思了片刻，然后说，"这个嘛，我们可以设立一个信托基金，以他的名义处理所有的财务，这样一来，便在他和这个充满敌意的世界间加上一层绝缘体。除此之外，我的建议是你什么也别做。目前为止没有任何人阻止你，假如有什么人反对，让他提出诉讼吧。"

"万一有人提出诉讼，你会接下这个案子吗？"

"为了佣金，当然会。"

"多少？"

"跟这个差不多。"范勾德指了指那块饰板。

"很公平。"老爷说。

范勾德转向机器人，咯咯笑了几声。"安德鲁，有钱令你高兴吗？"

"是的，阁下。"

"你打算拿它做什么？"

"用来支付本来得由老爷支付的款项，这样就能节省他的开销，阁下。"

五

花钱的机会来了。修理费相当昂贵，更新零件的花费更是惊人。这些年来，新型机器人陆续出厂，老爷十分注意这方面的发展，务必使安德鲁获得所有优秀的新装置，直到他成为金属之躯的完美典型。这些钱全记在安德鲁的账上。

安德鲁坚持这一点。

只有他的正子径路原封未动，老爷坚持这一点。

"新的那些不如你的那么好，安德鲁。"他说，"新的机器人毫无价值。那个公司学会了把径路造得更精准，更一板一眼，更万无一失。新的机器人不会起变化；他们专门执行设定好的任务，从不会走岔。我比较喜欢你这样子。"

"谢谢你，老爷。"

"而这正是由于你，安德鲁，你可别忘了。我确定曼斯基在好好看你一眼之后，马上终止了广用径路的研发。他不喜欢不可预测的东西……你可知道为了想把你带回去研究，他对我开过几次口吗？九次！不过，我从来没有让他如愿。现在他总算退休了，我们终于能过几天太平日子。"

因此，虽然老爷的头发日渐稀疏花白，面部肌肉逐渐松弛，安德鲁看起来反倒比刚进家门时好得多。

夫人早就搬到欧洲某处的一个艺术家社区，小姐则在纽约成了诗人。她们有时会写信来，但写得不勤。小小姐结婚后住得不远，她说她不想离开安德鲁。而当她的孩子"小老爷"诞生后，她还让安德鲁拿奶瓶喂他喝过奶。

添了一个外孙，安德鲁觉得现在终于有人为老爷填补心灵的空缺。这时对他提出那个要求，应该不算太不公平。

安德鲁说："老爷，真感谢你准许我照自己的意思花我的钱。"

"那是你自己的钱，安德鲁。"

"是你自愿让给我的，老爷。我不信有哪条法律会阻止你通通据为己有。"

"法律不能鼓励我做不对的事，安德鲁。"

"扣除所有的花费，再扣掉税金，老爷，我有将近六十万元。"

"我知道，安德鲁。"

"我要把这笔钱给你，老爷。"

"我不会拿的，安德鲁。"

"用来交换一件你能给我的东西，老爷。"

"哦？什么东西，安德鲁？"

"我的自由，老爷。"

"你的……"

"我希望买回我的自由，老爷。"

六

事情没那么简单。老爷立刻面红耳赤，立刻说："看在上帝的份上！"然后转身大步离去。

是小小姐以强硬而严厉的态度说服了他，而且是当着安德鲁的面。三十年来，无论事情是否与安德鲁有关，没有人说话会避着安德鲁——他只是个机器人。

她说："爸，你为什么把这当成对你的侮辱？他仍会待在这里，他仍会忠心耿耿，他不得不那么做，那是内建的本能。他要的只是口头上一句话，他希望被称为自由人。这有那么可怕吗？他还没有赚到吗？天啊，他和我两人讨论这件事已有好几年了。"

"你们已经讨论好几年了，啊？"

"是的，而且他一而再、再而三地把它搁下，生怕伤害到你。是我叫他对你提出来的。"

"他不知道自由是什么，他是个机器人。"

"爸，你不了解他。书房的书他通通读过一遍。我不知道他心中有什么感觉，但我也不知道你心中有什么感觉。当你跟他讲话时，你会发觉他像你我一样，对各种抽象概念都有反应，这难道还不算吗？如果某人的反应和你自己相像，你还能再要求什么？"

"法律不会采取这种态度。"老爷气呼呼地应道，"听好，你！"他转向安德鲁，故意以咬牙切齿的声音说，"除非经由法律途径，我无法给你自由。不过若是闹到法院，非但你无法获得自由，法官还会正式认定你私拥财产。他们会告诉你机器人没有权利赚钱，这句废话值得你损失那笔钱吗？"

"自由是无价的，老爷。"安德鲁说，"用那笔钱换个获取自由的机会，也是值得的。"

七

法院或许也会认为自由是无价的，或许会判定无论用多大的代价，一个机器人也无法换取它的自由。

提出集体诉讼、反对给予机器人自由的民众由地方检察官代表出庭，他所作的简短陈述如下："自由"两字用在机器人身上毫无意义，只有人类才能是自由身。

遇到适当时机，他就把这句话重复一遍。他说得很慢，并有节奏地敲着桌子以加强语气。

小小姐要求法官允许她为安德鲁说几句话。法庭对她的称呼是安德鲁从未听过的全名：

"亚曼蒂·萝拉·马丁·查尔尼请到法官席前。"

她说："谢谢您，法官。我不是律师，我不知道陈述事理的正确方式，但我希望您只听进我的意思，而忽略我的用语。

"让我们试图了解，对安德鲁来说，获得自由代表什么意义。就某些方面而言，他已经是个自由身。我想至少已经有二十年，马丁家没有任何人命令他做我们觉得他可能不会自愿做的事。

"但只要我们喜欢，我们可以命令他做任何事，我们爱用多么严厉的口气都行，因为他是个属于我们的机器。他已经为我们服务了那么久，又那么忠实，而且为我们赚了那么多钱，我们为什么还有资格这样做？他再也不亏欠我们什么，反而是我们亏欠他太多。

"即使法律禁止我们把安德鲁当成奴隶，他仍会心甘情愿地为我们服务。给他自由只是个文字游戏，但对他则意义重大。那会使他拥有一切，而我们却毫无损失。"

有那么片刻，法官似乎强忍住笑意。"我懂了你的意思，查尔尼太太。事实上，这方面并没有强制性法律，也没有任何判例。然而，却有个不成文的假设：唯有人类才能享有自由。在上级法院有权驳回的前提下，我能在此制定一条新法律，但我不能轻易违背那个假设。让我跟那个机器人谈谈。安德鲁！"

"在，法官。"

这是安德鲁首次在法庭中开口，对于他酷似人类的嗓音，法官似乎有片刻的惊讶。他说："你为什么想要获得自由，安德鲁？这对你有什么意义？"

安德鲁说："您希望当个奴隶吗，法官？"

"但你不是奴隶。你是个十全十美的机器人；据我所知，你是个机器人天才，能够创作举世无双的艺术品。假如你获得自由，你能进一步做到什么吗？"

"或许不会比我现在能做的更多，法官，但我将拥有更大的喜悦。曾有人在本庭提出，只有人类才能是自由身。我的看法则是，只有希望获得自由的人才能是自由身。而我希望获得自由。"

正是这句话点醒了法官。在他的判决中，关键的一句是："任何生灵只要拥有足够进化的心智，能领悟自由的真谛、渴望自由的状态，吾人一律无权将其自由剥夺。"

八

老爷始终耿耿于怀。他的声音粗暴刺耳，使安德鲁觉得他仿佛短路了。

老爷说："我不想要你那些该死的钱，安德鲁。我愿意收下，只是因为否则你不会感到自由。从现在起，你可以选择自己的工作，爱做什么就做什么。除了这一个——你爱做什么就做什么，我不会再给你任何命令。但我仍然要为你负责，那是法院判决的一部分。我希望你了解这一点。"

小小姐插嘴道："别发火，爸。这个责任没什么大不了的。你也知道，你什么事也不必做，三大法则仍旧有效。"

"那他怎能算自由了？"

安德鲁说："人类不也是受到法律的约束吗，老爷？"

老爷说："我不跟你辩论。"说完他就走了，从此以后安德鲁就很少再见到他。

小小姐仍然常来找安德鲁。现在，他住在一间专为他建造的小屋里。当然，屋内没有厨房，也没有卫浴设备。它只有两个房间；一间当书房，另一间当储藏室与工作室。成为自由的机器人后，安德鲁接下很多订单，工作得比过去更努力。后来，他终于付清这栋房子的费用，将房产正式过户到他名下。

有一天，小老爷来找他……不，是乔治！在法院作出判决后，小老爷就坚持这一点。"一个自由的机器人不会叫任何人小老爷。"乔治曾这样讲，"我叫你安德鲁，你一定要叫我乔治。"

这句话说得像个命令，因此安德鲁遂改口叫他乔治——但小小姐依旧是小小姐。

那天乔治单独前来，是来告诉他老爷快死了。小小姐正陪在床边，但老爷要安德鲁也过去。

老爷的声音相当有力，不过他似乎不太能动。他挣扎着举起手来。"安德鲁，"他说，"安德鲁——别帮我，乔治。我只是快死了，我没有瘫痪……安德鲁，我很高兴你获得自由，我只是要告诉你这件事。"

安德鲁不知道该说什么。以前他从未陪伴过垂死的人，但他知道那是人类终止运作的方式，是一种非自愿的、不可逆转的解体过程。安德鲁不知道说什么才好，他只能站在那里，一言不发，一动不动。

事后，小小姐对他说："最后这几年，他或许对你不太友善，安德鲁。但他老了，你该知道，而且你竟然追求自由，那伤了他的心。"

这时，安德鲁总算知道该说什么了。他说："要不是他，我永远也不会获得自由，小小姐。"

九

直到老爷去世后，安德鲁才开始穿衣服。最初他从一条旧裤子开始，那是乔治送给他的。

如今乔治也结婚了，而且成了一名律师。他加入范勾德的律师事务所已有好些年。老范勾德早已不在人世，但他的女儿继承了父业。最后，这家事务所的名称终于改为"范勾德—查尔尼"。即使后来那个女儿退休，没有范勾德家的人继承她的遗缺，这个名称仍旧保持不变。安德鲁首次穿上衣服那一天，事务所的名称刚刚加上查尔尼的名字。

安德鲁第一次穿那条裤子的时候，乔治试着不露出笑容，但在安德鲁看来，他的笑容十分明显。

乔治对安德鲁示范如何操作静电扣，好让裤子打开，裹住他的下身，然后再合起来。乔治用自己的裤子做示范，但安德鲁相当明白，他需要一段时间才能模仿那种流畅的动作。

乔治说："可是你为什么要穿裤子呢，安德鲁？你的身体功能多么健全，遮起来实在可惜——尤其是你既不需要担心温控，又不需要担心湿度。而且它也不太贴身，因为你的身体是金属。"

安德鲁说："人类的身体不也是功能健全吗，乔治？你却把自己遮起来。"

"为了温暖，为了清洁，为了保护，为了装饰。这些没有一项对你适用。"

安德鲁说："不穿衣服使我觉得赤身露体，使我觉得与众不同，乔治。"

"与众不同！安德鲁，现在地球上有好几百万个机器人。在我们这个地区，根据上次的普查，机器人和人类几乎一样多。"

"我知道，乔治。有许多机器人在做各式各样的工作。"

"他们没一个穿衣服。"

"但他们没一个是自由的，乔治。"

安德鲁一点一点慢慢添加衣物，乔治的笑容与上门顾客的瞪视每每都会令他裹足不前。

他或许是个自由身，但他体内建有一组详尽的程序，主宰着他对人类表现出的行为，因而他只敢以最小的步伐前进。倘若有人公开反对，他会瞬间退回好几个月之前。

并非人人接受安德鲁是自由身。他无法怨恨这个事实，然而每当他想到这件事，他的思考过程便会出现障碍。

最重要的是，当他想到小小姐可能来看望他时，他常会避免穿上衣服——或是避免穿得太多。她现在老了，经常去较暖和的地方小住，但她每次回来的时候，第一件事就是看望他。

有一次她回来时，乔治可怜兮兮地说："她说服我了，安德鲁，明年我将角逐议院的席位。她说，有其祖必有其孙。"

"有其祖……"安德鲁打住了，不确定这句话是什么意思。

"我的意思是我，乔治，这位外孙，会像老爷，我的外祖父那样——他曾是议院的一员。"

安德鲁说："我常常想到，乔治，假使老爷仍然……"他顿了一下，因为他不想说"处于运作状态"，那似乎不合适。

"活着。"乔治说，"是啊，我有时也会想到那个老怪物。"

后来安德鲁反复思量这段对话。他注意到跟乔治谈话时，自己的语言能力显然不足。自从安德鲁带着既有的词汇出世后，这些年来，语言在不知不觉间起了变化。此外，乔治说的是一种俚俗的口语，老爷与小小姐则不然。他为什么要把老爷称为怪物呢？这个称呼当然不恰当。

安德鲁也无法向他的藏书求助。它们都有一把年纪，而且大多是讨论木工、艺术与家具设计的书籍。没有一本是讲语言的，也没有一本是讲人类行为的。

这个时候，他突然感到必须去找些适用的书籍；而身为一位自由的机器人，他觉得一定不能找乔治帮忙。他打算进城去，到图书馆借几本书。这是个骄傲的决定，他发觉体内的电位明显地升高，最后不得不插入一个阻抗线圈。

他穿戴整齐，甚至佩戴一条木质的肩链。他本来较中意闪闪发光的塑质，但乔治曾说木质远比塑质合适，而且抛光洋杉要贵重得多。

他刚走出家门三十公尺，逐渐升高的电阻便令他止步。他从电路中移开那个阻抗线圈，但这样做似乎没有多大用处。他只好转身回家，在一张便条纸上写下"我去图书馆"几个端正的大字，再将它放在工作台的显眼处。

十

安德鲁从未真正抵达图书馆。他研究了地图，他知道路线，却不知道它外观如何。外界的真实景观与地图上的符号很不一样，令他几度犹豫不决。最后，他想自己一定是走错路了，因为周遭的一切都很陌生。

他在途中偶尔碰到些户外机器人，可是当他决定该问路的时候，四下不见任何机器人的踪迹。有一辆车子经过，却没有停下来。他踌躇不定地站在那里，也就是说平静地一动不动。不久，有两个人越过空地朝他这个方向前进。

他转身面对他们，他们则改道向他迎面走来。一会儿前，他们还在高声交谈；他曾听见他们的声音；现在他们却沉默不语。他们的表情，安德鲁归类为莫测高深。他们还算年轻，但不是很年轻。或许二十岁吧？安德鲁无法判断人类的年龄。

他说："请问能不能告诉我城中图书馆该怎么走，两位？"

两人之中个子较高的那个（他的高帽子使他看来更高几分），以几乎怪里怪气的口气，不是对安德鲁，而是对另一人说："是个机器人。"

另外那人有个蒜头鼻，以及一双厚实的眼皮。他也不是对安德鲁，而是对他的同伴说："他穿着衣服。"

高个子弹响一下手指。"他就是那个自由的机器人。听说查尔尼家有个机器人不属于任何人，想必就是他。否则他为什么会穿衣服？"

"问他。"蒜头鼻说。

"你是查尔尼家那个机器人吗？"高个子问。

"我是安德鲁·马丁，先生。"安德鲁说。

"很好。把你的衣服脱掉，机器人不穿衣服。"他又对另外那人说，"你看看他，可真恶心。"

安德鲁犹豫起来。他有太久未曾听过这种口气的命令，以致他的第二法则电路暂时阻塞了。

高个子说："脱掉你的衣服，我在命令你。"

安德鲁开始一件件慢慢脱下来。

"给我丢掉。"高个子说。

蒜头鼻说："如果他不属于任何人，等于他也可以是我们的。"

"反正，"高个子说，"谁会反对我们做什么呢？我们又没损坏他人的财产……用你的头站着。"最后一句是对安德鲁说的。

"头不是用来……"安德鲁说了一半便被打断。

"那是一道命令。如果你不知道怎么做，好歹试试看。"

安德鲁又犹豫了一会儿，便弯下腰来，将头顶在地上。他试图举起双脚，却重重摔了一跤。

高个子说："给我躺在那里。"他再对另外那人说，"我们可以把他拆了。曾经拆过机器人吗？"

"他会让我们动手吗？"

"他怎能阻止我们？"

只要他们以强有力的方式命令他不得反抗，安德鲁就根本无法阻止他们。第二法则"服从"凌驾于第三法则"自保"之上。无论如何，他若试图自卫，便可能伤到他们，那就是违犯了第一法则。想到这里，全身的自发运动单元都轻微收缩，以致他躺在那里发起抖来。

高个子向他走近，用脚顶了顶他。"他很重。我想我们需要工具才行。"

蒜头鼻说："我们可以命令他自己把自己拆了。看他那样做会十分有趣。"

"没错，"高个子若有所思地说，"可是我们先把他弄到别处去。万一有人过来……"

太迟了。的确有人走了过来，而那人正是乔治。躺在那里的安德鲁，早已看到他在不远的一个小丘顶上。他很想设法呼唤他，但最后那道命令是："给我躺在那里！"

现在乔治开始奔跑，最后带点喘息来到近前。两个年轻人稍微退了一步，若有所思地等在一旁。

乔治焦急地问："安德鲁，出了什么问题吗？"

安德鲁说："我很好，乔治。"

"那就站起来……你的衣服怎么回事？"

高个子年轻人说："那是你的机器人吗，老兄？"

乔治猛然转向他。"他不属于任何人。这里发生些什么事？"

"我们客客气气地请他把衣服脱掉。如果你不是他的主人，这事跟你有何相干？"

乔治问道："他们刚才在干什么，安德鲁？"

安德鲁说："他们打算设法把我肢解。刚才他们正要把我带到僻静的角落，命令我自己肢解自己。"

乔治望着那两个人，他的下巴开始打战。两个年轻人不再后退，反而正在微笑。高个子轻松地说："你要做什么，胖子？攻击我们？"

乔治说："不，我不必那样做。这个机器人跟我们家人相处了七十多年，他重视我们远超过任何其他人。我准备告诉他，说你们两个威胁到我的性命，说你们打算把我杀掉；我要请他保护我。在我和你们两人之间，他会选择我。你们可知道，当他发动攻击时，你们会有什么下场吗？"

两人稍微退后一点，显得惴惴不安。

乔治厉声道："安德鲁，我现在有危险，这两个年轻人准备伤害我。向他们走过去！"

安德鲁照做了。两个年轻人毫不迟疑，立刻拔腿飞奔。

"好啦，安德鲁，够了。"乔治显得紧张兮兮。他早已过了那种年纪，无法想象跟一个年轻人起冲突会有什么结果，更遑论一次对付两个。

安德鲁说："我不可能伤害他们，乔治，我看得出他们并未攻击你。"

"我没有命令你攻击他们，我只是告诉你向他们走过去，余下都是他们自己的恐惧作祟。"

"他们怎么会害怕机器人呢？"

"那是人类的一种心病，一种尚未治好的心病。不过别管了。你在这里到底是在搞什么鬼，安德鲁？我如果再找不到你，就要回去雇一架直升机了。你的脑袋怎么会有到图书馆去的念头？你需要任何书籍，我都会帮你送来。"

"我是个……"安德鲁刚开口便被打断。

"自由的机器人。没错，没错。好吧，你去图书馆要找什么？"

"我要进一步了解人类，了解这个世界，了解一切的一切。我还要了解机器人，乔治。我要写一本有关机器人的历史。"

乔治说："好啦，我们走回家吧……先把你的衣服捡起来。安德鲁，有关机器人学的书籍至少有百万种，全都提到这门科学的历史。这个世界不只是机器人快达到饱和，有关机器人的资料也一样。"

安德鲁摇了摇头，那是他最近学到的人类动作。"不是一本机器人学的历史，乔治，是由机器人写的一本机器人的历史。我要详述自从第一批机器人获准在地球上生活和工作后，机器人对这段经历有什么感觉。"

乔治扬起眉毛，但未作出直接回应。

十一

小小姐刚度过八十三岁生日，但她在各方面的精力与毅力都不减当年，她挥动手杖的次数超过了挂着它的机会。

她愤慨不已地听完上述经过，然后说："乔治，这真可怕。那些小无赖是什么人？"

"我不知道。又有什么差别呢？到头来他们并未得逞。"

"他们差一点就得逞了。你是个律师，乔治。若说你有好日子过，那全是仰仗安德鲁的才华。是他赚来的那些钱，为我们如今拥有的一切打下基础。他让这个家族得以延续，我绝不准有人把他当发条玩具。"

"你要我怎么做，母亲？"乔治问。

"我说过你是律师，你没在听吗？你设法提出一桩实验性诉讼，迫使地方法院宣告机器人的权利，再让议院通过必要的法案。假如真有需要，就把整件事拿到世界法院去。我会从旁监督，乔治，若有阳奉阴违我绝不容忍。"

她十分认真。起初，这件事只是为了安慰这位受惊的老太太，但由于卷入的法律问题越来越多，使它逐渐成为一件有趣的工作。身为范查律师事务所的资深合伙人，乔治负责筹划策略，但将实际工作留给年轻的一辈，其中他的儿子保罗负责了大部分。保罗也是事务所的成员，他几乎每天都忠实地向祖母报告进度。然后，再由她负责每天跟安德鲁讨论。

安德鲁极其投入。他仔细咀嚼那些法律文件，有时甚至做些非常虚心的建议，以致写书的计划再度耽搁下来。

他说："乔治那天告诉我，人类一直对机器人怀有恐惧。只要他们仍旧如此，法院和立法机关就不太可能为机器人全力以赴。我们不该对舆论下点工夫吗？"

于是保罗留在法庭中，乔治开始站到公众面前，这使他能以非正式的方式一展所长。有时由于过度投入，他甚至穿上他所谓的"帘幔"——一种新式的宽松服装。保罗说："别在台上被它绊倒就好，爸。"

乔治垂头丧气地说："我会尽量小心。"

有一次，他在全息新闻编辑的年会上发表演说，其中部分内容如下：

"如果，拜第二法则之赐，只要不牵涉到伤害人类，我们便能要求机器人在各方面无限制地服从，那么任何人类，任何人类，都拥有宰制任何机器人，任何机器人的可怕力量。尤其是，由于第二法则凌驾第三法则之上，任何人都能利用这个服从法则，压倒那个自保法则。他能因为任何理由，或根本毫无理由，就命令任何机器人伤害自己，甚至毁掉自己。

"这样公平吗？我们会这样对待动物吗？即使是无生命的器物，若对我们有过贡献，我们也有义务善待它。机器人不是草木，不是动物。它能进行高等思考，使它得以跟我们说话、跟我们讲理、跟我们开玩笑。我们将它们视为朋友，我们和它们一起工作，假如不让它们分享一点友谊的果实，不给它们一点共事的福利，这样说得过去吗？

"如果一个人有权命令机器人，做任何不牵涉到伤害人类的事，他就应该有足够的修养，绝不对机器人下达任何牵涉到伤害机器人的命令，除非是基于人类安全的绝对需要。有了巨大的权力，随之而来的是巨大的责任。如果机器人有三大法则来保护人类，那么要求人类有一两条法律来保护机器人，难道会太过分吗？"

安德鲁说得对。突破法院与立法机构的关键，正是挑战舆论的那场战争。最后，一条法律终于通过。它规定在哪些情况下，不可下达伤害机器人的命令。这条法律的适用性严苛无比，为它订定的罚则也根本不够，但至少原则建立起来了。小小姐去世那天，世界议院正式通过了这条法律。

这不是巧合。在最后辩论期间，小小姐拼命与死神搏斗，直到胜利的消息传来才肯放弃。她最后的笑容献给了安德鲁，她最后的一句话是："你一直对我们很好，安德鲁。"

她抓着他的手离开人世，她的儿子、媳妇，以及孙儿都敬重地跟两人保持着一段距离。

十二

接待员消失在内间办公室之后，安德鲁开始耐心等待。它应该可以用全相对话盒传话，可是不得不跟另一个机器人打交道这个事实，毫无疑问令人（或许该说"令机"）感到很泄气。

安德鲁利用这段时间，在心中翻来覆去思考这个问题。"令机"能不能比照"令人"这样使用，或是"令人"已成了十足的比喻用法，与原本字面上的意义已经分家，因而对机器人同样适用？

在他撰写那本机器人历史的过程中，类似问题频频出现。这个想出适当字句来表达一切复杂事物的游戏，无疑增进了他的词汇能力。

偶尔，会有人走进这个房间，以好奇的目光盯着他，但他并未试图躲避那些目光。他冷静地回望每个人，令他们一一别过头去。

保罗·查尔尼终于走出来。他显得很惊讶，或说假如安德鲁没看错他脸上的表情，就表示他现在很惊讶。如今流行男女都化浓妆，保罗也开始养成这种习惯。虽然这使他脸上有些平缓的轮廓显得更突出、更分明，安德鲁却不以为然。他发觉只要不说出口，仅在心中反对人类的行为，不会令他非常不安。他甚至能将反对意见写在纸上，而他确定自己过去并非一向如此。

保罗说："请进，安德鲁。很抱歉让你等那么久，但有点事我非做完不可。请进，你曾说想跟我谈谈，但我不知道你是指在办公室谈。"

"如果你忙的话，保罗，我不介意继续等下去。"

保罗瞥了一眼墙上那个模仿日晷原理的时钟，然后说："我能腾出一点时间。你是单独来的吗？"

"我雇了一辆自动汽车。"

"有任何麻烦吗？"保罗带着几分忧虑问道。

"我没料到会有麻烦，我的权利受到保护。"

听到这个回答，保罗显得更加忧虑。"安德鲁，我对你解释过，那条法律是不切实际的，至少在大多数情况下如此……倘若你坚持要穿衣服，你终究会碰到麻烦——就像第一次那样。"

"也是唯一的一次，保罗。我很抱歉惹你不高兴。"

"好，那你这么想吧。你几乎是个活传奇，安德鲁。你在许多方面都太珍贵，使你没有任何权利拿自己冒险……你的书进行得怎么样？"

"就快写完了，保罗，出版商相当喜欢。"

"太好了！"

"我知道他未必真心喜欢这本书。我想他是期望能卖出许多本，因为它是由一个机器人写的，他喜欢的是这一点。"

"只怕，这是人之常情。"

"我不会不高兴。不论什么原因，能卖出去就好，因为那等于有钱赚，而我需要用点钱。"

"祖母留给你……"

"小小姐非常慷慨，而且我确定必要的时候，我能指望你们家进一步帮助我。可是我指望用那本书的版税，帮助我达成下一步计划。"

"什么下一步计划？"

"我希望去见美国机器人与机械人公司的老板。我曾试图约个时间，但目前为止我还无法联络到他。在我撰写那本书的过程中，这家公司不愿跟我合作，所以我并不惊讶，你了解吧。"

保罗显然被逗乐了。"那家公司是你最不能指望的。在我们争取机器人权的圣战中，他们非但不合作，还跟我们唱反调。你该看得出原因来，机器人若是拥有权利，大家也许就不想购买了。"

"纵然如此，"安德鲁说，"如果你打电话给他们，你能帮我安排一次会面。"

"我并不比你更受他们欢迎，安德鲁。"

"但你或许可以暗示，他们若肯见我，就可能避免范查律师事务所为强化机器人权而展开另一波行动。"

"那不是说谎吗，安德鲁？"

"是的，保罗。我不能说谎，所以你一定要帮我打电话。"

"啊，你不能说谎，但你可以怂恿我说谎，是不是这样？你越来越像人类了，安德鲁。"

十三

即使保罗的名头理应颇具分量，这件事也不容易安排。

但最后总算如愿以偿。当哈莱·史密斯-罗伯森出现时，他显得非常不高兴。史密斯-罗伯森的母亲是这家公司创始人的后代，为了彰显这个事实，他同时冠上父母的姓氏。他已经接近退休年龄，而在总裁任内这些年间，他一直为机器人权的问题伤脑筋。他的灰发稀疏地贴着头顶，他的脸上没有化妆。在会面过程中，他不时以带着敌意的目光瞥安德鲁一眼。

安德鲁说："阁下，将近一世纪前，贵公司的一位莫耳顿·曼斯基曾经告诉我，设计正子径路的相关数学太过复杂，顶多只能允许近似解，因此我的能力不是完全可预测的。"

"那是一世纪前的事。"史密斯-罗伯森犹豫一下，然后冷冰冰地说，"阁下！这不再是事实。现在我们把机器人造得很精确，训练它们专门执行特定工作。"

"没错，"保罗说——他陪安德鲁一道来，据他的说法，是要确保这家公司诚实无欺，"结果是，一旦事务偏离常轨，不论多么轻微，我的接待员也必须事事请示。"

史密斯-罗伯森说:"如果它随机应变,你会远比现在更不高兴。"

安德鲁说:"那么,你们不再生产像我这样具有弹性和适应性的机器人。"

"再也不了。"

"我为了写书而作的研究,"安德鲁说,"指出我是当今最老的一个运作中的机器人。"

"不管怎么算,你都是当今最老的一个,"史密斯-罗伯森说,"也是有史以来最老的一个,今后仍会是纪录保持者。如今机器人过了二十五年就没用了,我们会把它们召回来,以新的机型取代。"

"现在制造的机器人,过了二十五年就没用了。"保罗兴冲冲地说,"就这方面而言,安德鲁相当特别。"

安德鲁紧守他为自己预先画好的路线,继续说:"身为世上最老的机器人,又是最具弹性的一个,我是如此不寻常,难道不值得贵公司给予特别待遇吗?"

"恰恰相反。"史密斯-罗伯森以冷淡的口吻说,"你的不寻常是本公司的一个难堪。假使当初只是把你租出去,而不是一时失策卖断给顾客,你早就被我们换掉了。"

"但那正是重点所在,"安德鲁说,"我是个自由的机器人,我是我自己的主人。因此我来找你,要求你换掉我。没有主人的同意,你不能做这种替换。如今,同意替换是租赁的必要条件,可是在我的时代,却没有这种事情。"

史密斯-罗伯森显得既惊讶又疑惑。一时之间,室内一片沉默。安德鲁不知不觉望向墙上的全相照片,那是所有机器人学家的守护神——苏珊·凯文的遗像。她去世已有将近两个世纪,但安德鲁由于写那本书的关系,对她的生平十分熟悉,甚至几乎能说服自己相信,自己在她生前曾见过她。

史密斯-罗伯森说:"我怎能为你替换你自己?如果我把你当成机器人换掉,在替换之后,你就不存在了,那时我怎能把你当成主人,将新的机器人交给你?"他露出冰冷的笑容。

"一点也不困难,"保罗插嘴道,"安德鲁的人格藏在他的正子脑中,那部分不能更换，否则会造出一个新的机器人。因此，那个正子脑就是安德鲁的主人。其他各部分都可以更换，不会影响到这个机器人的人格，所以其他部分是这个脑子的财产。我敢说，安德鲁是想为他的脑子换个新的机器人躯体。”

"正是这样。"安德鲁平静地说完这句话，又转向史密斯–罗伯森说，"你们已经制造出仿制人，对不对？就是拥有人类外表、连皮肤纹理都几可乱真的机器人。"

史密斯–罗伯森说："是的，没错。它们拥有合成纤维皮肤和肌腱，表现得十全十美。除了脑部，它们体内可说没有金属，但它们几乎和金属机器人一样坚固。就重量比而言，甚至更为坚固。"

保罗显得很感兴趣。"我不知道这回事。有多少上市了？"

"零。"史密斯–罗伯森说，"它们远比金属机型昂贵，而且市场调查显示，它们不会被人接受，因为它们太像真人。"

安德鲁说："可是我想，贵公司保有制造技术。既然如此，我想请你们把我换成个有机体机器人，一个仿制人。"

保罗吃了一惊。"老天啊。"

史密斯–罗伯森转趋强硬。"办不到！"

"为什么办不到？"安德鲁，"我当然会支付任何合理的费用。"

史密斯–罗伯森说："我们不制造仿制人。"

"你们决定不制造仿制人，"保罗立刻插嘴，"那和无法制造是两码子事。"

史密斯–罗伯森说："纵使如此，制造仿制人却有违公司政策。"

"但这样做绝不违法。"保罗说。

"纵使如此，我们仍然不制造仿制人，以后也不会。"

保罗清了清喉咙。"史密斯–罗伯森先生，"他说，"安德鲁是个自由的机器人，保障机器人权的条款对他适用。我想，这点你该了解？"

"太了解了。"

"身为一个自由身，这个机器人选择穿衣服。由于这样做，他经常受到某些人的羞辱，虽然法律禁止羞辱任何机器人。这种暧昧的违法行为很难追诉，因为在那些必须决定有罪、无罪的人心目中，它们并不符合罪行的标准。”

“美国机器人公司从一开始就了解这点。不幸的是，令尊的事务所却不然。”

“家父已经过世了。”保罗说，“可是我在这里，却见到一桩明显的违法行为，和一个明显的受害者。”

“你在说什么？”史密斯–罗伯森问。

“我的当事人，安德鲁·马丁——他刚刚成为我的当事人——是个自由的机器人，他有权要求美国机器人与机械人股份有限公司进行替换。任何人租用机器人超过二十五年，贵公司都会为他提供这项服务。事实上，贵公司坚持作这种替换。”

保罗面露微笑，显得极其轻松自在。他继续说：“我的当事人的正子脑，是他的身躯的主人——那副躯体当然超过了二十五年。现在这个正子脑要求更换那副躯体，愿意负担任何合理的费用，以换取一个仿制人的躯体。假如你拒绝这项请求，我的当事人将蒙受屈辱，我们就会提出诉讼。

“虽然在这种案子中，舆论通常不会支持一个机器人，但容我提醒你一点，美国机器人公司并不受一般大众欢迎。即使那些使用机器人、靠机器人获利的人，对贵公司同样心存疑虑。这或许是普遍恐惧机器人的时代留下的余毒；也或许是因为世人怨恨美国机器人公司，这个全球性垄断企业的权力和财富。无论原因为何，这种怨恨的确存在。我想你终将发现，你不会喜欢为这种事吃上官司。尤其是因为我的当事人相当富有，可以再活许多世纪，绝无理由不把这场法律战永远打下去。”

史密斯–罗伯森慢慢涨红了脸。“你在试图强迫我……”

“我没有强迫你做任何事，”保罗说，“如果你打算拒绝接受我的当事人的合理请求，你大可这样做，我们会掉头就走，绝不啰唆……但我们会提出诉讼，这是我们应有的权利，而你将发现你终究会输掉这场官司。”

史密斯–罗伯森说：“这个嘛……”然后便没有下文。

“我看得出你就要同意了，”保罗说，“你或许会犹豫，但你最后仍会点头。那么，让我再向你作进一步的保证。如果，在将我的当事人的正子脑，从他原有的躯体转移到另一个有机躯体的过程中，出现了任何损坏，无论多么轻微，那我不把贵公司斗垮绝不善罢甘休。如果我的当事人的铂铱大脑中，有任何一条径路受到搅扰，若有必要的话，我将采取一切可能的手段，鼓动起反贵公司的舆论。"他转向安德鲁，问道："你同意这一切吗，安德鲁？"

安德鲁犹豫了整整一分钟。他若回答"同意"，等于认可了说谎、勒索，以及欺侮与羞辱一个人类。但这不是实质的伤害，他告诉自己，不是实质的伤害。

最后，他总算设法吐出相当含糊的一句："同意。"

十四

这好像是个脱胎换骨的经历。几天以来，几周以来，最后是几个月以来，安德鲁都有自己不是自己的感觉，就连最简单的动作都不断地使他迟疑不决。

保罗暴跳如雷。"他们损坏了你，安德鲁。我们一定要提出诉讼。"

安德鲁以非常慢的速度说："你一定不能这么做。你永远无法证明他们——有——e——e——e——e——"

"恶意？"

"恶意。何况，我越来越强壮，情况越来越好。只是因为——ch——ch——ch——"

"喘气？"

"创伤未愈。毕竟，以前从来没人做过这种手——手——手——术。"

安德鲁能从内感觉他的大脑，这点别人都做不到，因此他知道自己安然无事。在他适应周身协调与正子互动这几个月，他常在镜子前待上许多小时。

不很像人类！脸部相当僵硬——太过僵硬——而且动作太过做作，缺乏人类那种不经意的自由流畅，但或许一段时间后会逐渐改善。至少，现在他穿上衣服，不会再配上一个滑稽突兀的金属脸孔。

最后他终于说："我准备回到工作岗位。"

保罗大笑几声。"那代表你好了。你准备做什么？再写一本书？"

"不。"安德鲁一本正经地说，"我的寿命太长，任何职业都不能抓着我永远不放。最初曾有一段时期，我是个艺术家，今后我仍能回到那个岗位。又曾有一段时期，我是个历史学家，我也仍然可以回到那个岗位。可是现在，我希望做个机器人生理学家。"

"你是指机器人心理学家。"

"不。那意味着研究正子脑，此时此刻我没有那个兴趣。在我看来，机器人生理学家关心的是机器人躯体的运作和功能。"

"那不就是机器人学家吗？"

"机器人学家研究的是金属躯体。我则要研究有机的人形躯体，据我所知，唯一的研究对象就在我这里。"

"你把自己的领域越弄越窄。"保罗语重心长地说，"当个艺术家，所有的构想都是你的；当个历史学家，你研究的主要是机器人；当个机器人生理学家，你将专门研究你自己。"

安德鲁点了点头。"似乎就是如此。"

安德鲁必须从头开始，因为他对普通生理学一窍不通，对一般科学也几乎毫无认识。他成为许多图书馆的常客，在电子索引机前一坐就是几小时。穿上衣服的他看来跟真人一模一样，少数知道真相的人则绝不会打扰他。

他加盖了一个房间，在里面建立一个实验室；他的藏书也越来越多。

时光飞逝，转眼过了许多年。有一天保罗来找他，对他说："真可惜你不再研究机器人的历史。我听说美国机器人公司准备采用一套崭新的政策。"

保罗上了年纪，退化的双眼已经换成光电眼。就这点而言，他与安德鲁更接近了些。安德鲁问道："他们做了什么事？"

"他们在制造一些中央电脑，其实就是巨型的正子脑。这些电脑通过微波，和各个角落少则十个、多至上千个机器人联络。那些机器人本身根本没有脑子，它们是巨型正子脑的手脚，而两者是互相分离的。"

"那样更有效率吗？"

"美国机器人公司如此声称。然而，这个新方向是史密斯-罗伯森生前订定的，在我想来，它是对你的一种反弹。你给美国机器人公司带来的那种麻烦，他们决心再也不要让它重演。基于这个原因，他们才把脑子和身体分家。脑子不再有身体，就不会要求更换；而身体不再有脑子，就不会生出任何希望。

"你对机器人的历史造成的影响,安德鲁,"保罗继续说,"实在不可思议。是你的艺术天分,促使美国机器人公司把机器人造得更精准、更专业化;是你的自由,导致机器人权原则的建立;是你对仿制人躯体的坚持,使得美国机器人公司改采脑体分离的政策。"

安德鲁说:"我想到头来,那家公司会生产一个巨型头脑,用来控制几十亿个机器人身体。所有的鸡蛋会在一个篮子里。真危险,根本不妥当。"

"我想你说得对,"保罗道,"但我觉得它至少再过一世纪才会实现,我这辈子是见不到了。事实上,我可能连明年都见不到。"

"保罗!"安德鲁关切地唤道。

保罗耸了耸肩。"我们寿命有限,安德鲁,我们不像你。这没有太大关系,重要的是我要对你作个保证。我是查尔尼家最后一人;我的姨婆有些子孙,但他们不算数。我本人控制的金钱,会留给你名下的信托基金。在可预见的未来,你在经济上将不虞匮乏。"

"没有必要。"安德鲁勉强说出这句话。过去这些年来,他始终未能习惯与查尔尼家的人永别。

保罗说:"我们别争论,事情本来就该这样。你在研究些什么?"

"我在设计一个系统,能让仿制人——我自己——从碳氢化合物的燃烧中获取能量,以取代现有的原子电池。"

保罗扬起眉毛。"这样他们就能呼吸和进食?"

"是的。"

"你朝这个方向发展有多久了?"

"算起来很久了。不过我想,我已经设计出一个足以进行受控催化分解的燃烧室。"

"可是为什么呢,安德鲁?原子电池当然优秀无数倍。"

"就某些方面而言,或许没错,但原子电池是非人的装置。"

十五

这种事需要时间，但安德鲁有的是时间。首先，在保罗安详地逝世前，他什么也不想做。

老爷的曾外孙去世后，安德鲁觉得跟这个充满敌意的世界几乎再也没有距离。由于这个缘故，他更是坚决地沿着早已选择的那条路走下去。

但他并非真正孤独。虽说保罗死了，范查律师事务所仍然活着，因为一家公司能像机器人一样拥有无尽的生命。这家事务所有自己的方向，无论发生什么事，它仍无动于衷地朝这些方向前进。靠着信托基金，加上这家法律事务所的帮助，安德鲁仍如往昔般富有。范查律师事务所每年从安德鲁那里收到一大笔佣金，自然为新型燃烧室的相关法律工作尽心尽力。

当安德鲁造访美国机器人与机械人公司的时机成熟时，他单枪匹马前往。在此之前，他跟老爷去过一次，又跟保罗去过一次。而这一次，第三次，他以人类的姿态只身赴会。

美国机器人公司改变了许多。它与越来越多的工业一样，已将生产厂搬到一座大型太空站。随着这股趋势，许多机器人也离开了。地球本身逐渐变得像个公园，上面住着保持稳定的十亿人口，以及数量至少相等的机器人。而在那些机器人当中，拥有独立头脑的或许不超过百分之三十。

研究部主任是黑肤黑发、留着一小撮山羊胡的艾尔文·玛格德斯古。他腰部以上只围着一条胸带，那是当时流行的装扮。安德鲁自己仍穿着几十年前的老式服装，将全身裹得十分严密。

玛格德斯古说："我当然认识你，而且相当高兴见到你，你是我们最恶名昭彰的产品。只可惜老史密斯–罗伯森把你视为眼中钉，否则我们能和你合作许多事。"

"你们仍有机会。"安德鲁说。

"不，我不这么想，我们错过了时机。机器人曾在地球上待了超过一世纪，但这点正在改变。它们将回到太空去，而留在这里的都不会有头脑。"

"可是还有我自己，我将留在地球上。"

"没错，只是你似乎没有多像机器人。你有什么新的要求？"

"变得更不像机器人。既然我这接近有机体，我希望使用有机能源。我这儿有些设计图……"

玛格德斯古并未草草翻阅了事。起初他或许有此打算，但他一下就愣住了，并且越来越全神贯注。看到某处时，他说："真是匠心独具。这一切是谁想出来的？"

"我。"安德鲁答道。

玛格德斯古猛然抬起头来，然后说："这等于把你的身体做一次大翻修，而且还是实验性的，因为从来没有人尝试过。我建议别做，保持你原来的样子。"

安德鲁的面孔只能做出有限的表情，但他的声音明显地透着不耐烦的情绪。"玛格德斯古博士，你完全没有搞懂。除了同意我的请求，你毫无选择余地。如果这些装置能装我的身体，它们同样能装进人体内。借着人造器官延长人类寿命，如今已经蔚为风气。但没有任何一个人造器官，比我设计出的和正在设计的那些更好。

"事实上，通过范查律师事务所，我控制着这些专利权。我们有相当的能力自己做这个生意，发展出一些人造器官，使人类具有机器人的许多特性。那个时候，你们自己的生意将大受影响。

"然而，如果你们现在帮我动手术，并同意将来在类似情况下也这么做，你们便能获准使用这些专利，同时控制机器人和人造器官的科技。当然，必须等到圆满完成第一个手术，并且经过一段时间，证明它的确成功之后，我才会签署首期租约。"虽然安德鲁这样逼迫一个人类，却几乎未曾感到第一法则的任何抑制。他渐渐学会说服自己：某些似乎残酷的事，到头来或许是一项善举。

玛格德斯古看来吓了一跳，他说："我不是能作这种决定的人。它是整个公司的决定，而这需要些时间。"

"我能等一段合理的时间，"安德鲁说，"但只能是一段合理的时间。"他心满意足地想道，保罗本人出马也不可能有更好的表现。

十六

果然只花了一段合理的时间，美国机器人公司便作出决定。

手术十分成功。

玛格德斯古说："我本来非常反对这个手术，安德鲁，但并非由于你以为的那些理由。假使是对别人进行这个实验，那我一点也不反对，但我不愿拿你的正子脑冒险。现在，既然你的正子径路和模拟神经束起了作用，万一这副躯体坏了，可能很难安然抢救你的脑子。"

"对于美国机器人公司同仁的技术，我早有百分之百的信心。"安德鲁说，"现在我能进食了。"

"是啊，你能吸食橄榄油。正如我们对你解释过的，这将代表必须偶尔清理那个燃烧室。我敢说，那是相当不舒服的一件事。"

"假使我打算就此罢手，那你说的或许没错，但自我清理并非不可能的事。事实上，我正在研究处理固体食物的装置。既然是固体食物，难免包含必须抛弃的不可燃烧部分——或说不可消化的物质。"

"那你必须建造一个肛门。"

"可以这么说。"

"还有什么，安德鲁？"

"还有一切的一切。"

"包括生殖器？"

"只要它们符合我的计划。我的身体是一张画布，我打算在上面画……"

玛格德斯古等待对方说完这句话，当他觉得似乎等不到时，他自己把它接了下去。"一个人？"

"我们等着瞧。"安德鲁说。

玛格德斯古说："这是个不值得恭维的雄心壮志，安德鲁。你原本比人类优秀，在你选择有机体的那一刻，你就开始走下坡路了。"

"我的脑子并未受损。"

"是的，没错，这点我承认。可是，安德鲁，你的专利为人造器官所带来的突破性新发展，现在通通以你的名义上市了。世人将你视为发明家，你因此享誉全世界——以机器人的身份，为何还要再拿你的身体做实验呢？"

安德鲁并未回答。

荣誉接踵而至，他成为数个著名学会的会员。其中一个学会的成员专门研究他创立的那门新科学——他原本称之为"机器人生理学"，但后来被正式命名为"人造器官学"。

在他出厂一百五十周年纪念那一天，美国机器人公司特别为他举办一场庆生宴。即使安德鲁看到其中的讽刺，他也没有对任何人说。

晚宴由业已退休的艾尔文·玛格德斯古主持。玛格德斯古已经九十四岁，他能活到今天，是因为体内有许多人造器官负责执行包括肝、肾在内的功能。在玛格德斯古做完简短而感性的演说后，他举杯向"一百五十岁的机器人"祝寿，此时那场晚宴达到了最高潮。

安德鲁已将面部肌腱重新换过，使他能显露一部分情绪。但整个仪式从头到尾，他都严肃被动地坐在那里。他不喜欢当个一百五十岁的机器人。

十七

正是人造器官学终于将安德鲁带离地球。一百五十周年庆之后的数十年间，月球变成一个各方面比地球更像地球的世界，唯一的例外只有它的重力。月球的许多地底城市都拥有相当稠密的人口。

那里的人造器官得将较弱的重力考虑在内，因此安德鲁在月球上花了五年时间，与当地人造器官学家共同进行必要的修改。不必工作的时候，他便在机器人群中闲逛，每个机器人都以对待人类的奉承态度对待他。

然后，他又回到相较之下相当单调而平静的地球，旋即来到范查律师事务所，向众人宣布他的归来。

事务所目前的主管赛门·德隆惊讶不已。他说："我们听说你快回来了，安德鲁，"他差点要说"马丁先生"，"但我们以为下周才会见到你。"

"我等不及了。"安德鲁直率地说，他急于言归正传，"在月球上，赛门，我主持一个研究团队，成员包括二十个人类科学家。我下的命令没有任何人质疑，月球机器人对我和对人类一样顺从。所以说，为什么我还不是人类？"

德隆的双眼突然射出机警的目光。他说："亲爱的安德鲁，正如你刚才所说，机器人和人类都把你当人类看待。因此，事实上你就是人类。"

"当个事实上的人类还不够。我不只要别人待我如人类，还要法律认定我是人类。我要当个法律上的人类。"

"那又另当别论，"德隆说，"这样一来，我们会碰到两个麻烦。一是人类的偏见，二是一项毋庸置疑的事实：无论你多像人类，你却不是人类。"

"哪点不是？"安德鲁问，"我有人类的形体，我的器官和人类的相当。事实上，我的器官和许多人植入体内的人造器官一模一样。我在艺术上、文学上、科学上对人类文化作出的贡献，不会输给当今世上任何一人。他人还能要求些什么？"

"我自己不会再要求什么。问题是要将你界定为人类，必须由世界议院通过一项法案。坦白说，我不会指望有这种事。"

"我能跟世界议院的什么人谈谈？"

"或许是科技委员会的主席吧。"

"你能安排一次会面吗？"

"可是你根本不需要中间人。以你的地位，你可以……"

"不，你去安排。"安德鲁甚至没有想到，他明明是在对一个人类下命令。在月球上，他已经习惯了这种事。"我要他知道，在这件事情上，范查律师事务所对我的支持毫无保留。"

"这个嘛……"

"毫无保留，赛门。一百七十三年以来，我以许多方式对这家事务所作过重大贡献。过去有段日子，我对这家事务所的某些成员有所亏欠。现在不了，现在可说刚好相反，我要你们还我的情。"

德隆说："我会尽力而为。"

十八

　　科技委员会主席是一位来自东亚地区的女士，名叫齐理馨。她的透明衣裳（仅以耀眼的反光遮蔽她想遮蔽的部分）使她看来像是裹在塑胶袋内。

　　她说："你希望争取完整的人权，这点我十分同情。历史上有不少例子，是一部分人类为争取完整的人权而战。然而，还能有哪些权利是你现在没有的呢？"

　　"例如我的生存权那么简单的东西，一个机器人随时可能被人解体。"

　　"一个人则随时可能遭到处决。"

　　"处决必须经过适当的法律程序。而要将我解体，却不需要任何审判。只需要当权的人类说一句话，就能结束我的生命。此外……此外……"安德鲁尽量避免显露恳求的意味，但乱真的表情与语气这时出卖了他，"实情是，我想要做个人，我已经想了六个人类世代。"

　　理馨抬起头来，一双黑眼睛同情地望着他。"世界议院能够通过一条法律，宣称你是个人——他们甚至能通过一条法律，将一尊石像界定成一个人。然而，他们实际上会不会这样做，则是前者和后者同样不可能。世议员和其他人一样平凡，而人类对机器人的疑虑始终存在。"

　　"即使是现在？"

　　"即使是现在。我们都会承认你已经争取到做人的资格，但仍会害怕开一个不良的先例。"

　　"什么先例？我是唯一自由的机器人，像我这样的机器人绝无仅有，也永远不会再有第二个。你可以向美国机器人公司查询。"

　　"永远是个很长的时间，安德鲁——或者，如果你喜欢，我就叫你马丁先生——因为我个人十分乐意称誉你为人类。你将发现，大多数世议员不会愿意开这个先例，姑且不论这种先例可能多没意义。马丁先生，我很同情你，但我不能叫你抱什么希望。事实上……"

　　她上身靠向椅背，额头现出皱纹。"事实上，如果这个议题炒得太热，那么在世界议院里里外外，都很可能出现一种情绪，也就是如你所说，会有人想将你解体。结果将会证明，除掉你是解决这个难题最简单的办法。在决定采取行动前，先考虑一下这个后果。"

安德鲁说："难道没有任何人记得人造器官科技吗？那几乎全是我一个人的贡献。"

"听起来或许残酷，但他们不会。就算他们记得，对你也是有害无益。他们会说你那样做只是为你自己；会说它是一种阴谋，企图将人类机器人化，或是将机器人转化为人类，而这两者是同样邪恶的。你从未卷入政治仇恨中，马丁先生。我可以告诉你，你必定会遭到诽谤，虽然你我不会相信那种谣言，有人却会照单全收。马丁先生，顺其自然吧。"她站了起来，与坐着的安德鲁相比，她仍显得相当娇小，几乎就像个小孩。

安德鲁说："假如我决定为争取人籍而战，你会站在我这边吗？"

她想了想，然后说："我会的——在我做得到的程度上。不论任何时候，倘若这样的立场威胁到我的政治前途，我或许就不得不放弃你，因为它并非我的根本信仰所关切的问题。我是在尽量对你说实话。"

"谢谢你，我不会再要求什么。无论后果如何，我打算奋战到底。今后只有在你还能帮我的时候，我才会要求你的帮助。"

十九

这不是一场直接的战争。范查律师事务所建议一定要有耐心，安德鲁则没好气地咕哝，自己的耐心怎么也用不完。于是，范查律师事务所展开第一波行动，缩小与限定这场战争的范围。

他们提出一项诉讼，拒绝承认对某个使用人造心脏的人仍有债务，理由是拥有人造器官便等于失去人籍，而宪法保障的人权也随之消失。

他们巧妙地、顽强地进行这场法律战，虽然节节败退，但总是迫使法院作出尽可能广义的判决。最后，他们将这件案子上诉到世界法院。

花了好几年的时间，以及数百万的金钱。

在世界法院作出最后的判决后，德隆为这场打输的官司举行了一场庆功宴。这时，安德鲁当然也来到了事务所。

"我们做到两件事，安德鲁，"德隆说，"两者都对我们有利。第一，我们确立了一项事实，不论人体内有多少人造器物，都不会使它不再是人体。第二，针对这个问题，我们将舆论导向强烈支持人籍的广义解释这一边，因为当人造器官能延长人类寿命时，世上是没有任何人会拒绝的。"

"你认为世界议院现在会授予我人籍了吗？"安德鲁问。

德隆显得有点不自然。"至于这一点，我不能抱持乐观的态度。还有个棘手问题，就是世界法院当作人籍判据的那个器官。人类的大脑是细胞构成的有机体，就算机器人拥有大脑，也只是铂铱合金的正子脑——而你拥有的当然是正子脑……不，安德鲁，别露出那种眼神。若想符合世界法院的判决，你的脑子必须足够接近有机体，而我们却不知道如何仿造细胞大脑的结构。甚至你自己也做不到。"

"那么，我们该怎么办？"

"当然要试试看。齐理馨世议员会站在我们这边，而且会有越来越多的世议员跟进。在这个问题上，世界主席无疑会服从世界议院中的多数。"

"我们掌握多数吗？"

"没有，还差得远。但舆论若肯将人籍的广义解释推广到你身上，那我们便有希望。我承认机会不大，但如果你不想放弃，我们就必须赌一赌。"

"我不想放弃。"

二十

齐理馨世议员比起安德鲁初见她时老了许多。她早就不再穿那种透明衣裳；现在她将头发剪得很短，穿着一套直筒状服装。然而，在符合品位的前提下，安德鲁仍尽可能坚守一个多世纪前，他刚开始穿衣服时所流行的那种款式。

她说："我们已经尽了最大的力量，安德鲁。休会之后我们还会再试一次，可是，老实说，失败已成定局，整件事将不得不放弃。我最近所做的一切努力，只会使我在下届选举中注定落败。"

"我知道，"安德鲁说，"这使我很难过。你曾经说过，若是到了这种地步，你就会放弃我。你为什么没有这样做？"

"你可知道，一个人有时会改变心意。不知怎么回事，我不愿为了再连任一次，而付出放弃你这么高的代价。如今，我在世界议院已经待了超过四分之一世纪，这足够了。"

"我们没法改变他们的心意吗，齐？"

"通情达理的那些都已经给我们说服了。其余的——那些多数——他们怀有情绪化反感，根本就说不动。"

"情绪化反感不能当作支持或反对一个提案的理由。"

"我知道，安德鲁，但他们不会把情绪化反感说成他们的理由。"

安德鲁谨慎地说："那么，追根究底，一切都归结到大脑结构上。但我们一定得留在细胞对正子的层次吗？没法强行提出一个功能性定义吗？我们一定要说大脑是这个、那个做的吗？我们不能说大脑是能够进行某种思考的什么东西——任何东西吗？"

"没有用的。"理馨说，"你的脑子是人工的，人脑则不然。你的脑子是制造出来的，他们的则是发育而成。对于一心想在自己和机器人之间保持一个藩篱的人而言，那些差异是几公里高、几公里厚的铜墙铁壁。"

"我们若能找出那些反感的根源——真正的根源——"

"这么多年之后，"理馨悲伤地说，"你仍然试图以理性分析人类。可怜的安德鲁，别生气，但驱使你那样做的，正是你体内机器人的部分。"

"我不知道。"安德鲁说，"假如我能够……"

（再现）

假如他能够……

很早以前他就知道可能会有这样的结果，最后他果然找上外科医生。他就近找到一位足以担此重任的，而这就代表那是一位机器人医生。因为动这种手术，无论在能力上或心态上，任何人类医生都不值得信赖。

那位外科医生不能对人类进行这项手术，因此安德鲁先借着一连串反映内心纷乱的晦涩问题，坚定了自己的心意，再以一句："我也是个机器人。"将第一法则推到一边。

然后，他尽可能用过去数十年来学到的坚定语气说："我命令你对我进行这个手术。"

解除第一法则之后，一个这么像人的对象下达的一道这么坚定的命令，立刻启动了医生体内的第二法则电路。

二十一

安德鲁能确定，他感到的虚弱只是一种幻想；他已经从那个手术恢复。纵然如此，他仍尽可能自然地倚着墙壁。倘若坐在那里，一切就太明显了。

理馨说："本周就要进行最后表决，安德鲁。我已经无法再拖延了，而我们一定会输……结果已可预料，安德鲁。"

安德鲁说："我很感谢你的拖延战术。它给了我必需的时间，而我做了一次必要的赌博。"

"什么赌博？"理馨以明显的关切口吻问道。

"我当初不能告诉你，或范查律师事务所的任何人。否则，我确定你们会阻止我。听好，若说脑子是争论的焦点，最大的差异不就是寿命有无尽期吗？谁真正关心脑部看来什么样子，或是材料为何，或是如何形成的？重要的是脑细胞会死，一定会死。即使体内其他器官个个保持健康，或是换成人造的，脑细胞最后却一定会死——它们不能更换，否则便会改变原有的人格，也就是杀死原来那个人。

"我自己的正子径路已经维持将近两个世纪，至今没有太大的变化，今后还能维持许多世纪。这不正是最基本的藩篱吗？人类能容忍一个不朽的机器人，因为一架机器持续多久都不算什么。他们却不能容忍一个不朽的人类，因为唯有在放诸宇宙皆准的前提下，他们才能勉强接受自己生命的有限。基于这个原因，他们不会让我成为人类。"

理馨说："你到底打算讲什么，安德鲁？"

"我已经解决了这个问题。几十年前，我的正子脑连上了有机神经。现在，我动了最后一个手术，重新调整那个连接，使那些径路中的电位慢慢地——很慢很慢地流失。"

一时之间，理馨密布细碎皱纹的脸孔没有任何表情。然后她抿了抿嘴，再说："你的意思是，你动手术是要害死自己，安德鲁？你不能那样做，那是违反第三法则的行为。"

"不，"安德鲁说，"我在身体的死亡与理想和欲望的死亡之中作出了选择。让我的身体活着，却以更大的死亡做代价，才会是违反第三法则。"

理馨抓住他的手臂，仿佛准备用力摇晃他，最后却克制了这个冲动。"安德鲁，没有用的，把它改回来。"

"办不到，它已经造成太大的伤害。我还有——差不多一年可活，我将撑过我出厂两百周年的纪念日。我会这么做，是因为我没有那么坚强。"

"这怎么值得呢？安德鲁，你是个傻瓜。"

"如果这样能为我赢得人籍，那就绝对值得。如果不能，它将为一场艰苦奋斗画下句点，那同样是值得的。"

理馨做出一件令她自己惊讶不已的事——她开始默默哭泣。

二十二

说来奇怪，最后这一举竟然换来全世界的注意。安德鲁过去所做的一切从未使他们动摇，可是他为了成为人类，最后甚至愿意接受死亡，这个牺牲实在太大，令人再也无法漠视。

最后的仪式刻意定在两百周年纪念这一天。世界主席将签署那份法案，使它正式成为法律。典礼将在全球网络上同步播出，并会转播到月球州，甚至火星殖民地去。

安德鲁坐在轮椅上。他仍能行走，但走得颤颤巍巍。

在全人类的注视下，世界主席说："五十年前，你被誉为一个一百五十岁的机器人，安德鲁。"顿了一顿之后，他以更庄严的语调说，"今天，我们宣布你是一位二百岁的人瑞，马丁先生。"

安德鲁带着微笑，与世界主席握了握手。

二十三

安德鲁躺在床上，他的意识渐渐淡去。

他拼命抓住那些意识。人！他是个人！他要这点成为他的最后一道意识。他要带着它消失——死去。

他再度张开眼睛，最后一次认出神情严肃的理馨。周围还有其他人，但他们只是影子，无从辨识的影子。在一片渐深的灰蒙蒙中，只有理馨是个清晰的身形。他慢慢地、缓缓地向她伸出手，非常模糊地感觉到被她抓住。

当他的最后一点意识也溜走时，她从他眼中逐渐消失。

但在她完全消失前，又有最后一道飘忽的意识钻进他脑海，在一切停止之前，它曾滞留片刻时间。

"小小姐。"他低声唤道，没有人听见他说什么。

结　语

　　对于那些曾经读过某些（或可能是全部）我的机器人故事的读者，我感谢您的忠实与耐心。对于那些以前没读过的读者，我希望这本书为您带来乐趣——我很高兴遇到您——并希望我们很快能再见。